아쿠타가와 류노스케 전집
芥川龍之介 全集

VII

아쿠타가와 류노스케 저

조사옥 편

본권번역자

손순옥

신기동

엄인경

이 석

임명수 외

제이앤씨
Publishing Company

第7巻 担当

엄인경
하태후
임명수
이민희
송현순
김효순
이 석
김정숙
김명주
신기동
임만호
조사옥
손순옥
손순옥

* 작품의 배열과 분류는 편년체(編年体)를 따랐고, 소설·평론·기행문·인물기(人物記)·
  시가·번역·미발표원고(未定稿) 등으로 나누어 수록했다. 이는 일본 지쿠마쇼보(筑摩
  書房)에서 간행한 전집 분류를 참조하였다.
* 일본어 가나의 한글 표기는 교육부·외래어 표기법에 준했고, 장음은 단음으로 표기
  하였다.

자살하기 수일 전에 그린 '사바세계'에서 도망치는 갓파(河童).
1927(昭和2)년. 서재 옆에 있던 구즈마키 요시토시의 방에
던져 놓아져 있던 것이다.

머리말

조사옥

『아쿠타가와 류노스케 전집』7권(『芥川龍之介全集』7巻)에 수록된 작품들에는 아쿠타가와 류노스케의 평론가적인 재능이 부각되어 있고, 학식이 풍부하고 뛰어난 작가의 예술론과 문예론을 접할 수 있다. 이하에서 주요한 것을 소개하고자 한다.

「어떤 경향을 배제한다」에서는 "예술은 바로 표현이다"라고 되풀이하면서 혼마 히사오(本間久雄)의 리얼리즘을 표층적으로 파악하는 설에 반박한다. 「예술 그 외」에서도 "예술가는 무엇보다도 작품의 완성을 기하지 않으면 안된다." "예술은 표현으로 시작해서 표현으로 끝난다"라고 까지 기술하고 있다. 표현에 엄격하고 완성에 노력을 다하는 아쿠타가와의 예술가로서의 자세를 읽을 수 있다. 「한문 한시의 재미」에서는 한문이나 한시를 읽는 것은 일본어 표현에 있어서 매우 중요하고, 과거의 일본 문학을 감상하는 데에도 유익하며 "현재의 일본문학을 창조하는 데에도 이점이 있을 것이다"라고 하며 한문과 한시를 읽는 재미를 교묘하게 표현하고 있다. 한문과 한시에 정통한 아쿠타가와의 지식을 떠올리게 한다.

「벽견」은 "몇 명인가 되는 사람들에 대해 논한 것"이라고 스스로 말하는 인물론이다. 특히 사이토 모키치에 대한 항이 흥미롭다. 모키치의 시집『적광』을 읽고 "시가의 태양 빛을 엿볼 수 있었다"고 고백하고 있다. 모키치는 자신에게 시가에 대한 눈을 열어 주었을 뿐만이 아니라, "모든 문예상의 형식미에 눈을 뜨는 데에도 도움을 주었다."라고도 한다. 더욱이 모키치는 동시대의 일본 문예에 있어서 상징적인 인물이고 '예술상의 인도자'라고 칭찬하고 있다.

「문예잡담」에서는 서정시의 생명이 소설보다도 길다고 하면서 "일본문학이 다양하다고는 하지만 만엽집 속의 단가만큼 긴 생명력을 지닌 것은 어디에도 없을 것이다."라고 한다. 이에 비해 소설은 저널리즘에 가까운 것이고 "한 시대를 벗어나서 살 수는 없다"고 말하면서 "모든 문예의 형식 중 소설만큼 단명으로 끝난 것은 없다."라고 단언한다.

또한 아쿠타가와는 소설에는 '시적정신'이 들어있어야 한다는 것을 주장하였다. "만약 자서전에서 사소설을 떼어 놓는다고 하면 이는 단지 시적 정신의 유무, 혹은 많고 적음에 의해서 결정될 것이다"라고 말한다. 프롤레타리아문예에 대해 언급하며, 프롤레타리아 작가에게도 시적정신을 가지라고 말하고 싶다고 한다. 그리고 "나카노 시게하루 씨의 시 등은 지난 날의 소위 프롤레타리아 작가의 작품과 같이 정채(精彩)가 결여된 것은 아니다"라고 평가하며 희망을 보고 있다.

「문예적인, 너무나 문예적인」은 다니자키 준이치로와 문학논쟁을 한 기록이다. 아쿠타가와는 다니자키의 문장이 명문이라도 "재료를 살리기 위한 시적 정신"에 대해 어떻게 생각하고 있는지를 묻고 있다.

「재차 다니자키 준이치로 씨에게 묻는다」의 항에서 아쿠타가와는 '이야기다운 이야기'와 '구성하는 힘'에 대해 언급하며 "시적정신 운운하는 의미를 잘 모르겠다"고 한 다니자키에게 답하고 있다. 그는 "이야기다운 이야기가 없는 소설을 최상의 것으로는 생각지 않는다"고하지만, "나는 소설이나 희곡 속에 얼마나 순수한 예술가의 진면목이 있는지를 보고자 한다"고 말한다. 그리고 "순수한지 어떤지 이 하나에 의해 예술가의 가치는 정해진다"고 하면서 아쿠타가와는 시적정신이 들어 있는 서정시와 같은 소설을 바라고 있는 것이다.

「문예적인, 너무나 문예적인」의 '시적 정신' 항에서는 다니자키 준이치로에게 "그러면 자네의 시적 정신이란 무엇을 가리키는가"라는 질문을 받자, "내 시적 정신이란 가장 넓은 의미에서의 서정시이다"라는 대답을 했다고 말한다. 아쿠타가와는 "어떤 사상도 문예상의 작품 중에 담겨야하는 이상, 반드시 이 시적 정신의 정화를 거치지 않으면 안된다"고 생각하고 있다.

또한 '저널리즘'이라는 항에서는 "저널리즘이란 것은 결국 역사 외에는 아무 것도 아니다"라고 한다. 더욱이 그는 "모든 문예는 저널리즘이다. 뿐만 아니라 신문의 문예는 메이지 다이쇼 양 시대 속에서 문단적인 작품에 손색이 없는 작품을 남겼다."라고 하며, "적어도 나는 저널리스트다. 적어도 나는 여전히 저널리스트다. 장래에도 물론 저널리스트일 것이다"라고 덧붙이고 있다.

그러면 단가와 하이쿠를 좋아하고 시인이기도 했던 아쿠타가와가 문예 중에서 가장 높이 평가하고 있는 시인은 에도시대의 가인 마쓰오 바쇼이다. 바쇼는 "하이카이 등도 인생길의 여기로서 까다로운 것이다"라고 했지만 이 일에 "바쇼만큼 진지했던 사람은 좀처럼 없다고 해도 과언이 아니다.", "바쇼의 구작(句作) 태도는 정열에 불타고 있다"

고 아쿠타가와는 말한다. 또한 "조금도 시대 밖에 고립되어 있던 시인이 아니다. 아니, 오히려 시대 속에 모든 정신을 투여한 시인이다"라고 하며 바쇼를 높이 평가하고 있는 것이다. 「속바쇼잡기」에서는 바쇼의 근대적 취미로 한 시대를 풍미한 대시인이라고 말하고 있다. 또한 시인 바쇼는 담림(談林) 시대의 하이카이를 살펴보면 '세상물정에 통달했던' 사람이었으며, 인간적으로도 '문예적인 영웅'의 한 사람이었다고 한다.

또한 『芥川龍之介全集』7권 수록 작품 중에서 특히 강조하고 싶은 것은 아쿠타가와의 역사인식과 당시 사회에 대한 비판 정신을 볼 수 있는 텍스트 군(群)이다. 「벽견(僻見)」중에서 이와미 주타로(岩見重太郎)를 논하면서, 상해의 프랑스 거리에서 장태염(張太炎)선생을 만나러 갔을 때 "박제된 악어를 걸어 놓은 서재에서 선생과 일본과 중국 관계에 대해" 이야기를 나누었다. 그때 "내가 가장 혐오하는 일본인은 오니가시마(도깨비 섬)를 정벌한 모모타로다. 모모타로를 사랑하는 일본국민들에게도 다소 반감을 품지 않을 수 없다"라고 장태염(장병린)이 말한 것을 쓰고 있다. 그 말에 대해서 "아직 어떤 일본통도 우리 장태염선생처럼 복숭아에서 태어난 모모타로에게 일침을 가하는 것을 들은 적이 없다"고 하는 감상을 아쿠타가와는 덧붙이고 있다. 이는 아쿠타가와가 1921년 3월 하순부터 약 4개월 간, 오사카 마이니치신문사의 특파원으로서 중국을 여행하면서 상해에서 장병린과 대담했을 때의 이야기이다. 장병린은 손문, 황흥과 함께 청조말기의 혁명가로 불리는 한명으로, 중화민국이 되고 나서는 정치 일선에서 물러나 고증학 학자로서 인정받은 사람으로 알려져 있다.

아쿠타가와는 귀국후인 1924년 7월에 「모모타로(桃太郎)」를 발표하고 있다. '악인' 모모타로는 일하는 것은 싫어하고 '천연의 낙토'인 평화를 사랑하는 오니가시마(도깨비 섬)를 침략한다. 모모타로와 굶주린 세 마리 동물인 개, 원숭이, 꿩은 도망가는 도깨비를 추격하고, 개는 도깨비 젊은이들을 물어 죽이며, 꿩은 날카로운 주둥이로 도깨비 아이들을 물어 죽이고, 원숭이는 "여자 도깨비의 목을 졸라 죽이기 전에 반드시 실컷 능욕했다"고 쓰고 있다. 고향에 돌아 온 모모타로는 바다를 건너 와서 지붕 위에 불을 지르거나 자고 있는 그의 목을 치려고 하는 도깨비들 때문에 공포를 느끼게 되었다. 이미 일본의 연구자들에 의해 밝혀진 부분이지만, 모모타로를 침략자로 풍자한 것은 아쿠타가와가 처음이다. 한국이나 중국을 침략한 일본제국주의나 일본 정부의 식민지정책에 대한 비판을 아쿠타가와는 이 한편에서 쓰고 있는 것이다. 여기에서 아쿠타가와 류노스케의 역사 인식을 읽을 수 있을 것이다.

「난쟁이의 말」의 「어느 자경단원의 말」이라는 장에서는 "우리는 서로를 불쌍히 여기지 않으면 안된다. 하물며 살륙을 기뻐하다니, ― 물론 상대를 목졸라 죽이는 일은 논쟁에서 이기는 것보다도 쉽다"고 아쿠타가와는 말한다. 1923년 9월 1일 관동대지진에서는 사망자, 행방불명자가 40만 명이 넘는다고 한다. 당시 일본은 제국주의 시대였고 그 체제를 유지하기 위해서 사회주의자나 아나키스트, 조선인들의 폭동을 우려하여 계엄령이 내려졌다. 그때 조선인들이 우물에 독을 넣었다고 하는 소문이 퍼져, 6,800명 이상의 조선인들이 죽창 등으로 무참하게 학살되었다고 한다. 이 글에는 이런 일에 대한 비판이 내포되어 있는 것이다.

당시 아쿠타가와 자신도 우물을 지키는 자경단원으로서 참가하고 있었지만, 일본인들이 죄 없는 사람들을 살륙하는 장면을 보고 사건의 진실을 폭로하고 있다.

"새는 현재에만 사는 것이다. 그러나 우리 인간은 과거나 미래에도 살아가지 않으면 안된다. 이 말은 회한이나 우울한 고통도 맛보지 않으면 안된다는 것이다. 특히 이번의 대지진은 얼마나 우리 미래 위에 쓸쓸한 어두움을 던졌던가"하고 말하며 일본의 미래에 대한 우려를 표하고 있다. 여기서도 아쿠타가와의 사회 비판 정신을 읽을 수 있을 것이다.

아쿠타가와는 '시인 겸 저널리스트'이고 싶었던 사람이다. 「문예적인, 너무나 문예적인」의 「10 염세주의」에서는 자기 자신을 '저널리스트 겸 시인'으로 규정하고, "한 줄 시의 생명은 우리들 생명보다도 길다"라고 말하며 「30 야성이 부르는 소리」에서는 "내가 작품은 쓰고 있는 것은 나 자신의 인격을 완성하기 위해서 쓰고 있는 것이 아니다. 하물며 오늘날의 사회조직을 일신하기 위해서 쓰는 것은 더욱 아니다. 단지 내 속의 시인을 완성하기 위해서 쓰고 있는 것이다"라고 말하고 있다. 여기서 아쿠타가와 류노스케는 최고의 '시인 겸 저널리스트'로서 예수 그리스도를 들고 있다.

「서방의 사람」「속 서방의 사람」은 아쿠타가와 류노스케의 절필이다. 죽음을 앞두고 그는 예수 그리스도를 '길 가는 사람'처럼 볼 수가 없어져서 그리스도를 사랑하고 십자가에 주목하게 되었다. 그리스도는 아쿠타가와에게 있어서 그의 거울이었다(「속 서방의 사람」1). 항상 동반자살 상대를 원하고 있었던 아쿠타가와였지만 이제는 그리스도를 스프링보드로 하여 죽을 수 있게 된 것이다. 「서방의 사람」「27 예루살렘으로」에서, 버나드 쇼는 십자가에 달리기 위해서 그리스도가 예루살렘에 갔다고 한다. 그러나 아쿠타가와는 그리스도가 "예루살렘에 나귀를 몰고 들어가기 전에 이미 그의 십자가를 지고 있었다"라고 말한다. 이는 일본 제국주의를 비판하지 않으면 당국의 검열을 걱정하지 않아도 되었겠지만, '시적 정의'를 위해서 바리새인들이나 권력자들과 싸운 예수 그리스도처럼 언제가는 십자가를 지게 될 것이라는 아쿠타가와의 심경을 투영하고 있다고 볼 수 있다.

'어떻게 살아갈 것인가', 이는 아쿠타가와 류노스케 문학의 물음이었다. 이에 예수 그리스도의 삶은 아쿠타가와의 삶의 모델이 되었다. 「서방의 사람」의 「36 그리스도의 일생」에서 아쿠타가와는 "그러나 우리가 괴테를 사랑하는 것은 마리아의 아이였기 때문이 아니다." "우리가 괴테를 사랑하는 것은 단지 성령의 아이였기 때문이다."라고 쓰고 있다. 「서방의 사람」의 「2 마리아」에서는 마리아를 "영원히 지키고자 하는 것이다"라고 말하고 「3 성령」에서는 성령은 '영원히 초월하고자 하는 것이다'라고 말하고 있다. "그리스도의 일생은 비참했다. 하지만 그의 뒤에 태어난 성령의 아이들의 일생을 상징하고 있었다"(「36 그리스도의 일생」)라고 하는 곳에서, 시인 겸 저널리스트인 그리스도는 '영원히 초월하고자 하는 것' 즉 '성령'에 붙들려 십자가에 달렸다고 아쿠타가와는 보고 있는 것이다. 결국 그리스도는 천상에서 지상으로 오르기 위해서 무참하게도 부러진 사다리이다"(「36 그리스도의 일생」). 천국의 저널리즘을 전파한 그리스도는 인생에서는 실패했다. 이는 바로 자신의 최후를 상징하고 있다고 아쿠타가와는 받아들이고 있는 것일 것이다.

아쿠타가와에게 있어서 그리스도는 저널리즘 지상주의자이고, 시적 정의를 위해서 싸움을 계속한 천재였다. 그의 저널리즘은 "십자가에 달리기 전에 그야말로 최고의 시가를 차지하고 있었다"고 한다(「속 서방의 사람」7). 이 그리스도의 저널리즘은 "가난한 사람들과 노예들을 위로하게 되었다"(「속 서방의 사람」22). "가난한 사람은 복이 있다. 천국은 저희 것이다"라며 가난한 사람들을 위로하는 저널리즘은 세리나

창녀, 한센씨병 환자들을 죄인으로 규정하던 바리새인들과 율법학자들을 자극하여, 십자가에 달리는 원인이 된 것이다.

시인이고 저널리스트였던 그리스도와 아쿠타가와 류노스케, 이 두 사람에게 주어진 것은 십자가에 달리는 것이었다. 인생에서 아쿠타가와의 마지막 말이 된 "우리는 엠마오의 여행자들처럼 우리의 마음을 불타 오르게 하는 그리스도를 구하지 않을 수 없을 것이다"(「속 서방의 사람」22)는 아쿠타가와에게 "어떻게 살아 갈 것인가"를 가르쳐 줌과 동시에 그의 문학을 읽는 독자들에게 방향을 제시하는 말이기도 하다.

목 차

머리말 · 5

엄인경　단카 잡감(短歌雑感) / 19

하태후　어떤 나쁜 경향을 배제한다(或悪傾向を排す) / 25

　　　　예술 그 외(芸術その他) / 37

　　　　한문 한시의 재미(漢文漢詩の面白味) / 47

임명수　프랑스 문학과 나(仏蘭西文学と僕) / 51

　　　　어느 비평가에게 묻는다(一批評家に答う) / 57

　　　　「개조(改造)」 프롤레타리아 문예의 / 59
　　　　가부(可否)를 묻다(プロレタリア文芸の可否)

　　　　뜻대로(思うままに) / 63

　　　　소설의 희곡화(小説の戯曲化) / 67

이민희　벽견(僻見) / 71

송현순　문부성 가나 표기법 개정안에 대해서 / 103
　　　　(文部省の仮名遣い改正案について)

13

'사'소설론 소견(私小說論所見) / 109
- 후지사와 세조(藤沢清造) 군에게 -

'사'소설에 대해서(わたくし小說に就いて) / 115

후지사와 세조(藤沢清造) 군에게 대답한다(藤沢清造君に答ふ) / 117

지카마츠(近松) 씨의 본격소설(近松さんの本格小說) / 119

다키이(滝井) 군의 작품에 대해서(滝井君の作品に就いて) / 123

김효순 난쟁이의 말(侏儒の言葉) / 127

이 석 [난쟁이의 말]보집([侏儒の言葉]補輯) / 213

김정숙 문예잡담(文芸雑談) / 219

연극만담(芝居漫談) / 227

곤자쿠모노가타리(今昔物語)에 대하여(今昔物語に就いて) / 231

김명주 문예적인, 너무나 문예적인 / 241
(文芸的な、余りに文芸的な)

신기동 속 문예적인, 너무나 문예적인 / 329
(続文芸的な、余りに文芸的な)

[문예적인, 너무나 문예적인]보집 / 337
([文芸的な、余りに文芸的な]補輯)

문단소언(文壇小言) / 343

메이지문예에 대해서(明治文芸に就いて) / 347

임만호 소설작법 열 가지(小說作法十則) / 351

열 개의 바늘(十本の針) / 357

[열 개의 바늘]보집([十本の針]補輯) / 363

조사옥 서방의 사람(西方の人) / 367

속 서방의 사람(続西方の人) / 393

엄인경 홋쿠(発句)에 관한 개인적 견해(発句發見) / 409

본초(凡兆)에 관하여(凡兆に就いて) / 415

손순옥 바쇼잡기(芭蕉雜記) / 419

김정숙 속 바쇼잡기(続芭蕉雜記) / 447

손순옥 [속 바쇼잡기]보집([続芭蕉雜記]補輯) / 451

◆ 역자일람 · 469

아쿠타가와 류노스케 전집

芥川龍之介 全集

VII

단카 잡감(短歌雜感)

엄인경

❖ ❖

무언가를 써달라는 오야마(尾山)¹⁾ 군의 주문이 있었다. 하지만 가단
(歌壇, 단카 문단)에 관해서는 잘 모른다. 단카도 아는 것인지 모르는 것
인지 나 스스로도 의문스럽다. 그저 적당히 생각나는 것을 쓴 것이라
이해해 주기 바란다.

❖ ❖

단카 잡지에는 생활파의 노래가 드러나 있다. 몹시도 실례되는 말
이지만 나로서는 이 유파로 시종일관 단카를 짓는 여러 선생들의 마
음 상태를 이해할 수가 없다. 그렇게 평범하고 속된, 이렇게 말하는
것이 나쁜 표현이라면 실생활적, 혹은 민중적이라고 바꿔 말할 수도
있겠는데, 어쨌든 그런 평범하고 속된 마음 상태를 노래할 정도면 굳

---

1) 오야마 도쿠지로(尾山篤二郎, 1889~1963년)를 말함. 정취파라고 일컬어진 가인(歌人).

이 갑갑하게 서른한 글자를 가지고 놀지 않더라도, 시라든가 소설이
라든가 더 서술하기에 편리한 형식을 선택하는 편이 좋을 듯도 하다.
이래가지고야 아무리 잘 해나간다 한들 고개가 숙여질 정도의 경지에
오를 수 있을 것 같지는 않다. 하물며 삼행(三行)²⁾으로 사회주의적 기
염을 올리고 있는 것은 오히려 악취미이다.

❖ ❖

나는 단카나 하이쿠(俳句)는 잘 짓느냐 못 짓느냐 하는 문제 외에도
말로 표현하기 어려운 마음의 움직임을 포착하려 해야 하는 것이라
생각한다. 그것이 제대로 포착되어 있으면 고마운 느낌까지 끓어오르
지만, 생활파 단카처럼 산문적인 경지를 방황하고 있으면 아무리 본
들 구원할 길이 없다.

❖ ❖

생활파의 단카만큼은 아니더라도 잇사(一茶)³⁾ 등의 하이쿠가 대부분
나에게 무언가 부족한 느낌을 주는 것은 이 때문이다. 하지만 잇사의
하이쿠는 나쁘지 않다. 인간다운 감정이 흘러넘친다면 흘러넘친다. 그
러나 겐로쿠(元禄) 시대의 대가⁴⁾에게 있는 예스럽고 침통한 정취는 없
다. 냉혹한 평가를 내리자면 여느 이발소 주인아저씨가 감탄할 만한

2) 한 줄 혹은 두 줄로 나누어 쓰던 단카를 이시카와 다쿠보쿠(石川啄木), 도키 젠마
   로(土岐善麿) 등 생활파 가인들이 세 줄로 나누어 쓴 것을 말함.
3) 고바야시 잇사(小林一茶, 1763~1827년)를 말함. 에도(江戸)시대 후기의 속어와 방
   언, 굴절된 감정에 기반한 독자적인 작풍으로 하이쿠를 창작한 인물.
4) 하이쿠의 성인이라 일컬어지는 마쓰오 바쇼(松尾芭蕉, 1644~1694년)를 일컬음. 에
   도(江戸) 시대 최고 하이진으로 하이쿠 성인이라 일컬어짐. 독자적 하이쿠풍인 쇼
   후(蕉風)를 개척하였고, 기행하이쿠집인 『오쿠의 작은 길(おくのほそ道)』가 유명.

부분 정도를 지니고 있고 더불어 그런 점이 다소 잇사의 명성을 높이
는 데에 기여했다는 느낌도 없지 않다.

❖ ❖

　나의 관찰이므로 믿을 만한 것은 못 되지만, 현대의 단카는 사이토
모키치(斎藤茂吉)5) 씨 이후, 혹은 『아라라기(アララギ)』파6)의 대두 이후
에 거의 면목을 일신한 것 같다. 그 관계는 마치 문단이 무샤노코지(武
者小路)7) 씨 혹은 『시라카바(白樺)』파8)의 은혜를 입은 것과 큰 차이가
없는 듯하다. 문단에서는 특별히 편견을 가지고 있는 사람 외에는 누
구라도 무샤노코지 씨 또는 『시라카바』파의 공적을 인정한다. 하지만
아무래도 가단의 선생들은 사이토 씨 또는 『아라라기』파의 공적을 인
정하는 데에 지나치게 허심탄회하지 못한 것 같아 유감이다. 거리낌
없이 말하자면 사이토 씨 또는 『아라라기』파가 가단에 끼친 영향은,
무샤노코지 씨 또는 『시라카바』파가 문단에 끼친 영향보다 한층 크지
않을까 싶다. 그렇다면 타인의 공적을 인정하는 것이 자기 존엄성에
관련되지 않는 이상 품을 더 관대하게 가져도 지장이 없을 것 같은 마
음도 든다.(미리 말해 두지만 나는 『시라카바』파와 아무런 인연이 없

---

5) 사이토 모키치(斎藤茂吉, 1882~1953년)는 가인이자 의사. 단카 잡지 『아라라기(ア
　ララギ)』의 대표적인 인물로 실상관입(実相観入)을 통한 사생(写生)을 실천해야 한
　다고 주창한 근대의 대표적 가인.
6) 사이토 모키치를 비롯하여 1908년 창간한 잡지 『아라라기(アララギ)』에 참가한
　가인들. 『만요슈(万葉集)』풍의 사생을 중시하는 가풍을 보였고, 일본의 근대 단
　카 발전에 기여함.
7) 잡지 『시라카바(白樺)』를 창간한 소설가 무샤노코지 사네아쓰(武者小路実篤, 1885~1976
　년)를 말함. 개인과 인간의 생명을 찬미하는 작품을 보임.
8) 다이쇼(大正) 시대의 잡지 『시라카바』의 동인들로 강한 자의식과 인도주의에 기
　반한 이상주의적 경향이 특징.

는 것처럼 여태 『아라라기』파의 은혜를 입었던 기억도 전혀 없다.)

❖   ❖

옛날 말라르메[9]가 시인 중의 시인poète des poètes으로 추천된 적이 있는데, 그 때는 멜라르메를 추천한 무리들 중에 코페[10]도 들어 있었다. 그 정도로 순수한 마음이 굳이 가단만의 일이라고는 말할 수 없지만, 유감스럽게도 일본의 창작계에 있을지 없을지 의문이 든다.

❖   ❖

언젠가 어떤 잡지를 보니 사이토 씨의 단카에 대한 험담이 있었다. 그 험담 속에 견본으로 인용되어 있는 단카를 보았더니,

겨울의 햇빛 흐릿하게 비치니 줄선 대나무 춥다 춥다 하듯이 서리 물방울 맺네.

라는 노래가 들어 있었다. 그 험담이 옳으냐 그르냐는 문제가 아니지만, 이 단카가 한갓 흙덩이 만 한 가치도 없다고 한 내용을 읽다 보니, 이렇게까지 감상 상의 평가 차이가 심할 수가 있나 싶어 놀라지 않을 수 없었다. 단카와 같은 데에마저도 이 정도의 평가 차이가 생기는구나 싶어서, 소설 같은 것의 평판이 믿을 수 없는 것은 당연하다는 느낌이 들었다. 이러한 험담은 적어도 남의 말을 듣지 않는 중생은 구제할 도리가 없다는 트루이즘(truism, 자명한 이치)을 상기시키므로, 전혀 쓸

---

9) 스테판 말라르메(Stéphane Mallarmé, 1852~1898년). 프랑스의 시인.
10) 프랑수아 코페(François Coppée, 1842~1908년). 프랑스의 시인.

모없는 것은 아니다. 다만 험담을 하는 사람 그 자신을 생각하니 묘하게 가여운 마음이 든다.

❖ ❖

내가 단카를 많이 읽은 것은 아니지만, 훌륭한 가인들 중에서도 아카히토(赤人)[11]나 야카모치(家持)[12]와는 아무래도 인연이 별로 없는 인간인 모양이다. 쓰라유키(貫之)[13]는 물론 사이교(西行)법사[14]도 어찌 된 셈인지 의외로 읽는 맛이 없다. 이 점은 『산카슈(山家集)』[15]를 좋아하는 다니자키 준이치로(谷崎潤一郎)[16] 씨에게 언젠가 크게 공격받았다. 하지만 그 후에 이따금씩 가집(歌集, 단카 작품집)을 펼쳐 보더라도 역시 아주 감탄할 정도에까지 이른 적은 없다. 사이교는 바쇼의 선생이지만, 마치 베를렌[17]이 테니슨[18]에게 감복했던 것처럼 제자 쪽이 약간

---

11) 『만요슈』의 대표 가인 중 한 사람으로 서경가에 뛰어났던 야마베노 아카히토(山部赤人, 생몰년 미상)를 말함.

12) 『만요슈』의 가장 유력한 편찬자 중 한 사람으로 일컬어지는 오토모노 야카모치(大伴家持, 718?~785년)를 말함.

13) 기노 쓰라유키(紀貫之, 866?~945?). 헤이안(平安) 전반기 손꼽히는 가인으로 최초의 칙찬(勅撰) 와카집인 『고킨와카슈(古今和歌集)』의 대표적 찬자로, 유명한 「가나 서문(仮名序)」을 씀.

14) 사이교(西行, 1118~1190년)는 헤이안(平安) 시대 후기의 무사 출신 승려로 달과 벚꽃을 즐겨 읊었던 유명 가인.

15) 사이교의 가집(歌集)으로 와카 약 1560수를 담고 있으며 독자적 삶의 태도와 인간적 서정을 노래함.

16) 다니자키 준이치로(谷崎潤一郎, 1886~1965년). 소설가. 제2차 『신사조(新思潮)』 동인이기도 했으며 관능세계를 그리는 유미적 작가로서 등장하였고, 만년에는 일본의 고전적 미의식을 담은 명작을 씀.

17) 폴 베를렌(Paul Verlaine, 1844~1896년). 프랑스의 서정시인. 고답파에서 출발하여 이후 독자적 우아한 시경을 개척하였고 만년에는 상징파 대표 시인으로 빈곤과 병고로 방랑자로서의 생애를 보냄.

18) 알프레드 테니슨(Alfred Tennyson, 1809~1892년). 영국의 시인으로 친구에게 바치는 애가 『인 메모리엄(In Memoriam)』는 빅토리아 시대의 걸작으로 일컬어짐.

더 훌륭했다는 생각이 든다. 그래서 바쇼에 감탄하면서 마찬가지로 사이교에게 감탄하는 선생을 보면, 왠지 바쇼에게 감탄하는 것이 진심일까 아닐까 의심이 가는, 몹시도 불경스러운 생각이 자주 든다. 하지만 이것은 순위를 매기고 싶어 하는 아마추어의 심리일지도 모르겠다.

❖ ❖

단카가 문단의 중심 세력이 되지 못하는 것을 가인들의 죄처럼 여기는 사람들이 있다. 하지만 내 입장에서 말하자면, 사실은 나 정도밖에 단카를 잘 모르는 무리들이 문단에 많은 탓인 듯하다. 거짓말이라고 생각되거든 작가나 비평가들에게 단카에 관한 글을 써보라고 하면 대번에 알 수 있다. 경우에 따라서는 내가 쓰는 이 잡감 같은 것도 그좋은 증거의 하나일지 모른다. 단카를 잘 모르는 무리들이 줄지어 무턱대고 우리를 감동시키라며 큰소리치는 것은, 마치 장님이 전람회에 가서 입장료를 되돌려 달라고 요구하는 것과 같다. 그렇게 되면 아무리 훌륭한 가인이 배출되어도 단카는 영원히 문단의 가운데로 나서지 못할 게 틀림없다.

❖ ❖

시시한 내용을 길게 썼는데, 틀린 내용이 많을지 몰라도 나 스스로 거짓된 내용만은 말하지 않았다고 생각한다. 단카의 전문가들께서는 그 점을 용서하고 쓸데없는 내용은 넓은 마음으로 그러려니 헤아려 주셨으면 한다.

(1918년 1월)

어떤 나쁜 경향을 배제한다(或惡傾向を排す)

하태후

❖ 1 ❖

언젠가 이 잡지에 사토미 돈 군이 「어떤 경향을 배제한다」는 논문을 썼다. 비평가가 작가의 재능이나 기량에 경멸을 가지는 것이 틀렸다고 하는 취지이다. 매우 동감한다.

원래가 재능은 한참 두면 기량에 이르러서는, '지나치게 좋다'는 평가를 허용할 수 있는 성질의 것은 아니다.

사람들이 자주 말하는 것처럼 예술은 곧 표현이다. 표현되어 있지 않은 한, 작가가 어떤 사상을 가지고 있든 어떤 정서를 가지고 있든 그것은 작품 평가에 있어서는 없는 것과 다를 바 아니다. 작가가 보았던 바나 느꼈던 바는 거기에 모두 표현되어 있기 때문에 처음으로 비판에 오를 수 있는 것이다. 그렇게 하여 지금 세상에서 보통으로 통용되는 것과 같이, 그 표현의 수단에 기량이라는 이름을 부여한다면, 그것이 '지나치게 좋다'라고 하는 것은 대저 기괴천만한 일이 아닌가.

한 번 더 반복하자면 예술은 바로 표현이다. 그리하여 표현하는 바는 물론 작가 자신 외는 없다. 그러면 아무리 달인이라고 하더라도, 아무리 능란하게 기교를 구사한다고 하더라도 그것은 결국 작가 자신 이 본 바 혹은 느낀 바가 나올 수밖에 없다. 그렇다고는 하지만 세상 에서는 종종 작품이 완성되는 순서를, 우선 첫째로 내용이 있고, 다음 으로 그것을 기교에 의해서 표현하는 것처럼 생각하고 있는 사람이 있다. 하지만 그것은 창작에 정통해 있지 않은 사람이거나 혹 정통해 있더라도 그 동안의 성찰에 지혜를 잃은 사람에 지나지 않는다. 간단 한 예를 들어 보더라도 단순히 '빨갛다'라고 하면 '감이 빨갛다'라고 하는 것과는, 거기에 더해진 손재주의 문제가 아니라, 처음부터 감상 법의 상위가 있다. 기교의 유무가 아니고 내용의 다름이다. 아니, 기교 와 내용이 하나가 된 표현 그 자체의 문제이다. 때문에 기량의 문제는 단지 좋은가 나쁜가에 의해서만 결정되어져야 할 것으로, 아무리 그 냥 지나치려고 해도 지나칠 수 있는 방법이 없다.

그러면 '지나치게 좋다'라는 것은 어떠한 의미인가 하면, 나 자신도 그러한 경험이 없기 때문에 확실히 그렇다고는 말할 수 없지만, 필시 '기교를 초월한 무언가가 있다'고 하는 경우의 반대를 가리키는 것이 라고 생각한다. 만약 그렇다고 한다면 그 경우는 분명히 '나쁘다'이지 '지나치게 좋'은 것은 아니다. 혹은 보다 적합하게 말하면 이미 그 작 품이 내용과 기교가 붙지도 않고 떨어지지도 않는 불측불리의 표현에 실패한 것이다. 그와 마찬가지로 '기교를 초월한 무언가가 있다'고 하 는 비평도 엄밀하게 말하면 단순한 비유에 지나지 않는다. 사실로서 는 그것이 '기교를 초월한 무언가가 있는' 것 같은 기교이다. 그리하여 물론 '좋다'는 것이다.

하지만 만약 위 이외의 '지나치게 좋다'고 하는 의미가 있다고 한다 면, 그렇게 말하는 비평가는 그 기량을 싫어한다고 해석할 수밖에 없다. 그렇게 되면 물론 좋아함과 싫어함의 문제이기 때문에 어떠하더라도 그 비평가의 자유이다. 단지 그 경우 가능한 한 '지나치게 좋다'와 같이 오해하기 쉬운 단어를 사용하지 않는 쪽이 그 비평가의 명예를 지키는 것이라고 생각한다.

❖ 2 ❖

여기서 성가신 문제인 재능의 문제로 돌아가지만, 기량과 달리 이미 처음부터 재능이라는 단어에는 칭찬과 헐뜯음의 의미가 포함되어 있다. 재능은 재사의 재능, 재인의 재능으로 이를테면 마음이 들떠 있고 행동이 가볍다는 경조부박이라는 단어와 동의어로 사용되고 있는 것 같다. 하지만 이 같은 의미로 사용하는 이상 재능 있는 사람이 쓸모없는 사람이라는 것은 논하기 전부터 알고 있다. 확실히 재기 있는 작품은 멸시해야 할 작품임에 틀림없다. 거기까지는 재능을 경멸하는 비평가의 논의도 (실은 논의를 하지 않아도 알고 있기 때문에 그것마저 쓸데없다는 비난을 면치 못한다.) 아주 지당한 일이라고 생각한다. 그렇기 때문에 오사나이 가오루 군을 시작으로 해서 다니자키 준이치로 군이나, 사토미 돈 군이나 사토 하루오 군이나 구메 마사오 군의 작품에 낙선의 빨간 딱지를 붙이려고 함에 이르러서는 속악함 또한 보통이 아니다. 과연 그들의 작품이 어떤 의미에서 재기가 있는 것은 사실이다. 하지만 이 경우의 재능이라는 것은 과연 재사의 재능, 재인의 재능, 경조부박의 재능인지 어떤지 — 이 검토는 뒤로 돌리기로 하고, 장난삼아 자신을 뛰어나다고 하는 것은, 마치 동양 중세의 그리스도교가 Deus의 음역인 천주의 단어를 정면으로 내세우고, 이미 천주인 이상에는 불보살도 팔백만 신도 모조리 그 권속이라고 칭하는 것처럼,

단어의 의미에 사로잡힌다는 점에서 말하면 동일한 것이다.

그럼 위의 여러 작가의 재능이란 무엇인가 하면, 이것도 제국문학의 지난 호에서 슈후레이라는 사람이 지적한 것과 같이, 그들의 개성에 따라서 모두 동일하지 않다는 것은 부정할 수 없다. 하지만 이 모두 동일하지 않은 것 중에서 억지로 어떤 공통된 특색을 주워내자면 이는 거의 이 같은 것으로 귀착되지는 않을까 하고 생각한다. ― 그들은 인생을 특수한 위치에 세우고 관찰한다. 따라서 그 표현에도 어떤 특수성이 동반된다. 또한 더욱이 일보 전진하여 문장 상에서도 이 특수성이 반사된다고 보아 문제가 없다. 언젠가 문제가 되었던 '다각적 표현'도, 자신이 이 같은 새로운 숙어를 제조한 것이 아닌 한 확실히 그렇다고 말하기는 어렵지만, 실은 이 표현상의 특수성에 주어졌던 명칭이 아닐까. (신기교 및 신기교파도 마찬가지다.) ― 당분간 소위 재능이라는 것은 이렇게라도 해석하는 것 외에 방법이 없을 것이다.

그런데 재능의 정체가 이렇다고 하면 그것을 퇴치하는 일은 결코 비평가 자신이 생각하고 있는 것과 같이 용이한 것도 무엇도 아니다. 근래 일부의 인사 사이에 리얼리즘으로 향하라고 하는 외침이 흡사 재능의 메뚜기를 모는 징처럼 울리고 있는데 이것 또한 옛날의 객관주의나 평면묘사와 같이 각별히 재능을 퇴치하는 적당한 무기는 아닐 것 같다. 왜 그런가 하면 리얼리즘과 재능이 양립하지 않는다는 사실은 한두 번의 생각으로는 아무래도 수긍이 가지 않기 때문이다. 그래서 이를 해결하기 전에, 이것이 우선 순서이기 때문에, 리얼리즘으로 향하라고 하는 주장, 그것을 알아보고 잠시 옳고 그름을 생각해 보고자 한다.

❖ 3 ❖

물론 리얼리즘으로 향하라고 한다고 해서 오늘날 극단적인 졸라이
즘의 지점을 일본에 내고자 하지 않는 이상, 단순한 사실주의가 아님
에는 틀림없다. 여기서 지난달의 신소설에 실린 혼마 히사오 군의 문
예시평 「낭만주의인가 현실주의인가」를 일독하면 (마침 이 외에 리얼
리즘으로 향하라는 논이 주위에 없었기 때문에 그 같은 사정을 알아
주기 바란다.) '진짜 리얼리즘은 어디까지나 귀요의 소위 실재를 깊이
파고드는 예술이다. 실재를 파고들어 우리들의 눈이 습관을 떠날 수
있는 지층에 도달하는 데까지 돌진하는 예술이다. 현실에 철저한 예
술이다. 철저한 현실주의의 예술이다.'고 한다. 정말 리얼리즘이 철저
한 현실주의의 예술이라고 하는 것은, 위대한 지니어스는 위대한 천
재라고 하는 것과 같이 약간 익살스러운 느낌이 있기는 하지만, 그럼
에도 불구하고 혼마 군이 주장하고자 하는 취지는 각별히 이해하기
힘든 것은 아니다. 다른 문제는 몰라도 리얼리즘의 정의에 관해서는
혼마 군도 우리의 동지로서, 진짜 리얼리즘은 당장에 실재를 꿰뚫고
자 하는 — 우리들의 진실한 요구를 가장 잘 만족시키고자 하는 예술
이라고 하는 것 같다. 여기까지는 매우 동감이다.

하지만 그리고 나서 리얼리즘으로 향하라고 하는 중요한 주장을 듣
자면 혼마 군은 이 정의를 내걸고 한편으로 로맨티시즘을 공격함과
동시에 또 한편으로 '리얼리즘의 중심 유파인 우리나라의 자연주의'에
하루라도 빨리 리얼리즘으로 향하라고 열심히 채찍을 가하고 있다.
원래 리얼리즘과 로맨티시즘과는 성질이 서로 맞는지 어떤지 그것도
크게 의심스럽지만 이 문제는 잠시 두고, 우선 혼마 군이 로맨티시즘
은 어떤가 하는 이전부터의 관계를 문제로 삼자면 — 당연히 이 인연

은, 조금 전의 리얼리즘의 정의가 매우 명쾌 예리한 데 비하여 대단히 난삽하기는 하지만 어림짐작을 해보면 그 이유는 두 가지가 있는데, 하나는 요즈음 로맨티시즘을 주장하는 것은 시대착오라고 하는 비난, 또 하나는 로맨티시즘은 '단순한 공상에 의해서 흥미를 환기하는 예술'로 '단순한 유희문학'이고 '단순한 도락적인 문예'라고 하는 비난이다. 편의상 두 번째 이유부터 문제로 삼는데, 만약 로맨티시즘이 설명과 같이 이즘이라면 그것은 확실히 퇴치해야 할 것이다. 이 점에 있어서도 리얼리즘의 정의와 비슷하므로, 혼마 군이 우리의 동지임은 의심의 여지가 없다. 그러나 로맨티시즘이 위에서 말한 '단순한 유희문학'이라고 하는 것은 문제가 다르다. 그러면 혼마 군이 로맨티시즘을 매도하는 이유는 어디에 있는가 하면, 유감이지만 『문예시평』의 어느 페이지를 찾아도 발견되지 않는다. 단지 한군데에 '나는 낡은 의미의 로맨티시즘을 배척한다.'라고만 하고 있기 때문에, 낡은 의미의 로맨티시즘이 '단순한 유희문학'인가 하고 생각했지만, 십구 세기의 일대 정신적 운동인 로맨티시즘이 '단순한 유희문학'만으로 결말 지을 수 없다는 것은 (설령 오늘날에서 보아 얼마든지 비난의 여지가 있다고 하더라도) 그것이야말로 로맨티시즘이라고 하는 '단어가 함축하는 문예사적 의의에 대하여 새삼 문제 삼아 따질 것까지 없이' 명확하다. 하지만 이를 제외하면 혼마 군은 항상 '말할 것도 없이'라든가 '숨길 수 없다'라든가 하고 잘난 체하며 말만 하고 당연한 논리를 나열하고자 하지 않는다. 아무리 혼마 군 자신에게는 '말할 것도 없는' 일이라고 하더라도 듣고 있는 쪽에서 이해되지 않는 이상 그 의미를 설명해 주는 것은 비평가로서의 혼마 군의 위엄을 조금도 손상시키지 않는다. 그러나 아무리 불평을 늘어놓더라도 이미 마땅한 이유가 분명하지 않은 이상 그 논의는 아쉬운 대로 이 정도에서 마무리하고, 최초의 이유를 경청해 보면, 이것은 '근대의 문예사상에서 리얼리즘이라고 하고 로맨티시즘이라고 하는, 이들 단어가 함축하는 문예사적 의의에 대해서 새삼스럽게 문제 삼아 따질 것도 없고, 최근대의 문예의 기조가 로맨티시즘이 아니라 리얼리즘인 것은 논쟁의 필요가 없는 사실이다.······ 따라서 재래의 문예사가에 의해서 특징지어진 로맨티시즘을 아무런 조건 없이 오늘날 그대로 요구한다면 그것은 분명히 시대착오'라는 것이다. 이같이 발췌하여 보면 매우 당당하고 자못 대문장 같은 관점이 있지만, 물론 이것이 대문장이 되기 위해서는 두 가지 조건 중에 어느 쪽이든 예상하지 않으면 안 된다. 이것은 혼마 군이 오늘의 문단에 '재래의 문예사가에 의해 특징지어졌던 로맨티시즘을 아무런 조건 없이 오늘날 그대로 요구하'는 경향을 알고 있는지, 혹은 또 오늘날 문단에 모든 로맨티시즘 정신을 '재래의 문예사가에 의해서 특징지어졌던 것과 같은 로맨티시즘'과 완전히 동일한 것으로 인정할 것인지, 둘 중 어느 쪽이든 증명해야 한다는 것이다. 만약 전자가 사실이라고 한다면 자신도 그 시대착오를 비난하는 데는 굳이 혼마 군의 뒤에 숨어 있을 사람이 아니다. 미흡하나마 준마의 꼬리에 붙어서라도 로맨티시즘 공격의 불길을 지피는 일은, 슐레겔 형제에 대한 하인리히 보스와 같은 방법으로 떠맡고 싶다고 생각한다. 그 때문에 이 점에 대해서는 혼마 군이 우리 동지임은 의심하지 않지만, 널리 바라본 바로는 일본에서도 서양에서도 '재래의 문예사가에 의해서 특징지어진 로맨티시즘을 아무런 조건 없이 오늘날까지 그대로 요구하는' 것이 발견되지 않은 것은 유감이다. 하지만 만약 이것이 자신의 견문이 좁은 소치라고 한다면 물론 새삼 혼마 군에게 가르침을 청하지 않으면 안 된다. 단지 군이 이 점에 관해서 오늘날까지 아무런 가르침도 주지 않았던 것은 사실이다. 이렇게 되면 논점은 싫어도 후자로 옮기지 않을 수 없다. 그러나 이것 또한 심히 대담한 평계로, 만약 그 이유를 정당화 하려고 한다면, 이는 각 시대 로맨티시즘에 차별을 인정하고자 하지 않는 것이기 때문에 필연적으로 문예사상의 이즘이 신진대사를 했던 순서에 따라서라도 시대착오 취급을 하는 수밖에 없다. 실제로 혼마 군 자신도 이 같은 말투를 흘리고 있는 것 같이 생각된다. 하지만 로 맨티시즘의 뒤에 리얼리즘이 일어났다는 문예사상의 과거 사실만으로 로맨티시즘 제창을 시대착오라고 한다면 리얼리즘 뒤에 오는 심벌 리즘이나 네오라고 칭하는 로맨티시즘이 일어났다고 하는, 같은 문예 사상의 과거 사실에 의해서 혼마 군 자신이 제창하는 리얼리즘도 또 시대착오임을 당연히 면할 수 없다. 만약 혼마 군의 겸양의 덕에 상처 를 내지 않으려고 한다면 군이 괴테와 비교하여, 만년에 그가 고전주 의를 받들었던 것은 고전주의 뒤에 로맨티시즘이 일어났다고 하는 동 일한 문예사상의 과거 사실만 가지고 일으킨 시대착오는 아닐까 해도 지장이 없다. 말할 필요도 없이 이것은 우스꽝스러운 딜레마이다.

이상 설명해온 대로 혼마 군은 로맨티시즘에 마가 씌었을 뿐이지 아무런 근거다운 근거를 가지고 있지 않다. 단지 처음부터 끝까지 투 고자라도 알고 있는 사이비로맨티시즘의 험담을 수고스럽게 나열하 고 있을 뿐이다. 때문에 이 범위에서 '리얼리즘의 중심 유파인 우리나 라의 자연주의'가 아니면 현대 문단의 쇠퇴를 구하는 것이 불가능하 다는 것도 매우 이상하지 않을 수 없다. (자연파가, 특히 일본의 자연 파가, 귀요가 소위 리얼리즘의 중심유파인가 아닌가 하는 점은 번거 로움을 피하여 여기에서는 논하지 않는다.) 이렇게 하여 보면 혼마 군 은 로맨티시즘의 공격에서 실패하였고, 자연파에게 리얼리즘의 상속 권을 주는 데에도 실패하여, 당초의 입론의 목적 중에서는 겨우 리얼 리즘의 정의를 부여하는 일에 성공한 것뿐이다. 물론 하나의 이즘을 정의하는 일이 결코 손쉬운 일이 아닌 이상 혼마 군의 문예시평의 메리트, 그것만은 인정할 수 있지만, 이것 또한 프랑스의 귀요라는 사람이 동일한 것을 말하고 있으니 혼마 군 자신이 말을 퍼뜨리다 보면 이제 와서 독창의 영예를 얻을 수 있을 것 같지도 않다.

그럼 혼마 군의 문예시평이 머리에서 꼬리까지 엉터리인가 하면 반드시 그렇지는 않다. 정말 논리는 정상이 아니다. 논지도 전혀 탄복할수 없다. 하지만 이 혼돈된 삼단논법의 행렬 중에 혼마 군이 진리를 희미하게나마 직관하고 있다는 사실은 어느 정도 군에게 동감하는 사람이라면 쉽게 알아차릴 것이다. 여기서 그 진리란 무엇인가 하면 리얼리즘이라는 것은 자연파나 낭만파와 동류에 속하는 것이 아니고 오히려 그들의 너머에 있다고 하는 것이다. 나는 아까부터 혼마 군의 흠을 나무라기에 바빴으니까 이하는 조금 군의 장점을 들어서 문예시평이라고 하더라도 진리를 내포하고 있는 이상 얕보지 못할 까닭을 명확하게 하고자 한다.

군은 말한다. '정말로 현실 속 깊이 찾아들어간 환상, 정말로 현실밑바닥에 스며든 꿈은 이제는 환상이 아니다. 이제는 단순한 꿈이 아니다. 그것은 실로 보통 말하는 현실 이상의 현실이다.'는 말과 같이실재에 철저했는지 철저하지 않았는지 하는 것은 거기에 그려져 있는사건이라든가 그곳의 광경 등에 지배되지는 않는다. 고노 모로나오가욕실을 엿보더라도, 이태백이가 물고기가 되어도, 즉 통속적으로 로맨틱이라고 불릴 재료를 다루더라도 그것을 표현하여 유감이 없었다면'보통 말하는 현실주의 이상의 현실'을 포착할 수 있다. 때문에 혼마군의 입장에서 말하자면 장난삼아 재료상의 현실묘사를 구하여 리얼리즘으로 향하라고 하는 주장 따위는 일고의 가치도 없는 속론이 되고 만다. 여기서 군은 더욱이 사실상의 예를 들어서 '리얼리즘을 표방한 졸라가 그렸던 인생 도감보다도 로맨티스트였던 발자크의 꿈과 환상이 훨씬 더 우리들에게 현실적인 맛을 부여한다.'고 잘라 말했다. 즉 리얼리즘이라는 것은 로맨티시즘이든지 자연주의든지를 묻지 않고 단지 '현실을 음미한' 표현 속에서만 존재한다. 이미 과거의 로맨티스트였던 발자크는 이 리얼리즘을 가지고 있었다. 장래의 로맨티스트였던 일본의 여러 작가라 하더라도 물론 이 의미에서 리얼리스트가 될 수 없다고 하는 것은 아니다. 요즈음 문단에 '현실 탐구의 불철저와 현실을 관조하는 평판단조와 그 비속주의'가 '로맨티시즘에 의해서 타파되고 전향될 수 있는 것은 아니다.'고 하는 것은 이제는 명확한 오류가 되었다. '귀요와는 다른 단어로 리얼리즘의 진수를 명확하게 했던' 모파상은 '사실 그것 자체보다도 한층 완전한, 한층 현저한, 한층 확고한 사실의 환영을 제공한' 것을 가지고 작가는 정말로 노력해야 한다고 했다. 그가 소위 일개의 환상주의자일수록 깊이 현실에 철저하고, 현실을 파헤칠 때 모든 이즘의 작품은 똑같이 리얼리즘의 작품이 되는 것이다. '따라서 이 경우 로맨티시즘을 요구하는 것은 그 요구 자체가 이미 일종의 시대착오'가 아닐 '뿐만 아니라 그것은 사실에 있어서도……현실 회피의 나쁜 경향이 생길 우려'는 없다. 때문에 내가 혼마 군의 문예시평을 비평하는 초반에 일부러 다루지 않고 놓아두었던 문제, 즉 로맨티시즘과 리얼리즘과는 얼음과 숯같이 서로 받아들이지 못하는 것은 아닌가 하는 문제는 사실 혼마 군 자신이 저 논쟁 속에서 확실히 해결하고 있다. 단지 군이 로맨티시즘을 경멸하고자 한 나머지, 혹은 자연주의의 뒷바라지를 하고자 한 나머지, 중도에 직관할 수 있었던 진리를 되돌아보지 않고 억지로 논리의 바퀴를 옆으로 밀고자 했던 결과, 자신이 만들어낸 결론과 완전히 반대의 단안을 내렸던 것은 진심으로 유감이라고 하지 않을 수 없다.

옛날 예언자 발람은 이스라엘을 저주하고자 하였으나 오히려 그를
축복하였다. 지금 혼마 군은 로맨티시즘을 퇴치하고자 하였으나 오히
려 그를 고무하였다. 물론 이러한 일이 비평가로서는 군의 명예라고
할 일인지 어떤지 그것은 나도 모르겠다. 하지만 군 자신이 자각하지
않았다고 하더라도 이것이 있었던 까닭에 군의 문예시평은 간신히 무
익한 요설임을 면하였다. 나는 적어도 이 점을 혼마 군과 더불어 축하
하고 싶다.

❖ 4 ❖

이상과 같이 리얼리즘은 이즘이 어떠한가에 좌우되지 않는다고 하
는, 패러독스에 물든 사실을 지적하고 나서 자신은 다시 한 번 재능의
문제로 되돌아가서 거기서부터 자신 나름의 로맨티시즘과 자연주의
와의 관계를 구별한 뒤에 다시 한 번 더 기량의 문제로 가서 거기서
논의를 완결할 작정이었다. 하지만 혼마 군의 문예시평에서 조금 길
게 시간을 허비한 결과 지금은 소정의 원고지 수도, 마감 기한도 벌써
다 된 처지가 되었다. 때문에 할 수 없이 여기에서 일단 중단하는 것
으로 하지만 재능이라는 글자를 나쁜 의미로 해석하지 않는 이상, 그
것이 리얼리즘으로 향하라는 것과 모순되지 않는다는 것은 지금까지
곳곳에서 추찰하였다고 생각한다. (당연히 자신의 재능의 해석이 어떠
한가를 말하자면 여기까지이지만, 이 경우는 또 다른 기회에 설명을
듣는 것으로 하자.)

결국 내가 분별한 바는 기량과 재능을 경멸하는 것은 무례하다고
하는 사토미 군의 논의에 편승하여 같은 주장을 서술한 것이다. 하지
만 논의의 취지는 같아도 그 조리나 무언가 자세한 부분에서 군과 자

신은 상당히 상위한 곳이 있음에 틀림없다. 이것만은 사토미 군에게
폐를 끼치는 것을 두려워함이니 이 기회에 알아주기를 바라고 싶다.

(1918.10.16)

예술 그 외(芸術その他)

하 태 후

❖ ❖

　예술가는 무엇보다도 작품의 완성을 기하지 않으면 안 된다. 그렇지 않으면 예술에 봉사하는 일이 무의미하게 되어 버릴 것이다. 설령 인도적인 감격이라 하더라도 그것만을 추구한다면 단순히 설교를 듣는 것에서도 얻을 수 있다. 예술에 봉사하는 이상 우리가 작품에 부여하는 것은 무엇보다도 우선 예술적 감격이 아니면 안 된다. 거기에는 오로지 우리가 작품의 완성을 기하는 것 외에 방도는 없다.

❖ ❖

　예술을 위한 예술은 한 발짝만 옮기면 예술유희설로 전락한다.
　인생을 위한 예술은 한 발짝만 옮기면 예술공리설로 전락한다.

❖ ❖

완성이란 읽어서 실수가 없는 작품을 만드는 것이 아니다. 분화 발달한 예술상의 이상을 저마다 완전히 실현시키는 것이다. 그것이 언제나 불가능하다면 그 예술가는 부끄러워하지 않으면 안 된다. 따라서 위대한 예술가는 이 완성의 영역이 대규모적인 예술가이다. 일례를 들자면 괴테와 같이.

❖ ❖

물론 인간은 자연이 준 능력상의 제한을 넘을 수는 없다. 그렇다고 해서 나태해지면 그 제한의 소재조차 모르고 만다. 때문에 모두 괴테가 되려는 각오로 정진하는 것이 필요하다. 그러한 것을 겸연쩍어해서는 몇 년이 지나도 괴테 집의 마부조차도 될 수 없다. 그렇다고 '지금부터 괴테가 되겠습니다.' 하고 나팔을 불고 다닐 필요는 없지만.

❖ ❖

우리가 예술적 완성의 도상으로 향하고자 할 때, 무언가 우리의 정진을 방해하는 것이 있다. 편안한 걱정인가. 아니, 그런 것은 아니다. 그것은 보다 더 불가사의한 성질의 것이다. 마치 산에 오르는 사람이 높이 올라감에 따라 묘하게 구름 아래에 있는 산기슭이 그리워지는 것과 같은 이치다. 이렇게 말해서 통하지 않는다면 ― 그 사람은 결국 나와 인연이 없는 사람이라고 할 수밖에 없다.

❖ ❖

나뭇가지에 있는 한 마리 송충이는 기온, 날씨, 조류 등의 적 때문에 끊임없이 생명의 위협에 쫓긴다. 예술가도 그 생명을 유지하기 위해서는 이 송충이와 같이 위험을 이겨내지 않으면 안 된다. 그 중에서도 두려워해야 할 것은 정체다. 아니 예술의 경지에서 정체라는 것은 없다. 진보하지 않으면 반드시 퇴보다. 예술가가 퇴보할 때 항상 일종의 자동작용이 시작된다. 그 의미는 같은 작품만 쓰게 되는 것이다. 자동작용이 시작되면 그것은 예술가로서의 죽음이 임박한 것이라고 생각하지 않으면 안 된다. 나 자신도 『용』을 썼을 때에는 명확하게 이와 같은 죽음이 임박해 있었다.

❖ ❖

보다 바른 예술관을 가지고 있는 자가 반드시 보다 좋은 작품을 쓴다고는 할 수 없다. 그렇게 생각할 때에 쓸쓸한 생각이 드는 것은 오직 나 혼자 뿐일까. 나만이 아니기를 기도한다.

❖ ❖

내용이 근본적이고 형식은 말단이다. — 이런 설이 유행하고 있다. 하지만 그것은 진짜 같은 거짓이다. 작품의 내용이란 필연적으로 형식과 하나가 된 내용이다. 우선 내용이 있고 형식은 나중에 꾸미는 것이라고 생각하는 자가 있다면 그것은 창작의 진리에 어두운 자이다. 간단한 예를 들어보아도 알 수 있다. 『유령』 속에서 오스왈드가 '햇빛이 그립다고 하는 것은 누구라도 대체로 알고 있음에 틀림없다. 저 '햇빛이 그립다고 하는 말의 내용은 무엇인가. 무리하게 쓰보우치 박사가 『유령』의 해설 중에 저것은 '어둡다'고 번역했던 일이 있다. 물론 '햇빛이 그립다와 '어둡다'는 이치상에서는 같을는지 모른다. 하지만 그 단어의 내용상에서는 실로 격차가 하늘과 땅 차이이다. 저 '햇빛이 그립다라는 장엄한 단어의 내용은 단지 '햇빛이 그립다라는 형식 외에 달리 나타낼 수 없다. 그 내용과 형식이 하나가 되어 전체를 적확하게 포착할 수 있었으니 이는 입센의 위대한 점이다. 에체가라이가 『돈 후안의 아들』의 서문에서 격찬하고 있는 것도 이상하지 않다. 그 단어의 내용과 그 단어 속에 있는 추상적 의미를 혼돈하면 거기서부터 틀린 내용편중론이 나온다. 내용을 솜씨 있게 꾸미는 것이 형식이 아니다. 형식은 내용 속에 있다. 또 그 역도 마찬가지다. 이 미묘한 관계를 이해하지 않는 사람에게는 영구히 예술은 덮어놓는 책에 지나지 않을 것이다.

❖   ❖

예술은 표현으로 시작해서 표현으로 끝난다. 그림을 그리지 않는 화가, 시를 짓지 않는 시인 등의 단어는 비유 이외에는 아무런 의미도 없는 단어이다. 그것은 희지 않은 분필이라기보다도 훨씬 우매한 단어라고 생각하지 않으면 안 된다.

❖   ❖

그러나 틀린 형식편중론을 받드는 자도 불행하다. 어쩌면 틀린 내용편중론을 받드는 사람보다 실질적으로는 더욱 우매함에 틀림없을 것이다. 후자는 적어도 별 대신에 운석을 준다. 전자는 개똥벌레를 보고도 별이라고 생각할 것이다. 소질, 교육 그 외의 점에서 내가 항상 조심하는 것은 이 틀린 형식편중론자의 갈채 등에 마음이 들뜨지 않아야 한다는 점이다.

❖ ❖

위대한 예술가의 작품을 읽었을 때, 우리는 때때로 그 위대한 힘에 압도되어 그 외에 작가는 많이 있어도 없는 것처럼 보인다. 마치 태양을 보고 있던 자가 눈을 밖으로 돌리면 주위가 어둡게 보이는 것과 같다. 나는 처음 『전쟁과 평화』를 읽었을 때 얼마나 다른 러시아 작가를 경멸했는지 모른다. 하지만 이것은 바르지 않다. 우리는 태양 외에 달과 별도 있는 것을 알지 않으면 안 된다. 괴테는 미켈란젤로의 <최후의 심판>에 감복했을 때도 바티칸의 라파엘을 경멸하는 데에 주저했을 만큼의 여유가 있었다.

❖ ❖

예술가는 비범한 작품을 만들기 위해서 영혼을 악마에게 파는 일도 때와 경우에 따라서는 있을 수 있다. 이것은 물론 나도 하지 않을 수 없다는 의미다. 나보다 어려움이 없이 하는 사람도 있지만.

❖ ❖

일본에 온 메피스토펠레스가 말한다. '어떤 작품도 험담을 해서 안 되는 작품은 없다. 현명한 비평가가 할 일은 단지 그 험담이 일반에게 승인되어지는 기회를 잡는 일이다. 그리하여 그 기회를 이용하여 그 작가의 앞길까지 교묘하게 저주하는 것이다. 이런 저주는 이중으로 효과가 있다. 세상에 대해서도. 그 작가 자신에 대해서도.'

❖ ❖

예술을 알고 모르고는 언어로서는 도저히 말할 수 없는 곳에 있다. 물의 차고 따뜻함은 마셔서 아는 것 외에는 방법이 없다. 예술을 아는 것도 이것과 다르지 않다. 미학 책만 읽으면 비평가가 될 수 있다고 생각하는 것은 여행안내서만 읽으면 일본 어디에 가서도 헤매지 않는다고 생각하는 것과 같다. 그래도 세상은 기만될는지 모른다. 하지만 예술가는 — 아니, 어쩌면 세상도 산타야나만은 — .

❖ ❖

나는 예술상 여러 반항의 정신에 동정한다. 설령 그것이 때로는 나 자신에 대한 것이라도.

❖ ❖

예술 활동은 어떠한 천재라도 의식적인 것이다. 이 의미는 예운림이 돌 위의 소나무를 그릴 때에 그 소나무의 가지를 모조리 얼토당토 않게 한쪽으로 늘렸다고 한다. 그 때 그 소나무 가지를 늘린 일이 어떻게 효과를 화면에 부여하는가. 그것은 운림도 알고 있었는지 어떤지 모른다. 하지만 늘렸기 때문에 어떤 효과가 생긴다는 것은 누구나 알고 있다. 만약 알고 있지 않았다고 한다면 운림은 천재도 뭐도 아니다. 단지 일종의 미련한 자이다.

❖ ❖

무의식적인 예술 활동이란 쓰바메노 고야스가이의 다른 이름에 지나지 않는다. 때문에 로댕은 영감을 경멸했다.

❖ ❖

옛날 세잔느는 들라크루아가 엉성한 곳에서 꽃을 그렸다는 비평을 듣고 정색을 하고 반대했던 일이 있다. 세잔느는 단지 들라크루아를 이야기할 작정이었는지도 모른다. 하지만 그 반대 중에는 세잔느 자신의 면목이 명명백백하게 드러나 있다. 예술적 감격을 가져와야 하는 어떤 필연의 법칙을 포착하기 위해서라면 땀을 몇 번이나 흘릴 정도로 노력하는 것도 마다하지 않았던 저 무서운 세잔느의 면목이.

❖ ❖

이 필연의 법칙을 활용하는 것이 소위 기교이다. 따라서 기교를 경멸하는 것은 처음부터 예술을 모르든지 그렇지 않으면 기교라 불리는 단어를 나쁜 의미로 사용하고 있든지 이 양자 외에 없다고 생각한다. 나쁜 의미로 사용해 놓고는 '안 돼 안 돼' 하고 뽐내는 것은, 채식을 인색함의 별명이라고 생각하고 천하의 채식자를 모조리 구두쇠 취급 하는 것과 같은 것이다. 이러한 경멸은 무엇이 되는가. 모든 예술가는 더욱더 기교를 연마해야 한다. 앞의 예운림의 예로 말하자면 효과를 내기 위하여 소나무 가지를 한 쪽으로만 늘리는 요령은 싫어도 수용 해야 할 것이다. 영혼을 쓴다. 생명을 쓴다. — 이 같은 금박 칠의 요 란한 말은 중학생을 향하여 설교하는 것이 낫다.

❖ ❖

단순함은 소중하다. 하지만 예술에 있어서 단순함이라는 것은 복잡 함이 극에 달한 단순함이다. 기름틀을 짠데다가 또 짜서 압축한 단순 함이다. 이 단순함을 얻기까지는 어느 정도로 창작적 수고를 쌓지 않 으면 안 된다. 이를 알아차리지 못하는 자는 육십 겹의 변천을 거치더 라도 아직도 아이들처럼 재잘재잘하면서도 데모스테네스 이상의 웅 변이라고 자부할 것이다. 그러나 손쉬운 단순함보다는 오히려 복잡한 쪽이 어느 정도 진짜 단순함에 가까울는지 모른다.

❖ ❖

위험한 것은 기교가 아니다. 기교를 구사하는 잔재간이다. 잔재간은 성실함이 모자라는 곳을 얼버무리기 쉽다. 부끄럽지만 나의 악작 중 에서 이 같은 약삭빠른 작품도 섞여있다. 이것은 아마 어떠한 나의 적 이라도 기꺼이 인정하는 진리일 것이다. 하지만 — .

❖ ❖

　내가 안주하고 싶어 하는 성질은, 좋은 작품에 만족하여 안정되어 있으면, 그대로 나를 악마의 세계로 타락시킬 위험이 있다. 이 성질이 완전히 멎지 않는 한 나는 타인에게도 나 자신에게도 내가 믿는 것을 분명히 하여, 자타에 대한 오기를 부려서라도, 껍데기가 생기는 것을 막지 않으면 안 된다. 내가 이런 수다를 떨 기분이 된 것도 이 때문이다. 차츰차츰 나도 열심히 하지 않으면 면목이 서지 않을 때가 다가온다.

(1919.10.8)

한문 한시의 재미(漢文漢詩の面白味)

하태후

　한시 한문을 읽을 때 이점이 있다고 생각하는가? 나는 이점이 있다고 생각한다. 내가 쓰는 일본어는 가령 프랑스어와 라틴어와의 관계는 아니라 할지라도 상당히 중국어의 은혜를 입고 있다. 이것은 단지 한자를 사용하고 있기 때문만은 아니다. 한자가 로마자로 대치되었지만, 먼 과거로부터 쌓여온 중국어 식의 표현은 역시 일본어 속에 남아 있다. 때문에 한시 한문을 읽는다고 하는 것은 과거의 일본문학을 감상하는 데에도 유익함이 있을 것이고 현재의 일본문학을 창조하는 데에도 이점이 있을 것이라 생각한다.

　그럼 한문 한시를 읽고 어떤 이점이 있는가 하면, 이 점은 명확하게 답하기 어렵다. 어쨌든 한시 한문이라고 하면 중국문학과 같기 때문에, 즉 영문학 혹은 프랑스문학을 읽고 어떤 이점이 있는가 하는 것과 마찬가지로, 막막하여 종잡을 수 없는 문제가 되어버린다. 물론 무어라 답하지 못할 것도 없지만 거기에는 상당한 준비를 하지 않은 이상 결국 엉터리로 끝나버리기 쉽다. 문장클럽 기자에게 질문을 받고 처음으로 생각해보고자 한 사실은 별로 좋지는 않다.

단지 평소에 생각하고 있던 일을 한두 가지 말하자면, 한문 한시는 한결같이 대충 담백한 문자인 듯이 생각하고 있다. 그러나 실제 대충은커녕 매우 섬세한 신경이 작용하고 있는 작품이 적지 않다. 예를 들면 고청구(명)의,

> 나무 바람은 서늘하고 산색은 가을이요,
> 구름은 엷고 강물 색은 저녁이로다.
> 숲 아래 있어도 사람 만나지 못하니,
> 그윽한 향기를 누구와 함께 나눌까나.

등, 오언절구는 황혼의 가을 숲속의 공기마저도 차분하게 그려내고 있다. 그리고 서정적인 감정은 한시와 인연이 먼 것처럼 생각하고 있지만 이것 역시 반드시 그렇지는 않다. 이름 높은 한악(당)의 『향렴집』이라는 시집은 거의 이런 종류의 시로 가득하지만 그 중에서 하나를 인용하면 「구상을 얻었노라」라는 칠언절구에,

> 겹겹 문 속의 아름다운 전당 앞에,
> 한식의 꽃가지 한밤중 하늘에 걸려 있네.
> 구상을 얻었노라. 저 사람이 손을 늘어뜨리고 서있음은,
> 부끄러워하여 그네를 타고자 하지 않았음임을.

이라는 것이 있다. 부끄러워서 그네타기를 하지 못했던 소녀를 생각하는 점 등은 거의 이쿠타 슌스케 군의 시 속에도 나올 것 같다. (계속해서 말하자면 『향렴집』 속에는 「손을 노래한다」라는, 여자 손의 아름다움만을 노래한 시가 있다. 정말로 심혈을 기울인 시이기 때문에 틈나는 분은 읽어 보심이 좋겠다.) 또 이 같은 연애 이외의 감정을 노

래한 시에도 우리의 심경에 합하는 것이 의외로 많이 있다. 완전히 새로운 곳에서 예를 들자면 손자소(청)의 「잡다한 추억 아내에게 부친다」라는, 여행지에서 집으로 보낸 시에 이런 칠언절구가 있다.

고향 편지 아득하도다. 길은 멀고 넓은데,
깊은 근심에 싸여있네. 까치 소리 느긋한데,
오늘밤 입을 맞추고 있는 합환목을 비추는 달.
아담한 뜰의 여자아이는 장안을 이야기하누나.

이 시인의 노스탤지어는 지극히 순수하게 우리들도 받아들일 수 있을 것이다. 또 한 수 청조의 시인에게서 예를 들자면 조구복의 「시편」이라는 것에,

오랜 원고와 남은 책자를 혼자서 정리한다.
천금의 낡은 붓은 가지고 있음이 거북하다.
불쌍하구나, 팔려서 길거리에 이르러 사라진다.
온 종일 한 푼을 내는 사람도 없다.

라는 것이 있다. 이것도 우리들 매문생활을 하고 있는 사람에게는 우선 동감이라고 할 수밖에 없다. 장황하지만 또 하나 예를 들면 유명한 두목(당)의,

강남에서 몸을 망가뜨리고 술에 절어있는 매일,
여자들 허리의 감촉 손바닥에 가볍게 얹은 듯하다.
양주에서 지낸지 십년간은 꿈과 같이 지나갔다.
남은 것은 바람둥이 남자라는 평판뿐이다.

등도 요시이 이사무 군을 생각나게 하는 곳이 없는 것도 아니다. 이러한 형편으로 한시 중에는 현재 우리들의 심정과 꽤 밀접한 것이 포함되어 있다. 결코 싸잡아 경멸해서 마땅한 것은 아니다. 단순히 자연을 그린 시구를 골라내 보아도,

> 대추가 익어 떨어져서 사람을 때리고,
> 접시꽃은 시들어 가래로 일구고저 하노라. (두보)

> 높은 삼나무의 남은 종자 떨어져,
> 깊은 우물에 동상의 혼적 생기도다. (승무기)

> 드문드문한 대숲에 늦게 올라온 죽순 뽑으니
> 그윽한 약과 차가운 싹을 뿜어내도다. (옹도)

라든가 하는, 가을과 겨울만으로도 예리한 시심을 느끼게 하는 것이 많이 있다. 때문에 한시를 읽으면 적어도 이 범위 내에서는 우리가 정말로 배울 것이 생각 외로 많지 않을까 생각한다.

그 외에도 아직 여러 가지 도움이 되는 곳도 많겠지만, 다소간 앞에서 말한 대로 준비도 뭐도 없었기 때문에 이번에는 이것만으로 실례를 무릅쓰고자 한다. 그리고 한시만 이야기 하고 한문은 이야기 하지 않았던 것은 예를 드는 것이 불편하기도 하고, 또 그 쪽으로 이야기가 연장되면 너무 길어질 것을 우려했기 때문이다. 이 점은 관대하게 보아주기 바란다.

(1920.1)

프랑스 문학과 나<small>(仏蘭西文学と僕)</small>

임명수

　나는 중학교 5학년 때, 알퐁스 도데[1]의 『사포(Sapho)』(1884)라는 소설을 영어 번역본으로 읽었다. 물론 어떻게 읽었는지 도대체 자신이 없었다. 적당히 사전을 찾아보고 책장을 넘기는 식이었는데, 어쨌든 그것이 나에게는 처음 친근감을 가지고 접한 프랑스 소설이었다. 『사포』를 읽고 감동을 받았는지는 정확히 기억이 없다. 그런데 무도회에서 돌아가는 장면에서, 동틀 무렵의 파리 광경을 묘사한 5, 6줄의 문장을 읽고 왠지 기뻤던 것만큼은 기억하고 있다.

　그 후, 아나톨 프랑스[2]의 『타이스(Thais)』(1890)라는 소설을 읽었다. 기억하건대 당시 『와세다문학(早稲田文学)』 신년호에, 야스나리 사다오(安成貞雄)[3]가 쓴 작품 소개가 게재되어 있어, 그것을 읽고 바로 마루젠 서점으로 달려가 사온 것을 기억하고 있다. 이 작품을 읽고 나는 매우

---

1) Alphonse Daudet(1840~1897). 프랑스 소설가. 자연주의에 가까우나 밝고 감미로운 시정과 정묘한 풍자로 호평을 받았음. 대표작 『풍찻간 소식』.
2) Anatole France(1844~1924). 프랑스의 소설가이자 비평가로, 그리스·라틴·프랑스의 고전을 읽고 철저한 고전주의자가 되었음.
3) 1885~1924. 일본 평론가.

감복했다.(지금이라도 프랑스 작품 중 가장 재미있는 작품이 뭐냐고 묻는다면 나는 주저 없이 『타이스』라 할 것이다. 그 다음으로는 『페도크 여왕』[4]이다. 그 유명한 『붉은 백합』[5] 같은 소설은 딱히 걸작이라고는 생각되지 않는다.) 하기야 토론 장면에서의 흥미로웠던 부분은 몇 군데 빼고는 이해하지 못했던 것 같다. 그러나 나는 『타이스』 문장 곳곳에 닥치는 대로 색연필로 밑줄을 그었다. 지금도 그 책을 가지고 있는데, 니시아스[6]의 대사에 줄이 제일 많이 그어져있다. 니시아스라는 자는 경구(警句)만 내뱉는 알렉산드리아 출신의 고등유민이다. ― 『타이스』를 읽은 것도 중학교 5학년 때였다.

고등학교에 입학한 후는 어학능력도 대충 자리가 잡혀 가끔 프랑스 소설도 읽어봤다. 그렇다고 해서 프랑스 문학 전공자가 읽듯이 계통적(본격적)으로 읽은 것은 아니다. 그냥 닥치는 대로 대충 훑어보는 식이었다. 그중에서도 기억하고 있는 작품에는 프로베르[7]의 『성 앙투안느의 유혹』이라는 소설이 있다. 그 작품은 몇 번이나 시도했어도 결국 끝까지 읽지 못했다. 하기야 로터스 라이브러리(Lotus Library)라는 보라색 책가위 영역본으로 읽어보니, 본문이 마구 생략되어 있어 별 어려움 없이 끝까지 읽을 수 있었다. 당시 나는 『성 앙투안느의 유혹』도, 내용을 제대로 파악하고 있다고 착각하고 있었는데, 실은 그 보라색 책의 피해를 봤던 것이다. 최근 케베르[8] 선생의 소품집을 읽어보니, 선생도 『성 앙투안느의 유혹』과 『사람보(Salammbô)』(1862)는 지루한 작

---

4) 『페도크 여왕의 불고기집』(La Rôtisserie de la Reine Pédauque, 1893.
5) Le Lys Rouge, 1894年.
6) 작중인물. 알렉산드리아의 향락적인 청년.
7) Gustave Flaubert(1821~1880). 프랑스 소설가. 대표작 『보봐리부인』, 『감정교육』 등.
8) Raphael von Koeber(1848~1923). 독일계 러시아인 철학자, 음악가. 일본 메이지 정부 초청외국인으로 도쿄제국제학에서 철학과 서양고전학을 강의함.

품이라 평가하고 있다. 나는 매우 기뻤다. 그러나 그것에 비하면, 아직
『사람보』쪽이 나에게는 얼마나 재미있는지 모른다. 그리고 모파상9)
은 대단한 작가라고 생각했지만 왠지 싫었다.(지금도 두, 세 작품은 읽
으면 역시 기분이 좋지 않다.) 그리고 인연이 없었던 것인지 졸라10)는
대학에 입학할 때까지 읽어보지 못했다. 그리고 도데는 그때부터 구
메 마사오(久米正雄)11)와 닮은 느낌이었다. 하기야 그 당시의 구메 마사
오는 겨우 일고(一高 도쿄대 교양부) 교우회(校友会) 잡지에 시를 발표하는
정도였기 때문에 도데 쪽이 훨씬 위대해 보였다. 그리고 고티에12)작품
은 재미있게 읽었다. 아무튼 현란무쌍(絢爛無双)하여 장편도 단편도 유
쾌한 느낌이었다. 그러나 그 유명한 「마드모아젤 모파상」은 서양인이
평가할 만큼 달갑지는 않았다. 「아바타(Avatar)」(1856)나 「한밤의 크레오
파트라(Une nuit de Cleopatre)」(1838)라는 단편도 조지 무어13) 같은 자들이
칭송할 만큼 대단한 명작처럼 느껴지지 않았다. 똑같은 칸다울레스
왕14)의 전설에서도, 헤베르15)는 그 무서운 '기게스 반지'16)를 창작해낸
다. 그러나 반대로 고티에 단편을 보면 주인공 왕도 어느 인물도 발랄
한 느낌이 전혀 없다. 단지 이는 한참 후에 헤베르의 극본을 읽었을 때,
편집자 서문 중에, 어쩌면 고티에 단편이 헤베르에게 힌트를 주었을지
모른다는 그럴싸한 가설을 제시하고 있어, 다시금 고티에 작품을 꺼내

---

9) Guy de Maupassant(1850~1893). 프랑스 자연주의의 대표 작가. 대표작『여자의 일생』.
10) Émile François Zola(1840~1902). 프랑스 대표적 자연주의 작가. 대표작『목로주점』.
11) 1891~1952. 일본 소설가, 극작가. 나쓰메 소세키(夏目漱石) 문하생.
12) Pierre Jules Théophile Gautier(1811~1872). 프랑스 고답파 시인, 소설가. 대표작『모팽 양』.
13) George Moore(1852~1933). 아일랜드 소설가.
14) Candaules(재위 기원전735~기원전718). 리디아 왕국 헤라클레스 조 마지막 왕.
15) Christian Friedrich Hebbel(1813~1863). 독일 극작가·시인·소설가. 비극「유디트」가 대표작.
16) Ring of Gyges. 고대 그리스의 철학자 플라톤의 저서《국가》 2권에 나오는 가공
    의 마법 반지이다. 이 반지는 소유자의 마음대로 자신의 모습을 보이지 않게 할
    수 있는 신비한 힘이 있다.

읽어보고 그 기분을 느껴보려고 음미해본다. 그리고는, ― 이제 귀찮아졌다.

대체 내가 고등학교 시절에 이러이러한 책을 읽어봤습니다라고 말하는 것들이 재미있을 리가 없다. 고작 타인들에게 허풍을 친 셈이다. 모처럼 수다를 떤 김에 이것만은 덧붙여 말하고 싶다. 그것은 당시 혹은 그 후 5, 6년 동안 내가 읽은 프랑스 소설은 대체로 현대와는 그리 멀지 않다. 그리고 현대 작가가 쓴 것이다. 대충 거슬러 올라가보면 샤토브리앙[17]이나, ― 거의 한계선 상에까지 거슬러 올라간다 해도, 루소[18]나 볼테르[19] 시대에서 더 이상 거슬러 올라가지는 않는다.(몰리에르[20]는 예외다) 물론 문단에도 학문에 충실한 자들이 많아 개중에는 Cent nouvelles Nouvelles du roi Louis XI[21] 까지도 읽은 대가(大家)가 있을지도 모른다. 그러나 이러한 예외적인 것을 제외하면, 우선 내가 읽은 소설은, 문단 일반에도 읽혀진 프랑스 문학작품이라 할 수 있다. 그렇다면 내가 읽은 소설에 대해 말하는 것은, 넓은 문단에도 많은 관계가 있을 테니까 무시하고 듣거나 가볍게 취급해서는 안 될 것이다. ― 그래도 아직 존재감이 약하다면, 내가 그런 작품밖에 읽지 않았다는 것은, 문단에 영향을 끼친 프랑스 문학은 대개 그런 작품밖에 없다는 것이 아닐까. 문단은 라블레[22]의 영향도, 라신[23]이나 코르네유[24]의 영향

---

17) Chateaubriand(1768~1848). 프랑스의 소설가, 정치가.
18) Jean-Jacques Rousseau(1712~1778). 스위스 제네바에서 태어난 프랑스의 사회계약론자이자 직접 민주주의자, 공화주의자, 계몽주의 철학자이다.
19) Voltaire(1694~1778). 프랑스의 계몽주의 작가.
20) Molière(1622~1673). 17세기 프랑스의 대표적인 극작가. 대표작 「서민 귀족」(1670).
21) 루이 11세 때의 '100편의 새로운 단편잡 1492년 작품. 앙투안 들 라 살의 작품으로 전해짐.
22) François Rabelais(1494?~1553). 프랑스 작가로서 대표적인 인문주의자이며, 프랑스 르네상스의 선구자.
23) Jean Baptiste Racine(1639~1699). 17세기 프랑스 극작가로 프랑스 고전주의를 대표함.
24) Pierre Corneille(1606~1684). 프랑스의 비극 작가로, 몰리에르, 장 라신과 함께 17세기 프랑스의 위대한 3대 극작가 중 한 사람.

도 받고 있지 않다. 그저 주로 19세기 이후의 작가들의 영향을 받고 있다. 그 증거로는 프랑스 문학을 베이스로 숙지하고 있는 여러 선배들의 작품에도 이른바 에스프리 골루아(l'esprit gaulois 골 정신)가 충만한 작품은 보이지 않는다. 설령 19세기 이후 작가들 중에 골[25] 정신에서 내뿜는 웃음소리가 때때로 울려퍼지는 일이 있어도, 문단은 그것에 벙어리 귀를 빌릴 수밖에 없었던 것이다. 이런 점에서도 일본의 파르나스(Parnas)는, 모리 오가이(森 鷗外)[26] 선생의 소설대로 영구히 성실한 장례였다. – 이런 논리도 가능할지도 모른다. 때문에 이러한 나의 이야기도, 더더욱 무시하고 들어서는 안 된다.

---

25) Yvan Goll(1891~1950). 독일 극작가. 프랑스어로도 작품을 썼음. 쉬르레알리슴이나 입체파 예술가들과도 교섭을 가짐.
26) 1862~1922. 일본 메이지·다이쇼 시대의 소설가·번역가·극작가. 육군 군의총감 정4위 훈2등 공3급 의학박사 문학박사.

어느 비평가에게 묻는다(一批評家に答う)

임명수

    한 비평가가 『신초(新潮)』 9월호에 아쿠타가와 류노스케의 예술을 논했다. 나의 예술에 대한 평가는 잠시 미루기로 하고, 내가 지금 말하고 싶은 것은, 나의 감상(感想)에 관한 부분이다. 논리적으로 제대로 생각한다면, 논쟁의 끝이 보이지 않아 결론이 나지 않는 부분이다.

    첫째, 나는 이렇게 썼다. '작품 내용이라 함은 필연적으로 형식과 일치하는 내용을 말한다.' 이 비평가도 이점은 인정하는 것 같다. 나는 또 이렇게도 썼다. '내용이 먼저(本)고 형식은 나중(末)이다. ─그러한 설이 유행하고 있는데, 그것은 진실 같은 거짓이다.' 그 비평가는 이것을 믿지 않는다고 한다. 그러나 형식과 내용이 하나로 되어있는 이상, 당연히 어느 쪽이 먼저, 어느 쪽이 나중이라고 말할 수 없다. 만약 본말(本末)을 나눌 수 있다면, 양손을 쳐서 소리가 날 때도, 소리가 왼손에서 났는지 오른손에서 났는지 쉽게 판단할 수 있을 것이다. 그 비평가가 말하는 '확실하지 않는 내용' 같은 것도, 반드시 '확실하지 않는 형식'을 반드시 동반했을 것이다.

    둘째, 나는 또 이렇게 썼다. '그림을 그리지 않는 화가, 시를 짓지 않는 시인이라는 말 등은 비유에 지나지 않는 아무런 의미도 없는 말이다.' 그 비평가는 이것도 잘못된 견해라고 말한다. 그러나 예술의 본질을 표현에 있다고 하는 이상, 표현력이 없는 예술가는 예술가 자격이 없다. 또 실제로 그 어디에 그림을 그리지 않는 램블란트,[1] 하이쿠를 짓지 않는 바쇼(芭蕉)[2]가 존재했는가? 존재했다면 불행한 몽상가에 지나지 않는다. 뿐만 아니라 그 비평가는 앞서 올린 나의 문장을 멋대로 해석하고 있다. 그중 하나는, 아쿠타가와 류노스케는 '시를 짓지 않을 때의 시인, 그림을 그리지 않을 때의 화가조차도, 그것은 시인도 아니고 화가도 아니라고 생각할 거다'라고 말하는 것이다. 그 두 가지는 아쿠타가와 류노스케는 '그린 그림, 지은 시는 인정하나, 그려지지 않는 그림, 지어지지 않는 시가 존재하는 것을 알지 못 한다'는 것이다. 위에 게재한 나의 문장은 그러한 해석을 인정하지 않는다.

그 비평가는 아직 어리다. 이 이상 내가 할 말은 없다.

---

1) Rembrandt(1606~1669), 네덜란드 화가.
2) 마쓰오 바쇼(松尾芭蕉 1644~1694) 에도시대 전기 하이쿠 시인.

「개조(改造)」 프롤레타리아 문예의 가부(可否)를 묻다(プロレタリア文芸の可否)

임명수

문예는 보통 우리가 생각하듯이 정치와 관련이 없는 것이 아니다. 오히려 문예의 특색은 정치와도 관련이 있을 수 있는 곳에 존재한다고도 말할 수 있다. 프롤레타리아 문예는 근래에 이르러 겨우 시작되었는데 오히려 너무 늦은 감이 있다. 크랭크뷰(crainquebille)[1]가 발표된 지금보다 대충 20년 전이라면, 너무 늦은 감이 있다는 것은 과장된 말은 아닐 것이다.

또한 프롤레타리아 문예든 뭐든 상관없다, 정치적 성향을 띤 문예라면 경멸의 대상이 되기 쉽지만, 파르나수스(Parnassum) 산[2] 정상에 이르는 산길도 도쿄 시내 도로와 마찬가지로, 예술지상주의자들이 만족할 만한 것도 아니다. 과거 명작·걸작 중에는, 사실 갖가지 정치적 이유나 배경을 안고 있는 작품도 많다. 혹시 의심하는 자가 있다면 유고(Victor-Marie Hugo 1802~1885)의 인기를 생각해보면 안다. 그것도 귀찮은 자는 산요(山陽)[3]에 대한 평가를 생각해보면 알 것이다. 일본 야사를

---

1) Jacques Feyder 감독의 프랑스, 벨기에 드라마.
2) 그리스 고대도시였던 델피 메테오라 신전이 있던 산.

유명하게 한 자는 시인이며 역사가 산요(山陽)라기보다 존왕가(尊王家) 산요가 아닐까. 그렇게 보면 프롤레타리아 문예가 중에 제2의 산요나 유고 같은 자가 없다고 단언할 수는 없다.

물론 예술지상주의자는 정치적 이유를 기다리다 필명을 후대에 전해지는 것을 부끄러워해야 할 것이다. 나는 이러한 유의 예술지상주의자에게 존경과 호의를 가지고 있다.(한 사람의 예술지상주의자에 한하지 않고, 나는 모든 지상주의자,—예를 들면 마사지(massage) 지상주의자에게도 항상 호의와 존경심을 갖고 있다) 하지만 유고처럼 또는 산요처럼 창생(蒼生)과 희비(喜悲)를 같이 한 것은 경멸해야 할 것인가 아닌가. 나는 야릇한 잔재주를 자랑하기보다는 고상함을 믿는다.

단지 내가 기대하는 것은 프롤레타리아, 부르주아를 불문하고 정신적 자유를 잃지 않는 것이다. 적(敵)의 에고이즘을 간파함과 동시에 아군의 에고이즘도 간파하는 것이다. 이는 그 누구도 절대로 할 수 없는 점이다. 하지만 불가능한 일은 아니다. 프롤레타리아는 죄다 우리 편, 부르주아는 모두 적이라 한다면 이 세상은 아주 간단해진다. 분명히 간단해지지만,—아니, 일본의 문단도 자연주의 세례를 받았을 터다. 누군가 또 현명한 여러분에게 자명한 이치를 왈가왈부할 것인가.

인류는 진보하는 존재인지 아닌지 다소 의문의 여지는 있다. 나는 시도쇼군(四道将軍)4)과 시베리아 파견군 장군들과 어느 쪽이 진보한 인간인지 판단하기 어렵다. 하지만 더디기는 하지만 진보할 수밖에 없다. 진보하지 않는다 해도 진보시킬 수밖에 없다. 때문에 나는 무엇보다도 정신적 자유를 존중한다. 독일국민은—혹은 유럽인들은, —더 나아가 인류는, 베르네5)의 혜택을 입었다. 하지만 괴테에게 받은 혜택은

---

3) 라이 산요(賴山陽 1781~1832) 오사카 출신 에도 후기 역사가 사상가.
4) 『니혼쇼키(日本書紀)』에 등장하는 왕족 출신 장군.

그 몇 배나 될 것이다. 게다가 베르네는 괴테를 비난했는데, 민중의 행복을 고려하지 않은 냉혈동물이라 평했다.(단지 나를 비난하기를 괴테인 체한다고 한다. 나는 괴테뿐만 아니라 많은 유명 작가인 체하는 사람이다.)

하지만 프롤레타리아 문예지상주의자는 프롤레타리아 문예 이외에는 인류 진보에 도움이 되는 문예는 없다고 말할지 모른다. 만약에 그렇다면 외골수인 나는 문예에 관한 한 '어떨까'라고 여러분에게 답할 뿐이다. 단지 행복하게 기억하라. 나는 모든 지상주의자—예를 들면 마사지 지상주의자에게도 존경과 호의를 가지고 있다는 것을.

---

5) Karl Ludwig Börne 1786~1837) 독일 정치작가, 문예평론가.

뜻대로 (思うままに)

임명수

가장 물을 동경하는 자는 물주머니에 물이 없는 낙타를 타고 있는 여행자다. 가장 정의를 동경하는 자는 사회에 정의를 찾지 못한 자본주의 치하의 혁명가다. 이처럼 우리 인간들이 가장 열심히 원하는 것은 우리들에게 가장 부족한 것이다. 여기까지는 어느 누구에게도 의심의 여지는 없을 것이다.

그러나 이것을 진리라고 한다면 다리를 가장 동경하는 자는 다리를 절단한 부상병이다. 가장 사랑을 동경하는 자는 사랑을 잃은 연인이다. 가장 성실을 동경하는 자는—나는 논리를 따를 수밖에 없다. 성실을 동경하는 소설가, 성실을 동경하는 평론가, 성실을 동경하는 희곡가 등은 모두 그들 자신의 마음에 성실이 결여되어 있는 속물이다. 그들은 원래 타인을 보고 불성실하다고 말할 입장이 못 된다고 할 정도로 성실하지 않다. 하물며 희극적 정신의 소유자를 무조건 비난하는 것은 교만이 극에 달한 폭행이다.

또 역사가 가르친 바에 의하면 예로부터 성실한 예술가는 그의 성실성을 조금도 내보이지 않는다. 그들의 작품에는 많고 적음을 떠나

억제할 수 없는 미소가 감돌고 있다. 그 저명한 입센1)도 성실을 표방하면서 그렇게 못마땅해 할 정도로 인간성을 벗어난 괴물은 아니다. 「페르 귄트」2)는 잠시 미루고, 「들오리」 중에서 세차게 내뿜는 것은 우레 같은 웃음소리다. 「악어」와 「숙부의 꿈」을 쓴 도스토옙스키3)도 농담을 즐기는 것에는 남에게 뒤지지 않았다. 남편과 입맞춤을 할 때도 옷이 구겨지는 것에 신경을 쓴 것은 톨스토이4)가 그린 여자다. 의안(義眼)의 외눈으로 인생을 바라보면서, 도덕을 설파했던 자는 스트린트베리5)가 그린 사내다.

이른바 성실한 소설가, 평론가, 희곡가 등에 성실이 결여되어 있는 것은 논리가 입증하는 것으로 의심의 여지가 없는 사실이다. 하기야 이러한 결론만큼은 누구나 다 알고 있다. 대개는 암암리에 눈치 채고 있는 것이다.

예를 들면 무샤노코지 사네아쓰(武者小路実篤 1885~1976) 씨는 성실한 예술가다. 이는 누구 하나 의심하는 자는 없을 것이다. 그러나 사상뿐만 아니라 문체까지 무샤노코지 씨와 흡사한 구라타 햐쿠조(倉田百三 1891~1943) 씨의 케이스는 의심할 수밖에 없을 것 같다. 무샤노코지 씨와 구라타 씨중, 어느 쪽이 재주가 있는 가는 묻지 않아도 된다. 단순히 성실을 문제로 삼는다면 두 사람 다 거의 동일한 수준으로 인정받을 만하다. 그런데 그것이 이상하게도 그리 되지 않는 것은 뭔가 두 사람 사이에 다른 무엇이 존재해야 한다. 그렇다면 어디가 다른가 할

---

1) Henrik Johan Ibsen(1828~1906) 노르웨이의 극작가.
2) 'Peer Gynt' 입센의 시극(詩劇).
3) Fyodor Mikhaylovich Dostoyevsky(1821~1881) 러시아 소설가. 대표작 「죄와 벌」, 「악령」, 「카라마조프 형제」 등.
4) Lev Nikolayevich, Graf Tolstoy(1828~1910) 러시아 소설가. 대표작 「전쟁과 평화」, 「안나 카레니나」.
5) Johan August Strindberg(1849~1912) 스웨덴 소설가, 극작가. 대표작 「붉은 방」, 「로마에서」.

것 같으면 무샤노코지 씨의 성실 속에는 애정 있는 유머가 번뜩인다. 잇큐(一休 1394~1481) 화상[6]이나 소로리 신자에몬(曾呂利新左衛門 생몰 미상)[7]은 새삼 설명할 필요도 없다. 거대한 뱀을 퇴치한 스사노오노 미코토(素戔嗚尊)는 춤에도 아량(雅量)이 존재한다. 지구를 창조한 신도 골계(滑稽)천사를 부를 때는 "익살!"이라 소리치는 것을 사양하지 않는다. 그러나 구라타 씨의 신란(親鸞 1173~1263)[8]은 슬픈 얼굴을 정리하고 있다. 아니 신란조닌(親鸞上人)뿐만 아니다. 슌칸(俊寬 1143~1179)[9]은 헤이케(平家)를 저주하고 있다. 후세태자(布施太子)[10]는 초연하게 입산한다. 아버지는—읽은 적이 없다. 그러나 광고에 허위가 없다면, 어쨌든 아버지도 걱정하고 있다.

무샤노코지 씨는 '항상' 성실하지는 않다. 구라타 씨는 '항상' 성실하다. 항상 성실한 자세를 갖추고 있는 것은 생사(生死)조차도 의심스럽다. 산초어(山椒魚)는 항상 성실하다. 샌드위치 맨도 항상 성실하다. 이집트 왕 미이라 등은 그 중에서도 특히 성실하다. 구라타 씨의 성실을 의심받는 것은 당연시될 수밖에 없다.

인간은 파스칼[11]에 의하면 생각하는 갈대다. 갈대는 생각하지 않을까 어떨까 — 그것은 나는 단언 못한다. 그러나 갈대는 인간처럼 웃지 않는다는 것은 확실하다. 나는 웃는 얼굴이 보이지 않는 곳에는 단 하나의 성실뿐만 아니라 인간성의 존재도 상상할 수 없다. 성실을 동경하는 소설가, 평론가, 희곡가 등에게 경의를 갖지 않는 것은 당연하다.

---

6) 무로마치시대(室町時代) 임제종 대덕사파(臨濟宗大德寺派) 승려. 시인.
7) 落語家의 시조
8) 신란 성인. 가마쿠라시대 승려. 정토진종(淨土眞宗) 종조
9) 헤이안시대(平安時代) 후기 진언종(眞言宗) 승려.
10) 倉田百三 작품「布施太子の入山」.
11) Blaise Pascal(1623~1662) 프랑스 자연철학자.

소설의 희곡화(小說の戲曲化)

임명수

글을 파는 행위(売文)에 관한 법률은 전혀 갖춰져 있지 않은 것 같다. 예를 들면 어느 잡지사에 짧은 단편을 건네고 몇 천 엔을 받았다고 치자. 그때 그 몇 천 엔은 소설 그 자체만을 판 돈인지, 아니면 소설이 적힌 원고지를 판 돈인지에 대해 법률에는 아무런 규정이 없다. 이는 우리 같은 사람들의 원고라면 그렇다 치더라도, 나쓰메 선생님의 원고라도 되면 당연히 문제가 될 것이다. 그런데, 그런 것은 아무래도 좋다. 우선 꽤 곤란한 경우는 일종의 저작권 침해다.

예를 들면 최근 기쿠치 간(菊池寬)[1]은 소설 『의병 진베(義民甚兵衛)』를 3막짜리 희곡으로 개작했다. 그것을 기쿠치 자신이 하지 않고 내가 희곡으로 개작했다고 치자. 그런 경우 나는 의리 상 혹은 관례 상 일단 기쿠치의 허락을 받고나서 희곡으로 개작했을 것이다. 뿐만 아니라 원고료 내지는 공연 수입의 일정 부분은 정확히 기쿠치에게도 지불할 것이다. 그러나 만에 하나 허락을 받지 않고 원고료 혹은 공연 수입을 전부 착복했다 하더라도 나는 벌금을 내거나 감옥에 가지 않아도 된

---

1) 1888~1948 소설가, 극작가, 저널리스트.

다. 아니, 일본의 법률에 이러한 저작권 침해에 관한 법조문이 존재하지 않는 한, 내일도 어제처럼 마음 편하게 산책 정도는 가능할 것이다. 절교를 선언하는 정도로 대개 정리가 될 것 같다. 하지만 어디서 굴러먹었는지도 모르는 놈에게 황당하게 당했을 때에도 그저 가만히 있을 수밖에 없다는 것은, ― 물론 기쿠치는 전 재산을 털어서라도 법정에서 권리를 다툴지 모른다. 그러나 소송을 제기해도 패소할 가능성이 있다는 것은 분명히 불합리한 문제다.

하기야 이것은 일본뿐만이 아니다. 영국도 또한 마찬가지다. 적어도 쇼(George Bernard Shaw 1856～1950)[2]의 'Admirable Bashville'(1901)이 처음 발행된 1913년까지는 마찬가지였을 것이다.(이것은 쇼 자신의 소설 'Cashel Byron's Profession (1886)'을 희곡으로 개작한 것이다. 쇼는 물론 희곡 서문에 이러한 저작권 침해에 관한 법률상의 불비(不備)를 말하고 있다. 그렇지 않으면 법률 문외한인 나는 영원히 이것을 전혀 인식 못했을 거다. 또 어쩌면 1910년경에는 자연히 알게 되었을 지도 모른다.)

이 법률상의 허점에 대응하는 방법은 기쿠치 간이 했듯이, 아니면 쇼가 했듯이, 희곡으로 개작 가능한 소설이 있을 때에는 작자 자신이 희곡으로 개작하는 것이다. 그러나 희곡을 쓰지 않는 작자는(예를 들면 나 같은) 그리 간단히 개작이 가능한 게 아니다. 그렇다면 이러한 유의 작자는 마치 난세의 백성처럼, 거친 무사들의 묻지마 식 살인강도질에도 묵묵히 따라야 하는 것이다. 이것은 다이쇼(大正)시대라는 태평성대에 어울리지 않는 험난한 세상이라 해야 할 것이다.

그밖에 저작권 소재에 관해서도 법규를 훑어봐도 아주 애매하게 되어있는 것 같다. 어쨌든 우리 같은 글쟁이들은 이 시대의 법률의 혜택

2) 영국의 극작가 겸 소설가이자 비평가로 『인간과 초인(Man and Superman)』(1903)으로 '노벨문학상'을 수상한 작가이다.

을 그다지 받고 있지 않은 것임에 분명하다.

말이 나온 김에 또 하나 생각할 수 있는 것은 작자 자신의 소설을 희곡으로 개작할 수 있는지의 문제다. 예를 들면 『의병 진베』를 소설에서 희곡으로 개작했다. 그런데 『의병 진베』를 소설 형식으로 표현해야 하는 건지, 아니면 희곡 형식으로 표현해야하는 건지의 문제는 미리 기쿠치가 생각할, 혹은 생각해야 할 사항이다. 그것을 먼저 소설로 하고, 나중에 희곡으로 하는 것은, 저녁 생선회를 회무침으로 한 것과 똑같은 비난을 초래하는 것은 아닐까? 적어도 회무침으로 해야 할 것을 깜박하여 생선회로 한 것과 마찬가지로 불분명한 것이다. ―라는 식의 생각도 불가능한 것도 아니다.

하지만 동일한 제재를 두 가지로 써서는 안 된다는 법은 없다. 아니 굳이 소설에서 희곡으로 고치지 않아도 소설에서 소설로도 될 수도 있는 것이다. 예를 들면 구메 마사오(久米 正雄 1891~1952)[3]는 단 한 번의 실연(失戀) 경험으로 많은 소설을 쓰지 않았는가?(이는 구메를 비웃는 것이 아니다. 수없이 실연을 했으면서도 단 한 편의 소설도 쓰지 못하는 신시대의 청년들에 비하면 훨씬 구메 쪽이 낫다.) 하물며 소설에서 희곡으로 개작하는 것은 전혀 수치스러운 일이 아니다. 물론 어느 한 쪽이 걸출할 수가 있을지도 모른다. 그러나 그것은 동일한 작자에게 걸작도 있고 졸작도 있다는 것과 같은 논리다.

하기야 논자들은 틀림없이 이렇게 말할 것이다. 그것은 소설로 쓴 경우와 다른 견지에서 희곡으로 개작했을 뿐이다. 그렇지 않으면 아무리 양보해도 식견이 없는 비난만큼은 면할 수 없을 것이다.―이 설명은 일단 그럴싸하다. 희곡으로 한 결과 소설보다 작품성이 뛰어나

---

3) 근대 일본작가. 기쿠치 간(菊池寬)·아쿠타가와 류노스케(芥川竜之介)와 함께 제3차 ·4차 『신사조(新思 潮)』를 일으킴.

다고 한다면, 과거의 식견이 없는 견해는 비난받을 지도 모른다. 하지만 희곡으로만 한다면 당연히 작품성이 뛰어날 것을, 희곡으로 개작하지 않았다고 한다면, 지금의 식견이 없는 견해는 과거의 견해보다 더욱 비난의 여지가 있을 것이다. 또 희곡으로 개작한 결과, 소설보다 효과가 없다고 하더라도, 소설을 읽지 않은 독자들도 읽는 경우를 고려한다면, 무조건 비난하는 것도 생각해볼 만한 일이다. 예를 들어 스트렛포드(Stratford)[4] 어린이들을 위해 동화를 쓰라고 한다면, 셰익스피어는 다소 효과는 떨어지지만 『템페스트』[5]를 동화로 개작할 것 같다. 그리고 전에도 말했듯이 저작권 침해만큼은 법률의 비호를 받지 못할 것이다. 그렇게 되면 희곡을 쓸 수 있는 작가는 희곡화할 수 있는 소설을 가지고 있는 이상, 곧바로 희곡으로 개작하는 것도 이치에 맞는 (당연한) 행위라고 할 수 있지 않을까.

　물론 과거의 식견 없는 견해도 안 된다, 다소 효과를 훼손하는 것도 곤란하다고 비난한다면 ─ "너희 중에 죄 없는 자가 먼저 돌로 쳐라"[6]다. 나는 단지 그런 논자에게는 쓴웃음을 지을 수밖에 없다.

---

4) 셰익스피어 생가와 자손이 있는 마을.
5) 'The Tempest' 셰익스피어 작품.
6) 요한복음 8장 8절.

벽견(僻見)*

이민희

❖ 아쿠타가와 류노스케(芥川竜之介) ❖

아래 적은 여러 문장은 몇몇 인물에 대해 논한 것이다. 아니, 이들에 대한 나의 호오(好惡)의 감정을 드러낸 것이다.

물론 이 수 편의 문장 속에서 천고(千古)의 단안(斷案)을 찾는 것은 매우 위험한 일이다. 내가 가한 비판이 공평하다고 뽐낼 생각은 조금도 없다. 공교롭게도 실제로 공평은 나와 거리가 멀다 — 기보다는 오히려 가까이하기를 꺼려하지 않는 게 미덕이다.

이 수 편의 문장 속에서 겸양의 정신을 찾는 것 또한 잘못된 생각이다. 모든 비판 예술은 겸양 정신과 양립하지 않는다. 무엇보다 내 문장은 자부와 허영심을 퍼 올리는 펌프다.

이 수 편의 문장 속에서 경조부박(輕佻浮薄)한 태도를 찾는 것은 내 글을 전혀 이해하지 못한다는 것을 뜻한다. 나는 원고 마감일을 지키기 위해 펜대를 바삐 놀리지 않으면 안 된다. 이런 처지에 놓여 있으

---

* 본래 한편으로 치우친 생각으로 본 글에서는 '직언'을 뜻함.

면서도 언동을 가벼이 할 수 있는 이는 오직 역량 있는 자뿐이다.

　이 수 편의 문장은 내 오호를 드러내는 것 이외에는 거의 쓸모가 없다. 그저 좋아하고 싫어하는 내 감정을 가능한 정직하게 나타내고자 했다. 만약 이 글이 어딘가 쓸데가 있다면 일부러 남을 속이는 추한 꼴은 보이지 않은 점에 있을 것이다.

　『진서예기(晋書礼記)』에 정월 조회 때, 궁궐 뜰에 자수준(自獸樽)을 마련하여 뚜껑 위에 백수(白獸)를 올려놓아 만약 직언을 잘하는 자가 나오면, 이 술통을 열어 술을 마시게 했다는 내용이 나온다. 나는 이 수 편의 문장 속에 직언, 즉 벽견(僻見)을 바쳤다. 누군가 나를 위해 자수준을 열어 술 한 잔 권할 자 없는가? 하다못해 벽견에 가담하여 내 말에 권위를 세우기 위한 일비지력(一臂之力)[1]을 제공할 이 없는지.

❖ 사이토 모키치(斎藤茂吉) ❖

　사이토 모키치는 손쉽게 논할 수 있는 대상이 아니다. 적어도 나에게는 그 누구보다 어렵다. 왜냐하면 사이토 모키치는 나도 모르는 사이에 내 마음 한 구석에 뿌리를 내리고 있기 때문이다. 고등학교 시절, 우연히 「적광(赤光)」 초판을 읽었다. 「적광」은 순식간에 내 앞에 새로운 세계를 펼쳐 놓았다. 그때부터 나는 모키치와 함께 올챙이의 생명을 사랑하고, 아사지가하라(浅茅の原)의 살랑거림을 사랑하고, 아오야마(青山)묘지를 사랑하고, 미야케자카(三宅坂)를 사랑하고, 오후 전등불빛을 사랑하고, 여자 손등의 정맥을 사랑했다. 이런 모키치를 냉정히 보는 것은 나 자신을 냉정히 바라보는 것과 같다. 나 자신을 냉정히 보는 일은 — 아니, 나는 다른 사람이 볼 일이 없는 일기를 적는 순

---

1) 남을 도와주는 작은 힘.

간에조차 반드시 제3자를 예상하는 허영심을 품을 수밖에 없는 사람
이다. 도저히 길가는 사람 보듯 나 자신을 바라볼 수는 없다.

　시가(詩歌)를 보는 내 눈은 어디 다른 데서 트인 것이 아니다. 사이
토 모키치한테 얻은 것이다. 이제 와서 생각해보면 십 수 년 전, 도야
마가하라(戶山の原) 근처 셋집 이층에서 「적광」 1권을 읽지 않았다면
나는 지금도 부엉이처럼 위대한 시가의 불빛을 들여다볼 기회조차 갖
지 못했을 것이다. 하이네, 베르하렌, 휘트먼 ― 이런 서양사람 홍모인
(紅毛人)의 시를 손에 닿는 대로 읽은 것도 그 즈음이다. 그러나 그들
진영 안으로 발을 들여놓기에는 나의 어학적 소양이 천박하기 이를
데 없다. 설령 나에게 우에다 빈(上田敏)과 구리야가와 하쿠손(厨川白村)
을 합친 어학적 소양이 주어졌다 하더라도 과연 그들의 피와 살을 빨
아들일 수 있었을지 의문이다(나는 지금도 그들 시의 음악적 효과를
이해하지 못한다. 어쩌다 이해했다 하더라도 손가락을 접어 세어보면
10행정도다). 사정이 이렇다 보니 당시 그들의 시를 전혀 읽지 않았다
해도 후회했다는 보장은 없다. 그래도 만일 어떤 기회에 「적광」 1권조
차 읽지 않았다면 ― 생각해보면 이 또한 의외로 후회하지 않았을지
도 모른다. 대신에 행복한 비평가처럼 자신이 색맹인 것은 전혀 개의
치 않고 '아무래도 노래는 문단의 중심 세력이 되지 못한다.'는 등 얕
잡아 봤을 게 뻔하다.

　게다가 모키치가 나에게 알려준 것은 시가뿐만이 아니다. 예술에
있어 모든 형식미에 눈뜨게 해주었다. 눈을? ― 어쩌면 귀도 뚫어줬을
지도. 만약 내 귀가 열리지 않았다면 '무정하도다 단잠 깨우는구나 게
으른 봄비(無精さやかき起されし春の雨)' 하는 소리도 무심히 지나쳤을
것이다. 은혜롭기만 하다면야 눈이건 귀건 상관없다. 아무튼 지금도
나는 이때 생긴 심미안(審美眼)으로 최고(最古) 시가집 『만엽집(万葉集)』

을 본다. 이 눈으로 '사루미노(猿蓑)'2)를 본다. 이 눈으로 「적광」이나
『아라타마(あら玉)』3)를 — 솔직히 말하자면 이 눈으로 「적광」이나 『아
라타마』 가운데 좋지 않은 수(首)도 몇몇 본다.

이런 까닭에 사이토 모키치를 논하는 것은 적어도 나에게는 무척이
나 어렵다. 또한 모키치 노래의 가치를 논하고, 가단(歌壇)의 공로와 죄
과를 논하고, 5·7·5·7·7의 5구 31음으로 이루어진 단가(短歌) 역사상의
위치를 논하는 데는 당연 인물이 필요하다(가령 지금은 없을지라도,
백년이 지나면 한 사람 정도 분명 모키치를 찬미하든지 혹은 매도하
든지 결국 진지하게 「적광」의 작자를 상대하는 자가 나올 터이다). 무
엇보다 지금 당장은 사이토 모키치를 엄연한 객관적 무대로 불러들일
수 없다. 내가 여기서 논하고 싶은 것은 모키치는 어떻게 후배격인 내
정신적 자서전을 좌우했는지, 나는 가인다운 모키치의 어디에서 예술
상 인도자의 모습을 발견했는지, 그가 어떻게 우리도 모르는 사이에
실낱같은 한 가닥의 혈맥을 이었는지 — 요컨대 당시 내가 어떻게 모
키치를 좋아하게 된 것인지에 관한 내용이다.

물론 '어떻게?'에 대답하는 것은 질문하는 것보다 어렵다. 그렇다고
해서 아주 방법이 없는 것은 아니다. 오히려 답할 것이 너무 많아 어
리둥절할 따름이다. 예를 들어 덴마노가미야지헤이(天滿の紙屋治兵衛)4)
한테 어떻게 소네자키(曾根崎)의 유녀 고하루(小春)를 사랑하게 되었는
지 물어보는 것이 좋겠다. 지헤이는 갑자기 한 손에 주판을 들며 머리

---

2) 에도(江戶)시대 가인 마쓰오 바쇼(松尾芭蕉)가 읊은 '첫 가을비여 원숭이도 도롱이
 원하는구나(初しぐれ猿も小蓑をほしげ也)' 혹은 바쇼가 감수한 『사루미노(猿蓑)』
 선집(選集)을 이름.
3) 1921년 춘양당(春陽堂)에서 간행한 사이토 모키치의 가집.
4) 오사카(大坂) 덴마(天滿)에 살던 지물포 주인으로 유녀(遊女)와의 정사사건을 각색
 한 죠루리(淨瑠璃) 「신쥬텐노아미지마(心中天の網島)」에 나옴.

카락에 끌린다거나 눈이 마음에 든다거나 혹은 부드러운 손발이 좋다
거나 여러 가지 특색을 늘어놓겠지. 내가 모키치에 대해 갖고 있는 생
각도 이와 다르지 않다. 모키치의 특색을 설명하자고 들면 몇 쪽이라
도 더 할애할 수 있다. 모키치는 「오히로(おひろ)」 연작에서 선남(善男)
의 연애를 노래한다. 「돌아가신 어머니(死にたまふ母)」 연작에서 사바
(娑婆) 세계의 삶과 죽음을 이야기한다. 「휘파람(口ぶえ)」 연작에서 그
누구도 피할 수 없는 취재의 대담함을 자랑한다. 「건초(乾草)」 연작에
서 아직껏 맛본 적 없는 감각의 날카로움을 즐긴다. '여기 이 고장 오
야마대장 살아 있는 까닭에 내 마음 한구석이 정녕 흐뭇하구나(この里
に大山大将住むゆゑにわれの心のうれしかりけり)'에서 느긋한 유머를 전한
다. '둥그스름히 까맣게 익어가는 고욤나무에 작은 새 가지 않네 허나
이슬 내리네(くろぐろと円らに熟るる豆柿に小鳥はゆきぬつゆじもはふり)'에
소박한 그림 같은 정취를 떠올리게 만든다. '휘영청(かうかう)', '싱싱(し
んしん)' 의성어에 새로운 숨결을 불어넣는다. '부모소생(父母所生)', '바
다 차안(海此岸)'의 불교용어에 생생한 붉은 피를 통하게 한다.……

　이런 특색은 다소나마 ― '어째서?'에 대한 답이 될 것이다. 그러나
이들 전부를 늘어놓는다 하더라도 '어째서?'의 완전한 대답이 되지는
못할 것이다. 과연 고하루의 눈과 머리카락은 남다르다. 허나 지헤이
가 사랑한 것은 고하루라고 하는 한 사람의 여인이다. 물론 눈과 머리
카락이 갖고 있는 특색 또한 고하루라는 여인을 나타내는 것은 분명
하다. 하지만 고하루를 고하루답게 하는 그 무언가를 꼭 집어내지 않
는 한 그 역시 '어째서?'에 대한 정답이 되지는 못할 터이다. 그리고
고하루다운 것이 무엇인지 ― 지헤이 자신은 이를 포착했는지 여부
또한 여전히 의문이다. 적어도 특색을 집어낸 결과를 문장으로 남기
는 일 따위는 하지 않은 듯하다. 그래도 나는 내가 좋아하는 모키치다

운 그 무언가를 잡아낸 이상, 한 편의 문장을 만들어야 한다. 설령 사람의 힘으로 포착할 수 없다 하더라도 어쨌든 의리상이라도 일단 눈과 코만이라도 분명히 밝혀서 기고하기로 한 약속을 지켜야만 한다. 나는 이런 까닭에 또 다시 남아돌 만큼 많은 모키치의 특색 가운데 '어째서?'와 동일한 질문을 던지는 것이다.

'빛은 동방에서 시작되었다.'고 한다. 그러나 공교롭게도 근대 일본에서 이 말은 통용되지 않는다. 적어도 예술에 관한 한 종종 서방에서 온 모양이다. 야단스럽게 예술 — 이라는 말까지 붙이지 않아도 좋다. 문예만 놓고 보더라도 근대 일본은 온통 근대 서양의 은혜를 입은 듯하다. 혹은 근대 서양을 모방하기 위해 시도하고 있는 것 같다. 하긴 모방 따위 입에 담으면 그 자리에서 바로 비난을 받을지도 모르지만. 실제로 '모방에 능하다.'는 말은 일본 국민에 덧씌워진 악명의 대명사처럼 쓰인다. 그러나 모방하기 위해서는 누구나 진짜를 이해하지 않으면 안 된다. 깊고 얕음의 차이는 있을지언정 일단은 진짜를 이해해야만 하는 것이다. 이른바 원숭이의 사람 흉내는 얕게 이해한 사례라 하겠다(선량한 원숭이가 인간의 소행을 깊이 이해한 날에는 두 번 다시 사람흉내 따위 내지 않을지도 모른다). 예술사의 모방은 깊이 이해한 경우다. 즉 모방의 선악은 모방 그 자체에 있는 것이 아니다. 분명 이해의 심천(深淺)에 있다. 그러나 얕은 이해라 해도 몰이해보다는 낫다. 이는 원숭이가 공작이나 구렁이보다 진화의 사다리 상단에 유유히 앉아 있는 사실이 말하여준다. '모방에 능하다.'는 말이 반드시 우리 일본인의 체면에 걸린 문제는 아니다.

예술상의 모방은 앞서 말한 바와 같이 깊은 이해에 뿌리를 내리고 있다. 이해가 철저했을 경우 모방은 이미 모방이 아닐 것이다. 예를 들어 지금은 고전이 된 구니키다 돗포(国木田独歩)의 「정직한 사람(正直

者)」은 모파상의 모방이다. 그러나 「정직한 사람」을 모방이라 부르는 것은 나폴레옹의 사업을 알렉산더 사업의 모방이라 부르는 것과 같다. 과연 돗포는 인생을 모파상처럼 보았을 터. 그러나 그것은 돗포 스스로가 모파상이 되었기 때문이다. 혹은 돗포 마음속에 미묘한 <돗포 — 모파상> 조합이 성립했기 때문이다. 한 번 더 경구(警句)를 늘어놓자면 인생 또한 모파상을 모방한 때문이라 할 수도 있다. '인생은 예술을 흉내 낸다.'고 한다. 이름 높은 와일드의 아포리즘은 이 언저리의 소식을 전하고 있다. 인생? — 자연이라 불러도 상관없다. 와일드는 인상파가 태어나기 이전 런던 시가지에는 자욱하게 낀 아름다운 다갈색 안개 따위 존재하지 않았다고 전한다. 푸릇푸릇 피어나는 노송나무 역시 고흐가 태어나기 이전에는 존재하지 않았음이 틀림없다. 적어도 윤기 나는 미미가쿠시(耳隠し)[5]에 발그스름한 볼을 한 소녀가 긴자(銀座) 거리를 거닌 것은 분명 르누아르가 태어난 이후 — 바로 최근에 생긴 일이다.

이해를 돕기 위해 다시 한 번 말하자면, 예술에 대한 이해가 철저한 모방은 더 이상 모방이 아니다. 오히려 자타의 융합에서 오는 자연과 꽃이 핀 창조다. 모방의 흔적을 따질라치면 고금의 어떤 작품일지라도 새로운 것은 없다. 그러나 독자성의 지반을 따지자면 고금의 그 어떤 작품도 낡았다 탓할 수 없다. 앞서 논한 바와 같이 「정직한 사람」은 돗포와 모파상이 조합한 제조품이다. 무슨 말이냐 하면 서명만 돗포 것이 아니란 뜻이다. 전편에 돗포의 독자성이 배어 있다. 그렇다면 돗포가 본 인생을 시종 모파상을 모방한 것이라 단정 지을 수 없지 않은가. 와일드 스스로도 인생의 예술을 모방할 정도를 엄밀하게 규정

---

5) 1920년대 초반 일본에서 유행한 귀를 덮어 감추는 여자의 머리형.

하지 않았을 터이다. 실제로 자연이나 인생은 와일드의 아포리즘을 응용하면 매우 부정확하게 복제된 삼색판이라 할 것이다. 그중에서도 긴자(銀座) 길거리의 소녀는 가장 졸렬한 삼색판이다.

근대 일본 문예는 횡으로는 서양을 모방하면서 종으로는 일본 토지에 뿌리를 내린 독자성의 표현에 뜻을 두고 있다. 일본에서 태어난 이상 사이토 모키치 또한 예외는 아니다. 아니, 모키치는 이러한 양면을 가장 잘 갖춘 가인이다. 마사오카 시키(正岡子規)의 「대나무 민요(竹の里歌)」에 나오는 '아라라기'의 전통을 알고 있는 자는 '아라라기' 동인 가운데 한 사람인 모키치의 일본인 기질을 의심하지 않을 터이다. 모키치는 '우리 혈관에는 선조의 피가 리듬감 있게 흐르고 있다. 조상이 끊임없이 토로한 어구가 조상의 분신 격인 우리에게 낯설다 하면 거짓이 될 것이다. 생각건대 그대에게도 허위임에 틀림없다.'고 천하에 크게 외치는 일본인이다. 그러나 그런 일본인 중에도 때때로 바다 만리 저편에 뚜렷이 보이는 인도자의 모습이 눈에 선할 것이다.

> 불그스름한 외갈래로 뻗은 길 더듬어가네 맥이 살아 숨 쉬는 내 생명이로구나
> あかあかと一本の道とほりたりたまきはる我が命なりけり
>
> 휘영청 밝게 빛나는 한 갈래 길 아득 저 멀리 바람 불어오누나 휘익 지나가구나
> かがやけるひとすぢの道遥けくてかうかうと風は吹きゆきにけり
>
> 들판에 서서 환히 빛나는 한길 바라보누나 여기서 이 생명을 놓기 어려울지도
> 野のなかにかがやきて一本の道は見ゆここに命をおとしかねつも

고호의 태양은 여러 번 일본 화가의 캔버스에 드리웠다. 그러나 위에 나오는 '한 갈래 길(一本の道)' 연작만큼 침통한 풍경을 드리운 경우

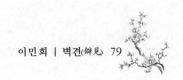

는 필시 몇 차례 되지 않을 것이다.

　　바람 저편에 느티나무 한 아름 단풍든 잎에 푸르른 소용돌이 그저 바라보누나
　　かぜむかふ欅大樹の日てり葉の青きうづだちしまし見て居り

　　보이는 온통 둥그러니 부풀은 조밭을 향해 바닷물 뿜어 올려 거센 바람 몰아쳐
　　いちめんにふくらみ円き粟畑を潮ふきあげし疾風とほる

　　불긋불긋이 이리저리 호박이 나뒹구누나 길 건너편 저 길을 농부 돌아가누나
　　あかあかと南瓜ころがりゐたりけりむかうの道を農夫はかへる

　위의 노래는 흡사 후기인상파의 전람회에서나 나올 법한 느낌이 난
다. 그러고 보니 인물화가 나오지 말라는 법도 없다.

　　미친 사람의 채취 느껴지누나 기나긴 복도 눈을 크게 뜨누나 나는 거니는도다
　　狂人のにほひただよふ長廊下まなこみひらき我はあゆめる

　　비쳐 보이네 낮게 불타오르는 모래밭 불에 벌거숭이 어린이 바닷물 몸 적시네
　　すき透り低く燃えたる浜の火にはだか童子は潮にぬれて来

　이뿐만 아니라 이런 그림을 그린 화가 자신의 모습 또한 보인다.

　　겨울 벌판에 그림 그리는 남자 홀로 올라와 흘러가는 구름을 그리기 시작하네
　　ふゆ原に絵をかく男ひとり来て動くけむりをかきはじめたり

　행복한 시인 여럿은 장미를 노래하거나 혹은 다이너마이트를 노래
하면서 그들 서양을 자랑한다. 그러나 그들의 서양을 모키치의 그것

과 비교해보라. 모키치가 생각하는 서양은 아름다움이 깊은 곳까지 자연스레 철저하다. 이는 서양인이 생각하는 서양처럼 감수성만 넘치는 산물이 아니다. 정직하게 자신을 파헤치는 고통스러운 영혼의 산물이다. 나는 위에서 나열한 노래가 모키치 생애의 절창이라 말할 생각은 없다. 그러나 그 가운데 울려 퍼지는 모키치가 그리고자 한 간절함을 느끼지 않을 수 없다는 것 또한 사실이다. 동시에 그러한 용광로 속에서 불꽃을 내뿜는 서양을 느끼게 되는 것도 사실이다.

나는 앞서 이런 말을 했다. '근대 일본 문예는 횡으로는 서양을 모방하면서 종으로는 일본 토지에 뿌리를 내린 독자성의 표현에 뜻을 두고 있다.'고. 그리고 이런 말도 했다. '모키치는 종으로 보나 횡으로 보나 이러한 양면을 가장 잘 갖춘 가인이다.'는. 이 넓은 천하에는 모키치보다 뛰어난 노래를 많이 지은 가인도 있을 터이다. 그러나 「적광」의 작자처럼 근대 일본 문예에 있어 — 적어도 내가 삶을 영위하고 있는 동시대 일본 문예에 있어 상징적 지위에 선 가인이 한 사람도 없다는 것은 분명하다. 가인? — 사실 가인만 놓고 얘기하는 것은 아니다. 두세 사람 예외를 두면 모든 예술사 가운데 모키치만큼 시대를 상징한 이는 한 사람도 없을 것이다. 이는 단순히 대가인답다는 말로 그치지 않는다. 그보다 좀 더 장대한 더 널리 인생을 진탕거리기에 충분한 그 무언가다. 내가 모키치를 좋아하는 것도 결국 이런 까닭이 아니겠는가?

우리 어머니 나를 세상 밖으로 어리디 어린 애처로운 여린 힘 내 어찌 잊을쏘냐
あが母の품を生ましけむうらわかきかなしき力おもはざらめや

보잘 것 없는 내 재주도 때로는 나를 낳은 어머니의 힘을 — 근대

일본의 '어리디 어린 애처로운 여린 힘'을 느낀다. 가인다운 우리 사이토 모키치한테 예술의 인도자로서의 면모를 발견한 것은 적어도 나에게는 우연이 아니다.

❖ 이와미 주타로(岩見重太郎) ❖

이와미 주타로라는 호걸은 이후 스스키다 하야토(薄田隼人)의 쇼카네스케(正兼相)로 이름을 댔다고 한다. 하긴 강담(講談)6) 이야기꾼 이외에 보증할 학자도 없는 것을 보면 어쩌면 사실이 아닐지도 모른다. 허나 사실이 그렇다 하더라도 이와미 주타로를 경멸하는 것은 사안의 경중을 놓치는 것이다.

우선 이와미 주타로는 역사에 실재한 인물보다 더 생명력이 강한 인간이다. 그 증거로 동시대 인물 — 가령 오사카(大阪)의 다섯 부교(奉行)7) 가운데 한 사람, 나가쓰카(長束) 오쿠라(大蔵) 쇼유 마사이에(少輔正家)와 비교하면 좋을 것이다. 무사 수행에 나선 주타로의 모습이 눈앞에 선하다. 그러나 마사이에가 사내다운지조차 분명치 않다. 이런 까닭에 주타로는 마사이에의 열 배정도 우리의 감정을 지배하고 있다. 우리는 신문지 한 구석에서 '나가쓰카 마사이에, 오랜 병환으로 약석의 보람도 없이'라는 광고를 봐도 딱히 불쌍히 여기지 않는다. 그러나 주타로가 영면했다는 호외라도 접하게 되면 제 아무리 희곡 <이와미 주타로>에서 이 호걸을 농락한 무정한 기쿠치 간(菊池寬)이라 하더라도 망연자실하지 않을 수 없을 것이다. 이뿐만 아니라 주타로는 감정

---

6) 사람들에게 돈을 받고 재미있는 옛이야기를 들려주는 요세(寄席) 연예의 하나를 이름.
7) 무가(武家) 시대에 행정 사무를 담당한 각 부처의 장관.

이상으로 우리의 의지를 지배한다. 전쟁놀이 하는 어릴 적 주타로를 흉내 내는 것은 말할 것도 없다. 나만 해도 논쟁을 벌일 때는 돌연 이 무기를 퇴치하는 주타로와 같은 마음가짐이 되는 듯도 하다.

　다음으로 이와미 주타로는 현대의 공기를 들이쉬고 있는 인물 — 예를 들어 고토(後藤) 자작보다 더 생명력이 강한 인간이다. 과연 자작은 일본이 낳은 정치적 호걸 가운데 한 사람일지도 모른다. 그러나 그 어떤 호걸일지라도 자작 고토 신페이(後藤新平)다운 이는 풍채가 좋고 코안경을 쓴, 그리고 때때로 크게 껄껄 웃는 — 아무튼 모두가 상상하는 모습에 딱 들어맞는 인물이다. 갑이 본 자작이 을이 본 자작보다 눈이 하나 더 많을 리가 없다. 그만큼 매우 정확하다. 동시에 매우 궁색하다. 만약 갑이 코끼리의 체중을 이상적인 체중으로 삼고 있다면, 코끼리보다 몸무게가 가벼운 자작은 당연 갑의 요구에 만족스러운 충분한 답을 줄 수 없다. 만약 을이 기린의 신장을 이상적인 신장으로 믿고 있다면, 기린보다 키가 작은 자작 역시 을의 찬성을 받아내지 못할 것을 각오해야 할 터이다. 그래도 이와미 주타로는 — 이와미 주타로 또한 자연스레 무사 수행에 나선 호걸이라는 제한을 받지 않으려는 법이 없다. 그러나 이러한 제한은 고무줄처럼 늘어나기도 하고 줄어들기도 하는 것이다. 갑을 두 사람이 보는 주타로를 반드시 동일 인물로 볼 필요는 없다. 그만큼 상당히 부정확하다. 동시에 매우 자유롭다. 코끼리의 체중에 놀란 갑은 분명 주타로만큼 몸무게가 나가는 코끼리에 어울리는 체중을 승인할 것이다. 기린의 신장을 구가하는 을 역시 주타로만큼 키가 큰 기린에 걸맞은 신장을 발견할 터이다. 이는 육체상의 제한뿐만 아니다. 정신상의 제한도 마찬가지다. 가령 용기라는 미덕만 놓고 봐도 고토 자작은 우리와 함께 얼마만큼의 용기를 낼 수 있는 용사(勇士)인지 일생의 문제로 삼아야만 한다. 그러나 천하의

용기 있는 자는 오직 얼마만큼 주타로가 될 수 있는지를 문제시한다. 이런 까닭에 주타로는 고토 자작보다 한층 더 우리의 감정과 의지에 영향을 미치기 쉬웠던 것이다. 아마노하시다테(天の橋立)에서 대적과 맞서 싸우는 주타로를 보고 진심으로 불안한 마음을 금할 길이 없는 우리다. 그러나 중의원 연단에서 대적과 싸우는 고토 자작에게는 냉담하기 이를 데 없다.

이와미 주타로를 경멸할 수 없는 까닭은 모든 가공의 인물을 경멸할 수 없는 데 있다. 여기서 가공의 인물이라 함은 전설적 인물을 이르는 것뿐만 아니다. 세상에서 예술가로 불리는 근대적 전설 제조업자가 만든 가공의 인물 또한 들어간다. 카이저 빌헬름을 경멸하는 것은 괜찮다. 그러나 한 가닥 불빛 아래서 연금(鍊金) 관련 서적을 읽는 파우스트를 경멸하는 것은 잘못이다. 파우스트가 쓴 차용증서 따위 도서관 어디에도 있었던 적이 없다. 그러나 파우스트는 오늘날에 이르러서도 베를린 카페 한 구석에서 맥주를 마시고 있는 것이다. 로이드 조지를 경멸하는 것은 상관없다. 그러나 세 명의 요괴 같은 노파 앞에서 운명을 묻는 맥베스를 경멸하는 것은 잘못이다. 맥베스가 두른 단도 따위 박물관 어디에도 없으니까. 그러나 맥베스는 런던에 있는 어느 클럽 방에서 여전히 엽궐련을 피우고 있다. 그들은 과거 인물은 물론이거니와 현재 인물보다 방심할 수 없다. 아니, 그들은 그들 손으로 만들어낸 천재보다 수명이 길다. 기원으로부터 삼천년이 지날 무렵 유럽은 저 유명한 입센조차 망각하겠지. 그래도 용감한 「페어 컨트」는 여명(黎明)의 협만(峽灣)을 내려다보고 있을 것임이 틀림없다. 실로 고괴(古怪)한 한산습득(寒山拾得)[8]은 박모(薄暮)의 산만(山巒)을 떠돌고

---

8) 중국 당(唐)나라 때 한산과 습득 두 대사(大師)를 이르는 말로 동양화의 소재가 되기도 함.

있다. 그러나 그들을 만든 천재는 — 풍간(豊干)이 탔던 호랑이 흔적도 천태산(天台山) 낙엽 속에서 벌써 오래 전에 사라졌겠지.

상하이 프랑스 거리로 장타이옌(章太炎) 선생을 만나러 갔을 때, 나는 박제된 악어가 늘어선 서제에서 일본과 지나(支那)9)의 관계에 대해 선생과 이야기를 나누었다. 그때 선생이 한 말이 아직도 내 귓가에 맴돈다. — '내가 가장 혐오하는 일본인은 오니가시마(鬼が島)10)를 정벌한 모모타로(桃太郎)다. 모모타로를 사랑하는 일본 국민한테도 다소나마 반감을 갖지 않을 수 없다.'는 말이. 선생은 진정한 현인(賢人)이다. 나는 몇 번이고 외국인이 야마가타(山県) 공작을 조소하고 가쓰시카 호쿠사이(葛飾北斎)를 칭찬하고 시부사와(渋沢) 자작을 매도하는 소리를 들었다. 그러나 나는 아직 그 어떤 일본 소식통도 우리 장타이옌 선생처럼 복숭아에서 태어난 모모타로에게 비난의 화살을 쏘는 이를 본 적이 없다. 이뿐만 아니라 선생의 화살은 모든 일본통의 웅변보다 훨씬 진리를 담고 있다. 모모타로 또한 장수할 것이다. 만약 장수한다면 모색창망(暮色蒼茫)한 오니가시마 물가에 쓸쓸한 도깨비 대여섯 마리, 가쿠레미노(隠れ蓑)11)나 가쿠레가사(隠れ笠)12)가 있던 옛 조국을 슬퍼할지도 — 그러나 나는 일본 정부의 식민정책을 논하기에 앞서 이와미 주타로에 대해 논해야만 한다.

다시 한 번 강조건대 이와미 주타로가 고인인 것은 물론 산자보다 생명력이 강한 경멸할 수 없는 인간이다. 과연 도요토미 히데요시(豊臣秀吉)는 이와미 주타로와 견주어 조금도 손색이 없을지도 모른다. 그래도 그것은 『에혼타이코키(絵本太閤記)』의 주인공다운 전설적 인물의 힘

____

9) 중국의 옛 이름.
10) 도깨비가 살고 있다는 상상의 섬.
11) 몸에 걸치면 모습이 보이지 않게 된다는 상상의 도롱이.
12) 머리에 쓰면 몸이 보이지 않게 된다는 상상의 삿갓.

에서 나온 것이 분명하다. 그렇지 않다면 동일한 역사적 무대에서 승부를 건 도쿠가와 이에야스(德川家康)도 도요토미 히데요시처럼 광채를 내야만 하는 것이다. 또한 산자도 순진한 영웅숭배의 표적이 되는 자는 대개 그들 머리 위에 가공의 후광이 드리운다. 예부터 이 넓은 세상에 이런 원광을 만드는 제조업자가 적지 않다는 사실은 두말할 필요가 없다. 예를 들어 『로맹 롤랑 전집』을 쓴 선량한 슈테판 츠바이크는 실로 그들을 대표하는 자다. 내가 이와미 주타로를 경멸하는 것은 사실이다. 주타로도 국수회(国粹숲) 장사(壮士)처럼 그다지 사색을 하지 않은 모양이다. 예를 들어 가련한 누이동생 오쓰지(お辻)가 감옥에서 목숨을 잃자 그제야 탈옥을 시도하더니 이상하게도 해몽을 믿고 원수를 갚는 중대사를 앞둔 터에 개코원숭이 퇴치나 이무기 퇴치에 온 힘을 쏟는 등 늘 분별없이 행동한다. 그런 점에서 기쿠치 간이 이와미 주타로를 농락한 것도 이해는 된다. 그래도 이와미 주타로는 그 어떤 악덕도 씻을 수 있을 정도로 위대한 미덕 또한 고루 갖추고 있다. 아니, 콕 집어서 미덕이라 할 수 없다. 오히려 선악을 초월한 유일무이한 특색이다.

이와미 주타로는 인간 이상으로 강하다(물론 주타로와 종류가 같은 한 무리의 호걸은 예외다). 주타로는 분노를 폭발하거나 굵은 감옥 창살을 모시풀 껍질처럼 두 쪽으로 꺾어버린다. 개코원숭이나 이무기도 일격에 허무하게 최후를 마칠 수밖에 없다. 천근만근 큰 바위를 굴리는 일쯤은 식은 죽 먹기다. 천 명은 족히 되는 유라가타케(由良が浜) 해안가의 해적 따위 한꺼번에 포로가 되었다. 아마노하시다테에서 원수를 갚을 때는 이천오백명이나 되는 대군을 무찌른다. 아무튼 주타로의 강인함은 천하무적이다. 이런 용맹스러움은 그 자체로 말세를 살아가는 중생의 마음을 큰 환희로 몰아넣는 특색이라 하겠다.

소심한 환관이 뭐라 비난해도 좋다. 아마쓰카미(天つ神)의 창끝에서

방울져 떨어지는 바닷물이 나오는 야마토시마네(大和島根)13)에 빠져든
이래, 우리가 진정으로 사랑하는 이는 언제나 이러한 강인함의 소유
자다. 늘 선악의 관념을 발밑에서 유린하는 호걸이다. 우리 마음은 한
번도 죄악 의식에서 벗어난 적이 없다. 청단이 좋은(青丹よし)14) 나라
(奈良)의 수도 시민은 달걀 먹는 것을 죄악시했다. 그러고 보니 지금의
도쿄(東京) 시민은 달걀을 먹지 않는 것을 죄악으로 여긴다. 물론 이 말
은 다른 데도 쓸 수 있다. '우리'에 대한 신앙이 옅은 언제까지고 겁쟁
이인 우리는 우리 안에 존재하는 자연에조차 죄악 의식을 품고 있다.
그러나 호걸은 우리처럼 죄악 의식 때문에 고민하지 않는다. 실천윤
리 교과서는 물론이거니와 신명불타(神明仏陀)의 굽어 살핌조차 태연히
일소에 붙이고 만다. 일소를 터트릴 수 있는 까닭은 '우리'에 대한 신
앙이 스스로 강한 결과다. 가령 가미요(神代)15)의 호걸 격인 스사노오
노미코토(素戔嗚の尊)에 비추어 보면, 미코토는 분명 재산이 몰수되고
추방당하는 치쿠라노오키도(千位置戸) 형벌을 받았다. 그러나 비록 형
벌은 받았다 하더라도 미코토 마음속에 죄악 의식은 털끝만큼도 없다.
그렇지 않고서야 미코토가 다카마가하라(高天原) 밖으로 죄지은 그 모
습을 드러내자마자 그처럼 태연히 우케모치노카미(保食神)를 칼로 베
어 죽일 용기는 나지 않았을 테니까. 우리는 이런 왕성한 '우리'의 모
습에서 훈훈한 생명의 불꽃을 느낀다. 혹은 우리가 도달하고자 하는
초인의 면모를 발견하는 것이다.

우리는 진심으로 열렬히 이와미 주타로를 사랑한다. 사랑하는 것을

---

13) 일본의 딴 이름.
14) '청단이 좋은'으로 번역한 '아오니요시(青丹よし)'는 '나라(奈良)'에 걸리는 마쿠라
고토바(枕詞:와카(和歌) 등에서 일정한 말 앞에 놓는 5(4)음절의 수식어)로 구릉지
에서 안료(顔料)에 쓰는 양질의 '青土(아오니)'가 나는 데서 비롯된 말.
15) 일본 신화에서 신이 다스렸다고 전해진 시대.

이상히 여기지도 않는다. 그러나 이런 우리의 사랑을 단순히 강자에 대한 사랑이라 치부한다면 그것은 우리를 모함하는 것이다. 정치가나 부호 가운데 몇몇은 선악의 피안에 서 있을지도 모른다. 그러나 이런 사실은 언제나 비밀이다. 게다가 그들은 비밀에 대한 죄악 의식에서 벗어난 적이 없다. 그러나 비밀이라 하여 책망할 데가 아주 없는 것은 아니다. 실제로 예로부터의 호걸 또한 가축과 닮은 우리를 능숙하게 다루기 위해 여러 차례 가면을 썼다. 한 가지 분명한 사실은 죄악 의식 때문에 괴로워하는 것은 호걸이 보여야 할 모습이 아니라는 것이다. 그들은 강하다기보다는 오히려 병적인 욕망에 지배당할 정도로 약하다. 내 말을 거짓이라 여긴다면 시험 삼아 삼 년쯤 그들을 감옥에서 살게 해 보라. 그들은 분명 니체 대신에 신란(親鸞) 대사를 발견하게 될 것이다. 우리가 사랑하는 호걸은 그들과 거리가 멀다. 이 둘을 비교하자면 활동사진에 나오는 호걸조차 초인의 모습을 더 많이 갖추고 있다 할 것이다. 실제로 우리는 그들보다 활동사진에 나오는 호걸을 더 사랑한다. <하리켄 해치>에서 근대적 호걸한테 쓰러지는 광경은 차마 눈 뜨고 볼 수 없다. 그러나 근대적 호걸 하리켄 해치 — 하리켄 해치한테도 쓰러질 만큼 겁쟁이인 그들 무리에 흥미를 갖을지 여부는 의문이다.

이와미 주타로의 무용담이 우리에게 갖는 의미는 앞서 말한 바와 같다. 그러나 말세를 살아가는 우리 모두가 주타로의 모험에 흥미를 갖는 것은 아니다. 가장 흥미롭게 여기는 것은 파옥(破獄)과 개코원숭이 퇴치 두 가지다. 일국의 감옥을 부수는 것은 국법을 파괴하는 것과 같다. 개코원숭이도 단순한 개코원숭이가 아니라 해마다 사람을 제물로 받는 고즈묘진(牛頭明神)이라 불리는 요신(妖神)이다. 이렇게 놓고 보면 주타로는 감옥 파괴와 함께 인간의 법률을 유린하고, 나아가 이어

지는 개코원숭이 퇴치와 함께 신이라는 우상의 법률 또한 유린했다고 할 수 있다. 이는 주타로 한 사람에 한정된 것이 아니라, 위로는 스사노오노미코토에서 아래로는 미하일 바쿠닌에 이르기까지 호걸의 생애를 상징하는 것이다. 아니, 그보다 한발 더 나아가 단독으로 행사하는 모든 사람의 사상적 생애 또한 상징한다. 그들은 인간의 허위와 신의 허위 모두를 유린해왔다. 허위의 유린은 장래를 가리지 않는다. 주타로가 퇴치한 개코원숭이의 자손은 여전히 사람을 제물로 바치기를 원한다. 뇌옥(牢獄)도 — 뇌옥은 이치가야(市が谷)에만 있는 것이 아니다. 죄수라는 사실조차 알아차리지 못하는 신시대 복장을 갖춘 죄수 부부는 번화한 긴자 거리를 거닌다.

인간의 진보는 더디다. 어쩌면 달팽이 걸음보다 더 느릴지도 모른다. 그러나 아무리 그렇다 하더라도 아나톨 프랑스가 말한 인간은 '현인이 꿈꾼 자취를 서서히 실현한다.'는 것은 사실이다. 아주 먼 옛날 지나의 현인은 몸을 찢어 죽이는 구루마자키(車裂) 형벌을 눈으로 보거나 소머리 모양을 한 괴물과 사람 얼굴에 뱀 몸을 가진 신 우귀사신(牛鬼蛇神)의 상을 보면서 요순(堯舜)의 치세를 꿈꿨다(우리는 늘 과거에서 미래를 찾는다. 우리의 마음은 동화 속 개구리의 눈과 다소나마 닮아 있다). 요순의 치세는 오늘날에도 구름과 노을 저편에 드리워 있다. 그러나 수레는 그 옛날처럼 구루마자키 형벌에는 쓰이지 않는다. 우귀사신 상 따위 골동품점이나 박물관에 진열되어 있을 따름이다. 그렇다. 이런 변화를 진보라 할 수 없다 하더라도 인간의 문명은 유사 이래 불과 수천 년이 지났을 뿐이다. 지구의 빙설 아래 인간의 문명이 묻히는 것은 육백만년 이후라 한다. 인간도 유구한 육백만년을 사는 동안 눈에 띄게 진보할지도 모른다. 그럴 가능성을 믿는 것을 두고 미친 소리라 치부할 수만은 없을 것이다. 만약 이런 확신이 선다면 인간의 장래는 우리가 사랑하는 이와미 주타로의 손에 떨어질 것이다. 감옥을 부수고 개코원숭이를 죽인 초인의 손에 말이다.

내가 이와미 주타로를 알게 된 것은 혼조(本所) 오타케구라(御竹倉)에 있는 책대여점이다. 아니, 이와미 주타로뿐만이 아니다. 하가이 잇신사이(羽賀井一心齋)를 알게 된 것도, 닷키노 오햣쿠(妲妃のお百), 구니사타추지(国定忠次), 우텐 쇼닝(祐天上人), 야오야 오시치(八百屋お七), 가미유이 신자(髮結新三), 하라다 가이(原田甲斐), 사노지로 자에몬(佐野次郎左衛門) 모두 — 이 책방에서 여항무명(閭巷無名)의 천재가 만들어낸 전설적 인물을 모두 알게 되었다. 나는 이렇게 말하는 와중에도 여름 석양빛이 쏟아져 들어오는 좁다랗고 답답한 가게를 잊을 수가 없다. 처마 끝에는 기다란 유리 풍경이 하나 축 매달려 있다. 그리고 벽에는 가짓수를 알 수 없는 강담 속기본이 쌓여있다. 마지막으로 오래된 갈대발 문 그늘에는 매실 장아찌를 내거는 할멈이 한 사람, 짬짬이 꽃 비녀를 만들고 있다. — 아아, 나는 분명 이 책방에 뭐라 말로 표현할 길이 없는 그리움을 느끼고 있다. 나에게 문예를 가르친 것은 대학도 아니고 도서관도 아니다. 틀림없이 저 쓸쓸한 책방이다. 나는 그곳에 늘어선 책에서 필시 평생 받아써도 다 쓸 수 없는 교훈을 배웠다. 초인이라 칭하는 아나키스트의 존엄함을 배운 것도 그 하나다. 과연 초인이라는 말은 니체의 책을 읽고 나서야 겨우 내가 쓸 수 있는 어휘가 되었는지도 모른다. 그러나 초인 자체는 — 위대한 이와미 주타로여, 집안 대대로 내려오는 보배로운 칼을 옆에 찬 모습으로 천하를 노려보는 그대는 일찍이 나의 어린 마음에 과감하게 산에서 내려온 자라투스트라의 대업을 가르쳐주었다. 그 책방은 이미 오래 전에 그림자도 형체도 사라졌겠지. 그러나 이와미 주타로는 오늘날 내 안에서 더욱 발랄하게 숨 쉬고 있다. 인생의 십자 거리에서 유유히 부채질하면서.

❖ 기무라 손사이(木村巽斋) ❖

올해 봄, 나는 꼭 일 년 만에 교토(京都)에 있는 어느 박물관을 구경했다. 그러나 공교롭게도 당시 나는 원래 있던 위산과다증이 한층 이상 증상을 보이고 있었다. 소(韶)라는 음악을 듣고 고기 맛을 잊는 것은 오직 성인만이 할 수 있는 품행이다. 낙타털로 만든 셔츠에서 벼룩 한 마리라도 느꼈다면 다행으로 설령 사카타 도주로(坂田藤十郎)가 연기한 <도주로의 사랑(藤十郎の恋)>이 눈앞에 있다 하더라도 도저히 한가롭게 무대 위를 올려다볼 여유는 없다. 더군다나 위장에 차오르는 위산은 모든 향락을 불허했다. 이뿐만 아니라 당시 진열품에는 대단해 보이는 걸작도 눈에 띄지 않았다. 내가 발견한 물건은 불교에 관한 그림에서 도자기, 불상, 오래된 필적에 이르기까지 졸작들이다. 중국 청나라 화가 공현(龔賢)의 자를 딴 공반천(龔半千)인가 뭔가 하는 굵은 글자를 더덕더덕 붙인 족자는 우리 위병 환자를 거의 자살의 길로 유혹하기 위해 솜씨를 발휘한 것으로밖에 생각할 수 없다.

그 가운데 가장 나를 헤매게 만든 것은 남화(南畵)만 늘어선 진열실이다. 이 방에 있는 것 역시 대체로 가치가 없는 것들뿐이다. 첫째로 철옹(鉄翁)의 산만(山巒)은 부석처럼 때가 끼어 있다. 둘째로 후지모토 뎃세키(藤本鉄石)의 수목은 녹슨 칼처럼 살기를 띠고 있다. 셋째로 우라카미 교쿠도(浦上玉堂)의 폭포는 류큐(琉球) 산 술 아와모리(泡盛)처럼 부글부글 끓어오른다. 넷째로 — 아무튼 남화라는 남화는 온통 대체로 내 신경을 곤두서게 만드는 것들뿐이다. 나는 얼굴을 찌푸리면서 커다란 유리 찬장이 늘어선 그 곳을 순교자처럼 거닐고 있었다. 그러는 사이 내 눈앞에 기적처럼 작은 종이에 그린 산수화가 나타났다. 이 그림은 언뜻 봐서는 거침없는 정취를 느낄 수 없다. 오히려 어딘지 모르게 지치고 연약한 전문가답지 못한 기색마저 돈다. 그것만 따로 떼어 놓고 보면 옥당철옹(玉堂鉄翁)은 잠시 뒤로 하고라도 가령 고무로 스이 운(小室翠雲)에게 몇 걸음 양보해야 할지도 모른다. 그러나 산돌에 푸른 이끼가 끼고 살구꽃이 핀 풍경은 보잘 것 없는 고무로 스이운은 물론 이거니와 옥당철옹도 모를 만치 너무나도 태탕(駘蕩)하다. 이 산수화를 보자 돌연 두꺼운 유리문 너머로 맥맥이 불어오는 춘풍이 느껴지고, 위장에 차오른 위산이 썰물처럼 빠져나가는 것을 느꼈다. 기무라 손 사이, 통칭 다키치(太吉) 당(堂)을 젠카(蒹葭)라 부르는 오사카(大阪) 초닝 (町人)16)은 실로 이 아마추어 산수화 작자다.

손사이는 이름은 고쿄(孔恭) 자(字)는 세이슈쿠(世肅)라 하며 오사카에 있는 호리에(堀江)에 살던 양조장 자식이다. 손사이 자신이 '내가 어릴 적부터 유약하여 모두들 보육에 전념했다.'고 말한 것을 보면 몸이 허 약했던 것은 사실인 모양이다. 몇몇 예외를 빼고 보면 대개 건전한 정 신은 불건전한 육체에 깃드는 법 손사이의 정신도 어릴 적부터 기백 을 갖추고 있었다. 게다가 행복한 부르주아 가정은 교육의 기회를 부 여함에 있어서 아끼는 것이 없었다. 잠시 손사이가 제 손으로 그간의 소식을 전한 전기 몇 단락을 뽑아서 소개하면 다음과 같다.

'내가 어릴 적부터 유약하여 모두들 보육에 전념했다. 가친은 나를 불 쌍히 여겨 사람을 시켜 초목과 꽃을 심게 했다. 친족 가운데 약방을 경영 하는 자에게 물산학(物産学)17)에 대해 들어 에도(江戸) 시대 본초학자(本草 学者) 도자쿠스이(稲若水)와 마쓰오카 겐타쓰(松岡玄達)를 알게 되었다. 열 두세 살이 되었을 즈음 교토에 있는 마쓰오카문인(松岡門人) 쓰시마 쓰네

---

16) 근세 사회 계층의 하나로 도시에 사는 상인 계급의 사람들을 일컬음.
17) 쓰임새가 많은 동식물, 광물, 농공업 등의 산물에 대해 연구하는 학문으로 식물 을 중심으로 하는 본초학(本草学)에서 발전했음.

노신(津島恒之進) 물산에 밝은 것을 알았다. 당시 교토에 놀러간 가친을 따라 처음으로 쓰시마 선생을 알현하여 한 차례 초목에 대한 이야기를 들었다. 내 나이 열다섯 살이 되던 이듬해 아버님 돌아가시고 열여섯 살이 되던 봄 모친을 따라 서울로 올라와 재차 쓰시마 씨한테 학문을 배워 문하생이 될 수 있었다.'

'내 나이 열대여섯 살 때부터 그림에 대한 이해가 제법 깊어 내 고향 오카 슌보쿠(大岡春卜) 가리노(狩野) 유파에 이름을 올린 덕에 그림을 배웠다. 일찍이 슌보쿠 가이시 엔가덴(芥子園画伝)한테 배워 명나라 사람의 그림을 모방하여 『명조자연(明朝紫硯)』이라 불리는 채색 그림책을 출판했다. 나는 그 책을 보고 비로소 당나라 그림에 뜻을 두었다. 당시 부친의 지인인 와슈 고오리아먀(和洲郡山)와 야나기자와 곤다이후(柳沢権太夫), 즉 류리쿄(柳里恭) 매번 임시로 거처함에 지인에게 청하여 야나기자와의 그림을 배웠다. (중략) 열두세 살 즈음 나가사키(長崎)의 승려 가쿠테이(鶴亭)라는 사람을 만나 나니와(浪華)에 거처했다. 나가사키 구마시로(神代) 진자에몬(甚左衛門), 즉 유히(熊斐)의 문하에 들어갔다. 기나이(畿内)에 난핀(南蘋) 유파가 퍼져나간 것은 이들한테서 비롯되었다. 이어서 화조화(花鳥画)를 배우고 이케노 슈헤이(池野秋平), 즉 다이가(大雅)를 따라 산수화를 배웠다.'

'내 나이 열한 살 때, 친족 가운데 고다마(児玉) 씨 가타야마 주조(片山忠蔵), 즉 홋카이(北海)의 문하생이 됨에 따라 성씨를 청했다. 가타야마는 나에게 이름은 고(鵠) 자는 치사토(千里)라 명했다. 이후 가타야마 씨 교토에 살았는데, 내가 열여덟아홉 살이 되었을 즈음 가타야마 재차 나니와로 내려가 이타치보리(쇼凩堀)에 살았다. 그래서 내가 구두점을 받아 『사서육경사한문선(四書六経史漢文選)』 등을 읽을 수 있는 기회를 얻었다.'

윗글에서 알 수 있듯이 손사이가 학예에 뜻을 둔 것은 약관에도 못 미치는 나이였다. 손사이가 사사받은 학자나 화가도 당시 대부분 저명인사였다. 이뿐만이 아니다. 남만(南蠻)18) 정취가 풍기는 신지식을 두루 갖춘 물산학에 경도된 것은 물론 한 차례 『명조자연』을 본 것으로 돌연 장강(長江)의 갈대와 억새 사이에서 난 남송(南宋) 학파의 화법에 심취한 것 또한 소년다운 정열을 말해준다.

총명한 양조장 아들 손사이는 이런 행복한 환경에서 서서히 자기를 만들어나갔다. 그렇게 완성된 자기는 다이가와 같은 순수한 예술가는 아니다. 오히려 사람들의 스승이고자 하는 재주가 열여섯이 넘는다는 류리쿄에 가까운 딜레탕트다. 그러나 예술을 취미로 삼는 류리쿄의 모습은 비범인과 맞먹는 동시에 데카당스한 정취를 풍기지 않은 것도 아니다. 아무튼 수필 「홀로 드는 잠(独寝)」 속에 나오는 대장부의 일생을 유녀가 입는 유마키(湯巻)로 바꿀 정도로 화류계에 밝다는 사실은 인정해야 할 것이다. 그러나 손사이의 예술 애호가 취미는 융통성이 없는 대신에 적당히 독서가답고 눈을 맑게 만드는 풍격을 갖추고 있다. 류리쿄는 사람들에게 구걸하거나 말 위에 올라탄 동냥하는 눈먼 여자 고제(瞽女)의 샤미센(三味線)을 켜기도 하는 등 기이한 행동을 보인다. 혹은 제멋대로 굴었다고 전해진다. 그래도 손사이에 관한 전설은 조금도 상궤를 벗어나지 않는다. 세인의 이목을 끈 것도 '에도 필공(筆工) 호치도(鳳池堂)의 주인 나니와(浪華)에 놀러 갔을 때, 겐카도(蒹葭堂)를 찾아 잠시 기다리는 동안 무료한 가운데 찌지 한 장이 나왔다. 무언가 하여 보니 에도 필공의 가호(家号)를 나타낸 이름이 적힌 종이를 한 장의 빠짐도 없이 모아놓은 것이다.'(야마자키 요시시게(山崎美成)라는 일화가 전부

18) 옛날 남해 지방의 여러 민족 혹은 무로마치(室町)에서 에도 시대에 걸쳐 일본으로 건너온 서양 문화를 이름.

다. 그러고 보니 이 일화 역시 '호사(好事)는 상상에 맡겨라.'고밖에 달리 말할 방도가 없지 않은가. 손사이는 호치도 주인에게 무언의 인사를 건넸음이 분명하다. 거칠게 말하자면 앨범을 가득 채운 붓 가게 명함을 '이게 뭐라고?' 하며 대수롭지 않게 들이대고 있는 것이다. 신랄하고 날카로운 창끝을 드러내고 있는 점은 두말할 필요도 없다. 그러나 류리코와 비교하면 — 특히 「홀로 드는 잠」의 작자 류리코에 비하면 훨씬 온화한 장자다운 면모를 보이고 있음 또한 분명하다.

　'나는 어릴 적부터 단념을 모른다. 고악(古樂), 관현(管絃), 사루가쿠(猿樂), 속요(俗謠), 바둑, 카드놀이, 유곽, 성대모사 등 그 어떤 취미도 마다하지 않는다. 소년 때부터 호사다마하여 늘 쉴 틈이 없었던 것은 말해서 무엇하랴. 경합을 즐기지 않는 것은 정신수양에 뜻이 있을 경우에만 가능한 일이다.'

손사이가 이른바 오락이라는 것에 조금도 흥미가 없었다는 것은 아래에 나오는 한 단락이 말하여준다.

　'내가 즐기는 것은 오직 기서(奇書)에 있다. 명물다식(名物多識)한 학문, 그밖에 서화비첩(書画碑帖)에 관한 사항, 미력하나마 몇 년 동안 서적에 쏟아 부은 돈에 부족함은 없다. 과분할 정도다. 그밖에 수장품, 일본 열도 고인(古人)의 서화(書画), 근대 유가(儒家) 문인의 시문(詩文), 중국 당산(唐山)의 진필 서화, 일본 각지 지도, 중국 만방(蠻方) 지도, 초목금석주옥점개조수(草木金石珠玉点介鳥獸), 옛날 돈과 기물(器物), 중국 기물, 만방의 특이한 산물이 있다는 소리만 들어도 모두 조사하여 찾아냈다. 그 어떤 고운 장식에 비할 바가 아니다.'

손사이는 이들 컬렉션을 아껴 멀리서 젠카도를 찾아온 손님에게 이들을 보여주는 것을 즐겼다. 아니, 컬렉션이라기보다는 완연한 박물관이다. 어릴 적 친구였던 다노무라 치쿠덴(田能村竹田)이 말한 '소장한 법서, 명화, 금석, 고대 중국의 제기와 세발솥(彝鼎) 및 이만(夷蠻)에서 온 기이한 물품 동우(棟宇)에 가득하다.'는 말이 반드시 과장은 아닐 것이다. 손사이는 이들 컬렉션을 '조사하여 찾아냈다.'고 말한다. 당산 만방의 지도 가운데 구라파(유럽)와 아메리카 대륙 것이 훨씬 더 많았을 터이다. 아니, 만방의 특이한 산물 안에는 분명 사라사(更紗), 동판화(銅版畫), 돋보기, '다라아카'라 부르는 알코올에 담근 용알 내지는 클레오파트라의 금발이라든가 하는 물건들이 섞여 있었을 것이다(물론 전부 보물이다). 이들 컬렉션을 '찾아낸' 총명한 딜레탕트는 불가사의한 여러 문명의 모습을 보고 어떤 느낌을 받았을까? 드넓은 세상을 눈앞에 두고 어떤 꿈을 꾸었을까?

'게이시(京子) 나니와 지방, 예부터 원예에 조예가 깊은 자 배출하여 천하가 알아본다 한들 그 해박 정통함은 젠카도의 주인을 따를 자 얼마 안 된다. (중략) 일찍이 나가사키를 유람할 때, 당산의 풍속을 보고 돌아오는 길에는 늘 황벽산(黃檗山)에 들러 대성선사(大成禪師)를 따랐다. 그때 선사에게 당산의 풍속을 묻는 자 있어 선사 정통한 이로 젠카도를 가리켰다. 빈말이 아니라면서. 선사는 본래 당산 사람으로 투화(投化)하여 황벽산에 살게 된 자라.'(야마자키 요시시게)

'이 자는 당산에 정통하다. 빈말이 아니다.'는 말이 찬사가 될지는 의문이다. 어쩌면 생사의 중대사도 제쳐두고 다문(多聞)을 즐기는 호사가에게 막대기 하나를 더 안겨다 준 셈인지도 모른다. 설사 그렇다 하더라도 손사이가 지나 풍에 정통했다는 사실은 의심할 바가 없다. 말하자면 손사이는 지나에 관한 한 최대 권위자다. 지나의 그림을 사랑하고 지나의 문예를 사랑하고 지나의 철학을 사랑하는 이런 시대에 태어난 젠카도의 다식한 명망에 보답하는 것은 당연하다. 이를 보여주듯 천하의 문인묵객은 손사이가 영지를 소유한 다이묘(大名)에 오르자 잇따라 그의 집 앞에 모여들었다. 시바노리 쓰잔(柴野栗山), 비토 지슈(尾藤二洲), 고가 세이리(古賀精里), 라이 슌스이(賴春水), 구와야마 교쿠슈(桑山玉洲), 구시로 운젠(釧雲泉), 다치하라 스이켄(立原翠軒), 노로 가이세키(野呂介石), 다노무라 치쿠덴(田能村竹田) 등이 모두 지인이다. 특히 다노무라 치쿠덴은……위대한 예술가라기보다는 오히려 선량한 예술가였던 치쿠덴은 이 늙은 딜레탕트 앞에 가장 아름다운 경의를 표했다. '내가 처음 관을 쓰고 에도에서 아즈마아소비(東遊び)[19]하고 돌아오는 길에 오사카를 지나 모쿠세이슈쿠(木世肅)(바로 손사이다)를 찾고자 했다. 때마침 나를 데려다줄 사람이 있어 나를 끌고 덴노지(天王寺)의 후토(浮屠)를 알현하려 할 때, 그자 말하길 이곳은 도요토미미노미코(豊聡耳王)가 창조한 이래 해를 거듭하기를 어느덧 일천년 남짓. 단지 노나라의 영광(靈光)이 외연히 홀로 서 있을 뿐이다. 그러나 나는 이러한 사실을 부정한다. 곧바로 세이슈쿠를 발견한다. 명년(明年) 서경으로 돌아갔다 다시 이르자 세이슈쿠 죽고 후토 역시 세상을 떠났다.'

손사이는 이런 명성 아래 유유히 육십년 생애를 마쳤다. 천진한 영웅 숭배자에게 그의 생애는 어쩌면 평범하게 보일지도 모른다. 손사이 후대에 남은 것은 저 이름 높은 젠카도 컬렉션을 빼면 불과 몇 권이 안 되는 시문집과 몇 첩의 산수화가 고작이다. 그러나 다이쇼(大正) 시대인 오늘날조차 제국대학 도서관이 소장한 서적을 태연히 흔적도 없이 다 태워버린 염담무욕한 우리의 조국은 물론 젠카도 컬렉션 또

---

19) 헤이안(平安) 시대 성행했던 가무(歌舞)의 일종.

한 무참히 없애고 말았다. 알코올로 담근 다라아카는 어디에 있을까? 다이가나 류리쿄의 그림은 어디로 갔나? 클레오파트라의 머리카락은 — 이런 물건은 아무래도 좋다. 그러나 결국 젠카토 주인은 쓸쓸한 저서와 그림 이외에 아무것도 전하지 못했다.

아무것도? — 아니, 어쩌면 '아무것도?' 정도의 물음으로 끝나지 않을 것이다. 풍부한 젠카도 컬렉션은 — 특히 만 권이나 되는 장서는 당대 학자나 예술가에게 수많은 위대한 선례를 남겼다. 그들을 고무하고 신세계로 이끄는 것은 로댕이니 톨스토이니 세잔이니 하는 우리를 자극하는 모든 것과 동일하다. 이 수호자 겸 수집가인 기무라 손사이의 은혜 역시 후대에 전한 유산 — 근엄한 선인의 비평에 의하면 최고의 유산에 들어가야 마땅하다. 냉혹하게 보더라도 마루젠(丸善) 주식회사가 우리에게 준 은혜와 오십보백보. 적어도 세상에서 말하는 멋을 아는 부호 혹은 부호의 자식이 우리에게 가져다준 은혜와 오십보백보라 말할 수 있다. 나는 이런 은혜 앞에 감사의 마음을 표하기를 마다하는 자가 아니다. 그러나 단지 그런 이유로 젠카도 주인을 찬미하는 것은 — 무엇보다 천하의 수호자격인 이를 우쭐하게 만든 것 자체만으로도 해가 된다!

다시 한 번 강조하건대 손사이 후대에 전해진 것은 불과 몇 권 되지 않는 시문집과 몇 첩의 산수화가 전부다. 만약 젠카도 컬렉션이 당대에 전한 은혜 이외의 곳에서 손사이의 진가를 발견하자고 들면 누가 뭐래도 이들 작품에서 — 적어도 맨 앞에서 언급한 옥당철옹도 무색하게 만든 산수화 한 첩 <춘산도(春山圖)>로 되돌아가야만 할 것이다. 이 그림을 이루는 봄은 가령 위대한 다이가가 그렸던 것처럼 자기 집 냄비에 녹인 더할 나위 없이 감미로운 맛을 내는 조화로움에는 못 미친다. 그렇다고 해서 부손(蕪村)처럼 칼솜씨를 부린 천하에 없는 뛰어난 재주 없음 또한 분명하다. 그러나 평범한 데라고는 전혀 없다. 마치 환한 미소를 닮은 화창하게 밝은 그 무엇이 종이 위에 절로 피어난다. 나는 그 무언가에서 겐카도 주인의 진면목을 — 평온히 인생을 즐기는 딜레탕트다운 넋을 발견했다. 설령 겐카도 컬렉션이 당대 학자나 예술가에게 털끝만큼의 은혜를 베풀지 않았다 하더라도 그런 것은 내 알 바 아니다. 나는 그저 이 딜레탕트에게 — 적막한 인생을 어떻게 즐겨야 하는지 아는 풍류 무쌍한 오사카 초닝에게 친밀감을 느끼지 않을 수 없는 것이다.

우리는 파스칼이 말한 바와 같이 생각하는 갈대다. 그러나 그것이 다는 아니다. 생각하는 한편에 끊임없이 무언가를 느끼는 갈대가 있다. 느낌이랄 것까지도 없이 바람에 나뭇잎이 나부끼는 것은 바람을 느끼는 것을 닮았다고 해야 할 것이다. 그러나 우리가 무언가를 느끼는 데 있어 반드시 기계적일 필요는 없다. 아니, 해질녘 미풍 속에서 만 리에서 불어오는 무역풍을 느끼는 경우가 의외로 많다는 것 또한 사실이다. 예를 들어 한 그루의 노송나무는 미풍보다 사람을 움직이지 못할지도 모른다. 그래도 하늘에서 내려준 재주로 온몸을 불사르던 고흐는 예의 한 그루의 나무한테서도 굉장한 생명력을 느낀다. 이런 까닭에 적막한 인생을 충분히 즐기기 위해서는 미묘하게 무언가를 생각함과 동시에 미묘하게 무언가를 느끼지 않으면 안 된다. 혹은 생각하는 머리가 있으면서도 신경 또한 갖추고 있어야만 한다. 과연 고래로부터 있어온 딜레탕트는 적든 많든 간에 학자인 동시에 예술가였다는 사실 또한 상식이다. 물산학을 깊이 연구하면서도 화도(畫道)에 뜻을 둔 손사이 역시 실로 이들 가운데 한 사람이다. 미묘하게 무언가를 생각함과 동시에 미묘하게 무언가를 느끼는 갈대 — 그러고 보니 사람들은 이상하게도 손사이를 겐카도 주인이라 칭한다!

그러나 가시 없는 장미는 있어도 고난이 따르지 않는 향락은 없다. 미묘하게 무언가를 생각함과 동시에 미묘하게 무언가를 느끼는 갈대, 즉 미묘하게 괴로워하는 갈대인 것이다. 이런 탓에 총명한 딜레탕트는 지옥의 업화(業火)를 면하기 위해 천당의 장엄함을 버려야만 한다. 좀 더 간단히 말하자면 모든 악은 철저함을 피하지 않으면 안 된다. 천진난만한 영웅 숭배자는 물론이거니와 이런 호사가다운 태도를 미온적이라든가 뭐라든가 하는 말로 비웃겠지. 그러나 미온적 태도를 보일지에 대해 가부를 묻는 것은 향락적 태도를 취할지에 대해 가부를 묻는 것과 같다. 향락적 태도를 부정하는 것은 — 사실 고래로부터 전해 내려온 그 어떤 철학도 인생의 사명을 천명하기에 부족했다. 옛날에는 성공할 가능성이 없다는 사실을 알고 있어 인(仁)을 설파한 공자조차 미온적인 중용(中庸)을 선호했다. 지금은 카페에 출몰하는 것 말고 다른 일은 못하는 소년까지 열렬히 철저함을 선호한다. 아무튼 탐욕에서 환희를 찾는 것이 끝까지 향락을 다하는 방도는 아닐 것이다. 손사이 또한 예외는 아니어서 늘 중용을 선호했다. 손사이 자신도 그간의 행적을 적은 『겐카도잡록(蒹葭堂雜錄)』 1권에서 어떤 식으로 마음의 평정을 유지했는지에 대해 적고 있다. 원래 빈부(貧富)의 로맨티시즘만큼 문인묵객을 끌어들이는 것도 없다. 그들은 대개 청빈(淸貧)을 자랑하던지 혹은 호사(豪奢)를 뽐낸다. 그러나 오직 손사이만은 흔들림 없이 검소로 족했다.

'부친의 자금 사정에 따라 해마다 돈을 받아쓰는 바 삼십 금(金)이 넘지 않았다. 그밖에 친구의 동정으로 조금이나마 다이가에 빠져들 수 있었다. 만사에 다소곳하고 겸손하지 않다면 내 어찌 오늘날의 과업을 이루었을쏘냐. 세상 사람들은 내 진심을 모른다. 부잣집 도련님에 비한다. 내 본심이 아니다.'

일 년에 삼십 양(両)이라는 수입은 한 달에 수입이 이 양 이 분(分)이 됨을 뜻한다. 호레키(宝暦), 메이와(明和) 연호를 자랑하는 옛날이라도 한 달에 이 양 이 분 하는 수입으로는 제 아무리 돈이 많아도 장사를 잘하지는 못할 것이다. 더욱이 다이가에 빠졌을 뿐만 아니라 겐카도 컬렉션마저 남긴 것은 그 자체로 호사에 관심 없음을 나타내는 것이 아니고 무엇이겠는가(공교롭게도 지금 내가 객지에 있는 탓에 참고할 서적은 없으나 호레키, 메이와를 자랑하는 옛날 쌀 일 석(石)의 시세는 어림잡아 은(銀) 육십 문(匁) 정도한다. 가령 금 한 양을 은 사십 문 정도로 잡고 쌀값을 기준으로 환산하면, 당시 일 년에 삼십 양 하는 돈은 오늘날로 치면 불과 천 엔(円) 미만일 것이다. 물론 이는 당시 시세를 추량했을 뿐이지 신용할만한 계산은 아니다).

'호레키 육 년 남짓 내 나이 이십일 세, 모리(森) 씨를 아내로 맞아들이다. 태생이 미약하여 다병(多病)을 견디지 못했다. 십 년이 지났어도 한 명의 아이도 얻지 못했다. 이런 까닭에 모친의 걱정이 이만저만이 아니다. 메이와 이년 집안사람에 일러 야마나카(山中) 씨 집안 여자를 아내로 맞아들여 시중들게 했다. (중략) 삼 년이 지나 처 모리 씨 메이와 오년 겨울에 여자 아이를 낳았다. 그리고 메이와 육년에 또 한 명의 여자 아이가 태어났다. 첩 야마나카 씨 처를 도와 두 아이를 아긴 덕에 처첩 화합하여 미워하는 일 없었다.'

검소한 손사이가 편애를 꺼린 것은 물론이다. 필시 처와 첩 모두 투기하지 않은 것은 정숙했기 때문만은 아닐 것이다.

'나는 약관 무렵부터 장성할 때까지 시문을 연구했다. 응수(応酬) 많은 탓에 증답(贈答)에 지쳤다. 재주 없어 민첩하지 못한 것은 물론이거니와

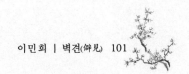

불쾌함이 크더라. 교의(交誼)에 친소(親疎) 있으나 다행히 재주 없음에 기대어 꾸며서 행동하면 어쩌다 흥에 이르기도 하여 잘 지은 글귀를 얻어 쾌락에 빠지기도 한다.'

　손사이는 시문을 즐겼다. 그러나 그렇게 좋아하는 시문일망정 함부로 재주를 드러내려 하지 않았다. 가령 응수에 대한 의리는 모자라도 좋은 글귀만 보면 넋을 잃고 마음속에 품는 환락을 지킨다. 이런 태도는 위에서 열거한 수 편의 글귀 이외의 곳에서도 찾을 수 있다. 실로 손사이의 일생을 지배한 것은 이런 미묘한 절제다. 자기를 억누르면서도 자기 마음대로 구는 고삐를 죄는 정도다. 겐카도 주인이 정신적으로 행복한 가운데 육십 년 생애를 마친 것 또한 결코 우연이 아니다.

　앞서 여러 차례 언급한 <춘산도>는 우리를 노목과 큰 바위에 깃듯 깊이로 한 줄기 한적한 오솔길로 인도한다. 그 길의 막다른 곳에는 틀림없이 백 년 동안 내린 눈에 파묻힌 이름 없는 봉우리들이 있을 터이다. 세상에서 천재로 불린 이는 이런 봉우리에 오르기를 마다하지 않는 용진(勇進) 과감(果敢)한 외로운 길손이다. 백년설(百年雪)을 답파하는 일은 물론 천고(千古)의 대업(大業)일 것이다. 그러나 바위틈에 핀 꽃을 보고 골짜기에 흐르는 물소리를 들으면서 눈과 함께 오가는 것 또한 일생의 쾌사(快事)다. 내가 사랑하는 겐카도 주인은 이런 적막한 봄 산에 당나귀를 거닐게 한 유일한 한 사람이다. 그러고 보면 <춘산도>에 세월을 초월한 흥취가 넘친다는 사실 또한 이상히 여길 일이 아닐지도 모른다……

문부성 가나 표기법 개정안에 대해서
(文部省の仮名遣い改正案について)

송현순

❖ ❖

우리 문부성 가나 표기법 개정안은 이미 야마다 요시오(山田孝雄) 씨가 통격을 가한 바 있다. (잡지 『明星』 2월호 참조) 야마다 씨의 통격은 일상적인 평범한 통격이 아니다. 실로 깨버려야 할 것을 깨버려 그 안타까움을 멈추게 하려는 게 마치 삼손이 손가락을 움직여 블레셋 성냥갑을 부숴버리는 것과 같다. 이 야마다 씨가 통격을 가한 후 (나 역시) 가나 표기법 개정안을 비난하고자 한다. 누군가 또 증기 펌프를 넘어뜨린 후 작은 용토수(같은 소화기)를 꺼내는 것에 대해 탄식하지 않을 수 없을 것이다. 그렇다고는 해도 불을 끄는 데 한 국자의 물이 필요 없는 것은 아니다. 말할 것도 없이 그것은 한 줄기 용토수의 물이다. 이것이 나의 독창적인 견해가 아니라 해도 부끄러워하지 않고 소방에 (힘을) 더하고자 하는 이유이다.

우리 문부성의 가나 표기법 개정안은 막연하게 개정이라고 칭하지만 무엇을 기준으로 개정하는지는 분명히 밝히고 있지 않다. 물론 정부가 명령할 때 무엇을 기준으로 하는지 분명히 밝히지 않는 것을 반드시 책망하는 것은 아니다. 나는 긴자(銀座) 가두를 걸어가는 데 항상 왼쪽으로 통행한다. 왜 오른쪽을 걷지 않고 왼쪽을 걷는지는 확실하지 않다. 그러나 왼쪽을 걷는 이유는 편의에서 나왔다는 것을 믿고 있다.

하나의 비유로써 우리에게 히비야(日比谷) 공원의 철쭉을 꺾고 오리를 죽이도록 명했다고 해보자. 누가 그것을 무슨 이유로 꺾고, 무슨 이유로 죽이는지를 묻지는 않는다. 즉 무엇 때문에 그것을 정부가 명령하는지 분명하게 밝히지 않는 것이 반드시 비난받을 일은 아니라는 것이다. 하지만 그렇다고 해도 먼저 그 편의에서 나오는 이유를 국민에게 믿게 하지 않으면 안 된다. 가나 표기법 개정안을 제정한 국어조사회 위원 여러분들은 모두 총명 연달(練達)한 분이다. 어찌 이 명백한 이치의 당연함을 모른다고 할 수 있을까? 그렇다면 그 분들은 가나표기법 개정안의 편의를 믿을 뿐만 아니라 우리들도 그 위원들처럼 편리하다는 것을 믿게 될 것이라고 스스로 믿고 있는 것이다. 위원들이 편의를 믿는 것은 위원들의 임의에 맡겨도 될 일이다. 그렇지만 우리도 위원들처럼 편의를 믿을 것이라고 하는 것에 대해서는 — 적어도 위원들의 낙천주의가 조금 도가 지나쳤다고 해야 할 것이다.

나는 물론 가나표기법 개정안의 편의를 믿지 않는다. 가나표기법 개정안은 — 예를 들어 'ゐ', 'ゑ'를 없애버리는 것은 번거로움을 줄이는 것은 된다. 그러나 번거로움을 줄이기 때문에 바로 편리해진다고 생각하는 것은 위험한 사상이다. 천하에 무엇이 폭력보다도 쉽게 번거로움을 줄일 수 있을 것인가? 만약 나로 하여금 가장 간단하게 가나표기법 개정안을 매장하여 그만두게 한다면 나 역시 구구한 문자를 쓰는 동안에 위원 여러분들 책임을 질책하기에 앞서 바로 위원들을 암살할 것이다. 내가 위원들을 암살하지 않고 굳이 펜을 든 이유는 ─ 원고료 때문이 아니다. ─ 첫째 위원들을 암살하는 것은 간단하지만 편의적이지 않다는 것을 믿기 때문이다. 'ゐ', 'ゑ'를 없애고 'い', 'え'만 을 남겨 간략화 하는 것을 누가 인정하지 않을까? 그러나 야마토(大和) 언어가 혼란스러워질 것이라는 위험을 돌아보지 않는 것은 결코 편의 라고 할 수 없다. 국어조사회의 위원 여러분들은 모두 총명연달한 분 이다. 표면으로는 충효를 말하고 뒤로는 폭탄을 품속에 품고 있는 초 위선적 공포주의자이다. 더욱 간단함을 숭배하는 위원들의 모습은 마 치 야만인이 생식기를 숭배하는 모습과 같다. 이것은 거의 공포주의 자와 동일하다. 잡지『명성』동인은 위원들을 편의주의자라 한다. (잡 지『明星』2월호 참조) 편의주의자이다. 편의주의자이다. 나는 오히려 위원들을 불편주의자로 판단한다.

우리 문부성 가나표기법 개정안이 편의에서 나왔다는 것을 인정하 기 어려운 것은 앞에서 언급한 바 있다. 갑자기 이 개정안을 제시하고 태연히 책임을 다하려고 한다. 누구든 우리 근엄한 위원 여러분들의 순진함에 놀라지 않을 수 없다. 그러나 간단함을 숭배하는 것은 거침 없는 시대의 풍조이다. 아마카스(甘粕) 대위가 오스기 사카에(大杉栄)를 살해하고, 나카오카 곤이치(中岡艮一)가 하라케이(原敬)를 단도로 찌르는 것도 모두 시대의 풍조에 따른 것이라고 하지 않으면 안 된다. 그렇다 면 우리 위원 여러분들이 간단함을 사랑하는 것, 제호(醍醐, 달콤한 걸죽 한 액체)처럼 되는 것도 어쩌면 놀라는 데 부족함이 없을 것이다. 과연 그렇구나. 남원(南園)에서 흰 매화꽃이 수양공주의 면상에 떨어져 매화 화장이 천하를 풍미했다. 그러나 가나표기법 개정안은 단지 우리 일 본어를 타락시킬 뿐만 아니라 또 실로 천하로 하여금 이성의 존엄을 잃게 하는 것이기도 하다. 예를 들어 'ぢ', 'づ'를 없애는 것을 보자.

‘ぢ’, ‘づ’에 대해서는 절대로 없앨 수 없을 것이다. “常常 小面(こづら) 憎い 葉茶屋(はぢゃや)の 亭主(ていしゅ)”는 “つねずね こずら 憎い 葉じゃ屋の亭主”로 써야만 한다. ‘つね’가 ‘づね’로 변하는 것은 이해할 수 있다. 그러나 ‘ずね’로 변하는 것은 이해할 수 없다. ‘けづね’(毛脛)를 ‘けずね’와 같이 하면 ‘つねずね’ 역시 ‘つねずね(常脛)’로 될 것이다. ‘こづら(小面)’의 ‘ずら’도 역시 그렇다. 만약 ‘葉じゃ’ 점(屋)에 이르러서는 누군가 ‘茶屋’를 ‘ちゃや’라고 쓰고, ‘葉茶屋’를 ‘葉じゃ屋’로 쓰는 것과 같은 이치이다. 이것을 강제로 쓰도록 하는 것은 우리들의 이성의 존엄을 잃게 하는 것이 된다. 도쿄인의 발음은 부정확하다. 항상 ‘じ’와 ‘ぢ’를 구분하지 않고, ‘ず’와 ‘づ’를 구분하지 않는 것은 사실에 가깝다고 해야 할 것이다. 하지만 그렇다고 해서 ‘ぢ’, ‘づ’를 없애도 된다고 하면 천일기장안(天日豈長安)보다도 더 멀다고 해야 할 것이다. 국어조사회 위원 여러분들은 모두 총명 연달한 분이다. 이성의 존엄을 무시하는 위험은 여러분들도 분명히 알고 있을 것이다. 그러나 위원들의 하는 짓을 보면 거의 지구의 진흙 덩어리와 같은데 그것을 믿지 않는 것은 2등변 3각형의 꼭지각의 이등분선은 밑변을 이등분한다는 것을 믿지 않는 것과 비슷하다. 잡지 『명성』 동인은 위원들을 ‘새로운 유행을 좇는 사람’으로 간주한다. ‘새로운 유행을 좇는 사람’이라고 한다. ‘새로운 유행을 좇는 사람’이라고 한다. 나는 오히려 그들을 소박관념론에 심취한 원시문명주의자로 본다.

우리 문부성 가나표기법 개정안은 금빛 찬연한 문자 하나 ‘간(簡)’자 앞에서 일본어의 타락을 돌아보지 않고, 이성의 존엄도 무시하는 안이다. 우리 근엄한 위원 여러분들은 진정 이 안을 초등교육에 실시하고자 하는 것일까. 아니, 나는 이 안이 농담임을 믿는 자이다. 만약 농담이 아니라고 한다면 실시하는 데 있어 불가라고 하는 것을 기다리지 않아도 될 것이다. 설령 실시하지 않는다 해도 우리 국민의 정신적 생명에 번뜩이는 칼날의 일격을 가하려고 하는 죄는 인천(人天)이 용서하지 않는 바이다. 우리 국어조사회 위원 여러분들은 모두 총명연달한 분이다. 어째서 다이쇼(大正)라는 성스런 시대에 이런 폭거를 굳이 할 것인가? 나는 솔직히 자백하자면 위원 여러분들의 희극적 정신에 존경과 동정을 갖고 있다. 그렇지만 말로써 이것을 어찌 말하지 않을 수 있단 말인가? '농담에도 정도가 있다'고. 나는 위원 여러분들의 농담이 대규모적인 것은 용서하지만 인간 사회에서 지켜야 할 인심에 해가 있는 사실은 인정할 수 없다.

우리 일본의 문장은 메이지(明治) 이후의 발달을 더듬어 보아도 여러 우리들의 선배인 천재 — 바꿔 말하면 위대한 매문도(売文徒)들의 고심에 의해 성립된 것이다. 로마는 하루아침에 이루어지지 않았다. 문장 역시 로마와 다르지 않다. 이 문장의 흥패에 관한 가나표기법 개정안처럼 가볍게 이것을 실시하고자 하는 것은 고요(紅葉), 로한(露伴), 이치요(一葉), 비묘(美妙), 소호(小峰), 초규(樗牛), 시키(子規), 소세키(漱石), 오가이(鴎外), 쇼요(逍遥) 등 선배들을 아주 심하게 모욕주려는 것과 같다. 아니, 그들의 족적을 밟는 우리 천하의 매문도를 심히 모욕하는 것이라 할 수 있다. 우리들은 구독점의 원칙조차 확립되지 않은 언어상의 암흑시대에 태어났다. 이 혼돈의 암흑시대에 한 줄기 광명을 주는 것은 우리들의 선배 및 민간인 학자들에게 약간의 심지를 더해준 2천년 동안의 상야등(常夜灯)뿐이다. 만약 이 상야등으로 하여금 광명을 잃게 한다면 우리들의 생명은 끝나야 되고 일본의 문장은 쇠퇴할 것이다. 우리 근엄한 위원 여러분들은 우리들의 생명이 끝나는 것에 대해서도 태연할 것임은 의심하지는 않는다. (동시에 또 우리들의 무덤 위 소나무가 싸아 싸아 바람 소리를 낼 때 즈음하여 우리들의 작품을 교과서에 싣고, 아울러 작자가 꿈에서도 알 수 없는 주석을 덧붙일 것이라는 것도 의심하지 않는다.) 그러나 생각하라. 천태종 본당의 맹화, 관영사가 하늘을 태우는 것보다 일본의 문장에 공헌한 것은 문부성인가 우리들인가를. 메이지 33년(1900년) 이후 문부성이 계획한 몇 가지 개혁은 한 번도 문장에 비익(裨益)을 주었다는 이야기를 듣지 못했다. 오히려 어격(語格) 가나표기법의 오류를 천하에 만연시켰을 뿐이다. 그 폐해를 알고자 하는 자는 지금 오류투성이인 신문잡지서 등 ― 예를 들어 내 소설집을 보아라. 더구나 문부성은 이것을 갖고 아직도 그 파괴욕을 채웠다고는 생각하지 않는다. 설사 농담이라고 해도 이번의 가나표기법 개정안을 발표한 것은 이 폭탄 사건과 궤를 같이하는 농담이다. 나는 이런 농담을 단속하는 데 심히 관대한 경시청 보안과를 이상히 여기지 않을 수 없다.

나는 물론 야마다 요시오 씨의 꼬리에 붙어있는 개구리이다. 단 잡지 『명성』의 독자를 제외한 일천사해(一天四海)의 항하사(恒河沙)처럼 수없이 많은 사람들이 반드시 이 가나표기법 개정안의 우거함을 알고 있다고는 할 수 없다. 바로 예언자 요한처럼 혹은 구세군의 북처럼 야마다 씨의 공론을 광고하는 데 소리를 높이는 이유이다. 그렇다 해도 예의 없이 함부로 외잡(猥雜)함을 언급한 것은 위로는 야마다 요시오 씨부터 아래로는 우리 근엄한 위원 여러분들을 능욕한 죄 두말할 것도 없이 적지 않다. 지금 펜을 놓으려고 함에 있어 삼가 바다 같은 넓은 마음으로 용서해 주시기를 부탁드린다. 사죄, 사죄.

(1926.2)

'사'소설론 소견('私'小說論所見)
- 후지사와 세조(藤沢清造) 군에게 -

송현순

❖ ❖

　문예상의 작품은 여러 종류로 나뉘어 있습니다. 시와 산문, 서사시와 서정시, '본격'소설과 '사소설 — 그 외에도 열거한다면 얼마든지 있을 것입니다. 그러나 그것들은 반드시 본질적으로 존재하는 차별이 아닙니다. 단지 양적인 표준에 따른 표찰에 불과할 뿐입니다. 예를 들어 시라는 것을 생각해 보아도 만약 어떤 형식에 따른 것만으로 시라는 이름을 부여하고자 한다면 모든 자유시나 산문시는 제외되어야만 합니다. 만약 또 자유시나 산문시에도 시라는 이름을 부여한다고 하면 그 작품들에 공통된 특색은 넓은 의미의 '시적인' 것 — 결국 문예적인 것이 될 뿐입니다. 운문예술과 산문예술과의 차별도 역시 이 시와 산문과의 차별이 조금 복잡해진 것뿐입니다. 그렇습니다. 산문예술은 — 가령 소설은 일견 했을 때 뭔가 시와는 다릅니다. 그렇다면 그 차별은 어디에 있을까요? 소설은 자주 시에 비하면 더 우리들의 실생활에 들어맞는 감명을 준다고 일컬어지고 있습니다. 그러나 서사시와 서정시의 차별도 — 객관적 문예와 주관적 문예의 차별도 역시 본질적으로는 존재하지 않습니다. 예를 서양에서 찾지 않는다 해도 『아라라기』(단가 잡지) 파의 단가 연작은 서정시이면서 서사시입니다. 이미 서사시와 서정시의 차별도 없어진 것이라고 하면 모든 시는 바로 봄처럼 모든 산문의 울타리 안으로 흘러들어 오겠지요.

이 정도의 말씀만 드린 후 나는 먼저 구메 마사오(久米正雄) 군에 의해 주장되고 최근 우노 고지(宇野浩二) 군에 의해 다소 성원을 받은 "산문예술의 본도는 '사소설이다"라는 의론을 생각해보고 싶습니다. 그러나 이 의론을 생각해 보기 위해서는 '사소설이란 무엇인가를 분명하게 밝히지 않으면 안 됩니다. 본가본원의 구메 군에 의하면 2인칭도 3인칭도 작가 자신의 실생활을 쓴, 더구나 단순한 자서전으로 끝나지 않는 소설이라는 겁니다. 하지만 자서전 혹은 고백과 자서전적 혹은 고백적 소설과의 차별 역시 본질적으로는 존재하지 않습니다. 이것도 역시 구메 군에 의하면 가령 루소의 「참회록」은 단순한 자서전에 불과한 것이고, 스트린드베르크의 「치인의 참회」는 자서전적 소설이라는 겁니다. 그러나 양자를 읽고 비교해 보면 우리들은 우연히 「참회록」 속에서 「치인의 참회」의 프로트 타입을 느끼는 일은 있어도 결코 본질적으로 다른 것을 느끼는 일은 없습니다. 역시 양자는 묘사상이라든가 혹은 또 서술상으로는 여러 가지 다르겠지요. (가장 외면적으로 다른 점을 들어본다면 루소의 「참회록」은 스트린드베르크의 「치인의 참회」처럼 회화가 별행으로 인쇄되어 있지 않습니다!) 그러나 그것은 자서전과 자서전적 소설과의 차별은 아닙니다. 시대나 지리도 계산에 넣은 루소와 스트린드베르크의 차별입니다. 그렇다면 '사소설이 '사소설인 소이는 자서전이 아닌 것에 존재하는 게 아니라 단지 그 "작가 자신의 실생활을 그린" 것 — 즉 반대로 자서전인 것에 존재한다고 해야 할 것입니다. 그러나 또 자서전이라는 것은 서정시보다도 복잡한 주관적 문예라는 점입니다. 나는 앞에서 서정시와 서사시의 차별은 — 주관적 문예와 객관적 문예와의 차별은 본질적으로는 존재하지 않는 오직 양적인 표준에 따른 표찰이라고 했습니다. 이미 서사시는 본질적으로는 '본격'소설과 전혀 다르지 않을 겁니다. 따라서 '사'소설이 '사'소설일 수 있는 이유는 본질적으로는 전혀 존재하지 않는, 만약 어딘가에 존재한다고 하면 그것은 '사'소설 속의 어느 사건이 작가의 실생활 속의 어느 사건과 동일시 될 수 있다는 어떤 실제적 사실 속에 존재한다고 해야 할 것입니다. 즉 '사'소설은 구메 군의 정의가 어떤가에 상관없이 이런 것이 될 것입니다. — '사'소설은 '거짓말이 아니다'라는 보증이 붙은 소설이다.

다시 한 번 강조하기 위해 반복하자면 '사'소설이 '사'소설인 소이는 거짓이 아니라는 것입니다. 이것은 뭐, 나 혼자만의 과장에 의한 말은 아닙니다. 실지로 "아무리 교묘해도 '사'소설 이외의 소설은 신용할 수 없다"는 것은 구메 군 자신도 여러 번 역설하고 있는 바입니다. 그러나 "거짓이 아니다"라는 것은 실제상의 문제는 어찌 되었든 예술상의 문제로는 아무런 권위도 갖고 있지 않습니다. 이것은 문예 이외의 예술 — 가령 회화를 생각해보면 아무도 고야(高野)의 적부동(赤不動) 앞에서 이런 불을 등에 업은 괴물이 실지로 있을지 없을지 생각해 보지 않는다는 점에서도 분명합니다. 하지만 이 정도의 이유로 "거짓이 아니다"라는 것을 일소에 부쳐버리는 것은 너무 간단하겠지요. 실지로 또 "거짓이 아니다"라는 것은 분명 뭔가 특별히 문예상으로는 의미가 있는 것처럼 보일 겁니다. 그렇다면 왜 의미가 있는 것처럼 보이는가 말씀 드리면 그것은 문예는 다른 예술보다도 도덕이나 공리(功利)의 사고 등과 깊은 관계가 있는 것처럼 생각되기 때문이겠지요. 그러나 문예는 이런 것과 전혀 인연이 없는 것은 다른 예술과 다르지 않습니다. 그렇습니다. 우리들은 실제적으로는 — 무엇을 언제 누구에게 공개하 느냐 등의 문제에 있어서는 도덕이나 공리의 사고도 고려하게 되겠지 요. 그러나 그것을 이미 통과한 문예 그 자체로서의 문예는 아무런 구 속도 갖고 있지 않은 바람처럼 더없이 자유로운 것입니다. 만약 또 더 없이 자유롭게 하지 않았다면 우리들은 문예의 내재적 가치 등을 운 운할 수 없을 겁니다. 따라서 문예는 저절로 위로는 '문예화되어진 인 생관'부터 아래로는 사회주의 선전기관에 이르는 노예적 지위에 서는 겁니다. 이미 문예를 바람처럼 더 없이 자유롭게 한 것이라고 한다면 '거짓이 아니다'라는 것도 당연히 한 조각 낙엽처럼 바람에 날아가 버 리지 않으면 안 됩니다. 아니 '거짓이 아니다'라는 것만이 아닌, '사소 설'의 문제에 다소 관계되는 잘못된 견해를 들어본다면 작가는 항상 작품 속에서는 정직해야만 한다는 것도 역시 날아가 버려야 할 것입 니다. 원래 '정직해 진다' 혹은 '타인을 속이지 않는다'는 것도 도덕상 의 법률이라고 해도 문예상의 법률은 아닙니다. 뿐만 아니라 작가라 는 것은 이미 그 자신의 마음속에 정확히 존재하고 있는 것 외에는 아 무 것도 표현할 수 없는 겁니다. 예를 들어 어느 '사소설 작가'가 그 소설의 주인공에게 그 자신이 갖고 있는 효행의 미덕을 부여했다고 해 보지요. 역시 그 소설의 주인공은 그와 다른 이상, 도덕적으로 그 를 거짓말쟁이라고 하는 것은 맞는 말일지도 모릅니다. 하지만 이런 주인공을 갖춘 어떤 '사소설'은 아직 표현되기 전에 이미 그의 마음속 에 존재해 있었기 때문에 그는 거짓말쟁이가 아니라 단지 내부에 있 던 것을 외부로 꺼내 보여준 것뿐입니다. 만약 또 거짓말을 했다고 해 도 그것은 그가 뭔가를 위해 그의 천재를 매음하여 그의 내부적 '사 소설'을 충분히 외부화 하는 것을 (혹은 표현하는 것을) 게을리 한 경우뿐이겠지요. '사소설'이라는 것은 앞에서 언급한 대로의 소설입니다. 이런 '사소설'을 산문예술의 본도라고 하는 것은 물론 잘못된 생각입니다. 그러나 이 의론이 잘못된 것은 반드시 그것만이 아닙니다. 도대체 산문예술의 본도란 무엇일까요? 나는 전에 산문예술과 운문예술과의 차별은 본질적으로 존재하는 차별이 아닌, 단지 양적인 표준에 따른 표찰이라고 했습니다. 그럼 산문예술의 본도라는 것도 '가장 문예적인 산문예술'이라고 해석할 수는 없습니다. 만약 이렇게 해석할 수 없다고 한다면 그것은 단지 '가장 산문예술적인 산문예술'이란 것으로 내려오지 않으면 안 됩니다. 하지만 가장 산문예술적인 산문예술이란 것도 결국 산문예술일 뿐입니다. 예를 들어 산문예술 대신에 종이로 감은 (紙卷, 가미마키) 담배를 보아도 종이를 감은 것은 담배라는 본질상에서는 조금도 종이로 감은 것과 다르지 않습니다. 따라서 종이로 감은 것 즉 가미마키의 본도라는 것을 '가장 담배적인 가미마키'라고 하는 것은 저절로 우스꽝스런 것이 되겠지요. 그래서 '가장 가미마키 적인 가미마키'라고 할 수밖에 없게 된다면 — 나는 상식의 이름으로 제군에게 묻고 싶습니다. — '가장 가미마키적인 가미마키'란 당연한 가미마키 이외에 무엇을 가리키고 있을까요? 산문예술의 본도라는 것은 이 '가장 가미마키적인 가미마키'라는 것과 같은 것입니다. 이런 예가 제시하듯 "산문예술의 본도는 '사소설'이다"라는 의론은 단지 산문예술의 본도를 '사소설'에 둔 곳에서 파탄을 일으킨 게 아닙니다. 산문예술의 본도라는 공중누각을 쌓은 곳에서 애시 당초의 파탄이 일어나 있던 겁니다. 그렇다면 산문예술의 본도라는 것은 전혀 존재하지 않는가 하면 그것은 어떤 의미에서는 반드시 그렇다고는 할 수 없습니다. 모든 예술의 본도는 단지 걸작 속에만 놓여있습니다. 산문예술의 본도도 만약 어딘가에 있다고 한다면 어쩌면 이 걸작이라는 산상(山上)

에 있을지도 모르겠습니다.

나는 구메 군에 의해 주장된 "산문예술의 본도는 '사'소설이다"라는 의론을 대략 비평했습니다. 나의 입장은 구메 군의 입장과 공교롭게 양립할 수 없는 것입니다. 그러나 나는 구메 군의 의론에 조금도 경의가 없는 것은 아닙니다. 가령 구메 군은 '사'소설에서 확실하게 자서전을 나눴습니다. 이 차별 그 자체에 내가 찬성할 수 없는 것은 이미 언급한 대로입니다. 이 차별을 세운 것은 어떤 의미에서는 가장 문단 그 시대의 폐단에 해당한다고 해야 할 것입니다. 나 역시 다소의 여유만 있다면 이 차별에서 출발한 소논문을 쓰고 싶습니다. 더욱 또 나는 철두철미 우노 군의 의론을 등한시했습니다. 그것은 우노 군이 구메 군처럼 "산문예술의 본도는 '사'소설이다"는 것을 단언하고 있지 않기 때문입니다. 우선 우노 군의 이론 중에서도 "우리 일본인의 문예적 소질은 '본격'소설보다도 '사'소설에 적합하다"고 한 것만큼은 분명 역설되고 있을 겁니다. 그러나 그것은 우노 군의 농담이라고 생각해야만 합니다. 왜 또 농담으로 생각하는가 하면 나는 우리 일본인이 낳은 '본격'소설적 작품 중에 겐지모노가타리(源氏物語)는 잠시 묻지 않고 지카마츠(近松)의 희곡, 사이가쿠(西鶴)의 소설, 바쇼(芭蕉)의 연구(連句) 등을 꼽는 것을 — 아니 그것보다도 우노 군 자신의 두, 세편의 소설을 꼽는 것을 대단히 기쁘게 생각하고 있기 때문입니다.

마지막으로 덧붙이고 싶은 것으로는 내가 이의를 제기하는 것은 결코 '사'소설이 아니라 '사'소설론이라는 겁니다. 만약 나를 보는 데 '본격'소설에만 예배하는 소극적이고 부끄러움을 모르는 사람이라고 한다면 그것은 나만 억울하게 하는 게 아닙니다. 동시에 또 일본의 문단에 많은 '사'소설의 여러 명편(名篇)에 먹칠을 하는 것이 되겠지요.

(1926.10)

'사'소설에 대해서('わたくし'小説に就いて)

송현순

❖ ❖

나는 구메 마사오(久米正雄) 군의 '사'소설론에 약간의 흥미를 가지고 있다. 지금 그 의론을 분석해보면 ―

(1) '사소설'은 소설로 되어있지 않으면 안 된다.
(2) '사'소설은 나를 주인공으로 하지 않으면 안 된다. (이 '나'는 반드시 1인칭의 의미가 아님은 물론이다.)

(1)은 단순한 인생기록은 소설이 아닌 것을 역설한 것이다. 하지만 이 입장은 누구에게나 이의가 없는 입장은 아닐 것이다. 실지로 또 소설과 비소설의 경계를 어떠한 일선(一線)으로 찾을 것인가는 좋은 논쟁점이라고 해야만 한다. 내 소견에 따르면 산문예술에 관한 제(諸) 문제는 그 어느 것도 다소 이 입장에 관계를 가지고 있는 것 같다.
(2)는 '나'를 주인공으로 하는 예술적 필요를 역설한 것이다. 이것도 역시 아마 누구에게나 이의가 없는 입장은 아닐 것이다. 그러나 오늘

날의 단가나 하이카이는 대개 '사' 단가이고 동시에 또 '사' 하이카이
이다. 만약 이 사실이 어떤 예술적 필요에 의해서 있다고 한다면 어째
서 단지 소설만은 '사'소설로 일관하지 않는가 그 점도 충분히 생각해
보아야 한다.

　이 짧은 문장의 목적은 반드시 '사'소설론에 찬반의 설을 표하는 것
은 아니다. 단지 '사'소설론이 어떻게 특색이 있는 의론인가 하는 것에
간략한 일별(一瞥)을 더하는 것이다. 나의 소견에 따르면, 구메 군의
'사'소설론은 다시 한 번 논쟁의 과녁이 되어도 좋다. 또 논쟁의 과녁
이 되는 것은 분명 우리 문예사의 비평적 정신을 깊게 하는 데에도 적
지 않은 이익을 줄 것이다. 즉 상기 두 가지를 들어 구메 군을 비롯한
많은 군자의 고론을 듣고자 하는 소이이다.

(1926.6)

후지사와 세조(藤沢淸造) 군에게 대답한다(藤沢淸造君に答ふ)

송현순

나는 『부동조』(不同調) 제1호에 '사소설에 대해서'라는 것을 썼다. '사소설에 대해서'는 구메 마사오(久米正雄) 군의 '사소설론'의 특색을 지적해 보고자 시도해 본 문장이다. 그런데 후지사와 세조 군은 『부동조』 제2호에 "어째서 그대는 그대 스스로 사소설론을 시도하지 않는가? 그대의 '사소설에 대해서'는 불과 한 두 곳에 약간의 해부의 메스를 넣었을 뿐이다"라고 적었다. (·표시를 단 것은 후지사와 군의 문장이다.) 후지사와 군이 말하는 소위 해부의 메스는 과연 구메 마사오 군의 의론의 특색에 대해 언급 했는가 아닌가, 그 시비를 검사하는 것은 문예비평상의 문제이다. 그러나 소위 해부의 메스를 넣은 것만으로 그쳤는가 어떤가, 그 옳고 그름을 검사하는 것은 문예비평상의 문제가 아니다. 그렇다면 무슨 문제인가, 당연히 실천 윤리상의 문제이다. 따라서 나는 후지사와 군에게 대답하는 데에도 다언을 해야 할 필요를 발견하지 못한다. 나는 단지 '사소설에 대해서'에서 나의 소기를 다

한 이상, 추호도 다시 사소설 시비론을 해야 할 의무가 없음을 고할 뿐이다. 만일 또 불행하게도 후지사와 군이 이러한 의무가 없음을 인정하지 않는다면 지상(紙上)과 구두(口頭)를 불문하고 더욱 몇 번이라도 논전하겠다. 단 그때는 취해 있으면 안 된다.

(1926.8.5)

지카마츠(近松) 씨의 본격소설(近松さんの本格小説)

송현순

　나는 솔직하게 자백하자면 지카마츠 씨의 작품을 별로 읽지 않았다. 실지로 바로 얼마 전까지도 「헤어진 아내」(別れたる妻)나 「슈코(秋江)수필」을 지카마츠 씨의 걸작이라고 믿고 있었다. 그런데 요즘 현대소설전집 중 지카마츠 씨의 「슈코집」을 읽고 어떤 감동을 금할 수가 없었다. 그것은 세상에 지카마츠 씨 만큼 자연스럽게 자신을 언급하는 사람은 한 사람도 없을 것이라고 생각했기 때문이다. 그러나 『신초』(新潮) 합평회 기사 등을 보면 이것은 누구나 그렇게 말하고 있는 것 같다. 따라서 내 말 따위는 아주 진부한 말일 것이다. 그럼에도 내가 말하고자 하는 것은 지카마츠 씨가 자신을 언급하는 게 솔직하다든다 뭐하다는 것이 아니다. 앞에서 언급했듯이 '자연스럽게'이다. 거기에는 세상을 저주하는 마음도 없으며 자신을 부끄러워하는 마음도 없다. 만약 진심으로 일독하는 데 족한 자서전을 원한다면 나는 먼저 지카마츠 씨의 자서전에 손가락을 꼽을 것이다.

내가 말하고 싶은 것은 지카마츠 씨의 본격소설이다. 지카마츠 씨의 본격소설은 문단에서는 호평을 얻지 못한 것 같다. 그러나 내 소견에 의하면 지카마츠 씨의 본격소설은 결코 가치가 떨어지는 게 아니다. 최근 「인을 먹고 죽은 남자」(燐を飮んで死んだ男)만 해도 훌륭하게 완성된 작품이다. 그렇다면 왜 넓은 문단 안에서 호평의 소리를 듣지 못했는가? 그것은 단지 비평가 제군(諸君)이 지카마츠 씨의 '사소설에 대한 것과 똑같은 척도를 가지고 평가에 임했기 때문이다. 지카마츠 씨의 '사소설은 '사소설의 최상의 것은 아니다 (자서전 혹은 '사소설 사이의 차별은 차후에 다시 쓰려고 생각하고 있다.) 그것들이 우리를 움직이는 것은 지카마츠 씨 자신이 진정으로 잘 드러나 있기 때문이다. 그렇지만 단지 작품으로서는 언제나 반드시 완성되어 있는 건 아니다. 때로는 뉘앙스를 잃기도 하고 때로는 정서를 잃기도 한다. 그것을 독자들에게 잊어버리도록 하는 것은 물론 지카마츠 씨의 장점 중 하나 일 것이다. 그러나 지카마츠 씨의 본격소설도 그것과 똑같이 취급하는 것은 마루젠(당시 유명한 서점)의 서양서를 논하는 데 마루젠의 레인코트를 갖고 하는 것과 같다. 물론 자신을 잘 드러내기 위해 우리를 움직이게 하는 것은 '사소설보다 더 좋은 게 없을지도 모른다. 그러나 단지 사소설보다 더 나은 게 없다는 점만으로 본격소설을 일축해 버리는 것은 마루젠은 언제나 서양서만 팔아라 하는 것과 같은 이치이다. 그렇다고 해서 마루젠의 레인코트가 다른 그 어떤 레인코트보다도 나쁘기 때문에 서양서만 팔라는 의론도 성립하지 않는 것은 아니다. 그러나 지카마츠 씨의 본격소설은 ― 적어도 최근의 본격소설은 종래 그다지 지카마츠 씨의 본격소설을 가까이 하지 않은 나 같은 사람의 소견에 따르면 그 간결하면서도 요령을 터득해 있는 게 고 (故) 모리 오가이(森鷗外) 선생님의 「고구마 싹과 부동의 눈」(里芋の芽と

不動の目)의 필치에 가까운 것을 갖고 있다. 설사 가부를 묻지 않는다 해도 이런 맛의 본격소설은 요즘의 문단에 많았을까?

나는 앞에서도 언급했듯이 지카마츠 씨의 작품에 감동하는 데 상당히 늦은 사람이다. 따라서 내 감탄하는 태도가 다소 히스테릭해졌을지도 모른다. 그러나 세상의 평판이 좋지 않음을 뜻밖으로 생각한 것은 사실이다. 또 「인을 먹고 죽은 남자」 등을 지카마츠 씨 자신은 어떻게 생각하고 있는지 그것도 나는 모르기 때문에 어쩌면 작자의 입장이 되어 보면 불쾌하게 느낄 수 있는 말을 했는지도 모른다. 하지만 그 부분은 지카마츠 씨가 관대하게 봐줬으면 한다.

(1927.5.20. 구게누마(鵠沼)에서)

다키이(滝井) 군의 작품에 대해서(滝井君の作品に就いて)

송현순

　「사거리 마차(辻馬車)」 동인 제군 중에서 다키이 군의 소설을 악평하는 것을 보고 잠시 우견을 말씀드리기로 했습니다. 부디 신의 심판을 내리기 전에 악마의 변호도 들어봐 주십시오. 단 우견은 변호라고 할 만큼 딱딱한 것은 아닙니다.

　첫째 다키이 군의 문장입니다. 그것은 극히 명료하지 않은 것 같습니다만 결코 서툰 문장은 아닙니다. 오히려 상당히 공들인 문장입니다. 나는 「양자(養子)」의 문장 등에서는 남화 같은 필법을 사용한 것은 아닌가 느끼기까지 했습니다. 옆에 책이 없기 때문에 예를 들 수는 없습니다. 그러나 그 세련되지 않은 기후(岐阜) 현에서 생산되는 수제 목면처럼 낡은 맛이 나는 문장은 쉽게 쓸 수 있는 게 아닙니다. 어쩌면 쉽고 쉽지 않고는 그렇다 치고 쓸 수 없는 게 오히려 행복하다고 말씀하실 분도 있을지 모르겠습니다. 그래도 저에게는 상관없습니다. 다만 저는 그렇게 말씀하시기 전에 그런 문자의 맛도 알고 계셔주셨으면

하고 생각할 뿐입니다.

둘째 다키이 군의 작품은 Trivialism에 빠져 있다는 점입니다. 역시 시가(志賀) 씨 작품 등에 비하면 다키이 군의 작품은 트리비얼한 사실을 늘어놓는 것에 치우쳐 있는지도 모르겠습니다. 그러나 다키이 군의 작품의 재미 중 하나는 역시 사소한 사실을 늘어놓는 곳에 있습니다. 예를 들어 언젠가 다키이 군이 아버지에 대한 것을 쓴 소설만 해도 요염한 스님이 등장하기도 하고 뭔가 하기도 합니다. 어쩌면 이런 것들은 트리비아리즘이라고도 할 수 있겠지요. 그러나 그 트리비아리즘을 제거한다고 하면 다키이 군의 작품은 얼마나 아름다움이 줄어들지 알 수 없습니다.

그렇습니다. 저는 이 문장을 쓰고 있는 동안 겨우 적당한 말을 만났습니다. 다키이 군의 작품은 적어도 고화(足利時代의 그림이라는 의미는 아니고)나 옛 하이카이에 공통된 아름다움 위에 서 있다는 점입니다. 그렇다고 해서 이런 아름다움만을 목적으로 하고 있다고는 할 수 없습니다. 그러나 이런 아름다움을 필요조건의 하나로 하고 있는 겁니다. 만약 이런 아름다움 대신에 가령 동겐(Kees van Dongen)의 그림이나 콕토(Jean Cocteau)의 시 등에 공통된 서양적 아름다움 위에 서 있었다고 한다면 다키이 군의 작품은 훨씬 더 쉽게 인정받았겠지요. 실지로 또 다키이 군의 작품은 다키이 군 자신도 의식하지 못할 만큼 지극히 시적인 것이니까요. 혹은 더욱 세세하게 말하면 아주 동양시적인 것이니까요.

만약 여기에 브룬티에르(Ferdinand Bruntiere) 류의 비평가가 있어서 소설이란 이래야만 한다는 규범 하에 다키이 군의 소설을 배제한다면 그것은 그 규범을 살펴보지 않는 한 일단은 당연하다고 해야 합니다. 그러나 여기에 비평 상의 인상주의자가 있고, 현대 제가(諸家)의 소설을 제가의 소설 맛에 의해 각각 특색을 인정할 경우 단순히 다키이 군의 작품만을 인정하지 않는 것은 심히 다키이 군에게 안 됐습니다. 만약 유니크라는 점에서 말한다면 다키이 군의 작품은 아주 유니크한 것이니까요.

저는 다키이 군의 작품을 유니크하다고 말했습니다. 유니크하다는 의미는 누구도 따로 흉내 낼 수 없는 가치를 가지고 있다는 의미입니다. 다키이 군의 작품은 시가 씨의 작품을 모방한 것만으로는 쓸 수 없습니다. 오히려 시가 씨의 작품을 모방한 사람들의 작품보다는 다른 색깔을 가지고 있는 것이야 말로 다키이 군의 작품의 신상(身上)인 것입니다.

「사거리 마차」 동인 제군의 작품은 대부분 시적정신으로 넘쳐 있습니다. 그렇다 해도 우선 시적정신에도 동서의 차이가 있는 이상 다키이 군의 작품에 흥미가 없는 것은 어쩌면 당연한 것인지도 모르겠습니다. 그러나 조금 더 동정심을 갖고 읽어보면 의외로 서로 이해할 수 있는 점도 생기지 않을까 합니다. 그것을 위해 작은 난로를 배에 넣은 채, 간자키(神崎) 군의 선동에 의해 이 문장을 썼습니다. 실은 조금 더 쓰고 싶습니다만 지금 배탈이 났기 때문에 자세하게 생각할 여유가 없습니다.

(1927.6.14. 미정고)

난쟁이의 말(侏儒の言葉)

김효순

❖ 「난쟁이의 말」 서문 ❖

「난쟁이의 말」은 꼭 내 사상을 전달하려는 책은 아니다. 다만 나의 사상의 변화를 조금씩 엿볼 수 있는 책에 불과하다. 한 포기의 풀이라기보다 한 줄기의 덩굴식물, — 게다가 그 덩굴식물은 몇 갈래로 줄기를 뻗을지 모른다.

❖ 별 ❖

태양 아래 새로운 것은 없다는 말은 옛사람이 도(道)를 파악한 말이다. 그러나 새로울 것이 없는 것은 비단 태양 아래 있는 것만은 아니다.

천문학자의 설에 의하면 헤라클레스의 성군(星群)이 발하는 빛은 우리 지구에 도달하는데 3만 6천 광년이나 걸린다고 한다. 하지만, 헤라클레스성군도 영원히 빛나는 것은 아니다. 언젠가 한 번은 차가운 재로 변해 아름다운 빛을 잃어 버릴 것이다. 뿐만 아니라 죽음은 어디를 가도 늘 생을 잉태하고 있다. 빛을 잃은 헤라클레스성군도 끝없는 우주를 떠도는 동안, 좋은 기회만 얻으면 일단(一圈)의 성운(星雲)으로 변화할 것이다. 그렇게 되면 새로운 별은 다시 계속해서 그곳에서 태어난다.

커다란 우주에 비하면, 태양도 한 점의 도깨비불에 불과하다. 하물며 우리 지구야. 그러나 먼 우주의 끝, 은하 주위에서 일어나는 일도 실은 이 진흙 덩어리 위에서 일어나는 일과 다름이 없다. 생사는 운동의 법칙 하에 끊임없이 순환한다. 그러한 사정을 생각하면, 천상에 산재하는 무수한 별들에게도 다소의 동정을 금할 길이 없다. 아니, 명멸하는 별빛은 우리와 같은 감정을 표현하고 있는 것 같기도 하다. 그런 점에서도 시인은 그 무엇보다 먼저 소리 높여 진리를 노래하고 있다.

    고운 모래 같은 수많은 별들, 그 중에 나를 향해 빛나는 별 있구나

  그러나 별도 우리들처럼 떠돈다니 — 어쨌든 심심하지는 않을 것이다.

❖ 코 ❖

  클레오파트라의 코가 한 치만 낮았다면, 세계의 역사는 변했을지도 모른다는 말은 유명한 파스칼의 경구이다. 그러나 연애를 하는 사람들은 좀처럼 실상을 보지 못한다. 아니 우리들은 한번 연애에 빠지면 가장 완벽하게 자기를 기만하게 된다.

  안토니우스도 거기서 예외는 아니라, 클레오파트라의 코가 낮았다면 애써 그것을 보지 않으려 했을 것이다. 또한 어쩔 수 없이 보아야만 했다 하더라도 그 단점을 보완할 다른 장점을 발견했을 것이다. 뭔가 그 밖의 장점이라고 하면 천하에 우리들의 애인만큼 많은 장점을

가지고 있는 여성은 한 명도 없을 것이다. 안토니우스도 필시 우리들
처럼 클레오파트라의 눈이나 입술에서 남아돌 만큼 많은 보상을 발견
했을 것이다. 게다가 또 예의 '그녀의 마음씨'라니! 실제 우리가 사랑
하는 여성들은 고래로 질릴 정도로 멋진 마음씨의 소유자이다. 뿐만
아니라 그녀의 복장이나 그녀의 재산, 혹은 그녀의 사회적 지위, ―
그런 것들도 장점이 되지 말라는 법은 없다. 더 심한 경우를 들자면,
이전에 어떤 명사(名士)에게 사랑을 받았다는 사실 내지 소문조차 장점
의 하나로 꼽힌다. 게다가 클레오파트라는 호사스러움과 신비로움으
로 가득한 이집트의 마지막 여왕이 아닌가? 향에서 연기가 자욱이 피
어오르는 가운데 왕관의 구슬이라도 반짝이며 연꽃이든 뭐든 손에 들
고 있으면 코가 다소 좀 낮더라도 아무도 개의치 않을 것이다. 하물며
안토니우스의 눈에 그것이 무슨 문제이겠는가?

　이와 같은 우리들의 자기기만은 비단 연애에 국한된 일은 아니다.
우리들은 다소의 차이만 없애면 대개는 우리들이 원하는 대로 여러
가지 실상을 호도할 수 있다. 예를 들어 치과병원 간판만 하더라도 그
것이 우리들의 눈에 들어오는 것은 간판의 존재 그 자체보다는 간판
이 있었으면 하는 마음, ― 더 나아가 우리들의 치통이 아닌가? 물론
우리들의 치통은 세계의 역사와는 상관이 없다. 그러나 그러한 자기
기만은 민심을 알고 싶어 하는 정치가에게도, 적의 상황을 알고 싶어
하는 군인에게도, 혹은 재산의 상황을 알고 싶어 하는 실업가에게도
필시 똑같이 일어날 것이다. 그것을 수정할 수 있는 이지가 존재한다
는 사실을 나는 부정하지는 않는다. 또한 동시에 온갖 인사(人事)를 이
끄는 '우연'의 존재도 인정한다. 하지만, 모든 열정은 자주 이성의 존
재를 잊게 한다. '우연'은 말하자면 신의 뜻이다. 그렇다면 우리들의
자기기만은 세계의 역사를 좌우할 수 있는 가장 영구한 힘일지도 모

른다.

요컨대 2천여 년의 역사가 그 하찮은 클레오파트라의 코에 좌우되었던 것은 아니다. 오히려 지상에 가득한 우리들의 우매함에 좌우되었던 것이다. 웃기는, — 하지만 장엄한 우리들의 우매함에 달린 것이다.

❖ 수신(修身) ❖

도덕은 편의(便宜)의 다른 이름이다. '좌측통행'과 비슷한 것이다.

도덕이 주는 은혜는 시간과 노력의 절약이다. 도덕이 주는 손해는 완전한 양심의 마비이다.

함부로 도덕에 반하는 일을 하는 것은 경제관념이 부족해서이다. 함부로 도덕에 굴복하는 것은 겁쟁이이거나 게을러서이다.

우리를 지배하는 도덕은 자본주의의 폐해에 오염된 봉건시대의 도덕이다. 우리들은 대부분 손해 외에 아무런 은혜도 입고 있지 않다.

강자는 도덕을 유린할 것이다. 또한 약자는 도덕에게 애무를 당할 것이다. 도덕의 박해를 받는 것은 항상 강약의 사이에 있는 사람이다.

도덕은 늘 헌 옷이다.

양심은 우리들의 콧수염처럼 연령과 함께 생기는 것은 아니다. 우리들은 양심을 얻는데도 약간의 훈련을 필요로 한다.

한 국가의 국민의 90% 이상은 평생 양심을 갖지 않는 법이다.

우리들의 비극은 연소하여, 혹은 훈련이 부족하여, 아직 양심을 알기도 전에 파렴치한이라는 비난을 받는다는 것이다.

양심이란 엄숙한 취미이다.

양심은 도덕을 만드는지도 모른다. 하지만 이제까지 도덕은 한 번도 양심의 양자도 만든 적이 없다.

양심도 모든 취미처럼 병적인 애호자를 가지고 있다. 그런 애호자는 십중팔구 총명한 귀족이나 부호이다.

❖ 좋고 싫음 ❖

나는 오래된 술을 사랑하는 것처럼 오래된 쾌락설을 사랑한다. 우리들의 행위를 결정하는 것은 선도 아니고 악도 아니다. 다만 우리들의 좋고 싫음의 문제이다. 혹은 우리들의 쾌불쾌(快不快)의 문제이다. 나는 그렇게밖에 생각이 안 든다.

그러면 왜 우리들은 극한의 날씨에도 물에 빠져 죽으려는 어린아이를 보면 자진하여 물에 뛰어드는 것일까? 구하는 것을 쾌라고 생각하기 때문이다. 그러면 물에 뛰어드는 불쾌함을 피하고 어린아이를 구하는 쾌를 선택하는 것은 어떤 척도에 의한 것일까? 보다 큰 쾌를 선택하는 것이다. 그러나 육체적 쾌불쾌와 정신적 쾌불쾌는 동일한 척도에 의해 판단되지는 않는다. 아니, 이 두 가지 쾌불쾌는 절대 서로

섞이지 않는 것은 아니다. 오히려 해수와 담수처럼 서로 섞여 있다. 사실 정신적 교양을 얻지 못한 교토와 오사카 지역의 신사 제군들은 자라즙을 먹고 장어 반찬으로 밥을 먹는 것을 더없는 쾌락으로 꼽고 있지 않은가? 또한 물이나 한기(寒気)에도 육체적 향락이 존재하는 것은 추운 날씨에 수영을 하는 데서도 알 수 있는 바이다. 또한 이와 같은 내용이 의심스러운 사람은 매조키즘의 경우를 생각해 보면 될 것이다. 그 저주스러운 매조키즘은 외견 상 도착(倒錯)된 육체적 쾌불쾌에 상습적 경향이 더해진 것이다. 내가 믿는 바에 의하면 어쩌면 기둥 위 고행1)을 기뻐하고 혹은 불속의 순교를 사랑한 그리스도 같은 성인들은 대부분 매조키즘 환자들인 것 같다.

우리들의 행위를 결정하는 것은 그리스인들이 말한 것처럼 좋고 싫음의 밖에 있는 것이다. 우리들은 인생의 샘에서 최대의 맛을 길어 올려야 한다. '바리새인들처럼 슬픈 표정을 짓지 말라'고 예수도 말하지 않았던가? 현자란 필경 가시밭길에서도 장미꽃을 피우는 자를 말하는 것일 것이다.

❖ 난장이의 기도 ❖

나는 이 알록달록한 옷을 걸치고 공중제비를 넘으며 태평함을 즐기는 것으로 만족하는 난장이입니다. 부디 제 소원을 들어주십시오.

부디 쌀 한 톨 없는 가난뱅이가 되지 않게 해 주십시오. 또한 부디 곰발바닥도 물릴 만큼 부유하게도 하지 말아 주십시오.

---

1) 나무기둥 하나 위에서 생활하는 수도승의 고행. 기둥의 높이는 일정하지 않으며 기둥 위에 오두막을 짓는 경우도 있다. 식사는 제자가 공급. 창시자는 시메온(5세기)으로, 이후 시리아, 팔레스타인, 메소포타미아 등지에서 널리 행해졌다.

부디 뽕잎을 따는 농부 아낙네조차 싫어하는 사람이 되지 않게 해 주십시오. 또한 부디 아름다운 후궁조차 사랑하지 않게도 해 주십시오.

부디 숙맥조차 분간 못 할 만큼 우매하게 하지 말아 주십시오. 또한 흘러가는 구름조차 알아차릴 만큼 총명한 사람이 되지 않게도 해 주십시오.

특히 제발 용감한 영웅이 되지 않게 해 주십시오. 저는 정말이지 걸핏하면 오르기 힘든 산봉우리를 오르려 하고 건너기 힘든 바다의 파도를 건너, ― 말하자면 불가능을 가능으로 만드는 꿈을 꾸는 일이 있습니다. 그런 꿈을 꿀 때만큼 끔찍한 일은 없습니다. 저는 마치 용과 싸우는 것처럼, 그런 꿈과 싸우느라 고생하고 있습니다. 부디 영웅이 되지 않도록, ― 영웅의 뜻을 일으키지 않도록 힘없는 저를 지켜 주십시오.

저는 이 봄날 술에 취해 금루(金縷) 노래[2]를 읊으며, 이 좋은 날을 즐기고 있으면 부족할 것 없는 난쟁이입니다.

❖ 자유의지와 숙명 ❖

어쨌든 숙명을 믿는다면 죄악이라는 것도 존재하지 않기 때문에 징벌이라는 의미도 사라질 테니까, 죄인에 대한 우리들의 태도는 틀림없이 관대해 질 것이다. 또한 동시에 자유의지를 믿으면 책임 관념이 생기기 때문에 양심의 마비를 벗어날 테니까, 우리 자신에 대한 우리들의 태도는 틀림없이 엄숙해 질 것이다. 그러면 어느 것을 따를 것인가?

나는 주저하지 않고 대답하고 싶다. 반은 자유의지를 믿고 반은 숙명을 믿어야 한다. 어쩌면 반은 자유의지를 의심하고 반은 숙명을 의심해야 할 것이다. 왜냐하면 우리들은 우리가 짊어진 숙명에 의해 우

---

2) 중국 고대가요에 「금루곡(金縷曲)」 혹은 「금루의(金縷衣)」라는 노래가 있는데 청춘을 노래하고 있다.

리 아내를 얻지 않았는가? 동시에 또한 우리들은 우리의 자유의지를 발휘하여 아내가 요구하는 대로 하오리(羽織)3)나 오비(帶)4)를 반드시 사 주지는 않지 않는가?

자유의지와 숙명에 관계없이 신과 악마, 미와 추, 용감함과 비겁함, 이성과 신앙 — 기타 모든 저울의 양끝에서 이런 태도를 취해야 한다. 옛사람들은 이런 태도를 중용이라 불렀다. 중용이란 영어로 하면 good sense이다. 내가 믿는 바에 의하면, 굿 센스가 없는 한, 어떠한 행복도 얻을 수 없다. 만약 그래도 얻을 수 있다 한다면 염천에 숯불을 껴안거나 엄동설한에 부채질을 하는 오기와 같은 행복뿐이다.

❖ 어린아이 ❖

군인은 어린아이와 가깝다. 영웅 같은 행동을 좋아하고 소위 영광스러운 것을 좋아한다는 사실을 여기에서 새삼 말할 필요가 없다. 기계적 훈련을 높이 사고 동물적 용기를 중시하는 것도 초등학교에서만 볼 수 있는 현상이다. 살육을 아무렇지도 않게 생각하는 것은 더 한층 어린아이와 다를 바가 없다. 특히 어린아이와 비슷한 것은 나팔이나 군가에 의해 고무되면, 무엇을 위해 싸우는지 묻지도 않고 기꺼이 적을 상대한다는 것이다.

그렇기 때문에 군인이 자랑스러워하는 것은 반드시 어린아이들의 장난감과 같다. 붉은 가죽 끈으로 꿴 미늘의 갑옷이나 삽 모양의 투구는 어른들의 취향은 아니다. 훈장도 — 내게는 정말로 신기하다. 왜 군인들은 술에 취하지도 않았으면서 훈장을 달고 돌아다니는 것일까?

---

3) 일본옷의 위에 입는 짧은 겉옷.
4) 일본 기모노(着物)에 두르는 허리띠.

❖ 무기 ❖

정의(正義)는 무기와 비슷한 것이다. 무기는 돈을 내기만 하면 적에게도 아군에게도 팔린다. 정의도 구실만 붙이면 적에게도 아군에게도 팔린다. 고래로 '정의의 적'이라는 말은 포탄처럼 서로 오갔다. 그러나 수사(修辭)에 끌리지만 않으면 어느 쪽이 진짜 '정의의 적'인지 좀처럼 판단이 서지 않는다.

일본인 노동자는 단순히 일본인으로 태어났기 때문에 파나마에서 퇴거 명령을 받았다.5) 이것은 정의에 반한다. 미국은 신문지상에서 전하는 대로, '정의의 적'이라고 해야 한다. 그러나 중국인 노동자도 단순히 중국인으로 태어났기 때문에 센주(千住)에서 퇴거 명령을 받았다.6) 이것도 정의에 반한다. 일본은 신문지상에서 전하는 대로, — 아니 일본은 2천년 동안 늘 '정의의 편'이다. 정의는 아직 일본의 이해와 모순된 적이 한 번도 없었던 것 같다.

무기 그 자체는 두려워 할 것은 아니다 두려워 해야 할 것은 무인(武人)들의 기량이다. 정의 그 자체도 두려워 할 것은 아니다. 두려워 해야 할 것은 선동가의 웅변이다. 중국 당나라 고종의 황후인 측천무후7)는 인천(人天)을 돌아보지 않고 냉정하게 정의를 유린했다. 그러나 이경업(李敬業)8)의 난을 만나 낙빈왕의 격문9)을 읽었을 때는 아연실색

---

5) 배일 기운이 강했던 1913년 무렵 미국에서는 캘리포니아주 의회가 중국인 이민 배척법을 일본이민에게도 적용하여 일본인들이 파나마운하에서 퇴거당했다.
6) 1922년 3월에 있었던 사실.
7) 측천무후(則天武后, 624~705.12.16). 중국에서 여성으로 유일하게 황제가 되었던 인물로 당(唐) 고종(高宗)의 황후였지만 690년 국호를 주(周)로 고치고 스스로 황제가 되어 15년 동안 중국을 통치하였다.
8) 이경업(李敬業, 636~684) 또는 서경업(徐敬業). 중국 당 왕조 초기의 무장 이적(李勣)의 손자이다. 예종(睿宗)때 천후 무씨(天后 武氏)의 통치에 반대해 반란을 일으켰다.
9) 684년 9월 무측천에 의해 경성에서 추방되었던 서경업은 양주(揚州)에서 군대를

하지 않을 수 없었다. '(무덤을 덮은) 한 줌 흙도 마르지 않았는데 여섯 자밖에 안 되는 고아는 어디에 의지할 것이냐(一抔土未乾 六尺孤安在)'라는 두 구는 천성의 선동가를 기다리지 않는 한 발할 수 없는 명언이었기 때문이다.

나는 역사를 돌아볼 때마다 일본 야스쿠니신사(靖国神社)의 전쟁박물관 유슈칸(遊就館)을 생각하지 않을 수 없다. 과거의 전시실에는 어두컴컴한 가운데 여러 가지 정의가 진열되어 있다. 청룡도(青龍刀)[10]와 비슷한 것은 유교가 가르치는 정의일 것이다. 기사의 창과 비슷한 것은 기독교가 가르치는 정의일 것이다. 여기에 굵은 곤봉이 있다. 이것은 사회주의자들의 정의일 것이다. 저기에 술이 달린 장검(長劍)이 있다. 그것은 국가주의의 정의일 것이다. 나는 그러한 무기를 보면서 수많은 싸움을 상상할 때 저절로 심장의 고동이 빨라지는 일이 있다. 그러나 다행인지 불행인지 내 자신이 아직 그러한 무기들 중 하나를 짚고 싶었던 기억은 없다.

❖ 존왕(尊王) ❖

17세기 프랑스의 이야기이다. 어느 날 루이[11]가 아베 쇼지[12]에게

일으켜 10여 일만에 10만 대군을 결성하였다. 이때 유명한 시인으로 초당사걸(初唐四杰)의 한 사람인 낙빈왕(駱賓王)이 무측천을 토벌하기 위한 격문을 썼는데, 전하는 말에 의하면 무측천은 그 격문을 보고 화를 내기는커녕 오히려 그러한 인재가 자신의 휘하에 없음을 안타까워했다고 한다.

10) 옛 중국에서 보병, 기병들이 육전과 수전에 썼던 칼.

11) 루이(Duc de Bourgogne Louis, 1682~1712). 프랑스 국왕 루이 14세의 손자. 오만하고 난폭했으나 스승 페늘룽의 영향으로 유덕, 우아한 왕자가 되고, 또 귀족을 중심으로 한 국정 개혁에 참가. 사보이아의 왕녀(Marie Adélaïde, 1685~1712)와 결혼(1697)하여 루이 15세를 얻음. 군무에도 종사했으나 아버지의 사망으로(1711) 황태자가 되었고, 왕이 되어서 피폐한 왕국을 개혁하고자 했으나 유행병에 걸려

이렇게 물었다. 샤를 6세는 미쳤다. 그 뜻을 완곡하게 전하려면 어떻게 하면 좋겠는가? 아베는 일언지하에 대답했다. '저라면 그냥 이렇게 말하겠습니다. 샤를 6세는 미쳤다고.' 아베 쇼지는 그 대답을 평생의 모험으로 꼽으며 훗날에도 자랑스러워했다고 한다.

17세기 프랑스는 그와 같은 일화가 남아 있을 만큼, 존왕의 정신이 강했다고 한다. 그러나 20세기 일본도 존왕의 정신이 강한 것은 당시 프랑스에 못지않은 것 같다. 참으로, ─ 기쁘기 그지없다.

❖ 창작(創作) ❖

예술가는 언제나 의식적으로 그의 작품을 만드는지 모른다. 그러나 작품 그 자체를 보면 작품 미추의 일반(一斑)은 예술가의 의식을 초월한 신비의 세계에 존재한다. 일반? 어쩌면 태반이라 해도 좋을 것이다.

우리들은 신기하게도 묻는 말에는 대답을 잘 못하지만 자신이 하려는 이야기는 신이 나서 한다. 우리들의 혼은 작품에 저절로 나타날 수밖에 없다. 일도일배(一刀一拜)13) 정성을 들이는 옛사람들의 마음가짐은 무의식의 영역에 대한 외경심을 이야기하고 있는 것 아닌가?

창작은 늘 모험이다. 말하자면 진인사 대천명하는 수밖에 없다.

> 젊었을 때는 시가 제대로 지어지지 않아 괴로워하며(少時学語苦難円)
> 단지 내 공부가 부족하다고 생각했지만(唯道工夫半未全)
> 나이가 들어 비로소 창작은 인간의 노력만으로는 되지 않음을 알았네

사망.
12) 아베 쇼지(Abbé Choisy, 1644~1422). 프랑스 작가. 여러 가지 가십으로 유명.
13) 일도삼례(一刀三礼), 혹은 일도삼배(一刀三拜)와 같은 말. 불상을 제작할 때 칼질을 한 번 하고 세 번 배례한다는 뜻.

(到老始知非力取)

인력이 3부, 천명이 7부임을(三分人事七分天)

조구북(趙甌北)[14]의 「논시(論詩)」 7언 절구는 그 사정을 전한 것이다. 예술은 신기하게도 바닥을 알 수 없는 무서운 힘을 가지고 있다. 우리들도 돈이 필요하지 않다면, 명성을 좋아하지 않는다면, 그리고 마지막으로 병적인 창작열에 시달리지 않는다면 이 음산한 예술과 격투를 벌일 용기를 내지 못할 지도 모른다.

❖ 감상(鑑賞) ❖

예술의 감상은 예술가 자신과 감상가의 협력이다. 말하자면 감상가는 하나의 작품을 과제로 자신의 창작을 시도하는 것에 불과하다. 그렇기 때문에 어떠한 시대에도 명성을 잃지 않는 작품은 반드시 다양한 감상을 가능하게 하는 특색을 갖추고 있다. 그러나 다양한 감상을 가능하게 한다는 의미는 아나톨 프랑스[15]가 말하는 것처럼 어딘가 애매한 구석이 있어서 어떻게 해석해도 된다는 의미는 아닐 것이다. 오히려 노산(盧山)의 봉우리들처럼 다양한 입장에서 감상할 수 있는 다면성을 갖추고 있다는 뜻일 것이다.

---

14) 조익(趙翼, 1727~1814). 자는 운송(雲松). 구북(甌北)은 호. 청조(清朝)의 대표적 고증학자. 『구북시화(甌北詩話)』.

15) 아나톨 프랑스(Anatole France, Francois Anatole Thibault, 1844.4.16~1924.10.12). 프랑스 시인, 소설가. 시집 『황금시집』.

❖ 고전(古典) ❖

고전의 작자가 행복한 까닭은 어쨌든 그들이 죽었기 때문이다.

❖ 다시 ❖

우리들 ― 혹은 제군이 행복한 까닭도 어쨌든 그들이 죽었기 때문이다.

❖ 환멸을 느낀 예술가 ❖

어떤 일군의 예술가들은 환멸의 세계에 살고 있다. 그들은 사랑을 믿지 않는다. 양심이란 것도 믿지 않는다. 단지 옛 고행자처첨 아무 것도 없는 사막을 집으로 삼고 있다. 그 점은 정말 딱한 일인지도 모르겠다. 그러나 아름다운 신기루는 사막의 하늘에만 존재한다. 모든 인사(人事)에 환멸을 느낀 그들도 대부분 예술에는 환멸을 느끼지 않는다. 아니 예술이라고만 하면 허공에서 보통 사람들은 잘 모르는 금색 꿈을 꾼다. 그들도 실은 의외로 행복한 순간이 없는 것은 아니다.

❖ 고백 ❖

어느 누구도 완벽하게 자기고백을 할 수는 없다. 또한 동시에 자기를 고백하지 않고는 어떠한 표현도 할 수 없다. 루소는 고백을 즐겨하던 사람이다. 그러나 적나라한 그 자신은 『참회록』 안에서도 찾아볼 수 없다. 메리메16)는 고백을 싫어한 사람이다. 그러나 『콜롱바』는 암암리에 그 자신을 이야기하고 있지 않은가? 소위 고백문학과 기타

문학의 경계선은 보기보다 확실하지 않다.

❖ 인생 ❖

─이시구로 데이이치(石黑定一)─

　만약 수영을 배우지 않은 사람에게 수영을 하라고 명령을 하는 사람이 있다면 그것은 누구나 무리라고 생각할 것이다. 또한 만약 달리기를 배우지 않은 사람에게 달리라고 명령하는 사람이 있다면 역시 부당하다고 생각할 수밖에 없다. 그러나 우리들은 태어날 때부터 그런 한심한 명령을 받은 것이나 다름없다.

　우리들이 어머니의 태내에 있을 때 인생에 대처하는 법을 배웠던가? 게다가 태내를 떠나기가 무섭게 무작정 커다란 경기장과 비슷한 인생 속으로 던져졌다. 물론 수영을 배우지 않은 사람이 만족스럽게 수영을 할 수 있을 리가 없다. 마찬가지로 달리기를 배우지 않은 사람은 대개 다른 사람에게 뒤처질 것이다. 그렇다면 우리들도 마음의 상처를 입지 않고 인생의 경기장에 나올 수가 없을 것이다.

　그야 세상 사람들을 말할 지도 모른다. '앞사람의 발자취를 보면 돼. 거기에 자네들의 본보기가 있어'라고. 그러나 백 명의 수영 선수나 천 명의 달리기 선수를 보았다고 해도 금세 수영을 익히거나 달리기를 할 수 있게 되는 것은 아니다. 뿐만 아니라 그 수영자는 모두 물을 먹은 적이 있고 또 그 달리기 선수는 한 사람도 빠짐없이 경기장의 흙을 묻힌 적이 있다. 보라, 세계의 명선수들조차 대부분은 자신만만한 그 미소 뒤에 떨떠름한 표정을 숨기고 있지 않은가?

---

16) 프로스페르 메리메 (Prosper Merimee, 1803.9.28~1870.9.23). 프랑스의 소설가.
　『콜롱바』, 『카르멘』 등.

인생은 미친 사람이 주최하는 올림픽과 같은 것이다. 우리들은 인생과 싸우면서 인생과 싸우는 것을 배워야만 한다. 그러한 게임이 어이없다고 분노를 금할 수 없는 사람은 어서 운동장을 떠나는 것이 좋을 것이다. 확실히 자살 역시 하나의 편법이다. 그러나 인생의 경기장에 발을 들여놓고 싶은 사람은 상처 입는 것을 두려워 말고 싸워야 한다.

❖ 다시 ❖

인생은 한 상자의 성냥갑 같다. 귀중하게 다루는 것은 바보 같은 짓이다. 동시에 귀중하게 다루지 않으면 위험하다.

❖ 다시 ❖

인생은 낙장이 많은 책과 같다. 일부를 이룬다고 하기는 어렵다. 그러나 어쨌든 일부를 이루고 있다.

❖ 지상낙원 ❖

지상낙원의 광경은 종종 시가로 읊어진다. 하지만 나는 아직 유감스럽게도 그런 시인들의 지상낙원에 살고 싶은 적이 없었다. 기독교도의 지상낙원은 아마 따분한 파노라마일 것이다. 황노(黃老)17) 학자들의 지상낙원도 결국은 삭막한 중국요리에 불과하다. 하물며 근대의 유토피아는, — 윌리엄 제임스가 전율한 것은 아무도 기억하지 못할

---

17) 황노사상(黃老思想)을 말함. 중국 전국시대에서 한대 초기에 걸쳐 유행한 도가의 일파. 황노도(黃老道)라고도 한다. 황제(黃帝)를 시조로 하고 노자를 대성자로 함.

것이다.

내가 꿈꾸고 있는 지상낙원은 그런 천연의 온실이 아니다. 또한 동시에 그런 학교를 겸한 식량이나 의복 배급소도 아니다. 단지 그곳에 살고 있으면 부모는 자식이 어른이 됨과 동시에 반드시 숨을 거둔다. 그리고 남녀 형제는 설령 악인으로 태어난다 하더라도 바보로 태어나는 일은 절대 없기 때문에 전혀 폐를 끼치지 않는다. 그리고 여자는 아내가 되자마자 가축의 혼을 깃들게 하기 때문에 종순(從順) 그 자체로 변한다. 그리고 아이들은 남녀를 불문하고 부모의 의지와 감정대로 하루에 몇 번이라도 귀머거리와 벙어리와 반신불수와 장님이 될 수 있다. 그리고 갑의 친구는 을의 친구보다 가난하지 않으며, 또한 동시에 을의 친구는 갑의 친구보다 부자가 되지 않으며 서로가 서로를 칭찬하는데 더없는 만족을 느낀다. 그리고, — 대략 그런 곳으로 생각하면 될 것이다.

이것은 비단 나 혼자만의 지상낙원인 것은 아니다. 또한 동시에 천하에 충만한 선남선녀의 지상낙원이다. 다만 옛 시인이나 학자는 그 금색 명상 속에 이러한 광경을 꿈꾸지 않았다. 꿈꾸지 않은 것은 별 이상한 일도 아니다. 이런 광경은 꿈을 꾸는 것만으로도 흘러넘칠 만큼 진정 행복하기 때문이다.

＊ 부기: 내 조카는 램브란트의 초상화를 사는 것을 꿈꾸고 있다. 그러나 그는 용돈을 10엔 받는 것은 꿈을 꾸지 않는다. 이 역시 10엔의 용돈은 흘러넘칠 만큼 진정한 행복이기 때문이다.

❖ 폭력 ❖

인생은 늘 복잡하다. 복잡한 인생을 간단히 하는 것은 폭력 외에 있을 리가 없다. 그런 고로 왕왕 석기시대의 두뇌밖에 가지고 있지 않은 문명인은 논쟁보다 살인을 사랑한다.

그러나 권력 역시 결국은 특허를 낸 폭력이다. 우리들은 인간을 지배하기 위해서라도 폭력은 늘 필요한지도 모르겠다. 아니 어쩌면 필요하지 않은 지도 모르겠다.

❖ '인간다움' ❖

나는 불행하게도 '인간다움'에 예배를 할 용기가 없다. 아니 종종 '인간다움'에 대해 경멸을 느끼는 것이 사실이다. 그러나 또한 늘 '인간다움'에 사랑을 느끼는 것도 사실이다. 사랑을? — 어쩌면 사랑보다 연민일지도 모른다. 하지만 어쨌든 '인간다움'에도 감동을 받지 못하게 된다면 인생은 도저히 살 수 없는 정신병원으로 바뀔 것 같다. 스위프트[18]가 결국 발광한 것도 당연한 결과라고 할 수 밖에 없다.

스위프트는 발광하기 직전에 가지만 마른 나무를 보면서, '나는 저 나무와 아주 비슷해. 머리부터 먼저 못쓰게 되는 군'하고 중얼거린 적이 있다 한다. 이 일화를 생각할 때마다 늘 전율을 느끼지 않을 수 없다. 나는 몰래 스위프트만큼 머리가 좋은 한 시대를 풍미하는 귀재로 태어나지 않은 것이 다행이라고 생각하고 있다.

---

18) 조나단 스위프트(Jonathan Swift, 1667.11.30~1745.10.19). 아일랜드 더블린 출생의 소설가. 『걸리버 여행기』를 비롯하여 정치, 종교계를 풍자한 『통 이야기』, 『책의 전쟁』 등의 책을 썼다.

❖ 모밀잣밤나무 잎 ❖

완전하게 행복해 질 수 있는 것은 백치에게만 주어진 특권이다. 어떠한 낙천주의자도 웃는 얼굴로 시종일관할 수는 없다. 아니 만약 진정 낙천주의자가 존재할 수 있다면, 그것은 단지 어떻게 행복에 절망하는가 하는 것 일뿐이다.

'집에 있으면 대나무 그릇에 담는 밥을, 여행을 하면 모밀잣밤나무 잎에도 담누나'라는 노래는 여행의 감상만을 읊은 것은 아니다. 우리들은 늘 '있었으면 하는 것' 대신 '있을 수 있는' 것과 타협하는 것이다. 학자들은 이 모밀잣밤나무 잎에 여러 가지 미명을 줄 것이다. 하지만 아무렇게나 손에 짚어 보면 모밀잣밤나무 잎은 언제나 모밀잣밤나무 잎이다.

모밀잣밤나무가 모밀잣밤나무임을 한탄하는 것은 확실히 모밀잣밤나무가 장롱임을 주장하는 것보다 존경할 가치가 있다. 그러나 모밀잣밤나무가 모밀잣밤나무임을 일소에 붙이고 떠나는 것보다 따분한 일이다. 적어도 끊임없이 질리지도 않고 평생 같은 탄식을 되풀이하는 것은 웃기는 일임과 동시에 부도덕한 일이다. 또한 실제로 위대한 염세주의자들은 떨떠름한 표정만 짓고 있는 것은 아니다. 불치병에 걸린 레오파르디[19]조차 가끔은 창백한 장미 꽃잎 앞에서 쓸쓸한 미소를 띤다. ……

＊ 부기: 부도덕이란 과도함의 다른 이름이다.

---

19) 지아코모 레오파르디(Giacomo Taldegardo Francesco di Sales Saverio Pietro Leopardi, Conte). 이탈리아의 시인이자 수필가, 철학자, 문헌학자. 『칸티(Canti)』 등.

❖ 불타 ❖

싯타르타는 왕성에서 몰래 빠져나온 뒤 6년간 고행을 했다. 6년간 고행을 한 이유는 물론 왕성에서 호사의 극치를 즐긴 데 대한 대가이다. 그 증거로는, 나사렛 목수의 아들은 40일간의 단식밖에 하지 않았다는 사실이다.

❖ 다시 ❖

싯타르타는 마부 찬다카(chandaka)에게 말고삐를 잡게 하고 몰래 왕성을 빠져나왔다. 하지만 그의 사변 버릇은 종종 그를 멜랑꼴리에 빠지게 했다고 한다. 그렇다면 왕성을 몰래 빠져나간 후, 안도의 한숨을 쉰 것은 실제로 장래의 석가모니였는지 아니면 그의 아내 야소다로였는지는 쉽게 단정할 수 없을 지도 모른다.

❖ 다시 ❖

싯타르타는 6년간의 고행 후에 보리수 밑에서 깨달음을 얻었다. 그의 성도(成道)에 대한 전설은 물질이 정신을 어떻게 지배하는지를 가리키는 것이다. 그는 우선 목욕을 했다. 그리고 암죽을 먹었다. 마지막으로 난다바라라는 소치기 처녀와 이야기를 했다.

❖ 정치적 천재 ❖

고래로 정치적 천재란 민중의 의지를 그 자신의 의지로 삼는 사람으로 여겨졌다. 하지만 그것은 정반대일 것이다. 오히려 정치적 천재란 그 자신의 의지를 민중의 의지로 삼는 사람을 말하는 것이다. 그렇기 때문에 정치적 천재는 배우의 자질을 동반하는 것 같다. 나폴레옹은 '장엄함과 우스꽝스러움의 차이는 겨우 한 끝 차이'라 했다. 이 말은 제왕의 말보다는 명배우의 말로 더 잘 어울리는 것 같다.

❖ 다시 ❖

민중은 대의를 믿는 법이다. 하지만 정치적 천재는 늘 대의 그 자체에는 1원의 가치도 두지 않는다. 다만 민중을 지배하기 위해서는 대의의 가면을 사용해야만 한다. 그러나 한 번 사용하기 시작하면 대의의 가면은 영원히 벗을 수 없는 것이다. 만약 억지로 벗으려 하면 어떠한 정치적 천재도 순식간에 비명에 쓰러질 수밖에 없다. 요컨대 제왕도 왕관 때문에 스스로 지배를 받고 있는 것이다. 이런 연유로 정치적 천재의 비극은 반드시 희극을 겸하지 않는다고 할 수는 없다. 예를 들어 옛날 닌나지(仁和寺)라는 절의 법사가 정(鼎)을 쓰고 춤을 추었다는『쓰레즈레구사(つれづれ草)』의 희극도 없는 일은 아니다.

❖ 사랑은 죽음보다 강하다 ❖

'사랑은 죽음보다 강하다'라는 말은 모파상의 소설에도 나오는 말이다. 물론 죽음보다 강한 것이 세상에 사랑만 있는 것은 아니다. 예를 들어 티푸스 환자가 죽을 줄 뻔히 알면서 비스켓을 하나 먹고 죽는 것은 식욕도 죽음보다 강하다는 증거이다. 식욕 외에 예를 더 들어보면, 애국심이나 종교적 감격, 인도적 정신, 이욕(利慾), 명예심, 범죄적 본능, — 이 외에도 죽음보다 강한 것은 많이 있음에 틀림없다. 즉, 모든 정열은 죽음보다 강한 것일 것이다.(물론 죽음에 대한 정열은 예외이다) 또한 사랑은 그러한 것 중에서도 특히 죽음보다 강한 것인지 어떤지 섣불리 단언할 수는 없는 것 같다. 일견 죽음보다 강한 사랑이라고 간주되기 쉬운 경우에도 실은 우리를 지배하는 것은 프랑스인들이 말하는 소위 보바리즘이다. 우리들 자신을 전기(伝奇) 속 연인처럼 공상하는 보바리 부인 이래의 감상주의이다.

❖ 지옥 ❖

인생은 지옥보다 지옥적이다. 지옥이 주는 고통은 일정한 법칙을 깨는 일이 없다. 예를 들어 기아도(餓鬼道)의 고통은 목적인 밥을 먹으려고 하면 밥 위에서 불이 타오르는 것 같은 것이다. 그러나 인생이 주는 고통은 불행하게도 그처럼 단순하지 않다. 목적인 밥을 먹으려고 하면 불이 타오르는 경우도 있지만 동시에 의외로 쉽게 먹을 수 있는 경우도 있다. 뿐만 아니라, 쉽게 먹은 후에도 장염에 걸리는 일도 있지만 동시에 의외로 쉽게 소화가 되는 일도 있다. 그와 같은 불규칙한 세계에 순응하는 것은 누구에게나 쉽게 할 수 있는 일이 아니다. 만약 지옥에 빠진다면 나는 반드시 순식간에 기아도의 밥도 가로챌 수 있을 것이다. 하물며 바늘산이나 피의 연못은 2, 3년 그곳에서 살아 익숙해지기만 하면 여기저기 돌아다니는 고통을 느끼지 않게 될 것이다.

❖ 추문 ❖

　공중은 추문을 사랑하는 법이다. 뱌쿠렌사건(白蓮事件),[20] 아리시마
사건(有島事件),[21] 무샤노코지사건(武者小路事件)[22] ― 공중은 이들 사건
에서 얼마나 더없는 만족을 느꼈을까? 그러면 왜 공중은 추문을 ― 특
히 세상에 이름이 알려진 유명인의 추문을 사랑하는 것일까? 구르
몽[23]은 그에 대답한다. ―

　'감추고 있던 자신의 추문도 당연한 것처럼 보여 주니까.'

　구르몽의 대답은 맞다. 하지만 꼭 그 뿐만은 아니다. 추문조차 일으
키지 못하는 속인(俗人)들은 모든 명사의 추문 속에 자신들의 비겁함을
변명할 좋은 무기를 발견하기 때문이다. 또한 동시에 실제로는 존재
하지 않는 자신들의 우월함을 수립하기에 좋은 토대를 발견할 수 있
기 때문이다. '나는 뱌쿠렌 여사만큼 미인은 아니다. 그러나 뱌쿠렌 여
사보다 정숙하다', '나는 아리시마 씨만큼 재주가 있지는 않다. 그러나
아리시마 씨보다 세상을 더 잘 알고 있다.', '나는 무샤노코지 씨 만
큼……' ― 공중은 그럴듯하게 이런 말을 한 후, 돼지처럼 행복해 하
며 숙면을 취할 것이다.

---

20) 뱌쿠렌사건(白蓮事件)은 1921년 10월 20일, 후쿠오카(福岡)의 탄광주인 이토 덴우
　　에몬(伊藤伝右衛門)의 아내이자 가인인 야나기하라 뱌쿠렌(柳原白蓮)이 사회운동가
　　이자 법학사인 미야자키 류스케와 사랑의 도피를 한 사건.
21) 작가 아리시마 다케오(有島武郎)가 상처를 하고『부인공론(婦人公論)』기자 하타노
　　아키코(波多野秋子)와 연인 사이가 되어 1923년 6월 9일 가루이자와(軽井沢) 별장
　　에서 목을 매어 동반자살을 하고 그것이 한 달 후인 7월 7일 발견된 사건.
22) 무샤노코지 사네아쓰(武者小路実篤)는 1912년 무샤노코지 후사코(武者小路房子)와
　　결혼하여 휴가(日向)에 들어가 '새로운 마을'을 만들었다. 그러나 사네아쓰와 이
　　이카와 야스코(飯河安子)의 연애 문제가 발생하고 후사코도 스기야마 마사오(杉山
　　正雄)와 연애사건을 일으켜 둘은 이혼을 한다.
23) 레미 드 구르몽(Remy de Gourmont, 1858.4.4~1915.9.27). 프랑스 시인.

❖ 다시 ❖

천재의 일면은 분명히 추문을 일으킬 수 있는 재능에 있다.

❖ 여론 ❖

여론은 늘 사형(私刑)이며, 사형은 또한 늘 오락이다. 설령 피스톨을 사용하는 대신 신문 기사를 사용한다 하더라도.

❖ 다시 ❖

여론의 존재 이유는 단지 여론을 유린하는 흥미를 주는데 있을 뿐이다.

❖ 적의(敵意) ❖

적의는 한기(寒気)와 다르지 않다. 적당히 느낄 때는 상쾌하며 또 건강을 유지하기 위해 누구에게나 절대로 필요하다.

❖ 유토피아 ❖

완전한 유토피아가 출현하지 않는 것은 대략 다음과 같은 이유에서이다. — 인간성 그 자체를 바꿀 수 없다면, 완전한 유토피아가 출현할 수가 없다. 인간성 그 자체를 바꿀 수 있다면 완전한 유토피아라고 생각한 것도 곧 불완전하게 느껴질 것이다.

❖ 위험사상 ❖

위험사상이란 상식을 실행에 옮기려는 사상이다.

❖ 악(惡) ❖

예술적 기질을 가진 청년이 '인간의 악'을 발견하는 것은 늘 어느 누구보다 늦다.

❖ 니노미야 손토쿠(二宮尊德)[24] ❖

나는 초등학교 읽기 책에 니노미야 손토쿠의 소년시절에 대한 이야기가 대문짝만하게 실려 있던 것을 기억하고 있다. 가난한 집에 태어난 손토쿠는 낮에는 농사일을 거들고 밤에는 짚신을 만들거나 어른처럼 일을 하면서 기특하게도 독학을 계속했다고 한다. 이는 모든 입지담처럼, — 즉 모든 통속소설처럼 감격적인 이야기이다. 실제로 열다섯 살이 채 되지 않은 나는 손토쿠의 의기에 감격함과 동시에 손토쿠 만큼 가난한 집에 태어나지 않은 것을 불행하다고까지 생각했다. ……

하지만 이 입지담은 손토쿠에게 명예를 주는 대신 당연하게도 손토쿠의 부모에게는 불명예를 주는 이야기이다. 그들은 손토쿠의 교육에 조금의 편의도 제공하지 않았다. 아니 오히려 장애를 주었을 뿐이었다. 이는 부모된 자의 책임상 명백히 치욕이라 해야 한다. 그러나 우

---

24) 니노미야 손토쿠(二宮尊德, 1787.9.4~1856.11.17). 에도(江戸) 시대의 농정가, 경세가(経世家), 사상가. 통칭 긴지로(金治郎). 경세제민(経世済民)을 목표로 보덕사상(報德思想)을 주창하고 보덕사법(報德仕法)이라는 농촌부흥정책을 지도함.

리 부모들이나 교사들은 순진하게도 그러한 사실을 잊고 있다. 손토쿠의 부모는 술중독이든 도박에 빠졌든 상관없다. 문제는 그저 손토쿠이다. 어떠한 난관과 고난 속에서도 독학을 그만두지 않은 손토쿠이다. 우리 소년들은 손토쿠처럼 용맹한 의지를 함양해야만 한다.

나는 그들의 이기주의에 경탄에 가까운 감정을 느낀다. 정말이지 그들에게는 손토쿠와 같이 머슴을 겸할 수 있는 소년은 편리한 자식임에 틀림없다. 뿐만 아니라 훗날 명예를 얻어 부모의 이름을 크게 날리게 한 것은 편리한 중에서도 가장 편리한 것이다. 그러나 열다섯 살도 되지 않은 나는 손토쿠의 의기에 감격을 함과 동시에 손토쿠 만큼 가난한 집안에 태어나지 않은 것을 불행 중 한 가지라고까지 생각했다. 마치 쇠사슬에 묶인 노예가 더 굵은 쇠사슬에 묶이기를 원하는 것처럼 말이다.

❖ 노예 ❖

노예폐지라는 것은 단지 노예라는 자의식을 폐지한다는 것이다. 우리 사회는 노예 없이는 하루도 안전을 보장하기 어렵다. 정말이지 플라톤의 그 공화국에서조차 노예의 존재를 예상하고 있는 것이 꼭 우연은 아니다.

❖ 다시 ❖

폭군을 폭군으로 부르는 것은 위험한 일임에 틀림없다. 하지만 오늘날에는 폭군 이외에 노예를 노예라 부르는 것도 대단히 위험한 일이다.

❖ 비극 ❖

비극이란 스스로 부끄러워해야 할 일을 억지로 하지 않으면 안 되는 것이다. 그렇기 때문에 만인에게 공통되는 비극은 배설작용을 하는 것이다.

❖ 강약 ❖

강자란 적을 두려워하지 않는 대신 친구를 두려워하는 자이다. 일격에 적을 쓰러트리는 데에는 아무런 통양(痛痒)을 느끼지 않는 대신, 알게 모르게 조금씩 친구에게 상처를 주는 데에는 어린 여자아이처럼 공포를 느낀다.

약자란 친구를 두려워하지 않는 대신 적을 두려워하는 자이다. 그렇기 때문에 도처에 가공의 적을 발견할 뿐이다.

❖ S·M의 지혜 ❖

이는 친구 S·M이 내게 해 준 말이다.

변증법의 공적 — 소위 모든 것이 시시하다는 결론에 도달하게 한 것.

소녀 — 어디까지나 맑디맑은 얕은 여울.

조기교육 — 흠, 이것도 괜찮군. 아직 유치원에 있는 동안 지혜의 슬픔을 아는 데에는 책임을 질 나이도 아니니까.

추억 — 멀리 지평선이 보이는 풍경화. 마무리도 제대로 되어 있다.

여자 — 마리 스톱스 부인25)에 의하면, 여자는 적어도 2주에 한 번 남편에게 욕정을 느낄 정도의 정절을 가지고 있다고 한다.

연소시대(年少時代) — 연소시대의 우울은 전 우주에 대한 교만이다.

고난이 당신을 옥으로 만든다 — 고난이 당신을 옥으로 만든다고 한다면, 일상생활에 사려 깊은 남자는 도저히 옥이 될 수 없을 것이다.

우리들은 어떻게 살아가야 하는가 — 미지의 세계를 조금 남겨 둘 것.

❖ 사교 ❖

모든 사교는 자연히 허위를 필요로 한다. 만약 조금의 허위도 더하지 않고 친구에 대한 우리들의 본심을 토로한다면 고전에서 말하는 관포지교라 하더라도 파탄에 이르지 않고는 못 배길 것이다. 관포지교는 잠시 제쳐두고라도 우리들은 많든 적든 우리들의 친밀한 친구들을 증오하고 혹은 경멸한다. 하지만 증오도 이해(利害) 앞에서는 예봉(銳鋒)을 거두어들임에 틀림없다. 또한 경멸은 더욱더 태연하게 허위를 드러낸다. 그렇기 때문에 우리가 친구들과 가장 친밀하게 지내기 위해서는 서로 이해와 경멸을 가장 완전하게 갖추어야 한다. 이는 물론 누구에게나 몹시 곤란한 조건이다. 그렇지 않으면 우리들은 예전에 예의바른 신사가 되었고 세계 역시 예전에 황금시대의 평화를 연출했을 것이다.

❖ 사소한 일 ❖

인생을 행복하게 하기 위해서는 일상의 사소한 일들을 사랑해야 한다. 구름의 빛, 대나무의 살랑거림, 참새들의 지저귐, 행인의 얼굴 —

---

25) 마리 스톱스 부인(Marie Carmichael Stopes, 1880.10.15~1958.10.20). 스코틀랜드의 식물학자, 작가, 여성운동가. 미국의 생거 부인과 함께 산아제한운동에 공헌.

모든 일상의 사소한 일들 가운에 더없는 달콤함을 느껴야 한다.

　인생을 행복하게 하기 위해서는? ― 그러나 사소한 일들을 사랑하는 사람은 사소한 일들 때문에 괴로워해야 한다. 정원의 연못에 뛰어든 개구리[26]는 백년의 근심을 깼을 것이다. 하지만 그 개구리는 백 년 동안 근심을 주었을지도 모른다. 아니 바쇼의 일생은 형락의 일생임과 동시에 누구의 눈에도 고통의 일생으로 보인다. 우리들도 미묘하게 즐기기 위해서는 역시 미묘하게 괴로워해야 한다.

　인생을 행복하게 하기 위해서는 일상의 사소한 일들을 사랑해야 한다. 구름의 빛, 대나무의 살랑거림, 참새들의 지저귐, 행인의 얼굴, ― 모든 일상의 사소한 일 속에서 지옥에 떨어지는 고통을 느껴야 한다.

❖ 신(神) ❖

　모든 신들의 속성 중, 가장 동정이 가는 것은 신은 자살을 할 수 없다는 사실이다.

❖ 다시 ❖

　우리들은 신을 매도할 무수한 이유를 발견하고 있다. 하지만 불행하게도 일본인은 매도를 할 만큼 전능한 신을 믿지 않고 있다.

---

26) 마쓰오 바쇼(松尾芭蕉)의 '오래된 연못 뛰어드는 개구리 물소리 나네(古池や蛙飛びこむ水の音)'의 개구리를 이야기하는 것. 오래된 연못에 개구리가 뛰어드는 소리가 들려왔다는, 일견 단순하고 평범한 정경에서 발견한 정취를 읊음.

❖ 민중 ❖

민중은 온건한 보수주의자이다. 제도, 사상, 예술, 종교, ― 이들 모두는 민중에게 사랑을 받기 위해서는 전시대의 고색(古色)을 띠어야 한다. 소위 민중 예술가들이 민중들 때문에 사랑을 받지 못하는 것은 꼭 그들의 죄만은 아니다.

❖ 다시 ❖

민중의 어리석음을 발견하는 것은 꼭 자랑을 할 만한 일은 아니다. 하지만 우리들 자신 역시 민중임을 발견하는 것은 어쨌든 자랑할 만한 일이다.

❖ 다시 ❖

옛사람들은 민중을 우매하게 하는 것을 치국의 대도로 가르쳤다. 마치 거기서 더 우매하게 할 수 있는 것처럼. ― 또한 잘하면 현명하게 할 수도 있는 것처럼.

❖ 체홉27)의 말 ❖

체홉은 수기 안에서 남녀의 차별을 논하고 있다. ― '여자는 나이를

---

27) 안톤 체홉(Anton Chekhov, 1860.1.29~1904.7.15). 러시아의 소설가 겸 극작가. 『지루한 이야기』, 『사할린 섬』 외 수많은 작품을 써 사회에 큰 반향을 불러일으켰다. 객관주의 문학론을 주장하였고 시대의 변화와 요구에 대한 올바른 목소리를 전달하기 위해 저술활동을 벌였다. 『대초원』, 『갈매기』, 『벚꽃 동산』 등 많은 희곡과 소설을 남겼다.

먹음과 동시에 점점 더 여자의 일을 따르고, 남자는 나이를 먹음과 동시에 점점 더 여자의 일에서 멀어진다.'

　그러나 체홉의 이 말은 남녀 모두 나이를 먹음과 동시에 저절로 이성과의 교섭에 깊이 관여하지 않는다는 말과 동일하다. 이는 세 살 바기 아이도 이미 알고 있는 일이라 해야 한다. 뿐만 아니라 남녀의 차별이라기보다 오히려 남녀의 무차별을 보여주는 것이라 해야 한다.

❖ 복장 ❖

　적어도 여인의 복장은 여인 자신의 일부이다. 게이키치(啓吉)[28]가 유혹에 빠지지 않은 것은 물론 도념(道念) 때문일 것이다. 하지만 그를 유혹한 여인은 게이키치의 아내의 옷을 빌려 입었다. 만약 옷을 빌려 입지 않았다면 게이키치도 그렇게 쉽게 유혹에 넘어가지 않았을지도 모른다.

❖ 처녀 숭배 ❖

　우리들은 처녀를 아내로 삼기 위해 아내를 선택하면서 얼마나 한심한 실패를 거듭해 왔던가? 이제 그만 처녀 숭배에 등을 돌려도 될 때이다.

❖ 다시 ❖

　처녀 숭배는 처녀라는 사실을 안후에 시작되는 것이다. 즉 솔직한

---

28) 기쿠치 간(菊池寬)의 『게이키치의 유혹(啓吉の誘惑)』 참조

감정이라기보다 영세한 지식을 중시하는 것이다. 그렇기 때문에 처녀 숭배자들은 연애상 현학자라 해야 한다. 모든 처녀 숭배자들의 뭔가 엄숙한 태도는 어쩌면 우연이 아닌지도 모른다.

❖ 다시 ❖

물론 처녀성 숭배는 처녀 숭배와는 다른 것이다. 이 둘을 동의어로 만드는 것은 아마 여인의 배우적 재능을 너무 우습게 보는 자들일 것이다.

❖ 예법 ❖

어떤 여학생은 내 친구에게 이런 질문을 했다고 한다.
'대체 입을 맞출 때는 눈을 감고 있어야 하는 것인가요? 아니면 뜨고 있어야 하는 것인가요?'
모든 여학교 교과 과정 중에 연애에 관한 예법이 없는 것은 나도 이 여학생과 같이 몹시 유감으로 생각하고 있다.

❖ 가이바라 에키켄(貝原益軒)29) ❖

나는 초등학교 시절에 가이바라 에키켄의 일화를 배웠다. 에키켄은 일찍이 어느 서생 한 명과 함께 배를 탔다. 서생은 재력을 자랑하고 있었던 것으로 보였는데, 마침내 고금(古今)의 학예를 논했다. 하지만 에키켄은 한 마디도 덧붙이지 않고 조용히 경청하고 있을 뿐이었다.

---

29) 가이바라 에키켄(貝原益軒, 1630.12.17~1714.10.5). 에도시대의 본초학자(本草学者), 유학자.

그 동안 배는 육지에 정박했다. 배안의 손님은 헤어질 때 통성명을 하는 것이 관례로 되어 있었다. 서생은 그제야 비로소 에키켄임을 알고 당대 대학자 앞에서 부끄러워하며 방금 전의 무례함을 사과했다. — 이런 일화를 배웠다.

당시의 나는 이 일화 속에서 겸양의 미덕을 발견했다. 적어도 발견하기 위해 노력한 것은 사실이다. 그러나 지금은 불행하게도 조금도 교훈을 찾아볼 수가 없다. 이 일화가 지금의 내게 다소의 흥미를 끄는 것은 겨우 아래와 같이 생각하기 때문이다. —

첫째, 무언으로 시종일관한 에키켄의 태도는 얼마나 신랄한 모멸의 극치인가?

둘째, 같은 배를 탄 사람들이 서생이 부끄러워하는 것을 기뻐한 것은 얼마나 속악의 극치인가?

셋째, 에키켄이 모르는 신시대의 정신은 연소한 서생의 방론(放論) 속에 얼마나 발랄하게 고동을 치고 있었던가!

❖ 어떤 변호 ❖

어떤 신시대의 평론가는 '운집한다'는 말의 의미로 '문전작라장(門前雀羅張): 영락하여 찾는 이가 없어 문 앞에 새그물을 칠 정도다'이라는 성어를 사용했다. '문전작라장'이라는 성어는 중국인이 만든 것이다. 그것을 일본인이 사용하는 데 반드시 중국인의 용법을 답습해야 한다는 법은 없다. 만약 통용만 된다면, 예를 들어 '그녀의 보조개는 문전작라장 같다고 형용해도 될 것이다.

만약 통용만 된다면, — 만사는 이 불가사의한 '통용'에 달려 있다. 예를 들어 '사소설(私小說)'도 그렇지 않은가? Ich-Roman이라는 말의 의미는 일인칭 소설을 말한다. 반드시 그 '사(私)'라는 것이 작가 자신으로 정해진 것은 아니다. 하지만 일본의 '사소설'은 늘 그 '사'라는 것을 작가 자신으로 하는 소설을 가리킨다. 아니 때로는 작가자신의 이력담으로 보기 때문에 삼인칭을 사용한 소설조차 '사소설'이라 불리운다. 이는 물론 독일인의 — 어쩌면 전 서양인의 용법을 무시한 새로운 예일 것이다. 그러나 전능한 '통용'은 이 새로운 예에 생명을 주었다. '문전작라장'이라는 성어도 언젠가는 이와 마찬가지로 생각지도 못한 새로운 예를 낳을지도 모른다.

그렇다면 어떤 평론가는 특별히 학식이 부족한 것은 아니다. 단지 시류에서 조금 벗어나 새로운 예를 찾는데 급급했던 것이다. 그 평론가가 야유를 받는 것은, — 어쨌든 모든 선각자들은 박복함을 감수해야 할 것이다.

❖ 제한 ❖

천재도 제각각 극복해기 힘든 어떤 제한에 구속당하고 있다. 그 제한을 발견하는 것은 다소 쓸쓸함을 주기도 한다. 하지만 그것은 어느새 오히려 친밀감을 준다. 마치 대나무는 대나무이고 담쟁이덩굴은 담쟁이덩굴임을 안 것처럼.

❖ 화성 ❖

화성에 살아 있는 사람이 있는지 없는지를 묻는 것은 우리들의 오감이 느낄 수 있는 사람의 유무를 묻는 일이다. 그러나 생명은 반드시 우리들의 오감으로 느낄 수 있는 조건을 갖추었다고는 할 수 없다. 만약 화성에 사는 사람도 우리들의 오감을 초월한 존재로 유지되고 있다면 그들 무리는 오늘밤에도 플라타너스를 노랗게 물들이는 가을바람과 함께 긴자(銀座)에 와 있는지도 모른다.

❖ Blanqui[30]의 꿈 ❖

우주의 크기는 무한하다. 하지만 우주를 만드는 것은 60몇 개의 원소이다. 이들 원소의 결합은 아무리 숫자가 많다고 하더라도 결국은 유한할 수밖에 없다. 따라서 이들 원소로 무한대의 우주를 만들기 위해서는 모든 결합을 시도해야 할 뿐만 아니라 그 모든 결합을 무한히 반복해 나가야만 한다. 그리고 보면 우리들이 서식하는 지구도, ─ 이들 결합의 하나인 지구도 태양계 중의 한 혹성에 한하지 않고 무한하게 존재할 것이다. 이 지구상의 나폴레옹은 마렌고전에서 대승을 거두었다. 하지만 망망한 대허공에 떠 있는 다른 지구상의 나폴레옹은 같은 마렌고전에서 대패를 당했을지도 모른다. ……

이는 67세의 블랑키가 꿈꾼 우주관이다. 논의의 맞고 그름은 문제가 아니다. 다만 블랑키는 옥중에서 그러한 꿈을 펜으로 적을 때, 모든 혁명에 절망했다. 그 사실만큼은 오늘날에도 여전히 우리들의 마음속에 뭔가 파고드는 쓸쓸함을 지니고 있다. 꿈은 이미 지구상에서 사라졌다. 우리들도 위로를 구하기 위해서는 몇 만 마일이나 떨어진 천상으로, ─ 우주의 밤에 떠 있는 제2의 지구로 빛나는 꿈을 옮겨야만 한다.

---

30) 블랑키(Louis Auguste Blanqui, 1805년~1881). 프랑스의 사회주의자, 혁명가. 19세기 프랑스의 혁명과 반란들의 대부분에 모종의 형태로 관여하며, 생애 중에 33년간 이상을 옥중에서 지냈다.

❖ 용재(庸才)31) ❖

용재의 작품은 대작이라 해도 항상 창문이 없는 방과 같다. 인생에
대한 전망이 조금도 보이지 않는다.

❖ 기지 ❖

기지란 삼단논법을 갖추지 않은 사상이며, 그들의 소위 '사상'이란
사상이 없는 삼단논법이다.

❖ 다시 ❖

기지에 대한 혐오감은 인류의 피로에 근거하고 있다.

❖ 정치가 ❖

정치가가 우리 보통사람들보다 정치상의 지식을 자랑할 수 있는 것
은 분분한 사실의 지식뿐이다. 결국 무슨 당의 모 당수는 어떠어떠한
모자를 쓰고 있는가 라는 것과 별 차이 없는 지식뿐이다.

❖ 다시 ❖

소위 '이발소 정치가'란 그런 지식이 없는 정치가이다. 만약 그 식견
을 논하자면 반드시 정치가보다 못하지는 않다. 또한 이해를 초월한

---

31) 범재(凡才).

정열이 넘치고 있음은 늘 정치가보다 고상하다.

❖ 사실 ❖

그러나 분분한 사실에 대한 지식은 늘 민중을 사랑하는 것이다. 그들이 가장 알고 싶은 것은 사랑이란 무엇인가 하는 것이 아니다. 그리스도는 사생아인가 아닌가 하는 것이다.

❖ 무사수업 ❖

나는 종래에 무사수업이란 사방의 검객들과 맞붙어서 기예를 닦는 것이라고 생각했다. 하지만 이제 와서 생각해 보니, 실은 자신 만큼 강한 자가 천하에 별로 없다 라는 사실을 발견하기 위해서 하는 것이었다. ─『미야모토무사시전(宮本武蔵伝)』을 읽은 후에

❖ 위고 ❖

전 프랑스를 뒤덮은 한 조각의 빵. 게다가 버터는 아무리 생각해도 듬뿍 바르지는 않았다.

❖ 도스토예프스키 ❖

도스토예프스키의 소설은 갖가지 희화(戱画)로 가득하다. 물론 그 희화의 대부분은 악마도 우울하게 함에 틀림없다.

❖ 플로베르 ❖

플로베르가 내게 가르쳐 준 것은 아름다운 따분함도 있다는 것이다.

❖ 모파상 ❖

모파상은 얼음과 같다. 물론 때로는 얼음사탕하고도 비슷하다.

❖ 포 ❖

포는 『스핑크스』를 쓰기 전에 해부학을 연구했다. 포가 후대를 깜짝 놀라게 한 비밀은 그 연구에 숨겨져 있다.

❖ 모리 오가이(森鷗外) ❖

결국 오가이 선생은 군복에 검을 찬 그리스인이다.

❖ 어떤 자본가의 논리 ❖

'예술가가 예술을 파는 것도, 내가 게 통조림을 파는 것도 별 차이는 없을 것이다. 그러나 예술가는 예술이라고 하면 천하의 보물로 생각하고 있다. 그런 예술가 흉내를 내자면 나 역시 한 캔에 60전 하는 게 통조림을 자랑해야만 한다. 불초 향년 61세이지만 예술가처럼 한심하게 자아도취에 빠진 적은 한 번도 없다.'

❖ 비평학 ❖
─사사키 모사쿠(佐佐木茂索)[32] 군에게─

날씨 좋은 어느 날 오전의 일이다. 박사로 변한 메피스토펠레스 (Mephistopheles)[33]는 어느 강단에서 비평학 강의를 하고 있었다. 물론 이 비평학은 칸트(Kant)의 크리크(Kritik)와 같은 것은 아니다. 단지 소설이나 희곡을 어떻게 비평하는가 하는 학문이다.

'여러분, 지난주에 제가 말씀드린 것은 이해하셨으리라 생각하므로, 오늘은 한 발 더 나아가 '반긍정론법(半肯定論法)'에 대해 말씀드리겠습니다. '반긍정론법'이란 무엇인가 하면, 이는 글자 그대로 어떤 작품의 예술적 가치를 절반만 긍정하는 논법입니다. 그러나 그 '절반'이라는 것은 '더 나쁜 절반'이어야 합니다. '보다 좋은 절반'을 긍정하는 것은 이 논법에는 굉장히 위험합니다.

예를 들어, 일본의 벚꽃에 대해 이 논법을 사용해 봅시다. 벚꽃의 '보다 좋은 절반'은 색이나 형태의 아름다움입니다. 하지만 이 논법을 사용하기 위해서는 '보다 좋은 절반'보다 '보다 나쁜 절반 ─ 즉 벚꽃의 냄새를 긍정해야 합니다. 즉, '냄새는 정말 있다. 하지만 결국 그 뿐이다'라고 단언을 하는 것입니다. 또한 만약 이 '보다 나쁜 절반' 대신 '보다 좋은 절반'을 긍정했다고 하면 어떤 파탄이 생길까요? '색이나 형태는 정말로 아름답다. 하지만 결국 그 뿐이다 ─ 이렇게 되면 벚꽃

---

32) 사사키 모사쿠(佐佐木茂索, 1894.11.11~1966.12.1). 일본의 소설가, 편집자. 인천에 왔다가 1918년 일본으로 돌아가 아쿠타가와에게 사사. 1925년에 발표한 「광일(曠日)」로 아쿠타가와와의 격찬을 받음. 『문예춘추(文芸春秋)』의 간부로 활동, 1935년에 기쿠치 간들과 함께 아쿠타가와상, 나오키상(直木賞)을 창설. 『봄의 외투(春の外套)』(金星堂, 1924), 『꿈 같은 이야기(夢ほどの語)』(新潮社, 1925), 『난징의 피(南京の皿)』(改造社, 1928) 등.
33) 괴테의 『파우스트』의 악마.

을 조금도 폄훼하지 않게 됩니다.

물론 비평학의 문제는 어떤 소설이나 희곡을 어떻게 깎아 내릴까 하는 데 있습니다. 그러나 이것은 새삼 이야기할 필요가 없을 것입니다.

그러면 이 '보다 좋은 절반'이나 '보다 나쁜 절반'은 무엇을 기준으로 구분할까요? 이런 문제를 해결하기 위해서는 이것도 종종 말씀드린 가치론으로 거슬러 올라가야 할 것입니다. 가치는 고래로 사람들이 믿는 것처럼 작품 그 자체 안에 있는 것은 아니며, 작품을 감상하는 우리들의 마음속에 있는 것입니다. 그러면 '보다 좋은 절반'이나 '보다 나쁜 절반'은 우리들의 마음을 기준으로, — 혹은 한 시대의 민중이 무엇을 사랑하는가를 기준으로 구별해야 합니다.

예를 들어 요즘 민중은 일본풍 화초를 사랑하지 않습니다. 즉 일본풍 화초는 나쁜 것입니다. 또한 요즘 민중은 브라질 커피를 사랑합니다. 즉 브라질 커피는 좋은 것임에 틀림없습니다. 어떤 작품의 예술적 가치의 '보다 좋은 절반'이나 '보다 나쁜 절반' 역시 당연히 이러한 예처럼 구별해야 합니다.

이 표준을 사용하지 않고 미나 진(眞)이나 선과 같은 다른 표준을 구하는 것은 가장 웃기는 시대착오입니다. 여러분은 붉게 변한 밀짚모자처럼 구시대를 버려야만 합니다. 선악은 호악을 초월하지 않는다, 호악은 곧 선악이다, 애증은 곧 선악이다, — 이는 '반궁정론법'에만 해당되는 것이 아니라, 적어도 비평학에 뜻을 둔 여러분이 잊어서는 안 될 법칙입니다.

자 그럼 '반궁정론법'은 대략 위와 같습니다만, 마지막으로 주의를 촉구하고 싶은 것은 '그뿐이다'라는 말입니다. 이 '그뿐이다'라는 말은 꼭 사용해야만 합니다. 첫째, '그뿐이다'라고 하는 이상, '그' 즉 '보다 나쁜 절반'을 긍정하고 있는 것은 확실합니다. 그러나 또 두 번째로

'그' 이외의 것을 부정하고 있는 것도 확실합니다. 즉, '그뿐이다'라는 말은 상황에 따라 여러 가지 의미가 있다고 해야 합니다. 하지만 더 미묘한 것은 세 번째로 '그' 예술적 가치조차 암암리에 부정하고 있습니다. 물론 부정하고 있다고 해도 왜 부정하느냐에 대한 설명은 없습니다. 단지 언외로 부정을 하는 것입니다. — 이는 이 '그뿐이다'라는 말의 가장 현저한 특색입니다. 드러내는 것 같은데 숨기고 있고, 긍정하는 것 같은데 부정한다는 것, 그것이 바로 '그뿐이다'라는 말이 의미하는 바일 것입니다.

이 '반긍정론법'은 '전부정론법' 혹은 '연목구어논법'보다 신용을 얻기 쉬울 것입니다. '전부정론법' 혹은 '연목구어논법'이란 지난주에 말씀드린 바와 같습니다만, 다시 한 번 확인하자면 어떤 작품의 예술적 가치를 예술적 가치 그 자체에 의해 전부 부정하는 논법입니다. 예를 들어 어떤 비극의 예술적 가치를 부정하는데 비참, 불쾌, 우울 등의 비난을 가하는 것이라고 생각하면 될 것입니다. 또한 이 비난을 역으로 이용하여 행복, 유쾌, 경묘함이 부족하다고 매도를 해도 됩니다. 일명 '연목구어논법'이라는 것은 뒤에 든 경우를 가리키는 것입니다. '전부정론법' 혹은 '연목구어논법'은 통쾌의 극치를 보여주는 대신 때로는 편파적이라는 의구심을 불러일으키기도 합니다. 그러나 '반긍정론법'은 어쨌든 어떤 작품의 예술적 가치를 절반은 인정하는 것이므로 공평하다는 느낌을 쉽게 줄 수 있습니다.

이와 관련하여 연습작품으로 사사키 모키치 씨의 새 저서 『봄의 외투(春の外套)』를 낼 테니, 다음 주까지 사사키 씨의 작품에 '반긍정론법'을 적용해 오세요 (이 때 젊은 수강생 한 명이, '선생님, '전부정론법'을 적용하면 안 됩니까?'라고 질문했다.) 아니, '전부정론법'을 적용하는 것은 적어도 당분간은 보류해야 합니다. 사사키 씨는 어쨌든 명성

이 있는 신진작가이기 때문에, 역시 '반긍정론법'만 적용하는 것으로
하겠습니다.……'

일주일 후 최고점을 받은 답안은 아래와 같았다.

'정말이지 참 잘 썼다. 하지만 결국 그 뿐이다.'

❖ 부모와 자식 ❖

부모가 자식을 양육할 자격이 있는지는 의문이다. 정말이지 마소는
부모에게 양육되는 것임에 틀림없다. 그러나 자연이라는 명목 하에
구습은 확실히 제멋대로 하는 부모의 태도를 변호한다. 만약 자연이
라는 명목 하에 어떠한 구습도 변호할 수 있다면 우선 우리들은 미개
인종의 약탈결혼을 변호해야 한다.

❖ 다시 ❖

자식에 대한 부모의 사랑은 이기심이 가장 적은 사랑이다. 하지만
이기심이 없다고 해서 사랑이 꼭 자식의 양육에 가장 적합한 것은 아
니다. 그러한 사랑이 자식에게 주는 영향은, — 적어도 영향은 대부분
폭군으로 만들든가 나약한 인간으로 만드는 것이다.

❖ 다시 ❖

인생 비극의 제1막은 부모 자식으로 만나는 데서 시작된다.

❖ 다시 ❖

고래로 많은 부모들은 이런 말을 얼마나 반복해 왔을까? — '나는 역시 실패한 인생을 살았어. 하지만 내 자식만큼은 성공하게 해야 해.'

❖ 가능 ❖

우리들은 하고 싶은 일을 할 수 있는 것이 아니다. 단지 할 수 있는 것을 하는 것이다. 이는 우리 개인만 그런 것이 아니다. 우리 사회도 마찬가지이다. 아마 신도 희망대로 이 세계를 만들 수는 없었을 것이다.

❖ 무어34)의 말 ❖

조지 무어는 「죽은 후의 내 비망록」 안에 이런 말을 집어넣었다. — '위대한 화가는 이름을 넣을 장소를 제대로 알고 있다. 또한 절대로 같은 장소에 이름을 두 번 넣지 않는다.'

물론 '절대로 같은 장소에 이름을 두 번 넣지 않는' 것은 어떤 화가에게도 불가능하다. 그러나 그것은 비난할 필요가 없다. 내게 뜻밖으로 여겨지는 것은 '위대한 화가는 이름을 넣을 장소를 제대로 알고 있다'는 말이다. 동양의 화가들 중에 낙관을 넣는 장소를 경시한 사람은 지금까지 없었다. 낙관을 넣을 장소를 주의하라는 말은 진부한 상투어구이다. 그것을 특필하는 무어를 보면 어쩐지 동서의 차이가 느껴진다.

---

34) 조지 무어(George Moore, 1852.2.24~1933.1.21). 영국 소설가 겸 시인. E.졸라의 영향을 받아 상징시에서 자연주의 소설로 전향하여 『광대의 아내』, 『에스터 워터스 Esther Waters』, 『케리스강』을 씀.

❖ 대작 ❖

대작을 걸작과 혼동하는 것은 확실히 감상상의 물질주의이다. 대작
은 품삯의 문제에 불과하다. 나는 미켈란젤로의 「최후의 심판」의 벽
화보다 육십 몇 세의 렘브란트가 그린 자화상을 훨씬 더 사랑한다.

❖ 내가 사랑하는 작품 ❖

내가 사랑하는 작품은, — 문예상의 작품은 결국 작가의 인간성을 느
낄 수 있는 작품이다. 인간을 — 한 사람분의 두뇌와 심장과 관능을 갖
춘 인간을. 그러나 불행하게도 대부분의 작가는 어느 한 가지가 결핍된
불구이다. (물론 때로는 위대한 불구자에게 탄복하는 일도 없지는 않다.)

「홍예관(虹霓関)」을 보고

남자가 여자를 낚는 것은 아니다. 여자가 남자를 낚는 것이다. —
쇼35)는 『인간과 초인』에서 그러한 사실을 희곡화했다. 그러나 그것을
희곡화한 것은 꼭 쇼가 처음은 아니다. 나는 매란방(梅蘭芳)36)의 『홍예
관』을 보고 중국에도 이미 그 사실에 주목한 희곡가가 있음을 알았다.
뿐만 아니라 『희고(戯考)』는 『홍예관』 외에도 여자가 남자를 잡는데 손

---

35) 조지 버나드 쇼(George Bernard Shaw, 1856.7.26.~1950.11.2). 영국의 극작가 겸 소
설가이자 비평가. 온건좌파 단체인 '페이비언협회' 설립. 최대걸작인 『인간과 초
인』을 써서 세계적인 극작가가 되었다. 노벨 문학상 수상.

36) 매란방(梅蘭芳, 1894.10.22~1961.8.8). 근대에 걸출한 경극(京劇)과 곤극(昆劇) 연기
자. 정연추(程硯秋), 상소운(尚小雲), 순혜생(荀慧生)과 더불어 '사대명단(四大名旦)'.
대표 연출 경극으로 『귀비취주(貴妃醉酒)』, 『패왕별희(霸王別姬)』 등이 있고, 곤극
(昆劇)으로는 『유원경몽(遊園驚夢)』, 『단교(断橋)』 등. 저서로는 『매란방문집(梅蘭芳
文集)』, 『매란방연출극본선집(梅蘭芳演出劇本選集)』.

오공의 병기와 검극을 사용한 많은 이야기를 전하고 있다.

『동가산(董家山)』의 여주인공 금련(金蓮), 『원문참자(轅門斬子)』의 여주인공 계영(桂英), 『쌍쇄산(双鎖山)』의 여주인공 금정(金定) 등은 모두 하나같이 그런 여걸들이다. 더욱이 『마상연(馬上緣)』의 여주인공 이화(梨花)를 보면 그녀는 사랑하는 소년장군을 말 위에서 사로잡을 뿐만 아니라, 그의 아내에게 미안하다고 하는데도 억지로 결혼을 해 버린다. 호적(胡適)37) 씨는 내게 이렇게 말했다. ― '저는 『사진사(四進士)』만 제외하면 모든 경극의 가치를 부정하고 싶다.' 그러나 이들 경극은 적어도 매우 철학적이다. 철학자 호적 씨는 그 가치 앞에서 청천벽력이 치는 듯한 자신의 분노를 조금은 누그러뜨릴 수는 없을까?

❖ 경험 ❖

경험에만 의존하는 것은 소화력을 생각하지 않고 음식에만 의지하는 것이다. 또한 동시에 경험을 헛되이 하지 않을 능력이 있다고 그 능력에만 의지하는 것도 역시 음식을 생각하지 않고 소화력에만 의지하는 것이다.

❖ 아킬레스 ❖

그리스의 영웅 아킬레스는 뒤꿈치만 빼고 불사신이었다고 한다. ― 즉 아킬레스를 알기 위해서는 뒤꿈치를 알아야 한다.

---

37) 호적(胡適, 1891.~1962). 중국의 철학자. 미국 유학 중 1917년에 『문학개량추의(文学改良芻議)』에서 구어문을 제창. 유교 비판과 함께 문학 혁명의 일익을 담당. 『중국철학대강(中国哲学帶綱)』, 『백화문학사(白話文学史)』.

❖ 예술가의 행복 ❖

가장 행복한 예술가는 만년에 명성을 얻는 예술가이다. 구니키다 돗포(国木田独歩)[38]도 그렇게 생각하면 꼭 불행한 예술가는 아니다.

❖ 호인물 ❖

여자들이 꼭 호인물을 남편으로 갖고 싶어 하는 것은 아니다. 그러나 남자는 늘 호인물을 친구로 갖고 싶어 한다.

❖ 다시 ❖

호인물은 무엇보다 먼저 천상의 신과 같다. 첫째로 기쁨을 이야기하기에 좋다. 둘째로 불평을 호소하기에 좋다. 셋째로 — 있어도 좋고 없어도 좋다.

❖ 죄 ❖

'죄를 미워하되, 사람을 미워하지 말라'라는 말을 실행하는 것은 꼭 어려운 일은 아니다. 대부분의 자식들은 대부분의 부모에게 이 격언을 그대로 실행한다.

---

38) 구니키다 돗포(国木田独歩, 1871.8.30.~1908.6.23.). 일본의 소설가, 시인, 저널리스트. 낭만적 작품인 「무사시노(武蔵野)」, 「쇠고기와 감자(牛肉と馬鈴薯)」가 있고, 「봄새(春の鳥)」, 「대나무 문(竹の木戸)」 등으로 자연주의 문학의 선구가 됨.

❖ 도리(桃李) ❖

'도리는 말을 하지 않지만 그 아래에는 저절로 길이 생긴다'[39]라는 말은 확실히 현자의 말이다. 하지만 '도리는 말을 하지 않지만'이 아니다. 실은 '도리는 말을 하지 않으니'이다.

❖ 위대함 ❖

민중은 인격이나 사업의 위대함에 농락당하는 것을 좋아한다. 하지만 위대함에 직면하는 것은 유사 이래 사랑한 적이 없다.

❖ 광고 ❖

「난장이의 말」 12월호의 「사사키 모키치 군을 위해(佐佐木茂索君の為に)」는 사사키 군을 폄훼한 것이 아닙니다. 사사키 군을 인정하지 않는 비평가를 조소한 것입니다. 이러한 것을 광고하는 것은 『문예춘추(文芸春秋)』 독자들의 두뇌를 경멸하는 것인지도 모릅니다. 그러나 실제로 어떤 비평가는 사사키 군을 폄훼한 것이라 생각했다고 합니다. 또한 그 비평가의 아류도 적지 않다고 들었습니다. 그래서 한 마디 더 광고하겠습니다. 물론 이것을 떠벌리는 것은 제 본의에서 나온 발상이 아닙니다. 실은 선배인 사토미 돈(里見淳)[40] 군의 선동에 의한 결과

---

39) 복숭아와 살구는 그 열매가 맛이 있어서 말을 하지 않아도 저절로 사람이 모인다는 뜻으로, 훌륭한 사람 밑에는 저절로 사람이 모인다는 의미로 사용. 원문은 '도리불언하자성혜(桃李不言下自成蹊)'로 출전은 『사기(史記)』.
40) 사토미 돈(里見淳, 1888.7.14~1983.1.21). 소설가. 아리시마 다케오(有島武郎), 이쿠마(生馬)의 막내 동생. 『시라카바(白樺)』 창간에 참가. 『늦은 첫사랑(晩い初恋)』,

입니다. 이 광고에 분노를 느끼는 독자는 부디 사토미 군을 비난해 주세요. 「난쟁이의 말」 작자.

❖ 추가 광고 ❖

앞에 게재한 광고 중, '사토미 군을 비난해 주세요'라고 한 것은 물론 제 농담입니다. 실제로는 비난을 하지 않아도 됩니다. 저는 어떤 비평가를 대표하는 일단의 천재에게 감탄을 한 나머지 아무래도 좀 신경질적으로 된 것 같습니다. 상동.

❖ 재추가 광고 ❖

앞에 게재한 추가 광고, '어떤 비평가를 대표하는 일단의 천재에게 감탄을 했다'고 하는 것은 물론 반어입니다. 상동.

❖ 예술 ❖

화력(画力)은 삼백 년, 서력(書力)은 오백 년, 문장의 힘은 천고무궁(千古無窮)하다라는 말은 왕세정(王世貞)[41]이 한 말이다. 그러나 돈황(敦煌)의 발굴품에 비추어 보면, 서화는 오백 년이 지난 후에도 여전히 힘을 지니고 있다고 한다. 뿐만 아니라 문장도 천고무궁(千古無窮)하게 힘을

『선심악심(善心悪心)』, 자전소설 『아내를 사는 경험(妻を買ふ経験)』 등.

41) 왕세정(王世貞, 1526~1590). 가정 칠재 자(嘉靖七才子:後七子)의 한 사람으로 손꼽히고, 학식은 그 중에서도 제1인자였던 중국 명나라의 문학자. 명대 후기 고문사(古文辞)파의 지도자. 격조를 소중히 여기는 의고주의(擬古主義) 주장. 『엄주산인사부고(弇州山人四部考)』.

유지하는지 의문이다. 관념도 시간의 지배 밖에서 초연할 수 없다. 우리들의 조상은 '신'이라는 말에 '의관속대'를 한 인물을 상정하고 있었다. 하지만 우리들은 같은 말에 수염이 긴 서양인을 상정하고 있다. 이는 비단 신에게만 해당되는 것이 아니며 어떤 일에도 있을 수 있는 일이라 생각해야 한다.

❖ 다시 ❖

나는 언젠가 도슈사이 샤라쿠(東洲齋寫樂)42)의 초상화를 본 기억이 있다. 그 그림 속 인물은 녹색 문양의 파도를 그린 부채를 펴서 가슴에 대고 있다. 그것은 전체 색채의 효과를 상승시키고 있음에 틀림없다. 하지만 확대경으로 자세히 보면, 녹색을 띠고 있는 것은 녹청이 생긴 금이다. 내가 이 한 장의 샤라쿠의 초상화에 아름다움을 느낀 것은 사실이다. 하지만 내가 느낀 것은 샤라쿠가 파악한 아름다움과 달랐던 것 역시 사실이다. 이러한 변화는 문장에서도 역시 일어날 것이라고 생각한다.

❖ 다시 ❖

예술도 여자와 같다. 가장 아름답게 보이게 하기 위해서는 한 시대의 정신적 분위기 혹은 유행으로 포장해야 한다.

---

42) 도슈사이 샤라쿠(東洲齋寫樂, 생몰연도 미상). 에도시대 중기의 우키요화(浮世繪) 화가.

❖ 다시 ❖

뿐만 아니라 예술은 공간적으로도 역시 멍에를 지고 있다. 한 나라
의 국민이 예술을 사랑하기 위해서는 그 나라 국민의 생활을 알아야
한다. 도젠지(東禅寺)에서 떠돌이 무사에게 습격을 받은 영국의 특명전
권공사 서 러더포드 올코크[43]는 우리 일본인의 음악에서도 소음을 느
낄 뿐이었다. 그의 『일본에서의 3년간(日本に於ける三年間)』은 그러한
내용을 포함하고 있다. ― '우리는 언덕을 오르는 도중 나이팅게일의
울음소리와 비슷한 휘파람새의 울음소리를 들었다. 일본인들은 휘파
람새에게 노래를 가르쳤다고 한다. 그것이 사실이라면 놀랄 일임에
틀림없다. 원래 일본인들은 스스로 음악이라는 것을 가르치는 것을
모르니까 말이다.'(제2권 제29장)

❖ 천재 ❖

천재란 우리들과 겨우 한 발짝 차이이다. 단지 그 한 발짝을 이해하기
위해서는 백리의 절반을 99리로 계산하는 초수학(超数学)을 알아야 한다.

❖ 다시 ❖

천재란 우리들과 겨우 한 발짝 떨어져 있는 사람이다. 동시대에는
늘 이 한 발짝이 천리라는 사실을 이해하지 못한다. 후대 역시 이 천

---

43) 서 러더포드 올코크(Sir Rutherford Alcock KCB, 1809.5~1897.11.2). 영국의 의사, 외
교관. 청국주재영사, 초대 주일 총영사, 동 공사 역임. 저서에 개국 후 막부시대
말기의 일본을 소개한 『대군의 도시(大君の都)』.

리가 한 발짝이라는 사실을 보지 못한다. 동시대는 그 때문에 천재를 죽였다. 후대 역시 그 때문에 천재의 앞에 향을 피우고 있다.

❖ 다시 ❖

민중도 천재를 인정하는데 인색하다는 사실은 믿기 힘들다. 그러나 그렇게 믿는 방식을 보면 항상 아주 재밌다.

❖ 다시 ❖

천재의 비극은 '아담하고 편안한 명성'을 얻는 것이다.

❖ 다시 ❖

예수: 내가 피리를 불지만 너희들은 춤을 추지 않는다.
그들: 우리들이 춤을 추지만 너희들은 만족하지 못한다.

우리들은 어떠한 경우에도 우리들의 이익을 옹호하지 않는 것에 '깨끗한 한 표'를 던질 리가 없다. 이 '우리들의 이익' 대신 '천하의 이익'으로 바꿔 놓는다는 것은 전공화제도(全共和制度)의 거짓이다. 이 거짓말만은 소비에트 치하에서도 소멸되지 않을 것이라고 생각한다.

❖ 다시 ❖

일체가 된 두 개의 관념을 취해 그 접촉점을 음미하면, 여러분은 얼마나 많은 거짓말을 듣고 자랐는지를 알게 될 것이다. 모든 성어(成語)는 그래서 늘 하나의 문제이다.

❖ 다시 ❖

우리 사회에 합리적 외관을 부여하는 것은 실은 그 불합리 — 너무나도 심한 그 불합리 때문이 아닌가?

❖ 레닌 ❖

내가 가장 놀란 것은 레닌이 너무나 당연한 영웅이었다는 것이다.

❖ 도박 ❖

우연 즉 신과 싸우는 것은 늘 신비적 위엄으로 가득하다. 도박자들 역시 이와 같은 예에서 빠지지 않는다.

❖ 다시 ❖

고래로 도박에 열중한 염세주의자가 없다는 사실은 도박이 인생과 얼마나 흡사한지를 보여주는 것이다.

❖ 다시 ❖

법률이 도박을 금하는 것은 도박에 의한 부의 분배 그 자체를 잘못

되었다고 하는 것은 아니다. 실은 그 경제적 딜레탕티즘을 잘못되었다고 하는 것이다.

❖ 회의주의 ❖

회의주의도 하나의 신념 위에, — 의심하는 것은 의심하지 않는다는 신념 위에 서는 것이다. 과연 그것은 모순일지도 모른다. 그러나 회의주의는 동시에 조금도 신념 위에 서지 않는 철학이 있다는 것도 의심하는 것이다.

❖ 정직 ❖

만약 정직해 지려고 한다면, 우리들은 바로 아무도 정직해 질 수 없다는 사실을 발견할 것이다. 그렇기 때문에 우리들은 정직해 지는 데 대해 불안을 느끼지 않을 수 없다.

❖ 허위 ❖

나는 거짓말쟁이를 알고 있었다. 그녀는 그 누구보다 행복했다. 하지만 거짓말에 너무 능해서 진실을 이야기하고 있을 때조차 거짓말을 하고 있는 것으로밖에 생각되지 않았다. 그것만은 누구의 눈에도 비극으로 비쳤을 것이다.

❖ 다시 ❖

나 역시 모든 예술가들처럼 오히려 거짓말에 능했다. 하지만 그녀에게는 한 수 배워야 했다. 정말이지 그녀는 작년에 한 거짓말을 오분 전에 한 거짓말처럼 기억하고 있었다.

❖ 다시 ❖

나는 불행하게도 알고 있다. 때로는 거짓말에 의지해야만 이야기할수 있는 진실도 있다는 사실을.

❖ 여러분 ❖

여러분들은 청년들이 예술 때문에 타락하는 것을 두려워하고 있다. 그러나 아직 안심하길. 여러분들만큼 쉽게 타락하지 않을 것이다.

❖ 다시 ❖

여러분들은 예술이 국민에게 독이 될 것을 두려워하고 있다. 그러나 아직 안심하시길. 적어도 예술은 여러분에게 독이 되지 못 할 것이다. 이천 년 이래의 예술의 매력을 이해하지 못 하는 여러분에게 독이되지는 못 할 것이다.

❖ 인종(忍從) ❖

인종은 로맨틱한 비굴함이다.

❖ 기도(企圖) ❖

이루는 것이 꼭 어려운 아니다. 하지만 바라는 것은 늘 어렵다. 적
어도 충분히 이룰 수 있는 것을 바라는 것은.

❖ 다시 ❖

누군가의 대소(大小)를 알고자 하는 사람들은 그들이 이룬 것에 의
지하여, 그들이 이루고자 한 것을 보아야만 한다.

❖ 병사 ❖

이상적인 병사는 적어도 상관의 명령에 절대 복종해야 한다. 절대
복종한다는 것은 절대로 비판을 가하지 않는 것이다. 즉 이상적 병사
는 이성을 잃어야 한다.

❖ 다시 ❖

이상적 병사는 적어도 상관의 명령에 절대 복종해야 한다. 절대 복
종한다는 것은 절대로 책임을 지지 않는 것이다. 즉 이상적 병사는 무
책임을 좋아해야 한다.

❖ 군사교육 ❖

군사교육이라는 것은 결국 단지 군사용어에 대한 지식을 줄 뿐이다. 기타 지식이나 훈련은 꼭 군사교육으로만 얻어지는 것은 아니다. 지금 육해군 학교에서도 기계학, 물리학, 응용화학, 어학 등은 물론 검도, 유도, 수영 등에도 각각 전문가를 고용하고 있지 않은가? 게다가 더 생각해 보면, 군사용어도 학술용어와 달리 대부분은 통속적 용어이다. 그러면 군사교육이라는 것은 사실 없는 것이라고 해야 한다. 물론 사실상 없는 것의 이해득실은 문제가 되지 않을 것이다.

❖ 근검상무(勤儉尙武) ❖

'근검상무'라는 성어만큼 무의미의 극치는 없을 것이다. 상무는 국제적 사치이다. 지금 열강은 군비를 위해 막대한 돈을 지출하고 있지 않은가? 만약 '근검상무'라는 것도 바보의 말이 아니라면, '근검방탕'이라는 말도 역시 통용된다고 해야 할 것이다.

❖ 일본인 ❖

우리들 일본인이 이천 년 동안 천황에게 충성하고 부모에게 효도했다고 생각하는 것은 사루타 히코노미코토(猿田彦命)도 화장을 하고 있었다고 생각하는 것과 같은 것이다. 이제 우리도 있는 그대로의 역사적 사실에 철저해져야 하지 않을까?

❖ 왜구 ❖

왜구는 우리 일본인들도 열강의 대열에 낄 만큼 충분한 능력이 됨을 보여주는 것이다. 우리들은 도적, 살육, 간음 등에 있어서도 절대로 '황금의 새'를 찾으러 온 스페인인, 포르투갈인, 네덜란드인, 영국인 못지 않았다.

❖ 『쓰레즈레구사(つれづれ草)』 ❖

나는 종종 이런 말을 듣는다. ── '혹시 『쓰레즈레구사』 좋아하세요?' 그러나 불행하게도 나는 아직 『쓰레즈레구사』를 애독한 적이 없다. 솔직히 고백하자면 『쓰레즈레구사』가 고명하다는 것이 나는 잘 이해가 안 된다. 중학교 교과서 정도로 편리하다는 점은 인정하지만 말이다.

❖ 징후 ❖

연애의 징후 중 하나는 그녀가 과거에 누구와 사랑했는지 혹은 어떤 남자를 사랑했는지를 생각하며 그 가공의 누군가에게 막연하게 질투를 느끼는 것이다.

❖ 다시 ❖

또 하나의 연애의 징후는 그녀와 닮은 얼굴을 발견하는데 극도로 예민해지는 것이다.

❖ 연애와 죽음 ❖

연애가 죽음을 연상시키는 것은 진화론적 근거를 갖고 있는 것인지 모른다. 거미나 벌의 수컷은 교미가 끝나면 바로 암컷에게 물려 죽는다. 나는 이탈리아의 순회극단 배우가 가극 『칼멘』을 연기하는 것을 보았을 때 아무래도 칼멘의 일거수일투족이 벌 같았다.

❖ 대신 ❖

우리는 그녀를 사랑하기 위해 왕왕 그녀 외의 여인으로 그녀를 대신한다. 그런 지경에 놓이게 되는 것은 꼭 그녀가 우리를 거절했을 때만 그러는 것은 아니다. 우리들은 때로는 겁쟁이라서 때로는 미적 요구 때문에 자주 그 잔혹한 위안의 상대로 한 여인을 사용한다.

❖ 결혼 ❖

결혼은 성욕을 조절하는데 유효하다. 하지만 연애를 조절하는 것은 유효하지 않다.

❖ 다시 ❖

그는 20대에 결혼을 한 후, 한 번도 연애관계에 빠지지 않았다. 얼마나 속악하기 짝이 없는가!

❖ 다망(多忙) ❖

우리를 연애에서 구원하는 것은 이성보다는 오히려 다망이다. 연애 또한 완전히 구현되기 위해서는 무엇보다 시간이 있어야 한다. 베르 테르, 로미오, 트리스탄, ― 고래의 연인들을 생각해 보면 그들은 모두 한가한 사람들뿐이다.

❖ 남자 ❖

남자는 자유연애보다 일을 존중한다. 만약 그 사실이 의심스럽다면 발자크의 편지를 읽어보면 알 것이다. 발자크는 한스카 백작부인에게, '이 편지도 원고료로 환산하면 몇 프랑을 넘는다.'라고 썼다.

❖ 예의범절 ❖

옛날에 우리 집에 출입한 여장부 같은 여자이발사는 딸이 하나 있었다. 나는 창백한 열 두서너 살 되는 그 딸을 기억하고 있다. 여자 이발사는 그 딸에게 예의범절을 엄하게 가르쳤다. 특히 베개에서 떨어질 때마다 엄하게 야단을 쳤다. 하지만 요즘 얼핏 들은 이야기로는 그 딸이 지진[44]이 나기 전에 게이샤(芸者)가 되었다고 한다. 나는 그 이야기를 들었을 때, 약간의 동정심을 느끼기는 했지만 미소를 짓지 않을 수 없었다. 그녀는 필시 게이샤가 되어서도 엄격한 어머니의 가르침대로 절대로 베개에서 떨어지지 않았을 것이다.

---

44) 1923년 관동대지진을 말함.

❖ 자유 ❖

자유를 추구하지 않는 사람은 아무도 없다. 하지만 그것은 겉보기에만 그런 것이다. 실은 마음 깊은 곳에서는 아무도 자유를 구하지 않는다. 그 증거로는 인명을 빼앗는데 조금도 주저하지 않는 무뢰한조차 금구무결(金甌無欠)한 국가를 위해 누구누구를 죽였다고 말하고 있지 않는가? 그러나 자유란 우리들의 행위에 아무런 구속도 가하지 않는 것으로, 신이나 도덕, 혹은 사회적 습관과 연대책임을 지는 것을 떳떳하게 여기지 않는다.

❖ 다시 ❖

자유는 산꼭대기의 공기와 비슷하다. 그 둘은 모두 약한 자들에게는 견딜 수 없는 것이다.

❖ 다시 ❖

진정으로 자유를 바라보는 것은 곧 신들의 얼굴을 보는 것이다.

❖ 다시 ❖

자유주의, 자유연애, 자유무역, ― 이들 '자유'는 모두 공교롭게도 잔속에 다량의 물을 섞어 놓고 있다. 그것도 대개는 웅덩이의 물을.

✣ 언행일치 ✣

언행일치라는 미명을 얻기 위해서는 우선 자기변호에 능해야 한다.

✣ 방편 ✣

한 사람을 속이지 못하는 성현(聖賢)은 있어도, 천하를 속이지 못하는 성현은 없다. 소위 불가의 선교방편(善巧方便)이란 필경 정신상의 마키아벨리즘이다.

✣ 예술지상주의자 ✣

고래로 열렬한 예술지상주의자는 대개 예술상의 거세자이다. 마치 열렬한 국가주의자는 대개 망국의 국민인 것처럼 ― 우리들은 누구라도 자신이 가지고 있는 것은 갖고 싶어 하지 않는다.

✣ 유물사관 ✣

만약 어떠한 소설가도 마르크스의 유물사관에 입각한 인생을 그려야 한다면, 그와 마찬가지로 어떠한 시인도 코페르니쿠스의 지동설에 입각한 일월산천을 노래해야 한다. 하지만, '태양은 서쪽으로 진다'고 하는 대신 '지구는 몇 도 몇 부 회전한다'고 하는 것이 반드시 우미(優美)하지는 않을 것이다.

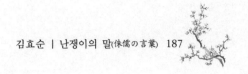

❖ 중국 ❖

개똥벌레의 유충은 달팽이를 잡아먹을 때 달팽이를 절대 죽이지 않
는다. 늘 새고기를 먹기 위해 달팽이를 마비시킬 뿐이다. 우리 일본제
국을 비롯하여 열강의 중국에 대한 태도는 필경 달팽이에 대한 개똥
벌레의 태도와 차이가 없다.

❖ 다시 ❖

오늘날 중국의 최대 비극은 무수한 국가적 낭만주의자 즉 '젊은 중
국'을 위해 강철 같은 훈련을 시키기에 족한 무솔리니가 한 명도 없다
는 것이다.

❖ 소설 ❖

실제로 있었던 일 같은 소설은 단순히 사건의 전개에 우연성이 적
은 것만이 아니다. 어쩌면 실제 인생보다도 우연성이 적은 소설이다.

❖ 글 ❖

글 속에 있는 말은 사전 속에 있을 때보다 더 아름다워야 한다.

❖ 다시 ❖

사람들은 다카야마 조규(高山樗牛)[45]처럼 '글은 곧 그 사람이다'라고 한다. 하지만 모두 내심으로는 '사람은 곧 글이다'라고 생각하는 것 같다.

❖ 여자의 얼굴 ❖

여자는 정열에 불타오르면 신기하게도 소녀 같은 표정을 짓는다. 물론 그 정열이라는 것은 파라솔에 대한 정열이라도 상관없다.

❖ 세상살이 지혜 ❖

소화(消火)는 방화만큼 쉽지 않다. 그러한 세상살이 지혜의 대표적 소유자는 『벨 아미』46)의 주인공일 것이다. 그는 연인을 만들 때에 미리 절연을 생각해 둔다.

❖ 다시 ❖

단순히 처세만을 위해서라면 정열이 부족한 것은 문제가 아니다. 그보다 오히려 위험한 것은 분명 냉담함이 부족한 것이다.

---

45) 다카야마 조규(高山樗牛, 1871.2.28～1902.12.24). 일본의 평론가. 도쿄제국대학(東京帝国大学) 철학과 졸업. 재학 중 소설 『다키구치 뉴도(滝口入道)』가 『요미우리신문(読売新聞)』의 현상에 당선되고, 『와가소데노기(わが袖の記)』(1897)로 문단의 지위 확립. 1895년 『제국문학(帝国文学)』 창간에 참가. 『태양』을 통하여 문예 평론을 발표하고 낭만주의를 주장. 이후 일본주의, 니체적 개인주의를 거쳐 니치렌(日蓮)에 심취.
46) 『벨 아미(Bel-Ami)』. 기드 모파상의 소설. 1885년 작. 제목인 'Bel-Ami'는 '미남 친구'란 의미. 미모의 청년 조루주 뒤루아가 여성들을 이용하여 영달을 하는 모습을 그림.

❖ 항산(恒産) ❖

항산이 없는 자에게 항심(恒心)이 없는 것은 2천년 정도 전의 일이다. 오늘날에는 항산이 있는 자에게는 오히려 항심이 없는 것 같다.

❖ 그들 ❖

나는 실은 그들 부부가 연애도 없이 서로 끌어안고 살고 있는데 대해 경탄했다. 하지만 그들은 어찌된 셈인지 연인들끼리 서로 끌어안고 죽은 것에 대해 경탄한다.

❖ 작가 소생의 말 ❖

'기세를 떨치다', '고등유민(高等遊民)', '노악가(露悪家)', '평범' 등의 말이 문단에서 통용되게 된 것은 나쓰메(夏目)[47] 선생에게서 시작되었다. 이러한 작가 소생(所生)의 말이 나쓰메 선생 이후에도 없는 것은 아니다. 구메 마사오(久米正雄) 군 소생의 '쓴웃음(微苦笑)', '강기약기(強気弱気)' 등이 가장 적합한 경우이다. 또한 '등(等), 등, 등'이라고 쓰는 것도 우노 고지(宇野浩二) 군 소생이다. 우리들은 늘 의식적으로 모자를 벗는 것은 아니다. 뿐만 아니라 때로는 의식적으로 적이나 괴물로 보거나 개로 보는 자에게 자기도 모르게 모자를 벗는다. 어떤 작가를 매도하는 글 안에도 그 작가가 만든 말이 나오는 것은 꼭 우연이 아닌지도 모른다.

---

47) 나쓰메 소세키(夏目漱石 1867.2.9.-1916.12.9)를 말함.

❖ 유아 ❖

우리들은 대체 무엇 때문에 어린 아이를 사랑하는 것인가? 그 이유
의 태반은 적어도 어린 아이들한테만은 속을 염려가 없기 때문이다.

❖ 다시 ❖

우리들이 태연하게 우리들의 어리석음을 공공연히 드러내는 것을
부끄러워하지 않는 것은 어린 아이들을 상대할 때나, ― 개 혹은 고양
이를 상대할 때뿐이다.

❖ 이케 다이가(池大雅)[48] ❖

'다이가는 어지간히 느긋한 사람으로 세상 물정에 어두웠다. 세상
물정에 어두웠음은 아내 교쿠란(玉瀾)을 맞이했을 때 부부의 도리를 몰
랐다고 하니 대충 그 사람 됨됨이를 엿볼 수 있다.'
'다이가가 아내를 맞이하여 부부의 도를 몰랐다는 이야기도 세상사
에 초연한 것이 재미있다고 하면 재미있다고 할 수도 있겠지만, 상식
이 전혀 없는 어리석은 일이라고 하면 그렇게도 말할 수 있을 것이다.'
이러한 전설을 믿는 사람들은 여기에 인용한 글에서 보여 주듯이
오늘날에도 아직 예술가나 미술사가 중 더러 있다. 다이가는 교쿠란
을 아내로 취했을 때 교합을 하지 않았을지도 모른다. 그러나 그렇기
때문에 교합을 몰랐다고 믿는다면, ― 물론 그 사람은 자기 자신이 강

---

48) 이케 다이가(池大雅, 1723.6.6〜1776.5.30). 에도시대의 문인화가, 서예가. 아내 교
　쿠란(玉蘭)도 화가. 요사 부손(与謝蕪村)과 함께 일본 문인화(남화)의 대성자.

한 성욕을 가지고 있는 나머지 적어도 제대로 알고 있는 이상 행하지 않을 리가 없다고 확신하고 있기 때문일 것이다.

❖ 오규 소라이(荻生徂徠)[49] ❖

오규 소라이는 볶은 콩을 먹으며 즐겨 옛사람들 욕을 했다. 나는 그가 볶은 콩을 먹은 것은 검약 때문이라고 믿지만, 그가 옛사람들 욕을 왜 했는지는 전혀 알 수가 없었다. 그러나 지금 생각해 보면 확실히 그것은 요즘 사람들 욕을 하는 것보다 부담이 없기 때문이었을 것이다.

❖ 다시 ❖

글을 쓰는데 무엇보다 없어서는 안 될 것은 창작의 정열이다. 또한 그 창작의 정열을 타오르게 하는데 무엇보다 없어서는 안 될 것은 어느 정도의 건강이다. 스웨덴식 체조, 채식주의, 소화제 등을 가벼이 여기는 것은 글을 쓰려는 자의 자세가 아니다.

❖ 다시 ❖

글을 쓰려는 사람은 아무리 도회인이라 하더라도 그 혼의 근저에는 야만인을 한 명 가지고 있어야 한다.

---

49) 오규 소라이(荻生徂徠, 1666.3.21~1728.2.28). 에도 시대 사상가이자 유학자. 훈독은 어디까지나 한문의 번역이므로 훈독을 버리고 중국인과 동일한 방법으로 한문을 읽어야 한다는 주장을 담은 책 『역문전제』 집필. 중국 명대의 고문사파의 영향을 받아 고문사학을 제창하였고, 쇼군을 비롯한 막부에 대해서는 유교에 의한 정치와 그에 따르는 제도의 제정을 주장.

❖ 다시 ❖

글을 쓰려는 자가 자기 자신을 부끄러워하는 것은 죄악이다. 그 자신을 부끄러워하는 마음에서는 어떠한 독창적인 맹아도 보이지 않는다.

❖ 다시 ❖

지네: 발로 조금은 걸어 보렴.
나비: 흥, 조금은 날개로 날아 보렴.

❖ 다시 ❖

고상한 운치는 작가의 뒤통수이다. 작가 자신에게는 보이지 않는 법이다. 만약 억지로 보려 하면 목뼈가 부러지고 말 뿐이다.

❖ 다시 ❖

비평가: 자네는 월급쟁이의 생활 밖에 쓸 수 없나?
작　가: 누군가 무엇이든지 잘 쓰는 사람이 있었나?

❖ 다시 ❖

고래로 모든 천재는 우리 범인(凡人)들의 손이 미치지 않는 벽 위에 있는 못에 모자를 걸어 놓았다. 물론 발판이 없었던 것은 아니다.

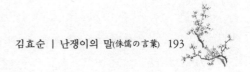

❖ 다시 ❖

그러나 그러한 발판은 헌 도구점 어디에나 뒹굴고 있다.

❖ 다시 ❖

모든 작가는 일면 소목장이의 면모를 갖추고 있다. 하지만 그것은
치욕이 아니다. 모든 소목장이도 일면 작가의 면모를 갖추고 있다.

❖ 다시 ❖

뿐만 아니라 모든 작가는 일면으로는 가게를 열고 있다. 뭐, 나는
작품은 팔지 않는다고? 그야 그건 살 사람이 없을 때는 그렇지. 아니
면 팔지 않아도 괜찮을 때 이야기지.

❖ 다시 ❖

배우나 가수의 행복은 그들의 작품이 남지 않는다는 것이다. ― 라
고 생각한 적도 없지는 않다.

- 난쟁이의 말(유고) -

❖ 변호 ❖

타인을 변호하기보다 자신을 변호하는 것이 더 힘들다. 의심스러운

사람은 변호사를 보라.

❖ 여인 ❖

건전한 이성은 명령을 한다. — '그대 여인을 가까이 하지 말지어라.'
그러나 건전한 본능은 전혀 반대로 명령한다. — '그대, 여인을 피하
지 말지어라.'

❖ 다시 ❖

여인은 우리들 남자에게는 그야말로 인생 그 자체이다. 즉 제악의
근원이다.

❖ 이성 ❖

나는 볼테르를 경멸한다. 만약 이성으로 일관한다면 우리들은 우리
들의 존재에 빈틈없이 가득 저주를 퍼부어야 한다. 그러나 전 세계의
칭찬에 취한 『캔디드([Candide)』50)의 작자의 행복함이라니!

❖ 자연 ❖

우리들이 자연을 사랑하는 까닭은, — 적어도 그 까닭 중의 하나는
자연은 우리 인간들처럼 질투를 하거나 속이지 않기 때문이다.

─────────────

50) 볼테르의 풍자소설.

❖ 처세술 ❖

가장 현명한 처세술은 사회적 인습을 경멸하면서 그 사회적 인습과
모순되지 않는 생활을 하는 것이다.

❖ 여인숭배 ❖

'영원히 여성이라는 존재'를 숭배한 괴테는 확실히 행복한 사람 중
의 한 명이었다. 하지만, 암컷 야후(Yahoo)[51]를 경멸한 스위프트는 발광
하지 않을 수 없었다. 그것은 여성의 저주였을까? 아니면 이성의 저주였
을까?

❖ 이성 ❖

이성이 나에게 가르쳐 준 것은 결국 이성의 무력함이었다.

❖ 운명 ❖

운명은 우연보다 필연이다. '운명은 성격 속에 있다'라는 말은 절대
한가하게 생긴 말은 아니다.

---

51) 스위프트의 소설 『걸리버 여행기』에 등장하는, 인간과 비슷한 모습의 야만적인
종족. 원숭이와도 닮았는데 언제나 네 발로 걷는다. 머리, 가슴, 등, 정강이에 더
부룩한 털이 있고 얼굴 수염은 염소의 그것과 비슷하며 그 이외에는 옅은 노란
색의 피부가 노출되어 있다. 후이늠국에서 야생 생활을 하고 있는데 지배자인
지적인 말들에게 가축처럼 길러지는 것도 있다. 큰 문제는 어리석고 야만적인
행동을 하는 것인데, 이 때문에 지적인 말들에게 경멸당했다고 한다.

❖ 교수 ❖

만약 의사의 용어를 빌리자면 적어도 문예를 강구하기 위해서는 임상적이어야 할 것이다. 게다가 그들은 아직 한 번도 인생의 맥박에 대해 언급한 적이 없다. 특히 그들 중 어떤 사람은 영국이나 프랑스의 문예에는 통달하고 있어도 그들 자신을 낳은 조국의 문예에는 통달하지 못했다고 한다.

❖ 지덕합일(知德合一) ❖

우리들은 우리들 자신조차 모른다. 더욱이 우리들이 알고 있는 것을 실행에 옮기는 것은 매우 힘들다. 『지혜와 운명』을 쓴 메테르링크52)도 지혜와 운명을 몰랐다.

❖ 예술 ❖

가장 힘든 예술은 인생을 자유롭게 보내는 것이다. 물론 '자유롭게'라는 말의 의미는 꼭 뻔뻔하게 라는 뜻은 아니다.

❖ 자유사상가 ❖

자유사상가의 약점은 자유사상가라는 데서 온다. 그는 도저히 광신자처럼 난폭하게 싸울 수 없다.

---

52) 모리스 메테르링크(Maurice Maeterlinck, 1862~1949). 벨기에의 시인이자 극작가. 1911년 노벨문학상을 수상. 작품에 『파랑새』, 『말렌 공주』.

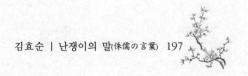

❖ 숙명 ❖

숙명은 후회의 아들인지도 모른다, ― 혹은 후회는 숙명의 아들인지도 모른다.

❖ 그의 행복 ❖

그의 행복은 그 자신이 교양이 없는 데에 있다. 또한 동시에 그의 불행도, ― 아아 얼마나 따분한 일이냐!

❖ 소설가 ❖

가장 좋은 소설가는 '세상 물정에 밝은 시인'이다.

❖ 말 ❖

모든 말은 돈처럼 반드시 양면을 갖추고 있다. 예를 들면, '민감한'이라는 말의 일면은 결국 '겁쟁이'라는 말에 불과하다.

❖ 어떤 물질주의자의 신조 ❖

'나는 신을 믿지 않는다. 그러나 신경을 믿는다.'

❖ 멍청이 ❖

멍청이는 항상 그 이외의 사람들을 모두 멍청하다고 생각한다.

❖ 처세적 재능 ❖

뭐니 뭐니 해도 '증오'하는 것은 처세적 재능의 하나이다.

❖ 참회 ❖

옛 사람들은 신 앞에서 참회를 했다. 지금 사람들은 사회 앞에 참회
한다. 그렇다면 멍청이와 악당을 제외하면 무언가에게 참회를 하지
않으면 아무도 사바고(娑婆苦)에 견디지 못할 지도 모른다.

❖ 다시 ❖

그러나 어느 쪽에 참회를 해도 얼마나 신용할 수 있는가 하는 것은
당연히 다른 문제이다.

❖ 『신생(新生)』을 읽고 ❖

과연 『신생』53)은 있었던 것일까?

---

53) 시마자키 도손(島崎藤村)의 소설. 작자의 실생활 체험을 고백한 소설.

❖ 톨스토이 ❖

뷔르코프[54]가 쓴 『톨스토이전』을 읽으면 톨스토이의 「나의 참회」
나 「나의 종교」가 거짓말이었음이 분명하다. 그러나 그러한 거짓말을
계속해 온 톨스토이의 심정만큼 아픈 것은 없다. 그의 거짓말은 다른
사람들의 진실보다 훨씬 더 홍혈(紅血)이 묻어나고 있다.

❖ 두개의 비극 ❖

스트린트베리의 생애의 비극은 '관람수의(観覧随意)'였던 비극이다.
하지만 톨스토이의 생애의 비극은 불행하게도 '관람수의'가 아니었다.
따라서 후자는 전자보다 더 비극적으로 끝났다.

❖ 스트린트베리 ❖

그는 무엇이든 잘 알고 있었다. 게다가 그는 알고 있는 것을 무엇이
든 거리낌 없이 드러냈다. 무엇이든 거리낌 없이, ― 아니 그 또한 우
리들처럼 다소는 타산을 하고 있었을 것이다.

❖ 다시 ❖

스트린트베리는 『전설』 속에서 죽음이 고통인지 아닌지 실험을 했
다고 이야기하고 있다. 그러나 그러한 실험은 유희로 할 수 있는 것은

---

54) 뷔르코프(Pavel Biruikov, 1860~1934). 해군장교. 후에 민중문학 분야에서 활동. 톨
스토이가 창설한 잡지 『중재자』에서 활동.

아니다. 그 또한 '죽고 싶지만, 죽지 못했던' 사람이다.

❖ 어떤 이상주의자 ❖

그는 그 자신이 현실주의자라는 사실에 조금도 의혹을 품은 일이 없었다. 그러나 그러한 자신은 결국 이상화된 그 자신이었다.

❖ 공포 ❖

우리들에게 무기를 들게 하는 것은 늘 적에 대한 공포심이다. 그것도 종종 실재하지 않는 가공의 적에 대한 공포심이다.

❖ 우리들 ❖

우리들은 모두 우리들 자신을 부끄러워하고 또한 동시에 그들을 두려워하고 있다. 하지만 아무도 솔직하게 그러한 사실을 말하는 사람은 없다.

❖ 연애 ❖

연애는 단지 성욕이 시적인 표현을 받은 것이다. 적어도 시적인 표현을 받지 않은 성욕은 연애라고 부를 가치가 없다.

❖ 어떤 노련가 ❖

그는 정말이지 노련가였다. 추문을 일으키지 않고는 연애도 좀처럼 하지 않았다.

❖ 자살 ❖

만인에게 공통된 유일한 감정은 죽음에 대한 공포이다. 도덕적으로 자살이 좋은 평가를 받지 못하는 것은 꼭 우연은 아닌지도 모른다.

❖ 다시 ❖

자살에 대한 몽테뉴[55]의 변호는 많은 진리를 포함하고 있다. 자살을 하지 않는 사람은 하지 않은 것이 아니다. 자살을 할 수 없는 것이다.

❖ 다시 ❖

죽고 싶으면 언제든 죽을 수 있으니까 말야.
그러면 한 번 시험 삼아 해 보게.

---

55) 미셸 몽테뉴(Michel Eyquem de Montaigne, 1533.2.28~1592.9.13). 프랑스의 사상가, 모럴리스트. 프랑스의 르네상스기(期)를 대표하는 철학자, 문학자. 『수상록』의 저자. 자기의 체험과 독서생활을 근거로, 있는 그대로의 인간, 변천하는 대로의 인간을 그림.

❖ 혁명 ❖

혁명 위에 혁명을 더하라. 그러면 우리들은 오늘보다 더 합리적으로 사바고를 맛볼 수 있을 것이다.

❖ 죽음 ❖

마인렌더56)는 대단히 정확하게 죽음의 매력을 기술하고 있다. 실제로 우리들은 어찌어찌하다가 죽음의 매력을 느끼게 되면 그 순간부터 쉽게 그 권역 밖으로 벗어날 수가 없다. 뿐만 아니라 동심원을 그리듯이 천천히 죽음 앞으로 한발 한발 다가가게 된다.

❖ '이로하' 단가(短歌)57) ❖

우리들의 생활에 없어서는 안 될 사상은 어쩌면 '이로하' 단가가 다인지도 모른다.

❖ 운명 ❖

유전, 환경, 우연, — 우리들의 운명을 관장하는 것은 결국 이 세 가

---

56) 필립 마인렌더(Philipp Mainländer, 1841.10.5~1876.4.1). 독일의 철학자. 쇼펜하우어의 이론을 계승하여 세계는 몰락과 파멸로 향하는 과정에 있다고 하는 염세관을 주장하였으며, 자살은 오히려 찬미해야 할 것이라며 스스로 목숨을 끊었다. 주요저서에 『구제의 철학(Die philosophie der Erlosung)』.

57) 1797년 센다이번(仙台藩)에서 봉기가 일었을 때 유행한 것으로 세상에 대한 불만을 이로하 순서로 적은 것.

지이다. 스스로 기뻐할 사람은 기뻐해도 좋다. 그러나 다른 사람을 운운하는 것은 주제넘은 짓이다.

❖ 비웃는 자 ❖

다른 사람을 비웃는 자는 동시에 또한 다른 사람들에게 비웃음을 당할 것을 두려워한다.

❖ 어떤 일본인의 말 ❖

나에게 스위스를 달라. 그렇지 않으면 언론의 자유를 달라.

❖ 인간적인, 너무나 인간적인 ❖

인간적인, 너무나 인간적인 것은 확실히 대부분 동물적이다.

❖ 어떤 재자(才子) ❖

그는 악당이 될 수는 있어도 멍청이가 될 수는 없다고 믿고 있었다. 하지만 몇 년인가 지나 보니 전혀 악당이 될 수 없었을 뿐만 아니라 늘 그저 멍청이로 시종일관하고 있었다.

❖ 그리스 인 ❖

복수의 신을 주피터 위에 놓은 그리스인들이여. 당신들은 모든 것을 샅샅이 알고 있었다.

❖ 다시 ❖

그러나 그것은 동시에 또한 우리 인간들의 진보가 얼마나 늦었는지를 보여주는 것이다.

❖ 성서 ❖

한 사람의 지혜는 민족의 지혜만 못하다. 다만 조금 더 간결하다면, ……

❖ 어떤 효행자 ❖

그는 그의 어머니에게 효도를 했다. 물론 애무나 입맞춤이 미망인이었던 그의 어머니를 성적으로 위로하는 것임을 알면서.

❖ 어떤 악마주의자 ❖

그는 악마주의 시인이었다. 하지만 물론 실생활 상에서는 안전지대 밖으로 나간 것은 딱 한 번뿐으로 그것으로 넌더리를 냈다.

❖ 어떤 자살자 ❖

그는 어떤 사소한 일로 자살을 하려고 결심했다. 하지만 그 정도의

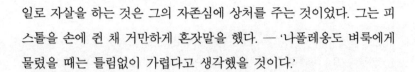

일로 자살을 하는 것은 그의 자존심에 상처를 주는 것이었다. 그는 피
스톨을 손에 쥔 채 거만하게 혼잣말을 했다. ― '나폴레옹도 벼룩에게
물렸을 때는 틀림없이 가렵다고 생각했을 것이다.'

❖ 어떤 좌경주의자 ❖

그는 가장 좌익 중에 더 좌익에 위치해 있었다. 따라서 가장 좌익에
있는 사람들을 경멸했다.

❖ 무의식 ❖

우리들의 성격상의 특색은, ― 적어도 가장 현저한 특색은 우리들
의 의식을 초월하고 있다.

❖ 긍지 ❖

우리들이 가장 자랑하고 싶은 것은 우리들이 가지고 있지 않은 것
들뿐이다. 실례. ― T는 독일어를 잘 했다. 하지만 그의 책상 위에 있
는 것은 영어 책들 뿐이었다.

❖ 우상 ❖

어느 누구도 우상을 파괴하는데 이견은 없다. 동시에 또한 그 자신
을 우상으로 하는데 이견이 있는 사람도 없다.

❖ 다시 ❖

그러나 또 태연하게 완전히 우상이 되는 것은 어느 누구도 할 수
없다. 물론 천운을 예외로 한다 해도.

❖ 천국의 백성 ❖

천국의 백성들은 무엇보다도 먼저 위장이나 생식기가 없을 것이다.

❖ 어떤 행복주의자 ❖

그는 누구보다도 단순했다.

❖ 자기혐오 ❖

가장 현저한 자기혐오의 징후는 모든 것에서 거짓을 발견하는 것이
다. 아니 꼭 그것만이 나는 아니다. 그 거짓말을 발견하는데 전혀 만
족을 하지 못하는 것이다.

❖ 외견 ❖

유사 이래 최대의 겁쟁이만큼 최대의 용자(勇者)로 보이는 것은 없다.

❖ 인간적인 ❖

우리들 인간의 특색은 신은 절대로 저지르지 않는 과실을 저지른다
는 것이다.

❖ 벌 ❖

벌을 받지 않는 만큼 괴로운 벌은 없다. 그러나 절대로 벌을 받을
수 없다고 신들이 보증을 하면 다른 문제이다.

❖ 죄 ❖

도덕적 그리고 법률적 범위 내의 모험적 행위, — 죄는 필경 그런 것
이다. 따라서 어떠한 죄도 전기적(伝奇的) 색채를 띠지 않은 일이 없다.

❖ 나 ❖

나는 양심을 가지고 있지 않다. 내가 가지고 있는 것은 신경뿐이다.

❖ 다시 ❖

나는 때때로 다른 사람을 보고 '죽었으면 좋겠다'고 생각하곤 한다.
게다가 또 그 다른 사람 가운데는 육친조차 섞여 있다.

❖ 다시 ❖

나는 때때로 이렇게 생각했다. — '내가 어떤 여자에게 반했을 때 그 여자도 나에게 반한 것처럼, 내가 그 여자가 싫어졌을 때는 그 여자도 나를 싫어하면 좋을 텐데.'

❖ 다시 ❖

나는 서른을 넘긴 후, 늘 연애를 느끼면 곧 열심히 서정시를 짓고 더 깊이 들어가기 전에 발을 뺐다. 그러나 이는 반드시 내가 도덕적으로 진보해서 그런 것은 아니다. 단지 마음속에서 주산을 튕겨 보았기 때문이다.

❖ 다시 ❖

나는 아무리 사랑을 하는 여자라도 한 시간 이상 이야기를 나누면 지루하다.

❖ 다시 ❖

나는 때때로 거짓말을 했다. 하지만 글로 했을 때는 몰라도 내 입으로 한 거짓말은 모두 졸렬하기 짝이 없는 것이었다.

❖ 다시 ❖

나는 제삼자와 한 여자를 공유하는데 불만이 없다. 그러나 제삼자가 다행인지 불행인지 그러한 사실을 모르고 있을 때는 늘 갑자기 그 여자에게 뭔가 증오를 느낀다.

❖ 다시 ❖

나는 제삼자와 한 여자를 공유하는데 불만이 없다. 그러나 그것은 제삼자가 전혀 모르는 사이이거나 혹은 극히 소원한 사이 중 하나임을 조건으로 하는 것이다.

❖ 다시 ❖

나는 제삼자를 사랑하기 위해 남편의 눈을 속이는 여자에게도 역시 연애감정을 느낀 적이 있다. 그러나 제삼자를 사랑하기 때문에 자식을 돌아보지 않는 여자에게는 온몸으로 증오를 느낀다.

❖ 다시 ❖

나를 감상적으로 만드는 것은 오직 천진난만한 아이들뿐이다.

❖ 다시 ❖

나는 서른이 되기 전에 어떤 여자를 사랑했다. 그 여자는 어느 날

나에게 말했다. ― '당신 부인에게 미안하다.' 나는 딱히 내 아내에게 미안하다는 생각을 하지는 않았다. 하지만 묘하게 그 말은 내 마음을 파고들었다. 나는 솔직히 이렇게 생각했다. ― '어쩌면 이 여자에게도 미안한 것인지도 모르겠다.' 나는 아직 이 여자에게만은 따뜻한 감정을 느끼고 있다.

❖ 다시 ❖

나는 금전에는 냉담했다. 물론 먹고 사는 데 문제가 없었으니까.

❖ 다시 ❖

나는 부모에게 효도를 했다. 부모님은 모두 연세가 있으시니까.

❖ 다시 ❖

나는 두세 명의 친구에게는 설령 진실을 이야기하지는 않는다 해도 거짓말을 한 적은 한 번도 없었다. 그들 역시 거짓말을 하지 않았으니까.

❖ 인생 ❖

혁명에 혁명을 거듭해도 우리들 인간의 생활은 '선택받은 소수'를 제외하면 늘 암담할 것이다. 게다가 '선택받은 소수'란 '바보나 악당'의 다른 이름에 지나지 않는다.

❖ 민중 ❖

셰익스피어도, 괴테도, 이태백도, 지카마쓰 몬자에몬(近松門左衛門)58)
도 사멸할 것이다. 그러나 예술은 민중 속에 반드시 씨앗을 남긴다.
나는 1923년에 '설령 옥은 부수어져도 기와는 부수어지지 않는다'는
이야기를 썼다. 그 확신은 지금도 여전히 조금도 흔들리지 않는다.

❖ 다시 ❖

내리치는 망치의 리듬을 들으라. 그 리듬이 존재하는 한 예술은 영
원히 멸하지 않을 것이다.   (1926년 1일)

❖ 다시 ❖

물론 나는 실패물이다. 하지만 나를 만든 존재는 반드시 또 누군가
를 만들 것이다. 한 그루의 나무가 시드는 것은 지극히 구구한 문제에
불과하다. 무수한 씨앗을 잠들게 하고 있는 커다란 지면이 존재하는
한. (상동)

❖ 어느 날 밤의 감상 ❖

잠은 죽음보다 유쾌하다. 적어도 얼핏 보면 차이가 없다.

                                                (1926년 2일)

---

58) 지카마쓰 몬자에몬(近松門左衛門, 1653~1724.11.22). 에도 시대를 대표하는 조루
리 작가이자 가부키 작가이다. 대표적인 작품으로는 『고쿠센야갓센(国性爺合戦)』,
『소네자키신주(曾根崎心中)』 등.

[난쟁이의 말]보집([侏儒の言葉]補輯)

이 석

❖ 신비주의 ❖

신비주의는 문명 때문에 쇠퇴해서 사라진 것은 아니다. 오히려 문명으로 신비주의는 장족의 발전을 이룰 수가 있었다.

옛날 사람들은 인간의 선조가 아담이라고 믿었다. 이는 그들이 성경의 창세기를 믿고 있었다는 것을 의미한다. 현대인들은 이제는 중학생조차 인간의 선조가 원숭이라고 믿고 있다. 이는 그들이 다윈의 저서를 믿고 있다는 것을 의미한다. 즉, 현대인이나 옛날 사람이나 똑같이 책의 내용을 믿고 있는 것이다. 게다가 옛날 사람은 적어도 창세기를 꼼꼼히 읽어보기라도 했다. 현대인은 소수의 전문가를 제외하고는 다윈의 저서도 읽지 않은 주제에 태연히 그 학설을 믿고 있다. 원숭이를 선조로 두는 것은 여호와의 숨결이 깃든 흙 - 아담을 선조로 하는 것보다 광채로운 신념은 아니다. 그럼에도 지금 사람들은 모두 위와 같은 신념에 안주하고 있는 것이다.

진화론만이 아니다. 지구가 둥글다는 것조차 제대로 알고 있는 이는 소수에 불과하다. 대다수는 언젠가 배운 대로 지구는 둥글다고 한결같이 믿고 있다. 왜 둥그냐고 캐물어 본다면 위의 총리대신부터 아래의 가난한 월급쟁이에 이르기까지 그 이유를 설명할 수 없는 것이다.

그 다음에 또 하나의 예를 든다면 현대인은 아무도 옛날 사람처럼 유령의 존재를 믿지 않는다. 그러나 유령을 목격했다는 이야기는 지금도 가끔 들려온다. 그러면 왜 그런 이야기를 믿지 못하는가? 유령 따위를 보는 사람은 미신에 사로잡혀 있기 때문이다. 그러면 왜 미신에 사로잡혀 있는가? 유령 따위를 보기 때문이다. 이런 현대인의 논법은 물론 소위 말하는 순환논법에 불과하다.

더군다나 우리가 갖고 있는 신념 때문에 문제는 더욱 복잡해진다. 우리는 이성의 목소리에 귀를 기울이지 않는다. 아니, 이성을 초월하는 무언가에만 귀를 기울이는 것이다. 무언가에 - 나는 "무언가" 라고 말하는 것 외에 마땅한 이름조차 찾을 수가 없다. 만약 억지로 이름을 붙이고자 한다면 장미라든가 물고기라든가 양초라든가 하는 상징을 쓸 따름이다. 가령 우리가 쓰는 모자를 예로 들어도 좋다. 깃털이 달린 모자를 쓰지 않고 소프트모자나 중절모를 쓰는 것처럼 우리는 선조가 원숭이였다고 믿고 유령이 실재하지 않는다고 믿고 지구가 둥글다고 믿고 있다. 만약 이것이 거짓말이라고 생각하는 사람은 일본에서 아인슈타인 박사, 혹은 그의 상대성이론이 얼마나 환영받았는지 떠올려 봐도 좋다.[1] 이는 신비주의의 축제였다. 이해할 수 없는 장엄한 의식이었다. 무엇 때문에 그리 열광했는지는 『가이죠(改造)』[2]의 사주인 야마모토 씨[3]도 이해할 수 없었다.

---

1) 1921년 노벨 물리학상을 수상한 아인슈타인은 그 다음 해인 1922년 일본에 초청되어 열렬한 환영을 받았다.
2) 1920년대 당시 대표적인 종합잡지로 진보적 성향을 보이고 있었다. 1922년 12월호에는 아인슈타인 특집 기사가 다수 게재되었다.

　　그렇다면 위대한 신비주의자는 스웨덴보그[4]나 뵈메[5]가 아니다. 사실은 우리 문명의 대중이야말로 진짜 신비주의자다. 동시에 우리의 신념이란 것도 미쓰코시 백화점의 진열창과 별 다를 바가 없다. 우리의 신념을 지배하고 있는 것은 언제나 종잡을 수 없는 유행이다. 아니면 하늘의 뜻과 유사한 좋고 싫어하는 감정이다. 사실 서시[6]와 용양군[7]의 선조도 역시 원숭이였다고 생각하는 것이 다소 만족감을 주지 않는 것도 아니다.

❖ 어떤 자경단원[8]의 말 ❖

　　자, 자경단의 임무를 맡자. 오늘 밤은 별도 나뭇가지 끝에서 시원한 빛을 발하고 있다. 미풍도 슬슬 불어오는 듯하다. 자, 이 등나무 의자에 드러누워 마니라[9] 한 개피에 불을 붙이고 밤새도록 마음 편히 경비를 서자. 만약 목이 마르면 물통의 위스키를 마시면 된다. 다행히 아직 호주머니 안에는 초콜릿도 좀 남아 있다.

　　한번 들어 보라. 높은 나뭇가지 끝 둥지 속 새들이 떠드는 것을. 새

---

3) 야마모토 사네히코 (1885-1952). 1919년 『가이죠』를 창간하고 1922년에 아인슈타인을 초청했다.
4) Emanuel Swedenborg (1688-1772). 스웨덴의 신비주의자. 처음에는 과학자로 출발했으나 영적 체험이후 신비주의적 성향의 신학자로 활약하게 된다.
5) Jakob Böhme (1575-1624). 독일의 대표적 신비주의자중 하나.
6) 춘추전국시대 월나라 미녀. 오나라가 멸망하게 된 원인을 제공할 정도로 미모가 뛰어났다고 일컬어진다.
7) 전국시대 위나라 미남. 위나라 왕과 동성애 관계에 있어 많은 총애를 받았다고 한다.
8) 자경단이란 재해, 도난에 대비해서 지역의 주민이 만든 경비 단체를 말한다. 수많은 사상자를 낸 관동대지진 때는 조선인에 관한 유언비어가 퍼져 이에 자경단이 과잉 대응해 조선인 학살 사건에 가담한 적도 있다.
9) Manila. 담배 상품명. 여송연으로 유명했다.

는 이번 대지진10)에도 불편함을 느끼지 않을 듯하다. 그러나 우리 인간은 대지진으로 의식주의 편리함을 잃어버렸기 때문에 온갖 고통을 다 맛보고 있다. 아니, 의식주 정도가 아니다. 한 잔의 시트론11)을 못마시기만 해도 적지 않은 부자유를 느끼게 된다. 인간이라고 하는 두다리의 짐승은 얼마나 한심한 동물인가. 우리는 문명을 잃어버리게 되면 그것만으로도 풍전등화처럼 불안한 생명을 지키지 않으면 안 된다. 보라. 새들은 이미 조용히 잠들어 있다. 깃털 이불과 베개를 알 리 없는 새들은!

새들은 이미 조용히 잠들어 있다. 그들이 꾸는 꿈은 우리보다 한결 평화로울 것이다. 새는 현재만을 살고 있다. 그러나 우리 인간은 과거와 미래도 살지 않으면 안 된다. 다시 말해 회한과 걱정의 고통을 맛보지 않으면 안 된다. 특히 이번 대지진으로 얼마만큼 쓸쓸한 암흑이 우리의 미래에 드리워졌는지 모른다. 도쿄가 불타버린 우리는 오늘의 굶주림에 괴로워하면서 내일의 굶주림에도 괴로워하고 있다. 새들은 다행히도 이런 고통을 모른다. 아니, 새만 그런 것이 아니다. 과거, 현재, 미래의 고통을 아는 이는 오직 우리 인간뿐이다.

고이즈미 야쿠모12)는 인간보다도 나비가 되고 싶다 말했다고 한다. 나비 - 라고 한다면 저 나방을 보라. 만약 오직 고통이 적은 것을 행복이라 정의한다면, 역시 나방도 우리보다는 행복할 것이다. 그러나 우리 인간은 나방이 모르는 쾌락도 터득하고 있다. 나방은 파산과 실연

---

10) 1923년 9월 1일 정오에 도쿄를 포함한 관동 전역에서 발생한 관동대지진을 지칭한다. 사망자와 행방불명자만 14만명에 이르는 등 수많은 인적 피해와 재산 피해를 냈다.
11) Citron. 청량음료의 상품명. 단맛이 나는 소다수.
12) 본명은 Lafcadio Hearn (1850-1904). 그리스 출생의 영국인. 1890년 일본으로 건너와 귀화, 도쿄대에서 문학 강의를 맡기도 했다(1896-1903). 전통 괴담 등에 관심을 보이며 일본 문화를 해외에 소개했다.

때문에 자살할 염려가 없을지도 모른다. 그러나 그들도 우리처럼 즐 거운 희망을 가질 수 있을까? 나는 아직도 기억하고 있다. 달빛이 희 미하게 비치는 낙양의 폐허에서 이태백의 시 한 소절도 모르는 수많 은 나방 떼가 얼마나 불쌍하게 보였는지를!

그러나 쇼펜하우어는 - 뭐, 철학 이야기는 그만두자. 아무튼 그때 날아온 나방들과 우리가 별 차이 없는 것만은 확실하다. 만약 그것만 이라도 확실하다면 이 모든 인간다운 감정을 더욱 소중히 여기지 않 으면 안 된다. 다만 자연은 냉정히 우리의 고통을 바라보고 있다. 우 리는 서로를 불쌍히 여기지 않으면 안 된다. 하물며 살육을 즐기는 것 따위는 - 하긴 상대를 목 졸라 죽이는 것은 토론에서 상대를 이기는 것보다 간편하기는 하다.

우리는 서로를 불쌍히 여기지 않으면 안 된다. 쇼펜하우어의 염세 관이 우리에게 주는 교훈도 이러한 것들이 아니었을까.

밤도 벌써 12시를 지난 것 같다. 별들도 변함없이 머리 위에서 시원 한 빛을 발하고 있다. 자, 당신은 위스키를 마셔라. 나는 긴 의자에 드 러누운 채 초콜릿이라도 베어 먹도록 하자.

❖ 어린 단풍나무 ❖

어린 단풍나무는 줄기에 손을 대기만 해도 가지 끝에 잔뜩 달린 싹들을 신경처럼 떤다. 식물이라는 것의 으스스함!

❖ 두꺼비 ❖

가장 아름다운 석죽색은 단언컨대 두꺼비의 허 색깔이다.

❖ 까마귀 ❖

    나는 눈이 개인 어느 황혼에 옆 지붕에 머문 새파란 까마귀를 본
적이 있다.

문예잡담(文芸雜談)

김정숙

❖ ❖

　우리가 소설을 연재하는 곳은 월간 잡지나 신문이다. 그것은 옛날
과 별반 다르지 않다. 그러나 서양에 있는 친구가 보낸 노틀담의 그림
엽서를 보면 이런 것도 생각해 볼 수 있다. 이런 것이란 어떤 것인가
하면 원래 그림이란 건축에 지배당하지 않은 것은 없다. 미켈란젤로
의 대벽화를 탄생시킨 것도 로마네스크 건축이 있었기 때문이다. 동
시에 또 반야크[1]가 유화를 탄생시킨 것도 고딕 건축이 있었기 때문이
다. 그렇다면 문예상의 작품도 그 작품을 실은 월간 잡지나 신문의 지
배를 받고 있을지 모른다. 실제로 오늘날의 장편소설은 어딘가 신문
지 냄새를 풍기고 있다. 만약 후대에서 본다면 역시 오늘날의 장편소
설도 그 행과 행 사이에서 월간잡지를 느끼게 될 것이다. 이것은 나
혼자만의 공상일지 모른다. 그러나 우리들 작품 속에서 신문이나 잡

---

　1) van Eyck 네덜란드의 형제 화가. 형은 Hubert(1366~1426) 동생은 Jan(1380~1441)
　　유채기법의 개량, 완성자.

지가 떠오르는 것은, 어딘가 표현파[2]의 영화 같은 공상임에 틀림없을 것이다.

그들이 신문이나 잡지에 실은 소설의 숫자를 세어보면 1년에 천 개는 넘을 것이다. 그러나 소설의 생명이란 생각해보면 아주 짧은 것이다. 모든 문예의 형식 중에서 소설만큼 한 시대의 생활을 담아낼 수 있는 것은 없다. 동시에 또한 다른 면에서 보면 생활양식의 변화와 함께 소설만큼 생명력을 쉽게 잃어가는 것도 없다. 실제로 어제의 생활을 알기위해서는 어제의 소설을 읽지 않으면 안 된다. 그러나 그것은 「알기 위해서」이지 우리의 마음을 흔들어 감동시키는 소설의 생명을 느끼기 위함은 아니다.

나와 동시대의 작가들은 보다 인간다운 타다나오쿄(忠直卿)[3]나 슌칸소즈(俊寬僧都)[4]를 쓰고 있다. 그러나 그들은 조만간에 「보다, 보다 인간다운」 다다나오쿄나 슌칸소즈로 새롭게 고쳐 쓸 것이다. 가장 소박한 마음은 — 예를 들어 남녀 간의 애정은 겐지모노가타리(源氏物語) 속에 있어도 역시 우리를 감동시킬 것이다. 하지만 누구도 진실이 넘치는 몇 줄의 문장을 읽기 위해 몇 백 페이지를 독파하는 끈기를 갖고 있는 사람은 없을 것이다. 이 소박한 마음을 절실히 표현하는 것만이 시대를 초월한다는 것은 즉, 서정시의 생명이 소설보다도 긴 까닭이다. 실제로 또 일본문학이 다양하다고 하나, 만엽집(万葉集) 속의 단가(短歌)만큼 긴 생명력을 지닌 것은 어디에도 없을 것이다.

그러면 소설은 — 아마 희곡도 꽤 저널리즘에 가까운 것이다. 엄밀

2) 표현파 운동으로는 칸딘스키, 마르케, 마케를 중심으로 독일 뮌헨에서 일어난 청기사 그룹이었다. 그들은 순수한 정신의 세계를 표현하는 것을 목표로 하였다.
3) 기쿠치칸(菊池寬)의 소설에 「忠直卿行狀記」(1912년)가 있다.
4) 기쿠치칸의 단편 「俊寬」(1920년)이 있고, 아쿠타가와 류노스케에게도 「俊寬」(1921년)이 있다.

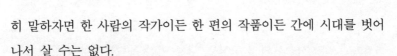

히 말하자면 한 사람의 작가이든 한 편의 작품이든 간에 시대를 벗어
나서 살 수는 없다.

이것은 가장 절실하게 한 시대의 생활을 표현해 내기 위해 소설이
지불해야 하는 조세이다. 전에도 한 번 말했던 것처럼, 모든 문예의
형식 중 소설만큼 단명으로 끝난 것은 없다. 동시에 또 어떤 면에서는
소설만큼 절실하게 사는 것도 없다. 따라서 그런 점에서 본다면 소설
의 생명은 서정시보다도 더욱 서정시적인 색채를 띠고 있다. 즉 소설
이란 꼭 번개의 빛 속에서 우리들의 눈앞을 스쳐 날아가는 불나방에
가까운 것일 것이다.

그리고 또 나는 1926년에는 마사무네 하쿠쵸(正宗白鳥) 씨의 시평(時
評) 이외에는, 비평다운 비평은 없다는 문장을 읽었다. 마사무네 씨의
시평의 날카로움에는 누구도 이의가 없을 것이다.

그러나 마사무네 씨의 시평이외에 전혀 시평이 없는 것처럼 말하는
것은 적어도 내게는 의문이다. 먼저 있는지 없는지를 알기 위해서는
먼저 비평을 읽지 않으면 안 된다. 그러나 내가 판단한 바로는, 누구
도 별로 비평가의 비평이라는 것을 읽고 있지 않다. (비평가 자신은
읽고 있다 하더라도, 혹은 그 펜을 든 작가 자신은 읽고 있다고 치더
라도) 읽지 않고 비평이 없다고 말하는 것은 비평가 자신에게도 안 좋
은 일이다. 뿐만 아니라 사실상 없는 것도 아니다. 예를 들어 젊은 비
평가들은 「시적정신의 결핍」이라는 것에 반대하고 있다. 이 말에는
약간 귀를 기울여 볼 필요가 있다.

만약 자서전으로부터 사소설을 떼어놓는다고 하면, 그것은 단지 시
적정신의 유무, 혹은 많고 적음에 의해 결정될 것이다. 하지만 내가
말하는 시적정신이란 반드시 서양의 시적정신뿐만이 아니라 동양적

시적정신도 역시 그 안에 들어 있는 것이다. 예를 들어 카사이 젠죠(葛西善蔵)[5] 씨의 사소설의 경우에도, 나는 어떤 사람들처럼 사실같이 인생을 묘사했기 때문에 존경한다고는 생각하지 않는다. 동시에 또한 어떤 사람들이 말하는 것처럼 사실처럼 인생을 묘사하지 않았기 때문에 존경하지 않는다고도 생각하지 않는다. 단지 빗속의 풍경을 닮은 어떤 미를 포착하고 있는 점은 쉽게 누구도 흉내 낼 수 없는 특색이라고 생각하고 있다. 그러나 가사이의 사소설에 찬사를 아끼지 않는 사람들까지도 모두 이 아름다움을 느끼고 있는지 어떤지는 의문이다. 이것은 또한 다끼이 코우사쿠(滝井孝作)[6] 씨의 작품에 대해서도 말해지는 것이다. 나는 이 아름다움 — 시적정신이 없는 곳에는 어떠한 문예상의 작품도 성립되지 않는다고 생각하고 있다.

나는 또 프롤레타리아 문예에도 상당한 희망을 갖고 있다. 이것은 반어도 무엇도 아니다. 지난날 프롤레타리아의 문예는 오로지 작가가 사회적 의식이 있는 것을 유일무이의 조건으로 했다. 그러나 겐지모노가타리를 겐지모노가타리 이게끔 한 것은 작가가 귀부인이기 때문도 아니고 소재가 궁중생활이기 때문도 아니다. 이것은 말할 나위도 없는 것이다. 비평가들은 소위 부르조아 작가들에게 사회적 의식을 가지라고 말하고 있다. 나도 그 말에 이론은 없다. 그러나 소위 프롤레타리아 작가에게도 시적정신을 가지라고 말하고 싶은 것이다.

나는 최근에 이러한 희망이 헛되지 않았다는 것을 느끼고 있다. 예를 들면 나카노 시게하루(中野重治)[7] 씨의 시 등은 지난날의 소위 프롤

---

5) 가사이 젠죠(葛西善蔵, 1887~1928)자신의 직접적인 생활 체험과 그러한 생활 속에서 고뇌하며 괴로워하는 자신의 심정을 묘사해 낸 자전적 소설을 쓴 사소설 작가이다.
6) 滝井 孝作(1894~1984) 소설가, 하이징.

레타리아 작가의 작품처럼 빛을 발하고 있다. 어딘가 지금까지 유례
가 없는 토박이의 미를 갖추고 있다. 이런 소설이나 희곡 등은 앞으로
도 계속 생겨날지도 모른다. 어쩌면 내가 보지 못한 곳에서 이미 계속
생겨나고 있을 것이다. (또 말하는 김에 한 마디 덧붙이자면, 나는 최
근 나카노 씨가 구메 마사오(久米正雄)[8]의 「만년 대학생」[9]에 대하여,
만년 애송이[10]여 라고 말하고 있는 시를 읽었다. 그러나 구메는 그 작
품의 주인공이 사회주의자가 된 것을 경멸하고 있는 것은 아니다. 그
것이 만년 애송이로 인식되어져서는 구메도 불편하게 생각할 것이다.
이것은 구메에 대한 배려가 아니다. 구메는 우리들 사이에서 당시의
사회주의자적 감격을 가장 많이 갖고 있었던 대학생이었다. 그런 것
을 생각하면 금석지감을 금할 수 없어서 한마디 덧붙일 마음이 든 것
이다.)

❖ ❖

뭐 이야기를 하는 김이니까 구메 마사오에 대해서 말하자면, 나는
비평상의 인상주의자로서 구메 만큼 다양한 것을 이해하는 비평가는
없지 않을까 생각한다. 구메는 언젠가 체홉에 대해 「체홉은 오늘의 작
가도 아니고 내일의 작가도 아닐지 모른다. 그러나 어떤 시대가 되더
라도 어제의 작가이다」고 말했다. 우리에게 친근한 체홉을 비평한 말

---

7) 일본의 소설가이자 시인, 평론가, 정치가. 프롤레타리아 문학에서 활동했다.
8) 일본의 소설가이자 극작가. 제일고교(현 도쿄대)졸업 후 희곡을 발표하며 작가로
   주목 받았다. 연극 개혁에 힘을 기울이고 평론가와 번역가로 활동하였다.
9) 『학생시대(学生時代)』에 수록된 一篇.
10) 「만년대학생인 작가에게,」「……그것을 자네는 회피하고 싶은 것이다! 그것을 느
    끼는 것이 위험하다는 것만을 자네는 느끼고 있는 것이다! … 자네는 단지 만년
    점원이다! 자네는 그저 두려운 것이다」라고 쓰여있다.

로써 정말이지 맞는 이야기이다. 만약 구메에게 문예비평을 쓰게 한다면 마사무네 하쿠쵸 씨처럼 사상적인 개성은 강하지 않다 치더라도 마치 담배를 사랑하는 사람이 종이궐련과 잎궐련을 피워서 구별하듯 다양한 작품의 특색을 정교하게 구별해 낼 것이다. (단 나의 작품만은 칭찬하는 경우는 물론이고, 뭔가 험담을 하는 경우에 반드시 구메의 비평적 혜안을 인정할 수 없는 것은 물론이다.) 나는 왜 잡지사 편집자들이 구메에게 문예비평을 의뢰하지 않았을까 생각했다. 하지만 구메는 매사를 귀찮아하는 사람이라서 의뢰를 부탁받아도 매 달은 맡을 수 없을지 모른다.

❖　❖

　버나드 쇼[11]는 나이 들어가면서 더욱더 건재한 것 같다. 노벨상금을 받았던 일도, 그 사람을 손에 넣고 있었던 것임에 틀림없다. 그러나 쇼의 「성녀 죤(Saint Joan)」은 쇼의 작품 중에서 걸작인지는 의문이다. 「메투셀라로 돌아가라(Back to Methuselah)」[12]만큼은 아니라 해도, 「하트 브레이크 하우스」보다도 악작이다. 나는 쇼의 최고수준은 역시 「캔디다 Candida」시대가 아닐까 생각한다. 쇼는 스스로 자처하고 있는 것처럼 예술적 작가는 아니다. 오히려 도덕적인 작가이다. 쇼가 한 시대를

---

11) Bernard shaw(1856~1950) 영국의 극작가 겸 소설가이자 비평가. 온건좌파 단체인 '페이비언협회'를 설립했다. 최대걸작인《인간과 초인》을 써서 세계적인 극작가가 되었다. 노벨 문학상을 수상하기도 했다.
12) 5부 8막. 1918~1920년에 집필. 1922년 뉴욕의 길드 극장에서 초연, 1923년 버밍엄에서도 상연되었다. 인간이 진정으로 원숙한 연령에 도달하려면 적어도 수백 년의 수명을 필요로 하며 그렇지 못하면 이상사회(理想社会)의 실현은 불가능하다는 주장 속에, 제1차 세계대전에 대한 작가의 격렬한 분노를 표현했다. 메투셀라는 969세까지 장수한 인물의 이름이다.

석권한 것도 이러했기 때문일 것이다. 그러나 어쩌면 후대에서 보면
역시 이러하기 때문에 의외로 흥미를 못 끌었을 지도 모른다. 쇼는 전
기작가(伝記作家)로 이미 헨다손13)을 손에 넣고 있었던 것 같다. 그러나
헨다손도 존슨14)에게 있어서 보즈웰15)정도의 역량을 갖고 있었는지
어쨌는지. 만약 갖고 있지 않다고 한다면 (이것은 아마 갖고 있지 않
았다고 생각하지만) 쇼 사후의 명성은 물론 그만큼 줄어들었을 것이다.
어쩌면 현재의 쇼의 문제는 「어떤 희곡을 쓸 것인가」보다도 「어떤 전
기 작가를 만날 것인가」일지도 모른다.

❖　❖

이것도 말이 나온 김이지만, 쇼는 아마 「메투셀라로 돌아가라」의 서
문에서 다양하게 그리스도에 대해 얘기하고 그리스도가 예루살렘을
향해 자살적인 행동으로 십자가에 매달린 것은 정신착란이라고 밖에
해석할 수밖에 없다고 한다. 그러나 나는 그렇게 생각하지 않는다. 그
리스도를 십자가로 내몬 자는 그리스도 자신의 종교였던 것이다. 이
런 것은 단순히 새로운 종교를 설파하기 위해 십자가에 매달렸다는
의미는 아니다. 새로운 종교를 설파하는 중에 십자가에 매달리지 않
으면 안 되는 기분이 되고 말았다는 것이다. 나는 옛날 안드레에프16)
의 「이스카리오테의 유다」라는 소설을 읽었다. 요즘 또 인기가 있는

13) 1911년에 쇼의 전기를 출간하고 있다.
14) Samuel Johnson(1709~84) 영국의 작가. 어학자. 후에 문학상 업적으로 박사학위
　가 추증되어 존슨박사라 불렸다. 17세기 이후의 영국시인 52명의 전기와 작품론
　을 정리한 10권의 「영국시인전」은 특히 유명하다.
15) James Boswell(1740~95) 스코틀랜드의 변호사. 존슨의 전기 작가로서 유명. 「The
　Life of Samuel Johnson(1791)」.
16) L. N. Andreev(1871~1919) 러시아의 작가. 1907년작 「이스카리오테의 유다」는 대
　표작 중의 하나.

파피니17)의 「그리스도전」을 읽었다. 그러나 모두 이 점에서는 나의 해석과는 다른 것이다. 나는 나의 해석을 유일무이의 해석이라고는 생각하지 않는다. 그러나 나의 해석처럼 십자가에 매달려야 했던 그리스도의 기분을 상상하면 거기에 우리들의 일상의 기분에도 근접한 것이 있지 않을까 생각하고 있다.

❖ ❖

나는 명치(明治)의 그리스도교 문학이라는 것에는 거의 친근감을 느끼지 않는다. (도쿠도미 로카(德富蘆花) 씨의 작품은 예외다.) 그러나 그리스도교 문학이라는 말에서 생각나는 것은 분로쿠 게이쵸(文禄慶長)의 카톨릭 문학이다. 내가 알고 있는 한, 카톨릭 신자중에서 시적감정을 가진 사람은 우선 기타하라 하쿠슈(北原白秋) 씨나 기노시타 모쿠타로우(木下杢太郎) 씨 인 것 같다. 사이토 모키치(斎藤모吉) 씨의 초판 「적광(赤光)」에는 남만인(에도시대 포르투칼과 스페인을 일컬음) 이라고 하는 연작이 있고, 나는 그들 선배들이 만들어 놓은 밭두둑을 편안히 걸어갔던 까마귀에 지나지 않는다. 그러나 내가 카톨릭 소설을 쓸 무렵은 카톨릭 문학의 활자본도 거의 세상에 나와 있지 않았을 때다. 나는 「선혈유서」18)를 입수하기 위해서 상당히 고서점을 배회했다. 이것은 나의 고심담이 아니다. 단지 「홍모잡화」19)같은 것조차 너무 고가가 된 것에 대해 약간의 푸념을 하고 싶어서다.

(1926년 12월)

---

17) Giovanni Papini (1881~1956) 이탈리아의 카톨릭 작가.
18) 막부 말기에 내일한 카톨릭 선교사가 쓴 책. 1887년 간행. 카톨릭 신자의 박해와 순교를 기술한 책.
19) 모리시마 쥬료9森島中良)編. 6권. 네델란드 · 인도 등의 풍물이나 풍속을 기술한 책.

연극만담(芝居漫談)

김정숙

❖ ❖

　연극이란 무엇일까? — 그것을 내가 말하고 싶은 것은 아니다. 단지
내가 말하고 싶은 것은 내가 보고 싶은 연극에 관한 것이다.
　나는 연극다운 연극으로는 — 소위 희곡적 흥미가 많은 연극에는
이미 신물이 났있다. 나는 가능한 한 줄거리를 생략한 공기처럼 자유
로운 연극을 보고 싶다. 연극이란 것은 성질상 어쩌면 이런 요구를 받
아들이기는 불가능할지도 모른다. 그러나 어느 정도까지는 받아들일
수 있을 지도 모른다.

❖ ❖

　이것은 연극만이 아니다. 나는 소설에도 이러한 요구를 하고 있다.
물론 내가 말하는 바는 줄거리가 없는 소설만 쓰라고 하는 건 아니다.
동시에 또 줄거리가 없는 소설을 최고라고 말하는 것도 아니다. 단지

줄거리다운 줄거리가 없는 소설이나 연극을 만나고 싶은 것이다. 쥘 르나르[1]는 이런 점에서는, 예를 들면 기시다(岸田)[2] 군이 번역한 「포도밭의 포도 재배자」에서 아직 누구도 가보지 못한 전인미답의 땅을 개척했다. 그것은 언뜻 떠오르는 「즉흥적인 착상」만으로는 불가능하다. 치밀한 관찰에 입각한 시적정신의 소유자만이 겨우 성취해 낼 수 있는 일이다. 이 것의 독창적인 면을 프랑스인 자신도 인정하고 있을지 어떨지?

❖   ❖

그러나 그것은 우리에게는 어쩌면 위험한 덫일지도 모른다. 만약 어떤 논자가 말하고 있는 것처럼 세잔느를 유화의 파괴자라고 한다면, 르나르 또한 소설의 파괴자이다. 하지만 르나르가 오른 경지는 아무튼 앞사람이 올랐던 경지는 아니다. 나는 누군가 이러한 경지에 오른 사람은 없을까 생각한다. 아니, 실은 이런 경지에 올랐던 사람도 있을지도 모른다. 단 내가 말하고 싶은 것은 더욱더 올라가도 좋다는 것이다. 특히 일본의 연극에는 한층 이 요구를 하고 싶다. 「훨씬 더 많은 아이디어를」 ─ 나는 일본 문단에 늘 이렇게 말하고 싶다. 줄거리다운 줄거리가 없는 소설이나 연극 등을 원한다고 말하는 것도 어쩌면 이러한 요구의 일부가 흘러나온 것일지도 모른다.

❖   ❖

모든 문예는 넓은 의미의 시적정신을 갖추지 않으면 안 된다. 연극

---

1) Jules Renard(1864~1910). 19세기 후반 프랑스의 소설가. 극작가. 작품은 명작 《홍당무》(1894), 《포도밭의 포도재배자》(1894), 《박물지》등이다.
2) 기시다 구니오(岸田国士,1890~1954). 극작가. 연출가. 소설가, 연출가.

또한 아마 예외는 아닐 것이다. 존 가브리엘 보르크만[3]을 제1회로 상연한 자유극장은 점차 입센에서 메테르링크로 — 메테르 링크에서 안드레프로 옮겨갔다. 나는 이러한 오사나이(小山内)[4] 씨의 마음에도 — 시를 추구하는 오사나이의 마음에 많은 동정을 느끼고 있다. 그러나 외람되게도 비평을 하라고 한다면, 어쩌면 입센에서 메테르 링크로 — 메테르 링크에서 안드레프로 옮겨 가기보다 입센 자신 안에 있는 시적정신에 발을 들여놓는 것이 가장 중요한 문제였을 것이다.

❖ ❖

나는 가부키(歌舞伎)극은 가부키극 그대로 보존하고 싶다. 그러나 무대장치나 소도구를 시작으로 해서 배우의 화장에 이르기까지 어느새 현대의 공기로 물든 것 같다. 이런 끊임없이 변화하는 힘에 대항하는 것은 어쩌면 절망으로 끝날 지도 모른다. 그러나 만일 가능하다면 역시 불이 들어 있는 달[5] 앞에 봉제인형으로 만든 개를 짖게 하고 싶다.

❖ ❖

일본의 문예는 — 특히 연극(신극)은 전통에 깊게 뿌리를 내리고 있지 않다. 그러나 언젠가는 가부키극처럼 완성된 연극도 생겨날 것이

---

3) 보르크만(John Gabriel Borkman) 입센의 1896년작. 4막. 보르크만은 은행가.
4) 오사나이 가오루(小山内 薰) 연출가·극작가·소설가. '자유극장'을 일으켜, 번역극을 상연함으로써 일본의 근대극 확립에 선구적 역할을 하였다. 영화계에서도 활약하였으며 일본 신극의 기초를 확립하기도 했다. 주요 저서로는 희곡 ≪아들≫, 평론집 ≪연출자의 수기≫등이 있다.
5) 가부키에서는 달 속에 등불을 넣어서 만든다.

다. 정말 일본의 신극운동은 외길로 쭉 뻗어 나아가지 못했다. 그러나 가와카미 오토지로(川上音次郎) 씨가 오델로를 연기했을 때를 생각하면, — 또 가와카미 사다야츠코(川上貞奴)6)가 몬나 밴나(Monna Vanna)7)를 연기했을 때를 생각하면, 반드시 진보가 늦은 것을 한탄만 하고 있을 필요는 없다. 나는 이미 14, 5년전 (어쩌면 훨씬 전이었을 지도 모른다) 츄신구라(忠臣蔵)를 현대적으로 각색한 연극을 본 것을 기억하고 있다. 내 기억을 믿는다면 엔야(塩谷)상회의 주인인 엔야 다카사다(塩谷高貞)는 후지사와 아사지로(藤沢浅次郎)가, 지배인인 오이시 요시오(大石良雄)는 다카타 미노루(高田実)가, 러시아인 모로놉프(!)는 고미쿠니 타로우(五味国太郎)8)가 — 아마 이 역을 맡았을 것이다. 더구나 이 연극의 「성(城)을 명도하는 장면」은 시바우라(芝浦)9)의 공장을 폐쇄할 때이고, 문 앞으로 밀려든 여러 사람 대신 직공이 밀어닥친 것도 기억한다. 이런 연극도 있었던 것을 생각하면 금석지감을 금할 길이 없는 것은 아마 나 혼자만은 아닐 것이다. 우리 선조는 중국의 가극을 세계에서 그 유례를 찾을 수 없는 오페라 — 노가쿠(能楽)로 완성시켰다. 한 명의 작가는 죽어 사라져도, 분명 또 누군가 그를 대신해 그 작가가 남기고 간 쟁기자루를 잡을 것임에 틀림없다. 나는 다른 것은 잠시 놓아두고 이런 일본인의 예술적 소질에는 아직 희망을 잃지 않고 있다.

(1926.2.4)

6) 가와카미 사다야츠코(川上貞奴, 1872~1946) 본명은 사다. 일본 최초의 여배우.
7) 「Monna Vanna.」 메테르 링크의 1902년 작품. 3막의 역사극.
8) 고미쿠니타로우(五味国太郎, 1875~1922) 신파배우.
9) 동경도 미나도구의 동경만 연안일대.

곤자쿠모노가타리에 대하여

김정숙

❖ ❖

「곤자쿠모노가타리」 31권은 인도(제1~5), 중국(제6~10), 일본(제11~
31) 3편으로 나눠져 있다. 일본편이 가장 재미있는 것은 어느 누구도
이의가 없을 것이다. 그리고 또 일본편이라 해도 나 같은 사람이 가장
흥미를 느끼는 곳은 「세속」 및 「악행」편이다. ― 즉 「곤자쿠모노가타
리」중에서 가장 신문 사회면에 해당하는 부분이다. 그러나 ―

그러나 나는 불법(仏法)편에도 약간의 흥미를 갖고 있다. 이는 불법
그 자체는 물론이고 천태종이나 진언종의 호마(護摩)[1]의 연기에 흥미
를 느낀다는 것은 아니다.

그저 당시 사람들의 마음에 흥미를 느끼고 있다는 것이다. 도묘 아
자리(道命阿闍梨)[2]는 승려이기는 했으나 이즈미시키부(和泉植部)의 정인
(情人)이기도 했다. 그러나 그가 불경을 암송할 때는 제천선신(諸天善神)

---

1) 밀교의 비법. 장작을 불태워 모든 재앙이나 악업을 소멸시키는 의식.
2) 후지와라 미치즈나(藤原道綱)의 장자. 와카에 능하고 「도묘아자리집(道命阿闍梨集)」가
   있다. 「아자리(阿闍梨)」는 승려의 직명. 천태·진언 2종파의 고승으로 임명되었다.

도 환희에 찬 나머지, 호류지(法輪寺)[3] 앞으로 내려왔다. (일본편 2권, 사천왕사 우두머리 도묘아자리 이야기 제36) 뿐만 아니라 금봉산(金峯山)의 자오(蔵王), 구마노(熊野)의 곤겐(權現), 스미요시(住吉)의 다이묘진(大明神)이 내려온 것은 꼭 불경 그 자체의 공덕을 얻고 싶어서만은 아니다. 「특히 그 소리가 미묘해서 듣는 사람 모두가 고개를 갸우뚱하게 하는 것이」 없었기 때문이다. 당시의 제천선신도 물론 호법(護法)에 열심이었을 것이다. 하지만 그들의 정열 속에는 역시 그들의 음악에 대한 정열도 섞여져 있었을 것이다.

더구나 또 불법편이 나에게 가르쳐준 것은 어떻게 당시 사람들이 인도에서 건너온 초자연적 존재, — 부처와 보살을 시작으로 텐구(天狗) 등의 초자연적 존재를 확실히 느꼈는가 하는 점이다. 우리는 결국 그들이 아니다. 법화사(法華寺)의 11면 관음도, 부상사(扶桑寺)의 고승들도, 또는 금강봉사(金剛峯寺)의 부동명왕(不動明王)도 우리에게는 단지 예술적 — 미적감격을 줄 뿐이다. 그러나 그들은 직접 — 혹은 환영 속에서 이러한 초자연적 존재를 목격하고, 그 초자연적 존재에 공포나 존경을 느끼고 있었다. 예를 들면 금강봉사의 부동명왕은 어딘가 정신병자의 꿈을 닮은 기분 나쁜 장엄을 갖추고 있다. 그 기분 나쁜 장엄은 과연 상상만으로 탄생될 수 있었을까?

「옛날 옛날에 가와치노쿠니 와카에노코오리[4]의 유게(遊宜)라는 마을에 한 명의 비구니가 있었다. …… 부처님의 화상을 그렸다. …… 그 사이에 다소 개인적인 일로 잠시 불전에 참배하지 못하는 동안 그 화상을 도둑맞아버렸다. 여승은 이를 슬퍼하고 탄식하며 동서로 찾아다

---

3) 교토시 右京区에 있다. 진언종.
4) 오사카(大阪)시 야오(八尾)시 남부 근처.

녔으나 찾을 수가 없었다. …… 유명한 스님을 모시고 방생을 하려고 한다. 오사카의 나니와 부근으로 갔다. 강가를 배회하는 동안 시장에서 돌아오는 사람도 많다. 보아하니 메는 바구니를 나무 위에 걸어놨다. 주인은 보이지 않고 여승이 들어보니 이 바구니 안에 온갖 생물의 우는 소리가 들린다. 여기에 축생류가 들어있구나 생각하여 반드시 이것을 사서 방생해야지 라고 생각한다. ……잠시 있자니 바구니의 주인이 돌아왔다. 여승이 주인을 만나 말하기를,『이 상자 안에 다양한 축생류의 울음소리가 들립니다. 저는 이것들을 사서 방생하기 위해 당신을 기다렸습니다』라고. 바구니 주인이 대답하기를『이 안에 살아있는 생물은 없습니다』라고. ……그 때 시장사람들이 이 소리를 듣고 모여들어서 말하기를『빨리 그 바구니를 열어서 진실을 밝히시오』라고. 주인은 바구니를 버리고 사라져버렸다. …… 도망간 것을 알고, 그 후 바구니를 열어보니 그 속에는 지난번에 도둑맞은 부처님의 화상이 있었다.……(일본편 12권. 비구니가 도둑맞은 불상을 스스로 찾아서 모시는 이야기 제17)

이 이야기도 나무에 걸린 바구니 속에 축생의 울음소리가 들렸다는 것으로 아름다운 생명력을 넘쳐나게 하고 있다. 금강봉사(金剛峯寺)의 부동명왕을 그렸던 자도 어쩌면 직업적 화공이 아니었을지도 모른다. 그러나 이 이야기를 지어낸 사람은 (만일 「지어냈다」고 한다면) 소설가도 그 무엇도 아닌 당시 백성의 한 사람일 것이다. 그들은 반드시 불보살(仏菩薩)이 지상을 걷고 있는 것도 봤을 것이다. 그리고 또 소리개를 닮은 덴구가 공중을 날고 있는 것을 봤을 것이다.

나는 앞서 비평할 때 「생생함」이란 말을 사용했다. 아름답거나 아름답지 않은 것과는 관계없이, 이 「생생함」이 「곤자쿠모노가타리」의 예술적 생명이라고 말해도 지장이 없다. 예를 들면 13화는(세 마리 짐승이 보살도를 행하고 토끼가 몸을 태운 이야기)」(인도편, 5권)를 보아도 「곤자쿠모노가타리」의 작가는 토끼를 위해 이런 묘사를 덧붙이고 있다.

『토끼는 분발하는 마음을 일으켜 등불과 향을 들고 귀는 높이 세우고 등은 구부리고 눈은 크게 뜨고 앞다리는 짧게 웅크리고 항문은 크게 벌리고 동서남북으로 구하러 다녔지만 아무것도 구하지 못했다.』

「귀는 높이 세우고」이하의 표현은 같은 이야기를 실은 「대당서역기(大唐西域記)」5)나 「법원주림(法苑珠林)」6)에서는 발견할 수 없다. (이 이야기는 누구나 알고 있듯이 석가모니의 탄생전인 전생담, ─ Jataka7) 중의 이야기이다) 따라서 이러한 생생함은 전적으로 작가의 사생적 수완의 덕분이라고 생각해야 한다.

먼 옛날 인도의 토끼는 이 생생함이 있었기 때문에 아마도 사실적으로 느낄 수 있었을 것이다.

이 생생함이 일본편에서는 훨씬 야만적으로 빛나고 있다. 훨씬 야만적으로? ─ 나는 이제야 겨우 「곤자쿠모노가타리」 본래의 진가를 발견했다. 「곤자쿠모노가타리」의 예술적 생명은 생생함만으로는 끝나고 있지 않다. 그것은 서양인의 말을 빌리자면 야성(brutality)의 미다. 어쩌면 우아함이나 연약함과는 가장 인연이 먼 아름다움이다.

「옛날 옛적에, 교토에서 동쪽을 향해 가던 남자가 있었다. 어느 고을의 어떤 마을을 지나가는 도중에 갑자기 억제할 수 없는 성욕으로

───────────────

5) 삼장법사(三藏法師)의 인도 서역지방 여행기.
6) 당(唐)나라 서명사(西明寺)의 경론의 설화를 집대성한 것. 전100권.
7) 산스크리트어. 최고(最古)의 민화집. 석가가 전생에 경험한 인연을 현세의 사건과 비교해서 이야기한 것.

여자와 하고 싶다는 욕정이 타올랐다. 마음을 주체하지 못해 어찌할 바를 모르고 곤란해 하고 있을 때, 마침 길가 옆 울타리 안에는 10월 초라 채소가 우거져 있었는데 그곳에 큰 순무가 있었다. 남자는 바로 말에서 뛰어내려 그 울타리 안으로 들어가 큰 순무를 하나 뽑아 그것에 구멍을 내어 성교를 하고 사정을 했다. 그리고 무는 그대로 울타리 안으로 내던져버리고 떠났다. 그 후 밭주인이 채소를 수확하기 위해 하녀들과 아직 어린 여자애들을 데리고 그 밭으로 일을 하러 왔다. 열네다섯 정도로 아직 남자와 사겨 본 적이 없는 딸이 울타리 주변에서 놀며 돌아다니던 중에 전에 남자가 던져 놓은 무를 발견해『여기에 구멍이 나있는 순무가 있어요. 이건 뭐예요?』라고 말하고 잠시 가지고 놀다가 이윽고 시들어버린 부분을 갉아내고 먹었다. 그리고 모두 함께 집으로 돌아왔다. 그 후 이 여자아이는 왠지 기분도 우울해 보이고 식사도 하지 못했다 …… 이상하게 여기는 사이에 달이 차서 귀여운 사내아이가 태어났다. ……」(일본편 26권. 동쪽으로 간 사람 순무와 성교하여 아들을 낳는 이야기. 제2)

　이 이야기 자체에 야성적 취향(野趣)이 있는 것은 새삼 덧붙이지 않아도 된다. 그러나 작가의 사생적 필치는「그것에 구멍을 내어 성교를 하고 사정을 했다」라던가「시들어버린 부분을 갉아내고 먹었다」라든지 하는 두 세 마디의 표현에도 잘 나타나 있다. 이러한 표현상의 특색은 물론 이 이야기에만 국한 된 것이 아니다.

　예를 들면 ― 미나모토 요리미츠(源賴光)가 거느린 사천왕(라쇼몽에서 귀신을 퇴치했다고 하는 4명의 가신)이 우차(귀부인들이 타는 소가 끄는 마차)에 올라탄 이야기라든가 그들이 마차에서 멀미를 하는 광경을 여과 없이 묘사하고 있다.

　「곤자쿠모노가타리」의 작가는 사실을 묘사할 때는 조금도 적당히 쓰지 않았다. 이는 우리 인간들의 심리를 묘사할 때도 마찬가지다. 「곤자쿠모노가타리」 속의 인물은 모든 전설속의 인물들과 같이 복잡다단한 심리의 소유자들은 아니다. 그들의 심리는 꾸밈이 없는 원색적 표현으로만 그려내고 있다.

그러나 오늘날의 우리들의 심리에도 어느 정도는 그들의 심리 속에 투영 되었던 색을 지니고 있을 것이다. 번화한 긴자는 물론 주작대로8)는 아니다. 그렇지만 유행의 첨단을 걷던 개화기의 모던 보이나 모던 걸들도 실제 그들의 내면을 들여다보면 별로 다를 게 없이(아이러니하게도) 역시 「곤자쿠모노가타리」 속의 젊은 하급무사들이나 하급 궁녀들의 모습을 연상시킨다.

「옛날 옛날에 젊고 잘생긴 사내가 있었는데… 이 남자 어디에선가 나타나 주작(朱雀)문 근처 니죠(二条)도로를 가다가, 주작문 앞을 지날 때 십 칠팔 세로 보이는 아름답고 단아한 모습의 여인이 보기에도 아름다운 옷을 걸치고 대로 한쪽에 서있기에…(중략)주작문 안쪽에 인적이 드문 곳으로 여인을 불러 앉혀놓고 여인에게 이르기를 『이 또한 그대와의 만남에는 인연이 있었겠지요. … 그대는 내 말을 따라주시오. 이는 진심이오』하니 여인이 이르기를,

『저는 결코 싫다고는 못합니다. 말씀대로 하고는 싶습니다만 만약 그대의 말대로 했다간 제가 목숨을 잃고 말 것이오』하자, 남자는 그 말이 어떤 뜻인지도 모른 채 그냥 한번 거절해 보는 것이라 생각하고 강제로 그녀를 끌어안으려했다. 여인이 울면서

『그대는 이미 한 가정의 처자 식구를 거느린 몸이신데 제게 이러하심은 스쳐가는 바람기에 지나지 않아요. 한순간의 향락으로 제가 그

---

8) 朱雀大路: 옛날 平安京의 주작문에서 라생문에 이르는 남북의 대로

대를 대신하여 목숨을 잃어야하는 일이 서럽기만 하오』말로는 이리
하면서도 여인은 결국 남자가 원하는 대로 따랐다.

　이 이야기 속에 등장하는 여인은 실은 여우가 둔갑하여 나타난 것
이다. 그렇지만 그들의 대화는 긴 밤 동안 이루어졌을 것이다. 여우는
하룻밤을 지샌 후 부채로 얼굴을 가린 채 부덕전(武德殿: 궁중에서 무술
을 연기하는 곳)에 쓰러져있었다. 게다가 그 부채는 정표로 남자가 선물
한 부채였다. 나는 이 이야기를 「곤자쿠모노가타리」 중에서도 가장
서정적인 이야기의 하나라고 가르치고 있다. 가을볕이 따사롭게 내리
쬐는 부덕전(武德殿) 밖에는 어쩌면 들국화도 피어있었으리라.

　이러한 작자의 사생적인 필치는 당시 사람들의 정신적 투쟁 또한
선명하게 그려내고 있다.

　그들도 역시 우리와 같이 사바세계의 고통에 신음하고 있었던 것이
다. 「겐지모노가타리」는 너무나도 고상하게 그들의 고통을 그려내고
있는 반면 「오카가미(大鏡)」는 가장 간결하면서도 예스럽게 그들의 고
통을 묘사하고 있다. 그리고 마지막으로 「곤자쿠모노가타리」는 그 무
엇보다 야만적이고 아주 잔혹하게 그들의 고통을 표현한 작품이다.
우리는 히카루 겐지(光源氏)의 일생을 통해서도 비애감을 느끼지 않을
수 없을 것이다. 또한 가네미치쿄(兼通卿)의 일생에서는 처참함을 느낄
것이다. 하지만 「곤자쿠모노가타리」 속의 이야기 ― 예를 들면 「미카
와노 가미오보에노 사다모토(參河守大江定基)의 출가 이야기」(일본편 권
9)에는 뭔가 훨씬 절박한 답답함으로 다가올 뿐이다.

　「……여인의 아름다웠던 모습도 점차 수척해져만 갔고 이를 보는
수령 사다모토(定基)의 애타는 마음은 이루 말할 수가 없었다. 그럼에
도 불구하고 여인은 끝내 병이 깊어 죽고 만다. 이후 사다모토가 너무
나도 상심하여 오랫동안 장례를 치르지 않고 끌어안고 지냈더니 날이

갈수록 숨을 들이쉴 때에 여인의 입에서 이상한(고약한) 냄새(악취)가 나기시작하자

　꺼림칙한 마음이 들어 어쩔 수 없이 장례를 치렀다. ……어느 날 꿩을 산채로 잡아온 자가 있어 사다모토가 말하길『어떤가, 이 꿩을 산채로 요리해먹자……』

　수령의 비위를 맞추려고 생각 없는 가신들이 이를 듣고 아뢰기를 『매우 훌륭하신 분부이시옵니다……』하고 부추기며 아뢰길……이리하여 꿩을 산채로 가져오게 하여 털을 뽑자 한참을 푸덕이는 것을 꽉 눌러 잡고 인정사정없이 깃털을 뽑아 제쳤다. 꿩은 눈에 눈물을 흘리며 눈을 껌벅이고 주위의 사람들을 둘러본다. 이 광경을 보고 참지 못해 떠나가는 사람들도 있었다.『저것 좀 봐 꿩이 울고 있네』하고 웃으며 잔혹하게 깃털을 쥐어 뜯어내는 자들도 있었다. 털을 다 뽑고 나자 배를 가른다.

　그 칼을 따라 피가 뚝뚝 흘러내리는 것을 칼을 씻어가며 꿩을 잘라내자 꿩은 뭐라 형언할 수 없는 고통스런 비명을 지르며 죽고 말았다.……」

　「곤자쿠모노가타리」는 앞에서도 이야기 했듯이 야성의 아름다움(야성미)이 흘러넘치는 작품이다.

　그 아름다움에 빛나는 세계는 궁정 안에만 있는 이야기가 아니다.

　따라서 이 세계에 출현하는 인물은 위로는 천자(천황)로부터 아래로는 일반 백성이라든지

　도둑이라든지 거지라든지 하는 인물들로 총망라되어있다. 아니, 반드시 그 뿐만이 아니다.

　관세음보살이나 다이텐구(大天狗: 코가 코고 빨간 일본의 도깨비), 변신하는 요괴들까지 등장한다. 만약 서양인들의 말에 의하면 이것이야 말

로 왕조시대의 인간희극(휴먼 코메디)이라 할 수 있겠다.

나는 「곤자쿠모노가타리」를 펼칠 때마다 당시 사람들의 울음소리나 웃음소리가 떠다니는 것을 느꼈다. 뿐만 아니라 그들의 경멸이나 증오(예를 들면 무사에 대한 귀족들의 멸시)가 그러한 소리에 섞여있는 것을 느꼈다.

우리는 때때로 우리들의 꿈을 먼 옛날에서 찾기도 한다. 그렇지만 왕조 시대의 교토조차 「곤지키모노가타리」의 가르침에 의하면, 동경이나 오사카보다 사바세계의 고통이 적었던 나라는 아니다. 과연 귀족들의 마차가 왕래하던 주작대로는 화려했을 것이다.

그러나 거기에도 골목길로 접어들면 길바닥에 떨어진 사체 잔해를 두고 서로 물고 뜯는 들개 떼들의 무리가 있었을 것이다. 게다가 밤이 되면 모든 초자연적 존재는 — 커다란 지장보살이라든지 여자아이로 변한 여우 등은 봄날의 별빛 아래에도 나타나 걷고 다녔을 것이다.

수라, 아귀, 지옥, 짐승들의 세계가 늘 현세(現世) 밖에 있었던 것만은 아니다.

> (술아) 깨지 마라 귀공자들이여
> 저자거리에는 처형되어 거꾸로 매달린 죄수에게
> 까마귀는 크게 우짖는데
> 넘치는 술은 마르지 않네.
> (술아) 깨지 마라 귀공자들이여

(1927년 4월)

문예적인, 너무나 문예적인(文芸的な、余りに文芸的な)

김명주[*]

김명주*

❖ 1. '이야기'다운 이야기가 없는 소설(「話」らしい話のない小説) ❖

나는 '이야기'다운 이야기가 없는 소설을 최상의 것이라고는 생각지 않는다. 따라서 '이야기'다운 이야기가 없는 소설만 쓰라고도 하지 않는다. 우선 내 소설도 대부분 '이야기'를 가지고 있다. 데생이 없는 그림은 존재하지 않는다. 그와 꼭 같이 소설은 '이야기'를 기초로 성립하는 것이다(내가 말하는 '이야기'의 의미는 그저 '스토리'라는 의미는 아니다.). 만약 엄밀하게 말해야 한다면, 전혀 '이야기'가 없는 곳에는 그어떤 소설도 성립하지 않을 것이다. 따라서 나는 '이야기'가 없는 소설에도 물론 경의를 표하는 사람이다. 「다프니스와 클로에」¹⁾라는 이야기 이래, 모든 소설 혹은 서사시가 '이야기'를 근거로 성립하고 있는 이상, 어느 누가 '이야기'가 있는 소설에 경의를 표하지 않을 수가 있겠는가. 「보봐리 부인」²⁾도 '이야기'를 가지고 있다. 「전쟁과 평화」³⁾도

---

* 고베여자대학대학원 · 문학박사 · 경상대학교 일어교육과 교수.
1) 고대 그리스 작가 롱고스의 연애소설, 3세기경으로 추정.
2) 프랑스 작가 플로베르의 소설.

'이야기'를 가지고 있다. 「적과 흑」4)도 '이야기'를 가지고 있다.

그러나 어떤 소설의 가치를 결정하는 것은 결코 '이야기'의 장단은 아니다. 더욱이 이야기의 기발함의 유무는 평가 기준 밖에 있을 것이다(다니자키 준이치로5)는 사람들도 알고 있는 것처럼, 기발한 '이야기' 위에 성립한 다수의 소설의 작자이다. 그 또 기발한 '이야기' 위에 성립한 씨의 소설 몇 편인가는 아마도 백 대가 지나서도 남을 것이다. 그러나 그것은 반드시 '이야기'의 기발함의 유무에 생명을 걸고 있는 것은 아니다.). 더욱이 나아가 생각하면 '이야기'다운 이야기의 유무조차도 이런 문제에는 몰교섭적이다. 나는 앞에서도 말한 것처럼 '이야기'가 없는 소설을, ― 혹은 '이야기'다운 이야기가 없는 소설을 최상의 것으로는 생각지 않는다. 그러나 그런 소설도 존재할 수는 있다고 생각하는 것이다.

'이야기'다운 이야기가 없는 소설은 물론 그저 신변잡기만 그리고 있는 소설은 아니다. 그것은 모든 소설 중, 가장 시에 가까운 소설이다. 하물며 산문시 등으로 불리는 것보다도 훨씬 소설에 가까운 것이다. 나는 세 번 반복하지만 이 '이야기'가 없는 소설을 최상의 것으로는 생각지 않는다. 그러나 혹시 '순수한'이라는 점에서 보면, ― 통속적 흥미가 없다는 점에서 보면 가장 순수한 소설이다. 한 번 더 그림의 예를 들면, 데생이 없는 그림은 성립하지 않는다(칸딘스키6)의 「즉흥」 같은 제목이 붙은 몇 장의 그림은 예외다.). 그러나 데생보다도 색채에 생명을 불어넣은 그림은 성립한다. 다행히도 일본에 건너온 세

---

3) 러시아 작가 톨스토이의 장편소설.
4) 프랑스 작가 스탕달의 소설.
5) 谷崎潤一郎(1886~1965), 일본 탐미파의 거장으로서 아쿠타가와와 소위 '줄거리 논쟁'을 1927년 2월, 즉 아쿠타가와 자살 직전에 벌임.
6) 러시아 표현주의 화가로서, 프랑스 초현실주의에 영향을 끼침.

잔의 그림 몇 장은 분명히 이 사실을 증명할 것이다. 나는 이 같은 그림에 가까운 소설에 흥미를 가지고 있는 것이다.

그러면 이러한 소설은 존재하는 걸까? 독일 초기 자연주의 작가들은 이러한 소설에 손을 대고 있다. 그러나 더욱이 근대에는 이러한 소설 작가로서는 그 누구도 쥘 르나르[7]에 미치지 못한다(내가 보고들은 바에 한에서는). 예를 들면 르나르의 「필립 일가의 가풍」은 (기시다 구니오(岸田国士)[8] 씨의 일본어역 「포도밭의 포도재배자」[9] 속에 있다.) 얼핏 미완성으로 의심될 정도이다. 그런데 실은 '예리한 눈'과 '예민한 감수성'만으로 완성할 수 있는 소설이다. 한 번 더 세잔의 예를 들면 세잔은 우리 후대인들에게 많은 미완성 그림을 남겼다. 꼭 미켈란젤로가 미완성 조각을 남긴 것처럼. — 그러나 미완성으로 불리고 있는 세잔의 그림조차 미완성일지 어떨지 다소 의심하지 않을 수 없다. 실제로 로댕은 미켈란젤로의 미완성 조각에 완성의 이름을 부여하고 있다! ……그러나 르나르의 소설은, 미켈란젤로의 조각은 물론 세잔의 그림 몇 장처럼 미완성의 의심이 가는 것은 아니다. 나는 불행히도 견문이 좁아서 프랑스인이 르나르를 어떻게 평가하고 있는지를 알지 못한 채로 있다. 하지만 우리 르나르의 작업이 독창적인 것이었다는 점을 충분히 인정하고 있지 않은 것 같다.

나는 이러한 소설은 '통속적 흥미는 없다'고 했다. 내 통속적 흥미라는 의미는 사건 그 자체에 대한 흥미이다. 나는 오늘 길거리에서 인력거꾼과 운전수가 싸우는 것을 바라보고 있었다. 뿐만 아니라 어떤 흥미를 느꼈다. 이 흥미는 무엇일까? 나는 아무리 생각해 봐도 연극 속

7) Jules Renard(1964~1910), 프랑스, 소설가, 극작가, 「홍당무」로 이름을 얻기 시작함. 독자의 해학과 시정이 풍부함.
8) 1890~1954, 작가, 연출가, 프랑스 근대극연구가.
9) 프랑스문학 총서 44권(1924년 역).

의 싸움을 볼 때의 흥미와 다르게는 보이지 않았다. 만약 다르다고 한다면 연극의 싸움은 내게 위험을 초래하지 않는데도 불구하고, 길거리 싸움은 언제 어느 때 위험을 초래할지도 모른다는 점이다. 나는 이러한 흥미를 주는 문예를 부정하는 것은 아니다. 그러나 이러한 흥미보다도 차원 높은 흥미가 있다는 것은 믿고 있다. 만약 이 흥미란 뭘까라고 한다면, ― 나는 특히 다니자키 준이치로 씨에게는 이리 답변하고 싶다고 생각하고 있다. ― 「기린(麒麟)」의 모두 부분의 몇 페이지10)는 바로 이 흥미를 주는 적절한 일례가 될 것이다.

  '이야기'다운 이야기가 없는 소설은 통속적 흥미가 적은 것이다. 그러나 가장 좋은 의미에서는 결코 통속적 흥미가 적지는 않다(그것은 그저 '통속적'라는 말을 어찌 해석할 것인가 하는 문제이다.). 르나르가 쓴 필립이 ― 시인의 눈과 마음을 통해 나온 필립11)이 우리에게 흥미를 주는 것은 대부분 그 우리와 비슷한 일개 범인이기 때문이다. 그것까지도 또 통속적 흥미로 부르는 것은 반드시 부당하지는 않을 것이다(하지만 나는 내 논의의 논점을 '일개 범인이다'라는 것에는 두고 싶지는 않다. '시인의 눈과 마음을 통해 나온 일개 범인이다'라는 것에 두고 싶은 것이다.). 실제로 나는 이런 흥미 때문에 늘 문예를 즐기는 많은 사람들을 알고 있다. 우리는 물론 동물원의 기린한테 탄성을 아끼지는 않는다. 그러나 우리들 집에 있는 고양이한테도 역시 애착을 느끼는 것이다.

  그러나 어떤 논자가 이르는 것처럼 세잔을 그림의 파괴자라 한다면 르나르도 또한 소설의 파괴자이다. 이 의미에서는 르나르는 잠시 제

---

10) 1910년 발표된 작품으로 모두에 제자들을 데리고 방랑하는 공자가 위나라에 들어가는 장면이 그려짐.
11) 르나르의 「필립 일가의 가풍」에 나오는 평범한 농부.

쳐두고 미사용 향로 향을 머금은 지드12)라 할지라도, 시골 냄새나는 필립이라 할지라도, 다소는 이 인적 드문, 함정으로 가득 찬 길을 걷고 있을 것이다. 나는 이러한 작가들의 작업에 — 아나톨 프랑스13)나 발레스14) 이후의 작가들의 작업에 흥미를 가지고 있다. 내 이른바 '이야기'다운 이야기가 없는 소설은 어떤 소설을 말하는지, 왜 또 나는 이런 소설에 흥미를 가지고 있는지, — 그것들은 대충 위에서 쓴 수십 행의 문장에서 다 썼을 것이다.

❖ 2. 다니자키 준이치로 씨에게 답한다(谷崎潤一郎氏に答ふ). ❖

다음으로 나는 다니자키 준이치로 씨의 논의15)에 답변할 책임이 있다. 그렇다 해도 이 답의 절반 정도는 (1) 속에 없는 것은 아니다. 하지만 "무릇 문학에 있어서 구조적 미관을 가장 다량으로 가질 수 있는 것은 소설이다"라는 다니자키 씨의 말에는 불복한다. 어떠한 문예도, — 겨우 17자 홋쿠(発句)16)조차 '구조적 미관(構造的美観)'을 가지지 않은 것은 아니다. 그러나 이런 논법을 펼치는 것은 다니자키 씨의 말을 곡해하는 것이다. 허긴 '무릇 문학에 있어서 구조적 미관을 다량으로 가질 수 있는 것'은 소설보다도 오히려 희곡일 것이다. 물론 가장 희곡다운 소설은 소설다운 희곡보다도 '구조적 미관'이 결여되어 있을지도 모르겠다. 그러나 희곡은 소설보다도 대부분 '구조적 미관'이 풍부하

---

12) André Gide(1869~1951), 프랑스 작가, 인도주의자.
13) Anatole France(1844~1924), 프랑스 작가, 비평가, 고전주의자.
14) Maurice Barrès(1862~1923), 프랑스 작가, 민족주의자.
15) 아쿠타가와는 1927년 2월 신초(新潮) 좌담회에서 다니자키를 비평한 것에 대해 3월 가이조(改造)에 반론을 위해 「요설록(饒舌錄)」을 게재함.
16) 렌가(連歌)나 하이카이(俳諧)의 첫 구로 5, 7, 5, 17자로 이루어짐.

다. — 그것도 또 실은 논의상의 지엽에 지나지 않는다. 아무튼 소설
이라는 문예상의 형식은 '가장'일지 어떨지는 잠시 차치하고 '구성적
미관'이 풍부할 것이다. 더욱이 또 다니자키 씨가 말하는 것처럼 '줄거
리의 재미를 도외시하는 것은, 소설이란 형식이 가진 특권을 버리고
만다'라는 것도 생각할 수 있는 것이 분명하다. 그러나 이 문제에 대
한 답은 (1) 속에 썼다고 생각한다. 다만 "일본 소설에서 가장 결여되
어 있는 점은 이 구성하는 힘, 다양하게 얽힌 줄거리를 기하학적으로
구축하는 재능"일지 어떨지, 그 점은 나는 무턱대고 다니자키 씨 논의
에 찬성할 수는 없다. 우리들 일본인은 「겐지모노가타리(源氏物語)」17)
시대부터 이런 재능을 지니고 있다. 단순히 현대의 여러 작가들을 봐
도, 이즈미 교카(泉鏡花)18) 씨, 마사무네 하쿠초(正宗白鳥)19) 씨, 사토미
돈(里見弴) 씨, 구메 마사오(久米正雄)20) 씨, 사토 하루오(佐藤春夫)21) 씨, 우
노 고지(宇野浩二)22) 씨, 기쿠치 간(菊池寛)23) 씨를 들 수 있을 것이다. 더
욱이 그러한 작가들 중에서도 여전히 이색적인 것은 '우리들의 형' 다
니자키 준이치로 씨 자신이다. 나는 결코 다니자키 씨처럼 우리 동해
의 고도의 백성들에게 '구성하는 힘'이 없다는 것을 슬퍼하지 않는다.
    이 '구성하는 힘'의 문제는 아직 수십 행이고 더 논할 수 있을 것이
다. 그러나 그것을 위해서는 다니자키 씨의 논의가 좀 더 구체적일 것
을 전제로 한다. 다만 이 기회에 한마디 하자면, 나는 이 '구성하는 힘'
에서는 우리들 일본인은 중국인보다도 열등하다고 생각지 않는다. 그

---

17) 11세기 초에 성립된 최초의 장편소설, 무라사키시키부 작.
18) 1873~1939, 소설가, 아쿠타가와는 가장 예술적인 작가로 평함.
19) 1879~1962, 소설가, 극작가, 평론가, 자연주의자.
20) 1891~1952, 작가, 아쿠타가와와의 교우이자 동인.
21) 1892~1964, 시인, 소설가, 탐미주의자.
22) 1891~1961, 소설가.
23) 1888~1948, 작가, 아쿠타가와와의 교우이자 동인.

러나 「수호전(水滸伝)」,[24) 「서유기(西遊記)」,[25] 「금병매(金瓶梅)」,[26) 「홍루몽(紅楼夢)」,[27) 「품화보감(品花宝鑑)」[28) 등의 장편을 면면히 완성할 육체적 역량에서는 뒤져있다고 생각하고 있다. 더욱이 다니자키 씨에게 답변하고 싶은 것은 '아쿠타가와 군이 줄거리의 재미를 공격하는 것 중에는, 구성 쪽 방면보다도, 어쩌면 오히려 소재에 있을지도 모르겠다.'라는 말이다. 나는 다니자키 씨가 사용하는 소재에는 추호도 이의가 없다. 「크릿픈사건(クリッブン事件)」[29]도 「작은 왕국(小さい王国)」[30)도 「인어의 탄식(人魚の歎き)」[31)도 소재면에서는 결코 부족함을 느끼지 않는 것이다. 그리고 또 다니자키 씨의 창작태도에도, ― 나는 사토 하루오 씨를 제외하면, 아마도 다니자키 씨의 창작태도를 가장 잘 알고 있는 사람 중 하나일 것이다. 내가 내 자신을 비판함과 동시에 다니자키 준이치로 씨도 비판하고 싶은 것은 (내 비판에 가시가 없는 것은 물론 다니자키 씨도 알고 있을 것이다.) 그 소재를 살리기 위한 시적 정신의 여하이다. 아니면 또 시적 정신의 깊이의 정도이다. 다니자키 씨 문장은 스탕달의 문장보다도 명문일 것이다(잠시, 19세기 중엽 작가들은 발자크라 해도 스탕달이라 해도 상드[32)라 해도 문장가가 아니었다는 아나톨 프랑스의 말을 믿는다면). 특별히 회화적 효과를 부여하는 것은 그 점에서는 무력하기 그지없던 스탕달 등에 필적하지 못

---

24) 중국 4대 기서 중 하나로 나관중이 지은 장편소설임.
25) 중국 4대 기서 중 하나로 1570년 경 오승은이 지은 구어 소설임.
26) 중국 4대 기서 중 하나로 1600년 경 성립한 장편소설.
27) 중국 4대 기서 중 하나로 청대 조점이 쓴 중국 최고의 장편소설.
28) 중국 청대의 화류소설의 대표작. 1852년간. 남자 기생의 변태적 연애를 그리고 있음.
29) 1927년 1월 발표. 정확하게는 「일본에 있어서의 크릿픈사건(日本に於けるクリッブン事件)」.
30) 1918년 8월 발표
31) 1917년 1월 발표
32) George Sand(1804~1876), 프랑스 소설가, 자유연애로 유명함.

한다(이것도 또 연대책임자로는 브란데스[33]를 데리고 오면 된다.). 그러나 스탕달의 일체의 작업 속에 넘쳐나는 시적 정신은 스탕달로 하여금 비로소 얻어지는 것이다. 플로베르 이전의 유일한 라르티스트[34]였던 메리메조차 스탕달한테 한 걸음 뒤처진 것은 이 문제가 모두 말해주고 있다. 내가 다니자키 준이치로 씨에게 바라는 점은 결국은 단지 이 문제뿐이다. 「문신(刺青)」[35]의 다니자키 씨는 시인이었다. 그러나 「사랑하니까 말로(愛すればこそ)」[36]의 다니자키 씨는 불행하게도 시인에서는 먼 사람이다.

"위대한 벗이여, 그대는 그대의 길로 돌아가시게나(大いなる友よ、汝は汝の道にかへれ)."[37]

❖ 3. 나(僕) ❖

끝으로 내가 재차 말하고 싶은 것은 나도 또 이제부터 한 눈 팔지 않고 '이야기'다운 이야기가 없는 소설만 쓰려는 것이 아니라는 점이다. 우리는 누구나 다 할 수 있는 일밖에 하지 않는다. 내가 갖고 있는 재능은 이런 소설을 쓰는 것에 적합할지 어떨지는 의문이다. 뿐만 아니라 이런 소설을 쓰는 것은 결코 예사 일이 아니다. 내가 소설을 쓰는 것은 소설은 모든 문예 형식 중, 가장 수용력이 뛰어나서 뭐든 집어넣을 수 있기 때문이다. 만약 장형시를 완성한 서양인 나라에 태어났다고 한다면, 나는 혹은 소설가보다 시인이 되어있을지도 모르겠다.

---

33) Georg Morris Cohen Brandes(1842~1927), 덴마크의 비평가.
34) L'Artiste, 예술가.
35) 1910년 11월 발표된 다니자티의 대표작, 출세작.
36) 1921년 12월 발표된 희곡.
37) 투르게네프가 만년 톨스토이에게 한 말.

나는 많은 서양인들에게 몇 번이고 애틋한 눈길을 보내고 있었다. 그
러나 이제 와서 생각해보니 가장 내심 사랑하고 있던 것은 시인 겸 저
널리스트인 유대인 ─ 우리 하인리히 하이네[38]였다.   (1927.2.15)

❖ 4. 대작가(大作家) ❖

나는 앞에서도 쓴 것처럼 대단히 잡박한 작가이다. 그러나 잡박한
작가인 점은 반드시 내 고민거리는 아니다. 아니 어느 누구의 고민거
리도 아니다. 예로부터 대작가로 칭하는 자는 모두 잡박한 작가이다.
그들은 자신의 작품 속에 모든 것을 던져 넣었다. 괴테[39]를 고금의 대
시인으로 부르는 것도 예를 들면 모두는 아닐지라도 대부분은 이 잡박
한 데에, ─ 이 노아의 방주에 합승하는 것보다도 잡박한 데 있는 것이
다. 그러나 엄밀히 생각하면, 잡박한 것은 순수한 것에 지나지 않는다.
나는 이 점에서는 대작가라는 자들에게 늘 의혹의 눈길을 던지고
있다. 그들은 과연 한 시대를 대표하기에 충분한 자들일 것이다. 그러
나 그들의 작품이 후대를 감동시키기에 충분하다고 한다면, 그것은
단지 그들이 얼마나 순수한 작가였던가라는 그 한 점에 귀결시키고
말 것이다. "대시인이란 건 별 게 아니다. 우리들은 오직 순수한 시인
을 목표로 하지 않으면 안 된다."[40]라는 「좁은 문」(지드)의 주인공의
말도 결코 등한시할 수는 없다. 나는 '이야기'다운 이야기가 없는 소설
을 논했을 때, 우연히 이 '순수한'이라는 말을 사용했다. 지금 이 말을
계기로 가장 순수한 작가의 한 사람, ─ 시가 나오야 씨에 대해 논할

---

38) Heinrich Heine(1799~1856), 독일 후기 낭만주의 시인.
39) Johann Wolfgang von Goethe(1747~1832), 독일 작가, 철학자, 과학자.
40) 주인공 아리사가 제롬에게 보낸 편지 속의 일절.

작정이다. 따라서 이 논의의 후반은 자연히 시가 나오야 론으로 바뀔
것이다. 그렇긴 해도 때와 상황에 따라 언제 옆길로 새고 말지 그것은
나 자신도 장담할 수는 없다.

❖ 5. 시가 나오야 씨(志賀直哉氏)[41] ❖

시가 나오야 씨는 우리들 중에서도 가장 순수한 작가 — 가 아니라
면 가장 순수한 작가들 중 한 사람이다. 시가 나오야 씨를 논하는 것
은 물론 내 자신한테서 시작된 일은 아니다. 나는 공교롭게 다망한 탓
에, — 라기보다는 오히려 성가신 탓에 그런 논의를 읽지 않고 있다.
따라서 어느새 선행 논의를 반복하게 될지도 모르겠다. 그러나 또 어
쩌면 선행 논의를 반복하게 되지 않을지도 모르겠다. ……

(1) 시가 나오야 씨 작품은 무엇보다 먼저 이 인생을 훌륭히 살아간
작가의 작품이다. 훌륭히? — 이 인생을 훌륭히 살아간다는 것은 무엇
보다 신처럼 산다는 말일 것이다. 시가 나오야 씨도 또한 지상에 있는
신처럼 살고 있지 않을지도 모른다. 그러나 적어도 청결히(이것은 제2
의 미덕이다.), 살고 있는 것은 분명하다. 물론 내 '청결히'라는 의미는
비누만 사용하고 있다는 말은 아니다. '도덕적으로 청결히'라는 뜻이
다. 이것은 혹은 시가 나오야 씨 작품을 편협한 것으로 만든 것처럼
보일지도 모른다. 그러나 실은 편협하기는커녕 오히려 확장시키고 있
는 것이다. 왜 또 확장시키고 있는가하면 우리들의 정신적 생활은 도
덕적 속성을 가하는 것에 의해, 속성을 부가하지 않은 이전보다도 확
장되지 않을 수 없기 때문이다(물론 도덕적 속성을 부가한다는 의미

---

41) 1883~1871, 일본의 소설가로 인주주의 경향의 시라카바파(白樺派)에 속함. 일본
    의 소설의 신으로 불림.

도 교훈적이라는 말은 아니다. 물질적 고통을 뺀 고통은 대부분은 이 속성이 낳은 것이다. 다니자키 준이치로 씨의 악마주의[42]가 역시 이 속성에서 나오고 있다는 것은 언급할 필요조차 없을 것이다. '악마는 신의 이중인격자이다' 더욱이 예를 찾아본다면, 나는 마사무네 하쿠초(正宗白鳥) 씨 작품에서조차 때때로 논의되는 염세주의보다도 오히려 기독교적인 영혼의 절망을 느끼고 있는 사람이다.).

이 속성은 시가 씨 속에 물론 깊이 뿌리를 내리고 있었을 것이다. 그러나 또 이 속성을 자극하는 데에는 근대 일본이 낳은 도덕적 천재, — 아마도 그 이름에 걸맞은 유일한 도덕적 천재인 무샤노코지 사네아쓰(武者小路実篤)[43] 씨의 영향도 결코 적지는 않았을 것이다. 혹시 몰라 한 번 더 반복한다면, 시가 나오야 씨는 이 인생을 청결히 살고 있는 작가이다. 그것은 씨의 작품 속에 있는 도덕적 어투에서도 찾아볼 수 있을 것이다(「사사키의 경우(佐々木の場合)」[44]의 끝부분은 그 명백한 일례이다.). 동시에 또 씨의 작품 속에 있는 정신적 고통에서도 보이지 않는 것은 아니다. 장편 「암야행로(暗夜行路)」[45]를 시종일관하는 것은 실은 이 민감한 도덕적 영혼의 고통이다.

(2) 시가 나오야 씨는 묘사상으로는 공상을 허용하지 않는 리얼리스트이다. 그 또 리얼리즘이 세밀한 것은 조금도 선인에게 뒤지지 않는다. 만약 이 점을 논한다고 한다면, 나는 아무런 과장도 없이 톨스토이보다도 세밀하다고 할 수 있을 것이다. 이것은 또 씨의 작품을 때때

---

42) diabolism, 인간의 암흑면을 추구하여 그 표현에서 예술적 아름다움을 찾으려는 문학상의 경향. 세기말의 데카당은 그 대표적 실례로, 포나 보들레르, 와일드가 해당함.
43) 1885~1976, 작가, 시라카바파(白樺派)의 리더격임.
44) 1917년 6월 발표.
45) 전편은 1921년, 후편은 1921년 연재되지만 도중에 휴재하면서 1937년 완성된 시가 나오야의 대표작, 특히 아쿠타가와는 자살 직전 이 작품을 읽고 극찬함.

로 평이한 결말로 만들고 만다. 그러나 이 한 점에 주목하는 자는 이런 작품에도 만족할 것이다. 세인의 주목을 끌지 못한 「20대 일면(廿代一面)」46)은 이러한 작품의 일례이다. 그러나 그 효과를 본 것은 (예를 들면 소품 「구게누마행(鵠沼行)」47)일지라도) 사생의 묘가 극치에 달하지 않은 것은 없다. 이 기회에 「구게누마행」에 대해 써본다면 그 작품의 디테일은 거의 사실에 의거하고 있다. 그러나 "볼록하게 나온 작은 배에는 군데군데 모래가 붙어 있었다(丸くふくれた小さな腹には所々に砂がこびりついて居た)."라는 한 줄 만은 사실이 아니다. 그것을 읽은 작중 인물 중 한 사람은 '아아, 정말로 그 때엔 ××짱 배에 모래가 붙어있었지.'라고 했다!

(3) 그러나 묘사상의 리얼리즘은 반드시 시가 나오야 씨에만 한한 것이 아니다. 씨는 이 리얼리즘에 동양적 전통을 기반으로 하는 시적 정신을 쏟아 붓고 있다. 씨의 에피고넨48)에도 미치지 못하는 것은 이 점에 있다고 해도 상관이 없을 것이다. 이것이야 말로 또 우리에게 ― 적어도 내게는 가장 접근하기 어려운 특색이다. 나는 시가 나오야 씨 자신도 이 점을 의식하고 있는지 어떤지는 꼭 확실하게 장담할 수 없다(모든 예술적 활동을 의식의 내부에 둔 것은 10년 전의 나이다.). 그러나 이 한 점은 가령 작가 스스로는 의식하지 않는다 해도, 분명히 씨의 작품에 독특한 색채를 부여하는 것이다. 「모닥불」,49) 「흑두루미(真鶴)」50) 등의 작품은 거의 이러한 특색 위에 모든 생명을 건 것이다. 그런 작품은 시가(詩歌)에도 지지 않고 (물론 이 시가라는 말은 홋쿠까

---

46) 1923년 1월 발표.
47) 1912년 1월 작품.
48) Epigonen, 아류, 모방자.
49) 1920년 3월 작품.
50) 1920년 9월 발표.

지도 예외로 한 것은 아니다.) 대단히 시적으로 완성되어 있다. 이것은 또 오늘날의 용어를 사용하면, '인생적'이라 불리는 작품의 하나, ―「불쌍한 남자(憐れな男)」[51]에서조차 알아볼 수 있을 것이다. 고무공처럼 부푼 여자의 젖가슴에다 '풍년이다. 풍년이다(豊年だ。豊年だ。)'를 노래한다는 것은 도저히 시인 외에 할 수 있는 일이 아니다. 나는 요즘 사람들이 이러한 시가 나오야 씨의 '아름다움'에 비교적으로 주의하고 있지 않은 것에 다소 유감을 느끼고 있다('아름다움'은 화려한 색채 속에만 있는 것이 아니다.). 동시에 또 다른 작가들의 아름다움에도 역시 주의하지 않는 것에 다소 유감을 느끼고 있다.

(4) 더욱이 또 역시 작가인 나는 시가 나오야 씨의 기법에도 주의를 소홀히 하지 않는 한 사람이다.「암야행로」의 후편은 씨가 기법 면에서도 진일보한 것이다. 그러나 이런 문제는 작가 이외의 사람한테는 별 흥미 없는 일일지도 모른다. 나는 다만 초기의 시가 나오야 씨조차 훌륭한 기법의 소유자였던 것을 간략히 설명하고 싶다고 생각할 따름이다.

― 곰방대는 여성용이라도 옛것이 지금의 남성용 보다 굵고, 튼튼한 장식을 하고 있었다. 물부리 쪽에 다마모노마에(玉藻たまもの前)[52]가 편백 부채[53]를 들고 있는 부분이 상감되어 있다. ……그는 그 산뜻한 세공에 한동안 마음을 뺏기고 있었다. 그리고 키가 크고 눈이 크고, 코가 오똑한, 아름답다기보다 전체적으로 세련된 용모를 한 여자한테는 너무나도 이게 어울릴 것처럼 생각되었다. ―

이것은「그와 6살 연상의 여인(彼と六つ上の女)」[54]의 결말이다.

---

51) 1919년 4월 발표.「암야행로」의 전편 맨 마지막 장으로서 재수록됨.
52) 도바천황(鳥羽院)의 총애를 받은 미인으로 요괴가 변신했다고 함.
53) 귀부인용으로 긴 술이 달려있었다고 함.
54) 1910년 9월 발표.

— 다이스케(代助)는 꽃병 오른쪽 조립식 책장 앞으로 가서 위에 놓여 있던 무거운 사진첩을 꺼내들고는 서서 금 고정핀을 풀고 한 장씩 넘기기 시작했지만, 중간쯤에서 순간 손을 멈췄다. 거기에는 스무 살 가량의 여자의 반신 사진이 있다. 다이스케는 눈을 내리깔고 물끄러미 여자의 얼굴을 바라보았다. —

이것은 「그런 후에(それから)」[55]의 1회의 결말이다.

> 집 떠난 지 이미 오래되었고
> 행군하는 병사들의 놀림도 이젠 받지 않네.
> 부모형제 간의 정을 어찌 잊으리오마는
> 사내대장부 언제라도 죽을 각오로
> 말을 달리며 고삐 벗기고
> 손으로 푸른 고삐 감아 잡는다.
> 만길 언덕 날 세차게 내달려가
> 몸 굽혀 깃발을 뽑고 마네.[56]

이것은 더더욱 오래된 옛 두보의 「전출새(前出塞)」[57]라는 시의 결말 — 이 아니라 한 수다. 그러나 그 어느 것도 시각에 호소하는, — 말하자면 한 장의 인물화에 가까운 조형미술적 효과에 의해 결말을 살리고 있는 것 같다고 할 수 있다.

(5) 이것은 결국 사족에 지나지 않는다. 시가 나오야 씨의 「아이를 훔치는 이야기(子を盗む話)」[58]는 사이카쿠(西鶴)의 「아기지장(子供地蔵)」(오게바(大下馬))[59]를 떠올리기 쉽다. 그러나 더욱이 「한의 범죄(范の犯

---

55) 1909년 신문에 연재된 나쓰메 소세키(夏目漱石)의 전기 3부작 중 하나.
56) 윤의섭 역을 참고. http://blog.daum.net/hoyunj/3518810
57) 전 9수 중 제2수를 인용함.
58) 1914년 4월 발표.

罪)」[60]는 모파상의 「라르티스트(ラルテイスト)」(?)[61]를 떠올리게 할 것이다. 「라르티스트」의 주인공은 역시 여자 몸 주위에 칼을 꽂는 곡예사이다. 「한의 범죄」의 주인공은 어떤 정신적 혼미함 속에서 보기 좋게 여자를 죽이고 만다. 그러나 「라르티스트」의 주인공은 아무리 여자를 죽이려고 해도, 다년간 숙련을 쌓은 나머지 나이프는 여자 몸에 꽂히지 않고 몸 주위로만 꽂히고 마는 것이다. 하지만 사이카쿠의 「아기지장」은 물론 모파상의 「라르티스트」도 시가 나오야 씨 작품에는 어떤 연관도 보이지 않는다. 이것은 후세의 비평가들로부터 모방으로 불리지 않도록 특별히 조심스럽게 부연하는 것이다.

❖ 6. 우리들의 산문(僕等の散文) ❖

사토 하루오 씨의 견해에 의하면 우리들의 산문은 구어체이기 때문에, 말하듯이 쓰라고 하는 것이다. 이것은 혹 사토 씨 자신은 무심코 뱉은 말인지는 모른다. 그러나 이 말은 어떤 문제를, — '문장의 구어화'라는 문제를 포함하고 있다. 근대 산문은 아마도 '말하듯이'의 길을 걸어왔을 것이다. 나는 그 뚜렷한 예로 (가깝게는) 무샤노코지 사네아쓰, 우노 고지, 사토 하루오와 같은 여러 작가들의 산문을 들고 싶은 것이다. 시가 나오야 씨도 역시 이 예에서 빠지지 않는다. 그러나 우리의 '말하는 법'이, 서양인의 '말하는 법'은 잠시 제쳐두고, 이웃나라 중국인의 '말하는 법' 보다도 음악적이지 않다는 것도 사실이다. 나는 '말하듯이 쓰고 싶다'는 바람도 물론 가지지 않은 것도 아니다. 그러나

---

59) 사이카쿠(井原西鶴, 1642~1693)의 『사이카쿠쇼코쿠바나시(西鶴諸国噺)』 중 한 편. 「大下馬」는 「近年諸国咄大下馬」의 준말.
60) 1913년 10월 발표.
61) 발표연도 미상.

동시에 또 한 편으로는 '쓰듯이 말하고 싶다'고도 생각하는 사람이다. 내가 알고 있는 범위 안에서는 나쓰메(夏目)62) 선생은 어느 쪽이냐면 사실 '쓰듯이 말하는' 작가였다(다만 '쓰듯이 말하는 자는 즉 말하듯이 쓰고 있기 때문에'라는 순환론법적인 의미는 아니다.). '말하듯이 쓰는' 작가는 전술한 것처럼 없지는 않다. 그러나 '쓰듯이 말하는' 작가는 언제 이 동해의 고도에 나타날 것인지? 그러나, —

그러나 내가 말하고 싶은 것은 '말하는' 것보다도 '쓰는' 것이다. 우리의 산문도 로마처럼 하루아침에 이루어진 것은 아니다. 우리들의 산문은 메이지(明治)부터 오랫동안 차츰차츰 성장을 해온 것이다. 그 초석을 놓은 것은 메이지 초기 작가들일 것이다. 하지만 그것은 잠시 제쳐두고 비교적 가까운 시대를 보더라도, 나는 시인들이 산문에 부여한 위력까지를 들고 싶다고 생각하는 사람이다.

나쓰메 선생의 산문은 반드시 다른 데 의지하고 있는 것은 아니다. 그러나 선생의 산문이 사생문(寫生文)63)에서 영향을 받았다는 것은 논의의 여지가 없다. 그러면 그 사생문은 누구 손에 의해서 나온 것인가? 하이진(俳人)64) 겸 가인 겸 비평가였던 마사오카 시키(正岡子規)65)의 천재성에 의한 것이다(시키는 홀로 사생문에 그치지 않고, 우리들의 산문, — 구어체 문장 위에도 적잖은 공적을 남겼다.). 이런 사실을 되돌아보면 다카하마 교시(高浜虚子),66) 사카모토 시호다(坂本四方太)67) 등의 제 씨도 역시 이 사생문의 건축사 속에 포함시키지 않으면 안 된다

---

62) 夏目漱石(1867~1916), 소설가, 영문학자.
63) 사물의 인상을 명료하게 객관적으로 묘사하는 태도. 시키가 방법적으로 주창함.
64) 하이쿠 시인을 일컫는 말.
65) 1867~1902, 하이진, 가인, 사생문을 주창함.
66) 1874~1959, 하이진, 소설가, 시키의 문하생으로 하이쿠를 '화조풍월'의 문학으로 규정함.
67) 1873~1917, 하이진.

(물론 「하이카이시(俳諧師)」68)의 작가 다카하마 씨가 소설에 남긴 족적은 별도로 계산한 것이다.). 하지만 우리들의 산문이 시인들의 은혜를 입고 있는 것은 가까운 요즘 시대에도 없는 것은 아니다. 그러면 그것은 무엇일까 하면, 가타하라 하쿠슈(北原白秋)69) 씨의 산문이다. 우리들의 산문에 근대적 색채나 향기를 부여한 것은 시집 「추억(思ひ出)」의 서문이었다. 이런 점에서는 기타하라 씨 외에 기노시타 모쿠타로(木下杢太郎)70) 씨 산문을 꼽아도 된다.

요즘 사람들은 시인들을 뭔가 일본의 파르나소스(Parnas)71) 밖에 있는 것처럼 생각하고 있다. 그러나 조금도 소설이나 희곡은 모든 문예상 형식과 몰교섭적으로 존재하고 있는 것은 아니다. 시인들은 그들의 작업 외에도 역시 또 우리들의 작업에도 늘 영향을 끼치고 있다. 그것은 특별히 위에서 쓴 사실을 증명하는 것만이 아니다. 우리들과 동시대 작가들 중 시인 사토 하루오, 시인 무로 사이세이(室生犀星),72) 시인 구메 마사오 등의 제 씨를 드는 것은 분명 내 주장을 뒷받침하는 것이다. 아니 그런 작가들만이 아니다. 가장 소설가다운 사토미 돈(里見弴)73) 씨조차 몇 편인가의 시를 남기고 있을 것이다.

시인들은 어쩌면 자신들의 고립에 조금은 한숨지을지도 모른다. 그러나 그것은 내게 묻는다면 오히려 '명예로운 고립'이다.

---

68) 1908년 신문 연재된 자전적 작품. 교시의 첫 장편소설.
69) 1885~1942, 시인, 가인, 상징파, 탐미파.
70) 1885~1945, 의학자, 시인, 극작가, 탐미파 가인.
71) 그리스 신화에서 아폴론이 거하는 공간으로, 시가 문예의 상징으로, 문학계의 뜻임.
72) 1889~1926, 서정시인, 소설가.
73) 1888~1983, 시라카바파 소설가.

❖ 7. 시인들의 산문(詩人たちの散文) ❖

다만 시인들의 산문은 사람 능력에도 한계가 있는 이상, 대개 자신들의 시작품과 비슷한 정도로 완성되어 있지 않은 것이 태반이다. 바쇼(芭蕉)[74]의 「오쿠노호소미치(奧の細道)」 역시 또 이 예에서 벗어나지 않는다. 특히 모두 부분의 일절은 그 전편에 넘쳐나는 사생풍의 흥미를 깨고 있다. 첫째, "세월은 백대의 과객으로 가고 오는 해도 또 나그네이다(月日は百代の過客くわかくにして、ゆきかふ年も又旅人なり)."라는 첫 행을 봐도, '가루미(輕み, 즉 가벼움)'풍의 후반부는 전반부의 오모미(重み, 즉 무거움)를 함의하고 있지는 않다(산문에도 야심을 가졌던 바쇼는 동시대의 사이카쿠의 문장을 '한심스럽고 저속한 형태(浅ましくもなり下さがれる姿)'[75]라고 평했다. 이것은 고담(枯淡)을 사랑한 바쇼로서는 조금도 이상한 말은 아니다.). 그러나 그의 산문도 역시 작가들의 산문에 영향을 끼친 것은 틀림없다. 예를 들어 그것은 '하이분(俳文)'으로 불리는 바쇼 이후의 산문을 거쳐 온 것이라 할지라도.

❖ 8. 시가(詩歌) ❖

일본의 시인들은 요즘 사람들에게 파르나소스 밖에 있다고 여겨지고 있다. 그 이유의 절반은 요즘 사람들의 감상안이 시문학에 미치지 못한 점에 있다. 하지만 또 한 가지로는 시문학은 결국 산문처럼 우리의 모든 생활 감정을 담기 어려운 점에 의한 것이다(시는 — 고풍스런 말을 사용한다고 한다면, 신체시(新体詩)는 단가나 홋쿠보다도 이런 점

---

74) 마쓰오 바쇼(松尾芭蕉, 1644~1694), 하이쿠 시인, 하이세이(俳聖)로 추앙됨.
75) 『교라이쇼((去来抄)』「고지cm(故実)」에 나옴.

에서는 자유롭다. 프로레트컬트76)시는 있어도 프로레트컬트 홋쿠는 없다.). 그러나 시인들은, ─ 예를 들면 오늘날 시인들도 그런 시도를 하지 않은 것은 아니다. 그 가장 뚜렷한 예는 「슬픈 장난감(悲しき玩具)」의 가인 이시카와 다쿠보쿠(石川啄木)77)가 우리에게 남긴 작업이다. 이것은 아마도 오늘날에는 진부한 것으로 보일 것이다.

그러나 '신시사(新詩社)'78)는 다쿠보쿠 외에도 이 '오딧세이의 활79)을 쏜 또 하나의 가인을 배출하고 있다. 「주연(酒ほがひ)」의 가인 요시이 이사무(吉井勇)80) 씨는 분명 이런 작업을 했다. 「주연」 속에서 노래한 것들은 그 어느 것도 소설 냄새를 풍기고 있다(혹은 심리묘사의 흔적을 띠고 있다.). 오카와(大川) 강가의 가을 해질녘에 낭비를 떠올리던 요시이 이사무 씨는 이런 점에서는 이시카와 다쿠보쿠와, ─ 가난과 싸운 이시카와 다쿠보쿠와 좋은 대조를 이룰 것이다.

더욱이 또 이 기회에 한마디 한다면, '아라라기(アララギ)'81)의 아버지 마사오카 시키가 '명성(明星)'82)의 아들 기타하라 하쿠슈(北原白秋)83)와 우리들의 산문을 만들어내는데 힘을 보탠 것도 좋은 대조를 이룬다. 그러나 이것은 꼭 '신시사'에만 있던 일은 아니다. 사이토 모키치(斎藤茂吉)84)는 「적광(赤光)」85) 속에서 「임종하시는 어머니(死に給ふ母)」,

---

76) proletcult, 유럽 사회주의적 문화운동.
77) 1886~1912, 가인.
78) 1899년에 설립된 단체. 단가혁신에 기여함.
79) 그리스 신화의 영웅 오디세이는 아내의 구혼자들이 쏠 수 없었던 활을 쏘았다는 이야기에서, 그 이외 누구도 할 수 없는 일을 성취한다는 뜻.
80) 1886~1960, 가인, 극작가, 탐미파 가풍.
81) 단가잡지, 1908~1997, 가단의 주류를 형성함.
82) 단가잡지, 1900~1908, 낭만주의를 고취하는 등 단가혁신에 기여함.
83) 1885~1942, 시인, 가인, 탐미파, 상징파.
84) 1882~1953, 가인, 정신과의, 아쿠타가와의 주치의로 아쿠타가와는 시가 나오야와 함께 그의 문학세계를 외경함.
85) 모키치의 제1가집으로 근대적 서정을 긴밀한 리듬에 담음. 아쿠타가와는 다른

「오히로(おひろ)」 같은 연작을 발표했다. 뿐만 아니라 또 십몇 년 전쯤인가 이시카와 다쿠보쿠가 남기고 간 작업을 — 혹은 소위 생활파 단카(短歌)[86]를 지금도 더욱 착착 완성하고 있다. 원래 사이토 모키치 씨의 작업만큼 변화무쌍한 것은 없다. 씨의 가집은 한 수 마다 일본 가야금이나 첼로나 샤미센(三味線)[87]이나 공장의 기적소리가 온통 울러퍼지고 있다(내가 말하는 것은 '한 수 마다'이다. '한 수 속에'라는 것은 아니다.). 만약 이대로 써간다면, 나는 한편으로 어느새 사이토 모키치론으로 바뀌고 말 것이다. 그러나 그것은 편의상 제어해두지 않으면 안 된다. 나는 아직 이 기회에 쓰고 싶은 것을 마침 갖고 있다. 그러나 아무튼 사이토 모키치 씨만큼 작업상 욕심이 많은 가인은 선인들 중에도 적을 것이다.

❖ 9. 양 대가의 작품(両大家の作品) ❖

물론 모든 작품은 그 작가의 주관을 벗어나는 것이 불가능하다. 그러나 가령 객관이라는 편의상 명찰을 사용한다고 한다면, 자연주의 작가들 중에서도 가장 객관적인 작가는 도쿠타 슈세이(德田秋声)[88] 씨이다. 마사무네 하쿠초 씨는 이 점에서는 대척점에 서 있다고 해도 좋을 것이다. 마사무네 하쿠초 씨의 염세주의는 무샤노코지 사네아쓰 씨의 낙천주의와 절묘한 대조를 이루고 있다. 뿐 만 아니라 거의 도덕적이다. 도쿠타 씨의 세계도 암울한 것인지도 모른다. 그러나 그것은 소우주이다. 구메 마사오 씨가 '도쿠타수(德田水)'[89]라고 부른 동양시적

문장에서 극찬함.
86) 일본의 정형시, 5, 7, 5 31자로 이루어짐.
87) 일본 전통의 현악기.
88) 1871~1943, 자연주의 소설가.

정서가 있는 소우주이다. 거기에는 가령 사바고는 있어도, 지옥불은 타고 있지 않다. 하지만 마사무네 씨는 이 땅 밑으로 꼭 지옥을 들여다보게 한다. 나는 분명히 재작년 여름, 마사무네 씨 작품 모음집을 닥치는 대로 모두 독파해 나갔다. 인생의 표리를 알고 있는 것은 마사무네 씨도 도쿠타 씨에게 뒤지지 않을지도 모른다. 그러나 내가 받은 감명은 — 적어도 내가 받은 감명 중 가장 날 감동시킨 것은 중세기부터 우리를 감동시켜온 종교적 정서에 가까운 것이다.

> 나를 지나 그대 한숨의 마을로 들어가고
> 나를 지나 그대 영원한 고통 속에 들어간다. ……
> (我を過ぎて汝は歎きの市まちに入り
> 我を過ぎて汝は永遠の苦しみに入る)[90]

＊부기: 이후 2, 3일 지나 마사무네 씨의 「단테에 대하여(ダンテに就いて)」[91]를 읽었다. 감개가 적지 않았다.

❖ 10. 염세주의(厭世主義) ❖

마사무네 하쿠초 씨가 시사하는 바에 의하면 인생은 늘 암담하다. 마사무네 씨는 이 사실을 알려주기 위하여 여러 잡다한 '이야기'를 지었다(그렇긴 해도 씨의 작품 속에는 '이야기'다운 이야기가 없는 소설도 적지 않다.). 하물며 이 '이야기'를 엮기 위해서도 여러 잡다한 기교를 사용하고 있다. 재능인이라는 이름은 이런 점에서는 당연히 마사

---

89) 당시의 청량음료의 이름을 따서 부른 말.
90) 단테의 「신곡」의 지옥편의 지옥문에 새겨져 있는 문구.
91) 1927년 3월 발표된 평론.

무네 씨 위에 부여해야만 할 것이다. 그러나 내가 말하고 싶은 것은 씨의 염세주의적 인생관이다.

나도 또 마사무네 씨처럼 어떤 사회조직 아래 처하더라도, 우리 인간의 고통은 해방되기 힘든 것이라 믿고 있다. 그 고대 판(Pan)[92]을 닮은 아나톨 프랑스의 유토피아(「하얀 돌 위에서(白い石の上で)」)[93]조차 석가가 꿈꾸던 적광토는 아니다. 생로병사는 이별의 슬픔과 함께 반드시 우리를 고통스럽게 할 것이다. 나는 분명 작년 가을 도스토예프스키 자녀인지 손주인지가 아사한 기사를 읽었을 때 더욱 그리 생각하지 않을 수 없었다. 이것은 물론 코뮤니스트 치하의 러시아에서 일어난 이야기이다. 그러나 아나키스트 세상이 되더라도, 결국 우리 인간들은 우리 인간들이라는 점에서 도저히 행복으로만 일관할 수는 없을 것이다.

하지만 '돈이 원수'라는 것은 봉건시대 이래의 명언이다. 돈 때문에 일어나는 비극이나 희극은 사회조직의 변화와 함께 반드시 어느 정도는 줄어들 것이다. 아니 우리의 정신적 생활도 어느 정도는 변화를 받을 것이다. 만약 이런 점을 역설한다면, 우리 인간의 장래는 자칫 밝다고 이야기될 것이다. 그러나 또 돈 때문에 일어나지 않고 있는 비극이나 희극도 없는 것이 아니다. 뿐만 아니라 돈은 반드시 우리들 인간을 번롱하는 유일한 힘은 아닌 것이다.

마사무네 씨가 프롤레타리아 작가들과 입장을 달리하는 것은 당연하다. 나도 또, ― 나는 어쩌면 편의상 코뮤니스트인가 뭔가로 바뀔지도 모른다. 그러나 본질적으로는 어디까지나, 결국 저널리스트 겸 시인이다. 문예상의 작품도 언젠가는 사라지고 말 것이 분명하다. 실제

92) 그리스 신화 속의 반신반인의 목양신.
93) 1905년 작품.

로 내가 얼핏 들은 바에 의하면 프랑스어의 리에종(liaison)[94]마저 없어 져가고 있는 이상, 보들레르의 시의 울림도 자연히 내일이면 달라질 것이다(허긴 그런 것들은 어찌 되든 우리 일본인들한테는 상관이 없 다.). 그러나 한 줄의 시의 생명은 우리들 생명보다도 긴 것이다. 나는 오늘도 또 내일처럼 '권태로운 날의 권태로운 시인', ― 몽상가 중 한 명인 것을 부끄럽게 여기지 않는다.

❖ 11. 거의 잊혀진 작가들(半ば忘れられた作家たち) ❖

우리는 적어도 동전처럼 꼭 양면을 하고 있다. 양면 그 이상을 하고 있는 일도 물론 결코 드물지 않다. 서양인이 지어낸 '예술가로서 또 인간으로서'[95]란 이 양면을 나타내는 것이다. '인간으로서' 실패하는 동시에 '예술가로서' 성공한 자로서 도둑 겸 시인이었던 프랑소아 비 용[96]을 능가할 자가 없다. 「햄릿」의 비극도 괴테에 의하면 사상가일 법한 햄릿이 부친의 원수를 갚지 않으면 안 되는 왕자였던 비극이다. 이것도 또 혹은 이항대립의 비극으로 불릴 것이다. 우리 일본은 역사 상으로도 이런 인물을 가지고 있다. 정이대장군 미나모토노 사네토모 (源実朝)[97]는 정치가로서는 실패했다. 그러나 「긴카이슈(金槐集)」[98]의 가 인 미나모토노 사네토모는 예술가로서는 훌륭히 성공하고 있다. 그러 나 '인간으로서' ― 혹은 뭐로서든 실패했더라도, 예술가로서도 성공

---

94) 프랑스어, 연음화 현상.
95) 서양의 전기나 연구 등의 부제.
96) François Villon(1431~?), 프랑스 시인, 방탕한 생활을 보냄.
97) 1192~1219, 가마쿠라(鎌倉) 막부의 3대 장군. 조카에게 죽임을 당함.
98) 『긴타와카슈(金槐和歌集)』에는 만요조의 뛰어난 작품이 많음. 근대에 들어와 높게 평가됨.

하지 못한 것은 더더욱 비극이라 하지 않으면 안 될 것이다.

　그러나 예술가로서 성공했는지 어떤지는 쉽게 결정할 수 있는 것은 아니다. 사실 랭보99)를 비웃은 프랑스는 오늘날에는 랭보에게 경례하기 시작했다. 그러나 가령 오자투성이라 해도, 3권(?)의 저서가 있던 것은 랭보를 위해서는 다행스런 일이다. 혹 저서라도 없었다고 한다면, ……

　나는 내 선배나 지인 중 두세 편의 좋은 단편을 쓰면서, 그럼에도 어느새 잊혀버린 몇 사람을 알고 있다. 그들은 오늘날 작가들보다도 어쩌면 힘이 결여되어 있었는지도 모른다. 하지만 우연이라는 것은 역시 거기에도 있었던 것이다(혹 전혀 이런 분자를 인정하지 않는 작가가 있다고 한다면, 그것은 예외로 할 수 밖에 없다.). 그런 작품들을 모으는 것은 어쩌면 불가능에 가까울지도 모르겠다. 그러나 혹시 가능하다면, 그들을 위해서일지는 잠시 차치하고서라도 후세를 위해서도 도움이 될 것이다.

　"태어난 때가 일렀단 말인가, 아니면 또 늦었단 말인가."는 남방(南蠻) 시인의 한탄만이 아니다. 나는 후쿠나가 반카(福永挽歌),100) 아오키 겐사쿠(靑木健作),101) 에나미 분자(江南文三)102) 같은 제 씨에게서도 이러한 탄식을 느끼고 있다. 나는 언젠가 서양 잡지에서 '거의 잊혀진 작가들'이라는 시리즈 광고를 발견했다. 나도 또 혹은 이런 시리즈에 이름을 올리는 작가 중 하나일 것이다. 이리 말하는 것은 각별히 겸손하기 때문은 아니다. 영국의 낭만주의 시대 유행하였던 「몽크」의 작가 루이스(Matthew Lewis)103)조차 역시 이 시리즈 속의 한 사람이다. 그러나 거의

---

99) Arthur Rimbaud(1854~1891), 프랑스의 상징파 시인.
100) 1886~?, 소설가.
101) 1883~1964, 소설가.
102) 신시사 동인, 시인, 소설가, 잡지 「스바루(スバル)」의 편집자.

잊혀져버린 작가들은 반드시 과거에만 있는 것은 아니다. 뿐만 아니라 그들의 작품은 하나의 작품으로 볼 때는 오늘날의 모든 잡지에 게재되는 작품들보다도 열등하다고는 할 수 없는 것이다.

❖ 12. 시적 정신(詩的精神) ❖

나는 다니자키 준이치로 씨를 만나 반박할 때, "그러면 자네의 시적 정신이란 뭘 말하는 것인가?"라는 질문을 받았다. 내 시적정신이란 가장 넓은 의미에서의 서정시이다. 나는 물론 이런 대답을 했다. 그러자 다니자키 씨는 "그런 거라면 어디에도 있진 않을까?"라고 했다. 나는 그 때에도 말한 대로, 어디에고 있다는 것은 부정하지 않는다. 「보바리 부인」도 「햄릿」도 「신곡」도 「걸리버 여행기」도 모두 시적 정신의 산물이다. 어떤 사상도 문예상의 작품 속에 담겨야하는 이상, 반드시 이 시적 정신의 정화(淨火)를 거치지 않으면 안 된다. 내가 말하는 것은 이 정화를 어떻게 불붙일까 하는 점이다. 그것은 어쩌면 대부분 천부적 재능에 의한 것인지도 모른다. 아니, 정진의 힘 따위는 의외로 효과가 없을 것이다. 그러나 그 정화의 열기 정도는 바로 어떤 작품의 가치의 정도를 결정하는 것이다.

세계는 불후의 명작으로 진저리날 정도로 가득 차 있다. 그러나 어떤 작가가 사후 30년 세월이 흘러도 아직 우리가 읽을 만한 10편을 남긴 자는 대가라 불러도 지장이 없다. 가령 5편을 남긴다 해도 대가의 반열에는 들어갈 것이다. 마지막으로 3편을 남긴다고 하면 그래도 어쨌든 뛰어난 작가이다. 이 뛰어난 작가가 되는 것조차 쉽사리 될 수

---

103) 1775~1818, 「몽크(THE MONK)」로 잘 알려져 몽크 루이스라고도 불림.

있는 것은 아니다. 나는 이 또한 영자 잡지에서 "단편 같은 건 이삼 일 안에 쓰고 마는 것"이라는 웨일즈[104]의 말을 발견했다. 이삼 일은 차 차하고도 마감일을 앞둔 이상, 어느 누구도 하루 만에 쓰지 않을 자는 없다. 그러나 언제나 이삼 일 안에 써버린다고 단언하는 것은 웨일즈 가 웨일즈인 까닭이다. 따라서 그는 변변한 단편을 쓰지 않는다.

❖ 13. 모리 선생(森先生)[105] ❖

나는 최근 「오가이전집(鷗外全集)」[106] 제6권을 일독하고, 묘한 기분 이 들지 않을 수 없었다. 선생의 학문은 고금을 꿰뚫고, 지식은 동서 를 섭렵하고 있다는 것은 새삼 말하지 않아도 될 것이다. 뿐만 아니라 선생의 소설이나 희곡은 대부분 혼연히 완성되어 있다(소위 네오 낭 만주의[107]는 일본에도 얼마간의 작품을 낳았다. 그러나 선생의 희곡 「이쿠타가와(生田川)」[108]만큼 완결된 것은 적을 것이다.). 그러나 선생 의 단카나 하이쿠는 아무리 편애하고 본다고 해도, 결국 작가의 영역 에는 들어서있지 않다. 선생은 오늘날에서도 보기 드문 귀를 가진 시 인이다. 예를 들면 「다마쿠시게 후타리 우라시마(玉篋兩浦嶼)」[109]를 읽 어도, 얼마나 선생이 일본어의 울림을 꿰뚫고 있었는지 짐작할 수 있 을 것이다. 이것은 또 선생의 단카나 하이쿠에서도 방불케 한다.

---

104) 1866~1946, 영국 소설가, 공상과학소설로 유명함.
105) 모리 오가이(森鷗外, 1862~1922), 작가이자 군의관, 왕립박물관장을 역임. 아쿠 타가와는 오가이와 소세키에게만 센세이(先生)라는 칭호를 사용하고 있음.
106) 1926년 7월 간행.
107) 신 망만주의, 19세기 후반 자연주의 반동으로 일어난 향략주의, 신비주의적 문 예사조
108) 1910년 12월 발표
109) 1903년 12월 발표

동시에 또 체재도 어디에고 정연하게 완성되어 있다. 이 점에서는 거의 선생으로서는 인공을 다 쏟아 부었다고 해도 될 것이다.

하지만 선생의 단카나 홋쿠는 뭔가 미묘한 것이 결여되어 있다. 시 문학은 그 또 미묘한 것만 포착한다면, 어느 정도의 '교졸(巧拙)'110) 같은 것은 그다지 신경 쓰이는 것은 아니다. 그러나 선생의 단카나 홋쿠는 '교(巧)'는 즉 교지만, 묘하게도 우리에게 와 닿지 않는다. 이것은 선생에게는 단카나 홋쿠가 여기(余技)와 다름없었기 때문은 아닐까? 그러나 이 미묘한 것은 선생의 희곡이나 소설에도 역시 칼끝을 보이지 않는다(이리 말하는 것은 선생의 희곡이나 소설을 전적으로 무가치한 것이라 하는 것은 아니다.). 뿐만 아니라 나쓰메 선생의 여기였던 한시는, — 특히 만년의 절구 등은 몸소 미묘한 것을 포착하는 것에 성공하고 있다(만약 '자기 것만 옳다'는 비방을 받는 것을 신경쓰지 않는다고 한다면.).

나는 이런 것들을 생각한 끝에, 결국 모리 선생은 우리처럼 신경질적으로 태어나지 않았다는 결론에 이르렀다. 아니면 결국 시인보다도 뭔가 다른 존재라는 결론에 이르렀다. 「시부에 주사이(澁江抽斎)」111)를 쓴 모리 선생은 공전의 대가였음이 틀림없다. 나는 이런 모리 선생에게 공포심에 가까운 경의를 느끼고 있다. 아니, 어쩌면 쓰지 않았다 해도, 선생의 정력은 총명한 자질과 더불어 나를 감동하지 않도록 그냥 두지는 않았을 것이다. 나는 언젠가 모리 선생의 서재에서 전통옷를 입은 선생과 이야기를 나누고 있었다. 방장에 가까운 서재 구석에는 새 방석이 하나 놓여있었고, 그 위에 건조라도 시키는 듯 옛 편지가 몇 통이나 널려 있었다. 선생은 내게 이리 말했다. — "일전에 시바

---

110) 능숙함과 졸렬함.
111) 1916년 1월에서 5월까지 신문에 연재된 사전(史伝).

노 리쓰잔(柴野栗山)(?)112)의 편지를 모아 책으로 낸 자가 왔기에, 나는 그 책은 잘 만들어졌지만, 편지가 연대순으로 되어 있지 않은 점은 애석하다고 했소. 그러자 그 사람은 우리나라 편지는 공교롭게 날짜만 적혀 있어서 연대순으로 배열하는 것은 도저히 힘들다고 하더군요. 그래서 나는 이 옛 편지를 가리키며 여기에 호조 가테이(北条霞亭)113)의 편지가 수십 통 정도 있소, 그런데도 다 연대순으로 정렬되어 있다고 했죠!" 나는 그 때 선생이 의기양양해하던 것을 기억하고 있다. 이런 선생에게 경탄하는 것은 꼭 나 하나만이 아닐 것이다. 그러나 솔직히 고백하자면 나는 아나톨 프랑스의 「잔다르크」보다도 오히려 보들레르의 한 줄을 남기고 싶다고 생각하는 한 사람이다.

❖ 14. 시라야나기 슈고 씨(白柳秀湖氏)114) ❖

나는 또 요즘 시라야나기 슈고(白柳秀湖) 씨의 「소리 없이 듣는다(声なきに聴く)」115)라는 문집을 읽고, 「나의 미학(僕の美学)」, 「수치심에 관한 고찰(羞恥心に関する考察)」, 「동물 발생기와 식물과의 관계(動物の発性期と食物との関係)」 등의 소논문에 적잖이 흥미를 느꼈다. 「나의 미학」은 제목이 말하고 있는 것처럼 정말 시라야나기 씨의 미학에 해당하고, 「수치심에 관한 고찰」은 시라야나기 씨의 윤리학에 해당하는 것이다. 이제 후자는 잠시 차치하고 전자를 조금 소개하자면, 미는 우리 생활로부터 아무런 연관도 없이 나오는 것은 아니다. 우리 선조들은 장작불을 애호하고, 숲 속에 흐르는 물을 애호하고 고기를 담는 토기

---

112) 1736~1807, 에도후기의 유학자.
113) 1780~1823, 에도시대 의사, 학자, 오가이는 그의 사전을 1917년 신문에 연재함.
114) 1884~1950, 소설가, 평론가.
115) 1926년 발행된 일본에세이 총서에 수록.

를 애호하고, 적을 무찌르는 몽둥이를 애호했다. 미는 이런 생활적 필수품(?)에서 저절로 생기는 것이다. ……

이런 소논문은 적어도 나한테는 오늘날의 많은 꽁트보다도 훨씬 존경할 만한 것이다(시라야나기 씨는 이 소논문 끝에 이것은 "문단 일각에 유물미학의 외치는 소리, 혹은 그것에 관한 번역이 나오기 절대 이전"에 쓴 것이라 주석을 달고 있다.). 나는 미학 따위는 전혀 모른다. 하물며 유물미학이란 것에는 더욱 인연이 없는 사람이다. 그러나 시라야나기 씨의 미의 발생론은 내게도 내 미학을 만들 기회를 제공해 주었다. 시라야나기 씨는 조형예술 이외의 미의 발생을 언급하지 않는다. 나는 이미 십몇 년 전 어느 산중 여관에서 사슴 소리를 들으며 뭔가 절실히 사람이 그리워졌다. 모든 서정시는 이 사슴 소리에서, ── 수사슴을 부르는 암사슴 소리에서 비롯되었을 것이다. 그러나 이 유물미학은 하이진은 물론 먼 옛날 가인들조차 알고 있었을지도 모르겠다. 다만 서사시에 이르러서는 분명히 태고의 백성들은 가십에서 기원을 발하고 있었을 것이다. 「일리어드」는 신들의 가십이다. 그 또 가십은 우리에게는 야만스런 장엄함에 가득 찬 아름다움을 느끼게 할 것이 분명하다. 그러나 그것은 '우리에게는'이다. 태고의 백성들은 「일리어드」에서 그들의 환희나 비애나 고통을 느끼지 않을 수는 없었을 것이다. 뿐만 아니라 거기에 그들의 가슴이 타오르는 것을 느끼지 않을 수 없었을 것이다. ……

시라야나기 씨는 미 속에서 우리 선조들의 생활을 보고 있다. 그런데 우리는 우리만이 아니다. 아프리카 사막에 도시가 생길 무렵에는 우리 자손들의 선조가 되는 것이다. 따라서 우리 심정은 마치 지하수처럼 우리 자손들에게도 전해질 것이다. 나는 시라야나기 씨처럼 장작불에 친근감을 느끼는 사람이다. 동시에 또 그 친근함에 태고의 백

성들을 떠올리는 사람이다(나는 「야리가다케 기행(槍ヶ岳紀行)」116) 속
에 얼핏 이것을 썼다고 생각한다.). 그러나 '원숭이에 가까운 우리 선
조들'은 자신들의 장작불을 피우기 위해서는 어느 정도 고심했던 걸
까. 장작불을 피우는 것을 발명한 것은 물론 천재였음이 틀림없다. 그
러나 그 장작불을 계속 타게 한 것은 역시 몇 명인가의 천재들이다.
나는 이 고민을 할 때, 불행히도 '오늘날의 예술이라는 것 따위는 사
라져버려도 된다.'고는 생각지 않는다.

❖ 15. 「문예평론(文芸評論)」117) ❖

비평도 또한 문예상의 한 형식이다. 우리가 칭찬하거나 헐뜯거나
하는 것은 결국 자신을 표현하기 위함일 것이다. 스크린 위에 비치는
미국 배우한테, ── 하물며 고인이 된 발렌티노118)에게 박수를 치는 것
을 아끼지 않는 것은 상대를 기쁘게 하기 위함도 무엇도 아니다. 그저
호의를, ── 더 나아가서는 자신을 표현하기 위한 것이다. 만약 자신을
표현하기 위한 것이라면, ……

소설이나 희곡도 서양인의 작품에 어쩌면 훨씬 미치지 못할지도 모
른다. 그러나 비평도 또 서양인의 작품에는 손색이 있다는 것은 분명
하다. 나는 그런 황무지 속에서 오직 마사무네 하쿠초 씨의 「문예평론
(文芸評論)」을 애독했다. 비평가 마사무네 하쿠초 씨의 태도는 서양인
말을 빌리자면 철두철미 라크닉119)하다. 뿐만 아니라 「문예평론」은

---

116) 1920년 7월 발표.
117) 1927년 1월 간행.
118) Rudolph Valentino(1895~1926), 미국배우, 1920년대 「위대한 연인」으로 우상화
    됨. 절정기에 병사함.
119) laconic, 간결함.

반드시 문예평론이 아니다. 더러는 문예 속의 인생평론이다. 그런데도 나는 한 손으로 궐련을 피우며 「문예평론」을 애독했다. 때때로 울퉁불퉁한 한 가닥 돌길을 떠올리면서, 그 또 쭉 뻗은 길에 비치는 햇빛에 잔혹한 기쁨을 느끼면서.

❖ 16. 문학적 미개지(文学的未開地) ❖

영국은 오랫동안 방치하고 있던 18세기 문예에 주목하고 있다. 그것은 한편으로는 제1차대전 이후에는 누구든 밝은 것을 원하고 있기 때문일 것이다(나는 내심 온 세계가 같지 않을까 생각하고 있다. 동시에 또 대전 때문에 타격을 받지 않은 일본조차 어느 샌가 이 유행에 감염되고 있는 것도 이상하다고 생각하고 있다.). 그러나 또 한편으로는 방치하고 있었기 때문에 문학자들의 연구에 자료로 제공하기 용이하기 때문이기도 할 것이다. 참새는 쌀 없는 방앗간에는 들리지 않는다. 문학자들도 같을 것이다. 따라서 등한시되었던 것은 그 자체 발견되게 되는 셈이다.

이것은 일본에서도 마찬가지이다. 하이카이지 잇사(俳諧寺一茶)[120]는 잠시 두고, 덴메이(天明)[121] 이후 하이진들의 작업은 거의 누구한테도 관심을 받고 있지 않다. 나는 그러한 하이진들의 작업도 차츰 조명될 것으로 생각하고 있다. 게다가 '쓰키나미(月並み)'[122]라는 한 마디로는 도저히 차치할 수 없는 측면도 차츰 나타낼 것이라 생각하고 있다.

등한시되었다는 것은 반드시 나쁜 것만은 아니다.

---

120) 고바야시 잇사(1763~1827)의 호. 방언이나 속어를 즐겨 사용하고 서민적이고 풍자적인 하이쿠를 읊음.
121) 1781~1789.
122) 매너리즘에 빠져 참신함이 없이 상투적인 에도후기의 하이쿠는 쓰키나미조로 비판됨.

❖ 17. 나쓰메 선생(夏目先生)[123] ❖

나는 어느새 나쓰메 선생이 풍류 소세키 산인(漱石山人)[124]이 되어 있는 데 경탄했다. 내가 알고 있던 선생은 재기발랄한 노인이다. 뿐만 아니라 기분이 좋지 않을 때에는 선배들은 잠시 차치하고서라도, 후진인 나 같은 것은 말 한 마디도 할 수 없었다. 과연 천재라는 자는 이런 자인가 생각한 적이 없지는 않았다. 아마도 겨울의 길목에 들어선 어느 목요일[125] 저녁, 선생은 손님과 이야기를 하면서, 조금도 얼굴을 이쪽으로 돌리지 않고 내게 '담배를 갖다 주게'라고 했다. 그런데 담배가 어디 있는지는 공교롭게 짐작할 수가 없었다. 어쩔 수 없이 "어디에 있습니까?"라고 물었다. 그러자 선생은 아무 말도 않고 무섭게 (이런 말은 조금도 과장이 아니다.) 턱을 오른쪽으로 가리켰다. 나는 주뼛거리며 오른쪽을 쳐다보며 겨우 응접실 구석 쪽 책상 위의 담배갑을 발견했다.

「그런 후에」, 「문(門)」,[126] 「행인(行人)」,[127] 「한눈팔기(道草)」[128] 등은 그 어느 것도 이런 선생의 정열이 낳은 작품이다. 선생은 고담(枯淡)하게 살고 싶었는지도 모른다. 실제로 또 다소는 그리 살고 있었을 것이다. 그러나 내가 알고 있는 만년조차 결코 문인이라 부를 만한 것은 아니었다. 하물며 「명암(明暗)」[129] 이전에는 더욱 맹렬했을 것이 분명

---

123) 나쓰메 소세키(夏目漱石, 1867~1916), 일본의 국민대작가이자, 영문학자. 아쿠타가와의 스승에 해당.
124) 소세키의 별호. 풍류인이라는 뜻.
125) 1907년 무렵부터 소세키는 면회일을 목요일로 정하여 '목요회(木曜会)'라 칭함. 아쿠타가와는 소세키 죽기 전 1년 정도 그 모임에 나감.
126) 1910년 작품, 전기 3부작 중 하나.
127) 1912년 작품, 후기 3부작 중 하나.
128) 1915년 작품.
129) 1916년부터 연재되었으나 소세키의 죽음으로 미완으로 끝남.

하다. 나는 선생에 대해 생각할 때마다 움직이는 걸 귀찮아하는 면에서 세상에 둘도 없는 사람이라는 생각을 새삼하고 있다. 그런데 한 번 내 개인 신상에 대해 상담했을 때, 선생님은 위 상태도 좋았던 것처럼 보여서 내게 이런 말을 했다. ─ "특히 자네한테 충고하는 게 아니야. 다만 내가 자네 위치에 서있다면 하는 말이지. ⋯⋯" 나는 정말 이 때에는 선생이 턱으로 말했을 때보다도 더더욱 할 말이 없었다.

❖ 18. 메리메[130)의 서간집(メリメエの書簡集) ❖

메리메는 플로베르의 「마담 보봐리」를 읽었을 때, '비범한 재능을 낭비하고 있다'고 했다. 「마담 보봐리」는 낭만주의자 메리메한테는 실제로 그리 느껴졌을지도 모르겠다. 그러나 메리메 서간집(누군지 모르는 여자 앞에 보낸 연애서간집)[131)은 여러 이야기를 담고 있다. 예를 들면 파리에서 쓴 두 번째 서간에, ─

루 상 오노레 거리에 가난한 여인이 하나 살고 있었다. 그녀는 누추한 다락방을 거의 한 번도 떠나지 않았다. 그리고 또 12살 된 딸을 하나 두고 있었다. 그 소녀는 오후부터 오페라에서 일을 하고 대개 한밤중에 돌아오는 것이었다. 어느 날 밤의 일이다. 딸은 관리인 방으로 내려와서 "양초에 불을 붙여 좀 빌려주세요."라고 했다. 관리인 아내는 딸을 따라 다락방에 올라갔다. 그러자 그 가난한 여인은 시체가 되어 누워있었다. 뿐만 아니라 딸은 낡은 트렁크에서 나온 한 묶음의 편지를 태우고 있던 중이었다. "엄마는 오늘 밤 죽었어요. 이건 엄마가

---

130) Prosper Mérimée(1803∼1870), 프랑스의 극작가, 역사가, 고고학자.
131) 1831년 제니 다캥이라는 소녀를 만나 평생 편지를 주고받는데, 사후, 「이름 모를 소녀에게 보낸 편지 Lettres à une inconnue」(1874)라는 제목으로 출판됨.

죽기 전에 읽지 말고 태우라고 한 편지예요. — 딸은 관리인 아내에게
이리 말했다. 딸은 아버지 이름도 모르지만 어머니 이름도 알지 못했
다. 그런데도 생활을 위해서라며 그저 바지런히 오페라에서 일하며,
원숭이가 되거나, 악마가 되거나 짧은 단역을 맡을 뿐이었다. 어머니
는 마지막 유언으로 "언제까지고 단역이기를, 또 선량하기를"라고 했
다. 딸은 지금도 그 훈계대로 선량한 단역으로 일관하고 있다.

또 하나 이 기회에 시골 이야기를 인용한다면, 이번에는 칸에서 쓴
편지에, —

그락스[132) 인근의 어느 농부가 하나 계곡 아래에 쓰러져 죽어있었
다. 전날 밤 거기에 떨어진 것인지, 던져진 것인지 싶었다. 그러자 같
은 동료인 농부가 하나, 자기 친구한테 살인범은 바로 자신이라고 공
언했다. "어째서? 왜?" "저 남자는 내 양을 저주한 놈이야. 나는 내 양
치기에게 배워서 못 세 개를 냄비 속에 삶고 나서 주문을 외우기로 했
지. 저 남자는 그 날 밤 죽고 만 거야."……

이 서간집은 1840년에서 1870년 — 메리메 사망 해까지 이어지고
있다(그의 「카르멘」은 1844년 작품이다.). 이런 이야기는 그 자체로는
소설이 되어있지 않은지도 모르겠다. 그러나 모티브를 잘 포착한다면
소설이 될 가능성을 가지고 있다. 모파상은 잠시 차치하고서라도, 필
립은 이런 이야기로부터 몇몇 아름다운 단편을 만들었다. 우리는 물
론 조규(樗牛)[133)가 말한 것처럼 '동시대를 초월'하는 것이 가능하지는
않다. 또한 우리를 지배하는 시대는 의외로 짧은 것이다. 나는 메리메
서간집 중에 그가 흘린 이삭을 발견했을 때 절실히 이리 느끼지 않을
수는 없었다.

---

132) Grasse, 남프랑스 도시.
133) 다카야마 조규(高山樗牛, 1871~1902), 평론가, 일본주의, 니체주의를 주창함.

메리메는 이 누군지 알 수 없는 여인에게 편지를 쓰기 시작한 무렵부터 많은 걸작을 남기고 있다. 그리고 또 죽기 전에는 신교도 중 한 사람이 되어 있었다. 이것도 또 내게는 니체 이전의 초인 숭배가였던 메리메를 생각하면 다소 흥미가 없는 것도 아니다.

❖ 19. 고전(古典) ❖

우리는 모두 알고 있는 것 외에는 쓰지 못한다. 고전의 작가들도 마찬가지였을 것이다. 교수들은 문예평론을 할 때 늘 이 사실을 등한시하고 있다. 허긴 이것은 무조건 교수들만의 일이라고는 할 수 없을지도 모른다. 그러나 그것은 어떻든 나는 만년에「폭풍」을 쓴 셰익스피어의 심경에 동정에 가까운 것을 느끼고 있다.

❖ 20. 저널리즘(ジャアナリズム) ❖

한 번 더 사토 하루오 씨의 말을 빌리자면 "문장은 말하듯이 쓰라"는 것이다. 나는 실제로 이 문장을 말하듯이 써갔다. 하지만 아무리 써가도 말하고 싶은 것은 끝날 것 같지가 않다. 나는 실로 이런 점에서는 저널리스트라고 생각하고 있다. 따라서 직업적 저널리스트를 형제처럼 생각하고 있다(그런데도 상대방이 싫다고 한다면, 조용히 철회할 수밖에 없다.). 저널리즘이란 것은 결국 역사 외에는 아무 것도 아니다. 그 또 전기는 소설과 얼마큼 차이가 있을까. 실제로 자서전은 "사소설(私小説)"134)이란 것과 뚜렷이 구별되는 것은 아니다. 잠시 크로

---

134) 일본의 소설의 한 형태로, 작가 자신이 체험한 것만을 쓰는 작품. 자연주의 문학에서 발생하여 다이쇼시대 전성함.

체[135])의 논의에는 귀를 기울이지 않고 서정시 등의 시가를 예외로 한다면 모든 문예는 저널리즘이다. 뿐만 아니라 신문의 문예는 메이지 다이쇼(大正) 두 시대에 소위 문단적 작품에 손색이 없는 작품을 남겼다. 도쿠토미 소호(德富蘇峰),[136]) 구가 가쓰난(陸羯南)[137]) 구로이와 루이코(黑岩淚香),[138]) 지즈카 레이스이(遲塚麗水)[139]) 같은 제 씨의 작품은 잠시 차치하고서라도, 야마나카 미네타로(山中峯太郎)[140]) 씨가 쓴 통신문조차 문예적으로 오늘날의 많은 여러 잡지들의 잡문들보다 덜하지는 않다. 뿐만 아니라, —

뿐만 아니라 신문 문예 작가들은 그 작품에 서명하지 않았기 때문에 이름조차 전해지지 않는 경우도 많을 것이다. 실제로 나도 그런 사람 중의 두세 명의 시인을 알고 있다. 나는 일생의 어느 순간을 제외해도 지금의 내 자신이 되는 것은 불가능하다. 그런 사람들의 작품도(나는 그 작가의 이름을 알지 못한다 해도) 내게 시적 감격을 준 이상, 역시 저널리스트 겸 시인인 지금의 내게는 은인이다. 나를 작가로 만든 우연은 역시 그들을 저널리스트로 만들었다. 혹시 봉투에 든 월급 외에 원고료를 받는 일을 행복으로 친다면, 나는 그들보다도 행복하다(허명 같은 것은 행복이 될 수 없다.). 이런 점을 제외하면 우리는 그들과 직업적으로 아무런 차이도 나지 않는다. 적어도 나는 저널리스트였다. 지금도 여전히 저널리스트다. 장래에도 물론 저널리스트일 것이다.

135) Benedetto Croce(1866~1952), 이탈리아 철학자, 역사가.
136) 1863~1957, 저널리스트, 사상가.
137) 1857~1907, 정치평론가, 닛폰신문(日本新聞) 사장.
138) 1862~1920, 소설가, 사상가, 번역가, 저널리스트.
139) 1867~1942, 소설가, 저널리스트.
140) 1885~1966, 육군장교, 소설가, 번역가, '山中未成'의 필명도 사용.

그러나 모든 대가들은 잠시 차치하고서라도 나는 이 저널리스트라는 천직에도 때때로 넌더리가 나는 것도 사실이다.

(1927.2.26)

❖ 21. 마사무네 하쿠초 씨의 「단테」(正宗白鳥氏の「ダンテ」) ❖

마사무네 하쿠초 씨의 단테론은 그 이전 사람들의 단테론을 압도하고 있다. 적어도 독특한 점에서는 크로체의 단테론에도 손색이 없다. 나는 그 논의를 애독했다. 마사무네 씨는 단테의 '아름다움'에는 거의 눈을 감고 있다. 그것은 어쩌면 고의였을 것이다. 어쩌면 또 자연히 그리한 것인지도 모른다. 고 우에다 빈(上田敏)[141] 박사도 단테 연구가 중 한 사람이었다. 하물며 「신곡」을 번역하려 했다. 그러나 박사의 유고를 보면 이탈리아어 원문에 의한 것은 아니다. 그 기입된 바에 의하면 케리[142]의 영어역에 의한 것이다. 케리의 영어역에 의하면서 단테의 '아름다움'을 운운하는 것은 어쩌면 골계적인 일일 것이다(나도 또 케리 외는 읽은 적이 없다.). 그러나 단테의 '아름다움'은 예를 들면 케리의 영어역만 읽더라도 어느 정도 느낄 수 있는 것은 분명하다. ……

그리고 또 「신곡」은 어떤 면에서는 만년의 단테의 자기변호이다. 공금횡령인지 뭔지의 혐의를 받은 단테는 역시 우리 자신들처럼 자기변호가 필요했음이 분명하다. 그러나 단테가 도달한 천국은 내게는 조금 따분하다. 그것은 우리는 사실상 지옥을 걷고 있기 때문일까? 아니면 또 단테도 연옥 외에 가는 것이 불가능했기 때문일까? ……

---

141) 1874~1916, 시인, 영문학자, 번역가, 교토대학 교수, 서구문학을 이식하는데 기여함.
142) Cary(1772~1844), 영국의 문학자, 「신곡」을 무운시로 완역함.

우리는 모두 초인이 아니다. 그 건장한 로댕마저 이름 높은 발자크
상을 만들고 세간의 악평을 받았을 때에는 신경적인 고통을 겪었을
것이다. 고향에서 쫓겨난 단테도 또 신경적인 고통을 받았음이 틀림
없다. 특히 사후에는 유령이 되어 그의 자식에게 나타났다는 것은 다
소 단테의 체질을 — 그의 자식에게 유전시킨 단테의 체질을 나타내
고 있는 것이다. 단테는 실제로 스트린드베리[143]처럼 지옥의 밑바닥
으로부터 탈출해 왔다. 실제로 「신곡」의 연옥은 병 후 회복의 기쁨에
가까운 일면을 지니고 있다. ……

　그러나 그런 것들은 단테의 표피에도 미치지 않은 것들뿐이다. 마
사무네 씨는 그 논문 속에서 단테의 뼈와 살을 음미하고 있다. 그 논
문 속에 있는 것은 13세기도 아니지만 이탈리아도 아니다. 그저 우리
가 사는 사바계이다. 평화를, 단지 평화를, — 이것은 단테의 소원이던
것만이 아니다. 동시에 또한 스트린드베리의 소원이었다. 나는 마사무
네 씨가 단테를 우러러보지 않고 단테를 바라본 것을 애틋하게 생각
한다. 베아트리체는 마사무네 씨가 말한 것처럼 여인보다도 훨씬 천
사에 가깝다. 혹시 단테를 읽은 후 직접 베아트리체를 만났다고 한다
면 우리들은 반드시 실망했을 것이다.

　나는 이 문장을 쓰고 있는 중에 괴테에 대해 떠올렸다. 괴테가 그린
프리드리케는 거의 가련함 그 자체다. 그러나 본 대학 교수 네에케는
프리드리케가 반드시 그러한 여인이 아니었음을 발표했다. 뒨처(Düntzer)[144]
같은 이상주의자들은 물론 이 사실을 믿지 않는다. 그러나 괴테 자신
도 네에케의 말에 거짓이 없음을 인정하고 있다. 뿐만 아니라 프리데

---

143) 1849~1912, 스웨덴의 극작가, 소설가. 하쿠초는 「다마스쿠스로」를 스트린드베
　　리의 「신곡」으로 지칭함.
144) 독일문학사가.

리케가 살고 있던 제젠하임(Sesenheim) 마을도 또한 괴테가 그린 것과는 상이한 것 같다. 티크(Tieck)[145]는 일부러 이 마을에 들려 '후회했다'고 까지 하고 있다. 베아트리체도 역시 같을 것이다. 하지만 이러한 베아트리체는 베아트리체 그 자체를 표출하지 않는다 해도 단테 자신을 나타내고 있다. 단테는 만년에 이르러서도 소위 '영원한 여성'을 꿈꾸고 있었다. 그러나 소위 '영원한 여성'은 천국 외에는 살고 있지 않다. 뿐만 아니라 그 천국은 '하지 않은 후회'로 가득 차 있다. 꼭 지옥은 타는 불길 속에서 '저지른 일에 대한 후회'를 펼쳐 보이는 것처럼.

나는 단테론을 읽고 있을 동안 철가면 밑에 있는 마사무네 씨 두 눈빛을 느꼈다. 옛 선인은 "자네 내 두 눈을 보게나, 아무 말 없으면 근심 없는 것처럼 보일 테지 "君看双眼色きみみよさうがんのいろ 不語似無愁かたらざればうれひなきににたり"[146]라고 했다. 역시 마사무네 씨 두 눈빛도, ─ 그러나 나는 두려워하고 있다. 마사무네 씨는 혹은 이 두 눈도 의안이라고 말할지도 모르겠다.

❖ 22. 지카마쓰 몬자에몬(近松門左衛門)[147] ❖

나는 다니자키 준이치로 씨, 사토 하루오 씨와 함께 오랜만에 인형극을 구경했다. 인형은 배우보다 아름답다. 특히 움직이지 않을 때는 예쁘다. 그러나 인형을 조종하는 구론보(黒ん坊)[148]라는 자는 약간 기분 나쁘다. 실제로 고야는 인물 뒤에서 때때로 그러한 것을 부가했다.

---

145) 독일 작가.
146) 선림구집(禪林句集) 중의 일절로, 아쿠타가와는 자신의 첫 창작집 『나생문(羅生門)』의 속표지에 이 구절을 사용함.
147) 1653~1724, 조루리, 가부키 극본가. 일본의 셰익스피어로 불림.
148) 검은 옷을 입고 인형을 조종하는 사람.

우리들도 어쩌면 그런 것에, ─ 섬뜩한 운명에 내몰리고 있을 것이다.
……

　하지만 내가 이야기하고 싶은 것은 인형보다도 지카마쓰 몬자에몬
이다. 나는 고하루 지헤에(治兵衛ぢへゑ)149)를 보는 동안 새삼 지카마쓰
를 생각하기 시작했다. 지카마쓰는 사실주의자 사이카쿠(西鶴)150)에 비
해 이상주의자라는 이름을 떨치고 있다. 나는 지카마쓰의 인생관을
잘 모른다. 지카마쓰는 한편으로 하늘을 우러러 우리의 유치함을 탄
식하고 있었을 것이다. 혹은 또 날씨 상태를 살피고는 내일 수입을 걱
정하고 있었겠지. 그러나 그것은 오늘날에는 누구도 모르고 있음이
분명하다. 단지 지카마쓰의 조루리(浄瑠璃)151)를 보면 지카마쓰는 결코
이상주의자는 아니다. 이상주의자는 ─ 이상주의자란 대체 뭘까? 사
이카쿠는 문예상의 사실주의자이다. 동시에 또 인생관의 위에서는 현
실주의자이다(적어도 작품에 의하면). 그러나 문예상의 사실주의자는
반드시 인생관의 위에서 현실주의자는 아니다. 아니 「보봐리 부인」을
쓴 작가는 문예상으로도 또 낭만주의자였다. 혹시 꿈을 쫓는 것을 낭
만주의자로 부른다고 한다면 지카마쓰도 또 낭만주의자일 것이다. 그
러나 또 한편으로는 역시 늠름한 사실주의자이다. 「고하루 지헤에」의
가와치야(河内屋)에서 간지로(鴈治郎)152)의 모습을 지워버리자(이를 위해
서는 분라쿠(文楽)를 볼 일이다.). 그 다음에 남는 것은 별 것도 아니다.
인생 구석구석을 살핀 사실주의적 희곡이다. 과연 거기에는 겐로쿠(元
祿)153)시대의 서정시도 섞여있음이 틀림없다. 그러나 이 서정시를 머

---

149) 「신주 덴노아미지마(心中天網島)」의 주인공 이름.
150) 이하라 사이카쿠(井原西鶴, 1642~1693), 소설가, 하이진.
151) 일본 전통의 인형극, 샤미센 반주에 맞추어 대사를 읊는 극문학의 하나로 세계
　　 문화유산에 등록되어 있음.
152) 가부키 배우 이름.

금고 있는 것을 낭만주의자로 부른다고 하면, ― 드 릴 라딩154)의 말
에는 거짓은 없다. 우리들은 바보가 아니라면 그 누구도 낭만주의자
가 되는 셈이다.

겐로쿠 시대의 희곡적 수법은 오늘날보다 다소 자연스럽지는 않다.
그러나 겐로쿠 이후 희곡적 수법보다도 훨씬 세부적 기교를 사용하지
않은 것이다. 이런 수법이 신경쓰이지 않는다고 한다면「고하루 지헤
에」는 심리묘사면에서는 결코 사실주의로부터 동떨어져 있지 않다.
지카마쓰는 그들의 관능주의나 에고이즘에도 눈을 돌리고 있다. 아니
그들 중에 있는 뭔가 미묘한 것에 관심을 쏟고 있다, 그들을 죽음으로
이끈 것은 꼭 다헤에(太兵衛)155)의 악의는 아니다. 오산(おさん)156) 부녀
의 선의도 또 역시 그들을 고통스럽게 하고 있다.

지카마쓰는 때때로 셰익스피어에 비견되고 있다. 그것은 종래의 여
러 설보다도 어쩌면 한층 셰익스피어적일지 모른다. 첫째, 지카마쓰는
셰익스피어처럼 거의 이지를 초월하고 있다(라틴 인종 희곡가 모리엘
의 이지를 상기하자.). 그리고 또 희곡 속에 아름다운 한 줄을 뿌리고
있다. 끝에 비극의 절정 중에서도 희극적 장면을 묘출하고 있다. 나는
'고타쓰' 장면의 땡중을 보면서 몇 번이고 유명한「맥베스」속의 술꾼
의 모습을 떠올렸다.

지카마쓰의 세화물(世話もの)157)은 다카야마 조규(高山樗牛) 이래 시대
물(時代もの)158)보다 위에 놓인다. 그러나 지카마쓰는 시대물 속에서도

---

153) 1688~1704, 서민 중심의 화려한 겐로쿠 문화가 형성됨, 경제성장기이기도 함.
154) de l'Isle-Adam, 프랑스 소설가, 희곡가.
155) 지헤에의 연적.
156) 지헤에의 아내와 부친.
157) 에도시대의 세간의 사건이나 서민사회를 소재로 한 작품, 즉 서민물.
158) 에도시대 이전의 무장들의 이야기를 극화한 작품, 즉 역사물.

낭만주의자로 일관한 것은 아니다. 이것도 또 다소 셰익스피어적이다. 셰익스피어는 로마의 시간에 돌아가 시대적 현실을 돌아보지 않았다. 지카마쓰도 시대를 무시한 점에서는 셰익스피어 이상이다. 뿐만 아니라 신화의 세계마저 온통 겐로쿠 시대 세계로 만들었다. 그들 인물도 심리묘사면에서는 의외로 때때로 사실주의적이다. 예를 들면 「니혼후리소데하지메(日本振袖始)」159)조차, 고탄(巨弖) 소탄(蘇弖) 형제의 싸움은 전혀 세화물 중의 한 장면과 다르지 않다. 하물며 고탄 아내의 기분이나 아비를 죽인 후의 고탄의 심정은 아마도 오늘 날에도 통용할 것이다. 하물며 스사노오노 미코토(素戔嗚尊)160)의 연애 따위는 송구하게도 유사 이래 조금도 바뀌지 않은 ××161)이다.

지카마쓰의 시대물은 세화물보다도 물론 황당무계하다. 그러나 그 때문에 세화물에 없는 '아름다움'이 있던 것은 말할 것도 없다. 예를 들면 일본 남부 해안에 우연히 흘러들어온 배 안에 중국 미인이 있는 장면을 상상해 보자(고쿠센야 갓센(国姓爺合戦)).162) 그것은 우리의 이국 취미에도 여태 어떤 만족을 줄 것이다.

다카야마 조규는 불행히도 이 같은 특색을 무시하고 있다. 지카마쓰의 시대물은 세화물보다 꼭 하등한 것은 아니다. 다만 우리는 봉건 시대의 거리를 비교적 친근하게 느끼고 있다. 겐로쿠 시대 가와쇼(河庄)163)는 메이지시대의 고마치아이(小待合)164)에 가깝다. 고하루는, ― 특히 배우로 분장한 고하루는 메이지시대의 게이샤와 비슷한 존재이다.

---

159) 고대 설화에서 소재를 가지고 온 지카마쓰의 시대물.
160) 일본 황조신의 남동생신, 난폭한 성정을 가짐.
161) 원문 그대로임. 의미불명.
162) 지카마쓰의 시대물 대표작. 명대의 충신의 자식이 명예 회복을 기하는 이야기.
163) 소네자키 신주의 차야(茶屋, 음식점)의 이름.
164) 일종의 요정과 같은 곳.

이러한 사실은 지카마쓰의 세화물에서 사실적이라는 느낌을 받기 쉽다. 그러나 몇 백 년인가 지난 후, ― 즉 봉건시대 거리조차 꿈속의 꿈으로 바뀐 후, 지카마쓰의 조루리를 되돌아보면 우리들은 시대물이 꼭 아래에 있지 않다는 것을 발견하게 될 것이다. 하물며 그 세화물만큼 사실적이라는 느낌을 받지 않는 것은 봉건시대 사회제도가 우리들을 다이묘의 생활과는 인연이 먼 것으로 만들고 있기 때문이다. 구중궁궐 안에 계시는 천황조차 이상하게도 지카마쓰의 조루리를 애독하셨다. 그것은 지카마쓰의 출신 때문이었든지, 아니면 또 세간의 사건들에 호기심을 가지셨기 때문이었는지도 모른다. 그러나 지카마쓰의 시대물에서 겐로쿠시대의 상류계급을 느끼지 않았다고도 단정할 수는 없다.

나는 인형극을 구경하면서 이런 것들을 생각하고 있었다. 인형극은 쇠퇴해가고 있는 것 같다. 뿐만 아니라 조루리도 원작대로 표현하고 있지 않다는 사실이다. 그러나 내게는 연극보다 훨씬 흥미로운 일이었다.

❖ 23. 모방(模倣) ❖

서양인은 일본인이 모방에 뛰어난 것을 경멸하고 있다. 뿐만 아니라 일본인의 풍습이나 습관(혹은 도덕)이 골계적인 것을 경멸하고 있다. 나는 호리구치 구마이치(堀口九万一)[165] 씨가 소개한 「세쓰 상(雪さん)」[166]이라는 프랑스 소설의 개관을 읽고(「여성(女性)」 3월호) 새삼스럽게 이 사실을 생각하기 시작했다.

일본인은 모방에 뛰어나다. 우리 작품도 서양인 작품의 모방이라는

---

165) 1865~1945, 브라질, 루마니아 공사 역임. 불문학에 통달함.
166) 1927년 3월 네덜란드 여류작가 엘렌 포레스트가 소설을 통하여 일본을 풍자한 소설. '오세쓰상은 주인공으로 페리스 여학교 여학생.

것은 말할 필요도 없다. 그러나 그들도 우리처럼 역시 모방에 뛰어나다. 휘슬러167)는 유화에다 우키요에(浮世画)168)를 모방하지 않았던가. 아니 그들은 그들끼리도 역시 서로 모방하고 있다. 더욱이 또 과거로 거슬러 올라가면 거대한 중국은 그들을 위해 얼마나 선례를 보여주었던 것인가? 그들은 혹은 그들의 모방은 '소화(消化)'라고 할지도 모른다. 만약 '소화'라고 한다면 우리 모방도 역시 '소화'다. 같은 수묵화와 비슷해도 일본의 남화(南画)169)는 중국의 남화는 아니다. 뿐만 아니라 우리는 거리의 노점에서 말 그대로 돈까스를 소화하고 있다.

더욱이 모방을 편의로 본다면, 모방보다 더한 것은 없다. 우리는 선조가 전래해준 명도를 휘두르면서 그들의 탱크나 독가스와 싸울 필요를 인정하지 않는 것이다. 하물며 물질적 문명은 예를 들면 필요 없을 때조차 저절로 모방을 강요하지 않고는 못 배긴다. 고대에는 경라(軽羅)를 휘감은 그리스, 로마 같은 따뜻한 나라 사람들조차, 지금은 북방민족이 고안한, 추위에 견디기에 적절한 양복이란 것을 이용하고 있다.

우리 풍습이나 습관이 그들에게 골계적으로 비치는 것도 역시 조금도 이상하지 않다. 그들은 우리 미술에는 — 특히 공예미술에는 일찍이 얼마간 찬사를 보내고 있다. 그것은 그저 목전에서 볼 수 있기 때문이라고 하지 않으면 안 될 것이다. 우리 감정이나 감상 같은 것은 반드시 쉽게 보일 수 있는 것은 아니다. 에도 말기 영국공사였던 러더포그 알콕170)은 뜸을 뜨고 있는 아이를 보고 얼마나 우리가 미신 때문에 스스로를 고통스럽게 하는가하고 조소했다. 우리 풍습이나 습관

167) James Abbott McNeill Whistler(1834~1903), 미국화가. 프랑스 인상파의 경향을 띠면서, 우키요에의 영향을 받음.
168) 에도시대의 대중적인 풍속화.
169) 남종화, 문인화, 산수를 주로 그림, 주관적 사실을 중시함.
170) Sir Rutherford Alcock(1809~1897), 일본 초대 영국 공사.

속에 깃든 감정이나 사상은 오늘에도, — 고이즈미 야쿠모(小泉八雲)[171]
를 배출한 오늘날에도 역시 그들에게는 이해되지 않는다. 그들은 우
리 풍습과 습관을 물론 웃지 않고서는 못 배길 것이다. 동시에 또 그
들의 풍습과 습속도 역시 우리에게는 웃긴 것이다. 예를 들면 에드가
알렌 포는 술꾼이었기 때문에(혹은 술꾼이었는지 어쨌는지라는 것 때
문에) 오랫동안 사후 명성에 금이 가고 있다. 「이백일두시백편(李白一
斗詩百篇)」[172]을 자랑하는 일본에서는 이런 것은 우습다고밖에 할 수
없다. 이 서로 경멸하는 것은 피하기 힘든 사실이기는 하지만, 역시
슬퍼해야 할 사실이다. 뿐만 아니라 우리는 우리 자신 속에 이런 비극
을 느끼지 않을 수 없다. 아니 우리의 정신적 생활은 대개는 낡은 우
리에 대한 새로운 우리의 싸움이다.

그러나 우리는 그들보다도 어느 정도 그들을 이해하고 있다(이것은
한편으로 우리에게는 오히려 불명예스러운 일일지도 모른다.). 그들은
우리에게 조금도 관심을 가지지 않는다. 우리는 그들한테는 미개인이
다. 더욱이 일본에 살고 있는 그들은 반드시 그들을 대표하는 자는 아
니다. 아마도 세계를 지배하는 그들의 샘플로 삼기에도 충분치 않을
것이다. 그러나 우리는 마루젠(丸善)[173]이 있기 때문에 조금은 그들의
영혼을 이해하고 있는 것은 분명하다.

더욱이 또 이 기회에 부연한다면 그들도 또 본질적으로는 역시 우
리와 다르지 않다. 우리는, 그들도 포함하여 모두 세계라는 방주에 탄
인간금수의 한 무리다. 하물며 이 방주 안은 결코 밝은 것은 아니다.
특히 우리 일본인의 선실은 때때로 대지진에 시달려야 하는 것이다.

171) 1850~1904, 그리스 출신의 영국인 문학자, 본명 라프카디오 한, 도쿄대 영문학
　　과 등에서 영문학을 강의함. 일본을 가장 사랑한 외국인으로 알려져 있음.
172) 두보 시 중 한 구. 이백의 애주는 유명함.
173) 도쿄에 있는 서양서 전문서점.

호리구치 씨의 소개는 공교롭게 아직 완결되어 있지 않다. 뿐만 아니라 씨가 부연해야만 할 비평도 게재되어 있지 않은 것이다. 그러나 나는 그것만으로도 순간적으로 이런 것을 생각했기 때문에 우선 펜을 들기로 했다.

❖ 24. 대작의 변호(代作の弁護) ❖

"고대의 화가는 적잖이 걸출한 제자를 두고 있다. 그러나 근대의 화가는 두고 있지 않다. 그것은 돈 때문에, 혹은 고원한 이상 때문에 제자를 기르기 때문이다. 고대의 화가가 제자를 기른 것은 대작을 시키기 위해서였다. 따라서 그들의 기교상 비밀도 죄다 제자에게 전수한 것이다. 제자가 걸출한 것도 이상할 리 만무하다." — 이런 사무엘 버틀러174)의 말은 어떤 측면에서는 진실을 말하고 있다. 천부적 재능은 그 때문에만 물론 생기는 것은 아니다. 그러나 또 그 때문에 촉진되는 부분도 많을 것이다. 나는 요즘 플로베르175)가 모파상을 가르치는데 얼마나 정성을 쏟았는지를 알았다(그는 모파상의 원고를 읽어 줄 때 연속하는 두 문장이 동일 구조인 것마저 일일이 지적했다.). 그러나 그것은 누구한테나 기대할 수 있는 일은 아니다(제자에게 재능이 있는 경우라 해도.).

오늘날 일본은 예술조차 대량생산을 요구하고 있다. 뿐만 아니라 작가 자신의 입장에서도, 대량생산을 하지 않는 한 생계조차 쉽지 않다. 그러나 양적 향상은 대개 질적 저하이다. 그러면 선인들이 행한 것처럼 제자에게 대작을 시키는 일도 한편으로 보면 많은 재능인을

---

174) Samuel Butler(1835~1902), 영국 작가, 풍자소설 「엘레혼(Erewhon)」(1872)이 대표작.
175) Gustave Flaubert(1821~1880), 프랑스 작가, 모파상의 어머니의 형제의 친구.

낳는 일이 될지도 모른다. 봉건시대 희작자(戱作者)[176]는 물론 메이지 시대 신문소설가도 전혀 이 편법을 사용하지 않았던 것은 아니다. 미술가는, — 예를 들면 로댕은 역시 부분적으로는 자신의 작품을 제자에게 제작하게 하고 있었던 것이다.

이런 전통을 가진 대작은 어쩌면 금후에는 행해지지 않을지도 모르겠다. 뿐만 아니라 그것은 반드시 한 시대 예술을 저속하게 한다고만 할 수는 없다. 제자는 기법을 익힌 후, 물론 독립해도 상관없다. 그러나 혹은 2대, 3대째 습명(襲名)하는 것도 가능할 것이다.

나는 불행히도 대작을 시킬 기회를 얻지 못했다. 그러나 타인의 작품을 대작할 수 있을 자신은 가지고 있다. 다만 한 가지 어려운 일로는 타인의 작품을 대작하는 일은 자작하는 것 보다 더 손이 많이 갈 것이 틀림없다.

❖ 25. 센류(川柳)[177] ❖

'센류'는 일본의 풍자시이다. 그러나 '센류'를 경시하는 것은 특별히 풍자시기 때문만은 아니다. 오히려 '센류'라는 이름이 너무도 에도 취향을 띠고 있기 때문에 뭔가 문예라기보다도 다른 것으로 보이기 때문이다. 옛 센류가 홋쿠에 가까운 것은 어쩌면 누구나 알고 있을지도 모른다. 뿐 만 아니라 홋쿠도 어떤 면에서는 센류에 가까운 면을 내재하고 있다. 그 가장 현저한 예는 「우즈라고로모(鶉衣)」(?)[178]의 초판에

---

176) 에도 중기 이후의 속문학, 특히 소설류.
177) 에도시대부터의 17자의 시형. 하이쿠가 계절어를 반드시 사용하는데 비하여 구어를 사용하여 생활감정을 풍자적이고 해학적으로 노래함. 가라이 센류(柄井川柳)의 이름에서 유래함.
178) 1823년 간행, 요코이 야유의 구집.

있는 요코이 야유(橫井也有)[179]의 렌쿠(連句)일 것이다. 그 렌구는 포르노그래피스러운 센류집 ― 「스에쓰무하나(末摘花)」[180]와 매한가지이다.

"빈자의 초상에는 이른 아침 연꽃을(安どもらひの蓮のあけぼの)"[181]

이러한 센류가 홋쿠에 가까운 점은 어느 누구도 인정하지 않을 수 없을 것이다(연꽃은 물론 조화이다.). 뿐 만 아니라 후대의 센류도 다 저속하다고 할 수는 없다. 그것들도 또 봉건시대 초닌(町人)[182]의 마음을 ― 그들의 기쁨과 슬픔을 해학 속에 표현하고 있다. 혹시 그것들을 저속하다고 한다면, 현재의 소설이나 희곡도 또한 같이 저속하다고 하지 않으면 안 될 것이다.

고지마 마사지로(小島政二郞)[183] 씨는 앞서 센류 속의 관능적 묘사를 지적했다. 후대는 어쩌면 센류 속에서 사회적 고민을 지적할지도 모른다. 나는 센류에는 문외한이다. 그러나 센류도 서정시나 서사시처럼 언젠가는 파우스트 앞을 지나갈 것이다. 다만 에도시대의 여름 하오리(夏羽織)인가 뭔가를 걸치고서.

마음으로부터 시인 우리
기뻐하는 것을 그대 아는가.
홀로 듣는 것을
원하지 않는 가사를 노래하게 하자.
心より詩人わが

---

179) 1702~1783, 에도시대 무사, 국학자, 하이진.
180) 센류집 『하이후 스에쓰무하나(誹風末摘花)』(1776~1801) 중 끝에 들어가 있는 호색적 구를 모은 구집.
181) 비용을 들이지 않은 질소한 장례식을 말함. 보통 장례식은 밤에 행해지지만 가난한 자들의 장례는 아침에 행해지는 것을 노래한 것. 기이쓰(紀逸)가 잣파이(雜俳, 유회적 시형)를 선집한 「무타마가와(武玉川)」(1750) 초편에 실려 있음.
182) 에도 서민, 특히 상인과 직인을 이름.
183) 1894~1994, 소설가, 수필가.

喜ばむことを君知るや。
　一人だに聞くことを
願はぬ詞ことばを歌はしめよ。184)

❖ 26. 시형(詩形) ❖

옛날이야기 속의 공주는 성 안에서 몇 년이고 조용히 잠들어 있다. 단가나 하이쿠를 제외한 일본의 시형도 역시 동화 속 공주와 다르지 않다. 만요슈(万葉集)185)의 장가는 잠시 차치하고, 사이바라(催馬楽)186)도 헤이케모노가타리(平家物語)187)도, 요코쿠(謠曲)188)도, 조루리도 운문이다. 거기에는 반드시 많은 시형이 잠들어 있음이 틀림없다. 단지 별행으로 쓴 것만으로 요코쿠는 자연히 오늘날 시에 가까운 형태를 나타낸 것이다. 거기에는 반드시 우리 말에 필요한 운율이 있을 것이다(오늘날 민요로 불리는 것은 적어도 대부분 시형상 남녀상열지사를 속요로 한 7, 7, 7, 5와 다르지 않다). 이 잠들어있는 공주를 찾아내는 것만으로도 이미 흥미로운 작업이다. 하물며 공주의 눈을 뜨게 하는 것은 말할 필요도 없다.

그런데도 오늘날의 시는 — 고풍스런 말로 하면 신체시(新体詩)는 저절로 이런 길을 걸어가게 된 것인지도 모른다. 또 오늘날의 감정을 담기에 과거의 시형은 도움이 되지 않을 것이다. 그러나 나는 과거의 시형을 반드시 답습하라고 하는 것은 아니다. 다만 그러한 시형 속에 뭔

---

184) 괴테 파우스트, 제2부 제1막.
185) 일본 최고의 가집, 759년까지의 350년간의 노래 약 4500수가 수록됨.
186) 아악의 일종.
187) 1240~1243년 경 성립, 군담소설의 백미.
188) 중세의 극문학 노(能, 가면극)의 대사.

가 생명력이 있는 것을 느끼는 것이다. 동시에 또 그 뭔가를 지금보다 의식적으로 포착하라고 하고 싶은 것이다.

우리들은 모두 어떤 점에서도 급격한 과도기에 태어났다. 따라서 모순에 모순을 거듭하고 있다. 빛은 ─ 적어도 일본에서는 동에서보다도 서에서 오는 것일지도 모른다. 그러나 과거로부터도 오는 것이다. 아폴리네르[189])들의 연작체 시는 겐로쿠 시대의 렌쿠(連句)에 가까운 것이다. 뿐만 아니라 훨씬 완성되지 못한 것이다. 이 공주를 잠에서 깨게 하는 것은 물론 누구나 가능한 것은 아니다. 그러나 한 명의 스윈번[190])만 나온다면 ─ 그 보다도 더욱 큰 역량을 가진 한 명의 '가타우타 길지킴이(片歌の道守り)'[191])만 나와 준다면……

일본의 고시 속에는 녹색 빛의 뭔가가 움직이고 있다. 뭔가 서로 공명하는 것이 ─ 나는 그 뭔가를 포착하는 것은 물론, 그 뭔가를 살리는 것도 불가능한 사람일 것이다. 그러나 그 뭔가를 느끼는 것은 꼭 다른 사람한테 뒤지지 않는다고 믿는다. 이러한 일은 문예상 어쩌면 맨 마지막 일일지도 모른다. 단지 나는 그 뭔가에 ─ 희뿌연 녹색빛깔의 뭔가에 묘하게도 마음이 끌리는 것이다.

❖ 27. 프로레타리아 문예(プロレタリア文芸)[192]) ❖

우리는 시대를 초월하는 것은 불가능하다. 뿐 만 아니라 계급을 초월하는 것도 힘들다. 톨스토이는 여자에 대해 말할 때도 조금도 외설

---

189) 1880~1918, 프랑스 초현실주의 시인.
190) Algernon Charles Swinburne(1837~1909, 영국 시인.
191) 다케베 아야타리(建部綾足, 1719~1774)의 자칭, '가타우타(片歌)'란 고대부터 노래되던, 옛 시형으로, 5, 7, 7 혹은 5, 7, 5로 3음보로 한 수를 이루는 가요형태로, 이를 다시 부흥시키려 노력함.
192) 일본에서는 1922년부터 일어난 문예사조.

을 꺼리지 않았다. 그 점은 또 고리키를 정말이지 질리게 했다. 고리키는 프랑크 하리스[193]와의 문답 속에서 "나는 톨스토이보다도 예의를 중시하고 있죠. 혹 톨스토이를 배웠다고 한다면 그들은 그것을 내 태생 때문이라고 — 서민 출신 때문이라고 해석할 겁니다."라고 솔직하게 진심을 털어놓고 있다. 하리스는 또 그 말에 대해 "고리키가 여전히 서민인 것은 이 점에서 — 즉 서민 출신을 부끄러워하는 점에서 나타나고 있다."고 밝히고 있다.

중산계급의 혁명가를 몇 명이고 낳은 것은 분명하다. 그들은 이론이나 실행에 있어서 그들의 사상을 표현했다. 그러나 그들의 영혼은 과연 중산계급을 초월하고 있던 걸까? 루터[194]는 로마 가톨릭교에 반역했다. 더욱이 자신의 작업을 방해하는 악마의 모습을 목격했다. 그의 이지는 참신했을 것이다. 그러나 그의 영혼은 역시 로마 가톨릭교의 지옥을 경험하지 않으면 안 되었던 것이다. 이것은 종교상에서만이 아니다. 사회제도상에서도 마찬가지이다.

우리는 우리 영혼에 계급이 각인되어 있다. 뿐 만 아니라 우리를 구속하는 것은 반드시 계급만이 아니다. 지리적으로도 크게는 일본에서부터 적게는 어떤 지방 어떤 마을에 이르는 우리의 출생지도 구속하고 있다. 그 외 유전이나 환경 등도 생각하면 우리는 우리 자신의 복잡함에 경탄하지 않을 수 없을 것이다(더욱이 우리를 형성하고 있는 것은 뭐든 우리 의식 하에 있다고는 할 수 없는 것이다.).

칼 마르크스는 잠시 차치하고, 옛 부터 여성참정권론자는 모두 현명한 아내를 두고 있다. 과학상의 산물마저 그런 조건을 보이고 있다고 한다면, 예술상의 작품은 — 특히 문예상의 작품은 모든 조건을 나

---

193) Frank Harris(1856~1931), 미국 저널리스트.
194) 1483~1546, 독일 종교개혁자.

타내고 있을 것이다. 우리는 각자 다른 기후 속에서 각자 다른 지면에 싹을 틔운 풀들과 다름없다. 동시에 또 우리 작품들도 무수한 조건을 갖춘 그 풀의 열매들이다. 만약 신의 눈으로 본다면 우리의 작품 한 편에 우리 전 생애를 표출하고 있을 것이다.

프롤레타리아 문예는 — 프롤레타리아 문예란 무엇일까? 물론 첫째로 생각할 수 있는 것은 프롤레타리아 문명 속에 꽃피운 문예이다. 이것은 오늘날 일본에는 없다. 그리고 다음으로 생각할 수 있는 것은 프롤레타리아를 위하여 투쟁하는 문예이다. 이것은 일본에도 없는 것은 아니다(혹시 스위스라도 이웃이었다고 한다면 어쩌면 더 많이 나왔을 것이다.). 셋째로 생각할 수 있는 것은 코뮤니즘이나 아나키즘주의를 갖고 있지 않다 해도, 프롤레타리아적 정신을 기초로 한 문예이다. 제2의 프롤레타리아 문예는 물론 제3의 프롤레타리아 문예와 반드시 양립하지 않는 것은 아니다. 그러나 만약 조금이나마 새로운 문예를 낳으려고 한다면 그것은 이 프롤레타리아적 정신이 낳은 문예가 아니면 안 될 것이다.

나는 스미다가와(隅田川) 강 입구에 서서, 범선이나 큰 거룻배가 모여드는 것을 보면서 새삼 오늘날의 일본에서 아무런 표현도 받지 않은 '생활의 시'를 느끼지 않을 수 없었다. 이러한 '생활의 시'를 노래한다는 것은 이러한 생활자를 기다리지 않으면 안 될 것이다. 적어도 이러한 생활자와 계속 동반하지 않으면 안 될 것이다. 코뮤니즘이나 아나키즘 사상을 작품 속에 부가하는 것은 반드시 어려운 일은 아니다. 그러나 그 작품 속에 석탄처럼 검게 빛나는 시적 장엄을 부여하는 것은 결국 프롤레타리아 정신뿐이다. 요절한 필립[195]은 정말 이러한 정

---

195) 제1장 참고.

신을 가진 자였다.

플로베르는 「보봐리 부인」에 부르주아의 비극을 온통 그려 넣었다. 그러나 부르주아에 대한 플로베르의 경멸이 「보봐리 부인」을 불멸로 만든 것은 아니다. 「보봐리 부인」을 불멸로 만드는 것은 단지 플로베르의 재능뿐이다. 플로베르는 프롤레타리아적 정신 외에도 잘 단련된 재능을 갖추고 있다. 그렇다면 어떤 예술가도 완성을 목표로 나아가지 않으면 안 된다. 완성된 모든 작품은 방해석같은 결정체를 이룬 채 우리 자손들의 유산이 되는 것이다. 가령 풍화작용을 받는다 할지라도.

❖ 28. 구니기다 돗포(国木田独歩)196) ❖

구니기다 돗포는 천재였다. 그에게 부여된 '어설프다'라는 말은 적절치 않다. 돗포의 작품은 어느 것을 보더라도 결코 어설프게 완성되지 않았다. 「정직한 사람(正直者)」, 「순사(巡査)」, 「대나무 문(竹の木戸)」, 「비범한 범인(非凡なる凡人)」……어느 것도 다 정교하게 완성되어 있다. 만약 그를 어설프다고 한다면 필립 역시 어설플 것이다.

그러나 돗포가 '어설프다'는 말을 듣는 것에는 이유가 전혀 없는 것은 아니다. 그는 이른바 희곡적으로 전개되는 스토리를 쓰지 않았다. 뿐만 아니라 길게도 쓰지 않았다(물론 어느 쪽도 불가능했던 것이다.). 그가 듣게 된 '어설프다는 말은 자연히 그 부분에서 기인했을 것이다. 그런데 그의 천재성은 혹은 그의 천재성의 일부는 실로 거기에 있었다.

돗포는 예리한 두뇌를 가지고 있었다. 동시에 또 부드러운 심장을 가지고 있었다. 게다가 그것들은 돗포 속에서 불행히도 조화를 잃고

---

196) 1871~1908, 시인, 자연주의 소설가.

있었다. 따라서 그는 비극적이었다. 후타바테이 시메이(二葉亭四迷)나 이시카와 다쿠보쿠도 이런 비극 속의 인물이다. 다만 후타바테이 시메이는 그들보다도 부드러운 심장을 갖고 있지 않았다(어쩌면 그들보다도 튼튼한 실행력을 갖추고 있었다.). 그의 비극은 그 때문에 그들보다도 훨씬 평온했다. 후타바테이 시메이의 전 생애는 자칫 이 비극적이지 않은 비극 속에 있는지도 모른다. ……

때문에 지상을 보지 않으면 안 되면서, 역시 부드러운 심장 때문에 천상을 보지 않을 수 없었다. 전자는 그의 작품 중에 「정직한 사람」, 「대나무 문」등의 단편을 낳았고, 후자는 「비범한 범인」, 「소년의 비애(少年の悲哀)」, 「그림의 슬픔(画の悲しみ)」등의 단편을 낳았다. 자연주의자도 인도주의자도 돗포를 사랑한 것은 우연이 아니다.

부드러운 심장을 가지고 있던 돗포는 물론 스스로 시인이었다(이 말은 반드시 시를 쓰고 있었다는 말은 아니다.). 하물며 시마자키 도손(島崎藤村)197) 씨나 다야마 가타이(田山花袋)198) 씨와는 다른 시인이다. 큰 강물을 닮은 다야마 씨의 시는 그의 안에서 찾아볼 수 없다. 동시에 또 꽃밭에 가까운 시마자키 씨의 시도 그의 안에서는 찾아볼 수 없다. 그의 시는 한층 절박한 것이다. 돗포는 그의 시 한 편처럼 늘 '높은 산봉우리의 구름이여(高峰の雲よ)'라고 노래하고 있다. 젊은 시절 돗포의 애독서 중 하나는 카알라일의 「영웅론」이었다고 한다. 카알라일의 역사관도 어쩌면 그를 감동시켰을지도 모른다. 그러나 더욱 자연스러운 것은 카알라일의 시적 정신을 접한 일이다.

하지만 그는 전술한 바 처럼 예리한 두뇌의 소유자였다. 「숲에 자유가 있다(山林に自由存す)」199)는 시는 「무사시노(武蔵野)」의 소품으로

---

197) 1872~1943, 시인, 소설가. 낭만주의에서 자연주의로 이행함.
198) 1871~1930, 자연주의 소설가.

바뀌지 않을 수 없다. 「무사시노」는 이름 그대로 분명 평원과 다름없다. 그러나 또 그 잡목림은 산들을 비추고 있음이 틀림없었다. 도쿠토미 로카(德富蘆花)200) 씨의 「자연과 인생(自然と人生)」은 「무사시노」와 절호의 대조를 이룰 것이다. 자연을 사생하고 있는 것은 어느 쪽도 같다. 그런데 후자는 전자보다도 침통한 색채를 띠고 있다. 뿐만 아니라 넓은 러시아를 포함한 동양적 전통의 고색을 띠고 있다. 역설적인 운명은 이 고색이 있기 때문에 「무사시노」를 한층 새롭게 했다(많은 사람들은 돗포가 개척한 「무사시노」의 길을 걸어갔을 것이다. 그러나 내가 기억하고 있는 것은 요시에 고간(吉江孤雁)201) 씨 한 사람 뿐이다. 당시 요시에 씨의 소품집은 오늘날의 '책의 홍수' 속에서 본연을 잃어버리고 만 것 같다. 그러나 뭔가 배꽃에 가까운 나이브한 아름다움이 가득한 것이다.).

돗포는 지상에 발을 내디뎠다. 그리고 ─ 모든 사람들처럼 야만한 인생을 마주했다. 그러나 그의 내부의 시인은 언제까지나 시인이었다. 예민한 두뇌는 빈사에 빠진 그에게 「병상록(病牀錄)」을 쓰게 했다. 그러나 이러한 그는 한편으로는 「사막의 비(沙漠の雨)」(?)라는 산문시를 짓고 있었다.

만약 돗포 작품 중, 가장 완성된 것을 든다고 한다면 「정직한 사람」이나 「대나무 문」에 그칠 것이다. 그런데 그 작품들은 반드시 시인 겸 소설가였던 돗포의 전부를 보여주지 않고 있다. 나는 가장 조화를 이룬 돗포를 ─ 혹은 가장 행복했던 돗포를 「사슴사냥(鹿狩り)」 등의 소품에서 발견하고 있다(나카무라 세코202) 씨 초기 작품은 이러한 돗포

---

199) 1913년 간행된 돗포시집(独步詩集) 중 일절.
200) 1868~1927, 소설가, 톨스토이에 심취했으며, 만년 기독교인이 됨.
201) 1880~1940, 요시에 다타마쓰(吉江喬松)라고도 함. 프랑스 문학자, 시인, 작가, 비평가.

작품에 가까운 것이었다.).

　자연주의 작가들은 다들 정진하며 걸어갔다. 그러나 단 한 사람 돗포 만은 때때로 공중으로 날아오르고 있다. ……

❖ 29. 재차 다니자키 준이치로 씨에게 답변함(再び谷崎潤一郎氏に答ふ,)203) ❖

　나는 다니자키 씨의 「요설록」204)을 읽고 또 한 번 이 문장을 쓸 마음이 생겼다. 물론 내 의도도 다니자키 씨에게 답하려는 것만은 아니다. 그러나 사심을 섞지 않고 논쟁을 할 수 있는 상대는 거의 이 세상에는 없는 것이다. 나는 유일한 한 사람을 다니자키 씨에게서 발견했다. 이것은 혹은 다니자키 씨는 괜한 간섭으로 생각할지 모른다. 하지만 혹시 주전부리라도 하듯 내 논의를 들어준다면 그것만으로도 나는 만족할 것이다.

　불멸의 것은 예술만이 아니다. 우리의 예술론도 역시 불멸한다. 우리는 영원히 예술 운운하며 논의를 하고 있을 것이다. 이런 생각은 내 펜끝을 무디게 하는 것은 분명하다. 하지만 내 입장을 분명히 하기 위해서 잠시 이데아의 평풍을 갖고 논다면, ―

　(1) 나는 혹은 다니자키 씨가 말한 것처럼 좌고우면205)하고 있을지도 모른다. 아니 아마도 그러고 있을 것이다. 나는 무슨 업보인지 과감하게 돌진할 용기가 결여되어 있다. 게다가 드물게 이 용기를 얻을라치면 대개 무슨 일에서든 실패하고 있다. '이야기'다운 이야기가 없

---

202) 中村星湖(1884~1974), 문학가.
203) 1927년 6월 게재된 문장.
204) 다니자키의 연재로 이것은 5월호 게재분을 말함.
205) 다니자키는 5월에 "나는 이와같이 좌고우면하고 있는 군이 과연 나를 채찍질하고 있는지 어떤지도 의문스럽다."고 서술하고 있는데, 이를 두고 이른 표현.

는 소설 같은 말을 끄집어낸 것도 어쩌면 이 일례일지도 모른다. 그러나 나는 다니자키 씨도 인용한 것처럼 '이야기'다운 이야기가 없는 소설을 최상의 것이라고는 생각하지 않는다고 운운한 것과는 모순되지 않는다. 나는 소설이나 희곡 속에 얼마나 순수한 예술가의 진면목이 있는지를 보려고 한 것이다('이야기'다운 이야기를 가지고 있지 않은 소설 — 예를 들면 일본의 사생문맥의 소설은 어떤 것도 순수한 예술가의 진면목을 나타내고 있다고는 할 수 없다.). '시적 정신 운운하는 의미를 잘 모르겠다'고 한 다니자키 씨에 대한 대답은 이 몇 줄로도 충분할 것이다.

(2) 다니자키 씨의 소위 '구성하는 힘'은 내게도 이해할 수 있을 것 같은 느낌이다. 나도 또 일본의 문예에 — 특히 오늘날의 문예에 그러한 힘이 부족하다는 것을 반드시 부정하는 입장은 아니다. 그러나 만약 다니자키 씨가 말한 것처럼 이런 힘이 나타나는 것은 반드시 장편에 한정되지 않는다고 한다면, 앞에서 내가 든 모든 작가도 역시 이런 힘을 다 가지고 있다. 허긴 이것은 비교적인 문제이기 때문에, 어떤 기준 위에 근거하여 유무를 논해도 방도가 없을 것이다. 더욱 또 내가 시가 나오야 씨에게 미치지 못하는 것을 '육체적 역량의 느낌의 유무에 있다'[206]고 한 것은 전혀 나는 찬성할 수 없다. 다니자키 씨는 내 자신보다도 한층 나를 높게 평가하고 있다. "우리는 우리 자신들의 단점을 말할 수는 없다. 우리 자신이 말하지 않더라도 타인은 반드시 말해 줄 것이다." — 메리메는 그의 서간집 속에서 이러한 노외교가의 말을 인용했다. 나도 또 이 말을 적어도 부분적으로 지킬 작정이다.

(3) "괴테가 위대한 것은 스케일이 크고 더욱이 순수성을 잃어버리

206) 다니자키는 이 말을 하기 전 "실례지만 나로 하여금 기탄없이 말하게 한다면"
이라는 전제를 달고 있음.

지 않은 점에 있다."고 하는 다니자키 씨 말은 적중하고 있다. 이 말에는 나는 불만은 없다. 그러나 잡박한 대시인이라 할지라도 순수하지 않은 대시인은 아니다. 따라서 대시인을 대시인으로 만드는 것은, ― 적어도 후세에 대시인의 이름을 붙일 수 있는 자는 잡박하다는 점에 귀결한다. 다니자키 씨는 '잡박한'이란 말을 천박하게 느끼고 있었을 것이다. 그것은 우리들의 흥미의 차이이다. 나는 괴테에게 '잡박한'이라는 말을 붙였다. 그러나 거기에는 꼭 '요란스런 느낌'을 포함하고 있지 않다. 만약 다니자키 씨의 표현에 따른다면 '표용력이 크다'라는 말과 같은 뜻으로 봐도 좋을 것이다. 다만 이 '표용력이 크다'라는 말은 예부터 시인을 평가하는 데 지나치게 중시되어온 것은 아닐지? 나는 그들의 심정에 적잖게 동정하고 있다(원래 괴테는 우리의 질투심을 선동하는 힘을 갖추고 있다. 동시대의 천재에게 질투를 보이지 않는 시인들마저 괴테에게 울분을 터뜨리고 있는 자는 적지 않다. 그러나 나는 불행히도 질투를 보일 용기조차 없는 것이다. 괴테는 그의 전기가 서술하고 있는 바에 의하면 원고료나 인세 외에도 연금이나 생활비를 받고 있었다. 그의 천재성은 잠시 차치하고, 그 또 천재성을 조장한 환경이나 교육은 잠시 차치하고, 마지막으로 그의 에너지를 낳은 육체적 건강도 잠시 차치하고, 그것만으로도 부럽게 여기는 자는 아마도 나 하나로 끝나지 않을 것이다.).

(4) 이것은 다니자키 씨에게 하는 답변은 아니다. 우리 두 사람의 논쟁의 차이는 "각각의 체질의 차이는 아닐까?"라고 한 다니자키 씨의 말에 대해, 약간 소회를 표하고 싶은 것이다. 다니자키 씨가 사랑하는 무라사키 시키부(紫式部)[207]는 그녀의 일기 한 구절에 "세이 쇼나곤(淸

---

207) 10세기에서 11세기, 여관(女官), 귀족 최초의 장편소설 「겐지모노가타리」와 일기 「무라사키시키부일기(紫式部日記)」를 남김. 일기 속에 인물평이 들어 있음. 세

少納言)[208]이야말로, 교만하고 잘난 척하는 사람이다. 언변이 뛰어나고 한자도 잘 쓰기는 하지만 잘 보면 아직 미진한 구석이 많다. 이같이 타인 보다 특별히 특출하다고 여기고 행동하는 사람은 반드시 보기보다 많이 모자란다. 장래에는 더욱 나빠져 갈 뿐이기 때문에, 늘 멋진 것처럼 행동하는 것이 몸에 배어버린 사람은, 정말이지 외롭고 심심한 때에도, 깊은 감동을 받고 있는 것처럼 행동하고, 정취 있는 일도 놓치지 않으려고 애쓰는 동안에, 자연히 경박한 태도가 되고 마는 것이다. 그런 경박한 사람의 말로가 어찌 좋을 리 있겠는가."라는 말을 남겼다. 나는 걸출한 남성성을 가진 세이 가문의 소녀를 자처하고 있는 것은 아니다. 하지만 이 문장을 읽고 (무라사키 시키부의 과학적 교양은 체질의 차이로 언급할 정도로 진보적이지 않다하더라도) 한층 더 나를 질책하는 다니자키 씨를 느끼지 않을 수 없었다. 지금 거듭 다니자키 씨에게 답변하는데 있어서, 이러한 소회를 표하는 것은 논쟁의 시비를 잠시 두고, 「요설록」 문장의 리듬이 당당하기 때문만은 아니다. 왕년 심야의 자동차 안에서 나 때문에 예술을 논하던 다니자키 씨를 떠올렸기 때문이다.

❖ 30. 야성이 부르는 소리(「野性の呼び声」)[209] ❖

나는 앞에서 광풍회(光風会)[210]에 나온 고갱의 「타히티의 여인」(?)을 봤을 때, 뭔가 내게 반발하고 있는 힘을 느꼈다. 장식적인 배경 앞에

이 쇼나곤과는 정치적, 재능상 라이벌 관계임.
208) 10세기에서 11세기, 여관(女官), 귀족, 가인, 최초의 수필 「마쿠라노소시(枕草子)」를 남김.
209) "The Call of the Wild" 1903년 미국 소설가 잭 런던의 소설명을 원용함. 1927년 일본에서 번역이 나왔음.
210) 전람회 중심의 단체.

묵직하니 서 있는 주황색 여인은 시각적으로 야만인의 피부 냄새를 풍기고 있었다. 그것만으로도 조금은 질린데다가, 장식적인 배경과 조화되지 않은 것에 불쾌감을 느끼지 않을 수 없었다. 미술원 전람회에 나온 두 장의 르노아르는 어느 것도 이 고갱보다 뛰어났다. 특히 작은 나체화같은 것은 얼마나 샤르망하게[211] 완성돼 있었는지? — 나는 그때 이리 생각했다. 그러나 세월이 흐름에 따라, 그 고갱의 주황색 여인은 점점 나를 위압하기 시작했다. 그것은 실제로 타히티의 여인에게 기대되던 것에 가까운 위력이다. 더욱이 역시 프랑스 여인도 내게는 매력을 잃은 것은 아니다. 만약 화면의 아름다움 운운한다면 나는 여전히 타히티의 여인보다도 프랑스 여인을 택하고 싶다고 생각하고 있다. ……

나는 이러한 모순에 가까운 것을 문예 속에서 느끼고 있다. 더욱이 또한 문예평론가들 속에서도 타히티파와 프랑스파가 존재하는 것을 느끼고 있다. 고갱은, — 적어도 내가 본 고갱은 주황색 여인 속에 인간금수 한 마리를 표현하고 있었다. 게다가 사실파 화가들보다도 훨씬 통절하게 표현하고 있다. 어떤 문예비평가는 — 예를 들면 마사무네 하쿠초 씨는 대개 이 인간 금수 한 마리를 표현했는지 여부를 척도로 삼고 있었다. 그러나 어떤 문예비평가는, — 예를 들면 다니자키 준이치로 씨는 대개 인간금수 한 마리보다도 인간금수 한 마리를 포함한 화면의 아름다움을 척도로 하고 있다(그렇긴 해도 문예평론가들의 척도는 반드시 이 양자에 한정되어 있지 않다. 실천도덕적 척도도 있지만 사회도덕적 척도도 있는 것은 분명하다. 그러나 나는 그런 척도에 그다지 흥미를 가지고 있지 않다. 뿐만 아니라 가지지 않는 것도

---

211) 프랑스어, 매력적으로

이상하지 않다고 믿고 있다.). 물론 타히티파는 반드시 프랑스파와 양
립하지 않는 것은 아니다. 양자의 차별은 이 지상이 낳은 모든 차별처
럼 희미해져 있다. 그러나 잠깐 양자를 예를 들자면 양자의 차별이 있
는 것만은 아무튼 우선 인정하지 않으면 안 된다.

　소위 괴테·크로체·스핑건212) 학파의 미학에 의하면, 이 차별도
'표현'이라는 한 마디에 안개처럼 사라지고 말 것이다. 그러나 어떤 작
품을 완성하기 위해서는 거듭 우리를, — 혹은 나를 기로에 내모는 것
은 사실이다. 고전적 작가는 교묘하게도 이 기로를 단번에 걸어갔다.
그들에게 우리 군소 작가들이 미치지 못하는 것은 아마도 그 점에서
기인할 것이다. 르노아르는, — 적어도 내가 본 르노아르는 이런 점에
서는 고갱보다도 고전적 작가에 가까울지도 모른다. 하지만 주황색
인간 금수 암컷은 뭔가 나를 끌어들이려고 하고 있다. 이러한 '야성이
부르는 소리'를 우리들 속에서 느끼는 것은 나 하나뿐일까?

　나는 나와 동시대에 태어난, 모든 조형미술 애호자처럼 우선 그 침
통한 힘으로 가득한 고호에 경도한 한 사람이었다. 그러나 어느새 우
아함의 극치를 보인 르노아르에 흥미를 느끼기 시작했다. 그것은 혹
은 내 안에 있는 도회인이 벌인 일인지도 모른다. 동시에 또 르노아르
를 경멸하는 당시의 애호가의 취향에 심사가 뒤틀린 탓이 아닌 것도
아니다. 하지만 10년 남짓 지나고 보니, — 훌륭하게 완성된 르노아르
는 여전히 나를 감동시키지 않는 것은 아니다. 그러나 고호의 측백나
무나 태양은 또 한 번 나를 유혹하는 것이다. 그것은 주황색 여인의
유혹과 어쩌면 다른 것인지도 모른다. 그러나 뭔가 절박한 것에, 이를

---

212) 스핑건은 미국 평론가, 크로체의 경향을 띠는 미학사상을 저술하여 일본에서
　　인기가 있었음. 이 계열을 비꼬고 있는 것으로 보임. 다니자키는 요설록 속에서
　　괴테를 높게 평가함.

테면 예술적 구미를 당기는 것은 마찬가지이다. 뭔가 우리 영혼의 밑
바닥에서 필사적으로 표현을 구하고 있는 것에. —

　게다가 나는 르노아르에게 연연해하는 마음을 가지고 있는 것처럼
문예상 작품에서도 우아한 것을 사랑하고 있다. 「에피쿠로스의 정원」[213)
을 걸은 자는 쉽게 그 매력을 잊을 수는 없다. 특히 우리 도회인들은
그 점에서는 누구보다 약한 것이다. 프롤레타리아 문예가 부르는 소
리도 물론 나를 감동시키지 않은 것은 아니다. 그러나 그 보다도 이
문제는 근본적으로 나를 감동시키는 것이다. 순일무잡해진다는 것은
누구에게나 아마도 곤란할 것이다. 그러나 아무튼 외견상으로도 내가
알고 있는 작가들 속에는 이 처지에 놓인 자도 없지는 않다. 나는 언
제나 이런 사람들에게 다소 선망을 느끼고 있다. ……

　나는 누군가가 달아준 명찰에 의하면 소위 '예술파'의 한 사람이 되
어있다(이러한 명칭이 존재하는 것은 동시에 또 이러한 명칭을 낳은
어떤 분위가가 존재하는 것은 온 세계에서 일본뿐일 것이다.). 내가 작
품을 쓰고 있는 것은 내 자신의 인격을 완성하기 위해 쓰고 있는 것이
아니다. 하물며 오늘날의 사회조직을 일신하기 위해서 쓰고 있는 것
이 아니다. 다만 내 속의 시인을 완성하기 위하여 쓰고 있는 것이다.
혹은 시인 겸 저널리스트를 완성하기 위해서 쓰고 있는 것이다. 따라
서 '야성이 부르는 소리'도 내게는 등한시할 수는 없는 것이다.

　한 친구는 모리 선생의 시가에 불만을 내비친 내 문장을 읽고, 나는
감정적으로 모리 선생에게 박정하게 군다는 비난을 했다. 나는 적어
도 의식적으로는 모리 선생에게 적의 따위는 품고 있지 않다. 아니 오
히려 모리 선생을 마음으로부터 존경하고 있는 한 사람일 것이다. 그

---

213) 아나톨 프랑스 수필집.

러나 내가 모리 선생에게 선망을 느끼고 있는 것도 분명하다. 모리 선생은 마차를 끄는 말처럼 정면만 보고 있던 작가는 아니다. 게다가 의지력 그 자체처럼 한 번도 좌고우면한 적은 없었다. 「타이이스」(Thais)214) 중의 파푸뉘스215)는 신에게 기도하지 않고 인간의 자식이었던 나사렛 그리스도에게 기도하고 있다. 내가 언제나 모리 선생에게 근접하기 어려운 심정을 가지고 있는 것은 혹은 이러한 파푸뉘스에게 가까운 탄식을 느끼고 있기 때문일 것이다.

❖ 31. 서양이 부르는 소리(「西洋の呼び声」)216) ❖

나는 고갱의 주황색 여인에게 '야성이 부르는 소리'를 느끼고 있다. 그러나 그 루동의 「젊은 석가모니」217)(쓰치다 바쿠젠(土田麦僊)218) 씨 소장?)에게 '서양이 부르는 소리'를 느끼고 있다. 이 '서양이 부르는 소리'도 역시 나를 감동 않고는 못 배기게 한다. 다니자키 준이치로 씨도 다니자키 씨 자신 속에 동서양의 상극을 느끼고 있는지도 모른다. 그러나 내 '서양이 부르는 소리'라는 것은 어쩌면 다니자키 씨의 '서양이 부르는 소리'와는 다소 차이가 날지도 모르겠다. 나는 그 때문에 내가 느끼는 '서양에 관해 써보기로 했다.

'서양이 내게 말을 거는 것은 언제나 조형미술의 내부로부터다. 문예상의 작품은 — 특히 산문은 의외로 이 점에서는 통절하지는 않다. 그것은 우선은 우리들 인간은 인간금수라는 점에서 동서양 차별이 적

---

214) 1909년 간행된, 아나톨 프랑스의 소설.
215) 주인공으로, 사막을 고행하는 수도사.
216) 아쿠타가와의 조어.
217) Odilon Redon(1840~1916), 프랑스 화가.
218) 1887~1936, 일본화가.

기 때문일 것이다(가장 손쉬운 예를 들면, 모 의학박사가 어느 소녀를 능욕한 것은 전적으로 신부 세르지우스[219]가 서민의 딸에 대하던 것과 다름없는 남성의 심리이다.). 그리고 또 우리의 어학적 소양은 문예 작품의 미를 포착하기 위해서는 너무나 불완전하기 때문일 것이다. 우리는, — 적어도 나는 서양인이 쓴 시문의 의미만은 이해못하는 것은 아니다. 그러나 우리 선조가 쓴 시문 — 예를 들면 본초(凡兆)[220]의 '나뭇가지 고와져 가는 버드나무인가(木の股のあでやかなりし柳かな)'에 대한 것만큼, 한 글자 한 음의 세부에 이르기까지 음미하기는 힘든 것이다. 서양이 나를 부르는 것이 조형미술을 통해서라는 점은 반드시 우연이 아닐지도 모른다.

이 '서양'의 기저에 근거하고 있는 것은 늘 불가사의한 그리스이다. 물의 온도는 선인들이 말한 것처럼 마셔보고 알 수밖에 도리가 없다. 불가사의한 그리스도 또 마찬가지다. 나는 가장 간략히 그리스를 설명한다고 한다면 일본에도 있는 그리스 도기 몇 점을 보기를 권할 것이다. 혹은 또 그리스 조각 사진을 보기를 권할 것이다. 그러한 작품의 아름다움은 그리스 신들의 아름다움이다. 또는 어디까지나 관능적인, — 말하자면 육감적인 아름다움 속에 뭔가 초자연이랄 수밖에 없는 매력을 지닌 아름다움이다. 이 돌에 스며든 사향인지 뭔지의 냄새처럼 정체를 알 수 없는 아름다움은 시 속에도 또한 없는 것은 아니다. 나는 폴 발레리를 읽었을 때(서양 비평가는 뭐라고 했는지 모른다.), 보들레르가 옛날부터 항상 나를 감동시키고 있던 이러한 아름다움과 해후했다. 그러나 가장 직접 내게 이 그리스를 느끼게 했던 것은 앞서 말한 한 장의 루동이다. ……

---

219) 에밀 졸라의 「무레 사제의 과오(La Faute de l'Abbé Mouret」(1875) 속 주인공.
220) ?~1714, 에도시대 하이진.

그리스주의(헬레니즘)과 헤브라이즘과의 사상적 대립은 여러 논의를 낳고 있다. 그러나 나는 그러한 논의에는 그다지 흥미를 가지고 있지 않다. 단지 가두의 연설에 귀를 기울이는 것처럼 듣고 있을 뿐이다. 그러나 이 그리스적인 아름다움은 이런 문제에 문외한인 내게도 '두렵'다고 해도 상관이 없다. 나는 여기에만 — 이 그리스에만 우리들 동양에 대립하는 '서양이 부르는 소리'를 느끼는 것이다. 귀족은 부르주아에게 자리를 양보했을 것이다. 부르주아도 역시 프롤레타리아에게 언젠가는 자리를 양보할 것이다. 하지만 서양이 있는 한, 불가사의한 그리스는 반드시 우리를, — 혹은 우리 자손들을 매료시키려 할 것이 틀림없다.

나는 이 문장을 쓰고 있는 동안 고대 일본에 건너온 앗시리아의 수금을 떠올렸다. 위대한 인도는 우리 동양을 서양과 악수하게 하려는지도 모른다. 그러나 그것은 미래의 일이다. 서양은 — 가장 서양적인 그리스는 현재로서는 동양과 악수하고 있지 않다. 하이네는 「유배된 신들」 속에 십자가형을 받은 그리스 신들이 서양의 벽촌에서 살고 있다는 것을 썼다. 하지만 그것은 벽촌이라 해도, 아무튼 서양이었기 때문이다. 그들은 우리 동양에는 잠시도 살지 못했을 것이다. 서양은 예를 들면 헤브라이주의의 세례를 받은 뒤라 해도, 뭔가 우리 동양과 다른 혈맥을 가지고 있다. 그 가장 뚜렷한 예는 어쩌면 포르노그래피에 있을지도 모른다. 그들은 육감 그 자체조차 우리와는 취향을 달리하고 있다.

어떤 이들은 1945년에 죽은 독일 표현주의 속에서 그들의 서양을 발견하고 있다. 그리고 또 어떤 이들은 — 렘브란트나 발자크 속에서 그들의 서양을 발견하고 있는 사람들도 물론 많을 것이다. 실제로 하타토 요키치(秦豊吉)[221] 씨 같은 이는 로코코 시대 문예에서 하타토 씨의 서양을 발견하고 있다. 나는 이러한 다양한 서양을 서양이 아니라고 하는 것은 아니다. 그러나 이러한 서양의 그늘에서 언제나 잠에서 깨어나고 있는 한 마리 불사조 — 불가사의한 그리스를 두려워하고 있는 것이다. 두려워한다고? — 어쩌면 두려워하고 있지 않을지도 모른다. 하지만 묘하게 저항하면서, 역시 애타게 끌려 들어가고 마는 동물적 자장에 가까운 것을 느끼지 않을 수는 없는 것이다.

나는 만약 외면해야 한다면, 이러한 '서양이 부르는 소리'에는 외면하고 싶다고 생각하고 있다. 그러나 외면하는 것은 반드시 내 의지대로 되지는 않는다. 나는 요 4, 5일 전 밤에 무로 사이세이(室生犀星)[222]와 어떤 사람과 함께 오랜만에 파이프 담배를 피우며 젊은 사람들과 이야기를 하고 있는 중에 10여년도 전에 잊어버리고 있던 보들레르의 한 줄을 떠올렸다(그것은 내게는 실험심리적으로도 흥미로운 사실이었음이 틀림없다.). 그리고 불가사의한 장엄으로 가득 찬 한 장의 루동을 떠올렸다.

이 '서양이 부르는 소리'도 역시 '야성이 부르는 소리' 처럼 나를 어딘가로 끌고 가려 한다. 아폴론에 대한 디오니소스에서 그의 우상을 발견한 「자라투스트라」의 시인은 행복했다. 오늘날 일본에서 동시기에 태어난 나는 문예적으로 내 자신 속에 무수한 분열을 느끼지 않을 수 없었다. 그것도 혹은 내 한 사람에게, — 매사에 영향 받기 쉬운 내 한 사람에 한한 것일까? 나는 이 불가사의한 그리스야말로 가장 서양적인 문예상의 작품을 우리 일본어로 번역하는 것을 방해하고 있는 것은 아닐까 생각하고 있다. 혹은 우리들 일본인이 정확하게 이해하

---

221) 1892~1956, 독문학자, 번역가, 수필가.
222) 사이세이를 중심으로 호리 다쓰오(堀辰雄), 나카노 시게하루(中野重治) 등의 청년 작가들이 만든 '파이프회'.

는 것마저 (어학상 장해는 차치하고서) 방해하고 있는 것은 아닐까 생각하고 있다. 한 장의 루동은, — 아니 언젠가 프랑스 미술전람회에 나왔던 모로(Gustave Moreau,)[223]의 「살로메」(?)마저 이런 점에서는 내게 동서를 갈라놓은 대해를 떠올리지 않을 수 없게 했다. 이 문제는 역으로 보면 서양인이 한시를 이해하지 못하는 것도 당연하다고 하지 않으면 안 될 것이다. 나는 대영박물관에 동양학자가 한 사람 있다는 것을 얼핏 듣고 있다. 그러나 그의 한시 영역은 우리 일본인에게는 원작의 제호미를 전달하지 못한다. 뿐만 아니라 그의 한시론도 성당(盛唐)시대를 비난하고 한위(漢魏)[224]를 평가한 것은 선행 비평을 비판하고 있다고 해도, 역시 우리 일본인에게는 쉽게 수긍할 수 없는 점이다. 피카소는 흑인의 예술에서 새로운 아름다움을 발견했다. 하지만 그들이 동양적 예술에 — 예를 들면 다이구(大愚) 료칸(良寬)[225]의 글에서 새로운 아름다움을 발견하는 때는 언제일까?

❖ 32. 비평 시대(批評時代) ❖

비평이나 수필의 유행은 즉 창작이 활발하지 않다는 이면을 드러내 보이는 것이다. — 이것은 내 논의는 아니다. 사토 하루오 씨의 논의이다(「중앙공론(中央公論)」 5월호 게재). 동시에 또 미야케 이쿠사부로(三宅幾三郎)[226] 씨의 논의이다. (「문예시대(文芸時代)」 5월호 게재) 나는 우연히 논조를 같이 하고 있는 양 씨의 논의에 흥미를 느꼈다. 양 씨의 논의는 적중하고 있을 것이다. 오늘날 작가들은 사토 씨가 말하는

---

223) 1826~1898, 프랑스 화가.
224) 한나라에서 위나라에 걸쳐 문학이 개화한 시대.
225) 1758~1831, 승려, 시인.
226) 1897~1941, 소설가, 번역가.

것처럼 지쳐 있음에 틀림없다(그런데도 "나는 지쳐있지 않다"고 주장하는 작가는 예외다.). 혹은 또 신변잡사 때문에, 혹은 또 논쟁하기 힘든 연령 때문에, 혹은 또, — 사정은 각각 다르더라도, 아무튼 어느 정도 지쳐있을 것이다. 사실 서양 작가들 중에서도 만년에는 비평의 펜을 쥐고 여가를 즐긴 자도 적지는 않았다. ……

사토 씨는 이 비평시대에 한층 본질적인 것을 논하는 것이 필요하다고 역설하고 있다. 미야케 씨가 '제1의적 비평'을 요구하는 것도 아마도 사토 씨와 크게 차이는 없을 것이다. 나도 또 각각의 비평의 펜에서도 피가 흘러내릴 것을 바라고 있다. 무엇을 비평에서 제1의적이라고 할 것인가? — 그것은 각인각설일지도 모른다. 그 또 각인각설인 점에서 소위 '참다운 비평'이 출현한다는 사실상 곤란은 있을지도 모른다. 그러나 우리는 각인각설이라 해도 아무튼 우리의 신조나 의문을 억지로 밀어부칠 수밖에는 달리 도리가 없다. 사실 마사무네 하쿠초 씨는 「문예평론」이나 「단테에 관하여」 속에서 훌륭하게 이러한 작업을 했다. 마사무네 씨의 논의는 비평적으로 약간의 결점을 찾을 수 있을지도 모른다. 그러나 후대인들은 언젠가 럿셀도 말한 것처럼 "우리 과실을 비난하기보다도 우리 열정을 받아들이게 될 것이다."

미야케 씨는 또 "비평도 모두 소설가 손에 맡겨두는 일은 오히려 문학의 진보 발전을 정체시킬 우려가 있다."고 하고 있다. 나는 이 말을 읽었을 때, "시인은 그 자신 속에 비평가를 지니고 있다. 그러나 비평가는 그 자신 속에 시인을 지니고 있다고 할 수는 없다."라는 나폴레옹의 말을 떠올렸다. 사실 시인은 그 자신 속에 비평가를 갖추고 있음이 틀림없다. 그러나 그 비평가는 그의 비평을 '비평'이라는 문예상의 어떤 형식으로 완성시킬 힘을 갖추고 있을지 어떨지? — 그것은 또 자연히 다른 문제이다. 미야케 씨의 소위 '참다운 비평가'의 출현을 기대하는 것이 반드시 나 한 사람만이라고는 할 수 없을 것이다.

다만 일본의 '파르나스'227)는 어떤 인습에 사로잡혀 있다. 예를 들면 시인 무로 사이세이 씨가 소설이나 희곡을 쓸 때에는 그것들은 결코 여기는 아니다. 그러나 소설가 사토 하루오 씨가 때때로 시를 지을 때에는 그것은 희안하게도 여기이다(나는 언젠가 사토 씨 자신이 "내 시는 결코 여기는 아니다"라고 분개하고 있던 것을 기억하고 있다.). 만약 '소설가 만능'이란 말에 상당하는 사실을 든다고 한다면 이야말로 정말 그 하나일 것이다. 소설가 겸 비평가 경우도 역시 이 사실과 같다. 나는 오가이 전집 3권을 읽고 비평가 오가이 선생이 당시의 '전문적 비평가'를 얼마나 능가하고 있었던가를 알았다. 동시에 또 이러한 비평가가 없는 시대가 얼마나 허전한 것인가도 알았다. 만약 메이지 시대의 비평가를 꼽으라고 한다면 나는 모리 선생, 나쓰메 선생과 더불어 시키 거사(子規居士)228)를 꼽고자 한다. 도쿄의 장난꾸러기 사이토 료쿠(斎藤緑雨)229)는 우편에 모리 선생의 서양학을 차용하고, 좌편에 고다(幸田)230) 선생의 한문학을 차용한 것이지만, 결국 비평가의 영역에는 들지 못하고 있다(그러나 나는 수필 외에 아무것도 완성하지 못한 사이토 료쿠에게 언제나 동정을 느끼고 있다. 료쿠는 적어도 문장가였다.). 하지만 그것은 논쟁의 여지는 있다. ……

비평가였던 모리 선생은 자연주의 문예가 성행한 메이지시대를 준비했다(게다가 역설적인 운명은 자연주의 문예가 성행한 시대에는 모리 선생을 반자연주의자 중 한 사람으로 만들었다. 그것은 한편으로 모리 선생의 눈은 훨씬 높은 하늘을 보고 있었기 때문인지도 모른다.

227) 문단.
228) 마사오카 시키.
229) 1868~1904, 소설가, 평론가.
230) 고다 로한(幸田露伴, 1867~1947), 의고전주의 소설가.

그러나 아무튼 메이지 20년대에 졸라나 모파상을 운운하던 모리 선생 마저 반자연주의자의 한 사람이 된 것은 역설적이라고 하지 않을 수 없다.). 나는 만약 우리시대도 비평 시대로 불린다고 한다면, — 미야케 씨는 "우리는 도래할 일본 문학의 융성기에 대해 거의 절망을 느끼지 않는가?"라 하고 있다. 만약 운 좋게도 이 말은 미야케 씨 한 사람의 감회였다고 한다면, — 우리들은 얼마나 기꺼이 신인 작가들을 기다릴 수 있을까. 혹은 또 얼마나 불안 속에서 신인 작가들을 기다릴 수 있을까.

이른바 '참다운 비평가는 겨를 쌀알에서 분리하기 위하여 비평의 펜을 쥘 것이다. 나도 또 때때로 나 자신 속에 이러한 메시아적 욕망을 느끼고 있다. 그러나 대부분은 나 자신 때문에 — 나 자신을 이지적으로 노래하기 위해 쓰고 있는 것에 지나지 않는다. 비평도 또 내게는 그 점에서는 거의 소설을 짓거나 홋쿠를 짓거나 하는 것과 다르지 않다. 나는 사토, 미야케 양 씨의 논의를 읽고, 내 비평에 서문을 달기 위해 우선 이 문장을 쓰기로 했다.

＊ 부기: 나는 이 문장을 다 쓴 후, 홋키 가쓰조(堀木克三)231) 씨의 지적을 받아, 우노 고지(宇野浩二)232)가 비평 이름으로 '문예적인, 너무나도 문예적인'을 사용하고 있음을 알았다. 나는 고의로 우노 씨의 흉내를 낸 것도 아니지만, 더욱이 프롤레타리아 문예에 대한 공동전선처럼 할 작정은 아니다. 그저 문예상의 문제만을 논하기 위해서 별 생각없이 붙였을 뿐이다. 우노 씨도 아마도 내 심정을 이해해 줄 것이다.

---

231) 1892~1971, 평론가.
232) 1891~1961, 소설가.

❖ 33. 신감각파(新感覚派)233) ❖

‘신감각파'의 시비를 논하는 것은 지금은 이미 시대에 뒤떨어진 일
인지도 모른다. 하지만 나는 ‘신감각파' 작가들의 작품을 읽고, 또 그
작가들의 작품에 대한 비평가들의 비평을 읽고, 뭔가 써보고 싶다는
욕망을 느꼈다.

적어도 시문학은 어느 시대에도 ‘신감각파' 때문에 진보하고 있다.
"바쇼(芭蕉)는 겐로쿠 시대의 최고의 신인이었다."라는 무로 사이세
이 씨의 판단은 적확한 것임이 틀림없다. 바쇼는 언제나 문예적으로
는 더더욱 신인이 되고자 노력하고 있었다. 소설이나 희곡도 그들 속
에 시적 요소를 가지고 있는 이상, — 넓은 의미에서 시가인 이상, 언
제나 ‘신감각파'를 기다리지 않으면 안 된다. 나는 기타하라 하쿠슈(北
原白秋)234) 씨가 얼마나 ‘신감각파'였던가를 기억하고 있다(‘관능의 해
방'이라는 말은 당시의 시인들의 표어였다.). 동시에 또 다니자키 준이
치로 씨가 얼마나 ‘신감각파'였던가를 기억하고 있다. ……

나는 오늘날의 ‘신감각파' 작가들에게도 물론 흥미를 가지고 있다.
‘신감각파' 작가들은, — 적어도 그 중의 논객들은 내 ‘신감각파'에 대
한 생각들보다도 새로운 이론을 발표했다. 하지만 그것은 불행히도
충분히 내게 이해되지 않고 있다. 다만 ‘신감각파' 작가들의 작품만은,
— 그것도 나는 이해하지 못할지도 모른다. 우리는 작품을 발표하기
시작한 무렵, ‘신이지파(新理智派)'라든가 하는 이름을 부여받았다(당연
히 우리가 우리 자신 이 이름을 사용하지 않은 것은 분명하다.). 그러

---

233) 1924년 11월 잡지 『문예시대(文芸時代)』를 창간으로 감각적 표현을 제일로 하는
     작가들의 경향.
234) 1885~1842, 시인, 가인.

나 '신감각파' 작가들 작품을 보면 우리들 작품보다 어떤 의미에서는 '신이지파'에 가깝다고 하지 않으면 안 될 것이다. 그러면 어떤 의미란 뭔가 하면 그들이 소위 '감각의 이지(感覚の理智)'의 빛을 띠고 있는 것이다. 나는 무로 사이세이 씨와 함께 우스이(碓氷) 산상의 달을 보았을 때, 갑자기 무로 사이세이 씨가 묘기산(妙義山)을 '생강같군!' 하는 말을 듣고 너무도 묘기산은 생강 한 뿌리와 꼭 닮은 것을 발견했다. 이 소위 '감각은 이지의 빛을 띠고 있지 않다. 그러나 그들의 소위 감각은, — 예를 들면 요코미치 리이치(横光利一)[235] 씨는 나를 위하여 후지자와 다케오(藤沢桓夫)[236] 씨의 "말은 갈색 사상처럼 달려갔다.(馬は褐色の思想のやうに走つて行つた)"(?)[237]라는 말을 인용하여, 거기에 그들의 소위 감각의 비약이 있음을 설명했다. 이러한 비약은 내가 또 전혀 이해하지 못하는 바는 아니다. 그러나 이 한 줄은 명백히 이지적인 연상 위에 성립하고 있다. 그들은 자신들의 소위 감각 위에도 이지의 빛을 부가하지 않고서는 못 배겼다. 그들의 근대적 특색은 한편으로 거기에 있을 것이다. 하지만 만약 소위 감각 자체의 참신함을 목표로 한다면, 나는 역시 묘기산에서 생각 한 뿌리를 느끼는 것을 더욱 참신하다고 하지 않을 수 없다. 아마도 옛 에도부터 있었던 한 덩어리 생강뿌리를 느끼는 것을.

'신감각파'는 물론 일어나지 않으면 안 된다. 그것 역시 모든 새 사업들처럼(문예상의) 결코 쉽게 되는 것은 아니다. 나는 '신감각파' 작가들의 작품에, — 라기 보다도 그들의 소위 '신감각'에 반드시 감탄하기 어려운 것은 앞에서 쓴 그대로다. 그렇지만 그들의 작품에 대한 비

---

235) 1898~1947, 심감각파의 리더 격임.
236) 1904~1989, 소설가, 고교시절 동인잡지 「승합마차(辻馬車)」에 「목(首)」을 게재하여 요코미쓰 리이치의 극찬을 받음.
237) 위의 작품 속 일절.

평가들의 비평도 또한 아마도 지나치게 가혹할 것이다. '신감각파' 작가들은 적어도 새로운 방향으로 그들의 발길을 돌리고 있다. 그것만은 그 누구도 인정하지 않으면 안 된다. 이 노력을 일소에 부치고 마는 것은 단순히 오늘날 '신감각파'로 불리는 작가들에게 타격을 주는 것만이 아니다. 그들이 이후 성장하는데 있어서 나아가서는 그들의 뒤에 올 '신감각파' 작가들이 분명하게 목표를 설정하는 데에도 역시 타격을 줄 것이다. 그것은 물론 일본의 문예를 자유롭게 발전시킬 이유는 아닐 것이다.

그러나 뭐라고 불린들 소위 '신감각'을 지닌 작가들은 반드시 이후에도 나타날 것이다. 나는 이미 10년 정도 전에 분명 구메 마사오 씨와 함께 '초토사(草土社)'[238] 전람회를 관람한 후 구메 씨가 "이 정원은 편백나무를 봐도 '초토사'적으로 보이는 건 이상하군."하고 감동하던 것을 기억하고 있다. '초토사'적으로 보이는 것은 마침 10여 년 전에는 소위 '신감각'이었기 때문이 분명했다. 이러한 소위 '신감각'을 내일의 작가들에게 기대하는 것은 반드시 내 경솔한 생각만은 아닐 것이다.

만약 진정으로 문예적으로 '참신함'을 얻고자 한다면, 그것은 어쩌면 이 소위 '신감각' 외에 없을지도 모른다(참신함 같은 것은 별 게 아니라는 논의는 물론 이 문제의 범위 밖에 있는 것이다.). 소위 '목적의식'을 가진 문예마저 '목적의식' 그 자체의 새로움 여하는 어찌됐든(예를 들어 신구 여하를 가렸다고 해도, 버나드 쇼[239]가 나타난 것은 1890년대이다.) 실은 많은 선인들이 걸어간 길이다. 하물며 우리의 인생관은, — 아마도 '이로하가루타(いろは骨牌がるた)'[240] 속에 죄다 열거

---

238) 1915년 10월 창립된 서양화가 단체. 인상파에 대항하여 이름 모를 풀, 흙, 돌 등을 사실적으로 그렸음.
239) George Bernard Shaw(1856~1950), 영국 극작가, 소설가, 평론가.
240) 이로하(いろは) 노래는 우리 한글 교본과 같은 것으로, 가나 48글자의 개개 글

되어 있을 것이다. 뿐만 아니라 그러한 참신함 여하는 문예적인 — 어쩌면 예술적인 참신함 여하는 아니다.

나는 소위 '신감각'이 얼마나 동시대 사람들에게 이해받지 못할 것인가에 대해 받아들이고 있다. 예를 들면 사토 하루오 씨의 「스페인 개 집(西班牙犬スペインいぬの家)」[241]은 지금도 참신함을 잃지 않고 있다. 그러니 동인잡지 「성좌(星座)」(?)에 게재된 당시는 얼마나 참신했을까. 그러나 이 작품의 참신함은 조금도 문단을 감동시키지 못하고 말았다. 나는 한편으로 그 때문에 사토 씨 자신마저도 이 작품의 새로움을 — 나아가서는 이 작품의 가치를 의심하고 있었던 것은 아닐까 생각하고 있다. 이러한 사실은 일본 이외에도 물론 여전히 많을 것이다. 그러나 특히 심한 것은 우리 일본이 아닐까 한다.

❖ 34. 해조(解嘲)[242] ❖

나는 몇 번이고 반복해서 말한 것처럼 '이야기 없는 소설'만 쓰라고 하는 것은 아니다. 따라서 전혀 다니자키 준이치로 씨와 대척점에 서 있는 것이 아니다. 그저 그런 소설의 가치도 인정받아야 한다고 하고 있는 것이다. 만약 전혀 받아들일 수 없다는 논자가 있다면, 그 논자야 말로 진정한 논적이다. 나는 다니자키 씨와 논쟁을 해감에 있어서 누구도 내 편이 되라고 하고 싶지는 않다(동시에 또 다니자키 씨 편을 들어달라는 것도 물론 아니다.). 우리 논쟁이 시비를 가리는 것이 아니라는 것은 우리들 자신이 누구보다 잘 알고 있을 것이다. 나는 최근

자를 시작으로 노래한 교훈적 노래임. 가루타는 그것을 가지고 하는 일종의 카드놀이. 에도시대 후기부터 시작됨.
241) 1917년 1월 발표
242) 사람들의 조소에 대해 변명하는 것.

잡지 광고 등에서 내 '이야기 있는 소설'조차 '이야기 없는 소설'이란 이름이 붙여져 있는 것을 보고, 불현듯 이 문장을 쓰기로 했다. '이야기 없는 소설'이란 어떤 것인가도 쉽게 이해받을 수는 없는 것 같다. 나는 내가 할 수 있는 말은 다 했다. 또 지인 두 세 사람은 정확하게 내 주장을 이해하고 있다. 이제 그 다음은 맘대로 하라고 할 수밖에 없다.

❖ 35. 히스테리(ヒステリイ) ❖

나는 히스테리 요법에서 그 환자가 생각하고 있는 것을 죄다 쓰게 하는 ─ 혹은 말하게 한다는 것을 듣고, 조금도 농담을 섞지 않고 문예의 탄생은 히스테리도 등업고 있을지 모른다는 생각이 들었다. 호두연함(虎頭燕頷)상243)의 나한은 어찌됐든 누구든 다소는 히스테릭하다. 특히 시인들은 다른 사람들보다 훨씬 히스테릭한 경향을 가지고 있을 것이다. 이 히스테리는 3천년 이래 언제나 그들을 고통스럽게 해왔다. 그들 중 어떤 이는 그 때문에 죽고, 또 그들 중 어떤 이는 그 때문에 급기야 발광하고 말았을 것이다. 그러나 그들은 그 때문에 그들의 기쁨이나 슬픔을 열심히 노래했다. ─ 결코 이런 생각이 들지 않는 것도 아니다.

혹시 순교자나 혁명가 중에서 어떤 류의 마조히스트를 들 수 있다면 시인들 중에서도 히스테리 환자는 결코 적지는 않을 것이다. '쓰지 않고는 배길 수 없는 심정'은 즉 나무 밑 구덩이 속으로 '임금님 귀는 당나귀 귀'라고 소리친 신화 속 인물의 심정이다. 혹시 이 심정이 없었다고 한다면 적어도 「바보의 고백」(스트린드베리) 같은 인물은 나오지 않았음이 분명하다. 뿐만 아니라 이 같은 히스테리는 종종 한 시대

─────────────

243) 귀인상.

를 풍미하고 있다. 「베르테르」244)나 「루네」245)를 낳은 것도 역시 이
시대적 히스테리일 것이다. 더욱이 또 전 유럽을 모두 십자군에 가담
시킨 것도, — 그러나 이것은 '문예적인, 너무나 문예적인' 문제가 아
닐 지도 모른다. 간질은 고래로 '신성한 병'이라는 이름이 붙여져 있
다. 그러면 히스테리도 경우에 따라서는 '시적인 병'으로 불릴 것이다.

히스테리를 일으키고 있는 셰익스피어나 괴테를 상상하는 것은 골
계적이다. 따라서 이러한 상상을 하는 것은 그들의 성공을 폄훼하는
것으로 생각할지도 모른다. 그러나 그들이 대성한 것은 히스테리 외
에 있는 그들의 표현력 그 자체이다. 그들이 몇 번 히스테리를 일으켰
는가는 심리학자에게는 한편으로 문제가 될 것이다. 그러나 우리 문
제는 표현력 그 자체에 있는 것이다. 나는 이 문장을 쓰면서 문득 태
고의 숲 속에서 격렬한 히스테리를 일으키고 있는 무명 시인을 상상
했다. 그는 그 부락 사람들의 조소의 표적이 되었을 것이다. 하지만
이 히스테리를 촉진시킨 그의 표현력의 산물만은 꼭 지하수처럼 몇
대고 뒤로 흘러갔을 것이다.

나는 히스테리를 존경하고 있는 것은 아니다. 히스테릭해진 무솔리
니는 물론 국제적으로 위험하다. 하지만 혹시 어느 누구도 히스테리
를 일으키지 않았다고 한다면 그들을 기쁘게 하는 문예상의 작품은
어느 정도 수가 감소했을 것이다. 나는 그저 이 때문에 히스테리를 변
호하고 싶다고 생각하고 있다. 어느새 여인의 특권이 된, — 그러나
사실상 어느 누구에게도 다소 가능성이 있는 히스테리를.

19세기 말에도 문예적으로는 분명히 시대적 히스테리에 빠져 있었

---

244) 괴테의 「젊은 베르테르의 슬픔」.
245) 1802간행된 샤토 브리앙(Chateaubriand, 1768~1848)의 소설명, 주인공 이름. 샤
　　토 브리앙은 프랑스 낭만주의 초기 작가.

다. 스트린드베리는 「파란 책」 속에서 이 시대적 히스테리를 '악마의 소행'이라는 이름을 붙였다. 악마의 소행인지 선한 신의 소행인지는 물론 내가 알 바는 아니다. 그러나 아무튼 시인들은 그 누구든 히스테리를 일으키고 있다. 실제로 '비르(Biriukov)전기'246)에 의하면 그 건장한 톨스토이조차 반미치광이가 되어 가출한 것은, 얼마 전 신문에 나왔던 어떤 여성 히스테리 환자와 거의 조금도 다르지 않다.

❖ 36. 인생의 종군기자(人生の従軍記者) ❖

나는 시마자키 도손 씨가 스스로를 '인생의 종군기자'로 부르고 있던 것을 기억하고 있다. 그러나 최근 또 히로쓰 가즈오(広津和郎)가 씨와 같은 말을 마사무네 하쿠초 씨에게도 하고 있다는 것을 얼핏 들었다. 나는 양 씨가 사용한 '인생의 종군기자'라는 말을 정확하게 알지 못하고 있는 것은 아니다. 그것은 아마도 근자의 조어 '생활자'에 반대되는 뜻을 하고 있을 것이다. 하지만 혹 엄밀히 말하면 모름지기 사바계에 태어난 이상에는 그 누구도 '인생의 종군기자'가 될 수는 없다. 인생은 우리에게 어쩔 수 없이 '생활자'가 될 것을 강요하는 것이다. 어쩔 수 없이 생존경쟁을 하지 않도록 내버려 두지 않는 것이다. 어떤 이는 스스로 앞장서서 승리를 취하려 할 것이다. 그리고 또 어떤 이는 냉소나 기지나 영탄 속에서 방어적 태도를 취할 것이다. 끝으로 어떤 이는 어느 쪽으로도 특별히 뚜렷한 의식을 갖지 않고 '세상살이'를 해 갈 것이다. 그러나 어느 쪽도 사실상 관둘래야 관둘 수 없는 '생활자'이다. 유전이나 처지의 지배를 받은 인간희극의 등장인물이다.

246) 1911년작, 톨스토이의 친구 비르코프에 의한 톨스토이전, 1917년 3월 영역에서 일본어로 중역됨.

그들 중 어떤 자는 승리를 과시할 것이다. 그들 중 어떤 자는 또 패배할 것이다. 다만 어느 쪽도 목숨이 있는 한은, ─ 우리들은 모두 피에타가 말한 것처럼 분명히 "어느 쪽도 다 집행유예 중의 사형수이다." 이 집행유예 시간을 뭘 위해 사용할 것인지는 우리들 자신의 자유이다. 자유라고? ─ 그러나 거기에도 얼마만큼 자유가 있을지는 의문스럽다. 우리들은 실로 여러 잡다한 인연을 안고 태어났다. 그 여러 잡다한 인연은 반드시 우리 자신조차 죄다 의식한다고는 정해져 있지 않다. 선인은 이미 오래 전에 이 사실을 카르마(Karma)라는 한 단어로 설명했다. 모든 근대 이상주의자들은 대개 이 카르마에 도전하고 있다. 그러나 그들의 깃대나 창은 결국 그들의 에너지를 나타내는데 그치고 있을 뿐이었다. 그들의 에너지를 나타내는 것은 그 자체로도 물론 의미를 가지고 있다. 단순히 근대 이상주의자만이 아니다. 우리는 카네기의 에너지에도 박력을 느끼는 것은 분명하다. 혹시 박력을 느끼지 않는다고 한다면 누구도 실업가나 정치가의 성공담은 읽고 싶지 않을 것이다. 그러나 카르마는 그 때문에 조금이라도 위협을 잃은 것은 아니다. 카네기의 에네르기를 낳은 것은 카네기가 짊어지고 태어난 카르마이다. 우리는 모두 자신의 카르마 때문에 고개를 숙일 수밖에 없을 것이다. 혹시 우리에게, ─ 적어도 내게 '체념'이라는 은총이 주어진다면 그것은 그저 여기에만 있을 것이다.

우리는 모두 다소간 '생활자'이다. 따라서 굳건한 '생활자'에게는 저절로 경의가 흘러나오는 것이다. 즉 우리의 영원한 우상은 전투의 신 마르스에게 되돌아가지 않을 수 없다. 카네기는 잠시 차치하고, 니체의 '초인'도 한 꺼풀 벗기고 보면 실로 이 마르스[247]의 변신이었다. 니

---

247) Mārs, 로마신화에 나오는 전쟁과 농경의 신.

체가 세자르 보르지아에게도 찬탄의 소리를 흘린 것은 우연이 아니다. 마사무네 하쿠초 씨는 「미쓰히데와 쇼하(光秀と紹巴)」[248] 속에서 '생활자' 중의 '생활자'였던 미쓰히데에게 쇼하를 조소하게 하고 있다(이러한 하쿠초 씨가 '인생의 종군기자'라 불리는 것은 정말이지 역설적이라 하지 않으면 안될 것이다.). 이것은 일개 미쓰히데의 조소는 아니다. 우리는 아무 생각도 없이 늘 이러한 조소를 보내고 있는 것이다.

우리 비극은, — 혹은 희극은 이 '인생 종군기자'에게 만족할 수 없다는 데 내재해 있다. 게다가 우리 '생활자'의 카르마를 짊어지고 있는데 있다. 하지만 예술은 인생이 아니다. 비욘은 자신의 서정시를 남기기 위해서 '긴 패배'의 일생을 필요로 했다. 패하는 자로 하여금 패하게 하자. 그는 사회적 관습 즉 도덕에 등을 돌릴지도 모른다. 혹은 또 법률에도 등을 돌릴 것이다. 하물며 사회적 예절에는 여느 사람 보다 더욱 등을 돌릴 것이다. 그러한 약속을 배반한 벌은 당연히 그 자신이 짊어지지 않으면 안 된다. 사회주의자 버나드 쇼는 그의 「의사의 딜레마」 속에서 부도덕한 천재를 구하기보다 평범한 의사를 구해내기로 했다. 쇼의 태도는 적어도 합리적이라고 하지 않으면 안 된다. 우리는 박물관의 유리 속에 박제된 악어를 보는 것을 즐긴다. 그러나 한 마리 악어를 구하기보다 한 마리 당나귀를 구하는 일에 전력을 쏟는 것이 이상할 것은 없다. 그러나 그것은 인생에 있어서, 말하자면 홈 룰의 문제이다. 한 번 더 비욘의 예를 들자면 그는 최고의 범죄인이었지만 역시 최고의 서정시인이었다.

어떤 여인은 "우리 집안에 천재가 없다는 것은 다행입니다."라고 했

---

248) 쇼하(里村紹巴, 1525~1602, 렌가시인)는 아케치 미쓰히데(明智光秀, 1526~82, 무장)의 모반을 사전에 알고 있던 유일한 사람이었지만, 노리나가(信長)에게 통보하지 않음. 아케치는 노리나가를 치지만 후에 요시히데(秀吉)에게 당하고 맘.

다. 하물며 그 '천재'라는 말에는 조금도 빈정거림이 들어있지 않았다. 나도 또 우리 집안에 천재가 없는 것을 다행으로 여기고 있다(물론 내가 이리 말하는 것은 천재의 속성에 배덕성을 들고 있는 것도 그 무엇도 아니다.). 전원이나 시정의 사람들에게는 고금의 천재들 보다 '생활자'의 미덕을 갖추고 있는 자도 많을 것이다. 서양인은 '사람으로서'라는 이름하에 때때로 고금의 천재들 속에서 '생활자'의 미덕을 들고 있다. 그러나 나는 이 새로운 우상숭배도 신용하지 않는다. '예술가로서'의 비욘은 잠시 차치하고 '예술가로서'의 스트린드베리는 우리가 애독할 만하다. 그러나 '사람으로서'의 스트린드베리는 — 아마도 우리가 존경하는 비평가 XYZ보다도 훨씬 친해지기 힘들 것이다. 따라서 우리의 문예상의 문제는 언제나 결국 '이 사람을 보라'는 아니다. 오히려 '이런 작품을 보라'이다. 허긴 '이런 작품을 보라'고 하더라도, 몇 세기인가는 이런 작품을 보기 전에 대하처럼 흘러가버리고 말 것이다. 게다가 그 또 몇 세기인가는 혹은 한 가닥 지푸라기처럼 이런 작품을 망각 속에 쑥쑥 밀어 넣고 말 것이다. 만약 예술지상주의를 믿지 않는다고 한다면 (이런 신앙을 가지고 있는 것은 반드시 먹기 위해 쓴다는 것과 모순되지 않는다. 적어도 먹기 위해서만 쓰지 않는 한에서는) 시를 짓는 것은 선인도 말한 것처럼 밭을 가는 일보다 나은 것은 아니다.

나는 시마자키 도손 씨는 물론 마사무네 하쿠초 씨도 '인생의 종군기자'가 아니라고 믿고 있다. 아무리 양 대가의 재능으로라 할지라도, 예부터 한 사람도 없던 것에 느닷없이 되는 법은 없다. 우리는 모두 자신들 속에 '쇼하와 미쓰히데'를 함께 지니고 있다. 적어도 우리는 우리들 자신에 관한 점에서는 약간의 '쇼하'가 되는 대신 우리 이외의 사람들에 관한 점에서는 약간의 '미쓰히데'가 될 경향을 함께 가지고 있는 것이다. 따라서 내 속의 '미쓰히데'는 반드시 내 속의 쇼하를 조소하지는 않는다. 하지만 얼마간 조소하고 싶은 심정이 있는 것은 확실하다.

❖ 37. 고전(古典) ❖

'선택된 소수'란 반드시 최상의 미를 보는 것이 가능한 소수인지 어떨지는 의문스럽다. 오히려 어떤 작품에 나타난 어떤 작자의 심정을 느낄 수 있는 것이 가능한 소수일 것이다. 따라서 어떤 작품도, — 혹은 또 어떤 작품의 작자도 '선택된 소수' 외에 독자를 얻는 것이 가능한 것은 아니다. 그러나 그것은 '선택받지 못한 다수의 독자'를 얻는 것과 반드시 모순되지 않는 것이다. 나는 「겐지모노가타리」를 칭찬하는 많은 사람들을 만났다. 그러나 실제 읽고 있는 것은 (이해하고 향유하고 있는 것은 불문에 부치고) 나와 교류하고 있는 소설가 중에는 단 두 사람, — 다니자키 준이치로와 아카시 도시오(明石敏夫)[249) 씨뿐이다. 그렇다면 고전이라 불리는 것은 혹은 5천만 명 중 거의 읽히지 않는 작품인지도 모른다.

그러나 「만요슈」는 「겐지모노가타리」보다도 훨씬 많은 이들에게 읽히고 있다. 그것은 반드시 「만요슈」가 「겐지모노가타리」를 능가하고 있기 때문은 아니다. 뿐만 아니라 또 둘 사이에 산문과 운문이라는 강이 가로놓여 있기 때문도 아니다. 원래 동서양 고전 중에 많은 독자를 가지고 있는 것은 결코 긴 것은 아니다. 적어도 아무리 길다 해도, 사실상 짧은 것을 모아둔 것일 뿐이다. 포는 시에서 이 사실에 의한 그의 원칙을 주장했다. 그리고 비어스(Ambrose Bierce)[250)는 산문에 있어서도 역시 이 사실에 기초한 자신의 원칙을 주장했다. 우리 동양인은

---

249) 1897~1970, 소설가.
250) 1842~1914, 미국 단편 작가. 저널리스트로서 신랄한 필치가 유명.

이런 점에서는 이지보다도 지혜에 이끌려, 자연히 그들의 선구를 이루고 있다. 그러나 공교롭게 그들처럼 누구도 이런 사실에 의한 이지적 건축을 구축한 자는 없었다. 혹시 이 건축을 시도하려고 하면 장편 「겐지모노가타리」마저 적어도 명성을 잃지 않는 점에서는 꼭 맞는 재료를 부여해줬을 터이지만(그러나 동서양 양쪽의 차이는 포의 시론에도 보이지 않는 것은 아니다. 그는 이리저리 백행의 시를 꼭 적당한 길이로 세고 있다. 17음의 홋쿠 따위는 물론 그에게는 '에피그램적'이라는 미명하에 배척되었을 것이다.).

모든 시인의 허영심은 말로 표현하든 어떻든 불문하고, 후대에 남을 것에 집착하고 있다. 아니 '모든 시인의 허영심은'이 아니다. "그들의 시를 발표한, 모든 시인의 허영심은"이다. 한 줄의 시도 짓지 않고 그 자신이 시인인 것만을 알고 있는 자들도 없는 것은 아니다(그들은 대소는 어쩌됐든, 그들의 시적 생애 위에서 가장 평화로웠던 시인들이다.). 그러나 성격이나 처지 때문에 아무튼 운문인지 산문인지 하는 시를 짓고 만 사람들에게만 시인의 이름을 부여한다고 하면, 모든 시인들의 문제는 아마도 '무엇을 보태서 썼는가'보다도 "무엇을 보태서 쓰지 못했는가"에 있을 것이다. 그것은 물론 원고료에 의한 시인들의 생활에 불편하다. 만약 불편하다고 하면, ── 봉건시대 시인 이시카와 로쿠쥬엔(石川六樹園)[251]은 동시에 또 여관 주인이었다. 우리도 매문이라는 것마저 없다면, 뭔가 장사를 찾아야할지도 모르겠다. 우리의 경험이나 견문도 그 때문에 어쩌면 확대될 것이다. 나는 때때로 매문만으로는 생계를 꾸려갈 수 없었던 옛날에 다소 부러움을 느끼고 있다. 그러나 이런 오늘날에도 또 후대에는 고전을 남기고 있을 것이다. 물

---

251) 1753~1830, 에도후기 국학자, 교카시인, 게사쿠 작자.

론 먹기 위하여 쓴 것도 고전이 되지 않는다고 단정할 수는 없다(만약
어떤 작가의 자세로 보자면, 단지 '먹기 위해 쓰고 있다'는 것은 가장
취미로서 좋은 자세이다.). 다만 아나톨 프랑스가 말한 것처럼 후대로
날아가기 위해서는 몸이 가벼워야할 것을 조건으로 하고 있다. 그렇
다면 고전으로 불리는 것은 혹은 어떤 사람들에게도 쉽게 끝까지 다
읽을 수 있는 것인지도 모른다.

❖ 38. 통속소설(通俗小説) ❖

이른바 통속소설이라는 것은 시적 성격을 가진 자들의 생활을 비교
적 세속적으로 쓴 것이고, 이른바 예술소설이란 것은 반드시 시적 성
격을 가지고 있지 않은 자들의 생활을 비교적 시적으로 쓴 것이다. 양
자의 차이는 누구나 말하는 것처럼 분명하지 않음이 틀림없다. 하지
만 이른바 통속소설 속의 인물들은 분명히 시적 성격의 소유자들이다.
이것은 결코 역설은 아니다. 만약 역설적이라고 한다면 이러한 사실
그 자체가 역설적으로 되어 있기 때문이다. 다만 누구라도 청년시절
에는 약간 스스로의 성격 때문에 시적 음영을 드리우기 쉽다. 그러나
그것은 나이를 먹어감에 따라 차츰 잃어버리고 마는 것이다(서정시인
은 이 점에서는 실은 영원한 소년이다.). 따라서 소위 통속소설 중의
인물들은 노인만큼 골계에 빠지기 쉽다(다만 이 소위 통속소설은 탐
정소설이나 대중문예를 포함하지 않는다.).

＊부기: 이 문장을 다 쓴 후, 나는 신초좌담회(新潮座談会)에 출석했기 때문에 쓰루미
　　　 유스케(鶴見祐輔)[252] 씨의 인식적 촉구를 받아들여, 소위 통속소설과 서양인의

---

252) 1885~1973, 저술가.

소위 'Popular novel'과의 차이를 생각하기 시작했다. 나는 이른바 통속소설론은 포플러 노벨에는 통용되지 않는다. 벤넷(Arnold Bennett)[253]은 그의 포플러 노벨에 'Fantasies'라는 이름을 붙이고 있다. 그것은 사실상 있을 수 없는 세계를 독자를 위하여 펼쳐 보였기 때문일 것이다. 이런 의미는 반드시 기괴한 느낌이 있다는 의미는 아니다. 단지 인물이든 사건이든 간에 그 위에 문예적으로 진정한 각인을 새기지 않은 세계라는 의미일 것이다.

❖ 39. 독창(独創) ❖

오늘날은 메이지 다이쇼의 예술상 총결산을 하고 있다. 이유는 내가 알 바 아니다. 무엇 때문이지도 내게는 알 수 없는 일이다. 그러나 『현대 일본문학전집(現代日本文学全集)』[254]이라든가, 『메이지 다이쇼 문학전집(明治大正文学全集)』[255]이라는 문예상의 총결산은 물론, '메이지 다이쇼 명작 전람회'[256]도 또 역시 회화상의 총결산이다. 나는 이러한 총결산을 보고 얼마나 독창이란 것이 힘든 것인지를 느꼈다. 선인의 흉내를 내지 않았다는 식의 말은 누구나 가볍게 내뱉기 쉽다. 그러나 그들의 작업을 보면 (혹은 작업을 보더라도 일지도 모른다.) 새삼스럽게 독창이라는 것이 간단히 나오기 어렵다는 것을 느끼게 되는 것이다.

나는 가령 의식하지 않았다 해도, 어느 샌가 선인들의 뒤를 따르고 있다. 그들이 독창이라 부르는 것은 간신히 선인의 뒤를 벗어난 것에 지나지 않는다. 그것도 겨우 한 걸음 정도, — 아니, 한 걸음이라도 벗어났다고 한다면, 때때로 한 시대를 떠들썩하게 하는 것이다. 뿐만 아니라, 고의로 반역한다면 더더욱 선인의 뒤를 벗어날 수가 없다. 나는

253) 1867~1931, 영국 소설가. 프랑스 자연주의의 영향을 받음.
254) 1926년 간행.
255) 1927년 간행.
256) 1927년 개최.

체면 때문이라도 예술상의 반역에 찬성하고 싶어 하는 한 사람이다. 하지만 사실상 반역자는 결코 보기 드문 것은 아니다. 혹은 선인 뒤를 따라간 자보다 훨씬 많을 것이다. 그들은 과연 반역했다. 그러나 무엇에 반역할지를 분명히 알고 있지 못했다. 대부분 그들의 반역은 선인보다도 선인의 추종자에 대한 반역이다. 만약 선인을 느끼고 있었다고 하면, ― 그들은 그래도 모반했을지도 모른다. 하지만 거기에는 필연적으로 선인들의 발자취를 남기고 있을 것이다. 전설학자는 먼 바다 건너편의 전설 속에서 수많은 일본 전설의 원형을 발견하고 있다. 예술도 또한 천착해 보면 역시 모방이 적지 않다(나는 앞에서 말한 바처럼 반드시 작가들은 그들이 모방을 하지 않는 것을 의식하지 않은 것을 믿고 있다.). 예술의 진보도 ― 혹은 변화도 아무리 위인을 기다리고 있었다 해도, 일약스타에게는 큰 명예를 부여하지 않는다.

그러나 이 느린 보조 속에서도 다소 변화를 시도한 자는 우리들의 존경을 받을 만하다(히시다 순소257)는 이 중 한 사람이었다.). 신시대 청년들은 독창력을 믿고 있을 것이다. 나는 더더욱 그들의 믿음을 바라고 있다. 약간의 변화는 그 외에 어디에서나 생기는 것은 아니다. 예부터 세상에는 선인이 만든 큰 꽃다발이 하나 있었다. 그 꽃다발에 한 송이 꽃을 꽂아 보태는 것만으로도 큰 작업이다. 그걸 위해서는 새로운 꽃다발을 만들 정도의 기개도 필요하다. 이 기개는 혹은 착각일지도 모른다. 그런데 착각으로 웃어넘기고 만다면, 예로 예술적 천재들도 역시 착각을 좇고 있었을 테지.

다만 이 의욕에서도 분명히 착각을 인정하는 자는 불행하다. 분명하게 착각을 인정한다는 것은? ― 그러나 그들도 역시 스스로 약간의

---

257) 菱田春草(1874~1911), 메이지의 일본화의 혁신을 주도한 화가.

착각을 하고 있는지도 모른다. 나는 그런 문제에는 아무 말도 할 수 없는 사람 중 하나이다. 하지만 메이지, 다이쇼의 예술상의 총결산을 보고, 너무나 독창이라고 하는 것이 간단히 이루어지지 않음을 느끼지 않을 수 없었다. 메이지, 다이쇼 명작 전람회를 본 사람들은 여러 그림들의 가부를 논하고 있다. 그러나 적어도 나 한 사람만은 가부를 논하고 있을 여유조차 없다.

❖ 40. 문예상의 극지(文芸上の極北) ❖

문예상의 극지는 — 혹은 가장 문예적인 문예는 우리를 침묵하게 할 따름이다. 우리는 그런 작품들을 접할 때에는 황홀해질 수밖에 별도리가 없다. 문예는 — 또는 예술은 거기에 가공할 만한 매력을 가지고 있다. 혹시 모든 인생의 실행적 측면을 중심으로 한다면 어떠한 예술도 그 근저에는 얼마간 우리들을 거세할 힘을 가지고 있다고도 할 수 있을 것이다.

하이네는 괴테의 시 앞에 정직하게 고개를 숙이고 있다. 하지만 완전무결한 괴테가 우리들을 행동으로 내몰지 않은 것에 온통 불평을 쏟아내고 있다. 이것은 그저 하이네의 기분일 뿐이라고만 가볍게 보고 넘길 수 있는 일은 아니다. 하이네는 이 「독일 낭만주의 운동」[258]의 일절 속에서 예술의 모태에 육박하고 있다. 모든 예술은 예술적이 될수록, 우리의 정열(실행적인)을 차분히 가라앉히고 만다. 이 힘의 지배를 받았지만 결국 쉽사리 마르스의 자식이 되는 것은 불가능하다. 거기에 안주할 수 있는 자는 — 지고지순한 예술가들은 물론이고 바보들도 역시 행복하다. 그러나 하이네는 불행히도 이 같은 적광토(寂光

---

258) 1832~1833 쓴 「낭만파」 중 제1권.

土)259)를 얻지 못했다.

　나는 모든 프롤레타리아 전사자들이 예술을 무기로 선택한 것을 꽤
나 흥미롭게 바라보고 있다. 그 전사들은 항상 이 무기를 자유자재로
휘두를 것이다(물론 하이네의 하인 정도도260) 휘두르기 힘든 것은 예
외이다.). 그러나 또 이 무기는 어느 샌가 그 작가들을 조용히 일어서
게 할지도 모른다. 하이네는 이 무기에 진압 당하면서, 더욱이 이 무
기를 휘둘렀던 한 사람이다. 하이네의 무언의 신음은 한편으로는 거
기에 내재할 것이다. 나는 이 무기의 힘을 내 전신에 느끼고 있다. 따
라서 그 작가들이 이 무기를 휘두르는 것도 남 일처럼 바라보지는 않
는다. 특히 내 존경하는 한 사람261)은 그러한 예술의 거세력을 잊지
않고 이 무기를 휘둘러주기를 바라고 있다. 하지만 그것은 다행히도
내 기대대로 된 것 같다.

　타인들은 한편으로 이런 일도 그냥 웃고 넘기고 말 것이다. 그것은
나도 각오한 일이다. 내가 보고 있는 것은 깊이가 없을지도 모른다.
설령 또 깊이가 없다 하더라도, 10년 전 경험은 한 사람의 말이 타인
에게는 쉽사리 납득되지 않는다는 것을 가르쳐주고 있다. 그러나 나
는 아무튼 다른 사람들처럼 계속 노력하면서, 간신히 이 예술의 '거세
력'이 크다는 것을 차츰 알게 되었다. 따라서 그저 이 정도의 말이라
도 나 자신에게는 역시 대단한 것이다. 문예의 극지는 하이네가 말한
것처럼 고대의 석상과 다르지 않다. 가령 미소는 머금고 있어도 늘 그
저 차분하게 조용하다. 　　　　　　　　　　　　　　　(1927.2.17)

---

259) 영원한 정토세계.
260) 하이네는 사회주의 사상을 가지고 1830년 프랑스 7월 혁명을 듣고 '가난한 자
　　들이 이겼구나.'라며 환호했음. 민중 편에 서서 용감하게 싸웠지만, 2월 혁명
　　이후는 동요하여 고뇌했음.
261) 나카노 시게하루(中野重治)를 말함.

속 문예적인, 너무나 문예적인
(続文芸的な、余りに文芸的な)

신기동

❖ 1. 「사자생자(死者生者)」 ❖

「문장구락부(文章俱樂部))」1)가 다이쇼(大正)시대의 작품 중에서 명망가들의 기억에 남아 있는 것을 물었을 때 나도 대답을 하려고 생각하고 있다가 그만 그 기회를 놓쳐 버렸다. 내 기억에 남아 있는 것은 우선 마사무네 하쿠쵸(正宗白鳥)2) 씨의 「사자생자」3)이다. 이것은 나의 「참마죽(芋粥)」4)과 같은 달에 발표되었기 때문에 특히 깊은 인상을 받았다. 「참마죽」은 「사자생자」만큼 완성되어 있지 않다. 다만 다소 새로웠을 뿐이었다. 그러나 「사자생자」는 평이 좋지 않았다. 「참마죽」은 ― 「참마죽」의 평이 좋지 않았던 것은 떠들어대지 않아도 좋다. "독후

---

1) 신조사(新潮社)에서 1916년 5월에 창간해서 1929년 4월까지 발행한 문예잡지.
2) 마사무네 하쿠쵸(正宗白鳥, 1879~1963): 본명, 타다오(忠夫). 자연주의 작가로 아쿠타가와의 작품에 많은 관심을 가지고 있었는데 특히 그의 단편소설 「한 줌의 흙(一塊の土)」을 극찬했다.
3) 하쿠쵸의 대표작으로 1916년 「중앙공론(中央公論)」 9월호에 발표.
4) 아쿠타가와 류노스케(芥川龍之介)단편소설. 당시 신인작가의 등용문으로 일컬어지던 「신소설(新小說)」에 발표(1916).

감이라고 해야 할까. 그런 읽은 후의 느낌이 깊은 단편이지." — 나는 당시 쿠메 마사오(久米正雄)5) 군이 「사자생자」를 읽은 후에 이렇게 말한 것을 기억하고 있다. 그러나 「문장구락부」의 질문에 응한 명망가들은 누구도 「사자생자」를 들지 않았던 것 같다. 그런데 「참마죽」은 다행인지 불행인지 명망가들의 대답 중에 들어가 있다.

이 사실이 증명하는 대로 세상 사람들은 새로운 것에 주목하기 쉽다. 따라서 새로운 것에 손을 대기만 하면 아무튼 작가는 될 수 있는 것이다. 그러나 그것은 반드시 작은 흔적도 남기지는 않는다. 나는 아직 「사자생자」는 「참마죽」등이 비견할 바가 아니라고 생각하고 있다. 뿐만 아니라 마사무네 씨 자신도 단편작가로서는 「사자생자」를 쓰기 전후에 가장 예술적이지 않았는가라고 생각하고 있다. 그러나 당시의 마사무네 씨는 반드시 인기가 있었다고 할 수는 없을 것 같다.

❖ 2. 시대 ❖

나는 때때로 이렇게 생각하고 있다. — 내가 쓴 문장은 설령 내가 태어나지 않았다고 해도 누군가 분명 썼음에 틀림없다. 따라서 나 자신의 작품이라기보다 오히려 어떤 한 시대의 흙 위에 핀 몇 포기인가의 풀 중의 한 포기이다. 그러면 나 자신의 자만으로는 되지 않는다. (현재 그들은 그들을 기다리지 않으면 쓸 수 없었던 작품을 쓰고 있다. 물론 거기에 한 시대는 그림자를 드리우고 있다고 하더라도.)나는 이렇게 생각할 때마다 이상하게 맥이 풀려 버린다.

---

5) 쿠메 마사오(久米正雄, 1891~1953): 신현실주의 작가로 아쿠타가와의 일고(一高)동기이자 친우.

❖ 3. 일본문예의 특색 ❖

일본문예의 특색, ― 무엇보다도 독자에게 친밀한 것. 이 특색의 선악은 특히 지금은 문제로 하지 않는다.

❖ 4. 아나톨 프랑스6) ❖

니콜라스 세가(Nicolas Segur)7)의 「아나톨 프랑스와의 대화」에 의하면 이 미소짓는 회의주의자는 실로 철저한 염세주의자이다. 이러한 일면은 폴 게셀(Paul Gsel)8)의 「아나톨 프랑스와의 대화」(?)에도 나타나 있지 않다. 그는 "당신의 작중인물은 모두 미소짓고 있지 않은가?"라는 물음에 대해서 야만스럽게도 이렇게 대답을 하고 있다. ― "그들은 연민을 위해 미소 짓고 있다. 그것은 문예상의 기교에 지나지 않는다."

이 아나톨 프랑스의 설에 의하면 인생은 오직 의지(意志)하는 힘과 행위하는 힘 위에 안정되어 있다. 그런데 우리들은 의지(意志)하기 위해서는 한 점에 눈길을 보내지 않으면 안 된다. 그것은 어떤 사람도 할 수 있는 일이 아니다. 특히 이지와 감수성의 저주를 받은 우리들은.

「에피큘의 정원」9)의 사상가, 드레퓌스 사건10)의 챔피온, 「펭귄섬」11)의 작가였던 그도 여기에서는 면모를 새로이 하고 있다. 가장 유물주

---

6) 아나톨 프랑스(Anatole France, 1844~1924): 프랑스 작가로 아쿠타가와의 예술관에 적지 않은 영향을 끼쳤다.
7) 니콜라스 세가(Nicolas Segur, 1873~1944): 프랑스의 문학연구자.
8) 폴 게셀(Paul Gsel, 1870~?): 프랑스의 평론가.
9) 「에피큘의 정원(Le Jardin d'Épicure)」: 아나톨 프랑스의 사회평론, 1895.
10) 1894년에 프랑스의 유대계 포병대위 드레퓌스(Dreyfus)가 억울하게 누명을 쓰고 스파이 혐의로 구금되었으나 자연주의 작가 에밀 졸라 등이 정부에 강력하게 항의한 것에 힘입어 결국 무죄 판결이 난 사건.
11) 「펭귄섬(L'île des Pingouins)」: 1908年에 발표된 아나톨 프랑스의 장편 풍자소설.

의적으로 해석하면 그의 노령이나 병 따위도 어쩌면 그의 인생관을 어둡게 하고 있었는지도 모른다. 그러나 이것은 그의 작품 중, 비교적 등한히 취급되는 것을, — 혹은 사실상 질이 떨어지는 작품을(예를 들면 「붉은 계란」과 같은) 그의 일생의 문예적 체계에 결부되는 망을 부여하고 있다. 병적인 「붉은 계란」따위도 그에게는 필연적인 작품이었을 것이다. 나는 이 대화나 서간집으로부터 더 새로운 「아나톨 프랑스론」이 쓰여질 것이라 믿고 있다.

이 아나톨 프랑스는 십자가를 짊어진 목양신[12]이다. 하긴 신세대는 그 속에 오직 전세기에서 금세기에 걸치는 다리를 찾아 낼 뿐인지도 모른다. 그러나 세기말에 사람이 된 나는 역시 이런 그의 속에서 유사 이래의 우리들을 발견하고 있다.

❖ 5. 자연주의 ❖

자연은 우리들이 일정한 연령에 달했을 때, 우리들에게 「눈뜨는 봄」[13]을 선물하고 있다. 그리고 우리들이 배고플 때 왕성한 식욕을 주고 있다. 그리고 우리들이 전장에 섰을 때 탄환을 피할 본능을 주고 있다. 그리고 몇 년인가(혹은 몇 개월인가) 동거생활 후 그 여인과 몸을 섞는 것에 대한 혐오감을 느끼게 해 주고 있다. 그리고, ……

그러나 사회의 명령은 자연의 명령과 일치하고 있지 않다. 뿐만 아

---

12) 목양신(牧羊神): 숲, 사냥, 목축을 관장하는 신으로 턱수염을 기른 사람 얼굴을 하고 있으면서 염소의 뿔과 다리를 가진 반인반수(半人半獸)의 신이다. 그리스 신화의 판(Pān), 로마 신화의 파우누스(Faunus)가 이 신에 해당한다.

13) 「눈뜨는 봄(Frühlings Erwachen)」: 1891년에 발표된 독일의 극작가 프랑크 베데킨트(Frank Wedekind)의 희곡. 사춘기 소년들의 성에 대한 호기심과 어른들의 억압, 그리고 그 결과로 일어나는 소년들의 비극을 그린 작품.

니라 종종 반대가 되고 있다. 그 뿐이라면 문제가 없다(?). 그러나 우리들은 우리들 자신 속에 자연의 명령을 부정하는 뭔가 이상한 것을 지니고 있다. 따라서 모든 자연주의자는 이론상 최좌익에 서지 않으면 안 된다. 혹은 최좌익의 맞은편에 있는 암흑 속에 서지 않으면 안 된다. 「지구 밖으로!」라는 보들레르의 산문시는 결코 책상 위의 산물이 아니다.

❖ 6. 함순14) ❖

성욕 속에 시가 있는 것은 선대도 이미 발견했다. 그러나 식욕 속에도 시가 있는 것은 함순을 기다려야만 했다. 이런 얼빠진 일이 다 있다니!

❖ 7. 어휘 ❖

'새벽'이라는 의미의 '平明'은 언젠가부터 '복잡하지 않다'라는 의미로 바뀌고 '죽은 아버지'라는 의미의 '先人'은 언젠가부터 '古人'이라는 의미로 바뀌었다. 나 자신도 '姿'라든가 '形'이라는 의미로 '모노고시(ものごし)'라는 말을 쓰고 엄청난 화재에 '대홍련(大紅蓮)'이라는 말을 썼다. 우리들의 어휘는 이와 같이 꽤 많은 혼란을 낳고 있다. '隨一人'이라는 말 등은 누구나 '제일인자'라는 의미로 쓰고 있다. 그러나 모두가 잘못 쓰면 물론 잘못은 소멸하는 것이다. 따라서 이 혼란을 막기

---

14) 크누트 함순(Knut Hamsun, 1859~1952): 노르웨이의 소설가. 미국 등의 여러 나라를 방랑했으며 1890년에 발표한 「굶주림(sult)」이 베스트셀러가 되면서 일약 각광을 받게 된다. 1917년 작품인 「대지의 축복(Markens Grøde)」으로 1920년에 노벨문학상을 수상해서 세계적인 명성을 얻었지만 나치를 지지했기 때문에 전후 그의 명예는 실추되었다.

위해서는 — 한 명도 빠짐없이 잘못 써버리면 된다.

❖ 8. 콕토15)의 말 ❖

"예술은 과학이 육화한 것이다"라고 하는 콕토의 말은 맞다. 하기는 내 해석에 따르면 "과학이 육화한 것"이라고 하는 의미는 "과학에 살을 붙였다"라고 하는 의미는 아니다. 과학에 살을 붙이는 것은 기술자라도 쉽게 할 수 있을 것이다. 예술은 스스로 혈육 속에 과학을 내포하고 있을 터이다. 여러 과학자는 예술 속에서 그들의 과학을 발견하는 것에 지나지 않는다. 예술의 — 혹은 직관의 위대함은 거기에 존재하는 것이다.

나는 이 콕토의 말이 신시대의 예술가들에게 방향을 그르치게 할까봐 두렵다. 모든 예술상의 걸작은 '이이는 사'로 끝나 있는지도 모른다. 그러나 결코 '이이는 사'에서 시작되고 있다고는 할 수 없는 것이다. 나는 반드시 과학적 정신을 내팽개쳐 버리라고 하는 것이 아니다. 그러나 과학적 정신은 시적 정신을 중시하는 곳에 역설적으로도 숨어 있다고 하는 사실만을 지적하고 싶은 것이다.

❖ 9. 「만약 왕자였더라면」16) ❖

「내가 만약 왕자였더라면」이라는 영화에 의하면 모든 범죄에 정통

15) 장 콕토(Jean Cocteau, 1889~1963): 프랑스의 예술가. 16살의 나이로 시단에 등단해서 시인, 소설가, 극작가, 평론가로서 뿐만 아니고 화가, 영화감독, 각본가로서도 활약했다.
16) 1927년 개봉의 미국 영화로 원제는 'Beloved Rouge', 15세기 프랑스 시인, 프랑수아 비용(François Villon)의 낭만적인 생애를 영화화한 것.

한 서정시인 프랑소와 비용[17]은 훌륭한 애국자로 바뀌어 있다. 그리고 또 샤롯히메에 대한 순일무잡(純一無雜)의 연인으로 바뀌어 있다. 마지막으로 시민의 인기를 모은 소위 '민중의 편'이 되어 있다. 그러나 만약 채플린조차 비난해 마지않은 오늘날의 미국이 비용을 낳았다고 한다면 — 그런 것은 새삼스럽게 말하지 않아도 좋다. 역사상의 인물은 이 영화 속의 비용과 같이 몇 번씩이나 변신을 할 것이다. 「내가 만약 왕자였더라면」은 실로 미국이 낳은 영화였다.

나는 이 영화를 보면서 비용이 점차 대시인이 된 삼백년의 세월을 세어보고 '관 뚜껑을 닫은 후'라는 말이 이상한 것을 생각하지 않을 수 없었다. '관 뚜껑을 닫은 후'에 일어나는 것은 신화나 수화(獸化)외에 있을 리가 없다. 그러나 몇 세기인가가 흘러간 후에는 — 그 때도 추모되는 것은 오로지 '행복한 소수'뿐이다. 뿐만 아니라 비용 등은 한편으로는 애국자 겸 '민중의 편'겸 모범적 연인으로 추모되고 있지 않은가?

그러나 나의 감정은 내가 이렇게 생각하고 있는 사이에도 역시 분명하게 말하고 있다. — "비용은 아무튼 대시인이었다."

❖ 10. 두 명의 서양화가 ❖

피카소[18]는 항상 성을 공략하고 있다. 쟌다르크가 아니면 무너지지 않는 성을. 그는 어쩌면 성이 무너지지 않는 것을 알고 있는지도 모른

---

17) 프랑수아 비용(Francois Villon, 1431~1463): 프랑스 시인. 죄로 점철된 삶을 산 중세 최고의 시인, 최초의 근대 시인으로도 일컬어진다.
18) 파블로 피카소(Pablo Picasso, 1881~1973): 스페인 태생으로 프랑스에서 활동한 입체파 화가. 큐비즘의 창시자로 생애 13500점의 유화와 소묘, 10만점의 판화, 34000점의 삽화, 300점의 조각과 도기를 제작해서 가장 다작의 미술가로 일컬어지고 있다.

다. 그러나 혼자 돌대포 아래에서 완강하게도 혼자 성을 공략하고 있
다. 이러한 피카소를 떠나서 마티스[19]를 볼 때 뭔가 편안함을 느끼는
것은 반드시 나 혼자만이 아닐 것이다. 마티스는 바다에 요트를 질주
하게 하고 있다. 무기 소리나 화약 냄새는 거기에서 조금도 나지 않는
다. 다만 복숭아 색에 흰 줄무늬가 있는 삼각형의 돛만 바람을 품고
있다. 나는 우연히 이 두 사람의 그림을 보고 피카소에게 동정을 느낌
과 동시에 마티스에게는 친근함이나 선망을 느꼈다. 마티스는 우리들
문외한 눈에도 리얼리즘이 새겨진 팔을 가지고 있다. 그 또 리얼리즘
이 새겨진 팔은 마티스의 그림에 정채(精彩)를 더하고 있지만 때때로
화폭의 장식적 효과에 다소의 파탄을 낳고 있는지도 모른다. 만약 어
느 쪽을 취할 것인가라고 말하면 내가 택하고 싶은 것은 피카소이다.
투구의 털은 화염에 타고 창자루는 부러진 피카소이다. ……

(1927년 5월6일)

---

19) 앙리 마티스(Henri Matisse, 1869~1954): 프랑스 화가. 야수파의 리더로 피카소와
   함께 20세기를 대표하는 예술가의 한 사람으로 꼽히고 있다. "색채의 마술사"로
   불리어지고 있는데 조각과 판화 작품도 다수 남겼다.

[문예적인, 너무나 문예적인]보집

([文芸的な、余りに文芸的な]補輯)

신기동

시가 나오야(志賀直哉)1) 씨에 대해서

❖ 1 ❖

묘사상의 리얼리즘. 이 점에서는 누구도 (톨스토이조차도) 시가 나오야 씨만큼 세밀하지는 않다. 「자식 3제(子供三題)」「쿠게누마행(鵠沼行)」 등에 잘 나타나 있다.

❖ 2 ❖

동양적 전통에 선 아름다움. 이 점은 의의로 등한시되어 있다. 특히 시가 씨의 아류는 전혀 이 점을 이해하지 못한다. 「모닥불(焚火)」, 「눈

---

1) 시가 나오야(志賀直哉, 1883~1971): 시라카바(白樺)파를 대표하는 소설가로 아쿠타가와를 비롯해서 후세의 많은 작가들에게 영향을 끼쳤다. 대표작에 「암야행로(暗夜行路)」, 「화해(和解)」, 「사환의 신(小僧の神様)」, 「키노사키에서(城の崎にて)」 등이 있다.

오는 날(雪の日)」 등에 잘 나타나 있다.

❖ 3 ❖

양심 — 이라고 하기보다도 도덕적 신경. 이 점은 시가 씨의 작품
세계를 편협하게 했다고 하는 사람도 있을지 모른다. 그러나 사실은
넓히고 있다. 「암야행로(暗夜行路)」에 잘 나타나 있다.

❖ 4 ❖

문장의 구어화. 이 점은 무샤노코지(武者小路)2) 씨와 유사하다.

❖ 5 ❖

사람으로서는 성격상의 괴테3)적 완성. 이 점도 혹은 무샤노코지 씨
에게 빚지고 있는 점이 있을지도 모른다.

❖ 6 ❖

소설가 중의 소설가(세잔느4)를 화가 중의 화가라고 하는 의미에서)

---

2) 무샤노코지 사네아쓰(武者小路実篤, 1885~1976): 시라카바(白樺)파 소설가. 시인이
   자 극작가, 화가.
3) 요한 볼프강 폰 괴테(Johann Wolfgang von Goethe, 1749~1832): 독일의 시인, 극작
   가, 소설가, 자연과학자, 정치가, 법률가. 독일을 대표하는 문호
4) 폴 세잔느(Paul Cézanne, 1839~1906): 프랑스의 화가. 르느와르 등과 함께 인상파
   그룹의 일원으로 활약했지만 후에 그룹을 떠나 전통적인 회화 기법에 구애받지
   않는 독자적인 회화 양식을 추구했다. 근대회화의 아버지로 일컬어지기도 한다.

대작가라고 하기보다 순수작가. 나는 물론 대작가보다도 순수작가에게 경의를 표하고 있다.

1의 첨언 신경쇠약을 쓴 것은 스트린드베리5)와 쌍벽이다. 그것은 그냥 신경쇠약이 아니다. 도덕적 황폐감에 대한 내부적 투쟁같이 느껴진다. 「아이를 훔치는 이야기(子を盗む話)」, 「가련한 남자(憐れな男)」 등에 잘 나타나 있다.

「대도무문(大道無門)」

모든 소설은 한편으로는 처세술 교과서이다. 따라서 또 아주 넓은 의미에서는 교육적이라 해도 좋다. 그것의 가장 두드러진 예는 얼핏 보면 정말로 탈속적인 것 같은 「벽암록(壁巖錄)」6)이라고 하는 단편집이다. (나는 선종(禪宗)에 관한 것은 아무것도 모른다. 그러나 「벽암록」만큼은 단편집으로 애독했다.) 이러한 소설 속의 처세술은 당연히 그 작가의 인생관과 밀접하게 연관되어 있지 않으면 안 된다. 사토미 돈(里見弴)7) 씨의 장편소설 「대도무문」8)도 또 이러한 예에서 벗어나지 않는다.

사토미 톤 씨는 철학자이다. 이러한 사토미 돈 씨의 일면은 왠지 언제나 놓치기 쉽다. 그러나 사토미 톤 씨를 논하는 데 이 사실은 도저히 놓칠 수 없다. 사토미 씨는 전에는 「다정불심(多情仏心)」9)을 저술하고 이번에는 「대도무문」을 펴냈다. 그 소설들은 제목 그 자체가 철학

---

5) 스트린드 베리(Strindberg, 1849~1912): 스웨덴의 극작가, 소설가.
6) 벽암록(碧岩錄) : 총 10권으로 이루어진 중국의 불교서로 송나라 때(1125) 편찬되었다. 임제종에서 중하게 여긴다.
7) 사토미 톤(里見 弴, 1888~1983): 시라카바(白樺)파 소설가.
8) 사토미 톤의 대표작. 1926년 「부인공론(婦人公論)」에 연재.
9) 사토미 톤이 1922~23년에 발표한 장편소설. 주인공, 후지야 노부유키(藤代信之)로 하여금 작자가 주장하는 '참마음 철학(まごころ哲学)'을 실천하게 하고 있다.

적임에 틀림없다. 더욱이 사토미 씨의 감상을 읽으면 대개 철학적, ─ 또는 더 정중하게 말하면 이상주의적 색채가 풍부하다. 더구나 이 이상주의자는 조금도 현실 앞에 낙담하지 않는다. 뿐만 아니라 「莫怖幻滅(환멸을 두려워하지 마라)」(?)라고 쓴 기를 휘날리며 전진하고 있다.

내가 철학자 사토미 씨를 운운하는 것은 반드시 별난 일을 해서 관심을 끌기 때문이 아니다. 이러한 일면은 사토 씨를 확연히 다른 작가들과 차별화하고 있다. 아니, "다른 작가들과"가 아닌 지도 모른다. 오히려 "외견상 사토미 씨와 가까운 작가들과"라고 해야 할 것이다. 나는 어떤 비평가가 사토미 씨를 데카당스라고 부르고 있는 것을 보고 이렇게도 생각이 다른 건가하고 생각했다. 사토미 씨는 과연 많은 정사(情事)를 그리고 있다. 그러나 데카당스의 냄새 따위는 어느 작품에도 보이지 않는다. 뿐만 아니라 소위 순정적(殉情的) 정서조차 어느 작품에도 보이지 않는다. 더구나 사토미 씨의 작품은 결코 이상주의로 시종하고 있지 않다. 나는 '대도무문'을 읽고 인생에 대한 사토미 씨의 태도에 모든 이상주의자의 엄격함을 느꼈다.

사토미 씨는 전에 나가이 카후(永井荷風)10) 씨를 평해서 "나가이 씨만큼 멋지게 완성한 사람은 없다. 다만 이 사람에게 최선을 다해 쓴 작품이 없는 것은 유감이다"라고 말했다. 이상주의자 사토미 씨의 면목은 이 말 중에도 약동하고 있다. 사토미 씨의 "최선을 다하게 된다"라는 것은 어떤 작품의 형식적 완성에 최선을 다하게 된다는 의미가 아니다. 어떤 작품에 담겨지는 인생을 열심히 산다고 하는 의미이다. 이러한 사토미 씨의 작품에 데카당스의 냄새가 없는 것은 우연이 아니다. 소위 순정적 정서가 없는 것도, ─ 이것은 이미 사토미 씨 자신도

---

10) 나가이 카후(永井荷風, 1879~1959): 탐미파 소설가.

'진정'의 철학으로 해석하고 있다. ……

　사토미 톤 씨는 이상주의자이다. 그러나 타고난 이상주의자는 아니다. 현실주의자적 기질에서 정진을 계속해 간 이상주의이다. 무샤노코지 사네아쓰(武者小路実篤) 씨는 타고난 이상주의자를 대표할 것이다. 동시에 또 기쿠치 칸(菊池寬)[11) 씨는 타고난 현실주의자를 대표할 것이다. 사토미 씨는 바로 양 씨 가운데에 곧게 뻗은 소설가이다. 우리들에게 친애한 켈리번[12)은 사토미 씨 속에도 없지는 않다. 그러나 그 또 켈리번은 에어리얼[13)의 노래도 부르고 있다. 나는 「대도무문」속에서도 역시 에어리얼의 노래를 느꼈다. 뿐만 아니라 그 에어리얼의 노래는 또 약간의 이상주의적 작가들 노래보다도 훨씬 천상에 가까운 것이었다.

　사토미 톤 씨의 뛰어난 테크닉은 이미 정평이 나있다. 나는 이 점에서는 이론의 여지가 없다고 생각한다. 소위 「시라카바파(白樺派)」의 작가들 누구나 이상주의 색채를 띠고 투구나 창을 번쩍이며 문예적 토너멘트의 광장으로 각자 말을 전진해 갔다. 사토미 씨는 그 작가들 중에서는 혹은 말 위의 잔 다르크와 같이 이색의 존재였을 것이다. 그러나 사토미 씨의 투구 위에는 역시 이상주의의 새 날개가 한 줄기 선명한 햇빛에 번득이고 있다.……

---

11) 기쿠치 칸(菊池 寬, 1888~1948): 소설가, 극작가, 저널리스트. 문예춘추사(文芸春秋社)를 설립한 실업가이기도 하다.
12) 세익스피어의 「템페스트(The Tempest)」에 등장하는 괴물.
13) 세익스피어의 「템페스트(The Tempest)」에 등장하는 대기(大氣)의 요정.

문단소언(文壇小言)

신기동

❖ 1 ❖

문사(文士)가 죽은 지 얼마 되지도 않은 사후에 무덤을 지키는 문하
(門下)가 없어서는 안 될 일이다. 마사오카 시키(正岡子規)¹⁾의 「아라라기
(アララギ)」²⁾동인이나 또 포³⁾의 보들레르⁴⁾나, 또 생전의 경우에 도쿠
다 슈세이(德田秋声)⁵⁾의 나카무라 무라오(中村武羅夫)⁶⁾의 경우가 이러한
사실을 증명하기에 충분하다. 사후의 명성은 이미, — 적어도 30년간
의 명성이 (굳이 여기에 30년간이라고 하는 것은 저작권이 아직 존재

---

1) 마사오카 시키(正岡子規, 1867~1902): 단카(短歌) 혁신을 시도한 하이진(俳人)으로
   사생하이쿠(写生俳句)를 주창했다.
2) 단카(短歌)잡지. 1908年에 이토 사치오(伊藤左千夫)를 중심으로 「아라라기(阿羅々木)」
   로 창간했으나 이듬해 「아라라기(アララギ)」로 개칭되고 마사오카 시키 문하의
   카진(歌人)들로 이루어진 네기시(根岸) 단카회(短歌会)의 기관지로 되었다.
3) 에드거 앨런 포(Edgar Allan Poe, 1809~1849): 미국의 소설가, 시인, 잡지 편집자.
   보들레르에 의한 포 문학의 번역은 프랑스 상징파의 문학 형성에 크게 기여했다.
4) 보들레르(Charles-Pierre Baudelaire, 1821~1867): 프랑스의 시인, 평론가.
5) 도쿠다 슈세이(德田秋声, 1872~1943): 자연주의 소설가.
6) 나카무라 무라오(中村武羅夫, 1886~1949): 소설가, 평론가. 순문학의 입장에서 프
   롤레타리아 문학과 대립했다.

하기 때문이다.)무덤을 지키는 자의 힘에 의한다고 하면 똘마니를 키우는 것도 헛되지 않다고 할 수 없다. 물론 똘마니가 큰 재목이 될 수도 있지 않을까? 그 효과가 확실히 크다고 해야 할 것이다. 그러나 큰 재목을 문하에 두는 것은 누구든지 좋은 것만은 아니다. 호메이(泡鳴)[7] 문하에 사람이 없는 것을 보라. 인사(人事)가 천명(天命)에 미치지 못하기 때문에 결국 우연에 맡길 수밖에 없는 것이다.

❖ 2 ❖

문단이라고 하는 것도 하나의 사회일 뿐이다. 문재(文才)만으로 본다면 반드시 문단에 뛰어난 사람이 있다고 할 수 없다. 처세에 능하지 않으면 안 되기 때문이다. 작가로서의 누구누구는 세상 사람으로서의 누구구구보다 못하다. 이것을 누구누구는 사람으로서 동료보다 훨씬 낫다고 한다. 실로 박장대소해야 할 일이다.

❖ 3 ❖

자본주의 사회에 있어서는 한 장에 몇 엔 몇십 전의 원고료 제도를 벗어날 수 없다. 대소로 우열을 가리는 불공평함은 말할 것도 없다. 이러한 사회에 같이 태어난 소설가, 희곡가, 비평가 등은 우선 대량생산에 견딜 수 있는 실업가적 능력을 가지지 않고서는 안 될 것이다. 혹은 나가이 카후 씨가 말하는 바와 같이 부모자식 형제를 부양하지 않을 수 없는 사람은 이 같은 직업에 종사해서는 안 될 것이다. 노후

---

7) 이와노 호메이(岩野泡鳴, 1873~1920): 자연주의 소설가, 시인.

의 문필이 더욱 더 왕성해서 젊은 사람도 따라가지 못한다고 말하는
것은 오직 이 실업가적 능력이고 동년배를 뛰어넘는 작가를 가리킬
뿐이다. 그러나 그 작품을 보면 양만 많을 뿐 거의 대부분 변화가 없
다. 이 무리를 노대가라 한다. 이 또한 박장대소할 일이다.

❖ 4 ❖

사회학자의 말에 의하면 사회는 어떻게 변화하든 이 걸인 부랑자와
같은 빈민계급은 변함없이 존재한다고 한다. 이것은 문단사회에 있어
서도 큰 차이가 없지 않을까? 대가(大家) 갑이 없어지고 대가 을이 와
도 하찮은 잡문가는 여전하다. 만약 진정으로 문단에 불후불멸의 존
재가 있다고 한다면 그것은 문단의 빈민계급이다.

❖ 5 ❖

여전한가? 문단이여. 작가에게 신구를 따지지만 문단은 변함이 없
다. 설령 사회주의 치하가 된다 해도 문단은 역시 마찬가지일 것이다.
혹시 그것이 무정부주의 치하로 되지 않을까? 다소의 변화 없음을 기
대해서는 안 될 것이다.

(1925년 8월) [유고]

메이지문예에 대해서(明治文芸に就いて)

신기동

❖ 1 ❖

　메이지의 문장가로서 코요(紅葉),[1] 이치요(一葉)[2]를 드는 것에 누구도 이견은 없을 것이다. 다음으로 누구를 들 것인가? 나는 우선 료쿠우(綠雨)[3]를 꼽고 싶다. 비평가 료쿠우는 읽을 만한 것이 아니다. 소설가 료쿠우는 웃고 말아야 한다. 하이진(俳人) 료쿠우는 하이진인지 비하이진(非俳人)인가를 소상하게 밝히고 있지 않다. 다만 문장가 료쿠우는 반드시 경멸해서는 안 될 것 같다. 「미다레바코(みだれ箱)」, 「청개구리(雨蛙)」 등의 글은 접어두고 시험 삼아 소설(3글자분 결락) 서두의 몇 줄을 음미해 보라.

1) 오자키 코요(尾崎紅葉, 1868～1903): 소설가. 야마다 비묘(山田美妙, 1868～1910)와 함께 일본 최초의 문학결사이자 의고전주의(擬古典主義)를 표방하는 겐유사(硯友社)를 설립.
2) 히구치 이치요(樋口一葉, 1872～1896): 일본 최초의 여류소설가.
3) 사이토 료쿠우(斎藤綠雨, 1868～1904): 소설가, 평론가.

❖ 2 ❖

료쿠우는 오히려 풍자시인이라 해야 한다. 그가 풍자시인이 아니었던 것은, — 또는 풍자시인으로 시종하지 않았던 것은 주로 아직 일본에는 풍자시인이 발달할 수 없었기 때문이다. 료쿠우가 가련한 이유이다.

❖ 3 ❖

코로(紅露)⁴⁾를 메이지의 양 대가라 하는 것은 아주 잘못된 것이라 해야 한다. 로한(露伴)은 오로지 고금의 서를 읽고 화한(和漢)의 것에만 정통할 뿐이다. 코요의 재능에 미칠 수 없다. 문장 또한 코요보다 훨씬 못하다. 대작 「수염남자(ひげ男)」의 용렬함에 이르러서는 끝내 책을 집어 던지지 않을 수 없다.

❖ 4 ❖

쿄카(鏡花)⁵⁾는 고금을 통틀어 독보적인 재능이 있다. 다만 때를 만나지 못 했을 뿐이다. 오가이(鷗外)⁶⁾의 쿄카 비평이 때때로 가혹한 것을 본다. 이것은 이미 오가이가 서양문학에 깊은 지식을 가지고 있고 트루게네프,⁷⁾ 도데,⁸⁾ 모파상⁹⁾ 등의 척도로 쿄카의 소설을 평했기 때문

---

4) 오자키 코요와 같은 겐유샤 동인이자 소설가인 코다 로한(幸田露伴, 1867~1947)을 함께 칭하는 말.
5) 이즈미 쿄카(泉鏡花, 1873~1939): 일본 근대 환상문학의 선구자로 일컬어지는 소설가.
6) 모리 오가이(森鷗外, 1862~1922): 일본 육군 군의관으로 소설가, 평론가, 번역가로 활동.
7) 이반 세르게예비치 트루게네프(Ivan Sergeyevich Turgenev, 1818~1883): 톨스토이

이다. 후년 일본의 자연주의자가 쿄카를 가리켜서 사도(邪道)라고 한 것은 반드시 이상한 것이 아니다. 여보게들 다른 사람 흉내 내어 공을 세우는 자들이여 쿄카를 매도할 자격이 있는가?

❖ 5 ❖

료쿠우는 오른쪽에 오가이를, 왼쪽에 로한을 거느리면서 당시의 문단에 군림한 것과 같다. 이것은 동양학에 어두워 식견이 높지 않은 것을 두려워했기 때문이다. 교활은 교활이지만 명철은 명철이 아니겠는가?

❖ 6 ❖

이치요의 「키재기(たけくらべ)」가 걸작이라는 것에 누구도 이견은 없을 것이다. 그 밖의 소설(「흐린 강(濁り江)」을 제외하고)은 읽기에 충분하지 않다. 다만 이 여자의 글은 막힘없이 자연스럽게 흐르는 절묘함이 있다. 타고난 재능이라 해도 틀린 말은 아닐 것이다.

❖ 7 ❖

오가이의 서양문학 번역이 메이지의 문예에 끼친 영향이 적지 않은 것은 말할 필요가 없다. 그러나 또 모리타 시켄(森田思軒)[10]의 번역소설이 있음을 잊어서는 안 될 것이다. 시켄의 문장은 어격을 무시해서 가

와 함께 19세기 러시아 문학을 대표하는 문호.
8) 알퐁소 도데(Alphonse Daudet, 1840~1897): 프랑스의 소설가.
9) 기 드 모파상(Guy de Maupassant, 1850~1893): 프랑스 자연주의의 대표 작가.
10) 모리타 시켄(森田思軒, 1861~1897): 저널리스트, 번역가, 한문학자.

나즈카이(仮名遣い)11)가 무엇인가를 염두에 두고 있지 않지만 아주 간결하고 힘이 있으며 기괴한 분위기를 자아내고 있다. 이것은 한문맥과 왜문맥과의 조화에 고심한 메이지의 문장에 적지 않은 영향을 끼친 이유이다. 쿄카의 초기 작품에는 이따금 시켄의 영향을 본다.

❖ 8 ❖

딱한 늙은 오치(桜痴),12) 더 딱한 것은 늙은 쇼요(逍遥),13) 지난 시절은 이미 쇼요를 밀어 오치 위에 있게 했다. 현세는 그 선후를 알 수 없다. 앞으로는 오치를 밀어 쇼요의 위에 있게 할 것인가?

❖ 9 ❖

네기시(根岸)14)에 살았던 아에바 코손(饗庭篁村)15)과 마사오카 시키(正岡子規)는 메이지기(明治期)의 잘 어울리는 한 쌍이다. 부손(蕪村)16)의 한 구절이 말하기를 「유채꽃이여 달은 동쪽에 해는 서쪽에(菜の花や月は東に日は西に)」라고. 시키는 즉 떠오르는 달, 코손은 즉 저무는 — 또는 이미 저문 해일 뿐.

(1925년 10월)

---

11) 일본어를 카나(仮名)로 적을 때의 표기 방법.
12) 후쿠치 오치(福地桜痴, 1841~1906): 본명, 후쿠치 겐이치로(福地源一郎). 오치는 호. 에도 말기에서 메이지기에 걸쳐 활약한 저널리스트, 작가, 극작가, 정치가, 중의원 의원.
13) 쓰보우치 쇼요(坪内逍遥, 1859~1935): 극작가, 평론가, 번역가, 소설가.
14) 도쿄도(東京都) 다이토구(台東区)에 있는 동네 이름.
15) 아에바 코손(饗庭篁村, 1855~1922): 소설가, 연극평론가.
16) 요사 부손(与謝 蕪村, 1716~1784): 에도시대 중기의 하이진(俳人), 화가.

소설작법 열 가지(小說作法十則)

임만호

❖ 1 ❖

소설은 모든 문예 중, 가장 비예술적인 것이라는 것을 이해해야 한다. 문예중의 문예는 시(詩)가 있을 뿐이다. 단적으로 말하면 소설은 소설 속의 시에 의해 문예 속에 끼어 든 것에 지나지 않는다. 그러므로 역사 또는 전기라는 것은 실은 조금도 다를 바가 없다.

❖ 2 ❖

소설가는 시인 이외에 역사가 또는 전기 작가이다. 그러므로 인생 (한 시대에 있어 한 나라의)과 연관이 될 수밖에 없다. 무라사키 시키부(紫式部)에서 이하라 사이카쿠(井原西鶴)에 이르는 일본 소설가의 작품이 이 사실을 증명하는 것이다.

❖ 3 ❖

시인은 항상 자신의 진심을 누군가를 향해 호소한다. (여성에게 구애하기 위해 연가가 생긴 것을 보라.) 이미 소설가는 시인 이상으로 역사가 또는 전기 작가가 되어 있지 않은가, 전기의 하나인 자서전작가도 소설가 자신 속에 존재할 것이다. 그러므로 소설가는 그 자신의 암담한 인생에 대한 이야기도 보통사람보다 자주 해야 한다. 그것은 소설가 내면의 시인은 항상 실행력이 부족하기 때문이다.

만약 소설가 내면의 시인이 역사가 또는 전기 작가보다도 강하지 못하면, 그의 일생은 마침내 드러나게 되고 결국 비참한 결과를 면치 못할 것이다. 에드가 앨런 포의 경우가 그 좋은 예이다. (나폴레옹 혹은 레닌으로 하여금 시인이 되게 한다면 불세출의 소설가가 탄생하는 것은 새삼 말할 것도 없다.)

❖ 4 ❖

소설가적 재능은 앞에서 언급한 세 가지 조건에 따라 시인적 재능, 역사가 내지 전기 작가적 재능, 처세적 재능의 세 가지로 귀착하게 된다. 이 세 가지가 상극이 되지 않게 하는 것은 이전 사람도 지극히 어려운 일이었다. (지극히 어려운 일이 되지 않게 하는 것은 범용의 재능이다.) 소설가가 되려고 하는 자는 자동차학교를 졸업하지 않은 운전수의 자동차로 거리를 달리는 것과 같다. 평생 평온무사함을 기대해서는 안 된다.

❖ 5 ❖

이미 평생 평온무사함을 기대해서는 안 된다고 생각했다면, 체력과 금전과 단신입명1)(즉 보헤미아니즘)2)등에 의지해서는 안 된다. 다만 이 둘의 효능수준도 의외로 변변치 않다는 것을 각오해야 한다. 비교적 평화로운 일생을 보내기를 바란다면, 결국 소설가가 되지 않는 것이 상책이다. 비교적 평화로운 일생을 보낼 수 있는 소설가는 항상 그들의 전기의 세부에 있어 분명하지 않은 소설가인 것을 기억해야 한다.

❖ 6 ❖

하지만 만약 현세에서 비교적 평화로운 일생을 보내고자 한다면, 소설가는 어떤 재능보다도 처세적인 재능을 단련해야 한다. 다만 그것은 매우 독창적인 작품을 남기는 이유와는 같은 의미가 아니다. (모순되지 않는 것 또한 물론이다.) 처세적 재능이라는 것은 위로는 운명을 지배하는 것에서부터 (단 지배할 수 있는지 없는지는 보증 못한다) 아래로는 어떤 바보라도 정중하게 응대하는 것을 이른다.

❖ 7 ❖

문예는 문장에 표현을 의탁한 예술이다. 따라서 문장을 단련하는 것은 물론이고 소설가는 게을러서는 안 된다. 만약 하나의 말의 아름다움에서 황홀함을 모르는 자는 소설가로서의 자격에서 다소 결점이 있는 것이라고

---

1) 안심입명(安心立命)을 패러디한 표현. 혼자서 제멋대로 행동하는 것.
2) Bohemianism(英). 시민사회나 그 풍습을 무시하고 탐미적 방랑생활을 보내는 것.

각오해야 한다. 사이카쿠가 '오란다 사이카쿠(阿蘭陀西鶴)'3)라는 이름을 얻은 것은 반드시 한 시대의 소설에 있어 어떤 규칙을 깼기 때문만은 아니다. 그의 하이카이(俳諧)를 통해 깨달은 말의 아름다움을 알게 되었기 때문이다.

❖ 8 ❖

한 시대에 있어서 한 나라의 소설은 자연히 여러 규칙의 근본이 된다. (이것은 역사가 결정한 것에 의거한다.) 소설가가 되고자 하는 자는 되도록 이 규칙을 따라야 한다. 이 규칙을 따를 때 얻을 수 있는 이익은 첫째는 이전 사람의 어깨 위에 올라서 자신의 소설을 쓸 수 있다는 것과, 둘째는 진실해 보이기 때문에 문단의 개들이 짖어대지 않는다는 것이다. 다만 이 또한 매우 독창적인 작품을 남기는 것과 의미가 다르다. (모순되지 않는 것은 새삼 말할 필요도 없다.) 천재 중에는 이러한 규칙을 발밑에서 유린하는 자가 많다. (하지만 세상 사람이 생각할 정도로 유린하는지 어떤지는 보증하지 못한다.) 그들은 그렇기 때문에 다소나마 천명, 즉 문예의 사회적 진보(혹은 변화)의 밖으로 치달려, 물이 도랑을 흐르는 것처럼은 할 수가 없다.

문예적 태양계의 밖에 있는 한 혹성 같은 존재로 머물 것이다. 그러므로 당대에서는 이해할 수 없는 것은 물론이요, 후대에도 지기(知己)를 얻어야만 발견할 수 있을 것이다.(이것은 단순히 소설뿐만이 아니라 모든 문예에 통용할 것이다.)

---

3) 전통이나 양식을 무시한 사이카쿠(西鶴)의 하이카이(俳諧)를 비방하고서 나카지마 즈이류(中島隨流: 1629~1708)가 「배해파사현정(俳諧破邪顯正)」 중에서 사용한 말. 훗날 사이카쿠 스스로가 이것을 표방했다.

❖ 9 ❖

소설가가 되고자 하는 자는 항상 철학적, 자연과학적 사상에 반응하는
것을 경계해야 한다. 어떠한 사상 혹은 이론도 여전히 인간이 짐승(人間獸)
인 한은 짐승 같은 인간(人間獸)의 일생을 지배할 수 없다. 따라서 이러한
사상에 반응하는 것은(적어도 의식적으로) 짐승 같은 인간의 일생 — 즉
인생에 관여하는 것은 불민하다는 것을 알아야 한다. 있는 그대로 보고,
있는 그대고 그리는 것을 사생이라고 한다. 작가에게 있어 편리한 방법은
사생이 제일이다. 다만 여기서 '있는 그대로'라고 하는 것은 '그 자신이 본
그대로'인 것이다. '차용증문(借用証文)을 넣은 있는 그대로'가 아니다.

❖ 10 ❖

모든 소설작법은 황금률[4]이 없다. 물론 이 '소설작법 열 가지'도 황
금률이 아니다. 어차피 소설가가 될 사람은 될 것이고, 될 수 없는 자
는 안 될 것이 아닌가.

＊ 부기: 나는 모든 일에 있어 회의주의자이다. 다만 아무리 회의주의자가 되기를 원해
　　도 시(詩)앞에서는 일찍이 회의주의자가 될 수 없었던 것을 자백한다. 동시에
　　또한 시(詩)앞에서는 항상 회의주의자가 되려고 애썼던 것을 자백한다.

(1926.5.4)

---

4) 유클리드기하학의 황금률에 대한 것. 여기서는 일반적으로 완전무결한 규칙의
　의미로 사용된다.

열 개의 바늘(十本の針)

임만호

❖ 1. 어떤 사람들 ❖

나는 이 세상에 어떤 사람들이 있는 것을 알고 있다. 그 사람들을 모든 것은 직관으로 판단하고 동시에 해부해버린다. 요컨대 한 송이 장미꽃은 그 사람들에게는 아름다움과 함께 필시 식물학 교과서 속의 장미과 식물로 보일 것이다. 실제로 그 장미꽃을 꺾고 있을 때조차도 …

그러나 직감으로 판단하는 사람들은 그 사람들보다도 행복하다. 성실함이라고 하는 미덕의 하나는 그 사람들(직감으로 판단하고 동시에 해부하는 사람들)에게는 줄 수가 없다. 그 사람들은 자신의 인생을 이상한 유희 속에서 전부 사용하는 것이다. 모든 행복은 그 사람들에게 해부당하기 때문에 감소하고 동시에 또한 모든 고통도 해부하기 때문에 증가할 것이다. '태어나지 않았더라면'이라는 말은 정말로 그 사람들에게 들어맞는 말이다.

❖ 2. 우리들 ❖

우리들은 반드시 우리들인 것은 아니다. 우리들의 선조는 모두 우리들 속에 살아 있다. 우리들 속에 있는 우리들의 선조를 따르지 않으면 우리들은 불행에 빠지게 된다. '과거의 업보'라는 말은 이러한 불행을 비유적으로 설명하기 위해 사용되었을 것이다. '우리들 자신을 발견한다.'는 것은 요컨대 우리들 속에 있는 우리들의 선조를 발견하는 것이다. 동시에 또한 우리들을 지배하는 천상의 신들을 발견하는 것이다.

❖ 3. 까마귀와 공작과… ❖

우리들에게 가장 두려운 사실은 우리들이 끝내 우리들을 초월할 수 없다는 것이다. 모든 낙천주의적인 눈가리개를 떼어 내버리면 까마귀는 결코 공작이 될 수는 없다.[1] 어느 시인이 쓴 한 줄의 시는 항상 그의 시의 전부이다.

❖ 4. 공중의 꽃다발 ❖

과학은 모든 것을 설명한다. 미래도 또한 모든 것을 설명할 것이다. 그러나 우리들이 소중히 하는 것은 단지 과학 그 자체이고, 혹은 예술 그 자체이다. ― 단적으로 말하면 우리들의 정신적인 비약이 공중에서 잡은 꽃다발뿐이다. L'homme est rien[2] 라고 말하지 않더라도 우리들은 '사람으로서'는 각별히 큰 차이가 있는 것이 아니다. '사람으로서'

---

1) 이솝이야기에 나오는 우화.
2) 인간은 무(無)이다(프).

보들레르는 모든 정신병원에 넘쳐나고 있다. 다만 '악의 꽃'3)이나 '작은 산문시'4)는 한 번도 그들 손에 의해서 완성된 적이 없다.

❖ 5. 2+2=4 ❖

2+2=4라는 것은 진실이다. 그러나 사실상 +(플러스)의 사이에 무수한 인자가 있는 것을 인정해야 한다. 즉 모든 문제는 이 +(플러스) 속에 포함되어 있다.

❖ 6. 천국 ❖

만약 천국을 만들 수 있다면 그것은 오직 지상에서만 가능하다. 이 천국은 물론 가시나무 속에서 장미꽃이 핀 천국일 것이다. 거기에는 또한 '체념'이라 칭하는 절망에 안심하는 사람들 외에는 많은 개들만이 걷고 있다. 하지만 개가 되는 것도 나쁜 것은 아니다.

❖ 7. 참회 ❖

우리들의 모든 참회는 우리들을 감동시킬 것이다. 그러나 모든 참회의 형식은 '내가 한 일을 하지 않도록. 내가 말한 것을 하도록'이다.

---

3) "Les Fleurs du Mal"(1857). 보들레르의 시집.
4) "Le Spleen de Paris" 사후 1869년, 만년의 작품을 모아서 「파리의 우수(憂愁)」로 역은 것이다.

❖ 8. 또 어떤 사람들 ❖

나는 또 어떤 사람들을 알고 있다. 그 사람들은 어떤 일이든 쉽게 질릴 줄을 모른다. 한 사람의 여인이나 하나의 이데아나, 한 그루의 석죽5)이나 한 조각의 빵을 점점 더 얻으려고 한다. 그러므로 그 사람들만큼 마음껏 호사를 누리며 사는 사람은 없다. 또한 동시에 그 사람들만큼 비참한 생활을 하는 사람도 없다. 그 사람들은 어느덧 다양한 것의 노예가 되었다. 그러므로 타인에게 천국을 내주더라도 — 혹은 천국에 이르는 길을 알려주더라도 천국은 끝내 그 사람들 자신의 것이 될 수는 없다. '다욕상신(多欲喪身)'6)이라는 말은 그 사람들에게 주어질 것이다. 공작의 날개로 만든 부채나 사람 젖을 먹은 새끼돼지의 요리조차도 그 사람들에게는 그것만으로는 결코 만족을 줄 수 없는 것이다. 그 사람들은 필연적으로 슬픔이나 고통조차 바라지 않고는 견딜 수가 없다. (바라지 않더라도 주어지는 당연한 슬픔이나 고통 외에도) 거기에 그 사람들을 다른 사람들로부터 격리하는 한 줄기 도랑이 파여 있다. 그 사람들은 바보가 아니다. 하지만 바보보다 더한 바보다. 그 사람들이 바라는 것은 다만 그 자신이 아닌 사람으로 변하는 것이다. 그러므로 도저히 구원받을 수 있는 길은 없다.

❖ 9. 목소리 ❖

많은 사람들이 외치고 있는 가운데 한 사람이 이야기하는 소리는 결코 들리지 않을 것이라고 여겨질 것이다. 그러나 사실상 언제나 들

---

5) 석죽과의 다년초. 중국원산. 꽃은 붉은 색과 하얀 색. 관상용.
6) 욕망이 많은 탓에서 신세를 망치게 되는 것.

리는 것이다. 우리들 마음속에 한 줄기의 불꽃이 남아 있는 한은. — 하지만 이따금 그의 목소리는 후대의 마이크로폰을 기다릴지도 모른다.

❖ 10. 말(言葉) ❖

　우리는 자신의 기분을 용이하게 타인에게 전하지 못한다. 오로지 전달받는 타인에 의해 결정되는 것이다. '염화미소(拈花微笑)'[7]하던 옛날은 물론이요, 백 수십 행에 이르는 신문기사조차 타인의 기분과 맞지 않을 때는 도저히 납득할 수 있는 것이 아니다. '그'의 말을 이해하는 것은 항상 '제2의 그'일 것이다. 그러나 그러한 '그'도 또한 반드시 식물처럼 성장한다. 그러므로 어느 시대의 그의 말은 제2의 어느 시대의 '그' 이외에는 이해할 수 없을 것이다. 아니, 어느 시대의 자신조차 다른 시대의 그 자신에게는 타인처럼 보일지도 모른다. 하지만 다행스럽게도 '제2의 그'는 '그'의 말을 이해했다고 믿고 있다.

---

7) 석가가 영취산에서 설교를 할 때, 나뭇가지 하나를 비틀고서 눈을 깜박이는 것을 보고 단 한 사람 가엽(迦葉)만이 이해를 했다고 한다. 마음에서 마음으로 전하는 것.

[열 개의 바늘]보집([十本の針]補輯)

임만호

❖ 1. 죄와 벌과 ❖

어느 하늘이 맑게 비 개인 오후에 산발(散髮)을 한 남자가 도로의 진흙 속에 꿇어앉은 채로 지나가는 사람들에게 참회를 하고 있었다. 그는 의젓한 얼굴을 하고 있었다. 그리고 집들 건너편에 있는 푸르스름한 하늘을 바라보고 있었다. 그러나 그가 하는 참회는 바로 이런 것이었다.

'여러분, 제가 한 것처럼 하셔서는 안 됩니다. 제가 말씀드리는 것처럼 해주시기 바랍니다.'

그의 참회는 많은 사람들의 발걸음을 멈추게 했을 것이다. 그러나 마침 그곳을 지나가던 새파란 젊은이가 그를 내려다 본채로 이렇게 말하고서 재빠르게 걸어갔다.

❖ 3. 인간 ❖

신은 미래의 인간들을 위해 장밋빛 학교를 열었다. 이 학교의 수업 과목은 첫째는 산수, 둘째도 산수, 셋째, ― 셋째도 산수였다. 그러나 두 세 명의 게으른 자는 좀처럼 교실에 온 적이 없었다.

그들은 다른 생도들과 같이 인간세계에서 태어나게 되었다. 그들이 수업을 게을리 한 벌은 곧바로 그들에게 가해지기 시작했다. 그들은 모두 미치광이가 되거나 혹은 죄인이 되었다. 그러나 모두가 약속이나 한 듯이 그들의 시를 몰래 소중히 여기고 있었다.

신은 그들조차 불쌍히 여기고 있었다. 하지만 아무리 해도 방법이 없었다. 그들은 인간세계를 떠난 후에 또다시 신 앞으로 돌아왔다. 신은 장밋빛 학교 안에 그들을 모아놓고 이야기하기 시작했다. 그것은 어딘지 엄숙함 속에서도 애정이 담긴 말이었다.

> '이번에는 산수를 공부해라.'
> 그들은 일제히 대답했다.
> '싫습니다! 저기를 보십시오.'

'저기'라는 것은 다름 아닌 인간세계였다. 그곳에는 머리가 벗겨진 많은 졸업생들이 어떤 커다란 종이   위에 함께 이러한 식을 만들고 있었다.

$$2^*+3=5$$

* [별고2] 2+2=4

❖ 4. 마이크로 폰 ❖

  시인은 신이 만든 마이크로폰이다. 그 누구도 이 인간세계에서는
진실을 큰소리로는 말하지 않는다. 하지만 시인은 그들의 작은 목소
리를 곧바로 커다란 소리로 만들어 버린다. 만약 한 예를 든다면, ─

서방의 사람(西方の人)

조사옥

❖ 1. 이 사람을 보라 ❖

　나는 한 10년쯤 전에 예술적인 면에서 기독교를, 특히 카톨릭을 사랑하고 있었다. 나가사키의 '일본 성모 사원'은 아직도 내 기억에 남아 있다. 이런 나는 기타하라 하쿠슈 씨나 기노시타 모쿠타로 씨가 뿌린 씨를 부지런히 쪼고 있던 까마귀에 지나지 않는다. 또 몇 년 전에는 기독교를 위해서 목숨을 버린 기독교도들에게 어떤 흥미를 느끼고 있었다. 순교자의 심리는 나에게 온갖 광신자의 심리에 대해 느끼는 병적인 흥미를 느끼게 했다. 나는 겨우 최근에 와서야 네 명의 전기 작가들이 우리에게 전해 준 그리스도라는 사람을 사랑하기 시작했다. 오늘날의 나로서는 그리스도를 길가는 사람처럼 볼 수는 없다. 어쩌면 홍모인(紅毛人)들은 물론 오늘날의 청년들도 그것을 비웃을 것이다. 그러나 19세기 말에 태어난 나는 그들이 이제 보는 것조차 지겨워하는, 오히려 넘어뜨리기를 주저하지 않는 십자가에 주목하기 시작했던 것이다. 일본에서 태어난 '나의 그리스도는 반드시 갈릴리 호수만을 바라보고 있지는 않다. 빨갛게 익은 감나무 밑에서 나가사키 만(灣)도 보고 있는 것이다. 따라서 나는 역사적인 사실이나 지리적인 사실을 돌아보지 않을 것이다 — 그것은 적어도 이 글이 저널리스틱하게는 곤란을 피하기 위한 것은 아니다. 만일 진지하게 대처하고자 한다면, 대여섯 권의 그리스도 전은 쉽게 이 역할을 다해 줄 것이니까 — 그리고 그리스도의 일거수일투족을 충실하게 들고 있을 여유도 없다. 나는 단지 내가 느낀 대로 '나의 그리스도'를 기록하고자 한다. 엄격한 일본의 기독교도들도 글쟁이가 쓴 그리스도만은 아마도 너그럽게 봐 줄 것이다.

❖ 2. 마리아 ❖

마리아는 보통 여인이었다. 하지만 어느 날 밤 성령을 느끼고 그리스도를 낳았다. 우리는 모든 여인들에게서 어느 정도 마리아를 느낄 것이다. 동시에 또한 모든 남자들에게서도. 아니, 우리는 화로에 타오르는 불이나 밭의 야채나 초벌구이 항아리나 튼튼하게 만들어진 걸상에서도 어느 정도 마리아를 느낄 것이다. 마리아는 '영원히 여성인 것'은 아니다. 단지 '영원히 지키고자 하는 것'이다. 그리스도의 어머니, 마리아의 일생도 역시 '눈물의 골짜기' 속을 다니고 있었다. 하지만 마리아는 인내를 거듭하며 그 일생을 살아갔다.

세상 지식과 어리석음과 미덕은 그녀의 일생 속에 하나가 되어 살고 있다. 니체의 반역은 그리스도에 대한 것이기보다는 마리아에 대한 반역이었다.

❖ 3. 성령 ❖

우리는 바람이나 깃발 속에서도 어느 정도 성령을 느낄 것이다. 성령은 반드시 '성스러운 것'은 아니다. 단지 '영원히 초월하고자 하는 것'이다. 괴테는 언제나 성령에게 Daemon이란 이름을 붙여 주었다. 뿐만 아니라 항상 이 성령에게 붙잡히지 않도록 경계하고 있었다. 그러나 성령의 아이들은 — 모든 그리스도들은 — 성령에게 언젠가 붙잡힐 위험을 지니고 있다. 성령은 악마나 천사가 아니다. 물론 신과도 다른 것이다. 우리들은 때때로 선악의 피안에서 성령이 걷고 있는 것을 볼 것이다. 선악의 피안에서, 그러나 롬 브로조는 행인지 불행인지 정신병자의 뇌수 위로 성령이 걷고 있는 것을 발견했다.

❖ 4. 요셉 ❖

그리스도의 아버지, 목수인 요셉은 실은 마리아 자신이었다. 그가 마리아만큼 존경받지 못하는 것은 이런 사실에 기인하고 있다. 요셉은 아무리 호의적으로 보아 준다 해도, 결국은 불필요한 인간가운데 그 첫 번째 사람이었다.

❖ 5. 엘리사벳 ❖

마리아는 엘리사벳의 친구였다. 세례 요한을 낳은 것은 이 사가랴의 남편(역자주: 누가복음 1장 5절에는 아내) 엘리사벳이다. 보리 속에 양귀비꽃이 핀 것은 결국 우연이라고 할 수밖에 없다. 우리의 일생을 지배하는 힘은 역시 그런 데에서도 나타나는 것이다.

❖ 6. 양치기들 ❖

마리아가 성령을 느껴서 임신한 것이 양치기들을 소란하게 할 만큼
추문이었던 것은 확실하다. 그리스도의 어머니, 아름다운 마리아는 이
때부터 인생고(人生苦)의 길에 오르기 시작했다.

❖ 7. 박사들 ❖

동방 박사들은 그리스도의 별이 나타난 것을 보고, 황금과 유황과
몰약을 보물함에 넣어서 드리러 갔다. 그러나 그들은 박사들 중에서
도 겨우 두 사람이나 세 사람이었다. 다른 박사들은 그리스도의 별이
나타난 것을 알아차리지 못했다. 뿐만 아니라 알아차린 박사들 중의
한 사람은 높은 대 위에 멈춰 서서 — 그는 가장 나이를 먹은 노인이
었다 — 찬란하게 걸린 별을 올려다보며, 훨씬 더 그리스도를 불쌍히
여기고 있었다.
"또 인가!"

❖ 8. 헤롯 ❖

헤롯은 어떤 큰 기계였다. 이런 기계는 폭력에 의해, 다소 수고를
줄이기 위해서 우리에게는 항상 필요하다. 그는 그리스도를 두려워하
여 베들레헴의 어린 아기들을 모두 죽였다. 물론 그들 중에는 그리스
도 이외의 그리스도도 섞여 있었을 것이다. 헤롯의 양손은 그들의 피
때문에 새빨갛게 되어 있었을지도 모른다. 우리는 아마 이 양손 앞에
서 불쾌감을 느끼지 않을 수 없을 것이다. 그러나 그것은 몇 세기인가

이전의 기요틴에 대한 불쾌감이다. 우리로서는 헤롯에 대해 증오는 물론이고 경멸할 수조차 없다. 아니, 오히려 그에게 불쌍함을 느낄 뿐이다. 헤롯은 항상 보좌 위에서 아주 우울한 얼굴을 한 채, 감람나무나 무화과 속에 있는 베들레헴을 내려다보고 있다. 한 줄의 시를 남기는 일조차 없이.

❖ 9. 보헤미아적 정신 ❖

어린 그리스도는 이집트에 가기도 하고, '갈릴리로 피하여 나사렛이라는 마을'에 머물기도 했다. 우리는 이런 어린아이를 사세보나 요코스카로 전근 가는 해군 장교의 가정에서도 발견할 것이다. 그리스도의 보헤미아적 정신은 그의 성격 이전에 이러한 환경 속에도 숨어 있었을지도 모른다.

❖ 10. 아버지 ❖

그리스도는 나사렛에서 살면서 자신이 요셉의 아이가 아닌 것을 알았을 것이다. 혹은 성령의 아이라는 사실을 — 하지만 그 사실은 요셉의 아이가 아니라는 것보다 중대한 사건은 결코 아니다. '사람의 아들' 그리스도는 이때부터 그야말로 두 번째 탄생을 했다. '식모의 아들' 스트린드베리는 먼저 그의 가족에게 반발했다. 그것은 그의 불행이자 동시에 그의 행복이었다. 그리스도도 아마 마찬가지였을 것이다. 그는 이런 고독 속에서 다행히도 그의 앞에 태어났던 그리스도, 세례 요한을 만났다. 우리는 우리 자신들 속에서도 요한을 만나기 이전의 그리스도 속에 내재했던 마음의 그늘을 느낀다. 요한은 석청과 메뚜기를

먹으며 광야에서 살고 있었다. 그러나 그가 살았던 광야에 반드시 빛
이 없었다고는 할 수 없다. 적어도 그리스도 자신 속에 있었던 어두컴
컴한 광야에 비해 본다면……

❖ 11. 요한 ❖

세례 요한은 낭만주의를 이해하지 못하는 그리스도였다. 그의 위엄
은 무쇠처럼 번쩍이고 있었다. 그가 그리스도에게 미치지 못했던 것
도 아마 그런 사실에서 기인할 것이다. 그리스도에게 세례를 베푼 요
한은 떡갈나무처럼 늠름했다. 그러나 옥중에 들어간 요한은 이미 나
뭇잎과 가지가 무성한 떡갈나무의 힘을 잃고 있었다. 그의 최후의 통
곡은 그리스도의 최후의 통곡처럼 언제나 우리를 움직이게 한다 —
'그리스도는 너였던가, 나였던가?'

요한의 최후의 통곡은 — 아니, 반드시 통곡만은 아니다 — 굵은 떡
갈나무는 마르기 시작했지만, 아직도 겉보기에는 가지를 뻗고 있다.
만일 이 기력조차 없었더라면, 스물 몇 살쯤(역자주: 원문 그대로임)
되는 그리스도는 결코 냉정하게 이렇게 말하지 않았을 것이다.

"내가 실제로 행하고 있는 일을 요한에게 말해 주도록 하라."

❖ 12. 악마 ❖

그리스도는 40일 금식을 한 후, 눈앞에서 악마와 문답했다. 우리도
악마와 문답을 하기 위해서는 어떤 형태이든 금식이 필요하다. 우리
들 중 어떤 이는 이 문답을 하다 악마의 유혹에 질 것이다. 또 어떤 이
는 유혹에 지지 않고 자신을 지킬 것이다. 그러나 일생 동안 악마와

문답하지 않고 끝날 때도 있다. 그리스도는 먼저 빵을 물리 쳤다. 그러나 "빵만으로는 살 수 없다."라는 주석을 다는 것을 잊지 않았다. 그리고 그 자신의 힘을 의지하라는 악마의 이상주의적인 충고를 물리쳤다. 그러나 동시에 "주 너의 하나님을 시험치 말라."고 하는 변증법을 준비하고 있었다. 마지막으로 '세계 여러 나라들과 그 영화'를 물리쳤다. 그것은 어쩌면 빵을 물리친 것과 같은 것처럼 보일 것이다. 그러나 빵을 물리친 것은 현실적인 욕망을 물리친 것에 지나지 않는다. 그리스도는 이 제3의 답으로 우리 자신 속에서 끊을 수 없는 모든 지상의 꿈을 물리친 것이다. 이 논리 이상의 논리적 결투는 그리스도의 승리임이 틀림없었다. 야곱이 천사와 씨름한 것도 어쩌면 이런 결투였을 것이다. 악마는 결국 그리스도 앞에 머리를 숙일 수밖에 없었다. 그렇지만 그가 마리아라고 하는 여인의 아이인 것은 잊지 않았다. 이 악마와의 문답에 어느 새 중대한 의미를 부여하고 있다. 하지만 그리스도의 일생에서 반드시 큰 사건이라고는 할 수 없다. 그는 일생 동안 몇 번이고 "사탄아, 물러가라." 하고 말했다. 실제로 그의 전기 작가의 한 사람인 누가는 이 사건을 기록한 후에, "마귀가 모든 시험을 다한 후에 얼마동안 떠나니라." 하고 덧붙이고 있다.

❖ 13. 최초의 제자들 ❖

그리스도는 겨우 열두 살 때에 그의 천재를 나타내고 있다. 그러나 세례를 받은 뒤에도 아무도 제자가 되는 사람은 없었다. 마을에서 마을로 돌아다니던 그는 분명 외로움을 느꼈을 것이다. 그렇지만 드디어 네 명의 제자들 — 그것도 네 명의 어부들 — 이 그의 좌우에서 따르게 되었다. 그들에 대한 그리스도의 사랑은 일생 동안 변함이 없었

다. 그는 그들에게 둘러싸이면서, 얼마 안 되는 사이에 예리한 혀를
갖춘 고대 저널리스트가 되어 갔다.

❖ 14. 성령의 아이 ❖

그리스도는 고대 저널리스트가 되었다. 동시에 고대의 보헤미안이
되었다. 그의 천재는 비약을 거듭하고, 그의 생활은 한 시대의 사회적
인 약속을 짓밟았다. 그를 이해하지 못하는 제자들 속에서 때때로 히
스테리를 부리면서. 그러나 그 자신은 대체적으로 환희에 넘치는 생
활을 했다. 그리스도는 그의 시 속에서 어느 정도 정열을 느끼고 있었
을 것이다. '산상수훈'은 스물 몇 살인가 되는 그의 감격에 가득 찬 산
물이다. 그는 앞서간 그 누구도 그에게 미치지 못한다는 것을 느끼고
있었다. 바다처럼 고조된 그의 이러한 천재적인 저널리즘은 당연히
적을 불러들였을 것이다. 그렇지만 그들은 그리스도를 두려워하지 않
을 수 없었다. 그들로서는 — 그리스도보다도 인생을 알고, 따라서 동
시에 인생에 대한 공포를 품고 있는 그들로서는 — 이 천재의 식견을
이해할 수 없었기 때문이었다.

❖ 15. 여인 ❖

많은 여인들은 그리스도를 사랑했다. 그 중에서도 막달라 마리아
같은 사람은 그를 한 번 만난 이후로 그녀를 괴롭히던 일곱 악귀로부
터 벗어나 그녀의 직업을 초월한 시적인 연애 감정을 느끼기 시작했
다. 그리스도의 생명이 끝난 뒤에 그녀가 가장 먼저 그를 본 것은 이
러한 연애의 힘이다. 그리스도도 또한 많은 여인들을, 그 중에서도 막

달라 마리아를 사랑했다. 그들의 시적 연애는 아직도 제비붓꽃처럼 향기롭다. 그리스도는 자주 그녀를 보는 것으로 그의 외로움을 달랬을 것이다. 후대는, 혹은 후대의 남자들은 그들의 시적 연애에 냉담했다 — 단지 예술적인 주제 이외에는 — 그러나 후대의 여인들은 항상 이 마리아를 질투하고 있었다.

"왜 그리스도께서는 다른 누구보다도 먼저 어머니이신 마리아께 부활을 고하지 않으셨지?"

그것은 그녀들이 입 밖에 낸 가장 위선적인 탄식이었다.

❖ 16. 기적 ❖

그리스도는 때때로 기적을 행했다. 하지만 그 자신에게 있어서 그 일은 하나의 비유를 만들어 내기보다도 쉬웠다. 그는 그 **때문에도,** 기적에 대한 혐오감을 품고 있었다. 그 **때문에도,** — 그리스도가 사명을 느끼고 있었던 것은 그의 길을 가르치는 것이었다. 그가 기적을 행하는 일은 후대에 루소가 소리 높여 비난했듯이, 그의 뜻을 가르치는 데에는 불편한 방법이었음에 틀림없었다. 그러나 그의 '어린 양들'은 언제나 기적을 바라고 있었다. 그리스도도 또한 세 번에 한번은 이 소원을 따르지 않을 수 없었다. 그의 인간적인, 너무나 인간적인 성격은 이런 일면에도 나타나 있다. 그러나 그리스도는 기적을 행할 때에는 반드시 책임을 회피했다.

"네 믿음이 너를 낫게 하였다."

그러나 그것은 동시에 과학적인 진리임에도 틀림없었다. 그리스도는 또한 어떤 때에는 어쩔 수 없이 기적을 행했기 때문에 — 혹은 오랜 병으로 괴로워하던 여인이 그의 옷자락을 만졌기 때문에 — 그의 힘이 빠져나가는 것을 느꼈다. 그가 기적을 행하는 일에 언제나 다소 주저했던 것은 이런 실제 느낌을 봐도 분명히 알 수 있다. 그리스도는 후대의 기독교도는 물론, 그의 열두 제자들보다도 훨씬 날카로운 이 지주의자였다.

❖ 17. 배덕자 ❖

그리스도의 어머니, 아름다운 마리아는 그리스도에게는 반드시 어머니였던 것만은 아니다. 그가 가장 사랑한 사람은 그의 길을 따르는 자였다. 그리스도는 또한 정열에 불탄 채, 많은 사람들이 모인 앞에서 대담하게도 이런 그의 기분을 이야기해 버리는 것조차 거리끼지 않았다. 마리아는 아마 문 밖에서 그의 말을 들으며 힘없이 서있었을 것이다. 우리는 우리 자신 속에서 마리아의 괴로움을 느끼고 있다. 비록 우리 자신 속에서 그리스도의 정열을 느끼고 있다고 할지라도 — 그러나 그리스도 자신도 때로는 마리아를 불쌍히 여겼을 것이다. 빛나는 천국 문을 보지 않고 현존하는 예루살렘을 바라보고 있을 때에는……

❖ 18. 기독교 ❖

기독교는 그리스도 자신도 실행할 수 없었던, 역설이 많은 시적 종교이다. 그는 그의 천재 때문에 인생마저 웃으며 던져 버렸다. 와일드가 그에게서 낭만주의의 제1인자임을 발견한 것은 당연하다. 그가 가르친 바에 의하면, "솔로몬의 모든 영광으로도 입은 것이" 바람에 혼들리는 한 송이 백합화만 못하였다. 그의 길은 단지 시적으로, 내일 일을 염려하지 말고 생활하라고 하는 데에 존재한다. 무엇을 위하여? 그것은 물론 유대인들의 천국에 들어가기 위해서임에 틀림없었다. 그러나 모든 천국도 유전(流転)하지 않을 수 없다. 비누 냄새가 나는 장미 꽃으로 가득 찬 기독교의 천국은 어느 새 공중으로 사라져 버렸다. 하지만 우리들은 그 대신 몇 가지 천국을 만들어 냈다. 그리스도는 우리에게 천국에 대한 동경을 불러일으킨 제1인자였다. 더욱이 그의 역설은 후대에 무수한 신학자나 신비주의자를 낳았다. 그들의 논의(論議)는 그리스도를 망연하게 하지 않을 수 없었을 것이다. 그러나 그들 중 어떤 사람은 그리스도보다도 더욱 기독교적이다. 어쨌든 그리스도는 우리에게 현세 저쪽에 있는 것을 가리켰다. 우리는 언제나 그리스도 속에서 우리가 구하고 있는 것을, 우리를 무한의 길로 몰아 내는 나팔소리를 느낄 것이다. 동시에 언제나 그리스도 안에서, 우리를 끊임없이 괴롭히는 것 — 근대가 겨우 표현해 낸 세계의 고통을 느끼지 않을 수 없을 것이다.

❖ 19. 저널리스트 ❖

우리는 단지 우리 자신에게 가까운 것 외에는 볼 수 없다. 적어도 우리에게 다가오는 것은 우리 자신에게 가까운 것뿐이다. 그리스도는 모든 저널리스트들처럼 이 사실을 직시하고 있었다. 신부, 포도원, 나귀, 일꾼 — 그의 가르침은 눈앞에 보이는 것을 이용하지 않고 끝난 적이 없었다. 그의 시 중에서 '선한 사마리아인'이나 '탕자의 비유'는 이런 점에서 걸작이다. 추상적인 말만 하고 있는 후대의 기독교적 저널리스트인 목사들은 한번도 이 그리스도의 저널리즘이 지닌 효과를 생각하지 않았을 것이다. 그는 그들뿐 아니라 후대의 그리스도들과 비교하더라도, 저널리스트로서 결코 손색이 없다. 그 때문에 그의 저널리즘은 서방의 고전과 어깨를 나란히 하고 있다. 그는 실로 오래 된 불꽃에 새 장작을 더하는 저널리스트였다.

❖ 20. 여호와 ❖

그리스도가 자주 설명한 것은 물론 천상의 신이다. "우리를 만든 것은 신이 아니다. 신이야말로 우리가 만든 것이다." 유물론자 구르몽의 이와 같은 말은 우리의 마음을 기쁘게 할 것이다. 그것은 우리 허리에 드리운 쇠사슬을 잘라 버리는 말이다. 그렇지만 동시에 우리 허리에 새로운 쇠사슬을 붙이는 말이다. 뿐만 아니라 이 새로운 사슬은 낡은 사슬보다 강할지도 모른다. 신은 큰 구름 속에서 가는 신경 계통 속으로 내려오기 시작했다. 그것도 온갖 이름으로 명명되어져 각각의 자리에 위치하고 있다. 물론 그리스도는 눈앞에서 자주 이 신을 보았을 것이다 — 신을 만나지 않았던 그리스도가 악마를 만났다고는 생각할 수 없다 — 그의 신 역시 다른 모든 신처럼 사회적 색채가 강한 것이다. 그러나 어쨌든 우리와 함께 태어난 '주 하나님'이었음에 틀림없다. 그리스도는 이 신을 위해서 — 시적 정의(時的正義)를 위해서 계속 싸웠다. 그의 모든 역설은 그 속에 근원을 가지고 있다. 후대의 신학은 그 역설을 무엇보다도 시 밖에서 해석하고자 했다. 그리고 아무도 읽은 적이 없는 수많은 따분한 책을 남겼다. 볼테르는 오늘날에도 우스꽝스러울 정도로 '신학의 신을 죽이기 위해서 그의 칼을 휘두르고 있다. 그러나 '주 하나님'은 죽지 않았다. 동시에 또 그리스도도 죽지 않았다. 신은 콘크리트벽에 이끼가 끼는 한, 언제나 우리 위에 임해 있

을 것이다. 단테는 프란체스카를 지옥에 떨어뜨렸다. 하지만 언젠가
이 여인을 불꽃 속에서 구했다. 한번이라도 회개한 자 — 아름다운 한
순간을 가진 자 — 는 항상 '영원한 생명'에 들어가 있다. 감상주의적
인 신이라고 불리기 쉬운 것도 어쩌면 이런 사실 때문일 것이다.

❖ 21. 고향 ❖

"예언자는 고향에 들어갈 수 없다" — 그것은 어쩌면 그리스도에게
는 제일의 십자가였을지도 모른다. 그는 결국에는 유대 전체를 고향
으로 하지 않으면 안되었다. 기차나 자동차나 기선이나 비행기는 오
늘날 모든 그리스도들에게 전 세계를 고향으로 만들어 주고 있다. 물
론 모든 그리스도들은 고향에 들여보내지지 않았음에 틀림없다. 실제
로 포(E.A.Poe)를 받아들인 것은 아메리카가 아닌 프랑스였다.

❖ 22. 시인 ❖

그리스도는 한 송이 백합꽃을 '솔로몬의 모든 영광' 보다도 더욱 아
름답다고 느끼고 있다 — 하긴 그의 제자들 중에도 그만큼 백합꽃의
아름다움에 황홀해했던 사람은 없었을 것이다. 그러나 제자들과 함께
이야기할 때에는 대화상의 예절을 깨더라도 야만적인 말을 하는 것을
꺼리지 않았다. "무엇이든지 밖에서 들어가는 것이 능히 사람을 더럽게
하지 못함을 알지 못하느냐. 이는 마음으로 들어가지 아니하고 배로 들
어가 뒤로 나감이니라. 이러므로 모든 음식물은 깨끗하다."……

❖ 23. 나사로 ❖

그리스도는 나사로의 죽음을 들었을 때, 지금까지 흘리지 않던 눈물을 보였다. 지금까지 흘리지 않던, 혹은 지금까지 보이지 않고 있던 눈물을. 나사로가 죽음에서 다시 살아난 것은 그의 이런 감상주의 때문이다. 어머니인 마리아를 돌아보지 않았던 그가 왜 나사로의 누이들 — 마르다와 마리아 앞에서 눈물을 흘렸을까? 이런 모순을 이해하는 자는 그리스도의 — 혹은 모든 그리스도의 천재적인 이기주의를 이해하는 자이다.

❖ 24. 가나의 향연 ❖

그리스도는 여인을 사랑했지만, 여인과 관계하는 것을 돌아보지 않았다. 그것은 마호메트가 네 명의 여인들과 관계하는 것을 허락한 것과 마찬가지였다. 그들은 어느 쪽이나 한 시대를, 혹은 사회를 뛰어넘을 수 없었다. 그러나 그런 사실에는 다른 무엇보다도 자유를 사랑하는 마음이 작용했던 건 분명하다. 후대의 초인은 개들 사이에 끼여 가면을 쓰고 지낼 필요성이 있었다. 그러나 그리스도는 가면을 덮어쓰는 것도 부자유에 속한다고 생각하고 있었다. 이른바 '난롯가의 행복'이 거짓임은 그에게는 물론 확실했을 것이다. 미국의 그리스도 휘트먼 역시 이 자유를 선택한 한 사람이다. 우리는 그의 시 속에서 자주 그리스도를 느낄 것이다. 그리스도는 지금까지도 껄껄 웃으며 무희들과 꽃다발과 악기로 가득 찬 가나의 향연을 내려다보고 있다. 그러나 물론 그 대신 그가 감당해야 할 어느 정도의 고독은 있었을 것이다.

❖ 25. 하늘에 가까운 산상 문답 ❖

그리스도는 높은 산 위에서 먼저 태어난 그리스도들 — 모세와 엘리야와 이야기를 했다. 그것은 악마와 싸운 것보다도 더욱 의미 깊은 일일 것이다. 그는 그 며칠인가 전에 제자들에게 예루살렘에 가서 십자가에 달릴 것을 예언하고 있었다. 그가 모세와 엘리야를 만난 것은 어떤 정신적인 위기에 처해 있었던 증거이다. 그의 얼굴이 '해처럼 빛나고 그 옷이 희게 빛난 것도 꼭 두 그리스도가 그의 앞에 내려왔기 때문만은 아니다. 그는 전생애 가운데서도 이때만큼은 다른 어느 때보다 엄숙했다. 그의 전기 작가는 그들 사이의 문답을 기록에 남겨 놓지 않았다. 그러나 그가 던진 물음은 "우리는 어떻게 살 것인가?"이다. 그리스도의 일생은 짧았을 것이다. 그렇지만 그는 이때에 — 겨우 30세에 이르렀을 때에 — 그의 일생의 총결산을 해야 하는 괴로움을 맛보고 있었다. 모세는 나폴레옹도 말했듯이 전략에 뛰어난 장군이다. 엘리야도 또한 그리스도보다도 정치적 천재성이 풍부했을 것이다. 뿐만 아니라 오늘은 어제가 아니다. 오늘날에는 이제 홍해의 파도도 벽처럼 서지 않는가 하면, 불수레도 하늘에서 내려오지 않는다. 그리스도는 그들과 문답하면서, 드디어 괴로운 죽음이 다가온 것을 느끼지 않을 수 없었다. 하늘에 가까운 산 위에는 얼음처럼 맑은 햇빛 속에 바위들이 솟아 있을 뿐이었다. 그러나 깊은 골짜기 밑에서는 석류나 무화과 냄새도 났을 것이다. 그곳에서는 또 집들의 연기도 희미하게 피어오르고 있었을지도 모른다. 아마 그리스도 역시 이런 하계의 인생에 그리움을 느끼는 일이 없지는 않았을 것이다. 그러나 그의 길은 싫든 좋든 인기 적이 없는 하늘로 향해 있다. 그의 탄생을 알린 별은, 혹은 그를 낳은 정령은 그에게 평화를 주려고 하지 않는다. "그들이 산에서 내려올 때에 예수께서 그들 — 베드로, 야고보, 그 형제 요한 — 에게 명하여 이르시되 인자가 죽은 자 가운데서 살아나기 전에는 본 것을 아무에게도 이르지 말라 하시니." — 하늘에 가까운 산 위에서 그리스도가 그보다 앞서간 '위대한 사자(死者)들'과 이야기를 했다는 사실은 참으로 그의 일기에만 조용히 남겨 두고 싶어 한 것이었다.

❖ 26. 어린아이와 같이 ❖

그리스도가 가르친 역설의 하나는 "진실로 너희에게 이르노니, 너희가 돌이켜 어린아이들과 같이 되지 아니하면 결단코 천국에 들어가지 못하리라."이다. 이 말은 조금도 감상주의적이 아니다. 그리스도는 이 말 속에 그 자신이 누구보다도 어린아이에 가까운 것을 나타내고 있다. 동시에 또한 정령의 아이였던 그 자신의 입장을 명확히 하고 있다. 괴테는 타소(Tasso) 속에서 역시 정령의 아이였던 그 자신의 괴로움을 노래했다. '어린아이와 같다는 것'은 유아원 시절로 돌아가는 것이다. 그리스도의 말에 따르면, 누군가의 보호를 받지 않고서는, 인생에 견디지 못하는 자 이외에는 황금 문으로 들어갈 수 없다. 거기에는 또한 세상 지식에 대한 그의 경멸도 숨어 있다. 그의 제자들은 솔직하게 — 어린아이를 앞에 둔 그리스도의 그림이 우리에게 불쾌감을 주는 것은 후대의 위선적인 감상주의 때문이다 — 그의 앞에 선 어린아이에게 놀라지 않을 수 없었을 것이다.

❖ 27. 예루살렘으로 ❖

그리스도는 당대의 예언자가 되었다. 동시에 또한 그 자신 속의 예언자는 — 혹은 그를 낳은 성령은 자연히 그를 농락하기 시작했다. 우리는 촛불에 타는 나방 속에서도 그를 느낄 것이다. 나방은 단지 나방 한 마리로 태어났기 때문에 촛불에 태워지는 것이다. 그리스도도 또한 나방과 다름이 없다. 쇼(G.B.Shaw)는 십자가에 달리기 위해서 예루살렘으로 간 그리스도에게 번개와 흡사한 냉소를 보내고 있다. 그러나 그리스도는 예루살렘으로 나귀를 몰고 들어가기 전에 그의 십자가를 지고 있었다. 그에게 있어 그것은 어쩔 수 없는 운명에 가까운 것이었을 것이다. 그는 그 점에서도 천재였으며 결국 '사람의 아들'이었다. 뿐만 아니라 이 사실은 수세기를 거쳐 그리스도가 '메시야로 불렸음을 나타낸다. 나뭇가지를 깐 길 위에서 '호산나, 호산나'라는 목소리에 이끌려 나귀를 몰아갔던 그리스도는 그 자신이었음과 동시에 모든 이스라엘의 예언자들이었다. 그의 뒤에 태어난 그리스도의 한 사람은 먼 로마의 길 위에서 부활한 그리스도에게 "어디로 가나?"라고 힐문 받았다고 전하고 있다. 그리스도도 또한 예루살렘에 가지 않았다고 한다면, 역시 누군가 예언자들의 한 사람으로부터 "어디로 가나?"라고 힐문 받았을 것이다.

❖ 28. 예루살렘 ❖

그리스도는 예루살렘에 들어간 뒤, 최후의 투쟁을 했다. 그것은 싱그러움이 부족하기는 해도, 어떤 격정에 찬 것이었다. 그는 길가의 무화과를 저주했다. 무화과가 그의 기대를 저버리고 열매를 하나도 맺지 않았기 때문이었다. 모든 것을 불쌍히 여겼던 그도 여기서는 반쯤 히스테릭하게 그의 파괴력을 발휘하고 있다.

"가이사의 것은 가이사에게 바쳐라."

그것은 이제 더 이상 정열에 불타는 청년 그리스도의 말이 아니다. 그에게 복수하기 시작한 인생 — 그는 물론 인생보다는 천국을 중시한 시인이었다. — 에 대한 노성인(老成人) 그리스도의 말이다. 거기에 감춰져 있는 것은 꼭 그가 가진 세상적 지식 뿐만은 아니다. 그는 모세가 살던 옛날 이래로 조금도 변함없는 인간의 어리석음에 정나미가 떨어졌던 것이다. 하지만 그의 초조함은 그로 하여금 여호와의 '성전에 들어가 성전 안에서 매매하는 모든 사람들을 내어 쫓고 돈 바꾸는 사람들의 상과 비둘기 파는 사람들의 의자를 둘러엎'도록 만들었다.

"이 성전도 당장 무너져 버린다."

어떤 여인은 이런 그를 위하여 그의 이마에 향유를 붓기도 했다. 그리스도는 그의 제자들에게 이 여인을 책망하지 말 것을 명했다. 그리고 십자가와 마주한 그리스도의 기분은 그를 이해하지 못하는 제자들에 대한 따뜻한 말 속에 내포되어 있다. 그는 향유 냄새를 풍기면서 — 그것은 흙먼지투성이인 것이 보통인 그에게는 드문 일중의 하나임에 틀림없었다 — 조용히 그들에게 말을 걸었다.

"이 여자가 나를 장사지내기 위하여 나에게 향유를 부었다. 나는 너희들과 항상 함께 있지 아니하리라."

겟세마네의 감람나무는 골고다의 십자가보다도 비장하다. 그리스도는 사력을 다해, 거기서 그 자신과도 — 그 자신 속의 정령과도 — 싸우려고 했다. 골고다의 십자가는 그의 위에 점차 그림자를 떨구려 하고 있었다. 그는 이 사실을 너무나 잘 알고 있었다. 그러나 그의 제자들은 — 베드로조차 — 그의 마음을 이해할 수가 없었다. 그리스도의 기도는 오늘날에도 우리들에게 호소하는 힘을 가지고 있다.

"내 아버지여, 만일 할 만하시거든 이 잔을 내게서 지나가게 하옵소서. 그러나 나의 원대로 마옵시고 아버지의 원대로 하옵소서."

모든 그리스도들은 인기척 없는 밤중에 틀림없이 이렇게 기도하고 있다. 그리고 동시에 모든 그리스도의 제자들은 '매우 고민하여 죽게' 된 그의 마음을 이해하지 못하고 감람나무 밑에 잠들어 있다.

❖ 29. 유다 ❖

후대는 어느 새 유다 위에도 악의 후광을 비추고 있다. 그러나 유다가 열두 명의 제자들 중에서 특히 나빴던 것은 아니다. 베드로조차 닭이 울기 전에 세 번 그리스도를 모른다고 했다. 유다가 그리스도를 판 것은 오늘날 정치가들이 그들의 수령을 파는 것과 마찬가지 일이었을 것이다. 파피니도 역시 유다가 그리스도를 판 것을 큰 수수께끼로 꼽고 있다. 하지만 그리스도는 누구에게라도 팔릴 위기에 처해 있음이 명백했다. 제사장들은 유다 외에도 몇 명인가의 유다를 세고 있었을 것이다. 단지 유다는 이 도구로서의 여러 조건을 구비하고 있었다. 물론 그들 조건 이외에 우연도 한몫 했을 것 이다. 후대는 그리스도를 '하나님의 아들'로 간주했다. 그리고 그 것은 동시에 유다 자신 속에서 악마를 발견하는 일이 되었던 것이다. 그러나 유다는 그리스도를 판 후, 백양목에 목매어 죽어 버렸다. 그가 그리스도의 제자였던 것은 — 하나님의 소리를 들었던 자였던 것은 어쩌면 그런 일에서도 찾아볼 수 있을지도 모른다. 유다는 누구보다도 그 자신을 미워했다. 십자가에 달린 그리스도도 물론 그를 괴로워하게 했을 것이다. 그러나 그를 이용한 제사장들의 냉소도 역시 그를 분개하게 했을 것이다.

"네가 하고자 하는 일을 행하라."

유다에 대한 그리스도의 이러한 말은 경멸과 연민에 넘치고 있다. '사람의 아들' 그리스도는 그 자신 속에서도 어쩌면 유다를 느끼고 있

었을지도 모른다. 그러나 유다는 불행하게도 그리스도의 아이러니를
이해하지 못했다.

❖ 30. 빌라도 ❖

빌라도는 그리스도의 일생에서는 단지 우연히 나타난 자이다. 그는
결국 대명사에 지나지 않는다. 후대도 또한 이 관리에게 전설적인 색
채를 부여하고 있다. 그러나 아나톨 프랑스만은 이러한 색채에 속지
않았다.

❖ 31. 그리스도보다도 바라바를 ❖

그리스도보다도 바라바를 ― 그것은 오늘날에도 마찬가지이다. 바
라바는 반역을 기도했을 것이다. 동시에 사람들을 죽였을 것이다. 그
러나 그들은 스스로 그의 행위를 이해하고 있었다. 니체는 후대의 바
라바들을 거리의 개에 비유하기도 했다. 그들은 물론 바라바의 행위
에 미움과 분노를 느끼고 있었을 것이다. 그러나 그리스도의 행위에
대해서는 아마도 아무런 감정도 느끼지 않았을 것이다. 만일 무엇인
가 느꼈다면 그것은 그들이 사회적으로 느끼지 않으면 안 된다고 생
각한 것이었으리라. 그들의 정신적 노예들은 ― 육체만 늠름한 병사
들은 ― 그리스도에게 가시관을 씌우고 홍포를 걸치게 한 뒤에, "유대
인의 왕이여, 평안할지어다."라고 외치기도 했다. 그리스도의 비극은
이런 희극의 한가운데에 있는 만큼 비참하다. 그리스도는 글자 그대
로 정신적으로 유대의 왕이었음에 틀림없다. 그렇지만 천재를 믿지
않는 개들은 ― 아니, 천재를 발견하기는 쉽다고 믿고 있는 개들은 ―

유대의 왕이라는 이름하에 진정한 유대의 왕을 조소하고 있다. "방백
들이 기이하다고 여길 만큼 예수는 한마디도 대답하지 않았다." — 그
리스도는 전기 작가가 기록한 대로, 그들의 힐문이나 조소에는 아무
런 대답도 하지 않았을 것이다. 뿐만 아니라 아무런 대답을 할 수 없
었음이 분명하다. 그러나 바라바는 머리를 들고 무엇이든지 명백히
대답했을 것이다. 바라바는 단지 그의 적에게 반역하고 있다. 하지만
그리스도는 그 자신에게 — 그 자신 속의 마리아에게 반역하고 있다.
그것은 바라바의 반역보다도 더욱 근본적인 반역이었다. 동시에 '인간
적인, 너무나 인간적인' 반역이었다.

✤ 32. 골고다 ✤

십자가 위의 그리스도는 결국 '사람의 아들'일 수밖에 없었다.
"나의 하나님, 나의 하나님, 어찌하여 나를 버리셨나이까?"
물론 영웅 숭배자들은 그의 말을 비웃을 것이다. 하물며 성령의 아
이가 아닌 자는 그의 말 속에서 단지 '자업자득'을 발견할 뿐이다. "엘
리 엘리 라마 사박다니"는 사실상 그리스도의 비명에 지나지 않는다. 그
러나 그리스도는 이 비명 때문에 한층 더 우리에게 다가온 것이다. 뿐만
아니라 그의 일생의 비극을 한층 더 현실적으로 가르쳐 준 것이다.

✤ 33. 피에타 ✤

그리스도의 어머니, 나이 든 마리아는 그리스도의 유해 앞에서 슬
퍼하고 있다 — 이런 그림이 Piéta라고 불리는 것은 반드시 감상주의
적이라고 할 수만은 없다. 다만 피에타를 그리고자 하는 화가들은 마

리아 한 사람만을 그리지 않으면 안 된다.

❖ 34. 그리스도의 친구들 ❖

그리스도는 열두 명의 제자들을 가지고 있었다. 그러나 친구는 한 사람도 없었다. 만약 한 명이라도 있었다고 한다면, 그것은 아리마대 요셉이다. "저물었을 때에 존경 받는 공회 의원인 아리마대 요셉이라 하는 사람이 왔다. 이 사람은 하나님의 나라를 기다리는 차라. 그는 당돌히 빌라도에게 시체를 달라 하였다." 마태보다도 오래 됐다고 전해지는 마가는 그의 그리스도 전기 속에 이런 의미 깊은 한 구절을 남겼다. 이 한 구절은 그리스도의 제자들을 "이 사람을 따르는 당들이라."라고 한 말과는 전연 뜻을 달리하고 있다. 아마 요셉은 그리스도보다도 더욱 세상 지식이 풍부한 그리스도였을 것이다. 그가 '당돌히 빌라도에게 가서 예수의 시체를 달라고' 한 사실은 그리스도에 대한 그의 동정이 얼마나 깊었는지를 나타내고 있다. 교양을 쌓은 의원이었던 요셉은 이때 솔직 그 자체였다. 후대는 요셉에 대해 빌라도나 유다에 대해서보다 훨씬 냉담하다. 그러나 어쩌면 요셉은 열두 명의 제자들보다도 그리스도를 더 잘 알고 있었을 것이다. 요한의 목을 접시 위에 담은 자는 잔혹하게도 아름다운 살로메이다. 그러나 그리스도는 생명이 끝난 뒤, 그를 장사지내는 사람들 속에서 아리마대 요셉을 세고 있었다. 그는 그 사실에서 그런대로 요한보다는 행복을 발견하고 있다. 요셉도 또한 의원이 되지 않았더라면 — 이 가정은 모든 '만일 ～라면'과 같이, 결국은 묻지 않아도 좋을지도 모른다. 그렇지만 그는 무화과나무 밑이나 상감으로 장식한 잔 앞에서 때때로 그의 친구 그리스도를 떠올리곤 했을 것이다.

❖ 35. 부활 ❖

르낭은 막달라 마리아가 그리스도의 부활을 본 것을 그녀의 상상력 탓으로 돌렸다. 상상력 탓으로. 그러나 그녀의 상상력에 비약을 준 것은 그리스도이다. 아이를 잃은 어머니는 때때로 그 아이의 부활을 ― 그가 무엇인가로 다시 태어난 것을 ― 보게 된다. 그는 혹은 다이묘 (大名, 역자주: 넓은 영지를 가진 무사)가 되기도 하고, 혹은 연못 위의 물오리가 되기도 하고, 혹은 연꽃이 되기도 했다. 그렇지만 그리스도는 마리아 이외의 사람들 앞에도 죽은 이후에 직접 나타난 바 있다. 이 사실은 그리스도를 사랑한 사람들이 얼마나 많았는지를 나타내는 것이리라. 그는 사흘 후에 부활했다. 하지만 육체를 잃은 그가 온 세계를 움직이기 위해서는 더욱 긴 세월이 필요했다. 그 일을 위하여 가장 힘이 있었던 것은 그리스도의 천재를 온몸으로 느낀 저널리스트 바울이다. 그리스도를 십자가에 단 그들은 수세기가 지나자 셰익스피어의 부활을 인정하듯이 그리스도의 부활을 인정하기 시작했다. 그러나 사후의 그리스도도 유전(流転)을 거듭한 것은 확실하다. 모든 것을 지배하는 유행은 역시 그리스도도 지배해 갔다. 클라라(역자주: 여자 수도회인 클라라회의 창설자)가 사랑한 그리스도는 파스칼이 존경한 그리스도가 아니다. 그러나 그리스도가 부활한 후에 개들이 그를 우상으로 삼는 일은 ― 또 그리스도의 이름 하에 횡포를 휘두르는 일은 ― 변함이 없었다. 그리스도 이후에 태어난 그리스도들이 그의 적이 된 것은 이 때문이다. 그러나 그들 역시 다마스커스로 향하는 길 위에서 언제나 그들의 적 속에 성령을 보지 않을 수 없었다.

"사울아, 사울아, 네가 어찌하여 나를 박해하느냐? 가시채를 뒷발질하기가 네게 고생이구나."

우리는 그저 망망한 인생 속에 멈춰 서 있다. 우리에게 평화를 주는 것은 잠드는 일 이외에 있을 리가 없다. 모든 자연주의자들은 외과 의사처럼 잔혹하게 이 사실을 해부하고 있다. 그러나 성령의 아이들은 언제나 이런 인생 위에 무엇인가 아름다운 것을 남기고 갔다. 그 어떤 '영원히 초월하고자 하는 것'을.

❖ 36. 그리스도의 일생 ❖

물론 그리스도의 일생은 모든 천재의 일생처럼 정열에 불타는 일생이었다. 그는 어머니인 마리아보다도 아버지인 성령의 지배를 받고 있었다. 그의 십자가 위의 비극은 바로 거기에 존재했다. 그의 뒤에 태어난 그리스도들 가운데 한 사람인 괴테는 "서서히 늙기보다는 어서 빨리 지옥에 가고 싶다"고 부탁하기도 했다. 하지만 서서히 늙어 가는데다가 스트린드베리가 말한 것처럼 만년에는 신비주의자가 되기도 했다. 성령은 이 시인 안에서 마리아와 함께 균형을 유지하며 존재하고 있다. 그에게 붙여진 '위대한 이교도'라는 이름은 반드시 틀리지만은 않는다. 그는 정말이지 인생에서는 그리스도보다도 더욱 큰 인물이었다. 하물며 다른 그리스도들보다도 컸음은 물론이다. 그의 탄생을 알리는 별은 그리스도의 탄생을 알리는 별보다도 크고 둥글게 빛났을 것이다. 그러나 우리가 괴테를 사랑하는 것은 마리아의 아이였기 때문이 아니다. 마리아의 아이들은 보리밭 속이나 긴 의자 위에도 가득 차 있다. 아니, 병영이나 공장이나 감옥 속에도 많을 것이다. 우리가 괴테를 사랑하는 것은 단지 성령의 아이였기 때문이다. 우리는 살아가는 동안 언젠가 그리스도와 함께 있게 될 것이다. 괴테도 또한 그의 시 속에서 자주 그리스도의 수염을 뽑은 바 있다. 그리스도의 일생은 비참했다.

하지만 그의 뒤에 태어난 성령의 아이들의 일생을 상징하고 있었다 —
괴테마저도 실은 이런 예에서 빠지지 않는다 — 기독교는 어쩌면 멸망
할 것이다. 적어도 끊임없이 변화하고 있다. 그렇지만 그리스도의 일생
은 언제나 우리를 움직일 것이다. 그것은 천상에서 지상으로 오르기
위해서 무참하게도 부러진 사다리이다. 어슴푸레한 하늘에서 두드려
대는, 억수같이 쏟아지는 빗속에 기울어진 채로……

❖ 37. 동방의 사람 ❖

니체는 종교를 '위생학'이라고 불렀다. 종교뿐만이 아니다. 도덕이
나 경제도 '위생학'이다. 그것들은 직접 우리들로 하여금 죽을 때까지
건강을 유지하게 만들 것이다. '동방의 사람'은 이 '위생학'을 대개 열
반 위에 세우려고 했다. 노자는 때때로 무위선경에서 부처와 인사를
나누고 있다. 그러나 우리는 피부색처럼 분명하게 동서(東西)를 나누고
있지 않다. 그리스도의 — 어쩌면 그리스도들의 — 일생이 우리를 움
직이는 것은 이 때문이다. '古來英雄之士, 悉山阿歸'라는 노래는 언제
나 우리에게 계속 전해졌다. 그러나 "천국이 가까웠다."는 소리도 역
시 우리에게 용기를 주고 있다. 노자는 거기서 나이 어린 공자와 —
혹은 중국의 그리스도와 — 문답하고 있다. 야만적인 인생은 그리스
도들을 언제나 약간은 과롭힐 것이다. 태평한 초목이 되기를 원했던
'동방의 사람'들도 이 예를 벗어나지 않는다. 그리스도는 "여우도 굴이
있고 공중의 새도 거처가 있으되, 오직 인자는 머리 둘 곳이 없다."라
고 말했다. 그의 말은 아마 그 자신도 의식하지 않았을 무서운 사실을
내포하고 있다. 우리들은 여우나 새가 되는 길 이외에는 쉽게 보금자
리를 발견할 수 없다.   (1927년 7월 10일)

속 서방의 사람(続西方の人)

조사옥

❖ 1. 다시 이 사람을 보라 ❖

그리스도는 '만인의 거울'이다. '만인의 거울'이라는 의미는 만인이
그리스도에게서 배우라고 하는 것은 아니다. 단지 그리스도 한 사람
속에서 만인이 그들 자신을 발견하기 때문이다. 나는 나의 그리스도
를 그렸고, 잡지의 마감일이 가까웠기 때문에 펜을 던지지 않으면 안
되었다. 지금은 얼마간 시간이 있기 때문에 다시 한 번 나의 그리스도
에 대해 더 써 보고 싶다. 아무도 내가 쓴 글 따위에 ― 특히 그리스도
를 그린 글 따위에 ― 흥미를 느끼는 사람은 없을 것이다. 그러나 나
는 4복음서 속에서 나에게 소리 내어 부르고 있는 그리스도의 모습을
역력하게 느끼고 있다. 나의 그리스도에 대해 더 쓰는 것도 나로서는
그만둘 수가 없다.

❖ 2. 그의 전기 작가 ❖

요한은 그리스도의 전기 작가 중에서 가장 그 자신에게 잘 보이려 하는 자이다. 야만스런 아름다움에 빛나고 있는 마태나 마가에 비하면 — 아니, 교묘하게 그리스도의 일생을 이야기해 주는 누가에게 비교해 보더라도 — 근대에 태어난 우리들로 하여금 인공적인 달콤함을 맛보게 하지 않고는 그대로 두지 않는다. 그러나 요한 역시 그리스도의 일생 가운데 의미 있는 사실들을 전하고 있다. 우리는 요한의 그리스도 전기에서 어떤 초조함을 느낄 것이다. 그렇지만 세 명의 전기 작가들에게 어떤 매력을 느낄 수 있을 것이다. 인생에 실패한 그리스도는 독특한 색채를 부여하지 않는 한, 쉽게 '하나님의 아들'이 될 수는 없다. 요한은 이 색채를 더하는 데 있어, 적어도 그 당시로서는 가장 최신식 수단을 취하고 있다. 요한이 전한 그리스도는 마가나 마태가 전한 그리스도처럼 천재적인 비약을 갖추고 있지 않다. 하지만 장엄하고도 따뜻한 모습인 것은 확실 하다. 그리스도의 일생을 전하는 데에 무엇보다도 간결을 중시한 마가는 아마 그의 전기 작가 중에서 그리스도를 가장 잘 알고 있었을 것이다. 마가가 전한 그리스도는 현실주의적이고 활기차다. 우리는 거기서 그리스도와 악수하고, 그리스도를 안고 — 더욱이 다소 과장까지 한다면 — 그리스도의 수염 냄새를 느낄 것이다. 그러나 장엄하게도 위로가 넘치는 요한의 그리스도도 물리칠 수는 없다. 여하튼 그들이 전한 그리스도에 비하면, 후대가 전한 그리스도는 — 특히 그를 데카당이라고 한 어떤 러시아인인 그리스도는 — 쓸데없이 그에게 상처를 줄 뿐이다. 그리스도는 한 시대의 사회적인 약속을 유린하는 일을 주저하지 않았다 — 매춘부나 세리나 문둥병자는 언제나 그의 말상대였다 — 그러나 천국을 보지 않았던 것은 아니다. 그리스도를 어린아이처럼 그린 화가들은 자기도 모르게 이런 그리스도에게 연민에 가까운 것을 느끼고 있었을 것이다 — 그것은 모태를 떠난 뒤, '유아독존'의 사자후를 외친 부처보다도 훨씬 더 의지할 곳 없는 존재이다. — 그렇지만 유아였던 그리스도에 대한 그들의 연민은 약간이긴 하지만 데카당이었던 그리스도에 대한 그의 동정보다도 강하다. 그리스도는 아무리 포도주에 취했을 때라도, 뭔가 그 자신 속에 있는 천국을 보이지 않은 적이 없었다. 그의 비극은 그 때문에 — 단지 그 때문에 — 일어났다. 어느 러시아인은 어떤 때의 그리스도가 얼마만큼 신에 가까웠는가 하는 사실을 모른다. 그러나 네 명의 전기 작가들은 누구나 이 사실에 주목하고 있었다.

❖ 3. 공산주의자 ❖

그리스도는 모든 그리스도들처럼 공산주의적인 정신을 가지고 있다. 만일 공산주의자의 눈으로 본다면 그리스도의 말은 모두 공산주의적인 선언으로 바뀔 것이다. 그보다 앞선 요한조차 "옷 두벌 있는 자는 옷 없는 자에게 나눠 주라." 하고 외치고 있다. 그러나 그리스도는 무정부주의자는 아니다. 우리들 인간은 그의 앞에 저절로 본체를 드러내고 있다 — 무엇보다도 그는 우리들 인간을 조종할 수는 없었다. 어쩌면 우리 인간들에게 조종될 수는 없었다. 그것은 그가 요셉이 아닌 성령의 아이였던 까닭이다 — 그러나 그리스도 속에 있었던 공산주의자를 논하는 것은 스위스에서 먼 일본에서는 최소한 불편이 따르는 일이다. 적어도 기독교도들을 위해서.

❖ 4. 무저항주의자 ❖

그리스도는 또한 무저항주의자였다. 그것은 그의 동지조차 신용하지 않았기 때문이다. 근대에는 마치 톨스토이가 타인의 진실을 의심했듯이 ― 그러나 그리스도의 무저항주의는 뭔가 더욱 부드럽다. 조용히 잠들어 있는 눈처럼 차갑기는 해도 부드럽다……

❖ 5. 생활자 ❖

그리스도는 초스피드의 생활자이다. 부처는 성도(成道)하기 위해 몇 년인가를 설산(雪山) 속에서 생활했다. 그러나 그리스도는 세례를 받자, 40일 금식을 한 뒤에 금세 고대 저널리스트가 되었다. 그는 스스로 불타 없어지려고 하는 한 자루의 초를 꼭 닮았다. 그의 행위나 저널리즘은 바로 이 초의 눈물이었다.

❖ 6. 저널리즘 지상주의자 ❖

그리스도가 가장 사랑했던 것은 눈부신 그의 저널리즘이다. 만일 다른 것을 사랑했다면 그는 큰 무화과나무 그늘 아래 나이 든 예언자가 되어 있었을 것이다. 그때에는 그리스도에게도 평화가 찾아왔을 것임에 틀림없다. 그는 그때 이미 마치 고대의 현인처럼, 온갖 타협 아래에서 미소 짓고 있었을 것이다. 그러나 운명은 행인지 불행인지 그에게 이런 안락한 만년을 부여하지 않았다. 그것은 수난이라는 이름이 주어져 있긴 해도, 글자 그대로 그의 비극이었을 것이다. 그렇지만 그리스도는 이 비극 때문에 영구히 젊디젊은 얼굴을 하고 있는 것이다.

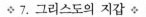

❖ 7. 그리스도의 지갑 ❖

이런 그리스도의 수입은 아마도 저널리즘에 의해 주어졌을 것이다. 하지만 그는 "내일 일을 위하여 염려하지 말라."고 할 정도의 보헤미안이었다. 보헤미안? — 우리는 여기서도 그리스도 속의 공산주의자를 보는 것은 어렵지 않다 — 그러나 그는 어쨌든 그의 천재가 비약하는 대로 내일 일을 돌아보지 않았다. 「욥기」를 쓴 저널리스트는 어쩌면 그보다 웅대했을지도 모른다. 그러나 그는 「욥기」에 없는 다정함을 표현해 내는 솜씨를 지니고 있었다. 그 솜씨는 그의 수입에 적잖은 도움이 되었을 것이다. 그의 저널리즘은 십자가에 달리기 전에 그야말로 최고의 시가를 차지하고 있었다. 그러나 그의 사후에 비하면 — 실제로 미국 성서 회사는 신성하게도 해마다 이익을 차지하고 있다……

❖ 8. 어떤 때의 마리아 ❖

그리스도는 벌써 열두 살 때에 그의 천재를 나타내고 있었다. 그의 전기 작가 중의 한 사람인 누가가 말한 바에 따르면, "그 아이는 예루살렘에 머물렀다. 그런데 요셉과 어머니는 이를 알지 못하고 사흘 후 성전에서 만났다. 그는 선생들 중에 앉아 듣기도 하고 묻기도 했다. 듣는 자가 다 그 지혜와 그 대답을 놀랍게 여겼다." 그것은 논리학을 배우지 않고도 논리에 뛰어났던 학생 시절의 스위프트와 같은 것이다. 물론 이런 조숙한 천재의 예는 전 세계적으로 드물지는 않다. 그리스도의 부모는 그를 발견하고, "근심하여 너를 찾았다."라고 말했다. 그러자 그는 의외로 태평스럽게 "왜 나를 찾습니까? 나는 내 아버지의 일을 해야 합니다."라고 대답했다. "그러나 부모는 그 말하는 의미를 깨닫지 못하더라."라고 하는 것도 아마 사실에 가까웠을 것이다. 그렇지만 우리를 움직이는 것은 "그 어머니는 이 모든 말을 마음에 두니라."고 하는 한 구절이다. 아름다운 마리아는 그리스도가 성령의 아이인 것을 알고 있었다. 이때의 마리아의 심정은 애처로운 동시에 가련하였다. 마리아는 그리스도의 말 때문에 요셉에게 부끄러워하지 않으면 안 되었을 것이다. 그리고 그녀 자신의 과거도 생각해야만 했을 것이다. 마지막으로 — 어쩌면 인기척 없는 한밤중에 갑자기 — 그녀를 놀라게 한 성령의 모습도 생각났을지 모른다. '사람은 전무(全無), 일은 전부(全部)'라고 하는 플로베르의 기분은 어린 그리스도 속에도 가득 차 있었다. 그러나 목수의 아내였던 마리아는 이때에도 어두컴컴한 '눈물의 골짜기'로 향하지 않으면 안 되었을 것이다.

❖ 9. 그리스도의 확신 ❖

그리스도는 그의 저널리즘이 언젠가 많은 독자들로부터 극찬 받을 것을 확신하고 있었다. 그의 저널리즘에 위력이 있었던 것은 이런 확신이 있었기 때문이다. 따라서 그는 최후 심판이 — 즉 그의 저널리즘이 — 승리할 것도 확신하고 있었다. 하긴 이런 확신도 가끔씩 흔들리는 적이 없지는 않았을 것이다. 그러나 대개는 이 확신 아래 자유롭게 그의 저널리즘을 공개했다. "한 분 이외에 선한 이는 없다. 즉 하나님이시다." — 그것은 그의 마음속을 정직하게 말한 것이었을 것이다. 그러나 그리스도는 그 자신도 '선한 사람'이 아닌 것을 알면서 시적 정의를 위해서 계속 싸웠다. 이 확신은 사실로 나타났지만, 물론 그의 허영심이기도 하다. 그리스도도 또한 모든 그리스도들처럼 언제나 미래를 꿈꾸고 있던 초바보의 한 사람이었다. 만약 초인이라는 말에 대하여 초바보라는 말을 만든다면……

❖ 10. 요한의 말 ❖

"세상 죄를 지고 가는 하나님의 어린 양을 보라. 나보다 뒤에 오시는 이는 나보다도 앞선 분이다." — 세례 요한은 그리스도를 보고, 그의 주위에 있던 사람들에게 이렇게 말했다고 전해진다. 벽 위에 스트린드베리의 초상화를 걸고 "여기에 우리보다도 뛰어난 사람이 있다."고 한, 용기 있는 입센의 심정은 요한의 심정에 가까웠을 것이다. 이 사실에서 가시에 가까운 질투보다 오히려 장미꽃을 닮은 이해의 아름다움을 느낄 뿐이다. 이런 나이 어린 그리스도가 얼마나 천재적이었는가는 말하지 않아도 좋다. 그러나 요한도 역시 이때가 가장 천재적이었을 것이다. 마치 키가 큰 요르단의 갈대가 한들한들 별을 어루만지고 있었던 것처럼……

❖ 11. 어떤 때의 그리스도 ❖

그리스도는 십자가에 달리기 전에 그의 제자들의 발을 씻어 주었다. '솔로몬보다 더 큰 위대한 자'로 자처하고 있던 그리스도가 이런 겸손을 나타낸 것은 우리들을 감동시키지 않을 수 없다. 이는 제자들에게 교훈을 주기 위한 것이 아니었다. 그도 그들과 다름없는 '사람의 아들'이었던 것을 느꼈기 때문에 스스로 이런 행위를 했을 것이다. 그것은 요한이 그리스도를 보고 "하나님의 어린 양을 보라."고 했던 것보다도 장엄하다. 평화에 이르는 길은 누구든지 그리스도보다도 마리아에게서 배워야 한다. 마리아는 단지 이 현세를 인내하며 걸어간 여인이다 — 카톨릭은 그리스도에게 도달하기 위해서 항상 마리아를 통하고 있다. 그것은 반드시 우연만은 아니다. 직접 그리스도에게 도달하려고 하는 것은 인생에서는 언제나 위험하다 — 어쩌면 그리스도의 어머니였다고 하는 것 말고는 이른바 뉴스적 가치가 없는 여인이다. 제자들의 발까지 씻어 준 그리스도는 물론 마리아의 발밑에 꿇어 엎드리고 싶었을 것이다. 그러나 그의 제자들은 이때에도 그를 이해하지 못했다.

"너희는 이미 깨끗해졌다."

그것은 그의 겸손 속에 사후(死後) 승리하리라는 그의 희망 — 혹은 허영심 — 이 하나로 녹아든 말이다. 그리스도는 사실상 역설적으로도 그야말로 이 순간에는 그들보다 못함과 동시에 그들보다 백배나 뛰어났다.

❖ 12. 최대의 모순 ❖

그리스도의 일생에서 최대의 모순은 그가 우리들 인간을 이해하고 있었음에도 불구하고 그 자신을 이해할 수 없었다는 것이다. 그는 닭이 울기 전에 베드로조차 세 번 그리스도를 모른다고 할 것을 알고 있었다. 그의 말은 그 외에도 우리들 인간이 얼마나 약한가 하는 것을 가르치고 있다. 더구나 그는 그 자신도 역시 약하다는 사실을 잊고 있었다. 그리스도의 일생을 배경으로 한 기독교를 이해하는 것은 이 때문에 그의 행위를 일일이 "예언자 X, Y, Z의 말이 응하게 하려 함이라."라고 말하는 궤변을 사용하지 않으면 안 되었다. 뿐만 아니라 결국 이러한 궤변이 낡은 화폐가 된 뒤에는 모든 철학이나 자연 과학의 힘을 빌려야 했다. 기독교는 결국 그리스도가 만든 교훈주의적인 문예에 지나지 않는다. 만약 그의 — 그리스도의 — 낭만주의적인 색채를 제하면, 톨스토이의 만년의 작품은 이 고대의 교훈주의적인 작품에 가장 가까운 문예일 것이다.

❖ 13. 그리스도의 말 ❖

그리스도는 그의 제자들에게 "나는 누구인가?"라고 물음을 던지고
있다. 이 물음에 대답하는 것은 어려울 건 없다. 그는 저널리스트인
동시에 저널리즘 속의 인물 ― 혹은 「비유」라고 불리고 있는 단편 소
설의 작가였음과 동시에 『신약 전서』라고 불리는 소설적 전기의 주인
공 ― 이었던 것이다. 우리들은 다른 많은 그리스도들 속에서도 이런
사실을 발견할 수 있을 것이다. 그리스도도 그의 일생을 그의 작품의
색인에 붙이지 않을 수 없는 한 사람이었다.

❖ 14. 고독한 몸 ❖

"예수…… 한 집에 들어가 아무도 모르게 하시려 하나 숨길 수 없
더라." ― 이런 마가의 말은 또 다른 전기 작가의 말이다. 그리스도는
자주 숨고자 했다. 하지만 그의 저널리즘이나 기적은 그에게 사람들
을 모이게 했다. 그가 예루살렘으로 향했던 것도 베드로가 그를 '메시
야'라고 불렀던 영향이 전혀 없지는 않다. 그러나 그리스도는 열두 제
자들보다도 어쩌면 감람나무 숲이나 바위산 같은 것을 사랑했을 것이
다. 더구나 저널리즘이나 기적을 행한 것은 그의 성격의 힘이다. 그는
여기서도 우리들처럼 모순되지 않을 수는 없었다. 그렇지만 저널리스
트가 된 후에 그의 고독한 처지를 사랑한 것은 의심할 나위 없는 사실
이다. 톨스토이는 그가 죽을 때에 "전 세계에 괴로워하는 사람들은 많
이 있다. 그런데 왜 나만 소란을 피우는 걸까?"라고 말했다. 명성이 높
아짐과 동시에 스스로 편치 못하게 되는 이러한 마음은 우리에게도
전혀 없지는 않다. 그리스도는 이름 높은 저널리스트가 되었다. 그러

나 때때로 목수의 아들이었던 옛날을 그리워하고 있었을지도 모른다. 괴테는 이런 심정을 파우스트 자신에게 말하게 하고 있다. 파우스트 제2부 제1막은 실로 이 한숨이 만든 것이라고 해도 좋다. 그렇지만 파우스트는 다행히도 풀꽃이 피어 있는 산 위에 서 있었다……

❖ 15. 그리스도의 탄성 ❖

그리스도는 비유를 말한 후에 "너희가 어찌 알지 못하느냐?" 라고 말했다. 이 탄성 역시 자주 되풀이되고 있다. 그것은 그처럼 우리 인간을 알고, 그처럼 보헤미아적 생활을 계속한 사람에게는, 어쩌면 우스꽝스럽게 보일 것이다. 그러나 그는 히스테릭하게 때때로 이렇게 소리 지르지 않을 수 없었다. 바보들은 그를 죽인 후 전 세계에 큰 사원들을 짓고 있다. 하지만 우리는 그 사원들에서 역시 그의 탄성을 느낄 것이다. "너희가 어찌 알지 못하느냐?" — 그것은 그리스도 한 사람의 탄성이 아니다. 후대에도 비참하게 죽어 간 모든 그리스도들의 탄성이다.

❖ 16. 사두개인과 바리새인 ❖

사두개인들과 바리새인들은 그리스도보다 사실상 불멸의 존재다. 이 사실을 지적한 것은 『진화론』의 저자 다윈이었다. 그들은 앞으로도 지의류처럼 언제까지나 지상에 생존할 것이다. '적자생존'은 그들에게는 그야말로 적합한 말이다. 그들만큼 지상에 적합한 자는 없다. 그들은 아무런 감격도 없이 빈틈없는 처세술을 강구하고 있다. 마리아는 아마 그리스도가 그들 중의 한 사람이 아니었던 것을 슬퍼했을 것이다. 베토벤이 괴테를 욕한 것은 바로 괴테 속에 있는 사두개인과 바리새인을 욕한 것이었다.

❖ 17. 가야바 ❖

제사장이었던 가야바에게도 후대의 미움은 집중되어 있다. 그는 그
리스도를 미워하고 있었을 것이다. 그러나 이 증오는 반드시 그 한 사
람만 갖고 있었던 것은 아니다. 다만 그를 내세우는 것이 그리스도를
미워하거나 질투한 많은 사람들로서는 편했기 때문이다. 가야바는 번
쩍번쩍하는 관복을 차려입고 그리스도를 차갑게 바라보고 있었을 것
이다. 그러므로 이 세상은 빌라도와 함께 무력한 정령의 아이를 비웃
고 있다. 타오르는 횃불 속에서……

❖ 18. 두 사람의 도적 ❖

그리스도의 죽음에 대해 평이 좋지 않았던 것은 그가 십자가에 달
릴 때에도 도적들과 함께였다는 사실만 봐도 명백하다. 도적들 중의
한 사람은 그리스도를 욕하는 것을 서슴지 않았다. 그의 말은 그 자신
속에서 역시 인생을 위해 쓰러진 그리스도를 발견한 것을 나타내고
있다. 그러나 또 한 명의 도적은 그보다도 더욱 망상을 가지고 있었
다. 그리스도는 이 도적의 말에 그의 마음이 움직였을 것이다. 이 도
적을 위로한 그의 말은 동시에 그 자신을 위로하고 있다.

"너는 네 믿음으로 반드시 천국에 들어갈 것이다."

후대는 이 도적에게 그들의 동정을 나타내고 있다. 그러나 또 한 명
의 도적에게는 — 그리스도를 욕했던 도적에게는 — 경멸을 나타내고
있을 뿐이다. 그것은 바로 그리스도가 가르친 시적 정의의 승리를 나

타내는 일일 것이다. 하지만 그들은 — 사두개인들이나 바리새인들은 — 오늘날에도 남몰래 이 도적에게 찬성하고 있다. 사실 그들에게 있어 천국에 들어가는 것은 무화과나 참외 즙을 빼는 일만큼 중대하지는 않았다.

❖ 19. 병사들 ❖

병사들은 십자가 밑에서 그리스도의 옷을 나눠 가졌다. 그들에게는 그의 옷 외에 그가 가지고 있었던 것은 보이지 않았던 것이다. 그들은 분명히 늠름한 모범적인 병사들이었음에 틀림없다. 아마도 그리스도는 그들을 내려다보고 그들의 소행을 경멸했을 것이다. 그러나 또한 동시에 시인했을 것이다. 그리스도는 그리스도 자신 외에는 우리들 인간을 이해하고 있다. 그가 가르친 말에 의하면 감상주의적인 영탄은 그리스도가 가장 싫어한 것이었다.

❖ 20. 수난 ❖

십자가에 달린 그리스도는 약간의 허영심을 가지고 있었지만, 그에게 육체적인 고통과 함께 정신적인 고통도 덮쳐왔을 것이다. 특히 십자가를 지켜보고 있던 마리아를 바라보는 일은 괴로웠을 것이다. 그러나 그는 있는 힘을 다해 "엘리, 엘리, 라마 사박다니"라는 소리를 지른 후에도 — 설령 그것이 그가 사랑하는 찬송가의 한 구절이었다고 하더라도 — 그의 호흡이 끊어지기 전에는 뭐라고 큰 소리를 지르고 있었다. 우리는 이 큰 소리 속에서 어쩌면 그저 죽음이 임박한 어떤 힘을 느낄 것이다. 그러나 마태의 말에 의하면 "성소 휘장이 위로부터

아래까지 찢어져 둘이 되고, 땅이 진동하며 바위가 터지고 무덤들이
열리며 자던 성도의 몸이 많이 일어났다." 그의 죽음은 확실히 많은
사람들에게 이런 쇼크를 주었을 것이다 ─ 마리아가 뇌빈혈을 일으킨
사실을 기록하고 있지 않은 것은 신약성경의 위엄을 존중했기 때문이
다 ─ 그리스도의 일언일행에 영원한 주석을 기록하고 있는 파피니조
차 이 사실은 마태를 인용한 것에 지나지 않는다. 그 자신을 기만하고
있는 파피니의 시적 정열은 거기서도 또 마각을 드러내고 있다. 그리
스도의 죽음은 사실상 그의 예언자적 천재를 맹신한 사람들에게는 ─
그 자신 속에서 엘리야를 본 사람들에게는 ─ 너무나 우리에게 가까
운 것이었다. 따라서 불수레를 타고 천상으로 사라지는 것보다 두려
웠다. 그들은 단지 그 때문에 쇼크를 받지 않을 수 없었던 것이다. 그
러나 나이든 제사장들은 이 쇼크에 속지는 않았을 것이다.

"그것 봐!"

그들의 말은 예루살렘에서 뉴욕과 도쿄로도 전해졌다. 예루살렘을
둘러싼 감람산들을 가장 산문적으로 뛰어넘으면서.

❖ 21. 문화적인 그리스도 ❖

제자들이 그리스도를 이해하지 못했던 것은 그가 너무 문화인이었
기 때문이다. ─ 그의 천재성은 차치하더라도 ─ 그들 대부분은 적어
도 그에게 기적을 요구하고 있었다. 철학이 융성했던 마가타국 (摩伽陀
國)의 왕자는 그리스도보다도 기적을 행하지 않았다. 그것은 그리스도
의 죄라기보다 오히려 유대의 죄이다. 그는 로마의 시인들과 비교해
도 손색이 없는 초일류 저널리스트였다. 동시에 또한 그의 애국정신
마저 내팽개쳐 놓고 돌아보지 않는 문화인이었다 ─ 마가는 그리스도

전 제7장 25절 이하에 이 사실을 기록하고 있다. — 세례 요한은 그에
게 낙타 털옷과 메뚜기와 석청으로 그의 야인(野人)으로서의 모습을 보
이고 있다. 그리스도는 요한이 말한 것처럼 세례에 단지 성령을 사용
하고 있었다. 뿐만 아니라 그의 세례(?)를 받은 사람은 열두 제자들 외
에도 매춘부와 세리와 죄인들이었다. 우리는 이러한 사실에서도 그에
게 부드러운 심장이 있었음을 절로 발견하게 된다. 그는 또 그가 행한
기적 속에서 곧잘 그의 섬세한 신경을 보여주고 있다. 문화적인 그리
스도는 십자가 위에서 가장 야만적인 죽음을 거두게 되었다. 그러나
야만적인 세례 요한은 문화적인 살로메 때문에 접시 위에 머리가 담
기는 입장이 되었다. 운명은 여기서도 그들에게 역설적인 장난을 잊
지 않았다……

❖ 22. 가난한 사람들에게 ❖

　그리스도의 저널리즘은 가난한 사람들이나 노예들을 위로하게 되
었다. 그것은 물론 천국 같은 데 가려고 생각지 않는 귀족이나 부자들
에게 그 편이 좋았던 탓도 있을 것이다. 그러나 그의 천재는 그들을
움직이지 않을 수 없었던 것이다. 아니, 그들뿐만이 아니다. 우리도 그
의 저널리즘 속에서 무엇인가 아름다운 것을 발견하고 있다. 여러 번
두드려도 열리지 않는 문이 있는 것은 우리 또한 모르지 않는다. 좁은
문으로 들어가는 일도 역시 우리들에게 꼭 행복이지만은 않다는 것을
나타내 주고 있다. 그러나 그의 저널리즘은 항상 무화과처럼 단맛을
가지고 있다. 그는 실로 이스라엘 민족이 낳은 고금에 드문 저널리스
트였다. 동시에 또한 우리 인간이 낳은 고금에 드문 천재였다. 그 이
후로 '예언자'는 유행하지 않았다. 그러나 그의 일생은 언제나 우리를

움직일 것이다. 그는 십자가에 달리기 위하여 — 저널리즘 지상주의를 드높이기 위하여 — 모든 것을 희생하였다. 괴테는 완곡하게 그리스도에 대한 그의 경멸을 나타내고 있다. 마치 후대의 그리스도들이 어느 정도 괴테를 질투하고 있는 것처럼. — 우리는 엠마오의 여행자들처럼 우리 마음을 뜨겁게 하는 그리스도를 구하지 않을 수 없을 것이다.

(1927년 7월 23일 유고(遺稿))

홋쿠[*]에 관한 개인적 견해(発句私見)

엄인경

❖ 1. 열일곱 음 ❖

하이쿠는 열일곱 음을 원칙으로 한다. 열일곱 음 이외의 것을 하이쿠라고 부르느니, ― 혹은 신경향 하이쿠라고 부르느니 차라리 단시(短詩)라 부르는 편이 나을 것이다.[물론 이러한 단시 작가들 가와히가시 헤키고토(河東碧梧桐),1) 나카쓰카 잇페키로(中塚一碧樓),2) 오기와라 세이센스이(荻原井泉水)3) 등 여러분들 작품에도 가작이 있는 것은 사실이다.] 만약 단순히 내용에 따라 이러한 단시를 하이쿠라고 부른다면 하

---

* 정확하게는 홋쿠(発句)는 하이카이렌가(俳諧連歌)의 가장 첫 5/7/5 17음의 구를 말하고, 하이쿠는 근대 독립된 단시형의 장르를 말하지만, 이하 본문에서는 가독성을 위해 하이쿠로 칭함.
1) 가와히가시 헤키고토(河東碧梧桐, 1873~1937년). 에히메현(愛媛県) 출신의 하이진(俳人). 마사오카 시키(正岡子規)의 수제자로 다카하마 교시(高浜虚子)와 대립하며 정형을 깬 신경향 하이쿠를 제창.
2) 나가쓰카 잇페키로(中塚一碧樓, 1887~1946년). 가와히가시 헤키고토 문파 신경향 하이쿠의 중심적 인물로 생활실감에 기초한 청신한 시정을 특색으로 한 하이진(俳人).
3) 오기와라 세이센스이(荻原井泉水, 1884~1976년). 도쿄대학 출신으로 동양철학을 베이스로 한 자유율 하이쿠의 실작과 이론에서 활약한 하이진.

이쿠는 다른 문예적 형식과 — 예를 들면 한시 등과 다르지 않을 것이다.

> 初月波中上(물론 일본식으로 읽는 것이다)   하손(何遜)4)
> 밝은 달빛이 파도 속으로부터 올라오누나.   시키(子規)5)

단순히 내용에 따르면 시키 거사(居士)의 구는 바로 하손의 시이다. 마찬가지로 차를 마시는 데에 사용한다고 해도 다완(茶碗)6)은 결국 찻잔은 아니다. 만일 찻잔을 찻잔답게 하는 것을 찻잔이라고 하는 형식에 있다고 친다면, 또한 다완을 다완답게 하는 것을 다완이라는 형식에 있다고 친다면, 하이쿠를 하이쿠답게 하는 것도 역시 하이쿠라는 형식, — 즉 열일곱 음에 있는 셈이다.

❖ 2. 계어(季語) ❖

하이쿠는 반드시 계어를 필요로 하는 것은 아니다. 오늘날 계어라 불리는 것은 양파, 은하수, 크리스마스, 장미, 개구리, 그네, 땀, — 여러 가지를 포함한다. 따라서 계어가 없는 하이쿠를 짓기란 실상 외려 어렵다. 하지만 쉽지 않다고 해도 삼라만상을 계어로 하지 않는 한 계어가 없는 하이쿠도 가능할 터이다.

원래 계어란 무엇인가 하면 명월, 장야(長夜)와 같은 시어 외에는 대체로 우리가 흔히 사용하는 말들뿐이다. 시어는 물론 시어로서의 문

---

4) 하손(何遜, ?~518?년). 중국 육조시대의 양(梁)나라 시인. 왕족들의 애호로 막료를 역임하였고 청신한 시풍의 가작을 많이 남김.
5) 메이지 시대의 대표적인 하이진이자 가인인 마사오카 시키(正岡子規, 1867~1902년)를 일컬음. 1897년 잡지 『호토토기스(ホトトギス)』를 창간하였고 단카의 혁신과 사생(寫生) 하이쿠를 제창함.
6) 일본식 밥공기.

예적 가치를 지닌다. 하지만 그 밖의 당연한 말들 — 예를 들면 양파,
은하수 등을 특별히 계어로 삼는 것은 오히려 구를 짓는 데에는 해가
된다. 우리는 이처럼 당연한 말들을 특별히 계어로 삼기 위해 계절감
이라 일컬어지는 것을 낳아 도리어 세속적인 느낌에 빠지기 쉽다. 그
리고 오늘날의 농예나 원예는 재래의 춘하추동 안에 풀과 꽃, 과일과
채소 등을 다 담아낼 수 없을 정도로 발달하였다.

　하이쿠는 계어를 전혀 필요로 하지 않는다. 오히려 계어는 쓸데없
다. 실제로 단카(短歌)는 하이쿠처럼 계어 같은 것에 의존하지 않는다.
이는 단카가 하이쿠보다 열네 음이 더 많다는 사실에만 기인하는 것
은 아닐 터이다.

❖ 3. 시어 ❖

　계어는 하이쿠에 쓸모가 없다. 하지만 계어는 쓸모없을지언정 시어
는 결코 쓸모없지 않다. 예를 들면 '가는 봄'이라는 말은 우리의 선조
들로부터 전해온 아름다운 어감을 수반한다. 이러한 어감을 경멸하는
것은 우리 자신을 경멸하는 것과 같다.

　　가는 봄날을 오미(近江)7) 사람과 함께 애석해하네.　　　바쇼(芭蕉)

＊ 추기 : 시어와 시어가 아닌 말의 차이는 물론 실제로는 명확하지 않다.

---

7) 지금의 시가현(滋賀県) 지역을 일컫는 옛 지명으로 오미 사람이란 바쇼의 제자들
　그룹을 말함.

❖ 4. 가락 ❖

하이쿠도 이미 시라고 한다면 자연히 가락을 필요로 할 터이다. 겐로쿠(元祿) 시대[8]의 사람에게는 겐로쿠 시대 사람의 가락이 있고, 다이쇼(大正) 시대[9]의 사람에게는 다이쇼 시대 사람의 가락이 있다는 것은 꼭 잘못된 견해라고만은 할 수 없다. 하지만 그 가락이라는 의미를 열일곱 음이냐 아니냐로 한정하는 것은 이른바 신경향의 작가들의 그릇된 견해이다.

> 세밑의 시장 선향(線香)을 사러 나가 보고 싶구나.　　　　바쇼
> 여름의 달이 고유(御油)[10]로부터 나와 아카사카(赤坂)[11]로.　같음
> 올벼의 냄새 파고 들어간 우측 아리소우미(有磯海).[12]　　같음

이러한 하이쿠들은 모조리 열일곱 음이면서, 각각의 가락을 달리하고 있다. 이러한 가락에 보이는 묘미에서 다이쇼 시대의 사람은 결국 겐로쿠 시대 사람과 같을 수 없다. 시키 거사는 뛰어난 재능에 의해 상당히 단단한 가락을 좋아했다. 하지만 그 뒤에 남은 폐해라면 시키 거사 이후의 하이쿠 가락을 조잡하게 만든 점이다. 단지 그 가락 상의 궁리를 했다는 점에서만 평가하자면, 소위 신경향 작가들이 열일곱 음에 따르지 않는 만큼 어쩌면 하이진(俳人)들보다 나을 것이다.

(1926년 4월 23일)

---

8) 에도 시대 중 1688년부터 1704년까지를 일컫는 연호. 바쇼의 활동기이기도 함.
9) 1912년부터 1926년까지의 시기.
10) 지금의 아이치현(愛知県) 도요카와시(豊川市)를 일컫는 옛 지명.
11) 아카사카라는 지명은 일본 전역에 매우 많지만 여기에서는 아이치현 동남부 도요카와시의 지명.
12) 지금의 도야마현(富山県) 다카오카시(高岡市)의 도야마 만(湾) 해안을 일컫는 옛 지명.

＊부기: 이 글을 쓴 뒤에 야마자키 가쿠도(山崎樂堂)13) 씨의 「하이쿠 격조의 본의」
（『시가시대(詩歌時代)』에 수록)라는 글을 읽고 도움을 받은 것이 적지 않다. 특
히 열일곱 음에 따르라는 나의 형식상의 사고는 더 생각해 보아도 좋을 것 같
다. 이참에라고 하면 실례겠지만, 이참에 감사의 뜻을 표한다.

---

13) 야마자키 가쿠도(山崎樂堂, 1885~1944년). 노가쿠(能樂) 연구가, 평론가, 건축가. 노
와 교겐(狂言)에 친숙하였으며 북 치는 법이나 박자 이론 등에도 조예가 깊었음.

본초*에 관하여(凡兆に就いて)

엄인경

『문장클럽(文章俱樂部)』의 8월호에 무로 사이세이(室生犀星)1) 군이 본
초의 하이쿠에 평석을 썼다. 나도 그 흉내를 내서 본초에 관해 이야기
하고자 한다.

본초는 대단히 예리한 두뇌를 가졌던 것 같다. 예를 들어

　　무슨 소리지 혼자서 쓰러지는 허수아비네.

라는 하이쿠를 보더라도 무언가 우리 마음을 툭툭 두드리는 무언가가
있다. 같은 허수아비를 읊은 하이쿠라도 다이기(太祇)2)의 「세찬 밤바람
맞고 홀쭉이 여윈 허수아비네」와 비교하면 훨씬 예리한 멋이 풍부한

---

* 노자와 본초(野沢凡兆, ?~1714년). 에도 시대 중기의 하이진(俳人)으로 교토에서
　의사로 일했으며 바쇼 만년의 제자가 됨.
1) 무로 사이세이(室生犀星, 1889~1962년). 시인, 소설가. 참신한 표현과 시법에 의한
　시집들을 통해 다이쇼 시대 일본 근대 서정시에 한 획을 그었고, 후에 소설을 다
　수 창작하기도 함.
2) 단 다이기(炭太祇, 1709~1771년)를 일컬음. 에도 중기의 하이진으로 마흔 넘어
　승려가 됨.

듯 보인다. 이것은 또한 『쇼몬 고인 진적집(蕉門古人真蹟集)』에 있는 본
초의 필적,

　　　버려진 배의 안팎이 얼어붙은 강 후미로다.

를 보더라도 명백한 사실이 아니겠는가?

　그리고 또한 본초는 예리한 두뇌의 소유자였던 만큼 남에게 지지
않으려는 성격이 강한 사람이었던 듯하다. 「눈이 쌓인 위에는 밤비가
내려」라는 하이쿠에 붙일 앞쪽 다섯 음을 바쇼에게 물었을 때, 바쇼가
「시모쿄(下京)3)에서」라고 한 의견에 따르지 않았다는 일화는, 분명히
본초의 일면을 이야기해주는 것이다. 본초가 감옥에서 나왔을 때 지
은 하이쿠라는

　　　마치 멧돼지 목덜미처럼 강한 꽃피는 봄날.

도 역시 이러한 본초의 성격을 드러내는 것으로 여겨진다.

　나는 소질을 논하자면 바쇼의 제자 중에서는 조쇼(丈艸)4)가 가장 뛰
어나다고 생각한다. 하지만 본초의 재능도 발군인 것은 분명하다. 본
초의 하이쿠를 보고 본초라는 사람 됨됨이를 생각할 때, 본초가 감옥
에 가게 된 것은 우연이 아니라는 느낌도 없지 않다(본초가 무슨 죄
때문에 감옥에 들어갔는지는 별도의 문제로 치더라도).

　나는 옛날 본초의

---

3) 교토의 산조 대로(三条大通) 이남 지역을 일컫는 옛 호칭.
4) 나이토 조쇼(内藤丈艸, 1662~1704년). 원래 번사(藩士) 출신으로 이후 출가하여 교
　토로 나와 바쇼의 제자가 되며 바쇼 문하생의 십철(十哲)의 한 사람으로 일컬음.

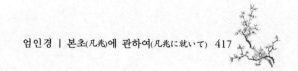

　　겨울비 오네 검은 장작 쌓은 집 창문 밝구나.

라는 구를 읽고, 과연 하이쿠란 이러한 것이로구나 싶어 크게 감탄한
적이 있었다. 어쨌든 본초는 예사 인물이 아니다.

(1926년)

바쇼잡기(芭蕉雜記)

손순옥*

❖ 1. 저서 ❖

바쇼는 한권의 책도 저술한 적이 없다. 이른바 바쇼의 칠부 집도 전부 문인이 저술한 것이다.

이것은 바쇼 자신의 말에 의하면, 평판을 좋아하지 않았던 이유였던 것 같다.

"교쿠스이(曲翠) 묻기를, 홋쿠(発句)를 모아, 책(시가문장집)을 만들고, 이 길에 집착해야 한다. 옹이 말하기를, 이 비천한 마음으로 인해 나의 능숙함을 알리려는 것은 자신을 모르는 평판에서 나오는 것이다."

이렇게 말한 것도 어쨌든 당연하다. 그러나 그 다음을 읽어 보면, 자연히 미소를 금치 못한다.

"집이란 그 가풍(歌風)의 구들을 골라, 내 노래 풍이라는 것을 알리기까지이다. 나는 하이카이 찬집에 마음이 없다. 그러나 데이토쿠(貞德)[1] 이후 그 사람들의 가풍이 있고, 소인(宗因)까지 하이카이를 읊어왔

다. 그러나 내가 말하는 하이카이는 그 하이카이와는 다른 것으로, 가케이 야스이(荷兮野水) 등의 후견인으로 『겨울날』, 『봄날』, 『거친들』, 등이 있다."

바쇼 설에 따르면, 바쇼 풍의 집을 저술하는 것은 평판을 구하지 않는 것이며, 바쇼 집을 저술하는 것은 평판을 구하는 것이다. 그렇다면 어떤 유파에도 속하지 않는 홀로서기의 시인은 어떻게 할 것인가? 또 이 설에 따르면, 예를 들어 사이토 시게키치(斎藤茂吉) 씨의 「아라라기」에 노래를 발표하는 것은 세상의 평판을 구하지 않는 것이고, 「적광」과 「거친옥」을 저술하는 것은 "이 비천한 마음으로 인해 나의 능숙함을 알리려고……"이다!

그러나 또 바쇼는 이렇게 말하고 있다. — "나의 하이카이 찬집에 마음이 없다." 바쇼 설에 따르면, 칠부 집의 편찬을 지도한 것은 평판을 떠난 작업이다. 게다가 그것을 좋아하지 않았다고 하는 것은 어떤 세상의 평판을 싫어한 이외에도 이유가 있었던 것으로 생각해야 한다. 그렇다면 이 '어떤' 이란 무엇이었을까?

바쇼는 중요한 하이카이조차 '생애의 미치쿠사2)라고 말한 것 같다. 그러면 칠부 집의 편찬을 지도하는 것도 '공(空)'이라는 생각은 하지 않았던 것일까? 동시에 또 집을 저술하는 것조차, 실은 '악'이라고 생각하기 전에 '공(空)'이라는 생각은 하지 않았던 것일까?

간잔(寒山)3)은 나뭇잎에 시를 지었다. 하지만 그 나뭇잎을 모으는 일에는 그다지 열심이지 않았던 것 같다. 바쇼도 역시 나뭇잎처럼, 1천여 구의 하이카이는 유전에 맡겼던 것은 아니었을까? 적어도 바쇼의

---

1) 1571~1653, 에도 전기의 가인. 렝가사. 하이진. 마쓰나가 데이토쿠(松永貞德).
2) 길 가는 도중에 딴짓으로 시간을 보냄. 道の草
3) 당대의 승.

마음속에는 언제나 그런 기분이 잠재되어 있었던 것은 아니었을까?

나는 바쇼에게 저서가 없었던 것도 당연한 것으로 생각하고 있다. 게다가 선생의 생애에는 인세의 필요도 없었던 것은 아닐까?

❖ 2. 장정 ❖

바쇼는 하이쿠나 하이카이에 관한 책의 출판에도, 여러 가지 주석문을 가지고 있는 것 같다. 예를 들면 본문에 글을 쓸 때에는 이런 말을 흘리고 있다.

"쓰는 방법에는 당연히 여러 가지가 있다. 다만 어지럽지 않은 마음가짐이 있다면. 『사루미노(猿蓑)』[4] 달필이 된다. 그것은 좀 과장이다. 작자의 이름값에 비하면 좀 부족하게 보인다."

또 가쓰미네 신푸(勝峯晉風) 씨의 가르침에 의하면, 하이쿠나 하이카이에 관한 책의 표지도 바쇼 이전에는 화려하고 아름다움을 좋아했음에도 불구하고, 바쇼 이후는 간소함 속에 고요함을 숭상했다고 하는 것이다. 바쇼도 오늘날에 태어났다면, 역시 본문은 9포인트로 할지, 표지 천은 무명으로 할지, 고심 했을 것이다. 혹은 또 윌리암 모리스처럼, 페트론 산푸(ペトロン杉風)와 함께 상담한 후에, 타이포그라피에 새로운 뜻을 냈을 지도 모른다.

❖ 3. 자석 ❖

바쇼는 호쿠 시(北枝)와의 문답에서 "내 구를 다른 사람들에게 설명

---

4) 向井去来와 野沢凡兆가 편찬한 바쇼의 작품집으로 하이카이 칠부집 중 하나.

하는 것은 나의 뺨을 사람들에게 말하는 것과 같다"라며 작품의 자석(自釋)을 피하고 있다. 그러나 이것은 당치않다. 그런 바쇼도 다른 문인에게는 쉴 새 없이 자기 해석을 시도하고 있다. 때로는 크게 고심했다는 등으로 자화자찬마저 하고 있다.

"절인 도미의 잇몸도 시린 생선 가게. 이 구, 옹이 말씀하시기를, 마음 쓰지 않아도 구가 되는 것을, 자찬으로 부족하다, 또 가마쿠라에서 살아나온 첫 가다랭이라고 하는 것이야말로 골절된 사람의 마음을 모르는 점이다. 또 말하길 원숭이의 하얀 이 봉우리의 달이라고 한 것은 기카구(其角)이다. 절인 도미의 잇몸은 나의 오래된 시(詩)가 된다. 아래를 생선가게라고 단지 말하는 것도 저절로 구가 된다고 말씀하셨다."

참으로 "내 구을 다른 사람에게 설명하는 것은 나의 뺨을 사람에게 말하는 것과 같은 것"이다. 그러나 예술은 뺨만큼, 어떤 사람에게도 확실히 이해되는 것은 아니다. 항상 자신의 작품에 자기 해석을 첨가하는 버나도·쇼의 마음가짐에 바쇼도 역시 조금은 동감했을 것이다.

❖ 4. 시인 ❖

"하이카이 등도 생애의 미치쿠사로 성가신 것이 된다."라고 한 것은 바쇼가 이넨(惟然)에게 한 말이다. 그 외 하이카이를 얕본 말투는 때때로 문인에게 흘린 것 같다. 이것은 인생을 큰 꿈이라고 믿고 속세를 등진 바쇼에게는 오히려 당연한 말이다.

그러나 그 '생애의 미치쿠사'에 바쇼만큼 심각해진 사람은 틀림없이 좀처럼 없었을 것이다. 아니, 바쇼의 마음 쓰는 방법을 보면, '생애의 미치쿠사'등으로 칭했던 것은 제스츄어가 아닐까 생각할 정도이다.

"도호(土芳)의 말에 의하면, 옹은 다음과 같이 말했다. 배우는 것은 항상 있다. 자리에 마주앉아 분다이(文台)와 나 사이에 쉴 틈도 주지 않는다. 생각한 말을 재빨리 끄집어내어, 여기에 이를 때까지 헤매는 마음 없다. 분다이가 끌어내면 즉시 쓸 수 없다고 엄격하게 시사하는 말도 있다. 어떤 때는 큰 나무가 쓰러지는 것처럼. 날밑으로 잘려나가는 마음가짐, 수박 자르는 것처럼. 배를 먹는 입모습, 36구를 모두 야리구(렌가. 하이쿠에서 앞 구의 뜻에 별로 구애받지 않고 가벼이 흘려서 붙이는 구) 등 다양하게 비난하는 말도, 모두 능숙한 자의 개인의 뜻과 생각을 무너뜨리는 말이다"

이 바쇼의 말의 마음가짐은 마치 검술이라도 가르치는 것 같다. 도저히 하이카이를 유희로 했던 속세를 등진 말이 아니다. 더욱이 또 바쇼 그 사람의 구작에 임한 태도를 보면, 확실히 정열에 불타고 있다.

"교로쿠(許六) 말하기를, 어느 해 에도에서 어떤 사람이 설날이라고 해서 옹을 초대한 일이 있다. 내가 집에 사오일 머무른 후 시중들었다. 그 날 눈이 내리는 저녁에 방문하셨다. 그 하이카이에

> 바닷가에서 사람들의 소리는 뭘 부르는가   도린(桃鄰)
> 쥐들이 배를 삐걱거리는 새벽   옹

나는 그 뒤 바쇼 암자에 갔을 때, 이 구를 말하기 시작하시길, 내가 말하기를, 참으로 이 새벽의 한 글자 고마운 일, 헛되이 듣는 것은 무념 그대로다. 움직이지 않는 것, 큰 산과 같다고 말씀드리면 스승 일어나서 말하기를, 이 새벽의 한 글자 들려주며, 어리석은 노인은 만족의 끝이 없다. 이 구 시작은

> 스마의 쥐가 배를 삐걱거리는 소리

라고 생각해낼 때, 앞 구에 소리글자가 있어, 음 글자가 안 되고, 따라서 다시 바꾸기도 하고, 스마의 쥐까지는 기분을 바꾸어도, 한 구연속 되지 않는다고 말씀하셨다. 내가 말하기를, 그 스마의 쥐보다 훨씬 낫다. (중략) 새벽의 한 글자 강한 것, 가령 말할 것이 없다고 하면, 스승님도 기쁘게 생각하시고, 이만큼 들어 주는 사람 없고, 단지 내가 말을 끄집어내면, 걱정스런 얼굴로, 선악의 차별도 없이, 붕어가 진흙에 취한 듯, 그 밤 이 구 읊을 때, 그 자리에 있던 모든 사람에게 내가 늦은 죄가 있어도, 이 구 고치고 자만하라고 말씀하시다."

친지에 대한 감격, 세속에 대한 경멸, 예술에 대한 정열, ― 시인다운 바쇼의 체면이 생생하게 일화에 노출되고 있다. 특히 "이 구를 고쳐요"라며 대담함을 든 기세에는 ― 세속을 등진 사람은 잠시 동안은 묻지 않는다. 경건한 오늘의 비평가조차 두려워서 피하지 않으면 행복하다.

"옹 본초(凡兆)에게 고하길, 생애 대단한 작품을 3개나 5개정도 낼 수 있는 사람은 작자, 10개나 만들 수 있다면 명인이라 부른다."

명인조차 일생을 소모한 뒤, 10개밖에 얻을 수 없게 되면, 하이카이도 또 헛일은 아니다. 게다가 바쇼 설에 의하면, 결국 '생애의 미치쿠사'이다!

"열하루. 아침 다시 가을비. 생각지도 않은 도부(東武)에 있는 기카쿠가 왔다. (중략) 바로 병상에 와서, 피골상접한 마른 몸을 보고. 또 걱정하고, 또 기뻐한다. 스승님도 바라보시고, 오로지 눈물지으신다. (중략)

복권을 뽑아 야채 밥을 짓는데 밤을 세는가[5]   목 절
모두들 아이 되는 유충이 추워 울어 제치네.   을 주

---

[5] 복권을 뽑아 밤새도록 옆에서 지켜보며 야채 밥을 짓는다는 의미.

웅크린 약초뿌리의 추위인가[6]   장　초

우물[7]에서 학을 흉내 내는 첫 가을비   기　각

　일일이 이년 시를 읊으면, 스승 조소(丈艸)가 구절을 지금 다시 한
번 부탁하셔서, 소조에게서 칭찬받기도 하고, 언제 들어도 외로움을
잘 정리해, 재미있고 재미있어, 쉰 목소리로 칭찬하는 것이다."

　이것은 바쇼가 죽기 하루 전에 일어난 일이다. 바쇼가 하이카이에
집착하는 마음은 죽음보다도 더욱 강했던 것 같다. 만약 모든 집착에
죄장[8]을 보기 시작한 요쿄쿠의 작자에게 이 일단을 말했다면, 바쇼는
반드시 행각승에게 지옥의 고난과 한을 호소한 뒤 주인공의 역을 주
었을 것이다.

　이러한 정열을 세속을 등진 사람에게서 보는 것은 모순이라면 모순
이다. 그러나 이것이 모순이라고 해도, 가끔은 바쇼가 천재였음을 말
해주는 것은 아닐까? 괴테는 시(詩)를 지을 때에는 Daemon(악마)에 끌렸
다고 말했다. 바쇼도 역시 세속을 떠난 사람이 되기에는 너무나 시마
의 농락을 당했던 것은 아니었을까? 즉 바쇼 속의 시인은 바쇼 속의
세속을 등진 사람보다 힘이 강했던 것은 아닐까?

　나는 세속을 등진 사람이 되지 않았던 바쇼의 모순을 사랑하고 있
다. 동시에 또 그 모순이 큰 것도 사랑하고 있다. 그렇지 않으면 후카
쿠사(深草)의 원정 등에도 똑같이 경의를 표했을지도 모른다.

---

6) 병상의 바쇼를 옆 눈으로, 약탕 옆에서 웅크리고 있으니 추위가 여전히 몸에 스
　며든다.
7) 우물에서 끊임없이 물이 솟아오르는 모양.
8) 성불의 장애가 되는 죄업.

❖ 5. 미래 ❖

"옹 센게(遷化)의 해 후카가와를 나올 때, 야하(野坡)물어 말하기를, 하이카이 역시 지금처럼 만들라고. 옹 말씀하시길, 당분간은 지금 풍이 되고. 5.7년이나 지나면 일변한다."

"옹이 말하기를, 하이카이 세상에 삼합은 나간다. 칠 합은 남는다고도 말씀하신다."

이렇게 말하는 바쇼의 일화를 보면, 정말로 바쇼는 미래의 하이카이를 역력히 꿰뚫고 있는 듯하다. 또 많은 문인 중에는 의리에도 한번 변하고 싶다고 궁리하거나, 나머지 칠 합을 만드는 것은 자신 밖에 없다고 자만하기도하고, 다양한 희극도 일어났는지도 모른다. 그러나 이것은 '바쇼 자신의 내일'을 가리킨 말일 것이다. 라고 하는 것은 즉 5.6년이나 지나면, 바쇼 자신의 하이카이는 일변한다는 의미일 것이다. 아니면 또 이미 공개 한 것은 불과 삼 합의 하이카이에 불과하고, 나머지 칠 합의 하이카이는 바쇼 자신의 가슴 속에 잠재해 있다는 의미일 것이다. 그러면 바쇼 이외의 사람들에게는 5.6년은 물론, 3백년이 지나도, 한번 변화할 수 없을지도 모른다. 칠 합의 하이카이도 마찬가지이다. 바쇼는 함부로 거리의 돈을 받고 점을 치는 선생을 흉내 내는 사람이 아니다. 하지만 끊임없이 바쇼 자신의 진보를 느끼고 있는 것은 분명하다. ― 나는 이렇게 믿어 의심치 않는다.

❖ 6. 속어 ❖

바쇼는 그 하이카이 속에 가끔 속어를 사용하고 있다. 예를 들면 아래 구에 엿보는 것이 좋다.

세바에서[9)]

장마 중에 반짝해가 나더니 한정된 장소에 오락가락 내리는 비

'장마 중에 반짝 나는 해'라고 하고, '한정된 장소에 약간 비가 내림'이라고 하고, '오락가락 내리는 비'라고 말하며, 모조리 속어가 되지 않는 것은 없다. 게다가 한 구의 여정은 무한한 적막함으로 넘치고 있다. (과연 이렇게 쓰고 보면, 불세출의 천재를 칭찬할 만큼 쉬운 일은 없다. 특히 어떤 사람도 이론을 외치지 않는 고전적 천재를 칭찬하는 것은!) 이런 예는 바쇼의 구속에 일일이 미치지 않는다고 말해도 좋다. 바쇼는 몸소 "하이카이의 유익함은 속어를 바르게 한다"라고 남을 낮추어 말한 것도 당연한 일이라고 말해야 한다. '바르다'라는 것은 문법 교사처럼 어격과 가나사용을 바르게 하는 것은 아니다. 살아있는 영활(靈活)에 어감을 취한 후, 속어에 혼을 넣는 것이다.

"게으르게 있으면 시원한 저녁이 될까나. 소지(宗次). 사루미노(猿箕)에 넣을 노래를 모을 때, 소지가 자신의 구를 한 구 더 넣어 주기를 원해서 몇 수를 지었지만, 쓸 만한 좋은 구가 없다. 어느 날 저녁, 옹을 옆에서 모실 때, 편히 쉬어라, 나도 드러눕겠다, 고 말씀하셨다. 소지가, 그럼 실례하겠습니다, 게으르게 있으니 시원하네요, 하고 말씀 드리자, 옹이 이것이야말로 홋쿠라고 하시고, 그 구를 홋쿠로 하여 하이쿠를 지어 집에 넣으셨다."(오미야 도요타카(小宮豊隆)씨는 이 일화에 흥미 있는 해석을 덧붙이고 있다. 동 씨의 바쇼 연구를 참조하는 것이 좋다.)

이때 사용 된 '게으름'은 이미 단순한 속어가 아니다. 홍모인의 말을 빌리자면, 바쇼의 정조의 트레몰로를 여실히 표현한 시어이다. 이를

---

9) 여기는 洗馬의 高札場이 있던 곳으로, 후에 御判形라고 불렸다. 伝馬駄賃勘定과 막부의 접촉 등이 있었다.

더욱 고쳐 말하면, 바쇼의 속어를 사용한 것은 속어이기 때문에 사용한 것이 아니다. 시어에서 얻었기 때문에 사용한 것이다. 그러면 바쇼는 시어에서 얻는 한, 한어나 아어를 묻지 않고, 어떠한 말을 사용한 것은 변명의 여지가 없다, 실제 또 바쇼는 속어뿐 만아니라, 한어나 아어를 정립한 것이다.

사요의 나카야마에서
생명 있어 약간의 삿갓 아래의 시원함10)
두목이 조행의 잔몽, 소야의 나카야마에 도착해서 갑자기 놀라
말에서 깨니 꿈은 남고 달은 멀리 차 끓이는 연기11)

바쇼의 어휘는 이처럼 고금동서에 출입하고 있다. 그러나 속어를 정립하는 것은 틀림없이 가장 사람 눈에 띄기 쉬운 특색이었다. 또 속어를 정립하는 일에 시인다운 바쇼의 큰 역량도 엿볼 수 있는 것은 사실이다. 과연 단린(談林)의 여러 하이쿠와 하이카이 작가들은— 아니 이타미의 귀신얼굴조차 바쇼보다도 한발 앞서 속어를 사용하고 있었는지도 모른다. 하지만 이른바 평담 속어에 연금술을 쓴 것은 바로 바쇼의 큰 공헌이다.

그러나 이 두드러진 특색은 동시에 또 하이카이에 대한 오해를 낳기도 한 것 같다. 그 하나는 하이카이를 이해하기 쉽다는 오해이며,

---

10) 지금 그 사야의 중산을 통과 하자, 여기에는 나무그늘도 전혀 없다. 목을 마르고, 더위는 용서하지 않는다. 틀림없이 생명은 붙어 있지만, 그 생명으로 말하자면 틀림없는 우산아래의 그늘 속에 희미하게 있을 정도의 절인 매실이다.
11) 杜牧이 「루行」의 시에 읊었던 저 단꿈을 꾼 채, 말에 혼들려 소야의 나카야마까지 막 왔을 때, 갑자기 놀라 깼다. 말위에서 꾸벅꾸벅 졸며 여행을 계속하다 갑자기 꿈결에서 깨자, 有明의 달이 멀리 보이고, 이미 마을에선 아침차를 끓이는 연기가 올라오고 있다.

그 두 번째는 하이카이를 짓기 쉽다는 오해이다. 하이카이의 평범함
에 추락한 것은 — 그런 것은 새삼스레 변명하지 않아도 좋다. 평범함
의 희극은 「바쇼잡담」 속에 시키(子規) 거사도 이미 지적하고 있다. 단
지 바쇼가 사용한 속어의 아름다운 색채와 화려한 모양을 띠고 있는
것만은 오늘도 역시 역설해야 한다. 그렇지 않으면 이른바 민중 시인
은 불행한 월트·휘트먼과 함께, 바쇼도 그들 선배 중 한 명의 숫자에
올리는 것을 꺼리지 않을 것이다.

❖ 7. 귀 ❖

바쇼의 하이카이를 사랑하는 사람의 귓구멍을 열지 않은 것은 유감
이다. 만약 '음률'의 아름다움에 전혀 무관심했다면, 바쇼의 하이카이
의 아름다움도 거의 반밖에 이해하지 못할 것이다

하이카이는 원래 노래보다 '음률'에 부족한 점도 있기도 하다. 겨우
열일곱자의 활살 속에 '말의 음악'을 전하는 것은 큰 역량의 사람을
기다려야 한다. 뿐만 아니라 '음률'에만 집착하는 것은 하이카이의 본
래의 길을 잃은 것이다. 바쇼의 '음률'을 뒤로 하라고 말한 것은 요즈
음의 소식을 말하는 것이겠죠. 그러나 바쇼 자신의 하이카이는 좀처
럼 '음률'을 잊은 적이 없다. 아니, 때로는 한 구절의 묘미를 '음률'에만
의지한 것조차 있다.

여름달이 고유(御油)에서 떠서 아카사카에

이것은 여름 달을 묘사하기 위해, '고유' '아카사카' 등의 지명이 주
는 색채의 느낌을 사용한 것이다. 이 수단은 조금도 진귀하다고는 말

할 수 없다. 오히려 다소 진부함의 비방을 불러일으키는 기교일 것이다. 그러나 귀에 주는 효과는 어떤 나그네의 마음 같은, 유유한 한 아름다움에 넘치고 있다.

    설 대목시장에 선향을 사러 갈까나

반대로 '여름 달'의 구절을 가곡 등의 각본보다도 음악의 총보의 우수한 구가 되면, 이 구 처럼 양측 동시에 걸출한 것의 한 예이다. 설 대목장에 선향을 사러 가는 것은 서글프다고는 말했지만, 그리운 기분임에도 틀림이 없다. 게다가 '나가고 싶구나'라는 튀어 오르는 상태는, 완연히 바쇼 그 사람의 마음이 약간 들뜬 모습을 보는 것 같다. 게다가 또 아래구 등을 보면, 바쇼의 '음률'을 구사하는 데에 대자재를 극대화 하고 있는 것에는 놀라서 기가 막혀버리는 것이다.

    깊은 가을에 이웃은 무엇을 하는 사람인가[12]

이런 장중(莊重)의 '음률'을 취해 얻은 것은 망망한 삼백년간이 지난 바쇼 한 사람이다. 바쇼는 제자를 가르치는 데에도 "하이카이는 만엽집의 마음이다"라고 말했다. 이 말은 조금도 허풍은 아니다. 바쇼의 하이카이를 사랑하는 사람의 귀 구멍을 열어야만 하는 이유이다.

    ❖ 8. 동상 ❖

바쇼의 하이카이의 특색 중 하나는 눈에 호소하는 아름다움과 귀에

---

12) 깊은 가을밤에 등불이 켜진 이웃의 가인에게 배려를 하는 인간적이 따뜻함이 흐르고 있다.

호소하는 아름다움이 미묘하게 융합된 아름다움이다. 서양인의 말을 빌리면, 말의 의례적인 요인과 음악적인 요인과의 융합 위에 독특한 묘미가 있는 것이다.

　이것만은 솜씨 좋은 부손(蕪村)도 결국 따라가지 못했던 것 같다. 아래에 든 것은 기토(几董)가 편찬한 부손 구집에 실린 봄비 구의 부이다.

　　　　봄비에 이야기하며 가는 도롱이와 삿갓13)

　　　　봄비에, 저물어지지 않는 오늘도14)

　　　　통발15)을 가라앉히지 않으려고 하는 봄비16)

　　　　봄비여 16일 밤의 달의 바다 중간

　　　　봄비여 밧줄이 소매에 작은 등불17)

　　　　서쪽 교토에 괴물이 산지 오래 저 결과 집이 있네

　　　　지금은 그 소식도 없고

　　　　봄비여 사람이 사는 집에 연기가 벽을 타고18)

　　　　초목 씨앗19)의 포대적시는 봄비

　　　　봄비에 몸을 적셔 두건을 쓰고

　　　　봄비는 작은 바다의 작은 조개 적실정도20)

---

13) 어떤 우울한 듯한, 토할 것 같은 봄 비속을 도롱이를 입은 사람과 삿갓을 쓴 사람이 뭔가를 이야기 하면서 지나간다.
14) 봄비가 계속 내리고 있다. 저녁이 되었지만 어두워져야 하는데 어두워지지 않는 하루.
15) 후시즈케(柴漬)를 엮어 물에 가라앉혀, 안에 들어온 고기를 잡는 방법.
16) 통발의 형태로 있던 한 能宗이 아이라서 좀처럼 가라앉지 않고 떠 있는 곳에, 봄비가 계속 내리고 있다. 비가 오니 통발이 가라앉지 않고 자꾸 떠오르는 모습.
17) 교토의 一条로 돌아가는 다리위에서 요괴의 팔을 겐지의 명도로 잘랐다고 하는 일화를 남긴 渡辺綱.그의 이름에 기인한 기녀·츠나가 손에 든 등불을 거꾸로 든 모습을 노래한 구.
18) 벽을 타고 내리는 연기로, 거기에서 사람이 살고 있다는 기분을 느낀 부손.
19) 야채와 풀과 꽃의 총칭.
20) 바다의 바위위에 예쁘고 작은 조개가 흩어져 있다. 봄비가 내리고 있지만 그 조개를 조금 적실 정도다.

폭포입구에서 등불을 부르는 소리여 봄비[21]
푸성귀가 자라는 연못의 수량과 봄비
꿈속에서 노래하고
봄비여 아무것도 쓸 수 없는 몸의 나른함

　이 부손의 열두 구는 눈에 호소하는 아름다움을 — 특히 야마토 그림 같은 아름다움을 아주 느긋하게 표현하고 있다. 그러나 귀에 호소해 보면, 아무래도 역시 느긋하지 않다. 게다가 열두 구를 연속해서 읊으면, 같은 '음률'을 반복한 단조로움을 느끼는 아쉬움마저 있다. 그러나 바쇼는 이런 난관에 조금도 침체를 느끼고 있지 않다.

봄비에 쑥이 자라는 풀길[22]
아카사카에서
귀찮음을 긁어 일으키는 봄비[23]

　나는 이 바쇼의 두 구 속에 백년의 봄비를 느끼고 있다. '쑥이 자라는 풀 길'의 기품이 높은 것은 말할 필요도 없다. '귀찮음'에 일어나고 '긁어 일으키고'라고 한 흔들리는 '음률'에도 유미에 가까운 게으름을 대표하고 있다. 소위 부손의 열두 구도 이 바쇼의 두 구의 전에는 어떻게 해도 될 수 없다는 평가밖에 할 수 없다. 어쨌든 바쇼의 예술적 감각은 스스로 근대인이라고 말하는 자들보다도 월등히 세련된 것이다.

---

21) 봄비가 계속 내려, 주변이 갑자기 어두워졌다. 그 와중에 폭포입구에는 궁궐의 무사들이 등을 찾는 소리가 들리고 있다.
22) 봄비가 내려 그 길가에는 풀이 싹을 내어 봄이 온 것을 알리고 있다.
23) 봄비가 내리는 아침, 아무 생각 없이 푹 늦잠을 잤다. 누군가에게 긁혀 일어났다.

❖ 9. 그림 ❖

동양의 시가는 중국, 일본을 불문하고, 자주 그림과 같은 정취를 생명으로 하고 있다. 에포스(ェ ポ ス)에 시를 낸 서양인은 이 '유성의 그림' 상에도 사도의 명찰을 했는지도 모른다. 그러나 '요지군제야, 동설봉 송죽, 시유산증래, 현등독자숙'은 완연한 한필의 남화이다.

또 '곳간이 나란한 뒤쪽은 제비가 다니는 길'도 그대로 우키요에의 한 장 같다. 이 그림과 같은 정취를 나타내는 데에 자재의 수완을 갖고 있는 것도 역시 바쇼의 하이카이에 간과할 수 없는 특색의 하나이다.

> 시원함은 바로 야송의 가지가 되어[24]
> 박꽃의 취기에 얼굴 내미는 창문의 구멍 [25]
> 나무꾼의 소리가 사라져 덩굴풀인가[26]

첫째는 순전한 풍경화이다. 둘째는 점경 인물을 첨가한 풍경화이다. 셋째는 순전한 인물화이다. 이 바쇼의 3모양의 그림 같은 정취는 양쪽 다 기품이 낮은 것은 아니다. 특히 '나무꾼의'는 '소리가 사라져'에 기분 나쁜 크기를 나타내고 있다. 이런 그림 같은 정취를 표현하는 것은 부손조차 몇 걸음을 양보해야만 한다.

(가끔 인용에 나오는 것은 부손을 위해서는 미안하다. 그러나 이것

---

24) 이 집 정원의 소나무는 무리하게 곡을 붙이지 않고, 쭉 곧게 뻗은 가지 모습은 자연 그대로 어떤 호감을 갖고 있다.
25) 여름밤 술기운으로 작은 창문에서 빼꼼 얼굴을 내밀자 거기에 나팔꽃이 활짝 피어 이쪽을 보고 있다. 이 창은 화장실 창문으로 생각된다. 기이함과 아름다움이 同居한 名句.
26) 산길에서 만난 나무꾼이 사냥꾼이 말없이 지나가는 것을, 여름풀이 입을 막아 말하지 못한다고 여름풀이 무성하게 자란 산길에서는 역시 산인도 아래턱을 닫고 걷지 않고서는 입속으로 여름풀의 이삭 끝이 들어와 버린다.

도 바쇼 이후의 거장이었던 인과라고 생각하지 않으면 안 된다.) 뿐만 아니라 가장 부손다운 야마토화의 정취를 나타낼 때도, 바쇼는 여전히 즐겁게 부손에 지지 않는 효과를 거두고 있다.

묶은 찹쌀떡 한 손에 든 어린아이[27]

바쇼 자신은 이 구를 '이야기의 몸(体)'이라고 칭했다고 한다.

❖ 10. 중도(衆道)[28] ❖

바쇼도 셰익스피어나 미켈란젤로처럼 중도를 좋아했다고 말해지고 있다. 이 이야기는 반드시 가공이 아니다. 겐로쿠는 이하라 사이카쿠의 오오카가미를 탄생시킨 시대이다. 바쇼도 역시 또는 시대와 함께 남색을 사랑했는지도 모른다.[29] 실제로 '나도 예전에는 중도를 좋아하는 날이 귀에'라는 것은 바쇼가 젊었을 때 쓴 「많은 조개」[30] 속의 한 구절이다. 그 바쇼의 작품 속에는 '앞머리도 아직 어린 풀의 향기인가 이하, 미소년을 노래한 것도 이유가 없는 것은 아니다.

그러나 바쇼가 성도착증이었다고는 나는 도무지 생각할 수 없다. 과연 바쇼는 분명히 "나도 예전에는 중도 좋아했다"고 말했다. 그러나 첫째로 이 말은 교묘하게 해학적인 붓을 농락한 「많은 조개」의 判

---

27) チマキ를 조릿대 잎으로 싸서 끈으로 묶는다. 그 런 작업에 전념하고 있는 여자가 앞머리가 내려오는 것이 신경 쓰여 귀 뒤로 머리를 끼우고 있다. 일심분란으로 수작업에 전념하고 있는 여성의 모습을 가져온 바쇼만의 훌륭한 처리.
28) 일본 남성의 동성애.
29) 분토는 남성끼리의 동성애를 뜻함.
30) 이 작품은 30번(30番=30쌍)의 구아와세(句合)로 이뤄져있으며 한시(判詞: 평문)도 바쇼가 썼다. 가이오오이라고 하는 것은 많은 대합 중에서 같은 모양의 조개를 골라내는 게임을 말한다. 이것을 구 아와세에 대응시켜 서명으로 삼은 것이다.

詞31)의 한 구절이다. 그러자 이를 삼엄한 고백처럼 취급하는 것은 다소 빠른 계산이 아닐까. 두 번째로 좋은 또 고백이었다고 해도, 의외로 옛날의 중도를 좋아한 것은 지금의 중도를 좋아하지 않았을지도 모른다. 아니, 지금도 중도를 좋아했다면, 어떤 것도 특히 '옛날에는'이라고 거절할 필요도 없는 것이다. 게다가 바쇼는 「많은 조개」를 낸 관문(寬文) 11년32) 정월에도 겨우 스무 아홉 살 이었던 것을 생각하면, 옛날이라는 것도 「봄의 자각」이후 수년의 사이를 가리키고 있을 것이다. 이런 시대는 Homo-Sexuality는 각별히 신기한 일이 아니다. 이십 세기에 태어난 우리들조차, 소시 적의 성욕 생활을 되돌아보면, 대개 한번은 미소년에 대한 황홀한 기억을 갖고 있다. 말하자면 문인의 도코쿠(杜國)와의 사이에 동성애가 있었다는 등의 설은 필경 소설이라고 할 수밖에 없다.

❖ 11. 바다 건너 편 문학 ❖

"어느 선승, 시에 관한 이야기를 물으러오니, 옹이 말하기를, 시는 인시소도우(隱士素堂)이라고 하는 것이며 이 길에 깊이 좋아해서, 사람의 이름을 알게 된다. 그가 항상 말하는, 시는 은자의 시, 풍아라서 좋다."

"세이슈(正秀)묻기를, 고금집에 하늘에 알려지지 않은 눈이 내려, 사람들에게 알려지지 않는 꽃이 피고 봄에 알려지지 않는 꽃조차 핀, 한 집에 이 세 수를 짓는다. 한 집 한 작자에게 이 같은 사례가 있다. 옹 말하기를, 쓰라유키(貫之)가 좋아하는 말로 보인다. 이런 일은 지금의 사람들은 당연히 싫어할 것을 옛날에는 싫어하지 않았다고 보인다.

31) 우타(歌)나 구(句)의 우열에 관한 평가를 서술한 말.
32) 1671년.

모로코시33)의 시에도 이런 예가 있다. 언젠가 조소(丈艸)의 이야기에 도시비(杜子美)에 오직 그 일 있다. 가까운 시인에 우린(于鱗)와 야란의 시에 많이 있는 일로, 그 시도, 들었지만 잊어버리기도 하고"

우린은 카세이 시치지(嘉靖七)아들의 한 사람 리한료우(李攀竜)의 일 일 것이다. 오래된 고문사(古文辭)를 부른 李攀竜이 바쇼의 이야기 속에 든 것은 두보에 대한 바쇼의 존경에 한 줄기의 광명을 주는 것이다. 그러나 그것은 우선 묻지 않아도 좋다. 지금 여기에 고찰하고 싶은 것은 바다 건너의 문학에 대한 바쇼 그 사람의 태도다. 이들의 일화로 엿볼 수 있는 바쇼는 조금도 학자다운 모습은 보이지 않는다. 만약 이들의 일화를 당대의 신문 기사에게 고치게 한다면, 질문을 받은 바쇼의 태도는 담박함의 극치였을 것이다.

"모 신문 기자가 서양의 시를 물었을 때, 바쇼는 그 기자에게 이렇게 대답했다. — 서양의 시에 상세한 것은 교토의 우에다 빈(上田敏)이다. 그가 항상 말하는 점에 의하면, 상징파 시인의 작품은 아주 유환의 극치이다."

"……바쇼는 이렇게 대답했다.……그런 것은 서양의 시에도 있는지 모른다. 얼마 전에 모리 오가이(森鴎外)와 이야기했더니, 괴테에게는 그것도 많은 것 같다. 또 최근 시인 중에 뭐 이츠히라는 사람의 작품에도 많다. 실은 그 시도 들었지만, 공교롭게도 까맣게 잊어 버렸다."

이것만이라도 대답할 수 있는 것은 당시의 시인에게는 드물었는지도 모른다. 그러나 여하튼 바다 건너의 문학에 소홀했던 것만은 확실하다. 뿐만 아니라 바쇼는 말 효과를 단절한 예술상의 묘미를 맛보지 않고, 무익하게 만권의 책을 읽고 있는 문인 묵객(墨客)의 무리를 싫어

---

33) 옛날 일본에서 중국을 부르던 명칭.

한 것 같다. 적어도 학자다운 얼굴을 하는 사람에게는 갑자기 화를 낸 것
같이 보여, 항상 풍자적인 천재를 나타낸 독특한 비난을 퍼붓는 것이다.

"산촌은 만개 늦은 매화 꽃. 귀거래에 이 구를 보낸 대답에, 이 구
두 뜻으로 풀어야 한다. 산촌은 차가운 바람에 매실이 풍성하게 만개
되지 않는다. 양쪽 다 늦다고 말씀하신다.

또 산촌 매화조차 지났는데 만세전이 오지 않는 일이요라며 쿄 그
리운 듯 읊으시다. 옹이 대답에 그 일은 없고, 작년의 미나즈키(水無
月)34) 5조 주위를 지날 때, 이상한 처마에 간판을 걸고, 하쿠란의 묘약
이라고 씌어있다. 모두 이상해서, 일사병의 약이 될 것이라고 조소한
채, 그의 대답은 박란병을 산다고 말한다."

이는 모두 동문학자였던 박람 다식의 교라이(去来)에게는 도쿠산(德山)
의 막대기보다 뼈아팠을 것이다. (교라이는 유교와 의사의 두 길로 통
한 후, 건곤변설(乾坤弁說)의 번역까지 낸 무카이 레이란(向井霊蘭)을 아
버지로 두고, 명의 겐탄(元端)과 유교 겐세이(元成)를 형제로 두었다.) 그
리고 말 나온 김에 한 마디 더 하자면, 바쇼는 대단히 이지적이며, 지
극히 악랄한 풍자가이다. '하쿠란 병을 산다'도 엄격함에는 틀림이 없
다. 그러나 "도부(東武)를 만나 추석을 석가의 가르침이라고 하지 않고,
란세쓰(嵐雪) 그를 꾸짖는다. 옹 말하기를, 추석을 석가의 가르침이라
고 하면 설날은 천신이 된다." — 이런 일화도 남아 있다. 아무튼 바쇼
의 입이 나쁜 데에는 흔히 문인들도 괴로웠던 것 같다. 단지 다행히
이 풍자가는 지금을 떠나 겨우 이백년 전에 장염(腸加答兒)인지 뭔지
때문에 왕생했다. 아니면 나의 「바쇼 잡기」등도 필시 자신의 독설 앞
에 마구 조롱되었을 것이다.

────────────────

34) 음력 6월.

바쇼의 바다 피안의 문학에 그다지 통하지 않았던 것은 위에 말한 그대로이다. 그렇다면 바다 피안의 문학에 아주 냉담했다고 하면, 이것은 좀처럼 냉담한 것이 아니다. 오히려 아주 열심히 바다 피안의 문학의 표현법 등을 자가의 약 바구니 속에 담고 있다. 예를 들면 시코(支考)에 전하고 있는 아래의 일화에 비추어보는 것이 좋다.

"어느 날 옹의 이야기에, 이 정도 하쿠시(白氏)문집을 보고, 로앵35)이라고도 말하고, 병든 누에라고 하는 말도 재미있으면.

휘파람새는 죽순 덤불에서 늙었음에 울고36)
사미다레37)여 누에치는데 병든 뽕밭38)

이렇게 두 구를 만들라고 한 것이, 휘파람새는 죽순덤불이라고 하고 노약의 여정도 적절하게 들어있다고 말씀하기를. 누에는 숙어를 모르는 사람은 마음의 움직임이야 말로 잘 새겨들어라. 이것은 명석의 한 글자를 넣어 집에 키우고 싶은 사람 없다."

백낙천의 장경집은 「사가일기」에도 언급된 바쇼의 애독서의 하나이다. 이런 시집 등의 표현법을 환골탈태하는 것은 반드시 드물지 않았던 것 같다. 예를 들면 바쇼의 하이카이는 그 동사 용법에 독특한 기교를 부리고 있다.

---

35) 여름에 우는 휘파람새.
36) 휘파람새가 대나무 숲에서 울고 있다. 죽순의 계절인데 벌써 여름이 왔다. 휘파람새는 매실에 어울린다. 이것이 여름이 되어 울고 있자, 왠지 늙은 것처럼 느껴진다.
37) 음력 오월에 오는 장마. 단속적으로 되풀이 하는 말의 비유.
38) 5월비가 잦아 뽕밭에 병을 앓고 있는 누에. 누에한테는 ジョウゾク할 때까지 약간의 위험을 갖고 있다. 그 중에서도 하얗게 硬化해 죽음에 끝없는 전염병이 심각하다. 이런 병을 발견한 양잠농가에서는 즉시 누에를 버린다.

소리여 강에 누워있는 두견새39)

입석사(전서략)

조용함이여 바위에 스며드는 매미 소리

봉래사에서 머물며 기도하고

초겨울의 찬바람이 바위에 불어 뾰족한 삼나무 사이인가 40)

이들 동사의 용법은 바다 피안 문학의 자안41)에서 배운 것은 아닐
까? 자안이란 한 글자의 본 때문에 한 구를 영 다르게 하는 것이다. 예
를 들면 아래에 인용하는 신신(岑參)의 일련에 비추어 보는 것이 좋다.

고등연객몽 한저조향수

하지만 배웠다고 단언하는 것은 물론 아주 위험하다. 바쇼는 스스
로 바다 건너 편 시인과 같은 표현법을 취했는지도 모른다. 그러나 아
래에 드는 일구도 역시 일치하는 것은 아닐까?

종소리가 사라지니 꽃향기도 사라지는 저녁인가42)

내가 믿는 바에 의하면, 이것은 명백히 슈인산(未飮山)의 이른바 도
장 법을 하이카이에 사용한 것이다.

홍도탁잔앵무립 벽오루로봉황기43)

---

39) 두견새가 날카롭게 울며 넓은 오오카와위를 날아 지나간 뒤 당분간의 그 소리의
여운이 물위에 가로누워, 사라지지 않고 남아 있는 듯하다.
40) 찬 겨울바람이 삼나무사이를 불어 지나간다. 삼나무사이에서 숨바꼭질하고 있
는 바위가 튀어나와 보이는 바람의 세기이다. 봉래산에는 석장이 많다.
41) 시문중의 주안점이 되는 가장 중요한 문자.
42) 종소리가 사라지자 당분간 조용해진 봄밤, 다시 꽃향기가 종소리의 여운처럼 향
기가 떠오른다.

위에 든 것은 도장 법을 사용한, 유명한 두보의 일련이다. 이 일련을 보통 말하면 '앵도탁잔홍도립 봉황루로벽오기'와 명사의 위치를 바꾸어야만 한다.

바쇼의 구도 보통 말하자면 '종소리 사라져 꽃의 향 사라지는 저녁인가'라고 동사의 위치가 전도 되어야 한다. 그러면 하나는 명사이고, 하나는 또 동사에 있다고 하더라도, 이것을 하이카이에 시도한 도장법이라고 생각하는 것은 독단이라고는 말하기 어렵다.

부손의 바다 피안의 문학을 배우는 곳이 많았던 것은 앞의 사람도 자주 언급하고 있다. 하지만, 바쇼는 어떻게 말하는 것인지, 그다지 생각하는 사람도 없었을 것 같다.(만약 한 사람이라도 있었다면, 이 '종소리 사라지고'구절 등은 이미 옛날에 알고 있었을 것이다.) 그러나 엔보(延宝)텡와(天和)간의 바쇼는 누구나 알고 있듯이, '억로사, 수염에 바람 불어 늦가을을 한탄하는 것은 누구의 아이인가' '이불은 무거워 하늘에 눈을 볼 수 없고' 이하, 다수에 바다 피안의 문학을 번안한 작품을 남기고 있다. 아니, 그것 뿐 만이 아니다. 바쇼는 '허률' (텡와 삼 년 상재)의 발문 후에 '바쇼동도청'이라고 서명하고 있다. '바쇼암도초청'은 반드시 바다 피안의 문학을 연상시키는 아호가 아니다. 그러나 '바쇼동도청'은 '응연피대록영일검장홍'의 시 속의 정취를 갖추고 있다.(이것은 카츠미네 진풍(勝峯晋風) 씨도 '바쇼하이쿠정본'의 연보 속에 "동의 한 글자를 간과해서 안 된다"고 말하고 있다.) 그러면 바쇼는 — 적어도 연보 텡와 사이의 바쇼는, 바다 피안의 문학에 적지 않게 심취하고 있었다고 말해야 한다. 또는 다소의 위험조차 감수하면, 담림풍의 키쿠츠리(鬼窟裡)에 빠지고 있던 바쇼의 천재에 눈을 뜬 것은, 바다 피

---

43) 앵무새가 쪼다 남긴 붉은 이싹 알갱이 봉황 집 오래된 푸른 가지.

안의 문학이라고 말할지도 모른다. 이는 바쇼의 하이카이의 속에, 바다 피안 문학의 혼적이 있는 것은, 물론 신기함에는 해당되지 않는 것이다. 가끔, '바쇼하이쿠정본'을 읽고 있는 동안에, 바다 피안의 문학의 영향을 생각했기 때문에 '바쇼잡기'의 후에 첨가하기로 했다.

* 부기: 바쇼는 이미 이토 단안(伊藤坦庵), 다나카 도우코우(田中桐江) 등의 학자에게 한학을 배웠다고 전해지고 있다. 그러나 바쇼가 받은 바다 피안의 문학의 영향은 오히려 좋아서 시를 지은 야마구치 소도(山口素堂)에서 시작되었는지도 모른다.

❖ 12. 시인 ❖

바쇼풍의 렌가에 관한 논의는 히구치 이사오(樋口功) 씨의 '바쇼 연구'에 아주 명쾌하게 서술되어 있다. 게다가 나는 히구치 씨처럼, 홋쿠는 바쇼문의 류우조우(竜象)을 비롯해 부손도 매우 바쇼한테 뒤지지 않았다고는 믿을 수 없다. 하지만, 바쇼의 렌가 상에 고금독보의 묘한 것은 참으로 히구치 씨의 논 대로다. 뿐만 아니라 겐로쿠의 문예 부흥의 쇼풍의 렌가에 반영하고 있다고 하는 것은 아주 동감이라고 말해야 한다.

바쇼는 조금도 시대 밖에 고립되고 있는 시인이 아니다. 아니, 오히려 시대 속에 온 정신을 던진 시인이다. 가끔 그 사이 영역이 넓은 바쇼의 홋쿠에 나타나지 않는 것은 이것도 히구치 씨가 지적했듯이 홋쿠는 단지 '나의 시가를 정도로 한 이유라고 말해야 할 것이다. 부손은 이 쇠줄을 끊고, 홋쿠를 자타 무차별의 대천세계로 해방했다. '사형당할 것을 면해 부부되어 겨우 옷을 갈아입고'[44] '질 리 없는 스모경

---

44) 不義 밀통에 의해 처형당해야 할 것을 용서받아, 타지방에 도망간 당신과 나. 그렇게 해서 간신히 옷을 갈아입는 계절을 맞이할 수 있게 되었다.

기에서 져 잠꼬대하는 가등은 이 해방이 낳은 작품이다. 바쇼는 쿄로쿠(許六)의 '명장이 다리가 흰 모양을 재는 부채인가'에 조차, "이 구는 명장의 작품으로, 구주의 공적은 조금도 없이"라는 평어를 내렸다. 만약 '처형을 면한 부부'이하 부손의 작품을 봤다고 하면, 후대의 쥬시(豎子)의 악작극에 틀림없이 언짢은 표정을 지었을 일이다. 물론 부손이 시도한 홋쿠 해방의 선악은 자연히 문제를 달리해야 한다. 그러나 바쇼의 렌가를 보지 않고, 부손의 소설적 구상 등을 전인미발처럼 칭찬하는 것은 아주 편파적인 비판이다.

　확인 차 다시한번 반복하면, 바쇼는 조금도 시대 밖에 고립되어 있는 시인은 아니다. 가장 절실한 시대를 맞아, 가장 대담하게 시대를 그린 만엽집이후의 시인이다. 이 사실을 알기 위해서는 바쇼의 렌가를 일별하면 좋다. 바쇼는 차즈케[45]지카마쓰(近松)를 낳고, 사이카쿠를 낳고, 모로노부(師宣)를 탄생시킨 겐로쿠의 인정을 자세히 간곡하게 말하고 있다. 특히 연애를 노래한 것을 보면, 기카쿠조차 외골수로 보인다. 이른바 후의 재인 등은 구야(空也)[46]의 여위임인가, 말린 연어인가, 아니면 기력 잃은 은자인가 하고 의심할 정도다.

　　　　외출복을 다듬이로 두들겨 주인에게 주고　　　로　통
　　　　나의 어린 시절을 자네는 기억하네.　　　　파　초

　　　　궁에 불려가 추문의 부끄러움　　　　　　　승　랑
　　　　팔베개에 가는 팔을 끼워 넣고　　　　　　　파　초

---

45) 차에 밥을 말아먹는 것.
46) 헤이안 중기의 승. 정토종의 선각자.

궁녀가 네부타 축제에 등을 다는 새벽녘	천	리
벗겨진 눈썹 숨기는 남녀	파	초

나막신을 벗길 수 없는 비 내리는 새벽	월	인
남녀의 헤어짐이 너무 가늘고 선명하게	파	초

위에 있는 말린 잎을 다지는 것도 근성으로	야	파
말 타고 나가지 않는 날은 집에서 그리워한다.	파	초

부드러운 색으로 핀 패랭이	풍	란
4번 접은 이불에 당신이 구부려 자고	파	초

　　이들 작품을 만든 바쇼는 근대의 바쇼 숭배자의 바쇼와는 약간 달 랐던 바쇼이다. 예를 들면 '남녀의 헤어짐이 가늘고 선명하게'는 고담 다운 세속을 등진 사람의 작품은 아니다.

　　히시카와(菱川)의 우키요에에 방불 하는 여자나 젊은이의 아름다움 에도 날카로운 감수성을 떨게 했던, 다정스런 겐로쿠 사람의 작품이 다. '겐로쿠 사람의', — 나는 감히 "겐로쿠 사람"이라고 말했다. 이들 작품의 서정시적 감로미는 이런 가세이(化政)문화 정도에 통달한 사람 등이 꿈속에도 도달할 수 있는 경지가 아니다. 그들은 연대를 세어 보 면, '나의 어린 시절을 자네는 기억하네'라고 노래 한 바쇼도, 불과 백 년간에 지나지 않다. 그러나 사실은 천년의 옛날에 '히타치 소녀를 잊 지마'라고 노래한 만엽집속의 여인보다 훨씬 인연이 먼 속인이었던 것은 아닐까.

❖ 13. 귀취(鬼趣) ❖

바쇼도 모든 천재처럼 시대의 유행을 반영하고 있는 것은 위에 든 그대로다. 그 두드러진 사례의 하나는 바쇼의 하이카이에 있는 귀취일 것이다. 「전등신화」를 번안한 아사이 료이(浅井了意)의 「옛날 비자」는 칸분(寛文) 6년47)의 편집이다. 그 후 이런 괴담 소설은 간세이경까지 유행하고 있다. 예를 들면 사이카쿠의 「대하마」 등도 이 유행이 낳은 작품이다. 쇼호(正保) 원년48)에 태어난 바쇼는 칸분, 엔보, 텡와, 조쿄를 거쳐, 겐로쿠 7년에 서거했다. 그러면 바쇼의 일생은 괴담 소설의 유행 속에 시종일관했다고 보아야 한다. 이 때문에 바쇼의 하이카이도 — 특히 아직 괴담 소설에 대한 일대의 흥미의 신선했던 「미나시구리(虛栗)」 이전의 하이카이는 가끔 귀취를 갖고 놀았던 교묘한 작품을 남기고 있다. 예를 들면 아래의 예에 비추어 보는 것이 좋다.

밤에 분 거친 바람에 문이 떨어져서는 집에 걸린 달 　　신 　덕
오래된 스님은 죽어서 이슬이 되고 　　　　　　　　　　도 　청

사람이 탄 말이 가라앉는 연못은 있다. 　　　　　　　　신 　덕
작은 이불에 뱀의 한이 서려있는 비늘형태 　　　　　　도 　청

혼란한 마음에 달이 유혹하면 재빨리 　　　　　　　　　도 　청
꼬리를 끌고 숲 아래의 풀로 　　　　　　　　　　　　　이 　춘

---

47) 1666년.
48) 1645년.

| 남편은 야마부시여승을 부르는 소리 | 신 덕 |
| 오로지 뱀장어가 되어 일곱 번 감고 | 도 청 |

| 뼈로 만든 칼의 도자기 날밑 약하다 | 기 각 |
| 야윈 말 그림자에 채찍질하고 | 도 청 |

| 메아리가 며느리를 안고 사라진다. | 기 각 |
| 참고 견디는 사람은 지장으로 밝게 살아간다. | 도 청 |

| 솥을 쓴 사람은 참고 헤어지고 | 기 각 |
| 망치를 아이라고 안는 환영의 그대[49] | 도 청 |

| 지금 그 도마뱀은 금색의 왕 | 협 수 |
| 소매로 들어가는 용꿈을 꾸었겠지[50] | 도 청 |

이들 작품의 어떤 것은 익살임에 틀림없다. 그러나 '야윈 말의 그림자'라느니 '망치를 아이로 안는'다는 것의 느낌은 당시의 괴담 소설보다도 오히려 무서울 정도다. 바쇼는 쇼풍을 수립한 뒤, 대부분 귀취에는 인연을 끊어 버렸다. 그러나 무상의 뜻을 품은 작품은 가령 귀취가 아니라고도 해도, 항상 말해야만 하는 귀기를 띠고 있다.

해골 그림에
저녁 바람에 추석 등도 풀이 떨어져
혼마주마[51]의 집에, 해골들의 피리, 북을 준비해 노하는 곳을 그려,

---

49) 망치를 사랑하는 여인으로 착각하고 안는 환영의 그대.
50) 내안으로 들어오는 같은 남성과의 사랑을 꿈꾸었겠지. 아니면 꿈꾸고 싶다는 등의 의미인 듯.

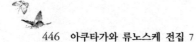

벽에 걸거나 (하략)

번개로 얼굴에 억새의 이삭[52]

(대정 12년-13년)

---

51) 大津의 能大夫(노에서 상급연예인). 膳所의 能役者. 통칭은 佐兵衛.

52) 혼마주마가 집에 해골들이 부는 피리와 북을 준비해 노하는 것을 그려, 무대 벽
에 걸기도 한다. 실로 생전의 유희, 어째서 이 노는 것이 다른가. 이 두개골을 베
게로 결국 꿈과 현실을 이해했다는 것. 단지 이 생전을 시사한 것이다. 바쇼 만
년의 우울함을 엿볼 수 있다.

속 바쇼잡기(続芭蕉雜記)

김정숙

❖ 1. 사람 ❖

나는 바쇼(芭蕉)가 한어(漢語)에도 새로운 생명을 불어넣었다고 쓰고 있다. 「개미는 6개의 다리를 갖는다」는 문장은 어쩌면 낯설지도 모르겠다. 그러나 바쇼의 하이카이(俳諧)는 자주 번역에 가까운 모험에 공을 들이고 있다. 일본 문예에서는 적어도 「빛은 언제나 서양으로부터 왔다.」 바쇼 역시 이 예에서 빠지지 않는다. 바쇼의 하이카이는 당대 사람들에게는 아마도 근대적이었을 것이다.

차가운 벽을 배개 삼아 자는 낮잠인가[1]

「벽을 배고」라는 말은 한어에서 가져온 것이다. 「벽을 배고 잠(踏壁眠)」이라는 성어를 이용한 한어는 물론 적지 않을 것이다. 나는 무로우사이세이(室生犀星)와 함께 이런 바쇼의 근대적 취미를 당대의 한 시대를 풍미한 이유로 치고 있다. 그러나 시인 바쇼는 일면 「처세」에도 뛰어났다. 바쇼에 필적하는 많은 하이징 ― 본쵸(凡兆)、죠쇼(丈艸), 이

---

1) ひやひやと壁をふまへて昼寝かな.

넨(惟然) 등은 모두 이 점에서는 바쇼에 미치지 못한다. 바쇼는 그들처럼 천재이었음과 동시에 그들보다도 훨씬 세상물정을 잘 아는 사람이었다. 기카쿠(其角), 쿄로쿠(許六), 시코(支考) 등이 그에게 감복한 것은 그의 하이카이가 뛰어났던 것도 결코 적지 않을 것이다. (세상 사람들이 말하는 소위 「덕망」같은 것은 적어도 그들을 다스리는데 아무런 도움이 되지 않는다) 또 그의 처세의 능숙함도 — 어쩌면 그의 영웅적 수완으로 교묘히 그들을 농락했을 것이다. 바쇼가 세상물정에 통달했던 것은 그의 담림(談林)시대의 하이카이를 잠깐 살펴보면 된다. 또는 그의 편지에도 동서(東西)의 문하생을 조종한 그의 날카로운 기백를 엿볼 수 있을 것이다. 마지막으로 그는 겐로쿠 2년(1689년)에도 「오쿠노 호소미치」2)의 여정에 올랐을 때도 이런 구를 지은 「만만찮은 사람」이었다.

　여름날 산에 나막신께 절하는 길떠남인가3)

　「여름날 산」으로 보나, 「나막신」으로 보나, 더구나 「길을 떠남」이라고 말한 기세에서도 또한 「만만찮은 사람」이었던 잇사(一茶)도 파랗게 질렸을지도 모른다. 그는 정말로 「사람」으로서도 문예적 영웅의 한 사람이었다. 바쇼가 머무른 무상관은 바쇼 숭배자가 믿는 것처럼 아주 연약한 감상주의를 내포한 것은 아니다. 오히려 될 대로 되라는 용기로 가득찬 물러설 줄 모르는 외길이었다. 바쇼가 가끔 하이카이조차 「평생의 여기」라고 부른 것은 반드시 우연은 아니었을 것이다. 아무튼 그는 후대에는 물론 당대에도 좀처럼 이해되지 않았던 (숭배를 받은 적이 없다고는 말할 수 없다) 대단한 자포자기의 시인이었다.

---

2) 마쓰오 바쇼가 1689년 3월 27일 에도[江戸]를 떠나 그해 9월 6일 오가키에서 이세[伊勢]를 향해 출발할 때까지 약 150일 동안 2,400㎞에 이르는 여행 기록이다.
3) 夏山に足駄を拝む首途かな.

❖ 2. 전기 ❖

　바쇼의 전기는 세부까지 확실히는 알 수 없는 것 같다. 하지만 나는 대체로 아랫도리로 요약된다고 믿고 있다. — 그는 간통을 저지르고 이가(伊賀,지금의 미에현 북서부)를 도망쳐 숨어 지내다가 에도(江戶)에 와서 유곽 등을 출입하면서도 어느새 근대적(당대의) 대시인이 되었다. 더욱 확실히 해 두기 위해 덧붙이자면, 몬카쿠(文覚)[4]조차 두렵게 했던 사이교(西行)만큼의 육체적 에너지가 없었던 것은 확실하고, 또한 자신의 아이를 마루에서 차서 떨어뜨린 사이교만큼의 신경질적인 에너지도 없었던 것은 확실하다. 바쇼의 전기도 모든 전기와 마찬가지로 그의 작품을 제외하면 특별히 신비적이지도 않고 아무것도 아니다. 아니 어쩌면 사이교의 「오키미야게 (置土産)」[5]에 나오는 탕아의 일생과 크게 다르지 않다. 단지 그는 하이카이를 — 「그의 일생의 여기」로 남겼다. ……

　마지막으로 그를 낳은 이가(伊賀)지방은 「이가야키」인 도자기를 생산한 지방이었다. 이러한 지방의 예술적 공기도 봉건시대에는 그를 탄생시키는데 어쩌면 힘이 되었을 것이다. 나는 어느새 이가의 향합(香合)에서 뱃심두둑하면서 은근한 멋이 있는 바쇼를 느꼈다. 선승은 자주 칭찬 대신에 폄하하는 말을 한다. 이러한 마음은 바쇼를 대하는 우리에게도 있는 것을 느끼지 않을 수 없다. 그는 실로 일본이 낳은 300년 전의 대모험가였다.

---

4) 헤이안(平安)말기의 무사 遠藤盛遠의 출가명.
5) 「西鶴置土産」. 우키오조시(浮世草子).1693년 간행.

❖ 3. 바쇼 의 비책 ❖

　바쇼의 비책은 시적으로는 죠쇼(丈艸) 등에게 전해지고 있다. 그리고 — 이 시대의 시인들에게도 어쩌면 전해지고 있을지 모른다. 그러나 생활적으로는 이가(伊賀)처럼 산이 많은 시나노(信濃)의 대시인이었던 잇사(一茶)에게 전해질 뿐이었다. 한 시대의 문명은 어느 시인의 작품을 지배한다. 잇사의 작품은 바쇼의 작품과 같은 경지에는 도달하지 못했다.

　하지만 그들은 모두 「자포자기」로 관철되고 있었다. 바쇼의 제자였던 이넨(惟然)도 또 어쩌면 이런 사람이었을지 모른다. 그러나 그는 잇사처럼 대담하고 뻔뻔한 근성을 갖고 있지는 않았다. 그 대신 잇사보다는 가련했다. 그의 풍광(風狂)은 연극으로 볼 수 있는 멋이나 취미 같은 것은 아니다. 그에게는 그의 가족은 물론, 그의 목숨까지 내건 풍광(風狂)이었다.

　　청명한 가을 하늘 오니츠라의 밤이로구나.

　나는 이 구를 이넨의 작품 중에서 결코 명구라고 생각하진 않는다. 그러나 그의 풍광은 이 구 안에서도 볼 수 있다고 생각하고 있다. 이넨의 풍광을 즐기는 자는 — 특히 경묘(輕妙)를 즐기는 자는 마음껏 감탄해도 좋다. 하지만 내가 믿는 바에 따르면, 거기에 우리가 감동한 것은, 지금껏 바쇼에게는 이르지 못한, 바쇼에 근접한 어느 시인의 통곡이다. 만일 그의 풍광을 「어지럽히고 있다」고 말하는 비평가라도 있으면 나는 이 비평가에게 마음껏 경의를 표할 것이다.

　추기 이것은 「바쇼잡기」의 일부가 될 것이다.

（1927년 7월）

[속 바쇼잡기]보집([続芭蕉雜記]補輯)

손순옥*

❖ 1. 종사(宗師) ❖

바쇼(芭蕉)는 불세출의 천재인 동시에 그 시대 한 유파의 최고의 스승인 종사(宗師)였다. 옛 부터 천재는 하나같이 더러운 거리에서 병고에 시달리면서 죽었다. 그렇다고 천재였던 것이 반드시 위대한 스승이었던 이유는 아니다. 시키 거사(子規居士)는 그 「바쇼 잡담」 속에, 바쇼가 큰 명성을 얻은 까닭을 하이카이(俳諧) 그 자체의 「평민적」 경향과 바쇼 그 사람의 「지식덕행」으로 돌리며, 더욱이 「그것은 하이카이 유파의 개조(開祖)로서의 바쇼이며 문학자로서의 바쇼는 아니다」라고 했다. 종사로서의 바쇼가 천재인 바쇼와 자연히 취향을 달리하는 것은 참으로 시키 거사가 언급한 그대로이다.

확실히 해두기 위해 되풀이 말씀드리면 바쇼는 불세출의 천재임과 동시에 또한 당대의 대 스승이었다. 한 시대의 종사가 된 까닭은 물론 여러 가지로 헤아려 볼 수 있을 것이다. 예를 들면 바쇼가 사이교(西行)

* 한국외국어대학교 대학원 · 문학박사 · 중앙대학교 인문대학 명예교수.

처럼 행각삼미(行脚三昧)를 사랑하거나, 고담(枯淡)한 생애에 안주하기도 한 것도 예부터 지금까지 감상적인 대중들의 감루를 자아내게 했을 것이다. 그러나 종사된 다음에 가장 힘이 있었던 것은 태생적인 스승이었다는 것이다. 만약 스승이라는 말을 사용하지 않으려면, 태생적인 선생으로 바꾸어 말해도 좋다. 바쇼는 시키 거사도 「바쇼 잡담」 속에 「바쇼가 제자를 가르치는 것은 공자가 제자를 가르치는 것과 같다. 각자를 향해서 절대적인 논리를 설파하는 것은 아니다. 소위 사람을 보고 법(法)을 설교하는 자이다」라고 한 것과 같이 문하(門下)의 용상(龍象)을 가르치는 것에 독특한 수완을 갖추고 있었다. 무카이 쿄라이(向井去来)의 「쿄라이쇼(去来抄)」 모리카와 쿄리쿠(森川許六)의 「하이카이 문답」 등은 분명히 이 사실을 증명하는 것이다. 지금 시험 삼아 「하이카이 문답」 중의 「자찬지론(自讚之論)」의 일절을 인용하면,

「그 때 바쇼 옹(翁)이 말하기를, 내일은 4월 초하루로 면(綿)을 넣은 겹옷으로 갈아입는 '고로모가에'이다. 구(句)가 있을만하다며 듣고 싶어 하셨다. 삼가 명을 받들어서, 삼사구(三四句)를 토출(吐出)한다고 해도 스승의 입맛에 맞을 수는 없다. 스승님이 말하길, 당시 여러 제자 및 타문(他門)과 함께, 하이카이를 확실히 하여 다다미 위에 앉아, 못과 자물쇠로 굳게 잠근 것과 같다. 이것은 명인(名人)이 놀 곳은 아니다. 쿄시가 생각하는 바도 이것이다. 풍아(風雅) 외에 쿄시가 얻은 예능을 고찰해라. 명인은 위태로운 곳을 즐긴다. 하이카이도 이와 같다. 실수해서 안 되는 마음은 어디까지나 갖고 있어, 이것이 초보자의 마음으로 전문가의 배짱은 아니다. 스승이 올 새해 아침에

「해 바뀌었네 원숭이에게 씌운 원숭이가면」

(해가 바뀌어서 정월이 되면 원숭이에게 재주를 부리게 해서 돈을 버는 사루마와시가 찾아온다. 설령 그 원숭이에게 새로운 원숭이탈을

씌우고 봐도 원숭이는 원숭이다. 전혀 내용이 바뀌는 것은 아니다. 사람도 또한 마찬가지다. 새해로 바뀌어도 보여준 바로 아무것도 바뀐 보람이 없는 것이다)

「라는 구는 완전히 잘못된 구다. (중략) 내가 말하길, 명인인 스승님도 실수가 있는 것인가? 답하시기를 매 구마다 있다. 나는 이 한 마디를 듣고서 크게 깨달았다」

더욱이 또 무카이 교라이(向井去来)가 정리한 하이카이 논서(論書)인 「교라이쇼(去来抄)」의 일절을 인용하면,

「그늘에 누워/ 나누어 잡고 싶네./ 늘어진 벚꽃 (아래 그늘에 누워라는 것은 그늘에 눕히고 있는 것을 말한다) 수양 벚나무(糸桜)의 가지는 계속 아래로 늘어지기 때문에, 그 아래에 누워있다고 하면 결국 가지를 나누지 않으면 안에 갇혀 버린다고 하는 것이다. 졸작의 한 구절이지만 이를 그 자신의 문집에 채록했으므로 여기에서 화제가 됐다.

「스승이 거리에서 교라이(去来)에게 말씀하시기를, 요즘 기카쿠가집(其角歌集)에 이 구(句)가 있다. 어떻게 생각하여 문집에 넣었는가? 교라이(去来)가 말하기를, 수양버들이 가득히 핀 것을 잘 말씀하신 것이 아닌가? 스승이 말씀하시기를, 충분히 모두 말해서 뭐가 남을 수 있는가? 교라이는 여기서 명심할 것이 있었다」

모리카와 쿄리쿠(森川許六)에 대한 바쇼의 태도는 노파심이 극에 달해있다. 그러나 교라이에 대한 바쇼의 태도는 선가(禅家)의 봉갈(棒喝)로 꾸짖는 경우는 없다. 또한 바쇼는 기선(機宣)에 합당한, 이러한 독특한 교수법 외에도, 너무나 하이카이의 아버지다운 무한한 온정을 갖추고 있었다. 「가을바람에/ 부러져 애달파진/ 뽕나무 가지」(가을바람에 뚝 불어져 슬픈 뽕나무 가지 뽕 나무는 병 꽃나무 등과 마찬가지로 나무의 중심에 공동(空洞)이 있어서 무른 것이다. 의지할 지팡이이로도 삼

고 있었던 람란(嵐蘭)은 그 뽕 나무처럼 가을바람에 뚝 부러져서 버렸던 것이다. 빵 뚫린 마음의 공동을 어찌 할 바도 없는 것이다)라고 하며 「소매 자락 색/ 더러워져 춥구나./ 쥐색 빛 상복」(소매 색깔 더럽고 을씨년스럽다 진한 쥐색상복 - 부친의 죽음을 슬퍼하면서 의기소침하고 있는 선화(仙化)의 모습. 선화가 입고 있는 쥐색상복(濃鼠)도 을씨년스럽고 그 소매는 꾀죄죄하다. 그것이 한층 슬픔을 불러일으킨다) 라고 하였다. 혹은 또 「무덤 움직여/ 내가 우는 소리는/ 가을날 바람」(문하생의 부형의 죽음(長逝)을 애도한 작품이 사람들을 처연하게 만드는 것은 반드시 잘 짓고 못 짓고의 문제가 아니다) 특히 나를 센티멘탈하게 하는 것은 이러한 바쇼의 일화(逸話)이다.

　　　　「엊그저께는/ 저산을 넘었었네./ 벚꽃 만발해　　　　쿄라이(去来)」

　　「이 구(句)는 「사루미노(猿蓑: 를 출판하기 2~3년 이전에 읊은 것이다. 바쇼 옹이 말씀하시기를, 「지금은 이 구(句)의 새로움을 아는 사람이 없을 것이다. 앞으로 1~2년 기다려야만 한다」 그 후, 선사는 토코쿠(杜国)와 함께 요시노 여행(吉野行脚)하셨을 때, 쿄라이(去来)에게 준 편지에, 어느 사람은 요시노를 벚꽃이 만개한 산이라고 하고 어느 사람은 「이건 이것은 라고 말할 뿐인 벚꽃 핀 요시노야마 (貞室)」 대체 이 벚꽃은 뭐야 라고 놀라는 것에 혼이 빼앗기어 다른 말이 없다. (이것은 요시노 산에 만개한 벚꽃의 아름다움에 감동한 나머지 할 말이 없는 상태를 나타내고 있다) 또한 기카쿠가 그저 벚꽃 판이라고 하는 데에 정신이 팔려 요시노를 제대로 읊은 구도 없었다. 「새벽달이여/ 벚꽃이 펼쳐놓은/ 산등성 넝쿨」이라고 읊은 경치에 마음을 사로잡혀서, 요시노(吉野)에 걸리는 홋쿠(発句)도 없었다. 다만 그저께는 저 산을 넘었다. 라고 매일 읊조리면서 갔습니다, 라고 되어 있다.

실제로 1~2년 빨랐는지 어떠했는지는 잠시 알지 않아도 상관없다. 하지만 「다만 그저께는 저 산을 넘었다. 라고 매일 읊조리면서 갔습니다」라는 한 행은 뼛속까지 스며드는 우아함을 내포하고 있다.

선생다운 바쇼의 특색은 그 외에도 몇 가지 더 헤아릴 수 있다. 그러나 위에 든 것만으로도, 바쇼가 얼마나 좋은 선생이었던가를 쉽게 수긍할 수 있을 것이다. 이러한 선생을 얻은 문하생들의 마음은 더 알아볼 필요도 없다.

❖ 2. 재인(才人) ❖

바쇼는 당대의 고승(高僧)을 거든히 문하생으로 거느리고 있었다. 이전의 사람들은 종종 이 사실을 들어, 바쇼의 덕망(德望)이 얼마나 컸던가를 역설하고 있다. 바쇼는 물론 덕망이 높았던 군자였을 것이다. 적어도 대인관계만은 가능한 한 평화롭게 지키려고 한 정신상의 경제가(経済家)이다.

「핫토리 토호(服部土芳) 왈(日), 사람에게는 반드시 높이 대우할만한 혈통이 많다. 지금 그 땅에 있어서는 안 된다고 원망이 있는 사람에게도 오가며, 노후에는 마음의 장애도 없어 보입니다」[1]

바쇼의 이 점 때문에도 문하생은 말할 것도 없고 타문(他門)의 하이진(俳人)에게조차 거의 적(敵)을 만들지 않았던 것은 의심할 여지가 없는 사실이다. 그러나 단지 이 때문에, 큰 스승이 되었다고 믿는 것은 견식이 좁은 시골학자의 견해를 벗어날 수 없을 것이다. 바쇼의 예술

---

1) 「土芳日、人是非に立てる筋多し。今その地に有るべからずと、恨み有るべき人の方にも行きかよひ、老後には心の障りもなくみえ侍るなり。」(土芳の『三冊子』).

은 하이카이(俳諧)이고, 하이카이는 여러 사람의 구(句)를 차례로 이어
서 맞추는 쓰케아이를 시도하는 것이다. 그런데 쓰케아이를 잘하고
못함은 와카(和歌) 제영(題詠)의 좋고 나쁨처럼 (쓰케아이도 실은 제영
(題詠)이다) 속되게 되기 쉬운 것임에 틀림없다. 아니, 와카와 하이카이
를 읊을 때 그 우열을 정하기 어려운 것은 검도(劍道)의 승부를 가리는
것과 같은 것이다. 바쇼는 이러한 쓰케아이의 역사에서 고금(古今)으로
독보적인 이름을 떨치고 있었다. 여러 사람들이 저절로 바쇼를 존경
하며 경외하는 마음이 우러나온 것은 이 때문이기도 했던 것이다. 적
어도 문하(門下)의 고승들이 바쇼에게 머리를 들지 못했던 것은 덕망보
다도 오히려 이 때문이다. 예를 들면 시시안 시코(獅子庵 支考)와 더불
어 쉽게 남들에게 양보하지 않았던 쿄리쿠(許六)의 「자찬지론(自讚之論)」
에 찾는 것이 좋다.

　「초학(初学)일 때는, 기타무라 기킨(北村季吟) 유파(流波)에 안내되었고,
중반에 담림풍(談林風)이 유행하여 급히 풍조를 바꾸어 교토(京都)에 있
는 다나카 쓰네노리(田中常矩) 법사(法師)의 문하생이 되어 하이카이를
짓는 일로 칠팔년 밤낮으로 침식을 잊고, 하루에 삼백운(三百韻) 또는
오백운(五百韻)을 토해냈다. 그 무렵 편찬되는 여러 문집에 걸쳐 만천
하의 하이카이를 필시 손아귀에 다 넣은 듯이 생각되었다. 쓰네노리
제자 중에 제일이라고 칭하는 여천(如泉)이란 사람은 나보다 훨씬 뒤떨
어진 문하생이다. (중략) 그 무렵 쓰네노리가 어떤 문집의 앞 구를 받
아서 뒷 구를 짓는 쓰케쿠(付句)에,

　　　「사물의 시의/ 장소에 따라서는/ 바뀌는구나.　前句」
　　　「나니와의 갈대를/ 이세에서 얻었네.　付句」[2]

──────────
　2) 오사카(大阪) 지방에서는 ‘갈대’를 「아시(葦)」라고 부르지만, 이세(伊勢: 三重県) 지

「라고 하는 구(句)가 있다. 뛰어나서 편찬하는 책에 넣는다. 우리 쪽은 이것을 취하지 않는다. (중략) 또 그 무렵 바쇼의 쓰케구에,

「들리는 구나/ 타곳에서 묘하게/ 물억새 소리   前句」
「나니와의 갈대는/ 이세의 여러 장소   付句」

「라고 하는 구가 있다. 이를 뛰어난 작품이라 생각되어 바쇼의 능숙함으로 칭한다. (중략) 그 무렵의 만천하의 바쇼를 옹(翁)이라 칭하며 드디어 명인(名人)의 호(号)를 사해에 퍼뜨려 소문이 낫다. 나는 이 사람의 재능을 보려고 나와 견주어 보았을 때, 좀처럼 당할 수 없는 고수이다. 날마다 명인으로 발전할 사람이다 원하건 데 한번 대면하여 하이카이 새로운 풍을 듣고 싶다고(하략)」

「나니와의 갈대」라는 구를 토해 낸 것은 당시 아직 담림 풍(談林風)에 심취해 있었던 삼십 사오세의 바쇼이다.(앞 구를 읊은 작자는 신토쿠(信德)이다) 이 쓰케구의 주석(註釈)은 히구치 이사오(樋口功) 씨의 「바쇼연구」에서 다 해놓고 있다고 할 만하다. (같은 책 후편, 제3절 백운(百韻)시대) 만약 부질없이 덧붙인다면 안마사 같은 요모이치의 이름을 「나미와의 아시는/ 이세의 하마오기」의 '하마오기'로 바꾼 교활한 수단은 오른쪽으로 가면 골계(滑稽)가 되고, 왼쪽으로 가면 괴이해지는 간발의 기묘한 사정을 포착한 것이다. 이를 두고 재인(才人)이라 하지 않으면 무엇을 재인이라고 칭할 것인가? 나아가 바쇼 풍을 개척한 41세의 바쇼 작품도 여전히 그 점은 같다.

방에서는 「하마오기(浜荻)」라고 하고 있기 때문에, 같은 물건이라도 장소가 다르면 호칭도 바뀐다고 하는 것이다. 또 【지방(土地)】에 따라서 풍속, 습관 등도 바뀌는 것이라고 하는 것의 예를 말한다. 같은 의미를 말하는 속담에 「장소가 달라지면 풍속이 달라진다.(所変われば品変わる)」가 있다.

　　　울타리까지/ 밀려온 쓰나미에/ 휩쓸려가네　　荷兮
　　　부처를 잡아먹은/ 물고기 뜯겨졌네　　芭蕉

「부처를 잡아먹은」은 고다 로항(幸田露伴) 씨의 설명처럼 물에 빠진
사람을 먹었을 것이다. 이것은 물론 담림 풍처럼 익살이나 재담을 부
리지 않았다. 그러나 이어 맞춘 방법의 훌륭함은 의연한 재인의 면목
을 드러내고 있다.

　　　휘둘러보니/ 뚜껑 닫히지 않는/ 열려진 궤짝　　凡兆
　　　암자에 잠시 있다/ 깨뜨리고 갔구나.　　　芭蕉

「참새는 백 살이 되어도 춤추는 것을 잊지 않는다」라는 것은 실로 쉰
살이 다되어가는 바쇼의 쓰케쿠 짓는 재기(才氣를 두고 하는 말이다.

❖ 3. 우상(偶像) ❖

바쇼는 오사카에서 죽자마자 곧 우상화되기 시작했다. 아니, 우상화
된 것만이 아니다. 수많은 신(神)과 조금도 다르지 않는 하이카이의 신
(神)으로까지 되기 시작한 것이다. 이 바쇼의 신격화는 그 자체가 흥미
진진한 문제다. 어떻게 바쇼는 그리스도와 같은 기적을 행하게 된 것
일까? 어떻게 여러 지방의 농민과 소상공인은 바쇼의 사당을 숭상하
게 되었는가? 또 어떻게 바쇼의 문하생들도 그리스도의 12 사도처럼
장엄함을 띠게 되었는가? 그러한 연구는 하이카이뿐만 아니라 일본의
토속(土俗)을 밝히는 데에 있어서도 매우 유익한 것이 될 것이다.
　바쇼는 세속의 평판 등에 신경 쓰지 않은 우상 파괴자다. 수많은 하

이카이 우상을 파괴해 온 것은 말할 것도 없다. 「하이카이는 만엽집의 마음이다. 당나라와 명나라의 모든 중화의 호걸에게도 부끄러울 바가 없다」라고 호언했던 바쇼이다.

「읽어보아 나쁜 책이란 없다. 유불(儒仏)부터 국서(国書) 외에 요곡(謠曲)과 죠루리본(浄瑠璃本)도 보아야한다」고 큰소리 친 것도 바쇼다. 타문(他門)과 교류하는 것도 「나쁘지 않다. 교류해서 나쁜 것은 도박꾼과 도둑일 뿐이다」라고 갈파한 것도 바쇼이다. (아니, 도박꾼과 도둑조차 바쇼는 반드시 뱀과 전갈처럼 배척하지는 않았을 것이다) 이러한 우상 파괴자 자신이 금세 우상화된 것은 모든 천재의 운명이라고 할지라도 너무나 비참한 희극이다.

이 우상숭배에 호된 일격을 가한 것은 마사오카 시키(正岡子規)의 「바쇼잡담」이다. 「바쇼잡담」은 바쇼의 면목을 모두 설명한 것이 아닐지도 모른다. 그러나 바쇼의 머리에서 빛나는 빛을 분쇄해 버린 것은 사실이다. 이것은 수많은 바쇼당(芭蕉堂)을 만들고, 바쇼의 기일을 기리기보다도 200년 전의 우상 파괴자에게는 알맞은 공양이었다고 할 만하다.

그러나 바쇼에 대한 우상숭배는 아직 흔적을 다 지운 것은 아니다. 제대로 마사오카 시키는 일격에 하이카이의 신(神)을 박살냈다. 하지만 신을 박살낸 뒤에도, 성자(聖者)는 의연히 남아있다. 예를 들면 요시다 겐지로(吉田絃二郎) 씨의 「바쇼(芭蕉)」는 전하기에 충분한 소설이다. 그런데 작품 속에 그려진 바쇼는 언제나 묘하게 가라앉아 신소리하나 입에 담지 않을 것 같은 몹시 감상적인 성자이다. 오만한 가가미 시코(各務 支考)나 모리카와 교리쿠(森川 許六)도 이러한 바쇼의 설교에 과연 잘 따를 수 있었을까? 아니, 나도 이러한 바쇼를 완전히 일축하는 것은 마다하지 않는다.

고인(古人)은 청운(青雲)이 낮게 드리운 저 끝자락에 하이카이 신을 건립했다. 오늘날의 사람들은 여학교 운동장 구석에 하이카이 성자의 비석을 건립하고 있다. 만약 그 하나를 고르라고 한다면, 나는 오히려 성자보다는 신을 고르겠다. 요시다 겐지로 씨의 바쇼보다는 하이카이 전설집인 「행각괴담대(行脚怪談袋)」나 「하이카이 수호전(俳諧水滸伝)」의 바쇼를 고르고 싶다.

❖ 4. 기질 ❖

　바쇼는 대체로 그럴듯한 유덕한 은둔자처럼 생각되고 있다. 하지만 요시다 겐지로 씨의 소설 ≪바쇼≫의 주인공처럼, 침울하기 쉬운 사람은 아니었던 것 같다. 정말 바쇼에게는 「식후, 촛불을 빨리 꺼야 한다고 말씀하신다. 밤이 깊어가는 것이 눈에 보여서 마음이 조급하다고 하신다」라는, 유명한 일화도 전해지고 있다. 그러나 이것은 바쇼만은 아니다. 우리들도 또 기둥시계를 앞에 두고 이어 맞추는 구(句)인 쓰케아이를 궁리하려면 반드시 「시계를 떼어내야 한다. 밤이 깊어가는 것이 눈에 보여서 조급하다」라는 말들을 했을 것이다.

　그 밖에도 하이진 오가와 하리쓰(小川破笠)는 이치카와 하쿠엔(市川柏筵)의 일기인 「노인의 즐거움」안에 이러한 일화를 전하고 있다. 「핫토리 란세츠(服部 嵐雪) 등도 하이카이에 대한 정 외에는 바쇼 옹을 떠나 달아나고 싶어 합니다. 특별히 긴장되어 재미없기 때문입니다」

　그러나 어떠한 제자도 그 사숙하는 스승 앞에서는 다소 긴장하게 되는 것이다. 실제로 나쓰메 소세키 선생은 매우 유머가 풍부했다. 하지만 문하생인 우리들이 긴장했던 것은 분명하다. 하물며 오가와 하리쓰이든 핫토리 란세츠이든 근엄함을 유지했던 군자는 아니다. 누구나 신시 키카쿠(晋子 其角) 등의 식객이 되어 있었던 풍류 무쌍한 재주

꾼이다. 그렇기에 그들이 「하이카이에 대한 정 말고는 도망치고 싶다」
는 것은 더욱 당연한 것이다.

무엇보다도 바쇼가 인생무상을 느끼고 있었던 것은 분명하다. 적어
도 종종 인생무상을 설교하였을 것이다. 인생은 무상한 것임에 틀림
없다. 그것을 무상 무상이라고 여러 번 반복하는 것은 아무리 바쇼 암
(芭蕉庵)에 살고 있는 바쇼라 하여도 꽤나 담론스님의 말투와 유사한
견식이 부족한 행위라 할 만하다. 하지만 조금 바쇼를 위해 변호하는
수고를 한다고 하면 바쇼가 현세에 산 것은 이른바 겐로쿠(元祿)의 황
금시대이다. 이 호사스런 당대의 풍조는 저절로 바쇼로 하여금 더러
운 세상을 떠나게 하는데 박차를 가했을 것이다. 뿐만 아니라 바쇼 자
신의 경우도 인생의 전반에 담림풍(談林風)의 하이카이를 사랑한 만큼,
더더욱 덧없는 인생관을 가질 수밖에 없었을 것이다. 이러한 사정을
고려하면, 바쇼가 무상을 역설한 것도 하나의 무리가 아닐지도 모른
다. 그러나 바쇼의 기질에 우울이라는 각인을 찍기에는 충분한 증거
가 되지 못한다.

마지막으로 바쇼는 작품 속에 종종 무상을 언급하고 있다.

❖ 5. 해학 ❖

바쇼는 세상 사람들이 생각하고 있는 만큼 쓸쓸한 사람은 아니었던
것 같다. 오히려 모든 천재들과 마찬가지로 매우 해학을 좋아한 것이
다. 이러한 사실을 증명하는 예는 「去来抄」 등에 전해진 일화 속에도
적지 않다.

「바쇼 옹이 늘 감탄하신 교카(狂歌)가 있다. 올라온다는 소식이 없다
면은 나루가미(鳴神)의 저 우물 바닥에서 죽었음직도 하다. 작자미상」

「미카와(三河)의 새로운 성에서 시코와 아마노 토린(天野 桃隣)도 동석 했을 때, 시라유키(白雪)가 묻는다. 고사(故事)는 어떻게 사용하시면서 새롭게 하시는 것인지요? 바쇼 옹이 말하기를, 어느 가선(歌仙)에

솔개가 덥석 물어대는 북쪽의 하시쓰메에

스케쓰네는 무운이 강한 사나이로서

적을 치는 계략, 이러한 형용도 있어야 할 것이다. 많은 세월동안 노린 것에 행운이 많은 구도(工藤)다. 겐큐(建久) 4년(1193년) 5월 28일까 지 살아남지 않는다고 비웃었지만, 이것조차 유품이 된다」

「바쇼 옹이, 어떤 곳에서 회의 중반에 자리를 떠나 화장실에 오래 계셨기에 몇 번이나 불렀지만, 약간 시간이 지나서 손을 씻고, 입을 헹구고, 웃으면서 말하기를, 인간의 인생은 50년이라고 말했다. 나는 25년 동안이나 화장실에 오래 살았다는 등등」

「시코(支考)가 말하기를 사가(嵯峨)에 있었던 교라이(去来)의 주거지인 라쿠시샤(落柿舎)에 놀러가 담소하는 김에, 수도인 교토에는 쇼몽(焦門) 이 드문 것을 한탄했을 때, 바쇼 옹은 예의 웃음을 웃으며 우리 집 하 이카이는 서울 땅에 어울리지 않는다. 메밀국수 국물의 달콤함도 알 아야 한다. 무의 매운맛에 산채의 매운맛이 알랑거리는 냄새마저 예 와 닮은 것이 아닐까. 이 후에 장부가 고집을 다 씻어내고, 강건하든 유순하든, 하이카이는 오늘날의 격식 차리지 않은 보통이야기 라는 것을 안다면, 비로소 라쿠시샤(落柿舎)의 구 짓기 동료가 되어 일반 명 부에 들어올 수 있다 고 했다」

뿐만 아니라 바쇼의 하이카이에도 해학을 농하는 구는 물론, 지구 치(地口)라고 하는 언어유희와 익살이 많은 것은 이미 주지의 사실이 다. 그것도 세상 사람들이 생각하고 있는 것처럼, 담림(談林)의 영향 아 래 만든 초기의 구(句)정도로 그치는 것은 아니다. 겐로쿠(元禄) 이후의

구(句) 중에도 이러한 예는 가을 야산의 메추라기처럼 산재해 있다.

특히 「메꽃에 누워/ 낮잠을 자고 있는/ 이부자리 산」이라는 구(句)는 바쇼가 오사카에서 입적한 겐로쿠 7년의 작품이다. 그렇다면 바쇼는 죽음에 이르기까지 해학을 좋아했다고 할 만하다.

만년의 바쇼는 그윽한 유겐(幽玄)을 사랑하고, 여정(余情)이 드러나는 사비시오리를 주창했다.

❖ 6. 지나 ❖

엔보(延宝, 1673~1680)년간의 바쇼는 담림풍(談林風)의 하이진이다. 그러나 죠쿄(貞享, 1684~1687)년간의 바쇼는 이미 담림풍의 하이진은 아니다. 즉 엔보(延宝)부터 죠쿄(貞享)에 이르는 덴나(天和,1681~1683)년간의 바쇼암에서의 그는 손바닥을 떠난 독수리처럼, 담림풍의 유파에서 완전히 벗어나 버린 것이다.

담림풍의 권외로 완전히 벗어난 것은 물론 바쇼의 천재성에 의한 것이다. 그러나 바쇼는 다른 사람도 인정하며 스스로 재능을 타고났던, 쟁쟁한 담림풍의 하이진이다. 이러한 바쇼로서는 다른 사람보다도, 담림풍의 권외로 완전히 벗어나는 것은 곤란했던 것임에 틀림없다. 이 쇠사슬을 끊었던 것은 — 그것도 천재성이라고 해 버리면, 간단하다. 하지만, 좀 더 들어가 보면, 바쇼의 천재성도 어떤 계기가 인연되어 눈이 뜨인 것으로 생각해야 한다. 그럼 그 기연은 무엇이었던 것일까?

이 답도 마찬가지로 간단하다. 반드시 고인의 예술은 저절로 두각을 나타낸 것이리라. 그러나 바쇼는 와카를 사랑하고, 요곡을 사랑하고, 책을 사랑하고, 또 그림도 사랑했다. 40세에 가까운 덴나 년간의 바쇼에게서 나름의 바쇼풍의 고담한 빛을 발하게 한 것은 그것들 가운데 무엇에서 비롯된 것일까? 이것도 또 그 모두라고 답해버리면 수고를 더는 일이다. 그럼 가장 직접적으로 바쇼의 천재성의 개안(開眼)에 힘이 되었던 것은 무엇일까?

덴나 년간에 바쇼가 쓴 작품은 매우 중국문학의 냄새를 풍기고 있다. 무엇보다도 「한자를 수집하고, 시를 듣게 되고, 또는 하이카이의 음수율이 규정을 넘는 지아마리(字余), 단숨에 이야기할 수 없는 일」(역대 골계전)이 된 것은 반드시 바쇼가 시작한 것은 아니다. 그 보다는 당시의 하이카이를 풍미한 유행이라고 할 만하다. 그러나 바쇼는 분명히 이러한 중국문학의 영향이 골수에 스민 한 사람이다. 하이카이 찬집인 「미나시구리(虛栗)」의 「수염 날리며/ 초저녁 탄식하네/ 누구자식 인지」[3] 「잠옷 검구나/ 하늘에 날리는/ 흰 눈 보겠네」 등의 중국문학의 성향은 두 말할 나위도 없다. 일찍이 바쇼 풍을 수립한 47세의 바쇼조차 다음의 작품을 남기도 있다.

　　종소리 끊겨/ 꽃향기 종을 치는/ 저녁이구나.

이것은 주음산(朱飮山)의 소위 도치법을 하이카이에 시도해본 것이다. 예를 들면 다음의 예에 비교하는 것이 좋다.

　　紅稻啄殘鸚鵡粒　碧梧樓老鳳凰枝

---

3) 「늙은 두보(杜甫)를 추억하는」 것이다. 저 구레마릇(巾)을 가을바람(秋風)에 날리는 채 팔랑팔랑 나부끼게 하고 가을 저녁 무렵 인생의 황혼(黃昏)을 시(詩)에 의탁하고 있는 저 분은 도대체 누구일까? 하이카이(句)의 의도는 어찌되었든, 작자자신은 원기 가득하다.

이 저명한 杜少陵의 렌구(聯句)는 물론 의미를 이해하기 위해서는 「鸚鵡啄残紅稲粒 鳳凰楼老碧梧枝」로 두 개의 구 모두 명사를 바꾸어 넣어야 한다. 바쇼의 구도 의미를 이해하기 위해서는 「종이 울리고/ 꽃향기 사라지는/ 저녁이구나」로 동사를 바꾸어 넣어야 하는 것은 완전히 위의 예와 같은 것이다. 이것을 암합(暗合)이라고 해버리면 그럴 수 있지만 만약 내가 말하듯이 도치법을 사용한 것이라면, 바쇼가 받아들인 중국문학의 영향은 상당히 컸다고 해야 할 것이다.

더욱이 하나 더 예를 들면, 바쇼는 「미나시구리」의 발문 뒤에 「芭蕉洞挑青」이라고 서명하고 있다. 「芭蕉庵挑青」은 반드시 중국문학의 취향을 띄는 것은 아니다. 그러나 「芭蕉洞挑青」은 「凝烟肌帯綠 映日瞼糇紅」의 시 속의 취향을 갖추고 있다. 특히 「동(洞)」자를 사용한 바쇼가 얼마나 중국문학에 심취하고 있었던가는 누구나 간파할 수 있을 것이다.

바쇼가 중국문학에 기울었던 것은 앞에 기술한 그대로이다. 그것도 그 중국문학의 성향이 가장 넘쳐났던 것은 이전 사람도 이미 지적한 대로 「차운(次韻)」 하이카이찬집인 「武蔵曲」「虚栗」 등을 출간한 덴나(天和)년간이다. 그렇다면 가장 바쇼의 천재성을 개안하는데 효력이 있었던 것도 중국문학이라고 말할 수 있을지도 모른다.

참으로 바쇼의 앞 구에 이어 맞추는 구인 쓰케아이의 뛰어난 솜씨는 한 시대의 장관을 이룬다. 하지만 설령 바쇼 자신은 「홋쿠(発句)는 문하생 중에, 나에게 뒤떨어지지 않는 구를 짓는 사람이 많다. 쓰케아이에 있어서는, 늙은이인 내가 기둥이라 하더라도 바쇼의 홋쿠는 쓰케아이보다도 서투르다 할 바는 아니다. 원래 쓰케아이라고 하는 것은 와카(和歌)의 제목을 정해놓고 짓는 제영(題詠)과 닮은 것이다. 하긴

「網代」라든가 「寄霜恋」이라든가 하는 제(題)는 반드시 쓰케아이의 앞 구처럼 작품의 일부가 되는 것은 아니다. 그러나 앞 구는 제(題)처럼 뒤 구의 내용을 구속하는 것이다. 또한 바쇼풍(蕉風)의 쓰케아이처럼 한 구(一句)씩 독립된 흥취가 있을 때에는, 앞 구는 한층 더 제(題)에 가까운 성질을 띠어야만 한다. 그런데 와카의 제영(題詠)은 초보자에게도 우열이 보이기 쉬운 것이다. 이것은 물론 제(題)라고 하는 울타리가 쳐져 있기 때문에, 그 울타리를 뛰어넘는 난이도 여하에 따라 저절로 우열을 가늠할 수 있는 것이다.

이 계통에 밝은 것은 가키노 모토노 히토마로(柿本人麿), 이즈미 시키부(和泉式部), 호소카와 유사이(細川幽斎) 등의 가인(歌人)에 관한 전설이다. 이들의 가인의 전설에는 난제가(難題歌)를 읊었기 때문에, 어떠했다는 등의 이야기가 많다. 이런 이야기도 필경 초보자는 난제라고 하는 장해물 이외에, 가인의 대소(大小)를 헤아려보는 척도를 가지고 있지 않기 때문일 것이다. (기우가(祈雨歌)를 읊었다고 하는 전설은 한층 더 이러한 초보자의 생각을 반영하고 있는 것이다. 과연 비를 내리게 하는 것은 「반빗불의 재」를 노래로 읊는 거보다도 다소 곤란할지도 모른다) 제영(題詠)의 초보자를 굴복시키는 바는 동시에 또 쓰케아이의 초보자를 굴복시키기 때문이다.

물론 바쇼의 쓰케아이에 천하무쌍을 인정한 것은 초보자뿐이었던 것은 아니다. 하지만 초보자라거나 전문가라고 하는 것도 실은 비교상의 명칭이다. 그러면 바쇼가 홋쿠 솜씨보다도 쓰케아이 솜씨를 인정받은 것은 역시 쓰케아이 그 자체의 성격에 기인하는 것은 아닐까? 그것도 단지 바쇼의 쓰케아이를 읽거나 듣기만 한 것뿐이라면 몰라도 바쇼와 하루 저녁을 함께 한 다음에, 그 자리에서 그 높은 기량을 본 당시의 하이진의 놀람이란 여러 말을 할 필요가 없을 것이다. 뿐만 아

니라 바쇼의 홋쿠 솜씨보다도 쓰케아이 솜씨를 자랑하고 있었던 것도,
― 바쇼도 역시 「하이카이의 신」은 아니다. 만인이 똑같이 존경하여
따르는 바에 가장 득의양양했던 것은 당연하다.

내가 믿는 바에 의하면, 바쇼는 홋쿠도 '쓰케아이'도 삼백년 동안의
하이진을 능가했다. (삼백년의 세월을 보낸 후에도, 바쇼 한 사람을 뛰
어넘지 못 하는 것은 물론 우리들의 수치이다) 뛰어난 바쇼의 감수성
은 '쓰케아이'에만 엿볼 수 있는 것은 아니다. 쓰케아이는 단지 그 영
역을 알 수 있는 초입이다. 안채의 깊이는 홋쿠도 '쓰케아이'에 조금도
뒤지는 것은 아니다. 아니, 그 영역도 경계에 의한 것이 아니고, 마음
에 의한 것으로 하면, 바쇼는 모든 가락의 변화를 자기 집에 있는 약
상자에 넣어둔 것처럼 언제나 마음속에 담아 두고 있다. 만약 서양 취
향을 싫어하지 않는다고 하면, 그 변화가 자유로운 것은 정취의 카멜
레온이라고 해도 좋다. 더구나 바쇼풍을 수립한 바쇼는 「흰죽의 담백
하고 고적한 맛」을 사랑했을 것이다. 하지만, 바쇼의 「고적한 맛」은
삼매경에 이르는 깊이이다. 영역은 그 때문에 상실된 것은 아니다. 화
려한 가락은 화려한 채로, 상쾌한 가락은 상쾌한 대로, 단지 어딘가
말로 설명하는 것을 초월한 「고적한 맛」을 감돌게 하고 있다.

「"봄바람불어/ 비틀대는 병아리/ 가마꾼대중" 이가(伊賀)의 하기시선
사(先師)가 이 구를 평하여 말하기를, 이가(伊賀)의 작자(作者) 부드러운
데를 취하여 지었음으로 더욱 귀엽게 되었다. 나이토 죠로(内藤 丈草)
말하기를, 이가의 부드러운 바를 선사는 모르는 얼굴일지라도, 그 부
드러움은 선사가 부드럽지 않기 때문인 것일까. 그렇지 않다」

참으로 나이토 죠로의 말 그대로이다. 그러나 오늘날 사람은 불행
하게도 이러한 바쇼의 넓은 영역에 그다지 마음을 담아두지 않는다.
담아두지 않는 것은 바쇼의 위대함을 절실히 알아차리지 못하기 때문

이다. 가끔 히구치(樋口) 씨의 「바쇼 연구」를 읽고 전대미문의 논(論)을 사랑했기 때문에, 차제에 바쇼의 영역에 관해서도 경황없이 말을 덧붙이게 되었다.

역자일람

- 엄인경(嚴仁卿)

  고려대학교대학원 / 문학박사 / 고려대학교 글로벌일본연구원 부교수

- 하태후(河泰厚)

  바이코가쿠인대학대학원 / 문학박사 / 경일대학교 외국어학부 교수

- 임명수(林明秀)

  도호쿠대학대학원 박사과정 수료 / 대진대학교 일본학과 교수

- 이민희(李敏姬)

  고려대학교대학원 / 문학박사 / 한림대학교 일본학연구소 연구원

- 송현순(宋鉉順)

  나라여자대학대학원 박사과정 수료 / 단국대학교대학원 / 문학박사

  / 우석대학교 일본어과 교수

- 김효순(金孝順)

  쓰쿠바대학대학원 / 문학박사 / 고려대학교 글로벌일본연구원 부교수

- 이 석(李 碩)

  연세대학교 사학과 졸업 / 동경대학대학원 종합문화연구과 석사과정 졸업 / 동경

  대학대학원 종합문화연구과 박사과정 수료 / 인천대학교 일본문화연구소 연구원

- 김정숙(金貞淑)

  중앙대학교대학원 / 문학박사 / 중앙대학교 일본어과 강사

- 김명주(金明珠)

  고베여자대학대학원 / 문학박사 / 경상대학교 일어교육과 교수

- 신기동(申基東)

  도호쿠대학대학원 / 문학박사 / 강원대학교 일본어학과 교수

- 임만호(任萬鎬)

  大東文化大学 大学院 박사과정 수료 / 가천대학교 동양어문학과 교수

- 조사옥(曺紗玉)

  니쇼가쿠샤대학대학원 / 문학박사 / 연세대학교대학원 / 신학박사 / 인천대학교

  일어일문학과 교수

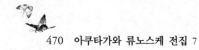

· 손순옥(孫順玉)

　　동의대학교 대학원 / 문학박사 / 동의대학교 일어일문학강사

· 손순옥(孫順玉)

　　한국외국어대학교 대학원 / 문학박사 / 중앙대학교 인문대학 명예교수

아쿠타가와 류노스케 전집 **VII**

芥川龍之介 全集

초판인쇄 2017년 8월 30일
초판발행 2017년 9월 11일

저   자 아쿠타가와 류노스케
편   자 조사옥
본권번역 손순옥 신기동 엄인경 이 석 임명수 외
발 행 인 윤석현
발 행 처 제이앤씨
등   록 제7-220호

우편주소 서울시 도봉구 우이천로 353 성주빌딩 3F
대표전화 (02) 992-3253
전   송 (02) 991-1285
전자우편 jncbook@daum.net
홈페이지 http://www.jncbms.co.kr
책임편집 차수연

ISBN 979-11-5917-078-2 93830   정가 34,000원